에밀리 브론테
EMILY BRONTË

단 한 편의 장편소설을 남긴 채 서른 살의 나이로 요절한 에밀리 브론테는 1818년 잉글랜드 북부 요크셔에서 1남 5녀 중 넷째 딸로 태어났다. 아버지는 아일랜드 출신의 성공회 신부였다. 1821년 어머니가 죽자 미혼이었던 큰이모가 살림을 맡았다.

여섯 살 때 언니들이 다니고 있던 기숙 여학교에 입학했으나 열악한 환경 때문에 아버지는 딸들을 집으로 데리고 왔다. 결국 큰딸과 둘째 딸은 집에 돌아와 폐결핵으로 사망했다. 이후 그녀가 받은 학교 교육은 언니 샬럿이 교사로 있던 학교에 몇 달 다닌 것뿐이었다.

학교 교사나 가정 교사로 자주 집을 떠났던 샬럿이나 막내 앤과는 달리, 에밀리는 주로 집에 남아 있었다. 아버지만 있는 집에서 자유로운 시간을 보냈다고 하며, 실제로 그녀는 30 평생을 아버지의 사제관에서 살았다.

1826년 아버지가 나무로 만든 군인 인형 세트를 오빠 브랜웰에게 선물한 것을 계기로 남매들은 앵그리아라는 가상의 나라를 만들어 이야기를 창작하기 시작했다. 브론테 자매의 습작은 이때부터 시작된 것이다. 앵그리아 이야기는 손위인 샬럿과 브랜웰이 주도했지만, 1831년 샬럿이 교사로 부임해 집을 떠나자 에밀리와 앤은 곤달이라는 가상의 나라를 만들어 독립하게 되었다. 곤달 이야기의 특징은 강렬한 카리스마를 가진 주인공이 여성이라는 것이다. 여기서는 등장인물의 대사가 노래로 제시되기도 하는데, 곤달 시편과 에밀리가 그동안 써 놓은 시편을 샬럿이 발견하고 1846년 자매들 각자 남자 필명으로 공동 시집을 출간하게 되었다. 시집은 단 두 권이 팔렸을 뿐이었지만 자매들은 이에 기죽지 않고 그동안 써 온 소설을 런던의 출판사에 보내 출간에 성공했다. 언니 샬럿의 『제인 에어』와 달리 『워더링 하이츠』는 곧바로 평가를 받지 못했다. 에밀리는 소설 출간 그 다음 해에 폐결핵으로 사망했다. 『워더링 하이츠』는 반세기가 지나고 난 다음에야 위대한 소설로 인정받았다.

워더링 하이츠

워더링 하이츠
WUTHERING HEIGHTS

에밀리 브론테 지음 · 유명숙 옮김

옮긴이 **유명숙**

미국의 노스캐롤라이나 주립대(채플 힐)에서 박사 학위를 받았고, 현재 서울대학교 영어영문학과 교수로 재직 중이다. 19세기 영시 전공이지만, 메리 셸리의 『프랑켄슈타인』, 토머스 하디의 『테스』 등 소설에 관한 논문도 썼다. 지은 책으로 낭만기, 낭만주의 시와 낭만주의 담론의 관계를 다루는 『역사로서의 영문학』이 있으며 옮긴 책으로는 『워싱턴 스퀘어』 등이 있다.

워더링 하이츠

발행일
2010년 11월 20일   초판 1쇄
2023년 7월 15일   초판 10쇄
2024년 3월 8일   리커버 특별판 1쇄

지은이 · 에밀리 브론테
옮긴이 · 유명숙
펴낸이 · 정무영, 정상준
펴낸곳 · (주)을유문화사

창립일 · 1945년 12월 1일
주소 · 서울시 마포구 서교동 469-48
전화 · 02-733-8153
FAX · 02-732-9154
홈페이지 · www.eulyoo.co.kr
ISBN 978-89-324-0527-8 04840 978-89-324-0330-4(세트)

차례

제1권

제1장

1801년. 집주인을 방문하고 오는 길이다. 나를 성가시게 할 유일한 이웃인 셈이다. 정말이지 아름다운 고장이다! 잉글랜드를 통틀어 세상의 소란에서 이보다 더 동떨어진 곳을 골라잡을 순 없었을 것 같다. 염세가(厭世家)에게는 다시없을 천국인 듯. 더구나 히스클리프와 나는 이러한 적막감을 함께 나누기 딱 알맞은 한 쌍이다. 멋진 친구다! 내가 말을 타고 다가가자 검은 두 눈이 의심쩍다는 듯 눈썹 뒤로 물러서고, 이름을 밝히자 손가락이 단호한 경계심을 드러내며 조끼 속으로 더욱 깊숙이 숨어드는 것을 보고 얼마나 큰 호감이 솟아났는지 그는 짐작조차 못할 것이다.

"혹시 히스클리프 씨이신지요?" 내가 물었다.

그는 고개만 까딱했다.

"록우드라고, 새 세입자올시다. 도착하자마자 인사드리러 왔습니다. 스러시크로스 그레인지를 전세로 내달라고 조르는 바람에 폐를 끼친 것 같아 송구하다는 말씀을 드릴 겸해서요. 어제 듣기로는 딴 계획이 있으셨다고요—"

"스러시크로스 그레인지는 내 소유요." 그는 내 말을 가로막으며 얼굴을 약간 찡그렸다. "내 힘이 닿는 한 어느 누구도 내게 폐가 되는 일을 하도록 놔두진 않을 거요. 들어오시오!"

'들어오시오' 라는 말을 이를 악물고 내뱉어 '꺼져 버려라!' 로 들렸다. 그가 기대서 있던 대문조차 초대에 부응하는 움직임을 보이지 않았다. 이런 상황이 그의 초대를 받아들인 결정적 원인이 되었다. 나보다 더 심하게 비사교적으로 보이는 사람에게 호기심을 느꼈던 것이다.

내가 타고 있던 말이 가슴으로 장애물을 밀어붙이고 나서야 그는 손을 뻗어 문고리 사슬을 풀었다. 그리고 무뚝뚝하게 앞장서서 오솔길을 걸어 올라가다가 안뜰에 들어서자 소리쳤다.

"조지프, 록우드 씨의 말고삐를 받아 드리고 포도주를 가져오도록."

한 사람에게 두 가지 일을 겹쳐 시키는 것을 보고 나는 이런 생각을 했다. '아하, 하인이라고는 이 사람뿐이로군. 포석(鋪石) 틈으로 풀이 자라고, 손질 못한 생나무 울타리를 소 떼가 뜯어 먹는 것도 무리가 아니군.'

조지프는 나이가 지긋한, 아니 지긋한 정도를 넘은 노인네였다. 정정하고 근력은 좋아 보였지만 아주 연로해 보였다.

"오 주여!" 말고삐를 받아 쥐면서 그는 짜증 섞인 불평을 내뱉었다. 그러면서 내 얼굴을 아주 심통 사납게 바라보았는데, 나는 그가 점심 먹은 것이 얹혀서 하느님을 찾는 것이지, 내가 예고 없이 나타난 것과는 무관하겠거니 좋게 생각하기로 했다.

히스클리프 씨가 사는 집의 택호(宅號)는 워더링 하이츠이다. '워더링'은 이 지방 사투리이다. 높은 언덕에 자리 잡고 있어서 폭풍우가 몰아치면 대기의 소요에 그대로 노출됨을 이르는 말이다. 정말이지 그 꼭대기는 1년 내내 강풍이 불어 댈 것 같았다. 집 옆으로 몇 그루의 전나무가 제대로 자라지 못하고 구부정하게 서 있는 것이나, 태양의 자비를 구하듯 모두 한쪽으로 가지를 뻗고 늘어선 앙상한 가시나무를 보더라도 산등성이를 넘어 불어오는 북풍이 얼마나 거센지 짐작할 수 있었다. 다행히 건물 설계자가 선견지명이 있어서 집은 튼튼하게 지었다. 좁다란 창문은 벽에 깊숙이 박혀 있었고 집 모서리는 튀어나온 커다란 돌이 방패막이 역할을 했다.

현관 문지방을 넘기 전에 나는 집 정면, 특히 현관 주변의 온갖 기괴한 조각을 감상하기 위해 걸음을 멈추었다. 그리핀*과 발가벗은 사내아이들의 조각이 부식되어 가는 현관 정문 위에 1500년이라는 연도와 헤어턴 언쇼라는 이름이 새겨진 것을 보고 퉁명스러운 집주인에게 한두 마디 말을 붙이며 이 집의 내력을 간단히 들려 달라고 청할 마음이 있었지만, 문간에서 보여 준 그의 태도는 얼른 들어오든지 아니면 돌아가라는 눈치였다. 나는 집 내부를 구경하기 전에 그의 참을성을 시험할 생각은 없었다.

로비나 복도 없이 거실이 한눈에 드러나 보였다. 이 고장에서는 이런 방을 보통 '하우스'라고 부른다. 대개의 경우 이곳에 부엌과 거실이 있는데, 워더링 하이츠에서는 부엌이 다른 곳으로 밀려난 것 같았다. 어쨌든 안쪽 훨씬 깊숙한 곳에서 두런거리는 소리와 부엌 용기들이 덜거덕거리는 소리가 들렸다. 커다란 벽난로에는 찌고 끓이고 구운 흔적이 없었고, 벽에 번쩍이는 구리 냄비와 주석으로 만든 체도 걸려 있지 않았다. 한쪽 벽에는 천장까지 닿는 거대한 떡갈나무 찬장에 수많은 백랍 접시와 은주전자와 맥주잔이 줄줄이, 켜켜이 빛과 열을 반사하고 있었다. 반자를 한 적이 없어서, 귀리 빵과 소고기 햄, 양고기 햄 묶음에 가려진 곳을 제외하면 천장의 골격이 호기심 어린 눈길에 그대로 노출되었다. 굴뚝 위 시렁엔 험상궂어 보이는 여러 종류의 구식 총과 한 쌍의 대형 피스톨, 그리고 요란하게 색칠한 차통(茶桶) 세 개가 장식용으로 놓여 있었다. 바닥에는 매끈한 흰 돌이 깔려 있었고, 초록색 페인트를 칠한 투박한 모양의 등 높은 의자들 외에 한두 개의 육중한 검은 의자가 구석에 놓여 있었다. 서랍장 아치 아래 밤색의 덩치 큰 암컷 포인터가 낑낑거리는 강아지 떼에 둘러싸여 누워 있었고 이 구석 저 구석 개들이 어슬렁거렸다.

방이며 가구 등속은, 무릎까지 오는 반바지와 각반이 잘 어울릴, 사지가 억세고 소박한 북부 지방의 농부 소유로 조금도 특별할 것이 없었다. 적당한 시간에, 예컨대 저녁 식사 후에 찾아가 보면, 이 언덕을 중심으로 5~6마일 근방에서 둥근 탁자 위에 거품이 넘치는 맥주잔을 앞에 놓고 안락의자에 앉아 있는 농부를 만날 수 있으리라. 그러나 히스클리프 씨는 자신의 거처나 생활 양식과는 두드러진 대조를 이루었다. 얼굴은 집시처럼 가무잡잡한데, 옷차림과 태도는 신사 — 시골 유지를 신사라고 할 때 정도의 신사이지만 — 의 그것이었다. 단정한 차림은 아니었지만, 건장하고 당당한 체격이라 외모에 별로 신경 쓰지 않는 것이 볼썽사납지는 않았다. 그가 뚱하게 구는 것을 보고 혹자는 본데없이 콧대만 높다고 평할지 모르겠으나, 그와 통한다는 기분이 든 나는 전혀 그렇게 생각하지 않았다. 그의 무뚝뚝함이 감정을 요란하게 드러내는 것 — 서로 친절을 과시하는 것 — 을 싫어해서라고 나는 직감했다. 그는 사랑하든 미워하든 마음속에 감춰 둘 것이며, 사랑이든 미움이든 되돌려 받는 것을 일종의 무례함으로 치부할 것이다. 아니, 이건 지나친 속단일지도 모른다. 어쩌면 나의 속성을 그에게 무작정 부여하고 있는 것이리라. 앞으로 알고 지내야 할 사람을 처음 만났을 때 나는 몸을 도사리는 편인데, 히스클리프 씨의 경우 나와는 다른 이유로 경계심을 드러내는 것일지 모른다. 내 성질이 유별난 것이겠지. 나의 사랑하는 어머니께서는 내가 안락한 가정을 꾸리지 못할 것이라고 자주 말씀하셨는데, 바로 지난여름 내가 그럴 자격이 없음을 여실히 증명해 보였다.

바닷가에서 한 달, 쾌적한 날씨를 즐기는 동안 나는 기막히게 매혹적인 아가씨를 알게 되었다. 적어도 그녀가 내게 관심을 보이지 않을 때까지 그녀는 내 눈에 여신으로 비쳤다. 나는 소리를 내어 '사랑을 고백'하지는 않았지만, 바보 천치가 아니라면 표정만 봐도 내가 정신없이 사랑에 빠져 있음을 알아차릴 수 있었으리라. 드디어 그녀가 내 마음을 알게 되어 내게 눈길을 주었다. 이 세상에 다시없을 상냥한 눈길이었다. 그런데 나는 어떻게 했던가? 부끄러운 고백이지만, 달팽이처럼 싸늘하게 움츠러든 것이다. 그녀의 눈길이 내게 쏠릴 때마다 더욱 싸늘하게 더 멀찍이 물러섰다. 마침내 순진한 아가씨는 가엾게도 자신의 판단을 의심하게 되었고, 지레짐작했다는 당혹감에 몸 둘 바를 몰라 하다가 어머니를 졸라 떠나고 말았다.

이런 별스러운 성격 때문에 나는 비정한 바람둥이라는 소문이 나고 말았는데, 이러한 명성이 얼마나 부당한 것인지는 오로지 나만 알고 있을 따름이다.

나는 벽난로 쪽을 향해 가는 집주인과 반대편에 놓인 의자에 앉았는데, 침묵이 흐르는 사이 어미 개나 쓰다듬어 주려고 손을 뻗쳤다. 개는 새끼들을 떼어 놓고 늑대처럼 내 다리 쪽으로 슬그머니 다가와 흰 이빨을 드러내며 한바탕 물어뜯으려는 듯 침을 흘렸다.

내가 쓰다듬자 개는 목에 무엇이 걸린 듯 길게 으르렁거렸다.

"개를 내버려 두는 게 좋을 거요." 히스클리프 씨는 개와 합창이라도 하듯 으르렁거리며, 더 사납게 덤벼들지 못하도록 발로 개를 한 방 걷어찼다. "쓰다듬어 주는 데 익숙한 놈이 아니거든. 애완용으로 기르는 게 아니니까."

이렇게 말하고서 그는 옆문으로 성큼성큼 걸어가더니 다시 소리를 질렀다.

"조지프!"

조지프는 지하실 깊숙한 곳에서 뭐라고 구시렁거렸으나 올라오는 기척은 없었다. 그래서 주인이 지하실로 뛰어 내려가고, 나는 사납게 생긴 암캐와 아까부터 나의 일거수일투족을 경쟁적으로 감시하고 있는 불길하게 생긴 털보 셰퍼드 두 마리와 함께 남아 있었다.

그놈들의 송곳니에 물어뜯길 생각은 없었으므로 나는 가만히 앉아 있었다. 그런데 소리를 내지 않고 경멸의 뜻을 표한들 제까짓 것들이 어쩌겠냐 싶어 기분 내키는 대로 눈을 찡긋하기도 하고 얼굴을 찌푸리기도 한 것이 화근이었다. 내 얼굴 근육의 어떤 변화가 암캐의 비위를 몹시도 거슬렸던지 발칵 성을 내더니 내 무릎 위로 뛰어 올라온 것이다. 나는 그놈을 냅다 떠밀고는 테이블을 방패로 삼았다. 이것이 벌집을 쑤셔 놓은 결과를 낳았다. 대여섯 마리나 되는 네 발 달린 마귀들이 큰 놈 작은 놈, 늙은 놈 어린 놈 할 것 없이 어딘지 모를 소굴에서 무대의 중심으로 뛰쳐나온 것이다. 내 발꿈치와 코트 자락이 주된 공격 대상임을 알아차릴 수 있었다. 나는 부지깽이를 들고 가능한 한 효과적으로 큰 놈들을 막아 냈지만, 평화를 다시 정착시키기 위해 큰 소리로 집안사람들의 도움을 청하지 않을 수 없었다.

히스클리프 씨와 하인 영감은 부아통이 터질 정도로 꾸물대면서 지하실 계단을 올라왔다. 벽난로 쪽에서 으르렁대며 짖어 대는 대소동이 벌어졌건만 평상시보다 단 1초도 빨리 움직이는 것 같지 않았다.

다행히 부엌에 있던 사람 하나가 서둘러 와 주었다. 옷자락을 걷어 올리고 소매는 걷어붙인 채, 불길에 두 뺨이 발갛게 달아오른 건장한 여자가 프라이팬을 휘두르며 뛰어든 것이다. 그녀는 무기를 아주 효과적으로 휘두르는 동시에 호통을 쳐 마술처럼 소동을 가라앉혔다. 주인이 현장에 나타났을 때 그녀만 강풍이 지나간 바다처럼 혼자서 숨을 몰아쉬고 있었다.

"도대체 웬 악머구리 같은 소란이오?" 형편없는 손님 대접을 받고 난 뒤라 나를 힐난하는 주인의 태도를 참아 줄 수 없었다.

"댁의 개들은 정말 귀신 들린 돼지 떼*보다 더 고약한 귀신이 들렸소." 내가 내뱉었다. "낯선 손님을 호랑이 떼와 함께 놔두는 거나 다름없지 뭡니까!"

"저놈들은 물건에 손대지 않는 사람에겐 덤벼들지 않아요." 이렇게 말하며 그는 포도주 병을 내 앞에 놓고 탁자를 제자리에 갖다 놓았다. "개의 할 일이 집 지키는 것 아니오. 포도주 한잔 드시겠소?"

"관두겠습니다."

"물리지는 않았소?"

"물렸다면 나도 그놈에게 부지깽이 자국이라도 남겼을 겁니다."

히스클리프의 얼굴 표정이 누그러지더니 싱긋 웃었다.

"자, 자, 놀라셨을 거요, 록우드 씨. 포도주나 좀 드시오. 이 집엔 찾아오는 사람이 워낙 드물어서 주인이나 개나 할 것 없이 손님 대접할 줄 모른다는 건 나도 인정하오. 자, 당신의 건강을 위하여!"

고개 숙여 감사의 뜻을 표하고 나도 그를 위해 축배를 들고 나니, 똥개들이 못되게 굴었다고 시무룩하게 앉아 있는 것도 쑥스러운 일이라는 생각이 들기 시작했다. 게다가, 그가 날 재밌거리로 취급할 빌미를 주기 싫었다. 그의 유머 감각이란 게 그런 경향을 보였으니 말이다.

괜찮은 세입자의 기분을 상하게 하는 것이 어리석은 짓이라는 계산을 한 탓인지 대명사나 조동사를 생략하는 거두절미식 말투가 조금 부드러워졌고, 히스클리프 씨는 내가 흥미를 가질 만한 화제라고 짐작하는 이야기, 예컨대 내가 앞으로 은거하게 될 집의 장단점 같은 것을 화제 삼아 이야기를 끌어 갔다.

그가 화제에 정통하다는 사실을 알 수 있었다. 그래서 나는 집으로 돌아가기 전에 자진해서 내일 다시 찾아오겠다고 말을 할 만큼 기분이 좋아졌다.

그는 불쑥 다시 찾아오지 않기를 바라는 눈치가 역력했다. 그럼에도 불구하고 다시 가 볼 작정이다. 그에 비하면 내가 오히려 사교적이라는 생각이 드니 놀라운 일이다.

제2장

어제 오후부터 안개가 끼면서 날이 추워졌다. 히스와 진흙 밭을 헤치고 워더링 하이츠로 갈 것 없이 서재의 벽난로 옆에서 오후를 보낼까 하는 생각도 없지 않았다.

하지만 정찬(正餐)을 마치고 2층으로 올라갔을 때 — 나는 12시에서 1시 사이에 정찬을 한다. 집을 세내면서 가구 등속과 함께 딸려 온 나이 지긋한 가정부는 5시에 정찬을 했으면 좋겠다는 내 요청을 이해하지 못했고 이해하려고 들지도 않았다* — 서재에서 빈둥거릴 생각으로 계단을 올라 방에 들어섰을 때, 빗자루며 석탄 양동이를 사방에 늘어놓은 채 어린 하녀가 무릎을 꿇고 재를 덮어 불을 끄느라 지독한 먼지를 피우고 있었다. 그 모습을 보고 나는 얼른 물러 나왔다. 모자를 집어 들고 4마일을 걸어서 히스클리프 씨의 정원 문간에 이르자, 기다렸다는 듯 깃털 같은 눈송이가 날리면서 눈보라의 조짐을 알렸다.

흙이 거무스름한 서리로 얼어붙은 그 언덕 꼭대기의 바람이 어찌나 찬지 온몸이 덜덜 떨릴 지경이었다. 문고리를 묶은 쇠사슬을 풀지 못해 담장을 뛰어넘은 나는 판석으로 포장한 길 — 듬성듬성한 까치밥나무 덤불이 경계를 이루고 있었다 — 을 달려가서 주먹이 얼얼하도록 현관문을 두드렸으나 안에서는 개만 짖어 댈 뿐 헛일이었다.

'빌어먹을 인간들 같으니!' 나는 속으로 내뱉었다. '이따위로 인정머리 없이 손님 대접을 하니 영원히 외톨이로 살아도 싸다. 적어도 나 같으면 대낮에 빗장을 걸어 놓지는 않는다. 하지만 알게 뭐냐. 난 들어가고 말겠다!'

이렇게 마음을 먹은 나는 문고리를 움켜잡고 세게 흔들어 댔다. 식초를 삼킨 얼굴을 한 조지프가 헛간의 둥근 창문으로 머리를 내밀었다.

"무슨 볼일이래?" 하고 그는 소리쳤다. "쥔장은 양 우리 쪽에 있수. 그 냥반에게 할 말이 있거들랑 헛간을 삥 돌아가 보든가."

"집 안에는 문 열어 줄 사람이 없는가?" 내가 붙임성 있게 큰 소리로 물었다.

"쥔아씨밖에 없수. 껌껌해질 때꺼정 소란을 피워 봤자 문을 열어 주지는 않을 게여."

"왜지? 가서 내가 누구라고 말 좀 해 주지 그러나, 조지프?"

"내가 왜! 내가 으째라 저째라 헐 일이 아니지." 이렇게 중얼거리며 그는 사라져 버렸다.

눈발이 심하게 몰아치기 시작했다. 다시 한 번 문고리를 흔들어 볼 참인데, 겉옷도 걸치지 않고 쇠갈퀴를 둘러멘 젊은이가 등 뒤에서 나타났다. 그는 내게 따라오라고 소리치더니, 빨래터를 지나고, 석탄광, 펌프, 비둘기장이 한데 모여 있는 돌로 포장된 곳을 지나 전에 안내받은 널찍하고 훈훈한 방으로 들어섰다.

그 방은 석탄, 토탄과 나무를 섞어 불을 지핀 벽난로의 불길 덕분에 기분 좋게 따뜻한 기운을 내뿜고 있었다. 저녁 식사가 푸짐하게 차려진 식탁 가까이 '주인아씨'가 앉아 있는 것을 보고 — 그 집에 안주인이 있으리라고는 전혀 생각도 못했던 터라 — 반가운 마음이 들었다.

나는 인사를 하고 나서 그녀가 앉으라는 말을 할 때까지 기다렸다. 하지만 그녀는 의자에 기댄 채 나를 흘깃 볼 뿐 움직이지도 입을 떼지도 않았다.

"사나운 날씨로군요!" 내가 말을 꺼냈다. "죄송한 말씀입니다만, 부인, 댁의 하인들은 동작이 굼떠서 마룻장이 남아나질 않겠습니다. 문을 빨리 안 열어 줘서 애를 먹었습니다!"

그녀는 입을 열지 않았다. 나는 그녀를 쳐다보았고 그녀도 나를 빤히 쳐다보았다. 계속 냉랭하고 무시하는 눈길로 바라보는 것이 몹시 거북했고 기분도 상했다.

"앉으쇼." 젊은이가 무뚝뚝하게 내뱉었다. "쥔장이 금세 들어올 거요."

그의 말대로 앉아서 헛기침을 하고 주노라는 불한당 암캐의 이름을 부르자, 두 번째 만남인지라 황송하게도 날 안다는 표시로 꼬리 끝을 살짝 흔들어 보였다.

"잘생긴 놈입니다!" 내가 다시 말을 꺼냈다. "부인께서는 새끼들을 나눠 주실 생각이십니까?"

"내 것이 아니라서요." 그 어여쁜 안주인이 히스클리프에 맞먹을 정도로 퉁명스럽게 대답했다.

"아하, 부인께서 귀여워하시는 놈들은 이쪽에 있나 보지요." 구석진 곳에 고양이 비슷한 것이 쿠션 위에 포개져 있는 걸 바라보며 내가 말을 이었다.

"별게 다 귀엽기도 하네." 그녀가 냉소적으로 대꾸했다.

재수 없게도 쿠션 위에 쌓여 있는 것은 토끼 가죽이었다. 나는 다시 한 번 헛기침을 하고는 의자를 벽난로 쪽으로 당기면서 궂은 날씨 이야기를 다시 꺼냈다.

"외출을 하지 마셨어야지." 그녀는 이렇게 말하고 일어나더니 벽난로 선반에서 색칠한 두 개의 차통으로 손을 뻗었다.

그녀가 그때까지 앉아 있던 자리는 빛이 비치지 않는 곳이어서, 그제야 그녀의 용모와 자태가 확연히 드러났다. 날씬하고, 아직 소녀티도 가시지 않아 보였다. 아름다운 몸매에 여태껏 본 적이 없는 기막히게 예쁜 조그마한 얼굴이었다. 오목조목한 이목구비에 흰 살결, 담황색 아니 금빛이라고 해야 할 곱슬머리가 그녀의 우아한 목덜미를 스치고 있었다. 예민한 감수성을 가진 나로서는 다행스럽게도, 그녀의 눈은 — 눈빛이 상냥하기만 했다면 사랑에 빠져들 수밖에 없는 그런 눈이었다 — 오로지 경멸과 일종의 절박함이 뒤섞여 있었다. 그런 눈에 그런 감정이 나타난다는 것이 도통 이해가 되지 않았다.

그녀의 손이 차통에 닿을락 말락 해서 도우려는 기색을 보이자,

금화를 세고 있는 수전노가 누가 돕겠다면 질색하듯 발끈했다.

"도움은 필요 없어요. 나 혼자 내릴 수 있으니까요." 그녀가 쏘 아붙였다.

"실례했습니다." 내가 얼른 대답할밖에.

"초대를 받으셨던가요?" 그녀는 단정한 검은 드레스에 행주치 마를 두르고 주전자에 찻잎을 한 숟가락 넣으려다 말고 선 채로 다그치듯 물었다.

"한잔 주셨으면 좋겠습니다." 내가 대답했다.

"초대를 받으셨던가요?" 그녀가 되물었다.

"아니요." 나는 약간 웃음을 띤 채 말했다. "초대를 해 주셔야 할 분이 부인이신데요."

그녀는 차통이고 숟가락이고 할 것 없이 던지듯 제자리에 놓고 뾰로통한 얼굴로 의자에 도로 가 앉았다. 그리고 이마를 찌푸리고 어린아이같이 붉은 아랫입술을 내민 채 울상을 지었다.

이러는 동안 젊은 사내는 아주 남루한 겉저고리를 걸쳐 입고 불 앞을 가로막고 서서, 내가 불구대천의 원수인 양 고약한 눈으로 나를 째려보는 것이었다. 문득 그가 하인이 아닐 수도 있겠다는 생각이 들었다. 히스클리프 내외에게서 나타나는 우월한 신분의 표지는 거의 찾아볼 수 없을 만큼 의복이나 말씨 모두 거칠었다. 숱 많은 갈색 곱슬머리는 텁수룩한 채 다듬은 흔적이 없었고, 구 레나룻이 곰처럼 양 뺨을 침범해 들어왔으며, 손은 일반 노동자와 다름없이 험했다. 하지만 그의 태도는 거만하다고 할 정도로 거리 낌이 없었고, 하인으로서 안주인의 시중을 들려는 열성도 전혀 보이지 않았다.

그의 신분을 확실히 알 수 없는 바에야 그의 이상한 거동에 신경을 쓰지 않는 게 상책이라는 생각이 들었다. 5분쯤 지나 히스클리프가 들어와 이 어색한 상황에서 다소나마 벗어날 수 있었다.

"보시다시피 약속드린 대로 다시 찾아왔습니다!" 나는 쾌활한 체하며 큰 소리로 말했다. "그런데 날씨가 이 모양이라 한 반 시간은 갇혀 있어야 할 것 같은데요. 그동안 머물게 허락해 주신다면 말씀입니다."

"반 시간이라고요?" 그가 옷에서 눈을 털어 내며 대꾸했다. "하필이면 폭설이 휘날리는 와중에 어슬렁거리며 쏘다닐 건 뭐요. 늪지대에서 길을 잃을 위험이 있다는 걸 모르시오? 이런 날 밤에는 이 근방 지리를 잘 아는 사람들도 길을 잃기 일쑤요. 게다가 지금 같아선 눈이 그칠 기미도 없단 말이오."

"댁의 하인들 중 한 명을 길잡이로 해서 그레인지로 돌아간 후, 하룻밤 재우고 아침에 보내 드릴 수 있을 텐데요. 한 사람 내주시면 안 될까요?"

"아니, 그렇게 해 드릴 수 없소."

"허, 이것 참! 그렇다면 내가 알아서 찾아갈 수밖에 없겠군요."

"흥!"

"차를 끓이는 거요?" 초라한 겉옷을 입은 젊은이가 나를 사납게 노려보던 시선을 젊은 부인에게 돌리며 다그쳐 물었다.

"저 사람도 차를 드시는 건가요?" 그녀가 히스클리프 쪽을 향해 물었다.

"준비나 하지 못해!" 대답하는 말투가 하도 야만스러워서 나는 흠칫 놀랐다. 그의 말투는 진짜 고약한 성미를 드러냈다. 다시는 히스클리프를 멋진 친구라고 부를 마음이 없어졌다.

차 준비가 끝나자 그는 "자, 의자를 앞으로 당기시오" 하면서 차를 권했다. 그 촌티 나는 젊은이도 함께 테이블에 둘러앉았으나 차를 마시는 동안 무거운 침묵만 흐를 뿐이었다.

내가 구름을 불러온 장본인이라면 구름을 걷어 내는 것도 나의 의무라는 생각이 들었다. 그들이라고 날마다 이렇듯 음울하게 입을 봉하고 지낼 리는 없을 것이다. 성미가 아무리 고약하다 하더라도 모두 매일 이렇게 얼굴을 찌푸리고 살 수는 없는 터였다.

"참 이상하지요." 차를 한 잔 마시고 또 한 잔을 채워 주는 사이에 내가 말을 꺼냈다. "습관이라는 것이 우리의 기호나 취향을 만들어 가니 말입니다. 세상과 이렇게 완전히 동떨어져서 사는 것이 행복하리라고 생각할 사람은 많지 않을 겁니다, 히스클리프 씨. 하지만 이렇게 가족에 둘러싸여서, 또 이렇게 상냥한 아내가 가정을 돌보고 당신의 마음에 수호천사로 자리 잡고 있으니—"

"상냥한 아내라뇨?" 그가 거의 악마 같은 냉소를 띠면서 내 말을 가로막았다. "어디에 있단 말이오, 내 상냥한 아내가?"

"히스클리프 부인, 당신 부인 말입니다."

"원, 나 참. 그렇군! 죽은 내 아내가 수호천사가 되어 워더링 하이츠를 지켜 주고 있다는 그런 이야기로군. 그런 뜻이었소?"

큰 실수를 저질렀다는 사실을 깨닫고 나는 그걸 만회해 보려고 했다. 부부라고 하기에는 나이 차이가 너무 난다는 것을 눈치챘어야 했다. 한쪽은 마흔 살쯤 되었을까. 이 나이의 남자들은 정신력이 왕성할 때라 여간해선 어린 처녀가 사랑에 빠져 자기와 결혼하리라는 망상에 빠지지 않는다. 그런 꿈은 노후의 위안으로 미뤄두는 법이다. 여자는 열일곱 살도 채 안 된 것 같았다.

그때 불현듯 이런 생각이 떠올랐다. '대접으로 차를 마시고 손도 씻지 않은 채 빵을 뜯어 먹는 내 옆에 앉은 저 촌뜨기 녀석이 남편인가 보군. 물론 히스클리프 2세이시겠지. 그렇다면 생매장이라도 당한 꼴이네. 더 나은 남자들이 있다는 사실을 몰랐으니 저런 촌뜨기에게 자신을 내던진 것이겠지. 딱한 일이다. 날 보고 그녀가 결혼한 걸 후회하지 않도록 처신을 잘해야겠군.'

저 잘난 맛에 이런 생각을 했다고 할지 모르겠지만, 그렇지 않다. 내 옆에 앉은 친구는 혐오감을 불러일으킬 정도였다. 경험에 바탕을 두고 하는 말인데, 나는 여자들에게 꽤 인기 있는 편이다.

"당신이 말하는 히스클리프 부인은 내 며느리요." 히스클리프의 말이 내 추정을 뒷받침했다. 그는 그렇게 말하면서 이상한 표정으로, 증오의 눈길로 그녀를 바라보았다. 그의 안면 근육이 여느 사람들과는 달리 그의 심중에 반해 제멋대로 움직이는 것이 아니라면 말이다.

"아, 그렇군요. 이제야 알겠습니다. 당신이 바로 저 수호천사의 남편 되시는군요." 내 옆의 친구에게 내가 말했다.

이렇게 말한 것이 사태를 더욱 악화시켰다. 젊은이의 얼굴이 주홍빛으로 변하면서 폭력이라도 행사할 양 주먹을 불끈 쥐었다. 곧이어 나 들으라는 듯 지독한 욕지거리를 중얼거리면서 격분을 가라앉혔는데 나는 애써 모른 척했다.

"넘겨짚는 것마다 틀리시는군. 우리 둘 중 누구도 당신이 말하는 착한 천사의 주인이라고 주장할 특권이 없소. 그녀의 남편은 죽고 없소. 내가 며느리라고 했으니, 내 아들과 결혼을 했었겠지요."

"그럼 이 젊은이는—"

"물론 내 아들이 아니오!"

히스클리프는 그 곰 같은 젊은이의 아버지로 자신을 지목한 것이 지나친 농담이라는 듯 다시 웃음을 띠었다.

"내 이름은 헤어턴 언쇼라구." 젊은이가 으르렁대면서 말했다. "우리 집안을 읍신여기기만 혀 봐."

"업신여긴 적은 없소." 이렇게 대답은 했지만 거드름을 피우며 자기 함자(銜字)를 대는 꼴을 속으로 비웃었다.

그 녀석은 계속 나를 빤히 쳐다보았다. 그런데 더 쳐다보고 있다가는 그 녀석의 귀싸대기를 갈기든지 아니면 마음속의 비웃음이 터져 나올 것 같아 나는 고개를 돌렸다. 유쾌한 가족 모임에 잘못 끼어들었다는 기분이 들었다. 마음이 점점 불편해져서 포근한 육체적 안락을 무위로 돌려 버리고 만 것이다. 이 집을 또다시 방문하는 것은 신중하게 고려해야겠다고 마음먹었다.

먹는 일은 마무리되었지만 누구도 대화를 이어 가기 위해 말 한 마디 거드는 사람이 없어서, 나는 날씨를 살피러 창가로 갔다.

황량한 풍경이었다. 일찌감치 어둠이 깔렸고, 바람과 숨 막히는 눈발이 매섭게 회오리쳐 하늘과 언덕을 분간할 수 없었다.

"이래서야 길잡이 없이는 집에 갈 수가 없겠군요." 나는 탄식하지 않을 수 없었다. "길은 이미 눈에 묻혔을 게고, 설사 묻히지 않았더라도 한 치 앞도 보이지 않을 테니."

"헤어턴, 양 열두 마리는 헛간 현관 처마 아래로 몰아넣어라. 우리에 그냥 두었다간 밤새 눈에 파묻히겠다. 그리고 판자로 막아 두도록." 히스클리프가 말했다.

"나는 어떻게 한다?" 솟구치는 짜증을 억누르며 내가 덧붙였다.

아무도 내 질문에 답하지 않았다. 돌아다보니 조지프가 개 먹이로 죽 한 통을 들여오고 있었고, 히스클리프 부인은 불 쪽으로 몸을 기대고, 차통을 제자리에 갖다 놓다가 벽난로 위 시렁에서 떨어뜨렸던 성냥 한 묶음을 심심풀이로 태우고 있을 뿐이었다.

짐을 내려놓은 조지프가 매서운 눈길로 방을 한번 둘러보더니 갈라진 목청으로 잔소리를 해 댔다.

"다덜 한데서 일허는디 빈둥거리는 꼴이라니! 쓰잘데기 없는 물건에게 말해 봤자 입만 아프지. 제 버릇 개 주겠나. 즈이 에미처럼 곧장 악마헌티로 내빼겄지!"

그가 나를 향해 열변을 토하고 있다는 생각에 순간 화가 머리 끝까지 치밀어 올라 그 늙은 악당을 문밖으로 차 버릴 작정으로 한 걸음 다가섰다. 하지만 히스클리프 부인의 응수에 발걸음을 멈췄다.

"못돼먹은 늙은 철면피 같으니! 악마의 이름을 들먹일 때마다 그 자리에서 잡혀갈까 두렵지도 않아? 나를 건드리지 않는 게 좋을걸. 그렇지 않으면 악마에게 특별히 청을 넣어 널 잡아가게 할 거니까. 가만, 조지프, 이걸 보라구." 그녀는 말을 이으면서 선반에서 기름한 까만 책을 한 권 끄집어냈다. "내가 악마의 마법을 얼마나 익혔는지 보여 주지. 머지않아 마법에 통달하게 되면 이 집 안을 쑥밭으로 만들어 버릴 거야. 붉은 암소가 죽은 게 우연인 줄 알아? 네 신경통도 하느님의 뜻이라고 생각하면 오산이야!"

"악하고 악하도다! 하느님이시여! 저희를 악에서 건져 주소서!" 노인네가 신음하듯 말했다.

"아니, 넌 영벌(永罰)을 받았어! 하느님이 버리신 인간이라구. 꺼져! 꺼지지 않으면 단단히 혼을 내 줄 테니까! 나는 너희들을 본뜬 밀랍 인형을 만들 거야. 그리고 내가 정해 놓은 선을 맨 처음 무시하는 자를 — 어떻게 될 거라곤 말하지 않겠어 — 곧 알게 될 테니까! 꺼져. 내가 널 지켜보고 있으니까!"

귀여운 마녀가 아름다운 눈에 짐짓 악의를 띠자, 조지프는 정말 무서운 듯 벌벌 떨면서 기도문과 "악하고 악하도다"를 중얼거리며 바삐 나가 버렸다.

나는 그녀가 지루한 나머지 장난으로 그러는 것이려니 생각했다. 이윽고 우리 두 사람만 남게 되자, 내가 처한 곤경에 그녀의 관심을 끌어 보려고 했다.

"히스클리프 부인." 내가 진지한 목소리로 말을 꺼냈다. "성가시게 해 드려서 죄송합니다, 당신 얼굴을 보면 마음이 나쁜 분일 수 없다는 생각이 들어서요. 집을 찾아갈 수 있도록 길에 무슨 표지가 될 만한 것을 일러 주십시오. 부인께서 런던 가는 길을 모르듯 저도 집으로 돌아가는 길을 모른답니다."

"오신 길로 돌아가세요." 이렇게 대꾸하고 그녀는 초 한 자루를 들고 의자에 편안하게 자리 잡고 앉아 그 기름한 책을 펼쳤다. "짧지만 제가 드릴 수 있는 가장 좋은 충고라고 봐요."

"제가 늪이나 눈구덩이에 빠져 죽었다는 소식을 듣고 양심의 가책을 받지 않으실까요?"

"제가 왜요? 같이 가 드릴 수 없는걸요. 저는 정원의 담 있는 데까지도 못 가게 해요."

"당치 않은 말씀! 이런 날 밤 제 편의를 위해 문지방을 넘으라고 청하는 것도 죄송한 일일 텐데요." 내가 외쳤다. "저는 길을 가르쳐 주십사 하는 거지 동행해 달라는 건 아닙니다. 아니면 히스클리프 씨께 말씀드려서 길잡이를 하나 붙여 주도록 해 주시지요."

"누굴 붙여 달란 말씀인가요? 여기에는 히스클리프 씨와 언쇼, 질라, 조지프, 그리고 저뿐인데 그중 누구를 원하신다는 거죠?"

"농장에 젊은 일꾼은 없습니까?"

"없어요. 지금 말씀드린 사람이 전부예요."

"그렇다면 자고 가는 수밖에 없군요."

"그건 이 집 주인과 상의해 보세요. 저는 뭐라 말씀드릴 수가 없네요."

"이번 일로 산중을 무작정 돌아다니면 안 된다는 교훈을 얻었기를 바라오." 부엌 문간에서 히스클리프의 몰인정한 목소리가 울려 왔다. "여기서 자겠다고 말씀하시는데, 나는 손님을 재울 준비를 해 놓지 못해서 헤어턴이나 조지프와 침대를 같이 쓰실 수밖에 없소."

"이 방 의자에서 자도 되는데요." 내가 대답했다.

"그건 안 돼요! 부자든 가난뱅이든 생면부지는 생면부지인데, 내가 지키고 있지 않을 때 이 집을 맘대로 헤집고 다니도록 허락할 수는 없소." 그 무례한 사내가 말했다.

이렇게까지 모욕을 당하자 나는 더 이상 참을 수가 없었다. 나는 언짢은 기색을 보이고 그를 지나쳐 뜰로 나섰으나, 너무 서두르는 바람에 언쇼와 부딪쳤다. 하도 어두워서 어디로 나가야 할지 몰라 출구를 찾느라 헤매는 동안 이 집에 사는 사람들이 서로에게 얼마나 예의를 지키는지 또 하나의 사례를 목격하게 되었다.

처음에는 젊은이가 내 편을 들어 주는 것 같았다.

"내가 사냥터 숲*까지라도 함께 가지요."

"함께 지옥에나 가라지!" 그의 주인인지 뭔지가 소리쳤다. "그러면 말은 누가 돌보지?"

"하루 저녁 말을 돌보는 것보다 사람 목숨이 더 중요하지 않겠어요? 하여튼 누군가 가야 해요." 히스클리프 부인이 의외로 인정을 베풀며 중얼거렸다.

"네 명령이라면 가지 않겠어!" 헤어턴이 비꼬았다. "저 사람을 위해서라면 잠자코 있는 게 좋을걸."

"그렇다면 저 사람이 원귀가 되어 널 찾아오길 기원하겠어. 그리고 그레인지가 폐허가 될 때까지 다시는 세 들 사람이 없기를 빌 거야!" 그녀가 앙칼지게 대꾸했다.

"들어 둬, 들어 둬. 저주를 허는 겨!" 내가 바라보는 쪽에 있던 조지프가 중얼거렸다. 말소리가 들릴 만한 거리에서 호롱불을 밝히고 소젖을 짜고 앉아 있었던 것이다. 나는 그 호롱을 집어 들고 내일 돌려주겠다는 말을 남기고 가장 가까운 샛문으로 냅다 달아났다.

"쥔장, 쥔장, 저이가 호롱을 훔쳐 가요!" 노인네가 내 뒤를 쫓아오며 소리를 질러 댔다. "워이 워이, 내셔! 워이, 울프! 도망 못 가게 물어, 꽉 물으라구!"

작은 문이 열리자마자 털북숭이 개 두 마리가 내 목을 물려고 덤벼들어 나는 넘어지고 호롱불도 꺼지고 말았다. 그때 히스클리프와 헤어턴이 함께 웃는 소리가 들려와 모욕감과 분노가 머리끝까지 치밀었다.

다행히 개들은 나를 산 채로 집어삼키기보다는 앞발을 뻗어 하품을 하면서 꼬리를 흔들기로 작정한 것 같았다. 그렇다고 일어나게 놔두지는 않았다. 그래서 나는 그놈들의 악랄한 주인들이 일으켜 줄 때까지 누워 있지 않을 수 없었다. 날아간 모자도 찾아 쓰지 못한 채 분노에 몸을 떨면서 나는 그 악당들에게 나가게 해 달라고 — 1분이라도 더 잡아 두면 가만있지 않겠다 — 앞뒤도 맞지 않는 복수의 위협을 몇 마디 덧붙였는데, 한량없는 적의의 깊이로 보자면 리어 왕에 견줄 만했다.

너무 격분한 나머지 코피가 터졌다. 그런데도 히스클리프는 껄껄 웃고 있었고 나는 나대로 고함을 쳐 댔다. 그 자리에 나보다 이성적이고, 집주인보다 인정 많은 사람이 한 명 있었기에 망정이지, 그렇지 않았으면 이 사태가 어떻게 마무리됐을지 알 수 없다. 그 사람이 바로 건장한 가정부 질라였다. 그녀가 마침내 무슨 소동이 일어났는지 알아보러 나타났던 것이다. 그녀는 누가 내게 손찌검을 한 것이라고 생각했던 모양이다. 그래도 감히 주인에게는 덤빌 수 없어서 젊은 악당 놈에게 고래고래 퍼부어 댔다.

"자, 언쇼 씨. 다음엔 뭔 일을 저지를 작정이래요! 우리 집 문간 바로 앞에서 사람을 죽일 거요? 여긴 내가 있을 집이 아녀. 저 가엾은 분을 보래요. 숨이 넘어갈 지경이네! 쯧, 쯧! 이르케 기냥 놔두면 안 되겠어요. 들어오세요, 돌봐 드릴 티니께. 자, 자, 가만 기세요."

이렇게 말하면서 그녀는 내 목덜미에 세 홉가량 되는 얼음물을 끼얹고 나를 부축해 부엌으로 데리고 들어갔다. 히스클리프 씨도 따라 들어왔으나 우발적인 유쾌함은 재빨리 사그라지고 평상시의 침울함으로 되돌아갔다.

나는 어지럽고 맥이 풀린 데다 속이 몹시 울렁거렸다. 그래서 어쩔 수 없이 이 집에서 하룻밤을 지내지 않을 수 없었다. 그는 나에게 브랜디를 한 잔 주라고 말한 뒤 안채로 들어가 버렸다. 질라는 내가 당한 딱한 봉변을 위로해 주고 주인의 명을 받들어 내가 약간 원기를 회복하자 잠자리에 데려다 주었다.

제3장

앞장서 계단을 올라가며 그녀는 촛불을 감추고 소리를 죽이라고 귀띔했다. 날 재우려는 방에 대해 주인장이 유별나게 굴기 때문에 알면 자게 놔두지 않으리라는 거였다.

나는 그 이유를 물었다.

그녀는 모른다고 했다. 이 집에 들어온 지 두어 해밖에 되지 않는데, 하도 이상한 일들이 많이 일어나 일일이 호기심을 가지기 어렵다고 했다.

나도 호기심을 느끼기에는 얼이 빠진 터라, 문을 잠그자마자 침대부터 찾으려고 둘러보았다. 가구라고는 의자 하나와 옷장 하나, 그리고 윗부분을 마차의 창문 비슷하게 몇 군데 사각형으로 도려낸 큼직한 참나무 장이 있을 뿐이었다.

가까이 가서 참나무 장 안을 들여다보니, 가족 한 사람마다 방 하나씩 차지할 필요가 없도록 아주 편리하게 고안된 독특한 모양의 구식 침상이었다. 말하자면 참나무 장이 작은 침실을 이루고 있어서, 창문의 안쪽 선반은 테이블로 쓸 수 있게 되어 있었다.

촛불을 든 채 판자 미닫이를 열고 들어가서 다시 닫은 후, 히스클리프는 물론 누가 눈에 불을 켜고 찾아도 안전하다는 생각에 마음이 놓였다.

촛불을 놓은 창문 선반 한쪽 구석에는 곰팡이가 핀 몇 권의 책이 쌓여 있었다. 선반에는 페인트를 긁어서 쓴 글씨가 가득 새겨져 있었는데, 크고 작은 온갖 모양의 필체로 같은 이름을 되풀이한 것이었다. '캐서린 언쇼'라는 이름이 군데군데 '캐서린 히스클리프'로 바뀌었다가 또 '캐서린 린턴'이 되기도 하였다.

멍하니 맥없는 상태에서 창에 머리를 기대고 캐서린 언쇼 — 히스클리프 — 린턴의 철자를 되풀이하다가 눈을 스르르 감았다. 그러나 눈을 감고 휴식을 취한 지 5분도 채 안 되어 어둠 속에서 흰글자들이 유령처럼 또렷이 떠오르기 시작하더니 허공이 캐서린이라는 글자로 가득 찼다. 제멋대로 나타난 이 이름을 지워 버리려고 억지로 몸을 일으키다가, 촛불의 심지 쪽이 낡은 책 위로 넘어져 송아지 가죽 타는 냄새가 진동했다.

타들어 가는 곳을 문질러 끈 후, 오한에 메스꺼운 기가 남아 있어서 불편한 김에 일어나 앉아 탄 자국이 남은 큰 책을 무릎 위에 올려놓고 펼쳐 보았다.

그 책은 조악한 활자로 인쇄된 성서였는데, 곰팡내가 지독했다. 책 앞머리 백지에 '캐서린 언쇼의 책'이라는 글자와 약 25년 전의 날짜가 적혀 있었다.

책을 덮고 다른 책들도 하나씩 집어 들고 펼쳐 보았다. 캐서린의 장서는 정선된 것이었고, 낡은 상태로 보아 많이 사용했음을 알 수 있었다. 하지만 그렇게 낡은 이유가 닳도록 읽은 결과만은 아닌 것 같았다. 거의 매 페이지마다 조판공이 남겨 놓은 여백에 펜글씨로 쓴 주석 — 주석처럼 보이는 것 — 이 빼곡하게 채워져 있었던 것이다.

어린아이가 미숙한 글씨로 끼적인 것이었는데, 한 문장으로 끝난 것도 있지만, 정식 일기의 형식을 갖춘 것들도 있었다. 처음 발견했을 때는 보물처럼 귀중하게 여겼을 백지 한 면의 상단에 거칠지만 생동감 나게 그려진 나의 벗 조지프의 캐리커처는 아주 재미있기도 했다.

즉각 미지의 캐서린에 대한 흥미가 생겨나 암호 같은 그녀의 글씨를 해독하기 시작했다.

"끔찍한 일요일이다!" 그 밑의 문단은 이렇게 시작했다. "아버지가 다시 살아오시면 좋겠다. 오빠가 아버지 자리를 차지하고 있는 건 견딜 수 없다. 오빠는 히스클리프에게 지독하게 못되게 군다. H와 나는 반기를 들고 말걸. 그리고 우리 둘은 오늘 저녁 그 첫발을 내디딘 셈이다.

하루 종일 비가 퍼부었다. 교회에 갈 수 없기 때문에 조지프는 우리를 다락방에 잡아 놓고 예배를 보겠다고 우겼다. 오빠 부부는 아래층에서 편안히 불을 쬐고 있는데 — 맹세하건대, 둘이서 성서를 읽지는 않았을 것이다 — 히스클리프와 나, 그리고 가엾은 머슴아이는 기도서를 가지고 올라가라는 명령을 받았다. 곡식 부대 위에 한 줄로 나란히 앉은 채 끙끙 앓고 덜덜 떨면서, 우리는 조지프도 추위를 느끼기를 바랐다. 그러면 자신을 위해서라도 설교를 짧게 하리라고 생각한 것이다. 헛된 바람이었다! 예배는 에누리 없이 세 시간이나 계속되었다. 그런데도 오빠는 우리가 내려오는 것을 보더니 뻔뻔하게도 이렇게 소리치는 것이었다.

'아니, 벌써 끝난 거야?'

그전에는 주일 저녁이라도 아주 시끄럽게 소란만 피우지 않으면 놀아도 됐는데, 이제는 조금만 키득거려도 구석에서 벌을 서야한다!

'이 집에 주인이 있다는 걸 잊어버린 모양인데,' 폭군께서 말씀하신다. '내 기분을 상하게 하는 녀석부터 박살을 낼 테다! 내가 원하는 건 완전한 절제와 침묵이야. 이 자식, 바로 너로구나? 프랜시스, 오는 길에 그 자식 머리카락을 쥐어뜯고 와. 방금 손가락을 퉁겨 시끄러운 소리를 냈으니까.'

새언니는 히스클리프의 머리카락을 힘껏 잡아당겼다. 그러고는 오빠에게로 가서 그의 무릎에 앉았다. 그들은 그렇게 몇 시간이고 애들처럼 입을 맞추고 말도 안 되는 소리 ─ 우리도 얼굴을 붉힐 바보 같은 잡담 ─ 를 늘어놓곤 한다.

우리는 조리대 밑 아치 아래로 기어 들어가 사정이 허락하는 한 아늑하게 자리를 잡았다. 내가 막 우리들의 턱받이 앞치마*를 한데 묶어 커튼 대신 드리웠을 때 조지프가 마구간에서 뭘 가지러 들어왔다. 그는 내가 만든 커튼을 잡아떼고 내 뺨을 쥐어박으며 꽥꽥거렸다.

'쥔 나리를 묻은 지 얼마 되기를 혔나, 안식일이 지나기를 혔나,

복음이 아적 귓전에 쟁쟁헌디 언감생심 장난질을 허고 싶어! 창
피한 줄 알아야제! 똑바로 앉지 못혀, 못돼먹은 것들! 읽을 맴만
있으면 좋은 책은 을마든지 있는디. 똑바로 앉어서 지옥에 떨어질
영혼 걱정이나 혀!'

　이렇게 말하더니 우리를 억지로 바로 앉히고는 나무토막 같은
책을 안기며 멀리 떨어진 난로에서 비치는 희미한 불빛에 의지해
책을 읽으라는 거였다.

　나는 그 고역을 참고 견딜 수가 없었다. 그래서 난 유익한 책 같
은 건 질색이야, 한 다음 우중충한 책을 등으로 집어 들어 개집으
로 던져 버렸다.

　히스클리프도 자기 책을 같은 곳으로 차 버렸다.

　그러자 대소동이 일어났다!

　'서방님!' 우리의 교목(校牧)께서 소리를 질러 댔다. '서방님,
일루 좀 와 보시래요. 캐시 아가씨는 『구원의 투구』를 책등째 찢
어발기지 않나, 히스클리프 놈은 『파멸에의 넓은 길』 제1부를 발
로 걷어차네요. 이런 짓거리를 하고 무사허니 기가 찰 노릇이제.
아이구, 어른께서 기셨다면 지대로 혼찌검을 내셨을 턴디, 돌아가
셨으니!'

　오빠가 난롯가의 낙원에서 달려와 우리 중 하나는 먹살을 잡고
하나는 팔을 잡고 거실 뒷방 부엌으로 내동댕이쳤다. 거기 있으면
틀림없이 악마가 우리를 잡아갈 거라고 조지프는 으름장을 놓았
다. 그 말을 듣고 다소 위로가 되어 우리는 따로따로 구석을 찾아
들어 악마가 오기를 기다렸다.

나는 선반에서 책과 잉크병을 갖다가 약간 열려 있는 거실의 빛을 받아 이걸 쓰면서 20분가량을 보냈다. 내 짝은 갑갑해져서 소젖 짜는 하녀의 외투를 빌려 덮어쓰고 들판을 뛰어다니자고 한다. 재미있는 생각이다. 그렇게 되면 툴툴대는 영감이 들어와 보고는 정말 자기 예언대로 되었다고 생각할지 모르지. 비를 맞더라도 여기보다 더 습하거나 춥지는 않겠지."

* * *

다음 문장이 다른 화제로 옮겨간 것으로 미루어 그 계획을 실행했던 모양이다. 이번에는 눈물을 짜는 내용이었다.

"오빠가 날 이렇게 울릴 거라고 꿈이나 꾸었겠어!" 그녀는 이렇게 적고 있었다. "머리가 너무 아파서 베개 위에 올려놓기도 힘들 정도인데도 눈물이 그치지 않는다. 불쌍한 히스클리프! 오빠는 그 아이가 '부랑자'*라면서 함께 앉아 있지도 못하게 하고 밥도 같이 못 먹게 한다. 같이 놀아서도 안 되며 만약 이를 어기면 히스클리프를 쫓아내겠다고 위협한다.

오빠는 아버지 탓을 한다. (어떻게 감히 그럴 수가 있어.) 히스클리프에게 너무 잘해 주셨다는 거다. 그리고 제 분수를 알게 만들겠다고 다짐한다."

꾸벅꾸벅 졸기 시작하면서 페이지가 흐릿해졌다. 눈길이 펜글씨에서 활자로 오락가락했다. 멋을 부려 빨간색으로 인쇄된 제목이 눈에 띄었다. '일흔 번씩 일곱 번.* 그리고 일흔한 번째의 첫 번째. 기머든 서프 교회*에서 행한 제이버스 브랜드럼 목사*의 경건한 말씀.' 비몽사몽간에 제이버스 브랜드럼이 그 제목으로 어떤 설교를 했을까 머리가 아플 때까지 생각하다가 침대에 누운 채 그대로 잠이 들어 버렸다.

몹쓸 차를 마시고 몹쓸 성질을 부린 탓이다! 그렇지 않다면 그토록 끔찍한 하룻밤을 지낼 리 있겠는가? 고통을 알게 된 이래 이에 비견할 경험이 기억나지 않을 정도이다.

여기가 어디인지 가물가물한 와중에 꿈을 꾸기 시작했다. 아침이 되어 조지프를 길잡이로 집으로 향하고 있었다. 길에는 눈이 몇 자나 쌓여 있었다. 허우적대며 걸어가는 동안 순례자의 지팡이를 갖고 오지 않았다고 조지프가 줄곧 나무라는 데 질려 버릴 지경이었다. 순례자의 지팡이 없이는 집으로 돌아갈 수 없다고 말하면서 뽐내듯 손잡이가 묵직한 몽둥이를 휘둘러 보였는데, 그것을 그렇게 이름 붙인 모양이었다.

그 말을 듣는 순간 내 집에 들어가는데 그런 무기가 필요하다는 게 터무니없다는 생각이 들었다. 그러다 언뜻 다른 생각이 뇌리를 스쳤다. 나는 지금 집으로 가고 있는 것이 아니라 그 유명한 제이버스 브랜드럼 목사가 '일흔 번씩 일곱 번'이라는 성서 구절을 가지고 설교하는 것을 들으러 가고 있으며, 조지프와 목사와 나 이렇게 세 사람 중 하나가 '일흔한 번째의 첫 번째' 죄를 범해 공개적으로 파문을 당하게 되었다는 생각이었다.

교회에 도착했다. 예배당은 산책을 할 때 실제로 두세 번 지나친 적이 있는 건물로, 두 개의 언덕 사이에 있는 골짜기 — 약간 도드라진 골짜기 — 에 자리 잡고 있었다. 토탄을 머금은 늪의 습기가 그곳에 묻히는 몇 안 되는 사체를 방부 처리하는 데 안성맞춤이라고들 했다. 교회 지붕은 아직 온전했지만, 신부 연봉이 20파운드밖에 안 되는 데다 방이 둘밖에 없는 사택도 언제 방 하나를 못 쓰게 될지 모르는 형편이고, 더욱이 이곳 신도들은 신부를 굶겨 죽이면 죽였지 호주머니에서 한 푼도 내놓을 생각이 없다는 소문이 퍼져서, 이곳에 와서 신부 노릇을 하겠다는 사람을 구할 수 없었다. 어쨌든 내 꿈속에서는 제이버스가 교회를 가득 메운 열성 신도들을 상대로 설교하고 있었다. 그의 설교는 — 정말이지! — 대단했다. 모두 490부로 되어 있었는데, 넉넉잡고 보통 설교 하나와 맞먹는 각 부마다 각각 다른 죄를 논하는 것이었다. 어디서 그런 죄를 다 찾아냈는지 알 수 없었다. 그는 주어진 성서 구절을 자기 식으로 해석했는데, 같은 신자인 형제들이 매 경우마다 다른 죄를 범해야 한다고 하는 것 같았다.

정말이지 기기묘묘한 양상의, 이전에는 상상도 하지 못한 죄목들이었다.

얼마나 지겹던지, 몸을 비비 틀고 하품을 하며 꾸벅꾸벅 졸다가 정신을 차리곤 했다. 내 살을 꼬집고, 찌르고, 눈을 비비고, 일어섰다 앉았다를 반복하다 조지프의 옆구리를 치면서 설교가 끝나면 — 과연 끝난다면 — 알려 달라고 부탁했다!

그러나 끝까지 다 들어야만 했다. 드디어 목사가 '일흔한 번째의 첫 번째'에 이른 것이다. 그 중대한 순간에 불현듯 영감이 떠오른 나는 일어서서 제이버스 브랜드럼이야말로 어떤 기독교인도 용서할 수 없는 바로 그 죄를 범한 죄인이라고 규탄했다.

"목사님!" 나는 소리를 질렀다. "이 건물 네 벽에 갇힌 채 한 자리에 앉아 저는 목사님 설교의 490부를 참아 내고 용서하며 들어왔습니다. 일흔 번씩 일곱 번 모자를 집어 들고 나가려고 했습니다. 그러나 일흔 번씩 일곱 번 당신은 터무니없게도 절 다시 주저앉혔습니다. 491번째라는 건 너무 지나칩니다. 고통을 함께한 여러분, 이놈에게 달려들어 끌어내립시다! 그의 고향 사람들조차 알아보지 못하게 가루로 만듭시다!"

"네가 바로 그 죄를 지은 사람이다!" 잠시 엄숙한 침묵이 흐른 후, 제이버스는 의자 쿠션에 몸을 기대며 외쳤다. "일흔 번씩 일곱 번 너는 하품을 참느라 얼굴을 일그러뜨렸지. 일흔 번씩 일곱 번 나는 내 영혼에게 말했다. 보라! 이것이 인간의 약함이로다. 이 또한 용서받기를! 일흔한 번째의 첫 번째가 온 것이다. 형제들이여, 기록된바 심판을 거행하라! 주의 성자 모두에게 그런 영광이 있기를!"

그의 말이 끝나자 거기 모인 사람들이 저마다 순례자의 지팡이를 치켜들고 떼를 지어 내 주위로 몰려들었다. 방어할 무기가 없던 나는 가장 가까운 데서 제일 사납게 덤벼드는 조지프의 몽둥이를 빼앗으려고 몸싸움을 시작했다. 무리가 밀고 당기는 가운데 몇 개의 몽둥이가 날아왔다. 나를 겨냥한 몽둥이가 다른 사람의 머리통을 가격했다. 순식간에 교회 안에서는 치고받는 소리가 울려 퍼졌다. 모든 사람이 서로 치고받는 형국이었다. 브랜드럼도 가만히 있는 게 뭣했던지, 설교단을 무수히 내려침으로써 자기의 열성을 토로했다. 그 소리가 하도 힘차게 울리는 바람에 잠을 깨고는 형언할 수 없는 안도의 한숨을 몰아쉬었다.

도대체 무엇이 그렇게 대단한 소동을 연상하게 했으며, 그 소란 중에 제이버스 역할을 한 것이 무엇이었는가. 다름이 아니라 바람이 울부짖으며 지나갈 때 창살에 스친 전나무 가지의 마른 열매가 유리창에 부딪혀 탁탁 소리를 낸 것이었다.

나는 긴가민가해서 잠시 귀를 기울였다. 무엇 때문에 깼는지를 인식하고 돌아누워 졸다가 또 꿈을 꾸었는데 — 그게 가능할 것 같지 않았지만 — 앞의 것보다 더 기분 나쁜 꿈이었다.

이번에는 참나무로 짠 작은 침상에 누워 있다는 기억은 남아 있었고, 거센 바람 소리와 눈이 휘몰아치는 소리도 똑똑히 들렸다. 전나무 가지가 되풀이해서 내는 소리가 들렸고, 소리의 원인도 제대로 알고 있었다. 그런데 너무 신경이 거슬려 가능하면 소리가 안 나도록 해 봐야지 마음먹고 꿈속에서 여닫이창 걸쇠를 열려고 일어났던 것 같다. 그러나 걸쇠는 꺾쇠로 땜질이 되어 있었다. 깨어 있을 적에 보았는데 그새 잊었던 것이다.

"그래도 저 소리를 멈추게 해 봐야지." 이렇게 중얼거리면서 나는 주먹으로 유리를 깨고 집요하게 두들겨 대는 가지를 붙잡으려고 팔을 내밀었다. 그런데 내 손에 잡힌 것은 가지가 아니라 얼음장처럼 싸늘한 조그만 손이었다.

악몽을 꾸고 있다는 몸서리쳐지는 공포에 나는 팔을 도로 빼내려 했지만 그 손은 놓아주지 않았고, 몹시 구슬픈 흐느낌이 들려

왔다.

"들어가게 해 줘요. 들어가게 해 줘요!"

"넌 누구냐?" 손을 뿌리치려고 애쓰면서 내가 물었다.

"캐서린 린턴이에요." 덜덜 떨리는 목소리가 대답했다. (왜 '린턴'이라는 이름이 생각났을까? 린턴이라는 이름보다는 '언쇼'라는 이름이 스무 번은 더 나왔을 텐데.) "저는 집에 돌아온 거예요. 황야에서 길을 잃었거든요!"

그렇게 말하는 순간, 창을 들여다보는 어린아이의 얼굴이 희미하게 보였다. 두려움 때문에 나는 잔인해졌다. 아무리 뿌리치려해도 소용이 없었기에 나는 아이의 팔목을 깨진 유리로 끌어당겨 여기저기 문질러 댔다. 피가 흘러 침구가 흠씬 젖었다. 그래도 아이는 "들어가게 해 줘요!" 하고 울부짖으면서 악착같이 내 손을 붙잡고 놓지 않았다. 공포로 거의 미칠 지경이 되었다.

"나보고 어떻게 하란 말이야?" 급기야 내가 말했다. "내 손을 놔. 그래야 널 들어올 수 있게 해 줄 거 아냐!"

그러자 조였던 손가락이 느슨해졌다. 나는 구멍으로 재빨리 손을 빼내고, 황급히 책을 피라미드 모양으로 쌓아 구멍을 막고 애원하는 소리를 듣지 않으려고 귀를 막았다.

15분 이상 귀를 막고 있었던 것 같다. 그러나 손을 떼자마자 그 구슬픈 울부짖음은 계속되었다.

"꺼져 버려! 20년 동안 애걸해도 들여놓지 않을 테니까!"

"바로 20년이에요. 20년 동안 떠돌아다니고 있는 거예요!" 그 소리는 탄식했다.

그때 바깥쪽에서 약하게 긁는 소리가 들리더니, 쌓아 올린 책들이 떠밀린 듯 움직였다.

벌떡 일어나려고 했지만 팔다리를 움직일 수 없었다. 미칠 듯한 두려움에 사로잡혀 난 소리를 질러 댔다.

난감하게도 꿈속에서만 소리를 친 것이 아니었던 모양이다. 황급한 발걸음이 내 방문 앞으로 다가왔다. 누군가 억센 손으로 문을 밀치자 머리맡에 뚫린 사각 창틀을 통해 어렴풋이 불빛이 비쳐 들었다. 나는 여전히 덜덜 떨고 앉아서 이마의 땀을 훔쳤다. 방에 불쑥 들어온 사람은 혼잣말을 뇌까리며 어쩔까 주저하는 것 같았다.

마침내 대답을 기대하는 것은 분명 아니지만 반쯤 속삭이듯 이렇게 말하는 것이었다.

"거기 누가 있소?"

나의 존재를 밝히는 것이 상책이라는 생각이 들었다. 듣자하니 히스클리프의 말투라 잠자코 있다 그가 더 안쪽까지 찾아볼까 봐 걱정이 되었기 때문이다.

이런 생각으로 나는 몸을 돌려 판자 미닫이를 열었다. 그 결과 벌어진 사태를 오래도록 잊지 못할 것 같다.

히스클리프는 셔츠와 바지 차림으로 입구 가까이 서 있었는데, 들고 있던 촛불에서 촛농이 그의 손가락으로 흘러내렸고, 얼굴은 그 뒤의 벽만큼이나 창백했다. 참나무 침상이 삐걱하는 소리를 듣고는 전기 충격을 받은 듯 놀라, 손에 든 촛불을 몇 자나 떨어진 곳으로 내던지고도 감정의 동요가 너무 심해 그것을 집어 들지 못할 정도였다.

"댁의 손님인데요." 그가 겁을 집어먹은 모습을 들키는 굴욕을 더 이상 당하지 않게 해야겠다는 생각에 내가 소리쳤다. "악몽을 꾸다가 잠결에 어쩌다가 소리를 질렀나 봅니다. 소란을 부려서 죄송합니다."

"이런 제기랄. 록우드 씨로군! 당신을 당장—" 집주인은 말을 꺼내다가 손이 계속 떨리는지 의자 위에 촛불을 세워 놓고 다시 말을 이었다.

"그런데 누가 이 방으로 안내한 거요?" 그는 손바닥에 손톱이 박힐 정도로 주먹을 꽉 쥐고, 턱이 덜덜 떨리는 것을 막으려고 이를 악물고 말했다. "그게 누구요? 지금 당장이라도 이 집에서 쫓아낼 생각이오."

"댁의 가정부 질라요." 이렇게 대답하고 나는 방바닥으로 뛰어 내려와 옷을 입기 시작했다. "가정부를 내쫓는다고 해도 내 알 바 아니오, 히스클리프 씨. 쫓겨나도 싸요. 아마 이 집에 유령이 나온다는 증거를 잡고 싶어 날 실험 대상으로 삼은 것 같소. 정말이지, 유령과 악마가 들끓고 있어요! 당신이 이 방을 잠가 두는 것도 분명 무리는 아닙니다. 이런 유령의 소굴에서 눈을 붙이게 해 준다고 고맙게 생각할 사람은 아무도 없을 거외다!"

"무슨 이야기를 하는 거요?" 히스클리프가 물었다. "그리고 지금 도대체 뭐 하는 거요? 이왕 여기 들어왔으니 누워서 오늘 밤을 지내시오. 하지만 제발 그런 소름 끼치는 고함은 지르지 마시오. 목이라도 잘리고 있다면 또 모를까, 그렇게 소란을 떨 필요는 없을 거요!"

"그 작은 악마가 창으로 들어왔다면 아마 내 목을 졸랐을 거요!" 내가 대꾸했다. "손님 대접을 썩 잘하는 댁의 조상들의 박해를 더 이상은 못 참겠소. 제이버스 브랜드럼 목사라는 작자도 외가 쪽으로 당신과 친척이 되는 것 아니오? 그리고 캐서린 린턴인가 언쇼인가 뭔가 하는 못된 계집은 — 필경 요정이 바꿔 친 아이*겠지만 — 정말 요망스러운 유령이었소! 유령으로 떠돌아다닌 지 20년이라고 하던데, 죽을죄를 짓고 죗값을 치르고 있는 게 분명해요!"

이렇게 말하는 순간 아까 읽은 책에서 히스클리프의 이름이 캐서린과 연관되어 나왔다는 사실이 떠올랐다. 그때까지 까맣게 잊고 있었던 것이다. 실례를 범했다는 생각에 얼굴이 달아올랐지만 모르는 척하는 것으로 사태를 수습하기로 하고 서둘러 덧붙였다.

"실은 제가 잠들기 전에." 이렇게 운을 떼다가 다시 말을 끊었다. "저 낡은 책들을 읽고 있었지요" 하고 말할 참이었던 것이다. 그렇게 말을 하면 내가 인쇄된 내용뿐 아니라 일기까지 읽었다는 것이 탄로가 날 판이었다. 그래서 나는 다시 생각해 보고 이렇게 둘러댔다.

"창턱에 낙서해 놓은 이름을 한 자 한 자 되풀이해서 외우고 있었거든요. 숫자를 헤아리는 식으로 그런 단조로운 일을 하면서 잠을 청할 양으로요—"

"도대체 어쩌자고 내게 이따위 이야기를 하는 거요!" 히스클리프는 몹시 격해서 고함을 쳤다. "어떻게! 어떻게 감히 내 집에서!

아냐! 이렇게 말하는 걸 보니 이 사람 미친 거야!" 그러고는 격노에 사로잡힌 나머지 손으로 이마를 짓찧는 것이었다.

나는 그의 말에 화를 내야 할지, 변명을 계속해야 할지 알 수가 없었다. 하지만 그가 워낙 흥분한 것 같았기 때문에 불쌍한 마음이 들어서 꿈 이야기를 계속했다. 이전에 '캐서린 린턴'이라는 이름을 들은 적이 없지만, 그 이름을 되풀이해 말한 결과 어떤 느낌이 내 마음에 각인되어 의식을 통제할 수 없는 꿈속에서 한 사람의 모습을 만들어 낸 것 같다고 말했다.

내가 이렇게 말하는 동안 히스클리프는 점점 침대 그늘로 사라지는 것 같더니 마침내 주저앉아서 거의 보이지 않을 지경에 이르렀다. 하지만 불규칙하고 간간이 끊어지는 숨소리로 미루어 지나친 격정을 가라앉히려고 애쓰는 듯했다.

그의 갈등을 모른 척하며 나는 일부러 부산하게 옷매무새를 바로잡고 시계를 보고는 혼잣말처럼 밤이 너무 길다고 넋두리를 했다.

"아직 3시도 안 됐군! 틀림없이 6시는 됐으리라고 생각했는데. 이곳에서는 시간이 안 가는군. 8시경에 잠자리에 들었던 게 틀림없어."

"겨울에는 언제나 9시에 자고 4시에 일어나오." 집주인은 신음 소리를 삼키면서 말했다. 그의 팔 그림자가 움직이는 것으로 보아 재빨리 눈물을 훔친 것을 알 수 있었다.

"록우드 씨." 그가 말을 이었다. "내 방에 가 계시는 게 좋겠소. 이렇게 일찍 내려가면 방해만 될 뿐이오. 당신이 어린애처럼 고함을 질러 대는 바람에 나는 다시 잠들기는 글렀으니까."

"나도 마찬가지입니다. 날이 샐 때까지 마당을 거닐다가 돌아가지요. 그리고 다시는 찾아오지 않을 테니 걱정하지 마십시오. 나도 이제는 시골에서든 도시에서든 사교의 즐거움을 찾겠다는 생각은 완전히 버렸으니까요. 분별 있는 사람이라면 자기 이외의 친구가 필요 없는 법이지요."

"기막히게 좋은 친구이기도 하군!" 히스클리프가 중얼거렸다. "촛불을 갖고 아무 데나 가고 싶은 데로 가 있으시오. 나도 곧 따라갈 테니까. 그러나 마당으론 나가지 말아요. 개들을 풀어 놓았으니까. 그리고 거실 쪽도 주노라는 놈이 지키고 있으니. 그리고, 아니, 계단과 복도를 거닐 수밖에 없겠군. 어쨌든 여기에서 나가만 주시오. 내가 곧바로 따라가리다."

방에서 나가라는 그의 명령은 따랐다. 하지만 좁은 복도들이 어디로 이어지는지 몰라 멈춰 서 있다가 본의 아니게 집주인의 미신적인 일면을 목격했는데, 그가 겉보기와 달리 정상이 아님을 드러냈다.

침대로 올라서서 격자창을 잡아 뜯어 연 그가 창틀을 잡아 흔들면서 걷잡을 수 없는 격정에 사로잡힌 채 울음을 터뜨린 것이다.

"들어와! 들어와!" 그는 흐느꼈다. "캐시, 제발 들어와. 아, 제발! 한 번만이라도! 아! 내 가장 소중한 사람, 이번만은 내 말을 들어줘. 캐서린, 이번만은 제발."

유령은 유령다운 변덕을 부려서 거기 있다는 기미조차 보이지 않았다. 다만 사납게 회오리치는 눈과 바람이 내가 서 있는 데까지 불어와서 촛불을 꺼 버렸다.

미친 듯한 울부짖음과 북받쳐 오르는 비통함에 너무나 쓰라린 고뇌가 묻어났으므로, 나는 동정하는 마음에 그의 어리석은 행동을 보아 넘겼다. 엿들었다는 사실에 반쯤 화가 나고, 우스꽝스러운 악몽 이야기를 늘어놓아 그런 고통을 불러일으킨 나 자신에게 짜증이 나서 그 자리를 피하기는 했지만, 내 꿈 이야기가 왜 그를 비탄에 빠뜨렸는지 알 도리가 없었다.

조심스럽게 아래층으로 내려가니 집 뒤편에 있는 부엌으로 통했는데, 그곳의 꽁꽁 묻어 놓은 재에 한 가닥 불길이 남아 있어서 다시 촛불을 켤 수 있었다.

재에서 기어 나와 나를 향해 불평하듯 야옹대는 잿빛 얼룩 고양이를 빼면 아무도 깨어 있지 않았다.

두 개의 벤치가 원의 일부를 이루면서 벽난로를 거의 삥 둘러싸고 있었다. 나는 그중 하나에 몸을 쭉 뻗으며 누웠고 고양이가 다른 벤치에 올라갔다. 누군가 우리의 안식처로 침입해 들어올 때까지 나나 고양이나 깜빡 잠이 들었나 보다. 뚜껑 문을 통해 위로 들어 올릴 수 있는 사닥다리를 타고 발을 질질 끌면서 내려온 사람은 조지프였다. 그의 다락방은 그리로 올라가는 모양이었다.

그는 못마땅한 눈초리로 내가 피워 놓은 작은 불꽃이 벽난로 앞철책 뒤에서 일렁이는 것을 바라보다가 고양이를 벤치에서 밀쳐내고는 그 자리를 차지하고 앉아 두세 치쯤 되는 파이프에 담배를 쑤셔 넣기 시작했다. 내가 그의 성소를 침입한 것을 입 밖에 내어탓하기도 민망스러운 뻔뻔함으로 여기고 있는 것이 분명했다. 그는 잠자코 파이프를 문 채 팔짱을 끼고 연기를 뿜어 댔다.

나는 그가 담배를 피우는 즐거움을 만끽하게 놔두었다. 마지막 한 모금을 뿜어낸 다음 그는 깊은 한숨을 내쉬며 일어서더니 들어올 때와 마찬가지로 엄숙하게 나가 버렸다.

다음에는 더 탄력 있는 발걸음이 들렸다. 이번엔 아침 인사라도 하려고 입을 열려다가 꿀꺽 삼켜 버렸다. 헤어턴 언쇼가 눈을 치우려고 한구석에서 보습인지 삽인지를 찾으면서 손에 뭔가 잡힐 적마다 나직한 소리로 기도라도 드리듯 욕지거리를 씨부렁거리는 중이었다. 그는 콧구멍을 벌름거리면서 벤치의 등 너머로 힐끗 넘겨다보았지만, 내 동무가 되어 주고 있는 고양이와 아침 인사를 나눌 생각이 없듯 내게도 그럴 생각이 없는 것 같았다.

그가 채비를 차리는 것으로 보아 이제는 출구가 마련되었겠구나 짐작하고는 딱딱한 잠자리에서 일어나 그를 따라 나가려고 했다. 내 거동을 지켜보던 그가 손에 쥔 보습 끝으로 안쪽 문을 툭 치면서 똑똑지 않은 소리로 자리를 옮기려거든 그리로 가라고 하는 것 같았다.

그 문으로 나가니 거실이었다. 여자들은 이미 일어나 있었다. 질라는 커다란 풀무로 굴뚝에 불꽃을 피워 올렸고 히스클리프 부인은 무릎을 꿇고 난로 불빛으로 책을 읽고 있었다.

그녀는 화로의 열을 막느라 눈언저리를 손으로 가리며 책 읽기에 열중하는 것 같았다. 불꽃이 날아온다고 가정부에게 불평을 하거나, 이따금 그녀의 얼굴에 버릇없이 코를 문질러 대는 개를 밀어낼 때를 제외하면 책에서 눈을 떼지 않았다.

히스클리프도 거기에 있는 것을 보고 나는 놀랐다. 그는 나를 등지고 불 앞에 선 채 불쌍한 질라에게 한바탕 퍼붓고 난 참이었다. 질라는 때때로 일손을 멈추고 앞치마 자락으로 눈물을 닦으며 분에 못 이겨 씩씩거리고 있었다.

"그리고 너, 이 쓸모없는 ＿＿＿*" 내가 들어갔을 때 그는 오리나 양과 마찬가지로 나쁜 뜻의 단어는 아니지만, 글에서는 대체로 긴 줄로 표시하고 생략하는 상소리를 며느리를 향해 일갈하고 있었다.

"넌 또 꾀를 부려 빈둥거리고 있구나! 남들은 밥벌이를 하는데, 넌 내가 인정을 베풀어 얻어먹고 있는 거야! 그따위 쓰레기 같은 책을 치우고 일거리를 찾지 못해? 눈앞에서 지겹게도 아른거린 대가를 치르도록 만들 테다. 알겠냐? 빌어먹을 계집 같으니."

"싫다고 해 봤자 소용없을 테니 쓰레기 같은 책은 치우도록 하죠." 젊은 여인은 책을 덮어 의자에 던지면서 대답했다. "그렇지만 욕설을 퍼붓다 당신 혀가 닳아 없어진다 해도 하고 싶은 일이 아니면 하지 않겠어요!"

히스클리프는 손을 번쩍 들었다. 그러자 상대방은 그 손의 무게를 익히 알고 있는 듯 안전한 거리로 물러섰다.

개와 고양이의 싸움 같은 것을 구경하며 즐길 마음이 아니었기 때문에 나는 중단된 말싸움을 듣지 못했다는 듯, 짐짓 난롯불을 쬘 양으로 성큼성큼 앞으로 걸어 나갔다. 양쪽 다 적대감을 더 이상 내보이지 않을 정도의 예의는 있었다. 히스클리프는 주먹을 휘두르고 싶은 유혹에 빠지지 않으려고 양손을 주머니에 쑤셔 넣었다. 그리고 며느리는 입을 삐죽거리더니 멀찌감치 떨어진 자리로 가 앉아서 내가 거기 있는 동안은 조각처럼 꼼짝도 하지 않음으로써 아까 자기가 한 말을 지켰다.

오래 머물지는 않았다. 나는 아침 식사 초대를 사양하고 날이 새자마자 자유롭게 숨 쉴 수 있는 바깥으로 도망쳐 나왔다. 날은 맑게 개었고 바람 한 점 없었지만 공기는 얼음처럼 싸늘했다.

내가 정원을 채 빠져나오기도 전에 집주인이 뒤에서 나를 불러 세우더니 황야를 건너는 데 동행하겠다고 말했다. 그가 따라와 주어서 다행이었다. 등성이 너머가 온통 파도치는 흰빛 바다를 이루고 있었기 때문이다. 높이 솟아오른 곳과 움푹 팬 곳이 실제 지면의 높낮이와 일치하지 않았다. 웅덩이가 적어도 몇 군데는 눈에 묻혀 평평해졌고, 어제 걸어오며 머릿속에 그려 넣은 지도의 지형지물 중 채석장에서 버린 돌 부스러기로 이뤄진 일련의 작은 둔덕은 자취도 없이 사라져 버렸다.

황야를 가로지르는 길 한옆으로 5~6미터 간격을 두고 일렬로 세워 놓은 돌들을 그 전날 눈여겨보아 두었다. 석회로 하얗게 칠해 세워 놓은 이 돌들은 어두운 밤, 혹은 지금처럼 눈이 내려 길 양쪽의 깊은 수렁과 단단한 길바닥을 구별하기 어려울 때 표지 역할을 하게 만들어 놓은 것이었다. 그러나 여기저기 더러운 점처럼 솟아나 있는 것을 제외하면 그 흔적조차 없어지고 말았다. 그래서 길을 제대로 꺾어 들었다고 생각할 때에도 나의 동행이 오른쪽으로 혹은 왼쪽으로 가라고 주의를 주곤 했다.

우리는 거의 한마디도 주고받지 않았다. 그는 스러시크로스 그레인지의 사냥터 숲 입구에서 걸음을 멈추더니 거기서부터는 길을 잃지 않을 거라고 말했다. 서둘러 고개를 숙여 작별 인사를 나누고는 내 요량만 믿고 나아갔다. 문지기 집에 아직 사람을 들이지 않았기 때문이다.

대문에서 저택까지의 거리는 2마일이었으나, 숲 속에서 길을 잃거나 목까지 눈에 빠지느라 4마일은 족히 걸었다. 그 고생은 해보지 않은 사람은 모를 것이다. 어쨌든, 어떻게 헤매 다녔건, 집에 들어서자 시계가 12시를 쳤다. 그러고 보면 워더링 하이츠에서 늘 다니는 길로 따져 보면 1마일에 꼭 한 시간씩 걸린 셈이다.

집을 세내면서 덤으로 떠맡은 가정부와 그녀의 수하들이 뛰어나와 나를 맞았다. 그들은 내가 살아 있으리라는 희망을 아주 버렸다고 큰 소리로 떠들었다. 모두들 내가 간밤에 죽은 걸로 단정하고 시체 수색을 어떻게 시작할지 궁리 중이었다는 것이다.

무사히 돌아왔으니 떠들 것 없다고 이르고는, 심장까지도 감각이 없는 상태로 발을 질질 끌며 2층으로 올라갔다. 옷을 갈아입고 30~40분 동안 체온을 회복하기 위해 이리저리 거닐다가 서재로 자리를 옮겼다. 고양이 새끼보다도 힘이 없어 따뜻한 난롯불과 원기를 되찾으라고 하녀가 끓여 온 커피를 즐길 기력도 없었다.

제4장

인간은 허망한 풍향계* 같은 존재인가 보다! 세상과 모든 교제를 끊기로 결심하고 마침내 교제를 하려고 해도 할 수 없는 곳을 찾아낸 행운에 감사했건만! 연약한 인간에 지나지 않는 나는 어둠이 깔릴 때까지 우울과 고독을 견뎌 내려고 애쓰다 결국 백기를 들지 않을 수 없었다. 그리하여 딘 부인이 저녁 식사를 날라 왔을 때, 살림을 꾸리는 데 뭐가 필요한지 알고 싶다는 핑계를 대고 식사하는 동안 옆에 있어 줄 것을 청했다. 그녀가 진짜 수다쟁이여서 내 흥미를 일깨우거나, 그녀의 이야기를 자장가 삼아 잠이 들수 있기를 진심으로 바랐던 것이다.

"여기서 꽤 오래 살았다고 들었네만?" 내가 운을 뗐다. "16년이라고 했던가?"

"18년이에요. 이 댁 아씨가 시집올 때 시중들려고 따라왔으니까요. 아씨가 돌아가신 뒤 전 주인께서 집안 살림을 제게 맡기셨죠."

"그랬군."

그러고 나서 잠시 이야기가 끊어졌다. 그녀는 자기와 관계된 일이 아니면 좀처럼 입을 여는 사람이 아니라는 생각이 들었다. 하지만 사실 난 그녀의 이야기에는 별 흥미가 없었다.

그런데 그녀가 주먹을 양쪽 무릎에 올려놓고 불그레한 얼굴을 찌푸리면서 잠시 생각에 잠긴 끝에 불쑥 이렇게 토로했다.

"정말 그동안 많은 변화가 있었어요!"

"그렇겠지." 내가 거들었다. "무던히도 많은 변화를 지켜봤을 성싶은데."

"그렇습니다. 불행한 일도 많이 겪었지요." 그녀가 말했다.

'아하, 이야기를 집주인 집안으로 돌리자!' 나는 속으로 생각했다. '이야기를 꺼내기에 알맞은 화제인 데다가, 그 예쁘장한 소녀 과부의 내력도 알고 싶으니. 그녀가 이 고장 사람인지, 아니면 무뚝뚝한 토박이들이 친척으로 인정하지 않는 타지 출신인지. 아마도 그렇기 쉽겠지만.'

이런 생각에 나는 딘 부인에게 히스클리프가 왜 스러시크로스 그레인지를 세주고 위치로 보나 집으로 보나 훨씬 못한 곳에 굳이 살고 있는지를 물었다.

"이 저택을 유지할 만큼 부자는 아닌 모양이지?" 내가 물었다.

"돈이야 있지요." 그녀가 대꾸했다. "재산이 얼마나 되는지 아무도 모를 만큼 있는 데다 해마다 불어나고 있는걸요. 정말 이보다 더 훌륭한 저택에 살 수 있을 만큼 재산은 많아요. 하지만 그분은 아주 인색해요. 설사 스러시크로스 그레인지로 이사 올 작정이었다 하더라도, 좋은 세입자가 있다는 이야기를 들으면 몇백 파운드 더 벌 수 있는 기회를 놓치려 하지 않을걸요. 세상에 혈혈단신이면서 그렇게 욕심을 부리니 이상하지요?"

"아들이 하나 있었던 모양이던데?"

"네, 하나 있었는데 죽었지요."

"그리고 그 젊은 부인, 히스클리프 부인이 그의 미망인이라지?"

"그렇습니다."

"그 부인은 원래 어디 사람인가?"

"아, 이 댁 전 주인의 따님이지요. 캐서린 린턴이 처녀 때 이름이랍니다. 제가 키운 아가씨인데, 가엾기도 하지! 히스클리프 씨가 이리로 옮겨 와서 아가씨와 함께 살게 되기를 얼마나 소원했는데요."

"뭐, 캐서린 린턴!" 나는 놀라 소리쳤다. 그러나 곰곰 생각해 보니 유령으로 나타난 그 캐서린이 아니라는 확신이 섰다. "그렇다면 이 집 전 주인의 존함이 린턴이었던가?"

"그랬지요."

"그럼 언쇼란 젊은이는 누구지? 히스클리프 씨와 함께 살고 있는 헤어턴 언쇼 말이오. 친척뻘 되는가?"

"히스클리프 씨와는 아무 사이도 아니에요. 돌아가신 린턴 부인의 조카이기는 하지만요."

"그러면 그 젊은 과부와는 사촌 간이겠네?"

"그렇답니다. 그리고 죽은 남편과도 사촌 간이었지요. 한쪽은 외사촌이고, 다른 한쪽은 고종사촌이었죠. 히스클리프가 린턴 씨의 누이동생과 결혼했거든요."

"워더링 하이츠의 현관 위에 '언쇼'라는 이름이 새겨져 있던데. 유서 깊은 가문인가 보지?"

"굉장히 오래된 집안이지요. 헤어턴이 그 가문의 마지막 혈손이에요. 우리 캐시 아가씨가 이 집안, 즉 린턴 가문의 마지막 혈손인 것처럼 말이지요. 워더링 하이츠에 가셨던가요? 여쭙기 송구합니다만, 우리 아가씨가 어떻게 지내는지 알고 싶어서요."

"히스클리프 부인이라면 꽤 건강해 보이고 아주 예쁘던데. 하지만 그리 행복한 것 같지는 않더군."

"아이구 딱해라. 그럴 거예요! 그 집 주인의 인상은 어떠셨나요?"

"다소 거친 사람이더군. 딘 부인, 그 사람 성격이 원래 그런가?"

"거칠기는 톱니 같고 냉혹하기는 바윗돌 같은 사람이지요! 그 사람과는 왕래가 적을수록 좋을 거예요."

"그렇게 못된 성미를 갖기까지는 필경 우여곡절이 있었을 텐데. 그 사람 내력에 대해 뭐 아는 게 있소?"

"그야 뻐꾸기 내력 같은 거지요, 그 사람 내력이라면 훤하답니다. 어디서 태어났고, 부모가 누구며, 돈을 어떻게 벌었는가는 모르지만요. 헤어턴은 마치 깃털도 채 안 자란 바위종다리 새끼처럼 둥지에서 밀려난 셈이지요. 그런데 자기 몫을 빼앗긴 줄도 모르고 있는 사람은 이 교구에서 그 불쌍한 도련님밖에 없지 뭡니까!"

"그럼 딘 부인, 좋은 일 하는 셈 치고 내게 그 사람들 이야기 좀 해 주게. 잠자리에 들더라도 잠이 올 것 같지 않으니까. 부디 앉아서 한 시간 정도만 이야기해 주게나."

"네, 하구말구요! 바느질거리를 가지고 오겠어요. 그리고 원하시는 만큼 앉아 있지요. 하지만 감기가 드셨잖아요. 아까 보니까 오한이 나시는 것 같던데 죽이라도 좀 드시고 감기를 몰아내셔야 지요."

그 충실한 가정부는 부산스럽게 방을 나섰다. 나는 몸을 웅크리며 불 쪽으로 다가갔다. 머리는 뜨겁고 몸은 싸늘했다. 열에 들떠 얼이 빠진 느낌이었다. 그래서 불편한 것은 아니었지만, 어제와 오늘 겪은 일이 심각한 결과로 이어질까 조금 겁이 났고 지금도 그렇다.

딘 부인은 금세 김이 나는 죽 그릇과 바느질 바구니를 가지고 돌아왔다. 죽 그릇을 벽난로의 안쪽 시렁 위에 올려놓고 내가 이 렇게 붙임성 있게 구는 것을 반기면서 의자를 끌어당겨 앉았다.

제가 이곳에 와 살기 전에는 — 그녀는 이야기를 해 달라고 다 시 청하기를 기다리지 않고 말문을 열었다 — 저는 거의 내내 워 더링 하이츠에서 살았습니다. 우리 어머니가 헤어턴의 아버지인 힌들리 언쇼 씨의 유모였기 때문이지요. 그래서 저는 그 집 아이 들과 같이 놀았답니다. 심부름도 하고, 건초 만들기를 돕고, 농장 근처에 있다가 누구든 일을 시키면 하곤 했지요.

어느 맑은 여름날 아침, 추수를 시작할 무렵으로 기억하는데, 주인 나리인 언쇼 씨가 여행 떠날 채비를 하고 아래층으로 내려오 셨지요. 조지프에게 며칠간 할 일을 이르고 나서, 그 어른은 힌들 리와 캐시, 그리고 함께 죽을 먹고 있던 제 쪽으로 오셔서 아드님 에게 말씀하셨어요.

"자, 우리 잘생긴 도령, 아버지는 오늘 리버풀에 간다. 올 때 뭘 사다 줄까? 갖고 싶은 걸 이야기해 봐라. 하지만 작은 물건이어야 한다. 걸어갔다 걸어 돌아올 거니까. 가고 오는 데 각각 60마일이 나 되거든. 한번에 걷기엔 아주 먼 길이란다!"

힌들리가 바이올린이 좋다고 말하자 그 어른은 캐시에게도 물으셨어요. 그녀는 여섯 살이 채 안 되었지만 마구간의 어떤 말이라도 탈 수 있었지요. 그래서 말채찍이 좋다고 하더군요.

그분은 저도 잊지 않으셨습니다. 가끔 엄하시기는 해도 마음이 좋은 분이셨으니까요. 제게는 호주머니 가득 사과와 배를 넣어 오겠노라고 약속하시고, 당신 아이들에게 뽀뽀를 하고 출발하셨지요.

우리에겐 그분이 안 계신 사흘이 아주 길게만 느껴졌답니다. 그래서 어린 캐시는 언제 돌아오시는 거냐고 묻곤 했어요. 주인마님은 사흘째 되던 날 저녁 무렵에는 돌아오시리라 생각하고 저녁 식사 시간을 한 시간 한 시간 미루었지요. 그러나 돌아오실 기미가 없어 아이들도 대문까지 달려 나가 보는 데 지쳐 버렸습니다. 날이 어두워지자 마님께서는 아이들을 재우려고 하셨지만 다들 오실 때까지 기다리겠다고 애처롭게 졸라 댔지요. 11시쯤 되어서 문의 걸쇠가 조용히 올라가더니 그 어른이 들어오셨습니다. 그분은 의자에 털썩 주저앉아서 웃다가 앓는 소리를 내다가 하시더니, 피곤해서 죽을 지경이니 다들 가까이 오지 말라고 하시곤 영국을 몽땅 준대도 이런 여행은 다시 하지 않겠다고 말씀하셨습니다.

"게다가 막판에 와서는 죽을 정도로 혼이 났지!" 그분은 둘둘 말아서 팔에 끼고 온 외투를 펴면서 말씀하셨습니다. "여보, 이걸 봐요. 내 평생 날 가장 애먹인 물건이오. 그러나 하느님께서 주신 선물이라 생각하고 받아들이도록 해요. 악마의 선물처럼 가무잡잡하기는 하지만."

우리는 그분의 주위로 모여 섰습니다. 캐시 아가씨의 머리 너머로 흘깃 누더기를 걸친 더러운 아이의 까만 머리가 보이더군요. 걸을 수도 있고 말을 할 수도 있을 만큼 큰 아이였어요. 실제로 얼굴은 캐서린보다 나이 들어 보였습니다. 그런데도 세워 놓으니까 주위를 빤히 둘러보면서 아무도 알아듣지 못하는 이상한 말을 되풀이할 뿐이었어요. 저는 겁이 났고 주인마님도 문밖으로 그 아이를 당장 내던질 기세였지요. 마님은 펄펄 뛰시면서 집에도 먹이고 돌봐야 할 자식들이 있는데 어떻게 집시 새끼를 집에 데리고 올 생각을 했느냐, 도대체 이 아이를 어떻게 할 작정이냐, 미친 게 아니냐고 따지고 들었지요.

주인 나리는 경위를 설명하려고 하셨지만 정말이지 피곤해서 거의 돌아가실 지경이라, 마님이 야단야단하는 가운데 제가 알아들은 이야기는, 어른께서 리버풀 거리에서 그 아이가 집도 절도 없이 굶주림에 떨면서 벙어리나 다름없는 처지인 것을 보시고, 뉘 집 아이냐 물어보셨는데 아무도 모르더랍니다. 돈도 시간도 넉넉지 않은데 거기서 허튼돈을 쓰느니 곧장 집으로 데려오는 것이 낫다고 생각하셨다는 거예요. 그 아이를 그대로 놔두고 올 생각은 아니었기 때문이지요.

결론을 이야기하자면, 마님도 투덜대다 진정이 되었어요. 주인 나리는 제게 그 아이를 씻겨 깨끗한 옷으로 갈아입히고 아이들과 함께 재우라고 시키셨답니다.

힌들리와 캐시는 소동이 가라앉을 때까지 옆에서 얌전히 보고 듣고만 있다가, 둘 다 약속한 선물이 들어 있는지 아버지의 주머니를 뒤지더군요. 힌들리는 열네 살의 소년이었지만 아버지의 외투 주머니에서 짓눌려 조각난 바이올린을 꺼내더니 큰 소리로 훌쩍거렸지요. 캐시는 낯선 아이를 돌보느라 말채찍을 잃어버렸다는 말을 듣고는 멍청한 어린것에게 화를 내며 침을 뱉어 화풀이를 했고요. 그 바람에 못된 버릇을 고치라고 아버지에게 한 대 단단히 얻어맞았지요.

두 아이 모두 주워 온 아이와 함께 자는 것은 고사하고 한방에 같이 있는 것조차 거부했답니다. 저도 더 철이 들었다고 할 수 없어서 다음 날 아침 사라졌기를 바라면서 아이를 층계참에 내버려 두었지요. 우연인지 아니면 목소리를 듣고 찾아간 건지 아이는 주인 나리의 방문 쪽으로 소리 없이 기어갔던 모양이고, 그분이 방을 나오시다가 보신 거예요. 당장 어떻게 그리로 오게 되었는지 심문이 벌어졌고 저는 이실직고하지 않을 수 없었습니다. 그리하여 비겁하고 인정머리 없다는 이유로 저는 그 댁에서 쫓겨났지요.

히스클리프는 언쇼 집안 사람들과 그렇게 처음 만났습니다. 쫓겨났다고는 하지만 아주 쫓겨난 것이라고 생각하지 않은 제가 며칠 후 돌아가 보니 아이는 히스클리프라는 이름으로 불리고 있었습니다. 어릴 적에 죽은 주인댁 아들 이름이었는데, 그게 그 이후 히스클리프에게는 이름이자 성이 되었지요.

캐시와는 벌써 아주 가까워졌더라고요. 하지만 힌들리는 히스클리프를 미워했고, 솔직히 말해서 저도 마찬가지였습니다. 그래서 골탕을 먹이고 고약하게 굴었지요. 전 그렇게 하는 것이 옳은 일이 아니라는 것을 알 만큼 철이 안 들었고, 저희가 잘못하는 것을 보아도 마님께선 그 아이를 위해 한마디도 거들지 않았거든요.

히스클리프는 말이 없고 참을성 많은 아이 같았습니다. 아마 학대를 견디는 데 이골이 났기 때문일 거예요. 힌들리가 두들겨 패도 눈도 꿈쩍하지 않거나 눈물 한 방울 안 흘리며 참아 냈고, 제게 꼬집혀도 마치 자기가 잘못해서 다쳤으니 남을 탓할 수 없다는 듯 한숨을 들이쉬고는 눈만 끔벅끔벅할 뿐이었어요.

히스클리프가 이렇듯 참아 냈기 때문에 주인 나리는 당신의 아들 힌들리가 그 불쌍한 고아를 — 그렇게 부르셨지요 — 괴롭힌 걸 아시면 몹시 화를 내셨답니다. 그분은 이상하게 히스클리프를 편애하셔서 그 애의 말이라면 무엇이라도 믿으셨지요. (아닌 게 아니라 말이 없는 편인 그 아이는 말을 했다 하면 대개 사실을 이야기했거든요.) 그래서 유난히 말썽을 부리고 고집불통인 캐시보다 히스클리프를 더 귀여워하시게 된 겁니다.

히스클리프는 이런 식으로 처음부터 집안의 분란을 일으켰어요. 2년도 지나지 않아 마님이 세상을 떠나자 힌들리는 아버지를 자기편이라기보다는 억압자로 생각했고, 히스클리프를 아버지의 사랑과 자신의 권리를 가로챈 찬탈자로 여기게 되었답니다. 자기가 입은 피해에 골몰해 점점 원한만 깊어 갔고요.

저도 한동안은 그의 편이었어요. 그런데 아이들이 홍역을 앓게 되어 간호를 맡는 동시에 집안 살림도 돌보아야 할 형편이 되면서 제 생각이 바뀌었습니다. 히스클리프는 생명이 위독할 정도로 중태에 빠졌는데, 정말 아플 때는 제가 계속 머리맡을 지켜 주기를 원하더군요. 자기에게 매우 잘해 준다고 생각한 모양입니다. 어쩔 수 없이 그랬다는 걸 짐작할 수 없었던 거지요. 이렇게 말할 수 있을 것 같네요. 간호사가 돌본 아이들 중에서 가장 묵묵히 잘 참는 아이였다고요. 히스클리프가 다른 두 아이들과 너무 달라서 전보다 덜 편파적이 될 수밖에 없었지요. 캐시와 그녀의 오빠는 저를 몹시 성가시게 했지만, 그 아이는 새끼 양처럼 불평 한마디 없었어요. 하지만 순해서가 아니라 모질어서 절 성가시게 하지 않았던 것입니다.

히스클리프는 살아났습니다. 의사 선생님은 제 간호에 힘입은 바 크다고 말씀하시면서 잘 돌보았다고 칭찬해 주셨지요. 칭찬을 받고 보니 우쭐해졌고, 히스클리프 덕분에 칭찬을 받았다고 생각하니 그에 대한 마음도 누그러지더군요. 그렇게 해서 흔들리는 마지막 동지를 잃었답니다. 그래도 저는 히스클리프에게 무작정 빠져든 건 아니었어요. 돌이켜 보면, 은혜를 베풀어도 감사의 표현을 할 줄 모르는 그 무뚝뚝한 아이의 어떤 점을 주인 나리께서 그토록 높이 평가하셨는지 이상하다는 생각을 하곤 했지요. 히스클리프가 은인에게 불손했다는 말은 아닙니다. 그냥 무신경했다는 거죠. 그러면서도 자기가 주인 나리의 마음을 사로잡았다는 것을 잘 알고 있었고, 또 자기 말 한마디로 집안사람들을 좌지우지할 수 있다는 것도 계산에 넣었고요.

한 예로 주인 나리께서 언젠가 장에서 망아지 두 마리를 사 와

두 소년에게 한 마리씩 주신 일이 있었답니다. 히스클리프가 더 잘생긴 망아지를 가졌는데 얼마 안 가 절름발이가 되었지요. 그 사실을 알고 난 후 그는 힌들리에게 이렇게 말했어요.

"말을 바꿔 줘야 할걸. 내 건 싫단 말이야. 못하겠다면 네가 이번 주일에 세 차례나 때린 걸 너의 아버지께 말씀드리고 어깨까지 멍이 든 내 팔을 보여 드릴 테니까."

힌들리는 혀를 내밀어 보이고는 히스클리프의 얼굴을 주먹으로 갈겼어요.

"당장 바꿔 주는 게 좋을 거야." 그는 문간으로 몸을 피하면서도 끝내 우기더군요. (그들은 마구간에 있었습니다.) "바꿔 주지 않을 수 없을걸. 날 때린 걸 말씀드리면 넌 이자까지 붙여서 얻어 맞을걸."

"꺼져, 이 개새끼!" 힌들리는 소리치면서 감자와 건초를 다는 데 쓰는 저울추를 집어 들고 위협했습니다.

"던져 보시지." 히스클리프는 가만히 서서 대답했어요. "그럼 아버지가 돌아가시면 나를 집에서 내쫓겠다고 큰소리쳤다고 일러바칠 테니까. 그 말을 듣고 네 아버지가 널 당장 쫓아내지 않을지 두고 볼 일이야."

힌들리가 저울추를 던져서 히스클리프가 가슴을 맞고 쓰러졌습니다. 그러나 그는 숨도 쉬지 못하고 하얗게 질린 상태로 비틀거리면서도 이내 일어나더군요. 제가 말리지 않았더라면, 당장 주인 나리께 가서 다친 상처를 보이면서 누가 이 지경으로 만들었는가를 암시하여 십분 복수를 했을 거예요.

"그렇다면 내 망아지를 가져, 이 집시 놈아!" 힌들리가 말하더군요. "그놈을 타다가 모가지라도 부러져라. 망아질 갖고 지옥에나 떨어져라. 이 거지 같은 훼방꾼아! 그리고 감언이설로 아버지를 속여서 재산을 몽땅 차지하렴. 그러고 난 다음 네 정체가 마귀새끼임을 밝히라구. 자, 데리고 가. 그놈이 너를 걷어차서 골통이 부서지기를 빌겠다!"

히스클리프는 망아지를 풀어서 마구간의 자기 칸막이로 옮겨 놓고 있었지요. 말을 마친 힌들리는 망아지 뒤쪽으로 돌아가고 있는 히스클리프를 한 대 갈겨서 말 발치에 쓰러뜨리고는 자기의 소망이 이뤄졌는지 확인도 않은 채 재빨리 달아나 버렸습니다.

뜻밖에도 히스클리프는 아무렇지도 않은 듯 추스르고 일어나서 안장 등속을 다 바꾸어 놓는 등 하던 일을 계속하더군요. 그러고 나서야 조금 전에 얻어맞아서 생긴 현기증을 가라앉히느라고 건초단 위에 앉아 있다가 집으로 들어갔지요.

망아지 때문에 멍이 들었다고 하자 선뜻 그러자고 하더군요. 원하는 것을 손에 넣었기 때문에 이야기를 어떻게 꾸며 대든 상관하지 않기로 한 거지요. 이런 식으로 난리를 치르고도 좀처럼 불평하지 않아서 정말이지 히스클리프가 복수심이 강하다고는 생각하지 않았어요. 그런데 이야기를 들으시면 아시겠지만, 제가 감쪽같이 속은 거였답니다.

제5장

세월이 지나면서 언쇼 씨의 건강이 나빠졌습니다. 활동적이고 건강한 분이 갑자기 원기를 잃으셨어요. 난롯가에 붙박이로 앉아 있게 된 이후로 짜증이 심해지셨지요. 아무것도 아닌 일에 화를 내셨고 당신의 권위가 조금이라도 무시당했다고 생각하면 몹시 역정을 내셨답니다.

당신이 귀여워하는 아이를 업신여기거나 억압한다고 생각하시면 특히 그러셨어요. 히스클리프에 대해서 누가 말 한마디라도 잘못하나 싶어 성화가 대단했지요. 당신이 히스클리프를 귀여워하니까 다들 미워하면서 해코지할 궁리만 한다는 생각이 머리에 박힌 모양이었습니다.

이런 상황이 그 아이에게 좋지만은 않았어요. 왜냐하면 우리들 중 마음이 약한 쪽은 주인 나리의 짜증을 돋우지 않으려고 히스클리프를 편애하도록 기분을 맞춰 드렸고, 그렇게 함으로써 그의 오만과 못된 성미를 부추겼던 거지요. 그래도 어느 정도는 그럴 수밖에 없었답니다. 두 번인가 세 번, 힌들리가 아버지 앞에서 히스클리프를 모욕해 아버지를 격분에 빠뜨렸지요. 언쇼 씨는 지팡이를 들어 그를 때리려 했지만 그게 잘 안 되자 분에 못 이겨 부들부들 떠셨어요.

마침내 신부보가 — 그때 이 고장에는 린턴과 언쇼 양가의 아이들에게 글을 가르치고, 농사도 약간 지어서 성직록(聖職祿)*에 보태는 신부보가 있었습니다 — 힌들리를 대학에 보내야 한다고 말씀드렸어요. 언쇼 씨는 그러마 하셨지만 이렇게 말씀하신 것을 보면 마음은 무거우셨던 것 같아요.

"힌들리는 아무짝에도 쓸모없는 놈이니 어디를 가도 별수 없을 거야."

이제는 평화가 깃들기를 저는 정말 바랐지요. 그분이 좋은 일을 하시고도 마음고생을 하신 걸 생각하면 지금도 마음이 아프답니다. 가족 간의 불화 때문에 나이 들면서 울화병이 생긴 거라고 저는 생각했고 그분도 그렇다고 말씀하시곤 했지요. 그러나 역시 원인은 노환이었을 겁니다.

어쨌거나 두 사람만 아니었다면 우리는 그럭저럭 편안하게 지냈을 거예요. 캐시 아가씨와 하인 조지프가 그 둘이었지요. 워더링 하이츠를 방문하셨을 때 조지프를 보셨을 겁니다. 그 영감은, 필경 아직도 그렇겠지만, 성서 구절을 끌어내어 하느님께서 자기에게 이러저러한 약속을 하셨다고 주워섬기면서 주위 사람에게는 저주를 퍼붓는, 진저리 나게 잘난 체하는 위선자랍니다. 설교조로 경건하게 이야기를 끌어가는 말재주로 언쇼 씨의 마음을 휘어잡

앉고 그분이 쇠약해질수록 조지프의 영향력은 커져만 갔어요.

조지프는 영혼의 구원이나 아이들의 훈육을 들먹이며 언쇼 씨를 몹시 성가시게 했습니다. 힌들리를 망나니로 낙인찍는 데 한몫 거들고, 밤이면 밤마다 히스클리프와 캐서린에 대해 있는 얘기 없는 얘기를 줄줄이 늘어놓으며 불평을 해 댔지요. 잘못이 거지반 캐서린에게 있는 것으로 돌리면서 그분의 편애를 부추기는 것도 잊지 않았고요.

정말이지 캐서린은 그런 아이를 본 적이 없다고 해도 될 만큼 별난 데가 있었답니다. 우리 모두를 하루에 쉰 번, 아니 그 이상 분통을 터뜨리게 만들었고, 아래층으로 내려오는 순간부터 잠자리에 드는 순간까지 단 1분도 사고를 치지 않으리라고 장담할 수 없었어요. 항상 기분이 최고조였지요. 쉴 새 없이 지껄이며 노래를 부르다가는 깔깔 웃고 자기처럼 하라고 못살게 굴었습니다. 이렇게 걷잡을 수 없이 제멋대로였지만, 이 근방에서는 눈이 가장 예쁘고, 기막히게 달콤한 웃음에 발걸음이 가벼운 아가씨였지요. 따지고 보면 별 악의는 없었어요. 일단 누구를 진짜로 울려 놓으면 대개는 그 옆에서 달래느라 애를 써서, 캐시의 마음을 편안하게 해 주려고 이쪽에서 울음을 그쳐야 할 판이었으니까요.

캐시는 히스클리프를 지나치다 싶을 정도로 좋아했습니다. 그래서 우리가 그녀에게 내릴 수 있는 가장 큰 벌은 히스클리프와 떼어 놓는 거였지요. 하지만 그 누구보다 히스클리프로 인해 꾸중을 많이 들었답니다.

놀이를 할 때면 작은 안주인 역을 하는 것을 무척 좋아해서, 함부로 손찌검을 하면서 동무들에게 명령을 내렸어요. 제게도 마찬가지였습니다만, 저는 얻어맞거나 시키는 대로 하는 건 딱 질색이라 번번이 대들었지요.

그런데 언쇼 씨는 아이들의 장난을 이해하지 못하셨어요. 아이들에게는 언제나 엄격하고 엄숙하게 대하셨습니다. 캐서린은 또 캐서린대로 아버지가 병약해지신 뒤부터는 건강할 때보다 화를 더 잘 내고 참을성이 없어진 것을 이해하지 못했어요.

그분이 종종 역정을 내시면 캐시는 고약하게도 재미 삼아 아버지를 약 올리곤 했답니다. 우리가 입을 모아 나무랄 때는 뻔뻔하고 되바라진 표정을 지으며 척척 말대꾸를 하고 대들면서 제일 신나 했지요. 조지프의 종교적인 저주를 우스갯거리로 만들어 버렸고, 저를 골탕 먹였고, 아버지가 가장 싫어하는 짓, 즉 그녀의 꾸며 댄 거만함이 ― 언쇼 씨는 꾸며 댄 것임을 알지 못했지만 ― 아버지의 친절보다도 히스클리프에게는 더 큰 힘을 발휘한다든가, 히스클리프는 자기 말이면 무엇이든 따르지만 아버지가 시키는 일은 마음이 내킬 때만 한다는 것을 증명해 보이곤 했지요.

캐시는 온종일 있는 대로 못되게 굴다가 때때로 밤에는 아버지에게 화해를 청하러 가기도 했습니다.

"아니다, 캐시. 난 너를 귀여워할 수가 없어. 넌 네 오라비보다도 더 나빠. 저기 가서 기도를 드리고 하느님께 용서를 빌어. 네 어머니와 내가 너 같은 아이를 낳아 기른 것을 후회하게 될 것 같다!"

그렇게 말씀하시면 캐시는 울었습니다. 그러나 노상 거부를 당하는 바람에 무감각해진 나머지, 제가 옆에서 잘못했다고 용서를 빌라고 하면 도리어 깔깔 웃는 것이었어요.

그러다가 드디어 언쇼 씨가 세상 근심을 잊을 날이 되었습니다. 10월 어느 날 저녁, 난롯가 당신 의자에 앉은 채 조용히 돌아가신 거예요.

거센 바람이 집 주위에서 불어 대고 굴뚝 속에서도 바람이 윙윙거렸습니다. 거센 폭풍이 부는 것처럼 소리가 났지만 춥지는 않았고, 우리 모두 한데 모여 있을 때였지요. 저는 난로에서 약간 떨어진 곳에서 열심히 뜨개질을 하고 있었고, 조지프는 식탁 근처에서 성서를 읽고 있었어요. (당시에는 일이 끝난 후에 하인들도 대개 거실에 같이 있었지요.) 몸이 좋지 않았던 터라 캐시는 아버지의 무릎에 기댄 채 가만히 있었습니다. 히스클리프는 캐시의 무릎을 베고 바닥에 누워 있었고요.

언쇼 씨가 졸음에 빠져들기 전에 아가씨의 고운 머리카락을 쓰다듬으며 ─ 얌전히 있으면 아주 좋아하셨어요 ─ 이렇게 말씀하신 것이 생각나는군요.

"캐시야, 항상 이렇게 착한 아이일 수는 없니?"

그러자 캐시도 그분의 얼굴을 마주 보고 웃으며 대답했지요. "아버지, 항상 이렇게 좋은 분이면 안 되나요?"

그분이 다시 짜증을 내자 캐시는 손에 입을 맞추고는 주무시게 노래를 불러 드리겠다고 말했어요. 그러고는 아주 나직한 소리로 노래하기 시작했는데, 이윽고 캐시의 손을 잡고 있던 그분의 손에 힘이 빠지더니 고개도 앞으로 푹 수그러지더군요. 그래서 저는 캐시에게 깨시지 않도록 움직이지 말고 가만히 있으라고 일렀지요.

우리는 모두 꼬박 반 시간 동안을 쥐 죽은 듯 가만히 있었어요. 조지프가 성서를 덮고 일어나서, 기도 드리고 잠자리에 드시도록 어른을 깨워야겠다고 말하지 않았더라면 더 오래 그렇게 있었을 겁니다. 조지프가 앞으로 다가가 주인마님 하면서 어깨를 살짝 흔들었지만, 그분은 움직이지 않았답니다. 그래서 그는 촛불을 들고 살펴보았어요.

조지프가 촛불을 내려놓았을 때 뭔가 잘못되었다는 생각이 들더군요. 그래서 두 아이의 팔을 잡고 "큰 소리 내지 말고 위층에 올라가서 자도록 해요. 오늘 밤엔 각자 기도를 해도 돼요. 아버지는 하실 일이 있으니까요." 이렇게 작은 목소리로 말했지요.

"난 먼저 아버지에게 안녕히 주무시라고 인사를 드릴 테야." 캐시는 이렇게 말하고 우리들이 말릴 틈도 없이 그 어른의 목을 끌어안았어요.

가엾게도 캐시는 금세 아버지가 돌아가신 것을 알아차렸어요. 이렇게 소리치더군요.

"아버지가 돌아가셨어, 히스클리프! 아버지가 돌아가셨어!"

그리고 그들은 함께 애절한 울음을 터뜨렸답니다.

저도 그들과 함께 목 놓아 울었어요. 그러나 조지프는 천국에 가서 성자가 되신 분을 놓고 왜 그렇게 울부짖느냐고 말했지요.

그는 저에게 외투를 입고 기머턴으로 달려가 의사와 신부보를 모시고 오라고 말했습니다. 그 상황에 신부보가 무슨 소용이 있는지 알지 못했지요. 그러나 비바람을 헤치고 가서 의사 선생님을 모시고 왔답니다. 신부보는 다음 날 아침에 오겠다고 했지요.

사정 이야기는 조지프에게 맡겨 두고 저는 아이들 방으로 달려 갔습니다. 문이 조금 열려 있어서 자정이 지났는데도 자지 않고 있는 아이들의 모습을 볼 수 있었어요. 하지만 아까보다 진정이 되어서 제가 달래 줄 필요는 없었답니다. 두 아이는 제가 생각해 낼 수 있는 것보다 더 좋은 이야기를 나누며 서로를 위로하고 있 었어요. 세상의 어떤 신부님도 아이들이 천진난만하게 그려 낸 아 름다운 천국을 그려 내지 못했을 거예요. 흐느끼면서 두 아이의 이야기에 귀를 기울이는 동안 저는 우리 모두 그곳에 가서 편안히 쉰다면 얼마나 좋을까 생각했지요.

제6장

대학에 다니던 힌들리가 장례일에 맞춰 집에 돌아왔습니다. 그
런데 우리도 놀라고, 동네 사람들도 여기저기서 수군대게 만든 일
이, 글쎄, 부인을 데리고 온 거예요.

그녀가 어떤 집안 규수이고 어디 태생인지는 이야기하지 않았
어요. 아마 내놓을 만한 재산이나 가문이 없었나 봅니다. 그렇지
않았다면 결혼한 사실을 아버지께 감췄을 리가 있겠어요?

그녀는 자기 기분 때문에 집안에 분란을 일으킬 사람은 아니었
습니다. 집에 들어서자마자 눈에 띄는 모든 물건과 주위에서 벌어
지는 모든 일에서 기쁨을 느끼는 것 같았으니까요. 장례 준비며
거기 와 있는 문상객들만 빼고 말이지요.

장례 준비가 진행되는 동안은 약간 모자란 게 아닌가 하는 생각
이 들기도 했어요. 제가 아이들 옷을 입혀야 하는데도 그녀는 저
를 자기 방으로 끌고 들어가서는 거기 앉아서 벌벌 떨며 양손을
맞잡고 되풀이해 묻더군요.

"아직 다들 안 갔나요?"

그러고는 히스테리에 빠져서, 검은 상복을 보면 어떤 기분에 빠지는지를 설명하는 거예요. 그러다가 소스라치게 놀라 부르르 떨더니 끝내는 울어 버리더군요. 그래서 제가 왜 그러냐고 물으면, 자기도 모르겠다, 다만 죽는 것이 너무 두렵다고 대답했지요.

제가 곧 죽지 않을 것이 분명하듯 그녀도 죽을 것 같지는 않았어요. 몸은 좀 가냘픈 편이었지만 앳돼 보였고, 맑은 피부에 눈이 마치 금강석처럼 반짝였거든요. 물론 계단을 오를 때 몹시 숨차했고 조금만 갑작스러운 소리가 들려도 온몸을 부들부들 떨었으며, 때때로 고통스럽게 기침하는 것을 목격하기는 했지요. 그러나 이러한 증세가 무슨 조짐인지 전혀 몰랐고 별로 가엾다고 생각하지도 않았어요. 록우드 씨, 이 고장 사람들은 상대방이 먼저 마음을 주지 않으면 대체로 타지에서 온 사람들을 멀리한답니다.

언쇼가의 젊은 주인은 객지에 나가 있는 3년 동안 상당히 변했습니다. 몸이 여위고, 혈색도 좋지 않았고, 말씨나 차림새도 영판 달라졌어요. 돌아온 바로 그날로 거실은 자기가 쓰기로 했으니 조지프와 저에게 이제부턴 뒤쪽 부엌방을 쓰라고 말하더군요. 실은 비어 있는 작은 방에 양탄자를 깔고 도배를 새로 해서 응접실로 쓰려고 한 모양이지만, 그의 아내가 거실의 흰 바닥과 따뜻한 큰 벽난로, 백랍 접시와 찬장과 개집, 그리고 늘 시간을 보낼 곳이 널찍한 걸 무척 맘에 들어 했기 때문에 그녀의 편의를 위해 따로 방을 꾸미려던 계획을 그만둔 거지요.

그녀는 또한 새 식구 중에 시누이가 있다고 좋아했습니다. 그래서 처음에는 캐서린에게 수다를 떨기도 하고, 뽀뽀도 하고, 함께 데리고 다니며 선물도 많이 주었지요. 그러나 다정하게 구는 것도 이내 시들해졌고, 그녀가 골을 내면 휜들리는 폭군으로 변하는 것이었어요. 히스클리프가 싫다는 그녀의 말 몇 마디는 그 아이에 대한 미움을 되살리는 데 충분했지요. 그는 그 아이를 하인 처소로 쫓아 버렸고 신부보에게 글을 배우는 것도 중단시켰으며, 들에 나가 일하라고 강요했어요. 농장에서 일하는 여느 일꾼과 마찬가지로 고된 일을 시켰답니다.

하인으로 전락한 히스클리프는 이러한 상황을 처음에는 잘 견뎌 냈습니다. 캐시가 배운 것을 그에게 가르쳐 주고, 들에서 함께 일하거나 놀아 주었기 때문이었지요. 젊은 주인은 자기 주변에서 얼쩡거리지만 않으면, 그들이 어떻게 행동하든 무슨 짓을 하든 무관심했기 때문에 둘 다 야만인처럼 거칠게 자랄 것이 뻔했답니다. 주일에 교회 가는 일도 챙기지 않아서, 아이들이 예배를 빼먹으면 조지프와 신부보가 그의 무관심을 나무라고, 그제야 생각이 나서 히스클리프에게는 매질을 하고, 캐시는 점심이나 저녁을 굶기라고 명령하는 거예요.

그런데 두 아이가 가장 재밌어 하는 일 중 하나는 아침에 황야로 달아나서 하루 종일 돌아오지 않는 거였어요. 나중에 벌을 받는 것쯤은 차차 웃어넘기는 일이 되고 말았지요. 신부보가 벌로 캐서린에게 외울 성서의 장수(張數)를 아무리 많이 내주어도, 조지프가 팔이 아플 때까지 히스클리프를 때려도, 두 아이는 다시 함께 있게만 되면, 그리고 짓궂은 복수의 계획을 꾸미는 순간만은 모든 것을 까맣게 잊어버렸답니다. 그들이 날로 더 무모해지는 것을 보면서, 의지할 곳 없는 아이들에게 제가 가진 작은 영향력이나마 잃게 될까 봐 잔소리도 못하면서 혼자 눈물을 흘리곤 했답니다.

어느 주일날 저녁, 떠들었든지 아니면 그런 대수롭지 않은 이유로 그들은 거실에서 쫓겨났는데, 제가 저녁을 먹으라고 부르러 갔을 때에는 어디서도 찾을 수가 없었어요.

식구가 모두 나서 집 안을 아래위층으로, 그리고 뜰과 마구간으로 다 찾아보았지만 그림자도 보이질 않았습니다. 드디어 화가 난 힌들리는 문을 모두 걸어 잠그라고 한 뒤 그날 밤엔 아무도 그들을 집에 들여놓아서는 안 된다고 명령했지요.

온 집안이 다 잠이 들었습니다. 저는 너무 걱정된 나머지 잠자리에 들지 못하고, 비가 들이치는데도 창문 밖으로 목을 빼고 귀를 기울였답니다. 아이들이 돌아오면 주인의 명령을 어기고서라도 문을 열어 줄 작정이었지요.

잠시 후, 길을 따라 걸어오고 있는 발소리가 들리더니 호롱불빛이 대문 쪽에서 비치더군요.

저는 아이들이 문을 두드려서 힌들리를 깨울까 봐 숄을 뒤집어쓰고 달려 나갔지요. 그러나 돌아온 것은 히스클리프뿐이었어요. 그가 혼자 돌아온 것을 보고 깜짝 놀랄밖에요.

"캐서린 아가씨는 어디에 두고 왔어?" 저는 허겁지겁 소리쳤습니다. "사고가 난 건 아니겠지?"

"스러시크로스 그레인지에 있어." 그가 대답했습니다. "나도 거기 있고 싶었지만 그 집 사람들은 예의가 없어 내게는 자고 가라고 하지 않더군."

"야단 들으려고 작정했군! 쫓겨나야만 속이 시원할 모양이지. 도대체 어딜 헤매다가 스러시크로스 그레인지까지 간 거야, 응?"

"젖은 옷이나 좀 벗고, 넬리. 그러고 난 다음 다 이야기할 테니까." 그가 대답했어요.

나는 힌들리가 깨지 않도록 조심하라고 그에게 주의를 주었지요. 그리고 제가 촛불을 끄려고 기다리는 동안 그는 옷을 벗으면서 이야기를 계속했어요.

"캐시와 나는 마음껏 싸돌아다니려고 빨래터로 해서 도망을 쳤어. 그런데 언뜻 그 집 불빛이 보이더라. 그 집에서도 주일 저녁에 어른들은 먹고 마시며 웃고 노래하며 눈알이 탈 정도로 불을 쬐는데, 아이들은 구석에 서서 떨고 있는지 알고 싶었어. 그럴 거라고 생각해? 아니면 설교집을 읽거나, 머슴이 교리 문답을 시키다가 제대로 대답하지 못하면 사람 이름이 잇달아 나오는 성서의 세로단 전체를 외우라고 할 것 같아?"

"아마 그렇지 않을걸." 제가 대답했습니다. "그 집 아이들은 틀림없이 착할 테니까, 이 집 아이들처럼 나쁜 짓을 해서 벌을 받는 일은 없겠지."

"점잔 빼는 소리는 그만둬, 넬리, 헛소리하지 마! 우리는 언덕 꼭대기에서 그 집 수렵지 숲까지 쉬지 않고 달렸어. 캐서린은 맨발이었기 때문에 경주에서 깨끗이 졌지. 내일은 늪에 빠뜨린 캐서린의 신발을 찾아야 할 거야. 우리는 생나무 울타리가 뚫린 데로 기어 들어가서, 길을 더듬어 올라가, 응접실 창 밑의 화단에 자리를 잡았지. 응접실에선 불빛이 새어 나오고 있었어. 그 집은 그때까지 덧창도 닫지 않았고 커튼도 반밖에 쳐 놓질 않았어. 우리는 벽의 받침돌을 딛고 창턱에 매달려 안을 들여다보았지. 들여다보니까 — 아, 정말이지 아름답더라 — 진홍빛 카펫이 깔렸고, 의자와 탁자에도 진홍빛 천이 덮여 있고, 금테를 두른 새하얀 천장의 한복판에 은사슬로 매단 촛대에는 유리 방울이 잔뜩 달려서 부드러운 촛불 빛에 반짝거리고 있었지. 린턴 씨 내외는 없고 에드거와 그의 누이가 그 방을 독차지하고 있었어. 개네들 행복해야 마땅하겠지? 우리 같으면 천국에라도 있는 기분이었을 거야! 자, 넬리가 착하다고 말한 아이들이 무엇을 하고 있었는지 알아? 이사벨라 — 캐시보다 한 살 아래인 열한 살일 거야 — 그 애는 방 저쪽 끝에 누워 마귀할멈이 새빨갛게 달아오른 바늘로 찌르기라도 하는 듯 악을 쓰며 울고 있었어. 에드거는 벽난로 옆에 서서 소리 없이 울고, 테이블 한복판에는 강아지 한 마리가 앞발을 흔들며 짖더라. 서로 네 탓이라고 나무라는 것으로 보아 그 개가 두 조각이 날 만큼 잡아당겼던 모양이야. 바보 같은 것들! 그게 개네들의 오락거리라나! 따뜻한 털 한 다발을 누가 껴안나 싸우며 서로 빼앗으려다가 이번엔 둘 다 너나 가져라 하고 우는 꼴이라니. 우리는 그 응석받이들을 대 놓고 비웃었어! 캐서린이 원하는 걸 내가 빼앗고 싶어 하거나, 우리끼리 있는데 놀이 삼아 방 이쪽 끝과 저쪽 끝에서 울며불며 눈물을 짜고 방바닥에 누워 발버둥 치는 것을 상상할 수 있어? 나는 골백번 다시 태어난다 하더라도 스러시크로스 그레인지의 에드거 린턴과 자리를 바꾸진 않을 거야. 설사 조지프를 제일 높은 지붕 꼭대기에서 내던지고, 이 집 정면을 힌들리의 피로 칠할 특권을 얻게 된다고 해도!"

"쉿!" 나는 그의 이야기를 가로막았습니다. "히스클리프, 아직 캐서린이 어떻게 해서 뒤에 남았는지 말하지 않았잖아?"

"우리가 웃었다고 했지." 그가 대답했습니다. "그 집 아이들이 우리가 웃는 소릴 듣고 동시에 쏜살같이 문 쪽으로 달려 나갔어. 잠시 조용해졌는가 싶더니, '엄마, 엄마! 아빠, 엄마, 이리 와 보세요. 아빠, 빨리요!' 이렇게 외치는 소리가 들려왔어. 진짜 그 비슷하게 아우성을 치더라. 우리는 좀 더 겁을 주려고 무시무시한 소리를 냈지. 그런데 누가 빗장을 열기에 창턱에서 물러나 도망치는 게 좋겠다는 생각을 한 거야. 캐시의 손을 잡고 빨리 가자고 재촉하는데 캐시가 갑자기 넘어졌어.

'도망쳐, 히스클리프, 도망쳐!' 캐시가 속삭이더군. '이 집에서 불독을 풀어 놓았어. 그놈이 날 물고 있단 말야!'

정말 그놈이 캐시의 발뒤꿈치를 물고 있더군. 그놈이 흉측스럽게 코를 킁킁대는 소리가 들렸어. 그래도 캐시는 아야 소리도 내지 않았어. 그럼, 미친 소의 뿔에 찔렸다 하더라도 울부짖는 건 창피하다고 생각할 애니까. 대신 내가 고함을 질러 댔지. 세상천지 어느 곳에 있는 악마라도 무색할 정도로 고래고래 욕을 해 댔어. 그리고 돌멩이를 집어 그 개 새끼의 아가리에 쑤셔 넣으며 힘껏 목구멍 쪽으로 밀어 넣었지. 급기야 짐승 같은 머슴 놈이 호롱불을 들고 나타나더니만, '꽉 물고 있어, 스컬커, 꽉 물어!' 이렇게 외쳤어.

그러나 스컬커가 캐시를 물고 있는 걸 보더니 태도가 달라지더군. 개의 목을 졸라 떼어 놓으니까, 아가리에서 큼직한 자줏빛 혓바닥이 반 자나 늘어지고, 축 늘어진 입가에서는 피가 섞인 침이 질질 흘렀어.

머슴이 캐시를 부축해 일으키더군. 캐시는 파랗게 질려 있었지만, 무서워서가 아니라 아파서 그런 게 분명해. 머슴은 캐시를 안고 집으로 들어갔어. 나는 저주와 복수의 말을 내뱉으며 따라 들어갔지.

'로버트, 뭘 잡은 거야?' 린턴 씨가 현관에서 소리치더군.

'스컬커가 계집앨 하나 붙잡았구먼요.' 머슴이 대답했지. '여기 사내놈도 하나 있습니다요.' 머슴이 날 붙잡으면서 덧붙이는 거야. '아주 갈 데꺼정 간 놈이에요! 도둑 떼가 아이들을 창문으로 들여보내려고 한 게 틀림없어요. 우리가 잠들믄 패거리에게 문을 열어 준 다음 여유작작 우리를 몰살하려고 한 게지요. 아가리 닥쳐, 이 주둥이 드러운 도둑놈아. 이걸로 넌 교수형감이야. 주인 나리, 총을 내려놓지 마세요!'

'물론이지, 로버트.' 그 바보 같은 영감이 말하더군. '이 악당놈들이 어제 소작료 받은 걸 알고 머리를 써서 우리 집을 털려고 한 게로군. 끌고 들어와. 맞이할 준비를 해 두지. 어이, 존. 사슬을 걸고 문단속을 단단히 해. 제니는 스컬커에게 물 좀 주고. 치안 판사 집에, 그것도 주일날 이러다니 대담하기도 하지! 이놈들 이거 너무 뻔뻔한 거 아냐? 여보, 메리, 이리 좀 와 봐요! 무서워하지 말고. 아이 녀석에 불과하니까. 그런데도 악당인 것이 얼굴에 완연히 나타나는군. 이 녀석의 천성이 얼굴뿐 아니라 행실로 나타나기 전에 교수대로 보내는 것이 나라를 위하는 길 아니겠어?'

린턴 씨는 나를 샹들리에 아래로 끌고 갔어. 그러자 코에 안경을 걸친 린턴 부인이 두 손을 들고 벌벌 떨더군. 겁쟁이 아이들도 엄마 품을 파고 들었는데 이사벨라는 이렇게 종알거렸어.

'아이, 무서워! 그 애를 지하실에 가둬요, 아빠. 내가 길들인 꿩을 훔쳐 간 집시 점쟁이 아들과 아주 닮았어. 그렇지, 오빠?'

그들이 나를 훑어보는 동안 캐시가 정신을 차렸어. 캐시는 내가 점쟁이 아들과 똑같다는 말을 듣고는 웃었지. 호기심에 찬 눈길로 쳐다보던 에드거 린턴이 그제야 캐시를 알아보더군. 다른 데서는 마주칠 일이 없었지만 교회에서는 우리를 보았으니까.

'이 앤 언쇼 댁 아가씨예요!' 그 애가 자기 어머니에게 속삭였어. '그런데 스컬커가 물었어요. 발에서 피가 흘러요!'

'언쇼 댁 아가씨라고? 말도 안 되는 소리!' 린턴 부인이 외치더군. '언쇼 댁 아가씨가 집시와 함께 싸돌아다니다니! 그런데 얘야, 상복 입은 걸 보면 그런 것 같기도 하고. 평생 다리를 절게 될지도 모르는데!'

'애 오라비가 무심한 것이 틀렸단 말이야!' 린턴 씨는 나를 보고 있다가 캐서린 쪽을 돌아보며 소리쳤어. '실더스(신부보의 이름이었죠)에게 들었는데 그 친구는 이 아이가 이교도처럼 자라게 놔둔다는 거야. 그런데 이 녀석은 누구야? 어디서 이 녀석을 친구로 삼았지, 응? 맞아, 이놈이 세상을 뜬 내 옛 이웃이 리버풀에서

주워 온 그 수상한 물건이로군. 인도인이거나, 아메리카 원주민 아니면 스페인 뱃놈이 뿌린 씨겠지.'

'어쨌든 고약한 아이예요.' 린턴 부인이 말했어. '점잖은 집에 들일 아이는 아니에요. 이 아이가 하는 욕지거리 들었어요, 여보? 난 우리 아이들이 그런 말을 들었다고 생각만 해도 소름이 끼쳐요.'

그래서 내가 또 한바탕 욕을 퍼부었지. 화내지 마, 넬리. 그러자 로버트에게 데리고 나가라고 시키더군. 난 캐시 없이는 갈 수 없다고 했지. 로버트는 나를 뜰로 끌고 나가 호롱불을 손에 쥐여 주더니 내가 한 짓을 언쇼 씨에게 고해바치겠다고 으름장을 놓고는 당장 꺼지라고 하면서 문을 걸어 버렸어.

커튼 한쪽이 아직도 들려 있어서 전에 훔쳐보던 자리로 다시 돌아가 안을 엿보았지. 캐서린이 돌아가고 싶어 한다면 그 큼직한 유리창을 산산조각 내서라도 그녀를 내놓게 만들 작정이었거든.

캐시는 소파에 가만히 앉아 있었어. 싸돌아다니려고 슬쩍한 소젖 짜는 하녀의 회색 외투를 린턴 부인이 벗기더니 고개를 설레설레 흔들며 캐시를 타이르는 모양이야. 캐시는 아가씨니까 나와는 대접이 달랐지. 그러자 하녀가 더운물을 한 대야 가지고 와서 캐시의 발을 씻겨 주었어. 린턴 씨는 큰 잔에 니거스 주*를 타 주고, 이사벨라는 접시에 과자를 가득 담아 와서 캐시의 치마폭에 쏟아 주었고, 에드거는 조금 떨어져서 입을 헤벌리고 캐시를 보고 있었지. 그러다 캐시의 아름다운 머리카락을 말려서 빗겨 주고, 큼지막한 슬리퍼를 신겨서 캐시가 앉은 의자를 불 앞으로 밀어 주더군. 캐시는 강아지와 스컬커에게 과자를 나눠 주고 과자를 먹는 스컬커의 코를 잡아당기면서 매우 유쾌해하는 것 같았어. 캐시를 바라보고 있는 멍청한 그 집 사람들의 푸른 눈에도 생기가 도는 듯했는데 — 말하자면 캐시의 마술과 같은 얼굴에서 희미하게 빛을 받아서였겠지. 거기까지 보고 나는 왔어. 그치들은 캐시에게 아주 넋을 잃더군. 캐시는 그들보다, 아니, 이 세상 어느 누구보다도 훨씬 멋지니까. 그렇잖아, 넬리?"

"이번 일은 네가 생각하는 것보다 훨씬 더 큰 일로 번질 거야." 이렇게 말하고 저는 이불을 덮어 주고 불을 껐습니다. "넌 구제 불능이야, 히스클리프. 두고 봐. 힌들리 서방님이 가만있지 않을걸."

그렇게 되지 않기를 바라면서 한 말이었지만 제가 말한 대로 되고 말았습니다. 그 불행한 모험담을 듣고 언쇼는 펄펄 뛰었어요. 그리고 또 린턴 씨가 사태를 수습하려고 다음 날 아침 찾아와서는 젊은 주인에게 집안을 제대로 다스리라는 잔소리를 늘어놓았기 때문에 정신 차리고 단속해야겠다는 생각을 하게 되었지요.

히스클리프는 매질을 당하지는 않았지만 캐서린에게 한마디라도 말을 거는 순간 쫓겨날 줄 알라는 통고를 받았습니다. 그리고 힌들리의 아내도 시누이가 돌아오는 대로 적절한 선에서 제약을 가하기로 했답니다. 강제로가 아니라 기술적으로 다룰 작정이었지요. 밀어붙여서 될 일이 아니었으니까요.

제7장

　캐시는 크리스마스까지 다섯 주를 스러시크로스 그레인지에서
머물렀어요. 그사이 발뒤꿈치 상처는 말끔히 나았고 예의범절도
많이 좋아졌지요. 우리 집 안주인이 자주 찾아가 예쁜 옷을 입히
고 칭찬을 아끼지 않는 식으로 캐서린의 콧대를 높이는 작업에 착
수했고, 캐시도 옷이며 칭찬을 좋아했지요. 그래서 그녀가 집에
돌아오던 날 맨머리로 뛰어 들어와 우리 모두를 숨도 못 쉬게 껴
안곤 하던 작은 야만인이 아니라, 깃털 장식이 꽂힌 수달피 모자
밑으로 갈색 고수머리를 늘어뜨린 아주 품위 있는 아가씨가 잘생
긴 까만 조랑말에서 내렸답니다. 의젓하게 걸어 들어올 양으로 두
손으로 긴 승마복의 옷자락을 살짝 들어 올리기까지 하더군요.
　힌들리는 캐서린을 말에서 안아 내리며 흡족한 마음으로 찬사
를 보냈어요.
　"아니, 캐시. 너 아주 미인이구나! 못 알아볼 뻔했는데 — 귀부
인 같다 — 이사벨라 린턴과는 비교가 안 되겠어. 그렇잖아, 프랜

84　제1권

시스?"

"이사벨라는 타고나질 못한걸요." 그의 아내가 대답했습니다.
"그렇지만 아가씨도 집에 돌아왔다고 다시 거칠어지지 않도록 조
심해야 해요. 엘렌, 아가씨가 옷을 갈아입게 도와 드려. 잠깐 기다
려요. 머리카락이 헝클어지겠네. 내가 모자 끈을 풀어 줄게요."

승마복을 벗으니 멋진 창살 무늬의 비단 드레스며 흰 바지며 반
들반들한 구두가 눈이 부실 지경이었습니다. 개들이 반갑다고 덤
벼들자 캐서린은 기쁨으로 눈을 반짝이면서도 옷을 버릴까 봐 쓰
다듬어 주지도 않았답니다.

캐서린은 제게 살며시 입을 맞추고 — 크리스마스 케이크를 만
드느라 밀가루투성이인 저를 껴안는 건 안 될 말이었지요 — 히스
클리프가 있는지 주위를 살폈습니다. 언쇼 내외는 걱정스럽게 그
들의 재회에 주목했어요. 만나는 방식에 따라 둘 사이를 떼어 놓
을 수 있을지 여부를 판단할 기회라고 생각했기 때문이었지요.

히스클리프는 눈에 띄지 않았습니다, 처음 얼마간은요. 캐서린
이 집을 비우기 전에도 히스클리프는 다른 사람들에게 무관심했
고, 다른 사람들도 히스클리프에게 관심을 갖지 않았지만, 캐서린
이 없는 동안은 열 배나 더 그랬지요.

더럽다고 혼을 내며 일주일에 한 번은 몸을 씻으라고 채근하는
친절을 베푸는 사람도 그나마 저뿐이었습니다. 그 나이 또래의 아
이치고 비누질해 닦는 것을 천성적으로 좋아하는 아이가 어디 있
겠어요. 그러니까 석 달 동안이나 진흙과 먼지투성이인 채 갈아입
은 적이 없는 옷과 빗질하지 않은 숱 많은 머리카락은 물론 얼굴

과 손도 정말이지 더러웠어요. 머리가 헝클어진 자기 짝을 기다리고 있었는데 예상 외로 아름답고 우아한 아가씨가 나타났으니 히스클리프가 긴 의자 뒤로 숨어 버린 것도 무리는 아니었지요.

"히스클리프는 집에 없어?" 장갑을 벗으면서 캐서린은 아무 일도 하지 않고 집에만 있었기 때문에 기막히게 하얘진 손가락을 내보이며 묻는 것이었습니다.

"히스클리프, 나와도 좋아." 그가 곤경에 빠진 것이 고소하고, 볼썽사나운 부랑배 같은 꼬락서니를 드러낼 수밖에 없는 것에 기분이 좋아져서 힌들리가 외쳤지요. "너도 나와서 다른 하인들처럼 캐서린 아가씨에게 인사를 드리도록 해라."

캐서린은 숨어 있는 친구가 얼핏 보이자 껴안으려고 달려갔지요. 눈 깜짝할 사이에 예닐곱 번이나 뽀뽀하고는 뒤로 물러나 깔깔 웃으면서 이렇게 말하더군요.

"어쩌면 이렇게 시커멓고 골난 얼굴을 하고 있는 거야? 그리고 왜 그렇게 우스꽝스럽고 무서운 표정을 짓고 있담! 아니, 에드거와 이사벨라 린턴을 보다가 와서 그럴 거야. 그래, 히스클리프, 날 잊어버렸니?"

캐서린이 이렇게 묻는 데는 이유가 없지 않았어요. 부끄러움과 자존심 때문에 그는 얼굴에 겹겹이 그늘을 드리우고 꼼짝도 하지 않았기 때문입니다.

"악수해, 히스클리프." 힌들리는 한껏 아량을 베풀며 말했답니다. "가끔 그 정도는 봐줄 수 있지."

"싫어." 소년이 드디어 입을 떼어 대답했지요. "난 웃음거리가 되고 싶지 않아. 그건 못 참아!"

그러고는 그 자리를 빠져나가려 했지만 캐시가 다시 그를 붙잡았습니다.

"널 비웃으려고 그런 게 아냐. 그냥 웃음이 나왔어. 적어도 악수는 하자, 히스클리프! 뭣 때문에 심술을 부리는 거니? 네가 이상하게 보여서 그랬을 뿐이야. 세수하고 머리를 빗으면 괜찮을 텐데. 어쨌든 지금 넌 너무 지저분해 보여!"

캐서린은 잡고 있던 그의 거무스레한 손가락을 눈여겨보고 자기 옷을 살펴보았습니다. 히스클리프의 옷에 닿아 더러워졌을까 봐 걱정이 된 거죠.

"누가 만지랬냐!" 히스클리프는 캐시의 눈길을 좇다가 손을 빼면서 대답했어요. "난 더러우면 더러운 대로 살 거야. 난 더러운 게 좋아. 그래서 앞으로도 더럽게 지낼 거야."

그렇게 말하고 그는 주인 내외가 웃어 대고, 캐서린이 진짜 어쩔 줄 몰라 하는 사이 냅다 밖으로 뛰쳐나갔습니다. 캐서린은 자기가 무슨 말을 했기에 그처럼 고약한 성미를 부리는지 이해할 수가 없었지요.

새로 나타난 귀부인의 하녀 노릇을 하고 난 뒤, 저는 케이크를 오븐에 넣고, 크리스마스이브답게 거실과 부엌에 불을 잔뜩 지펴 훈훈하게 만든 뒤 혼자 크리스마스 캐럴을 부르며 기분을 내기로 했어요. 제가 즐겨 부르는 캐럴을 대중가요로 치부하는 조지프는 개의치 않기로 했고요.

조지프는 벌써 자기 방에 틀어박혀 혼자 기도를 드리고 있었습니다. 주인 내외는 그동안의 친절에 감사하는 뜻으로 린턴 댁 아이들에게 주려고 사다 놓은 요란한 장난감들을 내보이며 캐서린의 관심을 끌고 있었지요.

주인 내외는 린턴 댁 아이들을 초대했고, 그쪽에서 초대에 응했지만 한 가지 조건이 붙어 있었어요. 린턴 부인이 '욕설을 해 대는 못된 사내애'와 자기 아이들이 놀지 않도록 해 달라고 부탁한 거예요.

이리하여 저는 혼자 남았답니다. 향료가 가열되면서 진한 냄새가 풍겼어요. 반짝이는 주방 용기와, 호랑가시나무로 장식한 반들거리는 시계와, 저녁 식사 때 맥주를 곧바로 따를 수 있게 쟁반 위에 늘어놓은 은잔과, 무엇보다도 제가 특별히 정성을 다하여 박박 문질러 닦고 말끔히 쓸어 놓은 티 하나 없이 깨끗한 바닥을 저는 대견스럽게 바라보았지요.

마음속으로 그 하나하나에 충분한 박수를 보내고 나서, 이렇게 정돈을 해 놓으면 돌아가신 주인 나리께서 들어와 바지런한 아가씨라고 하시며, 크리스마스 선물로 은전 1실링을 제 손에 살짝 쥐여 주시던 생각이 났어요. 그러자 그분이 히스클리프를 귀여워하신 것, 그리고 당신이 돌아가신 다음 히스클리프가 푸대접을 받지 않을까 염려하시던 것이 떠올랐습니다. 노래를 부르다가 그런 생각을 하니 자연히 그 불쌍한 소년의 처지가 마음에 걸려서 갑자기 눈물이 나더군요. 하지만 부당하게 구박받는 그 아이에게 조금이라도 보상을 해 주는 것이 눈물을 찍어 내는 것보다 더 분별 있는 일이라는 생각이 들었어요. 그래서 자리를 털고 일어나서 히스클리프를 찾으러 안뜰로 가 보았습니다.

멀리 가지는 않았더라고요. 히스클리프는 마구간에서 새로 들여놓은 조랑말의 윤기 흐르는 털을 쓸어 주며 늘 하듯 말먹이를 주고 있었어요.

"빨리해, 히스클리프! 부엌이 얼마나 아늑한지 몰라. 조지프는 위층에 올라갔어. 서두르면 캐시 아가씨가 나오기 전에 깨끗한 옷으로 갈아입도록 도와줄게. 그러면 둘이서 함께 벽난로를 차지하고 앉아 잠자리에 들 때까지 오래오래 이야기를 나눌 수 있을 거야."

그는 고개도 돌리지 않고 하던 일만 계속하더군요.

"그렇게 하자. 너 올 거지?" 제가 말을 이었지요. "너희 둘이 먹을 케이크도 거지반 충분해. 옷을 갈아입으려면 반 시간은 필요할걸."

5분쯤 기다렸지만 대답이 없기에 들어왔답니다. 캐서린은 오빠와 올케랑 저녁 식사를 했고, 조지프와 저는 사교적이라고 할 수 없는 — 한쪽에선 잔소리로, 다른 쪽에선 말대꾸로 양념한 — 식사를 함께했지요. 히스클리프 몫의 과자와 치즈는, 요정들을 위해 차려 놓은 양, 밤새 식탁 위에 놓여 있었습니다. 그는 9시까지 일거리를 찾아 계속 일하다가 말없이 뚱한 표정으로 제 방으로 들어가 버리더군요.

캐시는 새로 사귄 친구들을 맞이할 채비에 끝없이 명령을 내리느라 늦게까지 자지 않았어요. 옛 친구에게 말을 걸려고 한 번 부엌에 들어왔지만, 그가 가 버리고 없자 도대체 왜 저러냐고 묻기만 하고 되돌아갔습니다.

다음 날 아침 히스클리프는 일찍 일어나더군요. 그리고 그날은 주일이었기 때문에 찌뿌드드한 얼굴로 황야로 휭하니 나갔다가, 집안사람들이 교회에 가고 나서야 다시 나타났습니다. 굶으면서 곰곰이 생각을 해 보니 기분이 좀 누그러진 모양이었어요. 제 앞에 서서 한동안 우물거리다가 용기를 내서 불쑥 이렇게 내지르더군요.

"넬리, 나 좀 보기 좋게 만들어 줘. 나도 점잖아지고 싶어."

"진작 그랬어야지, 히스클리프." 제가 되받았습니다. "너는 캐서린 아가씨를 속상하게 했어. 장담하건대, 집에 왜 돌아왔지 하고 후회할 거야! 모두들 아가씨만 대단하게 생각하니까, 네가 시기하는 것 같아 보이지 뭐야."

그는 캐서린을 '시기한다'는 말을 이해하지 못했지만 속상하게 한다는 말은 분명히 알아들은 것 같았어요.

"캐시가 속상하다고 그랬어?" 그는 매우 심각한 얼굴로 물었어요.

"네가 오늘 아침에도 나가고 없다니까 울더라."

"나도 간밤에 울었단 말이야." 그가 대답했지요. "캐시보다는 내가 울 이유가 더 많아."

"그래, 네가 오만한 마음으로 주린 배를 움켜쥐고 잠자리에 든 이유가 있었겠지." 제가 말했습니다. "오만한 사람들은 불행을 자초하니까. 그러나 괜스레 골을 부린 걸 부끄럽게 생각한다면 캐서린 아가씨가 들어왔을 때 잘못했다고 해. 다가가서 입을 맞춰도 되냐고 묻고. 그다음에 어떻게 해야 되는지는 네가 더 잘 알 테니까. 단, 옷차림이 근사해졌다고 낯선 사람 대하듯 하지 말고 진심으로 대해 봐. 지금은 식사 준비를 해야 하지만, 짬을 내서 에드거린턴이 네 옆에 오면 인형처럼 보일 만큼 널 멋지게 꾸며 줄게. 정말 에드거는 장식 인형 같아. 너는 에드거보다 나이는 어려도 키가 더 크고 어깨도 두 배는 넓은 게 분명해. 그따위는 한 방에 넘길 수 있을 거야. 그렇게 생각하지 않니?"

히스클리프의 얼굴이 순간 밝아졌습니다. 그러다가 다시 어두워지면서 한숨을 내쉬더군요.

"그렇지만 넬리, 스무 번쯤 때려눕힌다고 그 녀석이 못생기게 되고 내가 잘생기게 되는 건 아니겠지. 나도 머리카락이 금발이고 살결이 희면 좋겠어! 그리고 그 녀석처럼 옷을 잘 입고 태도도 점잖고, 또 그만큼 부자라면 좋겠는데!"

"걸핏하면 '엄마!' 하면서 울음을 터뜨리고 말야." 제가 덧붙였지요. "누가 주먹을 쳐들기만 해도 벌벌 떨고, 소나기가 왔다고 하루 종일 집에 처박혀 있고 싶다는 거겠지. 얘, 히스클리프. 너 왜 이렇게 못나게 구니! 거울 쪽으로 와 봐. 그러면 어떻게 해야 할지 가르쳐 줄 테니까. 양미간을 찌푸려서 생긴 저 두 줄, 그리고 아치 모양으로 올라가지 못하고 중간에 처져 버린 짙은 눈썹, 한 쌍의 검은 악마같이 깊이 파묻힌 — 당당하게 창문을 여는 법 없이 마치 악마의 첩자처럼 숨어서 번쩍이고 있는 — 두 눈이 보이니? 그 지르퉁한 주름살을 활짝 펴고, 눈꺼풀을 치뜨고, 악마 같은 두 눈을 자신만만하고 순수한 천사의 눈으로 바꾸어 봐. 누구도 의심하지 않고 의혹을 품지 않은 눈, 누구든 분명히 적이 아닌 이상 친구라고 생각하는 그런 눈 말이야. 걷어차이는 게 당연하다고 생각하면서도, 그렇게 당한 것 때문에 발로 찬 사람뿐 아니라 세상 모든 사람을 미워하는 사나운 똥개 같은 얼굴은 이제 그만둬."

"결국 에드거 린턴같이 커다란 푸른 눈과 훤한 이마를 가져야 한다는 거지." 그가 대답했습니다. "나도 그게 소원이지만, 원한다고 되는 건 아니잖아."

"이 사람아, 마음씨가 착하면 얼굴도 예뻐지는 거야. 네가 얼굴이 새까만 흑인이라도 말이야. 그리고 마음씨가 고약하면 아무리 예쁜 얼굴도 못생긴 것만도 못한 꼴불견이 된단다. 자, 이제 씻고 머리 빗질하고 투덜대기까지 다 마쳤으니 어때, 네가 보기에도 잘생겼다는 생각이 들지 않니? 정말이지 난 그렇게 생각해. 넌 변장한 왕자라고 해도 돼. 아버지가 중국의 황제이고, 어머니는 인도의 여왕인데, 한 사람의 일주일 수입으로 워더링 하이츠와 스러시크로스 그레인지를 한꺼번에 살 수 있을 만큼 부자인지 알 게 뭐야? 넌 고약한 뱃사람들에게 유괴되어 영국으로 오게 된 거야. 내가 너라면 나는 귀하신 몸이라고 생각하겠어. 그래야 하찮은 농부의 천대를 받더라도 내가 누군데 하는 생각만으로 용기를 얻고 자신감을 잃지 않을 수 있지!"

저는 이렇게 수다를 떨었답니다. 그러자 히스클리프도 찌푸린 얼굴을 점차 펴면서 한결 기분이 풀린 것 같았어요. 큰길을 달려 안뜰로 들어서는 마차 소리 때문에 우리는 대화를 멈추었어요. 히스클리프는 창으로, 저는 문간으로 달려갔는데, 린턴 댁의 두 남매가 외투와 털가죽에 숨이 막힐 만큼 폭 싸여서 자가용 마차에서 내리고 있고, 언쇼 집안의 남매들은 말에서 내리고 있었습니다. 겨울철에는 말을 타고 교회에 가곤 했거든요. 캐서린이 린턴 댁 남매의 손을 하나씩 잡고 거실로 데리고 들어가 벽난로 앞으로 안내했어요. 그러자 두 아이들의 흰 얼굴이 곧 불그레해졌지요.

저는 히스클리프에게 빨리 가서 붙임성 있게 굴라며 떠밀었고, 그는 기꺼이 제 말을 따랐어요. 그런데 운 사납게도 부엌에서 문을 열려는 찰나, 힌들리가 반대쪽에서 문을 열어 얼굴이 마주쳤답니다. 히스클리프가 깨끗하고 쾌활한 것에 심통이 났던지, 아니면 린턴 부인과의 약속을 지키려고 그런 것인지, 어느 쪽이든 간에 힌들리는 그를 휙 밀치더니 성난 목소리로 조지프에게 당부하는 거예요. "이 자식이 왜 여기 있는 거야. 식사 마칠 때까지 다락방에 가둬 놓아. 1분만 혼자 놔둬도 파이를 손가락으로 후벼 파 먹고 과일을 슬쩍할 놈인걸."

"아니에요, 서방님." 저는 반박하지 않을 수 없었어요. "아무것도 손대지 않을 거예요. 절대로 안 그래요. 그리고 애도 우리와 같이 별식 맛을 보아야지요."

"저녁 시간에 아래층에서 얼쩡거리다가 다시 눈에 띄면 내 주먹 맛을 보게 될 거야." 힌들리가 외쳤습니다. "꺼져! 뜨내기 새끼. 이것 보게. 멋을 부리신 거야? 모양낸 머리채를 잡아당겨 늘여 줄 때까지 기다려 보시지!"

"지금도 너무 긴걸요." 린턴이 문간에서 들여다보다 말참견을 하더군요. "머리카락이 저렇게 긴데 머리가 아프지도 않나 봐. 마치 망아지의 갈기가 눈을 덮고 있는 것 같아."

모욕하려는 뜻으로 말한 것은 아니지만, 히스클리프의 격한 성질에, 그 당시에도 이미 라이벌로 미워했다고 할 수 있을 상대의 건방진 말씨를 참을 수가 없었겠지요. 그는 손에 잡히는 대로 뜨거운 사과 소스가 담긴 뚜껑 달린 수프 그릇을 들어 정통으로 소년의 얼굴과 목덜미에 끼얹어 버렸어요. 소년은 당장에 비명을 질렀고, 그 소리에 이사벨라와 캐서린이 급히 달려왔답니다.

언쇼 씨는 당장 히스클리프를 잡아채어 자기 방으로 끌고 갔습니다. 거기서 아마 분이 풀릴 때까지 모진 매질을 했겠지요. 얼굴이 시뻘겋게 달아오른 채 숨을 헐떡이며 나왔으니까요. 저는 행주로 심술궂게 에드거의 코와 입을 닦아 주면서 쓸데없는 참견을 한 벌이라고 핀잔을 주었어요. 그의 누이는 집에 간다고 울기 시작했고, 캐시는 창피한 나머지 어쩔 줄 몰라 서 있더군요.

"그 애한테 말을 거는 게 아닌데 그랬어!" 캐시가 린턴 댁 도련님을 야단쳤습니다. "그 애는 성질이 난 거야. 이제 늬들의 방문도 엉망이 되었고, 그 애는 매질을 당할 거야. 난 걔가 매 맞는 게 싫어! 저녁밥도 못 먹을 거야. 에드거, 왜 그 애한테 말을 걸었어?"

"말을 건 게 아니야." 소년이 내 손아귀에서 벗어나더니, 자신의 고급 아마포 손수건으로 아직도 남아 있는 사과 소스를 마저 닦아 내며 흐느끼듯 말을 이었습니다. "그 애하곤 말 한마디도 나누지 않겠다고 엄마와 약속했고, 정말 걔한테 말한 거 아니야!"

"자, 울지 마!" 캐서린은 경멸조로 말했지요. "죽은 건 아니잖아. 더 이상 분란 일으키지 마. 우리 오빠 온다. 조용히 해! 뚝 그쳐, 이사벨라! 누가 널 건드리기라도 했니?"

"자, 애들아, 모두 자리에 앉아라!" 힌들리는 부산하게 들어오면서 큰 소리로 말했습니다. "그 짐승 같은 놈을 두들겨 팼더니 몸에서 열이 나네. 에드거 군, 다음에는 자네 주먹으로 때려 주는 거야. 그러면 식욕이 날 테니까!"

좋은 냄새가 진동하는 음식을 내가자 그 작은 모임은 금세 평정을 되찾았어요. 린턴 댁 남매는 마차를 타고 오느라 시장했을 터이고, 다치거나 한 것은 아니어서 금방 기분을 풀었지요.

언쇼 씨는 고기를 잘라서 접시에 잔뜩 담아 줬습니다. 그리고 언쇼 부인은 재미있는 이야기로 아이들을 즐겁게 해 주었어요. 저는 캐서린 옆에 서서 시중을 들고 있었습니다만, 캐서린이 눈물 한 방울 흘리지 않고 냉담한 얼굴로 자기 앞에 놓인 거위의 날갯죽지를 자르는 것을 보니 마음이 아팠답니다.

'매정스러운 것 같으니. 오랜 친구가 당하는 아픔을 저렇게 간단히 잊다니. 자기만 아는 앤 줄은 정말 몰랐어.' 이렇게 혼자 생각을 했지요.

캐서린은 고기를 한 조각 입으로 가져가더니 다시 포크를 놓았습니다. 얼굴이 상기된 걸 보니 눈물을 삼키는 모양이었어요. 포크를 일부러 바닥에 떨어뜨리고는 그것을 주우려고 얼른 식탁보 아래로 얼굴을 가려 감정을 감추더군요. 캐서린이 매정스럽다는 생각은 이내 사라졌습니다. 그녀도 그날 하루 종일 지옥 같은 괴로움 속에서 어떻게든 혼자 빠져나가 히스클리프를 찾아갈 기회를 엿보느라 마음 졸였다는 것을 알았기 때문이지요. 히스클리프가 혼자서라도 뭘 좀 먹게 하려고 해 주려다 알게 된 일이었지만, 힌들리가 히스클리프를 다락방에 가두어 버렸거든요.

저녁에는 춤을 추었지요. 캐서린은 이사벨라의 춤 상대가 없으니 히스클리프를 풀어 달라고 졸랐지만 받아들여지지 않았답니다. 그래서 제가 대역을 하게 되었지요.

우리는 신나게 춤을 추며 우울한 기분을 날려 버렸어요. 가수를 빼고도 나팔, 트롬본, 클라리넷, 바순, 프렌치 호른과 더블 베이스 등 모두 열다섯 명의 악사로 구성된 기머턴 악단이 와서 흥을 한층 돋우었습니다. 그 악단은 크리스마스 때 제법 산다 하는 집을 찾아다니며 기부를 받는데, 이 악단의 연주와 노래를 듣는 것을 모두 첫째가는 즐거움으로 꼽곤 했지요.

늘 부르는 크리스마스 캐럴 다음에, 가곡과 (무반주) 합창곡을 청했지요. 언쇼 부인이 이런 노래를 아주 좋아해서 많이 불러 주었답니다.

캐서린도 음악을 좋아했습니다. 하지만 그녀는 계단 꼭대기에서 듣는 것이 가장 좋다고 말하고는 어두운 계단을 올라가기에 저도 곧 뒤따라가 보았지요. 거실에는 사람들이 꽉 차 있어서 우리가 없어진 줄도 모르고 거실의 문을 닫아 버렸어요. 캐서린은 계단 꼭대기에 머무르지 않고 더 올라가 히스클리프가 갇혀 있는 다락방으로 가서 그를 불렀지만, 얼마 동안은 고집스럽게 대답하는 것조차 거부하더군요. 하지만 캐서린이 끈질기게 설득하여 마침내 벽을 사이에 두고 이야기를 나누더군요.

저는 불쌍한 아이들이 방해를 받지 않고 이야기를 나누도록 놔두었습니다. 노래가 끝나 갈 무렵 악사들에게 간식을 내놔야 할 때가 되어 저는 캐서린에게 알려 주려고 다락으로 통하는 사다리로 올라갔지요.

그런데 캐서린은 보이지 않고 방 안에서 소리가 들려오는 거예요. 이 원숭이 같은 아가씨가 이쪽 다락방의 들창으로 해서 지붕을 타고 저쪽 다락방의 들창으로 들어간 거였어요. 그래서 구슬려 나오게 하느라 아주 애를 먹었지요.

캐서린과 함께 히스클리프도 나왔습니다. 캐서린은 그를 부엌에 데리고 있으라고 뻗댔습니다. 조지프는 늘 '악마의 찬송'이라고 말하는 노랫소리를 듣지 않으려고 이웃집에 가고 없었거든요.

저는 이런 속임수를 부추길 생각은 추호도 없다고 말했지만, 히스클리프가 어제 점심 이후로 아무것도 먹은 것이 없어 이번만은 주인을 속이는 것을 모르는 척하기로 했답니다.

히스클리프가 내려오자 불 가까이 걸상을 내주고 맛있는 음식을 많이 주었어요. 하지만 속이 울렁거린다며 거의 먹지를 못하더군요. 잘 거둬 먹이려 했는데 생각대로 되지 않은 셈이지요. 그는 무릎 위에 두 팔꿈치를 괴고 손으로 턱을 받치고는 아무 말 없이 생각에 잠겨 있었어요. 제가 무슨 생각을 하느냐고 묻자 음울하게 대답하더군요.

"힌들리에게 어떻게 복수할까 생각하고 있었어. 언젠가 할 수만 있다면 아무리 기다려도 상관없어. 제발 나보다 먼저 죽는 일이 없어야 할 텐데!"

"부끄러운 줄 알아라, 히스클리프!" 제가 말했지요. "못된 사람을 벌하는 건 하느님이 하시는 일이야. 우리는 용서를 배워야 돼."

"어림없어. 용서를 배워 하느님을 기쁘게 하는 일은 없을 거야." 그는 대꾸했습니다. "나는 제일 좋은 방법을 알고 싶을 따름이야! 날 가만히 놔둬. 계획을 짜내야 하니까. 복수를 궁리하는 동안은 아픈 것도 모르겠어."

그런데 록우드 씨, 이런 이야기가 재미없을 거라는 생각을 하지 못했군요. 이렇게 수다를 떨고 말다니 제가 한심스럽군요. 죽은 이미 식어 버렸고 잠자리에 들고 싶어 졸고 계신걸! 아시고 싶어 하는 히스클리프의 내력이라면 대여섯 마디로 요약할 수 있었는데요.

이야기를 중단한 가정부는 자리에서 일어나 바느질거리를 치웠다. 그러나 나는 벽난로 곁을 떠날 수 있을 것 같지 않았고, 전혀 졸리지도 않았다.

"천만에, 딘 부인." 내가 소리쳤다. "반 시간만 더 앉아 있어 주게. 뜸을 들여 가면서 이야기를 풀어 나간 건 잘한 걸세. 그게 내가 좋아하는 방법이네. 그러니 끝까지 그런 식으로 이야기를 해 주구려. 정도의 차이는 있어도 당신 이야기에 등장하는 모든 인물에게 흥미가 가는걸."

"시계가 11시를 치고 있는데요."

"상관없네! 난 11시나 12시엔 잠자리에 들지 않는걸. 아침 10시까지 누워 있는 사람에겐 1시나 2시도 이른 시간이지."

"10시까지 누워 계시면 안 되지요. 그때가 되면 벌써 아침의 가장 좋은 시간은 지나가 버리니까요. 10시까지 하루 일의 반을 하지 않은 사람은 나머지 반도 못할 가능성이 많은 법이랍니다."

"어쨌든 딘 부인, 다시 자리에 앉게. 내일은 오후에나 일어날 작정이라네. 최소한 독감이라고 자가 진단을 내렸으니까."

"그래선 안 되지요. 글쎄, 이야기를 계속한다고 해도 한 3년 건너뛰어야겠네요. 그 3년 동안 언쇼 부인은—"

"아니, 안 되지. 그렇게 하도록 놔둘 순 없네. 이런 기분을 이해할까 모르겠네만, 혼자 앉아서 앞에 깔린 양탄자에서 어미 고양이가 새끼를 핥아 주고 있는 모습을 지켜보고 있는데 어미가 한쪽 귀를 빼먹는다면 정말이지 기분이 언짢아질 것 아닌가."

"아주 한갓진 기분이시네요."

"아니, 성가실 정도로 활동적인 걸세. 지금 내 기분이 그러니 계속 자세히 이야기해 주게나. 지하 감옥에 갇혀 있는 사람은 집에 사는 사람들이 대수롭게 생각하지 않는 거미 한 마리라도 소중하게 여기지 않는가. 이 고장 사람들은 도시 사람들과 달리 그런 가치를 알고 있다는 생각이 드네. 그렇다고 어디서 바라보느냐에 따라 더 깊은 관심을 갖게 된다는 뜻은 아닐세. 이 지방 사람들은 표면적인 변화, 하찮은 표피적인 것에 덜 좌우되고, 더 치열하게, 좀 더 깊숙한 자기 안에서 살고 있다는 뜻이지. 어떤 연애도 1년을 넘기지 못한다고 생각해 왔는데 이런 곳에서는 평생 사랑하는 게 가능할 것 같기도 하네. 시골은 배고픈 사람에게 한 접시의 요리만으로 식욕을 집중시켜 충분히 맛보게 하는 격이고, 도시는 프랑스 요리사들이 차려 놓은 식탁 앞에 앉은 것과 같다고 할까. 전체적으로 얻는 즐거움은 같겠지만, 요리 하나하나에 주목하거나 기억하지 못할 것 아니겠는가."

"아니에요! 여기 사람들도 알고 보면 다른 곳에 사는 사람들과 같아요." 딘 부인은 내 말이 다소 납득이 가지 않는다는 듯 가로막았다.

"잠깐." 내가 응수했다. "딘 부인이야말로 그런 주장을 반박하는 뚜렷한 증거이네. 시골 말투가 약간 있는 걸 빼면 하인 계층의 특성이라고 내가 생각해 온 그런 면모가 전혀 없는걸. 부인은 보통의 하인들보다 훨씬 더 깊이 생각하며 살아온 것이 분명해. 아마도 하찮은 일에 시간을 낭비하면서 살 기회가 없었기 때문에 더 깊이 생각하는 능력을 계발할 수 있었던 게지."

딘 부인이 웃었다.

"물론 저 자신은 제가 차분하고 분별 있는 사람이라고 생각한답니다. 하지만 시골구석에 살면서 1년 내내 똑같은 얼굴을 마주하고 똑같은 행동이 반복되는 걸 보아 왔기 때문은 아니에요. 모진 단련을 받아 지혜를 배운 것이지요. 그리고 생각하시는 것보다 책을 많이 읽었답니다. 이 서재에서 뽑아 드시는 책은 죄다 읽었고, 또 책마다 얻은 것이 있었지요. 물론 희랍어와 라틴어, 그리고 프랑스어 책은 빼고요. 그래도 희랍어인지 라틴어인지 구별할 줄은 안답니다. 가난한 집안 딸로서는 그 이상 바랄 수 없겠지요."

"그건 그렇고, 정말 한담 식으로 이야기하라고 하시면 계속할게요. 3년을 뛰어넘는 대신 다음 해 여름, 1778년 여름으로 넘어가기로 하지요. 그러니까 지금으로부터 근 23년 전의 일이군요."

제8장

    화창한 6월 어느 날 아침, 제가 맨 처음으로 기른 귀여운 아기이자 유서 깊은 언쇼 가문의 마지막 자손이 태어났습니다.

    멀리 떨어진 들판에서 건초를 만드느라 열심히 일하고 있는데 새참을 내오곤 하던 하녀 아이가 한 시간이나 일찍 초원을 가로질러 샛길을 달려 올라오며 제 이름을 부르는 거예요.

    "어머나, 어쩜 아기가 그르케 잘났댜!" 그 계집아이는 숨을 헐떡이면서 말했습니다. "그리 잘난 사내 아기는 이 세상에 읎을 걸! 그런디 으사 선상님이 아씨는 가망이 없댜. 폐병을 앓은 지 벌써 여러 달째라나. 서방님게 말하는 걸 들었는데 이제 더 버틸 여력이 없으니 겨울을 넘기지 못할 거랴. 얼릉 집에 가 봐. 넬리 언니가 아기를 키워야 헌댜. 우유에 설탕을 타 먹이고 밤낮으로 돌봐야제. 언니는 좋겄다. 아씨가 돌아가시고 나면 언니 아기나 다름읎잖여!"

    "아씨가 그렇게 위독해?" 저는 쇠갈퀴를 내던지고 모자 끈을 매면서 물었습니다.

"그런가 벼. 그런디 겉으로 보기에는 멀쩡허셔." 그 계집애가 대답하더군요. "아기가 으른이 될 때꺼정 살 것처럼 말씀하셔. 너무 좋은 나머지 제정신이 아녀. 그맨치 아기가 이쁘거덩! 내가 아씨라믄 절대 죽지 않을 겨. 으사 선상님이 뭐라 카든 아기를 보믄 제절로 병이 나을걸. 증말 화가 나서 죽는 줄 알었어. 아처 부인이 그 천사 같은 아기를 안고 거실에 기시는 서방님께 델구 왔거덩. 서방님 얼굴에 기쁜 빛이 나타나자마자 늙은 까마구 같은 영감이 툭 튀어나와서 초를 치는 겨. '언쇼. 자네 안댁이 아직꺼정 살아서 아들을 남겨 준 건 하느님의 은혜이네. 처음 여기 왔을 때부터 오래 살지 못할 거라 생각했지. 지금 같아서는 겨울을 넘기지 못한다고 해야 할 것 같네. 애면글면 끌탕하지 말게. 어쩔 수 없는 일이니까. 따지고 보면 그렇게 병약한 처녀를 택한 자네 잘못이니까!'"

"서방님은 뭐라고 하시데?" 제가 물었지요.

"욕을 하신 거 같어. 그런디 난 서방님 쪽은 신경도 안 썼거덩. 아기를 보려구 목을 빼고 있었제." 그렇게 말하고 계집애는 다시 열광적으로 아기를 묘사하기 시작했습니다. 그 계집애 못지않게 흥분한 저도 아기가 보고 싶어 서둘러 집으로 돌아왔답니다. 물론 저로서는 힌들리가 너무 안됐다는 생각이 들었지요. 그의 마음에는 두 개의 우상 — 아내와 자기 자신 — 을 모실 자리밖에 없었어요. 그는 그 둘을 맹목적으로 사랑했는데, 아내라면 더더욱 끔찍이 아껴서 그녀를 잃고 어떻게 견딜지 상상하기 어려웠습니다.

우리가 워더링 하이츠에 도착했을 때 그는 현관 앞에 서 있었습니다. 옆을 지나가면서 저는 아기가 건강하냐고 물었지요.

"금방이라도 뛰어다닐 것 같아, 넬리." 그는 부러 쾌활한 웃음을 띠며 대답하더군요.

"그리고 아씨께서는 어떠신가요?" 제가 큰마음을 먹고 물어보았지요. "의사 선생님 말씀은—"

"빌어먹을 의사 놈!" 힌들리는 얼굴을 붉히면서 제 말을 가로막았습니다. "프랜시스는 아무렇지도 않아. 다음 주 이맘때쯤이면 완쾌될 거야. 2층으로 가는 거야? 말하지 않기로 약속한다면 내가 올라가겠다고 안사람에게 전해 주겠어? 도무지 입을 다물고 있지 않아서 놔두고 나왔거든. 케네스 선생이 안정하지 않으면 안 된다 그랬다고 해 줘."

그 말을 언쇼 부인에게 전했더니 그녀는 들뜬 기분으로 명랑하게 대답하는 거예요—.

"난 말을 거의 하지 않았어, 엘렌. 한데 그이는 두 번이나 울면서 나가더라. 알았어, 말하지 않기로 약속한다고 말해. 하지만 그렇다고 그이를 놀리지 않겠다는 건 아냐!"

가엾은 분이었죠. 돌아가시기 일주일 전까지도 명랑한 기분을 잃지 않았어요. 그리고 힌들리는 그녀의 몸이 하루가 다르게 좋아지고 있다고 완고하게, 아니 맹렬하게 주장하는 것이었어요. 케네스 선생님이 병이 깊어 약을 써도 소용이 없으니 더 이상 왕진 치료를 할 생각이 없다고 하자 힌들리는 이렇게 쏘아붙이더군요.

"필요가 없다는 건 알고 있소 — 집사람은 멀쩡하니까 — 이제 당신 치료를 받지 않게 할 작정이오! 원래 폐병에 걸린 적도 없어. 열이 좀 올랐던 거지. 그리고 이제 열도 내렸어. 지금은 나만큼 맥박도 느리게 뛰고 뺨도 서늘한걸."

그는 아내에게도 같은 이야기를 했고, 그녀도 그 말을 믿는 것 같았어요. 그러나 어느 날 밤, 남편의 어깨에 기대 내일이면 일어날 수 있을 것 같다고 말하다 한바탕 기침을 하더군요. 아주 가벼운 기침이었어요. 힌들리는 아내를 안아 일으켰고 그녀는 그의 목을 끌어안았는데 안색이 변하더니 그만 숨을 거두었답니다.

하녀 아이의 예상대로 아기는 제가 전적으로 맡아 키우게 되었어요. 아들에 관한 한 언쇼 씨는 건강해 보이고 우는 소리만 들리지 않으면 만족했어요. 하지만 그 자신은 절망에 빠져들었지요. 그의 슬픔은 슬퍼하기를 거부하는 그런 종류의 슬픔이었습니다. 그는 울지 않았고 기도 드리지도 않는 대신 저주하고 저항했어요. 하느님이고 인간이고 몽땅 증오하면서 자신을 마구잡이로 방탕에 내던졌답니다.

포악한 데다 못되게 굴었기 때문에 하인들은 남아나지 않았습니다. 얼마 안 가서 남아 있는 사람은 조지프와 저, 둘뿐이었지요. 저는 제가 맡은 아기를 두고 떠날 정도로 모진 마음을 먹을 수가 없었어요. 게다가 저는 힌들리의 양누이인 셈이어서 다른 사람들보다는 그의 행동을 쉽게 용서할 수 있었던 거 같아요.

조지프는 소작인들과 일꾼들에게 딱딱거리기 위해, 그리고 만연한 사악함을 나무라는 것이 그의 사명이기 때문에 남았지요.

주인의 고약한 행실과 불량한 친구들이 캐서린과 히스클리프에게 좋은 본이 되었다고 할 수 없습니다. 힌들리는 성인이라도 악마로 변할 정도로 히스클리프를 학대했답니다. 그리고 정말이지 그 무렵에는 뭔가 악마적인 것에 사로잡힌 듯하기도 했어요. 히스클리프는 힌들리가 사나운 음울함에 사로잡혀 나날이 포악해지면서 구제 불능으로 타락해 가는 걸 보고 기뻐했지요.

그때 그 집구석이 얼마나 지옥 같았는지는 이루 말로 형언할 수 없어요. 신부도 심방 오는 것을 그만두고, 급기야 점잖은 사람들은 하나같이 발길을 끊었답니다. 에드거 린턴이 캐시를 만나러 오는 것이 예외였지요. 열다섯 살이 되자 캐시는 이 고장 최고의 미녀가 되었답니다. 단연 군계일학이었어요. 그리고 거만하고 고집 센 아가씨로 자랐지요! 솔직히 말해서 저는 어린 시절이 지나고 난 다음부터 캐시를 좋아하지 않았습니다. 그녀의 오만을 꺾어보려고 하다가 종종 그녀의 화를 돋우기도 했어요. 그렇다고 제게 반감을 갖거나 하지는 않았답니다. 오랜 친구들에 대한 캐시의 애착은 놀라울 정도로 일편단심이라 히스클리프조차도 변함없이 그녀의 마음에 자리 잡고 있었지요. 여러 가지 점에서 비교 우위를 점한 에드거 린턴도 캐시의 마음에 그만큼 깊이 각인되기 어려웠지요.

에드거 린턴은 저의 전 주인으로 벽난로 위에 걸려 있는 그림이 그의 초상입니다. 원래는 이쪽에 걸려 있었고, 다른 한쪽에는 그의 아내 초상이 걸려 있었는데, 그녀의 초상은 치웠지요. 초상이 있었더라면 어떻게 생긴 아가씨였는지 알 수 있으셨을걸. 저 초상은 잘 보이시나요?

딘 부인이 촛불을 들어 주어 나는 워더링 하이츠에 있는 젊은 부인과 기막히게 닮았지만, 표정이 더 차분하고 온화한, 부드러운 인상의 얼굴을 볼 수 있었다. 옅은 색의 긴 머리카락이 관자놀이 위에서 약간 곱슬거렸고, 눈은 크고 진지했으며, 체격은 지나칠 정도로 우아했다. 이 사람이라면 캐서린 언쇼가 어릴 적 친구인 히스클리프를 잊어버린 것도 무리는 아닐 것 같았다. 그러나 그의 모습처럼 마음도 순했다면, 내가 상상하는 캐서린 언쇼를 좋아했다는 것이 놀랍기도 했다.

"아주 마음에 드는 초상이로군." 나는 가정부에게 말했다. "실물과 비슷한가?"

"네, 그래요. 이것이 평소의 얼굴입니다만, 활기를 띨 때는 더 보기 좋았지요. 대체로 기백이 부족한 분이었지요."

캐서린은 린턴 댁에서 다섯 주를 보내고 온 이후로 그 집안과 왕래를 계속하였습니다. 린턴 집안의 사람들이 있는 데서 거친 면모를 드러낼 언턱거리가 없었고, 한결같이 예의 바른 사람들 앞에서 무례하게 구는 것을 창피스러워할 정도의 분별은 있었기에 천진난만한 다정함으로 자기도 모르게 린턴 씨 내외를 속였고, 이사벨라의 찬탄을 샀고, 그녀의 오빠의 영혼과 마음을 전적으로 사로잡았어요. 이렇게 호감을 산 것을 캐시는 처음부터 우쭐하게 생각했습니다. 야심만만했거든요. 캐서린은 꼭 누구를 속일 의도는 없었지만 차츰 이중적인 성격을 띠게 되었습니다.

히스클리프를 '쌍스러운 깡패 아이'니 '짐승만도 못한 것'이니

하고 말하는 곳에서, 그녀는 그렇게 행동하지 않으려고 조심했지요. 그러나 집에 와서는 예의를 지켜 봤자 비웃음을 살 뿐이고, 못된 성질을 부리지 않는다고 누가 믿어 주거나 칭찬해 주는 것이 아니어서 그럴 용의가 없었어요.

에드거 린턴은 공공연하게 워더링 하이츠를 방문할 용기를 좀처럼 내지 못했어요. 힌들리의 악명에 겁을 집어먹고 만남을 피한 거지요. 하지만 그가 찾아오면 저희는 최대한 예의를 차려 대접했어요. 힌들리도 그가 왜 오는지 알고 있었기 때문에 기분을 상하게 하지 않으려고 노력했고, 정중하게 대하지 못할 경우엔 자리를 피했답니다. 캐서린은 그의 방문을 불편해했던 것 같아요. 감정을 꾸며 댈 줄 모르는 데다 천성이 요부(妖婦)와 거리가 멀어서, 두 사람이 맞닥뜨리는 것을 원치 않았던 건 분명해요. 히스클리프가 에드거 린턴 앞에서 그에 대한 경멸을 표하면 본인이 없을 때 그렇게 하듯 반쯤 맞장구를 칠 수 없었고, 에드거 린턴이 히스클리프에 대한 혐오나 반감을 드러낼 때 소꿉친구를 깎아내리는 걸 아무렇지도 않은 듯 들어 넘길 수 없었기 때문이지요.

캐서린이 어쩔 줄 몰라 하거나 말도 못하고 끙끙 앓는 것을 보면서 웃은 적도 많았답니다. 조롱을 당할까 봐 애써 감추려 했지만 잘 되지 않았지요. 이렇게 말하면 심술 사납게 들리겠지만, 캐서린이 워낙 도도하게 구는지라 고통을 통해 겸손을 배울 때까지는 난처해하는 것을 보고도 정말이지 가엾게 생각할 수가 없었어요.

그러나 캐서린도 마침내는 마음을 열고 제게 다 털어놓았습니다. 의논 상대로 삼을 사람이 저밖에 없었으니까요.

힌들리가 출타한 어느 날 오후였어요. 히스클리프는 그 틈을 타서 휴일을 갖기로 했나 봅니다. 그때 히스클리프는 열여섯 살쯤 된 걸로 기억하는데, 얼굴이 못난 것도 머리가 나쁜 것도 아니면서 겉모습으로나 마음 씀으로 부러 혐오감을 불러일으키려고 했지요. 지금 모습에서는 그런 면모가 흔적도 남아 있지 않지만요.

우선 그 무렵의 히스클리프는 어릴 적에 받은 교육의 이점을 놓쳐 버렸어요. 신새벽부터 저녁 늦게까지 이어지는 고된 노동 때문에 그가 한때 가졌던 지적 호기심과 책이나 배움에 대한 욕구가 사라졌답니다. 돌아가신 주인어른의 귀염을 받아 갖게 된 어릴 적의 우월감도 없어졌고요. 오랫동안 캐서린과 공부 진도를 맞추려고 노력하다가 아린 마음을 감춘 채 포기했는데, 일단 포기하기로 하자 자포자기로 치달은 거지요. 이전 수준 아래로 내려갈 수밖에 없다는 것을 알고 나선 자신을 향상시키는 방향으로 한 발 내딛도록 아무리 설득해도 소용이 없었어요. 그러자 생김새까지 정신적인 타락과 보조를 맞춰 걷는 자세도 꾸부정해지고 표정도 천박해졌답니다. 타고난 무뚝뚝한 성질이 극단으로 치달아, 뚱하니 사람을 피하는 게 천치같이 군다고 해야 할 정도로 지나쳤지요. 그리고 많지도 않은 주변 사람들의 평가를 받기보다는 차라리 혐오를 불러일으키는 데서 악의에 찬 쾌감을 느꼈어요.

그때까지도 캐서린은 히스클리프의 단짝 동무였답니다. 그가 노동에서 놓여나는 시간엔 말이지요. 그러나 캐서린을 좋아한다고 말로 표현하는 건 그만두었고, 어렸을 때처럼 그를 쓰다듬기라도 하면, 자기한테 그런 애정을 퍼부어 봤자 소용없음을 알고 있기라도 한 듯, 의심적은 눈길을 던지며 화를 내고 피하는 것이었습니다. 아까 말씀드린 그날 오후, 히스클리프가 거실로 들어오더니 그날은 아무 일도 하지 않을 작정이라고 선언했지요. 그때 저는 캐서린이 옷을 차려입는 것을 거들고 있었어요. 히스클리프가 농땡이를 부리기로 작정했을 거라고는 짐작도 못한 캐서린은 오빠가 출타했으니 거실은 내 차지다 싶어 에드거 린턴에게 그 사실을 어찌어찌해서 알린 다음 그를 맞을 준비를 하고 있었거든요.

"캐시, 너 오늘 오후에 바쁘냐?" 히스클리프가 물었습니다. "어디 나가려고 하는 거야?"

"아니, 비가 오는데 뭘." 캐서린이 대답했지요.

"그런데 비단옷은 왜 입은 거야?" 그가 물었습니다. "누가 오는 건 아니겠지?"

"내가 알기로는 올 사람 없어." 캐서린은 말을 더듬었습니다. "하지만 너는 들에 나가야 되는 거 아냐, 히스클리프. 점심 먹고 한 시간이나 지났는데. 난 나간 줄 알았지."

"밉살스러운 힌들리가 늘 집에 붙어 있어서 자유 시간이 거의 없었잖아. 오늘은 일 안 하고 너랑 함께 지낼 테야."

"어머, 그러면 조지프가 일러바칠걸." 캐서린이 말했지요. "일하러 가는 게 좋을 거야!"

"조지프는 페니스톤 절벽 저쪽에서 석회를 싣고 있어. 어두워져야 일이 끝날 테니 알 턱이 없지."

이렇게 말하면서 그는 불가로 어슬렁어슬렁 걸어가 앉았습니다. 캐서린은 미간을 찌푸리며 잠시 생각에 잠기더군요. 훼방꾼이 나타날 것임을 완곡하게 언급할 필요가 생긴 거죠.

"이사벨라와 에드거 린턴이 오늘 오후에 들른다고 했어." 캐서린이 1분여의 침묵을 깨고 말했습니다. "비가 오니까 안 올 것 같기도 한데, 올지도 몰라. 혹시 온다면 괜스레 야단이나 맞을 일이 생길걸."

"엘렌을 보내 다른 약속이 생겼다고 전해." 그는 고집을 부렸습니다. "그 한심한 멍청이들 때문에 날 쫓아내지 마! 너한테 따지고 싶은 적도 있었어. 그따위 것들이ㅡ. 하지만 그만두기로 하지ㅡ"

"걔네들이 어떻다는 거야?" 캐서린은 당황한 얼굴로 그를 바라보면서 소리쳤습니다. "아이 참, 넬리!" 그러곤 머리를 매만지는 내 손에서 빠져나가면서 골을 부리는 거예요. "그렇게 빗으면 머리를 말아 놓은 게 다 풀어지잖아! 됐어, 그냥 둬. 뭘 따질 참이었다는 거야, 히스클리프?"

"아무것도 아니야. 하지만 저 벽에 걸린 달력을 보란 말야." 그는 창문 옆 액자에 들어 있는 종이를 가리키며 말을 이었습니다. "저 십자 표시는 네가 린턴 남매와 함께 시간을 보낸 날이고 점을 찍은 날은 나하고 지낸 날이야. 알겠어? 난 매일 표시를 하고 있단 말야."

"그래서 어쨌다는 거야. 바보 같기는ㅡ. 난 신경 쓰지 않았어!" 캐서린이 뾰로통하게 대꾸했습니다. "그런 게 무슨 의미가 있어?"

"나는 신경 쓰고 있다는 걸 보여 주기 위해서지." 히스클리프가 말했지요.

"그래서 내가 항상 너와 함께 있어야 한단 말이야?" 캐서린은 점점 더 부아가 치밀었는지 딱딱거렸습니다. "나한테 무슨 득이 되는데—. 네가 이야기할 수 있는 화제가 뭐야? 넌 벙어리나 갓난 아이와 같아. 재미있는 말로 날 즐겁게 하지 못하고 네가 하는 일도 마찬가지잖아!"

"내가 너무 말이 없다거나 나랑 같이 있기 싫다고 한 번도 말한 적이 없었잖아, 캐시!" 몹시 흥분한 히스클리프도 버럭 소리를 질렀습니다.

"아무것도 모르고 아무 말도 안 하는 사람하고는 같이 있으나마나지." 캐서린이 중얼거리더군요.

그녀의 친구는 일어섰지만 더 이상 자기의 감정을 토로할 시간이 없었어요. 포장용 판석을 달려오는 말발굽 소리가 들리더니, 곧이어 조용히 노크를 하고 에드거 린턴이 뜻밖의 부름에 기뻐서 밝은 얼굴로 들어섰기 때문이었지요.

하나는 들어오고 하나는 나가는 것을 보면서, 캐서린은 틀림없이 자신의 두 친구가 다르다는 것을 느꼈을 것입니다. 두 사람의 대조는 탄광 지대의 황량한 언덕배기를 본 다음 아름답고 기름진 골짜기에 들어서는 것 같았어요. 게다가 에드거 린턴의 목소리나 인사말은 그의 모습만큼이나 히스클리프와 정반대였지요. 그는 부드럽고 나직한 목소리로 말했고, 발음도 록우드 씨처럼 했지요. 이 지방 사람들처럼 투박한 말투가 아니라 한결 부드러운 말투였거든요.

"너무 빨리 왔나 보군." 에드거 린턴이 제 쪽을 흘깃 보면서 말하더군요. 저는 접시를 닦고 조리대 한쪽 끝에 붙어 있는 서랍장을 치우기 시작했거든요.

"아니야." 캐서린이 대답했어요. "거기서 뭐 하는 거야, 넬리?"

"일을 하고 있지요, 아가씨." 저의 대답이었습니다. 힌들리가 에드거 린턴이 혼자 찾아오면 옆에서 지키고 있으라고 했거든요.

캐서린은 제 뒤로 다가와서 신경질적으로 속삭였어요. "먼지떨이 가지고 나가! 손님 접대를 하고 있는데 하녀가 그 방에서 쓸고 닦는 법이 어디 있어!"

"서방님이 계시지 않아서 마침 잘됐다고 생각하는 중인데요." 저는 일부러 큰 소리로 대답했답니다. "그분이 계실 때 이런 일로 수선을 떨면 싫어하시니까요. 하지만 에드거 도련님은 개의치 않으시겠죠."

"나도 수선 떠는 거 싫어해." 캐서린은 손님이 대답할 틈을 주지 않고 거만하게 목소리를 높여 말했지요. 히스클리프와 말다툼을 하고 난 터라 그때까지도 마음이 진정되지 않았던 겁니다.

"죄송하군요, 아가씨!" 이렇게 대답하고 저는 열심히 일을 계속하였습니다.

캐서린은 에드거 린턴에게 보이지 않으리라 생각했는지 손에서 먼지 닦는 수건을 빼내더니 아주 심통 맞게 제 팔을 지그시 비틀어 꼬집더군요.

캐서린을 좋아하지 않았다고 말씀드렸지요? 이따금 그녀의 허영심에 상처를 주는 일에 재미를 붙인 데다 몹시 아팠기 때문에 벌떡 일어나 아우성을 쳤답니다.

"아니, 아가씨, 이건 너무 심하지 않아요! 날 꼬집을 권리는 없지요. 나도 더 이상 못 참겠어요!"

"난 네 몸에 손도 대지 않았어, 이 거짓말쟁이!" 캐서린이 소리쳤습니다. 다시 꼬집으려고 손가락을 꼼지락거리면서 분을 못 참아 귓불까지 벌게졌어요. 원래 감정을 숨기지 못하는 성격이라 그녀는 화가 나면 언제나 얼굴 전체가 새빨개지곤 하였죠.

"그럼 이건 뭐죠?" 저는 반박의 증거로 퍼렇게 멍든 팔을 들이댔습니다.

캐서린은 발을 구르며 잠시 머뭇거리다가 마침내 못된 성미를 이기지 못하고 두 눈에 눈물이 나도록 제 뺨을 매섭게 때렸답니다.

"이것 봐, 캐서린! 캐서린!" 자신의 우상이 거짓말과 폭행이라는 이중의 잘못을 범하는 것을 보고 린턴은 크게 놀라서 가로막고 섰습니다.

"이 방에서 나가, 엘렌!" 캐서린은 온몸을 부들부들 떨며 반복해 말했습니다.

어디고 저를 졸졸 쫓아다니기 때문에 그때도 곁에 있던 아기 헤어턴이 제 눈물을 보고 따라 울기 시작했어요. 헤어턴이 "캐시 고모 나빠" 하고 흐느끼며 비난하자, 캐서린은 그 불쌍한 아이에게 분풀이를 하려는 듯 아기의 어깨를 붙잡더니 얼굴색이 파랗게 질릴 때까지 흔들어 대는 거예요. 에드거는 별생각 없이 아이를 빼내려고 캐서린의 손을 붙잡았습니다. 그러자 그녀는 한쪽 손을 비틀어 뿌리치고 놀란 에드거의 뺨을 장난이라고 할 수 없을 정도로 호되게 후려갈겼답니다.

그는 깜짝 놀라 뒤로 물러섰지요. 저는 헤어턴을 안고 부엌으로 갔지만 소리는 들리게 문은 그대로 열어 놓았습니다. 두 사람의 싸움이 어떻게 결말이 날지 궁금했기 때문이지요.

모욕 받은 방문객은 창백한 낯빛에 입술을 떨며 자기 모자를 놓아둔 곳으로 가더군요.

"그것참 잘됐다!" 저는 혼자 중얼거렸습니다. "경고를 받았다 생각하고 돌아가시지! 저 아가씨의 본성을 맛보기로 보여 준 친절을 베푼 셈이군."

"어딜 가는 거야?" 캐서린이 문간으로 다가서면서 따지고 들었습니다.

에드거 린턴은 옆으로 비켜 지나가려고 했지요.

"가면 안 돼!" 캐서린은 힘을 주어 소리쳤어요.

"가야만 해. 갈 거야." 에드거 린턴이 가라앉은 목소리로 대답하더군요.

"안 돼!" 캐서린은 문의 손잡이를 잡고 고집을 부렸답니다. "아직은 안 돼, 에드거 린턴. 앉아. 그런 기분으로 가게 하지는 않겠어. 그럼 밤새 괴로울 테고, 난 너 때문에 괴롭고 싶지는 않아!"

"너한테 맞고 난 다음 어떻게 여기 더 있을 수 있겠어?" 린턴이 물었지요.

캐서린은 잠자코 있었습니다.

"난 네가 무서워졌어. 네가 부끄러워졌어." 그는 계속 말했습니다. "다시는 오지 않을 거야!"

캐서린의 눈에는 눈물이 고여 반짝거리기 시작했고 그래서 눈꺼풀을 깜박거렸습니다.

"게다가 넌 고의로 거짓말을 했어!" 그가 말했습니다.

"난 하지 않았어!" 말문이 다시 터진 캐서린이 이렇게 소리치더군요. "난 아무것도 고의로 한 건 없어. 좋아, 갈 테면 가. 가란 말이야! 그럼 난 울 거야. 병이 나도록 울고 말 거야."

캐서린은 의자 옆에 엎어져서 정말로 울기 시작했습니다.

에드거는 안뜰까지는 결심을 굽히지 않고 나갔는데 거기서 머뭇거리더군요. 저는 그의 용기를 북돋아 주어야지 마음먹었어요.

"아가씨가 제멋대인 건 이루 말로 못해요!" 제가 큰 소리로 말했습니다. "응석받이 아이처럼 못되게 굴지요. 말을 타고 얼른 돌아가시는 게 좋을 거예요. 그렇지 않으면 우리 속을 썩이려고 아프니 어쩌니 할 테니까요."

그 마음 약한 친구는 곁눈질로 창을 들여다보더군요. 고양이가 반쯤 죽여 놓은 생쥐나 반쯤 먹다 남겨 둔 새를 두고 갈 수 없는 것처럼, 그도 떠날 의지가 없었지요.

아, 할 수 없는 사람이군. 저는 속으로 생각했답니다. 그의 운명은 정해졌어. 파멸로 뛰어들라지!

과연 그대로였습니다. 그는 갑자기 돌아서더니 서둘러 집으로 들어와 문을 닫더군요. 그리고 잠시 후에 제가 서방님이 대취해서 돌아왔으니 언제 집을 때려부숴 내려앉게 만들지 모른다고 — 실제로 만취했을 때 그의 마음 상태가 대충 그랬습니다 — 알려 주러 들어가 보니 두 사람은 전보다 더 가까워졌더라고요. 싸움이 소년 소녀다운 수줍음의 벽을 허물어 우정이라는 탈을 벗고 사랑을 고백할 수 있게 해 준 거지요.

집주인이 돌아왔다는 말에 에드거 린턴은 서둘러 말을 매어 놓은 곳으로 갔고, 캐서린도 자기 방으로 도망쳤지요. 저는 아기 헤어턴을 숨기고 힌들리의 사냥총에서 총알을 빼 버렸답니다. 미친 듯 흥분 상태에 이르면 그는 총을 갖고 놀기를 좋아했어요. 기분에 거슬리거나 심지어는 지나치게 주의를 끄는 사람에게도 총질을 해 대서 그가 총을 쏴 대는 지경에 이르더라도 다치는 일이 없도록 총알을 뽑아 버린 거지요.

제9장

힌들리는 듣기에도 끔찍한 저주와 욕설을 고래고래 외치며 들어왔는데, 헤어턴을 부엌 찬장에 감춰 놓으려다가 그만 들키고 말았답니다. 짐승처럼 덤벼들어 예뻐 죽겠다고 하든, 미친 사람처럼 성을 내든 아버지는 헤어턴에게 극심한 공포의 대상이었지요. 왜냐하면 귀여워할 때에는 껴안고 입술을 맞춰 숨 막힐 위험이 있고, 성을 낼 때에는 불 속으로 던지거나 벽에다 내동댕이칠 염려가 있었거든요. 그래서 그 불쌍한 아기는 제가 어디에 데려다 놓든지 쥐 죽은 듯 가만히 있곤 했어요.

"그래, 드디어 찾아냈군!" 힌들리는 개 목덜미를 잡듯 저를 뒤로 잡아당겼습니다. "맹세코 너희들이 내 아이를 죽이려고 서약한 것이 분명해! 아이가 왜 내 눈에 띄지 않는지 이제야 알겠어. 그러나 사탄의 힘을 빌려서라도, 넬리, 네가 식칼을 삼키도록 만들 테다. 웃을 일이 아냐. 나는 지금 막 케네스 자식을 블랙호스 늪에 거꾸로 처박고 오는 길이야. 하나 죽이나 둘 죽이나 마찬가지지. 난 너희들 중 누구라도 죽이고 싶어. 그러지 않고는 편히 쉴 수 없어!"

"전 식칼을 삼키긴 싫어요, 서방님." 제가 대답했죠. "그 칼로 훈제 청어를 자르고 있었는걸요. 차라리 총으로 쏴 주시는 쪽이 좋겠어요."

"차라리 지옥에 떨어지는 게 나을걸!" 그는 말했습니다. "좋아, 그렇게 해 주지. 영국에는 집안의 기강을 바로잡는 걸 금지하는 법이 없거든. 그런데 내 집안은 엉망진창이야! 자, 입 벌려."

그는 손에 쥔 칼끝을 제 이빨 사이로 밀어 넣었습니다. 그런데 저로 말하자면 그의 주정엔 별로 겁을 내지 않았거든요. 침을 탁 뱉고는 맛이 고약해서 어떤 일이 있어도 먹지 않겠노라고 응수를 했지요.

"아하!" 저를 놓아 주면서 그가 말하더군요. "저 흉측한 작은 악당은 헤어턴이 아니로군 — 죄송한 말씀이지만 말이야— 저게 만약 헤어턴이라면, 아비를 반갑게 맞이하기는커녕 요괴라도 되는 양 울어 댄 것만으로도 산 채로 껍질을 벗길 죄고말고. 천륜도 모르는 새끼. 이리 와. 맘씨가 좋아서 잘도 속아 넘어가는 이 아비를 속이면 어떻게 되는지 본때를 보여 줄 테다. 그런데 저 녀석, 귀 끝을 잘라 주는 게 보기 낫지 않을까. 귀를 자르면 개도 더 사나워 보이지. 난 사나운 게 좋단 말이야. 가위를 가져와. 사납고 단정한 게 좋아! 게다가 귀를 소중하게 생각하는 건 — 돼먹지 않은 허세야 — 지독하게 건방진 거지. 귀가 없어도 우린 당나귀인걸. 뚝 그쳐, 이 녀석, 뚝 그치라구! 그러고 보니 귀여운 내 새

끼로군! 쉿, 눈물 닦아. 예쁘지, 아빠에게 뽀뽀. 뭐! 싫다구? 헤어
턴! 망할 자식, 뽀뽀해! 제기랄! 아비도 몰라보는 이런 괴물 같은
놈을 내가 키울 것 같아! 이 새끼 모가지를 부러뜨려 놓지 않나
어디 두고 봐라."

불쌍한 헤어턴은 아버지의 품 안에서 울부짖으며 있는 힘을 다
해 발버둥쳤어요. 아버지가 2층 난간으로 가서 번쩍 쳐들었을 때는
갑절이나 더 크게 소리를 질렀지요. 아이가 겁먹고 경기를 일으키
겠다고 야단을 치면서 저는 아이를 구하려고 달려갔습니다.

제가 달려갔을 때 힌들리는 난간 밖으로 몸을 내밀고 손에 아이
가 들려 있다는 것조차 깜박 잊은 채 밑에서 들려오는 소리에 귀
를 기울이고 있었어요.

"저게 누구지?" 계단으로 다가오는 발소리를 듣고 묻더군요.

저는 히스클리프의 발소리라는 것을 알아차리고 그에게 이쪽으
로 오지 말라고 신호할 요량으로 몸을 내밀었어요. 그런데 제가
눈을 뗀 순간 건성으로 쥐고 있던 아버지의 손아귀에서 놓여나려
고 몸부림을 치던 헤어턴이 그만 난간 아래로 떨어졌습니다.

아찔한 공포를 느낄 틈도 없이 우리는 아기가 무사하다는 걸 알
았지요. 그 아슬아슬한 순간에 히스클리프가 바로 밑에서 떨어지
는 아기를 본능적으로 받았던 거예요. 그러고는 아기를 내려놓고
사고를 낸 사람이 누군지 알아보려고 올려다보더군요.

난간에 힌들리가 서 있음을 깨달았을 때 히스클리프의 얼굴에
나타난 표정은 행운의 복권을 5실링에 팔아 버린 구두쇠가 다음
날 그 때문에 5천 파운드를 놓쳤음을 알았을 때의 허망함에 비할

바 없었어요. 자기 자신이 복수를 좌절시킨 도구가 된 데 대한 더할 나위 없는 괴로움이 어떤 말보다도 더 뚜렷하게 그의 얼굴에 드러났어요. 아마 어두웠더라면 헤어턴을 계단에 던져 머리를 깨뜨림으로써 자신의 실수를 만회하려 했을 거예요. 그러나 헤어턴이 구조된 것을 우리가 보고 만 겁니다. 저는 곧 아래층으로 내려가서 제 소관의 소중한 아기를 꼭 껴안았지요.

술도 깨고 무안해진 힌들리는 한참 있다 내려왔습니다.

"네 잘못이다, 엘렌. 아이를 내 눈에 띄지 않는 곳에 뒀어야지. 아이를 억지로라도 데려가지 그랬어! 어디 다친 데는 없어?"

"다친 데가 없냐고요!" 저는 화가 나서 악을 썼지요. "정말이지, 죽지 않았다면 바보가 되었을 거예요! 서방님이 아기에게 하는 짓을 보고 아기 엄마가 무덤에서 벌떡 일어나지 않는 게 이상해요. 서방님은 야만인만도 못해요. 자기 피붙이를 그렇게 대하다니!"

제가 옆에 있는 것을 보고 무서운 것도 잊어버리고 울음을 그친 아기를 아버지가 만지려고 했지요. 그러나 아버지의 손가락이 닿자마자 아기는 전보다 더 크게 울면서 경련이라도 일으킬 듯 몸부림을 쳤습니다.

"아기를 건드리지 마세요!" 제가 계속 야단을 쳤지요. "얘는 서방님을 미워해요, 아니 다들 미워하지요. 정말이에요! 행복한 가족을 거느리셨군요. 아주 볼 만하네요!"

"머잖아 더 볼 만하게 될걸, 넬리!" 마음이 비뚤어진 그는 다시 원래의 완악함으로 돌아가 껄껄 웃었습니다. "지금은 아이를 안고 당장 저리로 가 줘라. 그리고 히스클리프 너도 잘 들어! 내 손이 안 닿는 곳으로, 네 소리가 들리지 않을 곳으로 꺼지란 말이야. 오늘 밤엔 죽이지 않겠어. 내가 집에 불이라도 지른다면 또 모르지만. 그러나 그것도 내 맘 내키는 대로지—"

이렇게 말하고 그는 찬장에서 1파인트짜리 브랜디 병을 꺼내와서는 큰 잔에 조금 따르더군요.

"아니, 안 돼요!" 제가 애원했습니다. "서방님, 제발 몸을 생각하세요. 불쌍한 이 아이를 생각해서—. 본인은 아무래도 상관없더라도요!"

"누가 길러도 나보다는 나을 테니까." 그가 대답했습니다.

"서방님의 영혼을 불쌍하게 생각하세요!" 저는 그의 손에서 잔을 빼앗으려고 애쓰면서 말했지요.

"내가 왜! 나는 기꺼이 내 영혼을 파멸의 길로 이끌 테야, 창조주를 벌하기 위해서라도." 불경스럽게도 그는 이렇게 소리쳤지요. "내 영혼의 온전한 파멸을 위해서 축배를!"

그는 독한 술을 들이켜더니 성마르게 가라고 명령하더군요. 그러고는 무시무시한 욕설로 마무리를 했는데 반복하거나 기억하지 않아도 될 정도로 끔찍한 내용이었습니다.

"저 새끼 술 마시다가 뒈지려고 애를 쓰는데 잘 안 되는 모양이야. 유감이로군." 히스클리프는 문이 닫히자 자기도 욕설을 되받아 중얼거리며 덧붙이더군요. "최선을 다하고는 있지만 워낙 건강한 체질이라 뜻대로 안 되나 봐. 케네스 선생은 저 새끼가 기머턴 마을의 어느 누구보다도 오래 살 거고, 백발이 될 때까지 죄를 짓다가 죽을 거라면서 자기 암말을 걸고 내기해도 좋다고 말하더

라. 시의적절한 사고가 일어나지 않는다면 말이야."

저는 부엌으로 가서 제 소중한 아기를 얼러서 재우려고 했지요. 히스클리프는 부엌을 지나 헛간으로 갔다고 생각했는데, 나중에 보니까 방 저쪽 편의 등이 높은 긴 의자까지만 갔던 모양이에요. 난롯가에서 멀리 떨어진, 벽을 향한 벤치에 잠자코 드러누워 있었던 겁니다.

저는 헤어턴을 무릎 위에 올려놓고 흔들면서 이렇게 노래를 흥얼거렸어요.

　밤은 깊어 가는데, 아기가 울면
　땅 밑 무덤 속 엄마가 듣네

그때 자기 방에서 소동에 귀를 기울이고 있던 캐시가 머리를 디밀고 속삭이더군요.

"혼자야, 넬리?"

"그런데요, 아가씨." 제가 대답했지요.

그녀는 들어오더니 난롯가로 다가왔습니다. 무슨 볼일이 있어 온 것 같아 올려다보니 심란하고 근심에 찬 표정이었어요. 무슨 말을 할 듯 입술을 반쯤 벌리고 숨을 들이쉬었지만 말 대신에 한숨이 새어 나오더라고요.

캐서린이 낮에 못되게 굴었던 것을 잊지 않은 터라 저는 계속 노래를 흥얼거리면서 딴청을 피웠지요.

"히스클리프는 어디 갔어?"

"마구간에서 자기 할 일을 하고 있겠지요." 이렇게 대답했는데 히스클리프는 아니라고 가로막고 나서지 않았어요. 아마 깜박 졸았던 모양이에요.

그러고는 한참 동안 침묵이 흘렀습니다. 캐서린의 뺨에서 주르르 흘러내린 눈물이 한두 방울 바닥에 떨어지는 것이 보이더군요.

아까 남부끄럽게 행동한 것을 뉘우치는 거야? 저는 혼자 생각했습니다. 그렇다면 새로운 면모인데. 하지만 하고 싶은 말이 있으면 하겠지. 내가 도와줄 필요는 없지!

아니었어요. 그녀는 자기 근심거리 외에는 관심이 없었답니다.

"아이 참!" 캐서린이 마침내 내뱉듯 말했어요. "난 정말이지 불행해!"

"안됐군요." 제가 대꾸했습니다. "까다롭게 굴어서 불행한 거니까, 친구는 많고 근심거리는 적은데도 만족할 줄 모르니까요!"

"넬리, 비밀을 지켜 주겠어?" 그녀는 제 옆에 무릎을 꿇고 말을 잇더군요. 그리고 그 예쁜 눈을 들어 당연히 화를 낼 만한 권리가 있을 때조차 화를 낼 수 없게 만드는 그런 표정으로 제 얼굴을 바라보는 것이었어요.

"지킬 만한 가치가 있는 비밀인가요?" 저는 조금 누그러진 목소리로 되물었습니다.

"그래, 그리고 난 괴로워서 털어놓지 않을 수 없어! 어떻게 해야 할지 알고 싶어. 오늘 에드거 린턴이 청혼해서 대답을 주었어. 그런데 내가 청혼을 받아들였는지 거절했는지 밝히기 전에, 내가 어떻게 했어야 맞는지 말해 줘."

"정말이지, 아가씨, 내가 그걸 어떻게 알아요?" 제가 대꾸했지요. "하지만 오늘 오후 그 사람이 있는 데서 아가씨가 별별 꼴을 다 보여 주었음을 감안하면 청혼을 받아들이지 않는 쪽이 현명하다고 해야 할 것 같네요. 그런 일을 겪고 난 다음 청혼을 한 것으로 보아 구제 불능의 미련퉁이거나 무모한 바보임에 틀림없으니까요."

"그런 식으로 말하면 난 더 이상 아무 말도 하지 않겠어." 캐서린은 샐쭉해서 자리에서 일어섰어요. "난 청혼을 받아들였어, 넬리. 내가 잘못한 건지 빨리 말해 봐!"

"받아들였다고요? 그렇다면 이러쿵저러쿵 말해 봤자 소용없지요. 이제 와서 물러 달라고 할 수도 없잖아요?"

"그렇지만 내가 그렇게 한 게 잘한 일인지 아닌지 말해 줘. 제발!" 미간을 찌푸린 채 캐서린은 손바닥을 비비며 짜증을 섞어 소리쳤습니다.

"그 질문에 제대로 대답하자면 여러 가지 고려해야 할 사항이 있지요." 저는 점잔을 빼면서 말했습니다. "우선 무엇보다도 에드거 도련님을 사랑하세요?"

"어떻게 사랑하지 않을 수 있겠어. 물론 사랑하지."

그리고 저는 다음과 같이 — 스물두 살 먹은 처녀로서는 꽤 분별 있게 — 질문 공세를 펼쳤습니다.

"왜 도련님을 사랑하지요, 아가씨?"

"무슨 헛소리야. 사랑하면 그걸로 충분하잖아."

"그렇지 않아요. 이유를 말해야 해요."

"글쎄. 그이는 잘생겼고 같이 있으면 좋으니까."

"부적절한 이유입니다."

"그리고 그이는 젊고 쾌활하니까."

"역시 부적절한 이유입니다."

"그리고 그이는 나를 사랑하니까."

"그건 그저 그렇고요. 자, 핵심을 향해 가고 있습니다."

"그리고 그이는 재산을 많이 물려받을 거고, 나는 이 근방에서 제일 지체 높은 마님이 되고 싶고, 그렇게 훌륭한 남편을 가진 것이 자랑스러울 테니까."

"최악의 이유입니다! 자, 이번에는 아가씨가 도련님을 얼마나 사랑하는지 말해 봐요."

"다른 사람들이 사랑하는 거나 마찬가지지. 바보 같은 소리 마, 넬리."

"바보 같지 않아요. 대답해 봐요."

"그이가 밟고 있는 흙, 이고 있는 하늘, 손이 닿는 모든 것, 그리고 그이의 말 한마디 한마디를 모두 사랑하지. 모든 표정, 모든 행동, 그이의 전부를 사랑해. 이만하면 됐지!"

"왜죠?"

"싫어! 날 놀리는 거지? 정말 심술궂어! 이건 농담할 문제가 아냐!" 캐서린은 얼굴을 찌푸리고 불 쪽으로 얼굴을 돌렸습니다.

"농담을 하는 게 아닙니다, 아가씨." 제가 대답했지요. "에드거 도련님이 잘생겼고, 젊고, 쾌활하고, 돈이 많고, 그리고 아가씨를 사랑하기 때문에 사랑한다고 했지요. 그러나 마지막 이유는 아무런 의미가 없어요. 아가씨를 사랑하지 않는다 해도 그 도련님을 사랑할 수 있을 것이고. 설사 그 도련님이 아가씨를 사랑한다고 해도 앞의 네 가지 매력이 없다면 아가씨는 사랑하지 않겠지요."

"그렇지, 그렇고말고 ― 불쌍하게 생각할 따름이겠지 ― 못생기고 어릿광대 같으면 아마 싫어하겠지."

"그런데 이 세상에는 돈 많고 잘생긴 젊은이가 더 있어요. 어쩌면 에드거 도련님보다도 더 잘생기고 돈 많은 사람이 있을지도 모르죠. 그렇다면 왜 그런 사람들을 사랑하지 않죠?"

"그런 사람이 있다 하더라도 만날 수 없잖아. 난 에드거 같은 사람을 본 적이 없거든."

"몇 명쯤 만나게 될지도 모르죠. 그리고 도련님이 항상 잘생기고 젊지는 않을 거고 언제까지나 재산이 많으라는 법도 없지요."

"하지만 지금은 그렇잖아. 어쨌든 난 현재만을 생각하니까. 좀 이치에 맞는 이야기를 하면 좋겠어."

"그럼 됐네요. 현재만을 생각한다면 린턴 씨와 결혼해야지요."

"넬리의 허락을 받겠다는 게 아냐. 난 그이와 결혼할 거니까. 그런데 아직도 내가 청혼을 받아들인 게 잘한 건지 잘못한 건지 말해 주지 않았잖아."

"아주 잘한 거예요. 현재만을 생각해서 결혼하는 게 잘하는 일이라면. 이번에는 무엇 때문에 불행하다고 하는 건지 들어 봅시다. 오빠는 좋아할 테고…… 린턴 씨 내외분도 반대는 안 하실 거고, 그리고 어수선하고 불편한 집을 벗어나 돈 많고 점잖은 가문으로 시집가는 거고, 아가씨도 에드거 도련님을 사랑하고 에드거 도련님도 아가씨를 사랑하고 모든 게 순조로운데 도대체 어느 구석에 불행이 숨어 있다는 건가요?"

"여기에! 그리고 여기에도!" 캐서린은 한 손으로는 이마를 치고 다른 한 손으로는 가슴을 치면서 대답했어요. "영혼이 어느 쪽에 있든 내 영혼과 마음 깊숙한 곳에서는 내가 잘못했다는 확신이 든단 말이야."

"그것 참 이상하네요! 이해할 수가 없군요."

"이게 내 비밀이야. 날 놀리지 않겠다고 약속하면 설명해 볼게. 내 생각을 잘 설명할 수는 없겠지만, 내 마음 상태를 대강은 짐작할 수 있을 거야."

캐서린은 다시 제 곁에 앉았지요. 그녀의 얼굴은 슬픔으로 침중해졌고 맞잡은 손이 떨리고 있었어요.

"넬리, 넬리는 이상한 꿈을 꾸는 적이 없어?" 몇 분간 생각에 잠긴 끝에 캐서린이 불쑥 이렇게 묻더군요.

"네, 이따금 꾸지요." 제가 대답했습니다.

"나도 그래. 내 마음속에 계속 남아서 생각까지 바꿔 버리는 그런 꿈들을 꾸거든. 마치 물에 포도주가 섞이듯 그 꿈들은 내 마음 구석구석 스며들어 그 빛깔을 변화시키지. 이것도 그중 하나야. 내가 이야기할게. 그렇지만 도중에 웃지는 마."

"제발 그만둬요, 아가씨! 유령과 환영(幻影)을 불러내지 않아도 음산하기 짝이 없어요. 자, 기운을 내요. 쾌활한 게 아가씨다워요. 헤어턴 아기를 봐요, 슬픈 꿈은 꾸지 않아요. 자면서 어쩌면 저렇게 기분 좋게 웃을까!"

"그래, 이 아이의 애비가 혼잣말로 저주를 퍼붓는 걸 들으면 또 얼마나 기분이 좋은지! 오빠도 이 아이처럼 복스럽고 통통한 아이였을 때, 얘만큼 어리고 순진했던 때를 넬리는 아마 기억하고 있겠지. 그러나 넬리, 내 꿈 이야기를 들어줘야 해. 별로 길지도 않아. 오늘 밤은 도저히 명랑할 수가 없어."

"난 듣지 않겠어요, 듣지 않겠어요!" 저는 황급히 같은 말을 반복했지요.

그때나 지금이나 저는 꿈에 관해서는 미신 비슷한 생각을 갖고 있거든요. 게다가 캐서린의 모습에 여느 때와 달리 그늘이 깔려 있어서 불길한 예감이 들었고, 무서운 파국을 내다보게 하는 그런 이야기를 듣게 될까 봐 겁이 났던 거예요.

캐서린은 화가 난 모양이었지만 더 이상은 이야기하지 않더군요. 화제를 돌리더니 얼마 있다가 다시 말을 꺼냈어요.

"내가 만약 천국에 간다면, 넬리, 난 몹시 불행할 거야."

"아가씨는 거기 갈 자격이 없으니까요." 제가 대꾸했지요. "죄인은 하나같이 천국이 불편할걸요."

"그래서가 아니야. 천국에 간 꿈을 꾼 적이 있거든."

"난 꿈 이야기라면 듣지 않겠어요. 자러 갈 거예요."

캐서린은 까르르 웃으면서 저를 끌어 앉혔습니다. 제가 의자에서 일어서려고 했기 때문이지요.

"별 이야기 아냐." 그녀가 말했어요. "천국은 내가 살 곳이 아닌 것 같다고 말하려 했을 뿐이야. 난 지상으로 돌아오려고 가슴이 터지도록 울었어. 그러자 천사들이 몹시 화를 내며 날 워더링 하이츠 꼭대기에 있는 황야 한복판에 내던지지 않겠어. 돌아온 것이 너무 기뻐서 울다가 잠이 깼지. 이걸로 내 비밀을 설명할 수 있을 거야. 천국이 내가 살 곳이 아니듯, 난 에드거 린턴과 결혼해선 안 돼. 저 방에 있는 저 고약한 사람이 히스클리프를 저렇게 비천하게 만들지 않았다면 난 에드거와 결혼하는 일 따위는 생각하지도 않았을 거야. 그러나 이제 히스클리프와 결혼하는 건 내 지체를 낮추는 일이 되고 말았어. 그래서 내가 얼마나 사랑하는지 걔가 절대로 알면 안 돼. 히스클리프가 잘생겼기 때문이 아니야, 넬리. 나보다도 더 나 자신이기 때문이야. 우리의 영혼이 무엇으로 만들어졌든 걔의 영혼과 내 영혼은 같아. 그런데 린턴의 영혼은 달빛과 번개, 서리와 불이 다르듯 우리와 달라."

캐서린이 말을 마치기 전에 저는 히스클리프가 방 안에 있다는 사실을 깨달았지요. 인기척이 나서 고개를 돌려 보니 벤치에서 일어나 소리 없이 나가더군요. 그는 캐서린이 자기와 결혼하는 것은 지체를 낮추는 일이 되었다고 말할 때까지 있다가 더 듣지 않고 나가 버렸어요.

바닥에 앉아 있던 캐서린은 의자의 등 때문에 그가 있던 것도, 나간 것도 몰랐어요. 저만 소스라치게 놀라 그녀에게 입을 다물라고 했답니다.

"왜 그래?" 그녀가 걱정스러운 듯 주위를 살피면서 물었습니다.

"조지프가 왔어요." 마침 길에서 짐마차 소리가 나기에 얼른 이렇게 둘러댔지요. "히스클리프도 같이 들어올 거예요. 어쩌면 벌써 문간에 와 있는지도 몰라요."

"문간에서는 내가 하는 말을 들을 수 없을 텐데 뭐. 저녁 식사 준비하는 동안 내가 헤어턴을 봐줄게. 그리고 식사 준비가 되거든 불러. 같이 밥 먹게. 마음이 편치 않지만 양심을 속여 히스클리프가 내 마음을 눈치채지 못했을 거라는 확신을 갖고 싶어. 눈치 못 챘겠지, 그렇지? 사랑이 뭔지 걔는 모르겠지?"

"아가씨가 알고 있다면 히스클리프라고 모르리라는 법은 없지요." 제가 대답했습니다. "만약 히스클리프가 아가씨를 마음에 두었다면 이 세상에서 그 애보다 더 불행한 사람은 없을 거예요! 아가씨가 린턴 부인이 되는 순간 그 애는 우정과 사랑, 그가 가진 전부를 잃게 될 테니까요! 아가씨는 히스클리프와 헤어지는 것을 어떻게 견딜 것인지, 또 이 세상에서 완전히 버림받은 존재가 되는 상황을 그 애가 어떻게 견딜 것인지를 생각해 본 적이 있어요? 아가씨, 왜냐하면ㅡ"

"히스클리프가 버림을 받는다고! 우리가 헤어진다고!" 캐서린은 분개한 듯 힘을 주어 말했어요. "누가 우리를 갈라놓는단 말이야? 그러면 밀로* 꼴이 되고 말걸! 내 목숨이 붙어 있는 한, 엘렌, 어느 누구를 위해서도 히스클리프와 헤어지지 않아. 린턴 집안의 사람들이 모두 녹아 사라진다 해도 걔를 저버리는 데 동의할 수 없어. 그렇게 하려는 게 아니었어. 그런 뜻이 아니야. 그럴 작정이 아니고말고! 그런 희생을 치러야 한다면 난 린턴 부인이 되지 않을 거야! 여태껏 그랬듯 앞으로도 히스클리프는 내게 소중한 존재야! 에드거도 반감을 털고, 적어도 히스클리프를 인정해야 해. 히스클리프에 대한 내 진심을 알면 에드거도 그렇게 할 거야. 아,

이제 알겠어. 넬리는 내가 이기적이라고 생각하는 거지? 하지만 내가 히스클리프와 결혼하면 우린 거지꼴이 되고 말 거라는 생각은 안 들어? 내가 린턴과 결혼하면 히스클리프가 입신(立身)하게 도와서 오빠의 손아귀에서 벗어나게 할 수 있잖아."

"남편의 돈으로 말이죠, 아가씨?" 제가 물었지요. "에드거 도련님이 아가씨가 생각하는 것만큼 호락호락하진 않을 거예요. 내가 왈가왈부할 문제는 아니지만, 린턴 댁 도련님의 아내가 되어야 할 이유로 댄 것 중에서 최악이라고 생각해요."

"그렇지 않아." 캐서린은 반박했습니다. "이게 제일 좋은 이유야! 다른 이유들은 내 허영심을 만족시키기 위한 거였지. 그리고 에드거를 위해서이기도 하지. 그이가 원하니까. 하지만 이건 내가 에드거나 나 자신에 대해 어떻게 느끼는지 완벽하게 아는 사람을 위한 것이거든. 어떻게 설명해야 할지 잘 모르겠어. 하지만 넬리도 그렇고, 다른 모든 사람들도 자기를 넘어선 자기의 존재가 있고 또 있어야 한다고 생각하잖아. 내가 이 몸뚱이에 한정되어 있다면 내가 만들어진 보람이 어디 있겠어. 내가 이 세상에서 맛본 크나큰 고통들은 모두 히스클리프가 당한 고통이었어. 처음부터 그 고통 하나하나를 지켜봤고 겪어 냈지. 살아오는 동안 내 생각의 가장 큰 몫이 바로 히스클리프였어. 모든 것이 소멸해도 그가 남는다면 나는 계속 존재해. 그러나 다른 모든 것은 있되 그가 사라진다면 우주는 아주 낯선 곳이 되고 말 거야. 내가 그 일부라고 생각할 수도 없을 거야. 린턴에 대한 나의 사랑은 숲의 잎사귀와 같아. 겨울이 되면 나무들의 모습이 달라지듯 세월이 흐르면 달라지리라는 걸 난 잘 알고 있어. 그러나 히스클리프에 대한 사랑은 나무 아래 놓여 있는 영원한 바위와 같아. 눈에 보이는 기쁨의 근원은 아니더라도 없어서는 안 되는 거야. 넬리, 내가 바로 히스클리프야. 그는 언제나 언제까지나 내 마음속에 있어. 기쁨으로서가 아니야. 나 자신이 반드시 나의 기쁨이 아닌 것처럼, 나 자신으로서 내 마음속에 있는 거야. 그러니 다시는 우리가 헤어진다는 말은 하지 마. 그건 있을 수 없는 일이니까. 그리고—"

캐서린은 말을 멈추더니, 제가 걸친 윗도리 한 자락에 얼굴을 파묻는 거예요. 저는 억지로 떠밀었지요. 그녀의 터무니없는 이야기를 도저히 참고 들어줄 수 없었던 겁니다!

"아가씨의 그 말 같지도 않은 말을 이해하려고 해 보면, 아가씨는 결혼과 함께 떠맡아야 할 의무가 뭔지도 모른다는 확신이 드네요. 그렇지 않다면 사람의 도리도 모르는 막돼먹은 계집아이에 지나지 않은 거죠. 그러니 더 이상 내게 비밀을 털어놓아 괴롭히지 마세요. 비밀을 지키겠다는 약속도 하지 않을 테니까요."

"그렇지만 비밀은 지켜 주겠지?" 캐서린이 채근하듯 물었어요.

"아니요. 약속할 수 없어요." 저는 되풀이해 거절했지요.

캐서린이 마구잡이로 우기려고 하는데 조지프가 들어왔기 때문에 우리의 대화는 끊겼답니다. 캐서린이 구석으로 자리를 옮겨 헤어턴을 돌보는 동안 저는 저녁 식사 준비를 했습니다.

식사 준비를 끝낸 다음 누가 주인에게 저녁상을 갖다줄 것이냐를 놓고 조지프와 다투기 시작했답니다. 그런데 음식이 거의 식을 때까지도 결론을 내지 못했어요. 그래서 저희는 저녁 식사를 갖고 오라고 할 때까지 놔두기로 합의를 보았지요. 혼자 시간을 보낸 힌들리 앞에 나타나는 것을 우리 둘 다 몹시 겁냈거든요.

"건 그렇고, 이 녀석은 으째서 이 시간꺼정 기어 들어오지 않는 감? 도대체 뭘 허느라 들판에서 자빠져 있는 겨? 목불인견의 게으름일세." 히스클리프가 있는지 두루 살피더니 노인네가 한마디 했습니다.

"내가 가서 불러올게요." 제가 말했지요. "틀림없이 헛간에 있을 거예요."

나가서 불러 보았지만 대답이 없었습니다. 돌아와서 저는 캐서린에게 조그만 소리로 아까 한 이야기의 상당 부분을 그가 들은 것이 확실하다고 일러 주었지요. 그리고 오빠가 히스클리프를 비천하게 만들었다는 불평을 듣고 부엌을 빠져나갔다고 덧붙였습니다.

캐서린은 깜짝 놀라 벌떡 일어났어요. 그리고 왜 그렇게 당황하는지 혹은 자기가 한 말이 그에게 어떻게 들렸을지 생각해 볼 겨를도 없이, 헤어턴을 긴 의자에 던지다시피 하고 히스클리프를 찾으러 달려 나갔습니다.

캐서린이 한참 후에도 돌아오지 않자 조지프는 더 기다릴 것 없이 식사를 하자고 했지요. 지루하게 이어지는 식사 기도를 피하려고 일부러 늦장을 부리는 거라며 지레짐작을 하고, 캐서린과 히스클리프는 "어떤 못된 짓이라도 할 수 있는 애들이다"라고 단언을 하더군요. 그리고 그들을 위해 그날 밤에는 보통 15분의 식전 기도에 덧붙여 특별 기도를 하고, 식전 기도가 끝난 다음에 또 특별

기도를 곁들일 판인데, 캐서린이 달려 들어와 황급히 지시를 내렸어요. 큰길까지 나가서 히스클리프가 어디를 헤매고 다니든 찾아서 곧장 집으로 데리고 오라고요!

"걔한테 할 이야기가 있어. 자러 올라가기 전에 꼭 해야 해. 대문이 열려 있는 걸 보니 불러도 들리지 않는 곳에 있는 거야. 양우리 꼭대기에서 있는 힘을 다해 불러 봤지만 대답이 없었어."

조지프가 이의를 제기했지만 캐서린이 반대를 용납하지 않을 정도로 정색을 했기 때문에 마침내 모자를 쓰고 구시렁거리며 밖으로 나갔습니다.

그동안 캐서린은 안절부절 서성이면서 이렇게 중언부언하는 것이었어요.

"어디 갔는지 모르겠어. 어디 갔을까! 내가 뭐라고 말했지, 넬리? 난 잊어버렸어. 오늘 오후 내가 성질을 부려서 화가 났나? 아참! 내가 뭐라고 해서 그 애의 마음을 아프게 했는지 말해 줘. 정말 돌아왔으면 좋겠어. 제발 돌아왔으면."

"아무것도 아닌 일로 웬 소동이에요!" 저도 마음이 좀 불안했지만 큰소리를 쳤습니다. "별걸 다 가지고 걱정이네요. 히스클리프가 달밤에 들판을 얼쩡거리거나, 삐쳐서 우리랑 말하기 싫다고 건초 광에 누워 있는 것이 놀랄 거리가 되나요. 거기 숨어 있는 게 확실해요. 내가 끌어내고 말걸!"

제가 다시 나가 그를 찾아보았지만 결과는 실망스러웠고, 조지프의 수색도 허탕으로 돌아갔어요.

"이넘이 갈수록 불량허네!" 그는 돌아오자마자 냅다 소리부터

지르는 것이었어요. "대문을 횡허니 열어 놓아서 아가씨의 조랑말이 보리밭을 두 이랑이나 짓밟고 그냥 목초지로 달아나 버렸구먼. 낼 서방님이 아시믄 펄펄 뛸걸. 그런 부주의하고 쓸모없는 녀석을 용케도 봐주지 뭐여. 정말 인내심의 화신이야! 허나 은제까지 봐주진 않을걸. 두고 보라지! 괜스레 서방님 화를 돋워선 안 될 일이지!"

"히스클리프는 찾았어, 이 멍텅구리 영감?" 캐서린이 말을 가로막았습니다. "내가 시킨 대로 찾아본 거야?"

"그넘을 찾느니 조랑말을 찾는 게 낫제. 생각 있는 사람이믄 그렇게 혀야 허고말고. 헌데 말이든 사람이든 이런 밤에 으찌 찾으라는 겨. 굴뚝 속처럼 컴컴헌디! 게다가 내 휘파람 소리에 달려올 넘은 아니거덩. 아가씨가 부르믄 또 모를까."

여름철로는 정말 몹시도 어두운 밤이었습니다. 먹구름이 잔뜩 모여든 것으로 보아 곧 천둥소리라도 날 것 같았어요. 그래서 제가 앉아서 기다리는 편이 낫겠다고 말했지요. 비가 오면 분명 제풀에 돌아올 거라고요.

그러나 캐서린은 무슨 말을 해도 가만히 있지를 못했어요. 쉬려고 해야 쉴 수 없을 만큼 마음이 불안한지 대문과 현관을 계속 오가더군요. 나중에는 길가 담벼락에 붙어 서서, 제가 아무리 야단을 쳐도, 천둥이 치고 굵은 빗방울이 떨어지기 시작해도 아랑곳없이 움쩍달싹도 하지 않고 때로 히스클리프를 소리쳐 부르다가 귀를 기울이고 그러다가는 울음을 터뜨리는 거예요. 캐시 아가씨가 감정에 북받쳐서 울 때에는 헤어턴을 포함해 어떤 아기도 당할 수가 없었어요.

앉아서 기다리는데 자정 무렵 폭풍이 맹렬하게 불면서 집이 덜 컹덜컹 흔들린다는 생각이 들 정도였습니다. 천둥이 치고 바람도 사납게 몰아쳐 집 어느 쪽 모퉁이에 서 있는 나무인지 한 그루가 쪼개지는 소리가 났어요. 커다란 가지 하나가 지붕으로 떨어져서 동쪽 편 굴뚝 한 모서리가 무너졌고, 벽돌이며 검댕이 부엌 벽난 로 속으로 와르르 떨어졌답니다.

벼락이 정통으로 때렸다는 생각에 조지프는 얼른 무릎을 꿇고, 이스라엘의 족장 노아*와 롯*을 기억하셔서 옛날에 그렇게 했던 것처럼 의인은 살려 주시고 악한 자를 치시옵소서, 이렇게 기도를 드리더군요. 저도 우리를 겨냥한 심판이라는 느낌이 들지 않은 것 은 아니었어요. 이 경우에 요나*에 해당되는 사람이 힌들리라고 생각되어 그가 아직 살아 있는지 확인하려고 방문 손잡이를 흔들 어 보았지요. 충분히 들릴 정도로 난 소리가 욕설이라, 조지프는 더욱 요란하게 자기와 같은 성자와 이 집 주인 같은 죄인은 확실 하게 구별해 주십사고 소리 높여 기도하는 것이었어요. 우리들 중 누구에게도 해를 입히지 않고 폭풍은 20여 분 만에 지나갔습니다. 비를 피하지 않겠다며 고집을 부린 캐서린을 제외하고는요. 모자 와 숄도 쓰지 않고 서 있었기 때문에 그녀의 머리와 옷에서 빗물 이 줄줄 흘렀지요.

그렇게 흠뻑 젖어 방으로 들어온 캐서린은 긴 의자에 드러누워 몸을 의자의 등 쪽으로 향하고 두 손으로 얼굴을 가렸습니다.

"자, 아가씨!" 제가 그녀의 어깨에 손을 얹으면서 야단을 쳤지요. "설마 죽으려고 이러는 건 아니겠죠? 지금이 몇 신 줄 알아요? 12시 반이에요. 자, 자도록 해요. 그 어리석은 놈을 더 기다려도 소용없어요. 기머턴에 가서 자고 오는 거예요. 우리가 이렇게 늦게까지 기다릴 거라고는 생각 못하겠죠. 서방님만 깨어 있을 텐데 문을 열어 달라고 해서 맞닥뜨리고 싶겠어요?"

"아니지, 아니고말고. 기머턴엔 가지 않았어." 조지프가 말했습니다. "틀림이 늪에 빠졌을 겨. 아무 까닭 이 하느님께서 진노허실 리 제. 아가씨도 조심혀야것어. 다음 차례가 될지 모르니께. 만사에 하느님께 감사할진저! 택함을 받은 이들을 위해 쓰레기 가운데서 가려내시어 선을 이루시도다! 성경에 뭐라고 써 있는지 알지—"

그리고 성서 구절 인용하면서 몇 장 몇 절까지 주워섬기는 것이었어요.

일어나서 젖은 옷을 갈아입으라고 아무리 말해도 고집 센 아가씨가 말을 듣지 않았기 때문에, 조지프는 설교를 할 테면 하고 아가씨도 떨든 말든 놔둔 채, 세상모르고 새근새근 잠든 헤어턴을 데리고 저는 잠자리에 들었지요.

그 뒤 잠시 동안은 조지프가 성서 읽는 소리가 들렸습니다. 이윽고 사다리를 통해 다락방으로 느릿느릿 올라가는 소리를 듣고는 저도 잠이 들었고요.

평소보다 조금 늦게 내려가 보니 덧창 틈새로 새어 든 햇살에 벽난로 가까이 앉아 있는 캐서린이 보였어요. 거실 문도 조금 열려 있었지만 열려 있는 창문으로 빛이 들어왔던 거예요. 힌들리가 잠이 덜 깬 초췌한 얼굴로 벽난로 가에 서 있었습니다.

"어디 아프니, 캐시?" 제가 들어갔을 때 누이에게 이렇게 말을 붙이더군요. "물에 빠져 죽은 강아지 꼴이네. 왜 그렇게 맥이 없고 창백한 거야?"

"비를 맞았어." 캐서린은 마지못해 대답했습니다. "추워서 그래. 그뿐이야."

"아이고, 말을 안 들어서 그렇지요." 힌들리가 비교적 제정신인 것을 확인하고 제가 큰 소리로 말했지요. "아가씨는 간밤에 소나기를 흠뻑 맞고 저기 앉아 밤을 새웠답니다. 그런데 아무리 이야기해도 꼼짝 안 해요."

힌들리는 놀라서 우리를 지그시 쳐다봤지요. "밤새도록?" 그가 되물었습니다. "뭣 때문에 자지 않았어? 천둥이 무서웠던 것은 아니겠지. 천둥이 멎은 지도 오래되었으니까."

우리 둘 다 히스클리프가 집에 없다는 이야기를 하고 싶지 않았습니다. 숨길 수 있을 때까지 숨겨 볼 요량이었지요. 그래서 저는 왜 캐서린이 자지 않고 앉아 있었는지 모르겠다고 대답했고 본인도 잠자코 있더군요.

신선하고 상쾌한 아침이라 창문을 열어젖혔더니 뜰에서 풍겨 오는 향기가 곧 방을 채웠지요. 그런데 캐서린이 뾰로통해서 쏘아붙였어요.

"엘렌, 창문 닫아, 얼어 죽겠어!" 그러면서 꺼져 가는 불 앞으로 다가가 몸을 웅크리고 이가 부딪치도록 떠는 거예요.

"얘가 아픈 모양이군—" 힌들리가 그녀의 손목을 잡으면서 말했습니다. "그래서 자지 못했던 거야. 제기랄! 이 집구석에서 우환이 더 있어서는 안 되는데. 뭣 때문에 비를 맞으러 나간 거냐?"

"노상 사내 꽁무니를 쫓아다니니께요." 조지프는 우리가 망설이고 있는 틈을 타서 이 기회를 놓칠세라 목쉰 소리로 고약한 혓바닥을 놀려 댔습니다. "지가 서방님이믄, 귀한 놈이고 천한 놈이고 헐 거 읎이 면상에다 문을 꽝 닫아 버리겠어요! 서방님이 출타만 혔다 허면 괭이 같은 린턴 녀석이 살금살금 나타난다 이겁니다. 그럼 우리 훌륭한 넬리 양께선 부엌에 앉아 서방님이 오나 망을 보고, 서방님이 들어오시믄 그 녀석은 딴 문으로 도망을 친단 말씀이지요. 그런 다음 우리 아가씨는 아가씨대로 연애를 허러 나서시지! 자정이 넘도록 망할 놈의 드러운 집시 새끼 히스클리프와 들판으로 숨어 돌아다니니 대단허셔! 날 장님 봉사로 알지만 천만에! 난 그런 바보가 아니거덩! 린턴 녀석이 오는 것도 가는 것도 보고 있지. 그리고 (제 쪽을 향하더니만) 너도 아무짝에도 쓸모읎는 계집이여. 길에서 서방님 말발굽 소리가 나는 걸 듣자마자 쫄랑쫄랑 거실로 뛰어 들어가 고해바쳤제."

"조용히 해, 이 엿듣기나 하는 영감탱이야." 캐서린이 소리쳤어요. "내 앞에서 무례하게 굴 생각도 하지 마. 에드거 린턴은 어제 우연히 들렀어, 오빠. 그리고 내가 린턴에게 가라고 한 거야. 오빠가 몹시 취해서 아무도 만나고 싶지 않을 것 같았어."

"너 거짓말하는 게 분명해, 캐시." 그녀의 오빠가 대답했지요. "게다가 넌 지독한 바보야! 린턴 이야기는 나중에 하도록 하고—. 너 엇저녁에 히스클리프와 같이 있었지? 자, 바른대로 말해. 같이 있었다고 해도 그 녀석을 어쩌지는 않을 테니까. 그놈이 미운 건 여전하지만, 얼마 전에 날 위해 좋은 일을 해주었으니 양심상 목을 분질러 버릴 수는 없지. 그런 일이 없도록 바로 오늘 아침부로 그 녀석을 내쫓아 버릴 거야. 그 녀석을 치우고 나면 너희들 모두 정신 차리는 게 좋을걸. 그만큼 내 못된 성질을 너희들한테 부릴 테니까."

"어젯밤 히스클리프를 보지도 못했어요." 캐서린이 몹시 흐느끼면서 대답했어요. "만일 그 앨 내쫓는다면 나도 함께 가겠어요. 그렇지만 쫓아낼 기회가 없을걸요. 떠나 버린 것 같아요." 여기까지 말하고 나서 그녀는 슬픔을 억제하지 못하고 울음을 터뜨리는 바람에 나머지 말은 잘 알아들을 수가 없었답니다.

힌들리는 캐서린에게 경멸을 가득 담은 욕설을 퍼붓고, 당장 자기 방으로 가든지 아니면 아무것도 아닌 일로 울고불고하지 말라고 하더군요. 저는 그녀를 억지로 침실로 데려갔습니다. 방에 들어갔을 때 그녀가 거의 발광 지경에 이르렀던 것을 잊을 수 없어요. 그녀가 미쳤다는 생각에 혼비백산해 조지프에게 의사를 불러오라고 애걸했지요.

과연 정신 착란의 시초였습니다. 케네스 씨는 캐서린을 보자마자 위험하다고 진단했지요. 열병에 걸린 거예요.

의사는 나쁜 피를 뽑고 나서, 유장(乳漿)과 물과 미음만 먹이고, 계단 아래나 창문 밖으로 몸을 내던지지 못하게 조심하라고 일러주고 갔습니다. 집과 집 사이의 거리가 보통 2~3마일 떨어져 있는 이 마을에서 왕진 다니느라 바빴기 때문이지요.

조지프와 힌들리는 물론이고 저도 살뜰한 간병인 노릇을 했다고 할 수 없고, 환자로서 캐서린도 고집을 피우고 성가시게 구는 것으로는 으뜸갔지만, 그럭저럭 병을 이겨 나갔답니다.

린턴 댁 마님이 대여섯 번 찾아와 사태를 바로잡고 우리를 야단치고 이런저런 지시를 내린 덕분이기도 했지요. 그리고 캐서린이 회복할 기미를 보이자 굳이 스러시크로스 그레인지로 데리고 가겠다고 하더군요. 일을 덜어 주어 우리는 무척 고맙게 생각했답니다. 그러나 가엾게도 좋은 일을 하고도 후회할 일이 생겼어요. 린턴 댁 내외분께 열병을 옮겨 며칠 사이에 두 분 다 돌아가시고 말았거든요.

우리 아가씨는 예전보다 더 건방지고 더 고약한 성미를 부리고 더 거만해져서 돌아왔어요. 히스클리프는 천둥이 치고 폭풍이 불던 밤 이후로 소식이 없었습니다. 어느 날 캐서린에게 몹시 화가 난 저는 히스클리프가 사라진 것도 아가씨 때문이라고 말했지요. (그녀도 잘 알다시피 사실이 그랬고요.) 그때부터 몇 달 동안 캐서린은 아랫것에게 지시를 내리는 식이 아니면 제게 한마디도 하지 않았어요. 조지프와는 말도 섞지 않았지만, 그래도 조지프는 하고 싶은 말을 다 했고, 캐서린이 어린아이인 양 여전히 설교를 해 댔습니다. 하지만 캐서린은 자기가 어른이고 안주인이라 생각했고, 병을 앓고 난 끝이라 극진한 대접을 받기를 원했지요. 게다가 의사도 캐서린이 화를 내는 것은 건강에 좋지 않다며 마음대로 하게 놔두라고 말했거든요. 그런 까닭에 누가 감히 말대꾸라도 할라치면 그녀는 살인 행위로 치부했답니다.

캐서린은 오빠와 그의 친구들을 멀리했습니다. 케네스 씨가 한 말도 있고, 그녀가 격분하면 종종 심한 발작을 일으켰기 때문에 그녀의 오빠도 누이의 요구는 무엇이든 들어주었고, 대개는 그 불 같은 성미를 돋우는 걸 피했어요. 아니, 지나칠 정도로 누이가 변 덕을 부리는 대로 비위를 맞추었다고 해야 할 것 같네요. 애정보 다는 자부심에서였죠. 그는 누이의 혼사로 린턴 집안과 사돈을 맺 는 것을 가문의 영광으로 여겼답니다. 자기에게 방해만 되지 않으 면 누이가 우리들을 노예처럼 짓밟아도 조금도 개의치 않았던 거 지요.

예나 지금이나 수많은 사람들이 그래 왔듯이, 에드거 린턴은 사 랑에 눈이 멀었어요. 그래서 아버지가 돌아가시고 3년 뒤, 캐서린 의 손을 잡고 기머턴 교회로 들어가던 날 자기가 세상에서 제일 행복한 사람이라고 믿었지요.

제 의사에 반하여 저는 워더링 하이츠를 떠나 캐서린의 시중을 들러 이 집으로 오게 되었답니다. 헤어턴이 다섯 살이 되어 제가 글을 가르치기 시작할 무렵이었어요. 우리는 헤어지는 게 너무 슬 펐지만, 캐서린의 눈물이 더 강한 힘을 발휘했던 거예요. 제가 가 지 않겠다고 하자, 그리고 아무리 이야기해도 제 마음을 돌릴 수 없자, 그녀는 울며불며 남편과 오빠에게 달려가더군요. 그녀의 남 편은 후한 임금을 주겠다고 제안했고, 그녀의 오빠는 짐을 싸라고 명령했지요. 누이동생도 시집간 마당에 집 안에 여자가 없는 편이 낫다나요. 헤어턴의 교육은 곧 신부보에게 맡기겠다고요. 그래서 제가 택할 길은 한 가지, 즉 명령대로 하는 수밖에 없었어요. 저는 힌들리에게 사람 같은 사람은 다 내쫓고 파멸로 직행할 작정이냐고 한 소리 해 준 다음, 헤어턴과 뽀뽀로 작별했습니다. 그 뒤로 그 아이는 남이나 다름없게 되었답니다. 생각하면 기막힌 일이지만, 헤어턴은 엘렌 딘을 까맣게 잊은 게 틀림없어요. 제게 그 아이가 이 세상에서 가장 소중하고, 그 아이에게도 제가 제일 소중한 존재였다는 사실을 기억조차 못하는 거예요!

여기까지 이야기한 가정부는 무심코 벽난로 위에 놓인 시계로 시선을 돌렸다. 바늘이 1시 반을 가리키는 것을 보고 기겁하는 것이었다. 그녀는 1초도 더 있으려 하지 않았다. 사실 나도 이야기의 속편을 다음 기회로 미루고 싶던 참이었다. 그녀가 가고 난 다음 나는 한두 시간 생각에 잠겨 있었다. 머리와 사지가 나른하니 쑤시기는 하지만 기운을 차려 잠자리에 들어야겠다.

제10장

이보다 더 멋지게 은둔 생활을 시작할 수는 없을 듯! 4주일간 고통에 시달리며 뒤척이고 앓아누워야 했으니! 아, 매서운 바람이 몰아치는 황량한 북녘 하늘, 통행이 불가능한 도로, 꾸물대는 시골 의사들! 아, 만나는 사람이라고 해 봐야 그 얼굴이 그 얼굴! 설상가상으로 봄이 돌아올 때까지 문밖출입을 하기 어려우리라는 케네스 씨의 통고를 받은 것이다. 끔찍하다!

히스클리프 씨가 지금 막 문병차 다녀갔다. 일주일 전쯤에는 뇌조를 한 쌍 보내 주었다. 사냥철도 끝나 가니 뇌조 고기 맛보는 것도 올해로서는 마지막이지 싶다. 악당 같으니! 내가 병에 걸린 것이 그의 책임이라고 할 여지도 있어 가시 돋친 말을 한마디 하고 싶은 마음도 없지 않았다. 하지만 내 침대 곁을 한 시간은 족히 지키고 앉아 있는 자선을 베풀어, 알약이나 물약, 발포고(發疱膏)나 의료용 거머리가 아닌 다른 화제로 말상대가 되어 준 사람의 기분을 어떻게 거스를 수 있겠는가!

이제 다소 편안한 회복기에 접어들었다. 책을 읽기에는 아직 기력이 달리지만, 재미있는 일이라면 즐길 수 있을 듯싶다. 딘 부인을 불러올려 그 이야기를 마치게 하면 어떨까? 그녀가 전에 이야기해 준 것 가운데 중요한 사건들은 기억이 난다. 그래, 남자 주인공이 홀연 사라져 3년 동안이나 소식이 없었지. 그리고 여주인공은 결혼을 했고. 종을 울려야지. 내가 명랑하게 이야기할 기분이라는 걸 알면 그녀도 좋아할 것이다.

딘 부인이 왔다.

"약 드실 시간은 아직 20분 남았는데요."

"제발 그 약 이야기는 그만하게!" 내가 대답했다. "내가 원하는 건—"

"의사 선생님이 가루약은 그만 드시라고 말씀하셨어요."

"진심으로 환영하는 바일세! 내 말을 가로막지 말도록. 줄줄이 늘어선 약병에서 손을 떼고 이리 와 앉게나. 주머니에서 뜨개질거리나 꺼내 놓고. 옳지! 자, 히스클리프 씨의 내력이나 계속 이야기해 보지. 전에 이야기를 멈춘 데서 현재까지. 대륙으로 건너가서 교육을 받고 신사가 되어 돌아왔는지, 그렇지 않으면 근로 장학생*으로 대학에라도 다닌 건지, 미국으로 도망가서 자기를 길러 준 나라의 피를 흘리게 하여 이름을 떨쳤는지,* 그것도 아니면 마차털이 노상강도로 영국의 대로에서 더 빠른 시간 안에 한밑천을 장만했는지."

"모두 다 조금씩 했는지 모르지요, 록우드 씨. 꼭 집어 이겁니다라고 말씀드릴 수는 없네요. 앞서 말했듯이, 히스클리프가 어떻게 돈을 벌었는지는 저도 모른답니다. 야만인 같은 무지에 빠져들었는데 어떻게 해서 그만큼 교양을 쌓았는지도 모르고요. 허락하신다면, 그리고 기분 전환이 되고 무리가 안 될 것 같으면, 제 방식대로 이야기를 계속하지요. 오늘 아침은 기분이 좀 좋아지셨어요?"

"한결 좋아졌네."

"듣던 중 반가운 소식이네요."

저는 캐서린을 따라 스러시크로스 그레인지로 왔어요. 캐서린이 기대 밖으로 처신을 잘해서 어쨌거나 한시름 놓았답니다. 그녀는 지나치다 싶을 정도로 남편에게 애정 표현을 했고, 시누이도 아주 살뜰하게 챙겼어요. 물론 두 남매도 그녀의 마음을 편안하게 해 주려고 무척 신경을 썼지요. 가시나무가 인동덩굴 쪽으로 구부린 것이 아니라 인동덩굴이 가시나무를 싸안은 격이라고 할까요. 서로 양보하는 것이 아니고 한쪽이 꼿꼿이 서 있으면 다른 쪽에서 굽히고 들어간 거지요. 반대나 무관심에 맞부닥뜨리는 일이 없는데 누군들 고약하게 굴거나 성질을 부릴 수 있겠어요?

저는 캐서린의 기분을 거슬러 화를 돋우는 데 대한 린턴 씨의 두려움이 뿌리 깊다고 판단했습니다. 그녀가 눈치채지 못하게 감추기는 했지만요. 하지만 제가 행여 말대답을 쏴붙이는 것을 듣거나, 다른 하인이 그녀의 거만한 명령에 얼굴색이 변하는 것을 보면, 자기 기분에 안 맞는다고 얼굴 한 번 찌푸린 적 없는 사람이 못마땅한 표정을 짓는 거예요. 그분은 고분고분하지 못한 저의 태도를 여러 번 준엄하게 꾸짖었지요. 안사람이 짜증이 나는 듯 보일 때마다 칼로 도려내는 듯 마음이 아프다고 힘주어 말하곤 했답니다.

마음씨 착한 주인을 괴롭히지 않으려고 저도 성질을 좀 죽였습니다. 한 반년 동안은 폭발을 일으킬 불꽃이 근처에 없었기 때문에 화약은 모래처럼 안전했어요. 그런데 캐서린은 가끔씩 우울해하면서 침묵을 지킬 때가 있었어요. 그럴 때마다 그녀의 남편은 말을 붙이지 않음으로써 기분을 맞춰 주었답니다. 중병을 앓고 난 후유증으로 체질의 변화가 생긴 거라고 말하곤 했지요. 이전까지 침울한 적이라곤 없었으니까요. 그러나 구름이 걷히고 다시 해가 나듯 기분이 좋아지면 그도 명랑한 얼굴로 반겼어요. 그 부부의 행복은 나날이 더 깊어만 갔다고 말해도 될 거예요.

하지만 그 행복도 곧 끝났어요. 글쎄요, 인간은 결국에 가서는 자기 본위가 되는 건가 봅니다. 유순하고 관대한 사람들의 이기심이 자기 맘대로 쥐고 흔들려는 사람들의 이기심보다 조금 더 정당하다는 차이가 있을 뿐이지요. 상대방이 내 이해를 주된 관심사로 삼지 않는다고 서로 느끼게 됐을 때 행복한 결혼의 막은 내린 겁니다.

9월의 어느 온화한 저녁나절, 저는 사과를 따서 담은 무거운 바구니를 들고 정원에서 돌아오는 길이었지요. 이미 어둑어둑해졌고 안뜰의 높은 담 너머로 달빛이 비쳐 건물의 튀어나온 모서리마다 막연히 불안감을 불러일으키는 그림자를 만들었답니다. 저는 잠깐 쉬면서 부드럽고 향기로운 공기를 한껏 들이마시려고 문 옆에 있는 계단에 바구니를 놓았지요. 현관을 등지고 달을 쳐다보고 있는 그때 제 뒤에서 이렇게 말하는 소리가 들렸습니다.

"넬리, 넬리 맞지?"

폐부에서 나오는 목소리로 외국인의 억양이었어요. 그러나 제 이름을 발음하는 어투에는 어딘지 귀에 익은 데가 있었답니다. 덜컥 겁이 난 저는 말을 건 사람을 보기 위해 돌아섰지요. 문은 다 닫혀 있었고 계단 근처에서 아무도 보지 못했거든요.

현관에서 무엇인가 움직이는 것이 보이더군요. 가까이 가 보니 검은 옷을 입은 키 큰 남자의 검은 얼굴과 머리카락이 보였습니다. 그는 현관 옆에 기대어 서서 문을 열려고 하는 사람처럼 문고리를 손에 잡고 있었지요.

'대체 누굴까?' 제가 궁리할밖에요. '언쇼 씨? 아니지! 목소리가 비슷하지도 않은걸.'

"여기서 한 시간을 기다렸어." 제가 계속 뚫어져라 보자 그가 말을 잇더군요. "그동안 주위는 사뭇 쥐 죽은 듯 고요하더군. 들어갈 용기가 나지 않았지. 날 모르겠소? 잘 봐요, 낯선 사람이 아니오!"

달빛이 그의 얼굴에 비쳤습니다. 두 뺨은 창백했고 검은 구레나룻이 반쯤 덮여 있었어요. 찌푸린 눈썹에 깊이 박혀 있는 두 눈이 특이한 데가 있었습니다. 눈을 보자 알아보겠더군요.

"뭐라고!" 놀라움에 두 손을 올리며 외마디 소리를 내질렀지요. 그가 유령이 아니라는 확신이 서지 않았답니다. "이게 누구야! 히스클리프가 돌아온 거야? 정말 너 맞아, 응?"

"맞아, 히스클리프야." 이렇게 대답하고 그는 눈을 들어 창문 쪽을 쳐다보았습니다. 창문마다 달빛을 반사할 뿐 안에서는 불빛이 새어 나오지 않았어요. "다들 집에 있는 거야? 그녀는 어디 있어? 넬리, 넬리는 내가 반갑지 않겠지만, 그렇게 불안해할 필요는 없어. 여기 있어? 말해 줘! 그녀에게 한마디만 하고 싶어. 당신 안주인 말이야. 가서 기머턴에서 온 사람이 만나고 싶어 한다고 전해 줘."

"아씨가 어떻게 나올까?" 제가 소리쳤지요. "뭐라고 할지? 뜻밖의 일에 나도 경황이 없으니, 아씨는 제정신이 아닐 거야! 당신이 정말 히스클리프란 말이지? 그러나 변했어! 정말이지, 영문을 모르겠네. 군대라도 갔다 온 거야?"

"가서 내 말을 전해 줘." 갑갑한 듯 그가 제 말을 가로막았어요. "그때까지 나는 지옥에 있는 셈이야!"

그가 걸쇠를 올려 주어 저는 안으로 들어갔습니다. 그런데 막상 린턴 부부가 있는 응접실 문 앞에 다다르자 들어가지 못하겠더군요.

마침내 촛불을 켤까 물어보겠다는 구실로 마음을 다잡고 문을 열었답니다.

두 사람은 격자창이 벽면 바깥으로 튀어나온 창가에 나란히 앉아 있었어요. 정원의 나무와 무성한 푸른 숲 너머로 기머턴 골짜기가 보였는데 한 가닥 안개가 굽이쳐 정상까지 피어올랐지요. (눈여겨보셨을지 모르겠습니다만, 교회 건물을 지나자마자 늪에서 흘러나오는 도랑이 그 골짜기를 돌아 흐르는 개천과 합친답니다.) 워더링 하이츠는 은빛 안개 위에 솟아 있지만 보이지는 않지요. 우리가 살던 옛집은 반대편 산등성이 중턱에 자리 잡고 있거든요.

방과 방 안에 있는 사람들, 그들이 바라보는 경치 — 이 모든 것이 너무나도 평화롭게 보였습니다. 그래서 심부름을 하는 게 내키지 않았어요. 촛불을 켤까요? 이렇게 묻고 용건은 말하지 않고 나오려다가 바보같이 구는 거라는 느낌이 들어 되돌아가서 이렇게 중얼거렸지요.

"기머턴에서 온 분이 아씨를 뵈었으면 하고 청합니다."

"무슨 볼일로?" 린턴 부인이 물었어요.

"그건 물어보지 않았습니다." 제가 대답했지요.

"그러면 커튼을 닫아 줘, 넬리." 그녀가 말하더군요. "그리고 차를 올려 와. 금방 다시 돌아올 테니까."

그녀가 방에서 나갔습니다. 린턴 씨는 별생각 없이 그가 누구냐고 묻더군요.

"아씨가 뜻밖으로 생각할 사람이지요." 제가 대답할밖에요. "히스클리프라고, 기억하시겠지만, 언쇼 씨 댁에 살던 사람 말이에요."

"뭐, 그 집시, 그 머슴 말이야?" 그가 큰 소리로 말하더군요. "왜 캐서린에게 그렇게 말하지 않았어?"

"쉿! 그 사람을 그렇게 부르시면 안 됩니다, 서방님." 제가 말했답니다. "아씨가 들으면 마음 아플 거예요. 그 사람이 사라졌을 때 얼마나 상심했다고요. 그가 돌아와서 아씨는 명절 기분일 텐데요."

린턴 씨는 안뜰이 내려다보이는 건너편 창가로 다가가 창문을 열고 내다보았습니다. 두 사람이 그 아래 있는 게 보였던지 얼른 이렇게 소리치더군요.

"여보, 거기 서 있지 말고, 누구든 특별한 손님이면 데리고 들어와요."

곧 걸쇠가 찰가닥 걸리는 소리가 나더니, 린턴 부인이 너무 흥분해서 기쁨을 드러내지도 못한 채, 숨이 턱에 차 미친 듯 2층으로 뛰어 올라왔어요. 정말이지, 그녀의 얼굴을 보아서는 무서운 변고가 일어난 것이려니 짐작했을 거예요.

"오, 에드거, 에드거!" 그녀는 남편의 목덜미를 끌어안고 숨을 헐떡이며 말했어요. "아, 에드거, 여보! 히스클리프가 돌아왔어요. 그가 돌아왔다고요!" 그렇게 말하면서 끌어안은 팔에 힘을 주어 죄었나 봅니다.

"그래, 그래." 그녀의 남편이 짜증을 부리며 소리치더군요. "그렇다고 내 목을 조를 건 없어요! 그렇게 대단한 보물이라고 생각한 적이 없는 사람이니까. 그렇게 미친 듯이 좋아할 건 없잖소?"

"당신이 그를 좋아하지 않는다는 건 알고 있어요." 린턴 부인은 기쁨을 약간 억누르면서 대답하더군요. "그러나 날 위해서 이제 두 사람은 사이좋게 지내야 해요. 올라오라고 할까요?"

"이리로?" 린턴 씨가 물었습니다. "이 응접실로 말요?"

"여기 아니면 어디로 안내하란 말이에요?" 린턴 부인이 되물었지요.

남편은 짜증이 난 듯 그에게는 부엌이 더 적당할 거라고 제안했습니다.

그의 아내는 익살맞은 표정으로 — 그가 까다롭게 구는 데 화가 나기도 하고 웃음이 나기도 해서 — 그를 쳐다보더군요.

"안 돼요." 그녀는 잠시 후에 이렇게 덧붙였어요. "내가 부엌에서 손님을 맞을 수는 없어요. 여기 상을 둘 봐줘, 엘렌. 하나는 지체 높은 주인 양반과 이사벨라 아가씨를 위해서, 그리고 또 하나는 신분이 낮은 히스클리프와 날 위해. 그렇게 하면 되겠지요, 여보! 그렇지 않으면 다른 방 벽난로의 불을 지피라고 할까요? 그렇다면 말씀하세요. 난 달려 내려가 손님을 붙들겠어요. 너무 기뻐서 믿어지지가 않아요!"

그녀가 다시 뛰어 내려갈 참인데 그녀의 남편이 붙잡았습니다.

"넬리가 가서 올라오라고 해." 그가 저를 보고 말했지요. "그리고 캐서린, 기뻐하는 건 좋지만 우스꽝스럽게 굴진 말아요! 당신이 도망간 하인을 친동기간인 듯 맞이하는 광경을 온 집안사람들이 구경하도록 할 필요는 없으니까."

내려가 보니 히스클리프는 현관에서 기다리고 있었는데, 들어오라는 초대를 받으리라 확신하고 있던 게 분명했어요. 그는 아무 말 없이 제가 안내하는 대로 따라왔습니다. 그를 주인 내외가 있는 곳으로 안내했을 때, 두 사람이 얼굴을 붉히고 있는 것으로 보아 격한 말이 오간 것을 알 수 있었지요. 그러나 린턴 부인은 히스클리프가 문간에 나타나자 또 다른 감정으로 얼굴이 상기되더군요. 그녀는 뛰어나와 그의 두 손을 잡고 린턴 씨에게 데리고 가더니만 내켜 하지 않는 손을 잡아 히스클리프의 손에 덥석 쥐어 주었습니다.

벽난로 불빛과 촛불에 완연히 드러난 히스클리프의 달라진 모습을 보고 저는 정말이지 깜짝 놀랐답니다. 키가 훤칠하니 크고,

근육질의 균형 잡힌 체격이어서, 그 옆에 선 우리 주인은 아주 가냘픈 소년 같아 보였어요. 히스클리프의 곧바른 자세 때문에 군대 생활을 했구나 하는 짐작을 했고요. 그의 얼굴 표정과 윤곽은 린턴 씨보다 훨씬 나이 든 느낌을 주었지요. 그는 지적으로 보였고, 옛날의 천한 티는 조금도 남아 있지 않았습니다. 찌푸린 미간과 음울한 열정으로 불타는 두 눈에는 반쯤만 문명화된 사나움이 잠복해 있었지만, 눈에 띄게 드러날 정도는 아니었어요. 그의 태도에는 위엄까지 서려 있었고, 우아하다고 하기에는 너무 딱딱했지만, 거칠었던 면모는 말끔히 사라졌더군요.

우리 주인도 저만큼이나 혹은 그 이상으로 놀란 것 같았습니다. 조금 전에 머슴 녀석이라고 부른 사람에게 어떤 식으로 말을 걸어야 할지 몰라 잠시 당황했지요. 히스클리프는 린턴 씨의 가냘픈 손을 내려놓고 상대방이 말할 때까지 냉정하게 바라보고 서 있었고요.

"앉으시지요." 마침내 그가 말했습니다. "안사람이 옛정을 생각해서 당신을 반갑게 맞이해 주었으면 하는군요. 물론 안사람의 청을 들어줄 수 있게 되어 제 마음도 흐뭇합니다."

"저도 마찬가지입니다." 히스클리프가 대답했어요. "제가 기여할 수 있는 기쁨이면 특별히 더 그렇지요. 기꺼이 한두 시간 있다 가겠습니다."

히스클리프는 캐서린 맞은편에 자리를 잡았는데, 그녀는 눈을 떼면 그가 사라져 버리지나 않을까 염려하듯이 그에게 시선을 고정하고 있었어요. 히스클리프는 그녀와 시선을 자주 마주치지는 않았고, 이따금 한 번씩 재빠르게 마주 보는 것으로 만족하더군요. 그러나 한 번 볼 때마다 그녀의 숨김없는 기쁨을 되받아 더 자신감에 넘쳐 기쁨에 빛났지요.

기쁨을 함께 나누는 데 너무 열중한 나머지 그들은 분위기가 어색하다는 사실도 잊어버렸습니다. 하지만 린턴 씨는 그러질 못했지요. 몹시 기분이 상해 얼굴색이 점점 창백해졌는데, 아내가 일어나서 양탄자 건너편의 히스클리프에게 다가가 그의 손을 다시 잡고 미친 것처럼 깔깔 웃기 시작했을 때 그의 불쾌감은 절정에 달했습니다.

"내일이면 오늘 일이 꿈이었다고 생각할 거야!" 그녀가 큰 소리로 말했어요. "다시 널 보고 만지면서 이야기했다는 게 믿어지지 않을 거야. 그건 그렇고, 못된 히스클리프! 사실은 이렇게 환영해 줄 것도 없지. 사라져서 3년 동안 소식도 없이, 내 생각은 하지도 않았으니!"

"네가 날 생각한 것보다는 더 많이 생각했을걸!" 그가 중얼거렸습니다. "캐시, 결혼했다는 소식을 얼마 전에야 들었어. 저 아래 뜰에서 기다리고 있는 동안 이런 계획을 세웠지. 네 얼굴을 한 번만 보고 — 놀라움에 빠히 쳐다보다 반가움을 꾸며 댄 그런 표정일 거라고 생각했어 — 힌들리에게 해묵은 원한을 갚고, 그러고는 자살로써 법의 집행을 피하겠다고 말이야. 한데 네가 이렇게 반겨 줘서 그 계획은 내 마음에서 사라져 버렸어. 그러나 다음에 찾아왔을 때 날 대하는 태도가 달라져서는 안 돼! 아니야, 넌 날 다시 밀어내지 않을 거야. 내게 정말 미안했던 거지? 그럴 만한 이유가 있으니까. 네 목소리를 마지막으로 들은 이래 쓰라린 삶을 헤쳐 왔어. 오직 너만을 위해 버텨 왔으니 날 용서해야 해."

"캐서린, 식은 차를 대접하려는 게 아니라면 자리에 앉는 게 좋겠소." 린턴 씨는 여느 때와 다름없는 목소리를 유지하며 적당한 선에서 예의를 지키려고 안간힘을 쓰면서 말했어요. "히스클리프 씨가 오늘 밤 어디서 묵을지는 모르지만 한참 가야 할 것 아니오. 그리고 나도 목이 마르군."

그녀가 찻주전자 앞에 자리를 잡았고 이사벨라도 종소리를 듣고 왔습니다. 그래서 저는 두 사람의 의자를 들여 밀어 주고 방을 나왔지요.

차 마시는 시간은 10분도 채 걸리지 않았어요. 먹을 수도 마실 수도 없어서 린턴 부인은 잔을 채우지 않았답니다. 린턴 씨는 받침 접시에 차를 조금 따랐지만, 겨우 한 모금이나 넘겼을 정도였고요.

손님은 그날 저녁 한 시간 정도만 머물렀습니다. 그가 집을 나서기 전, 기머턴으로 가는 길이냐고 물었지요.

"아니, 워더링 하이츠로 가는 거야." 그가 대답하더군요. "아침에 찾아갔을 때 언쇼 씨의 초대를 받았거든."

언쇼 씨가 그를 초대했다니! 그리고 그가 언쇼 씨를 찾아갔다니! 그가 가고 난 후 저는 이 말을 곱씹어 보았지요. 위선자의 탈을 쓰고 이곳으로 돌아와 분란을 일으키려는 건가? 이런 생각에 빠져들자, 마음 깊숙한 곳에서 그가 돌아오지 않는 게 좋았을 뻔했다는 불길한 예감이 똬리를 트는 것이었어요.

한밤중에 린턴 부인이 살그머니 제 방에 들어와서는 침대 옆에

앉아 풋잠이 든 제 머리카락을 잡아당기는 바람에 깨고 말았답
니다.

"난 잘 수가 없어, 엘렌." 그녀가 변명 삼아 말하더군요. "그 누
구라도 옆에서 내 기쁨을 함께해 주면 좋겠어. 자기는 관심 없는
일을 갖고 내가 너무 좋아 날뛴다며 에드거는 부루퉁 부었어. 골
을 부리며 바보 같은 잔소리나 해 대지 않으면 입을 열려고도 하
지 않아. 몸도 불편하고 졸린데 이야기하자는 건 지독히 이기적이
라나. 기분이 조금만 상하면 언제나 몸이 불편하다고 하지! 내가
히스클리프 칭찬을 몇 마디 했더니, 머리가 아픈지 시기심에 배가
아픈지 그만 울기 시작하는 거야. 그래서 일어나서 나와 버렸지."

"도대체 뭐 하려고 그분에게 히스클리프 칭찬을 했어요? 어릴
적에도 서로 싫어했으니 히스클리프도 그분을 칭찬하는 걸 들으
면 마찬가지로 싫어할 거예요. 그게 사람의 마음이니까요. 두 사
람 사이에 싸움을 붙이고 싶지 않거든 그런 이야기는 꺼내지도 말
아요."

"하지만 그건 큰 결점 아냐?" 그녀가 붙잡고 늘어지더군요. "난
시기 같은 건 하지 않아. 금빛으로 반짝이는 이사벨라의 머리카락
과 흰 살결, 섬세한 우아함, 가족 모두가 그녀에게 쏟아 붓는 애정
에 마음 상한 적이 없어. 심지어는 넬리까지도 우리가 말다툼할
때 즉각 이사벨라 편을 들잖아. 그래도 난 마치 좀 모자란 엄마처
럼 양보하지. 그녀를 귀염둥이라 부르고 기분을 맞춰 주어 화가
풀리도록 하지. 우리 사이가 좋은 걸 보면 그이도 좋아하고, 그러
면 나도 좋으니까. 그런데 두 남매는 아주 닮았어. 너무 응석받이

야. 이 세상이 자기네들 편하라고 있는 거라 생각하는 모양이야. 나도 두 사람 비위를 맞추고 있지만, 따끔하게 혼나 보는 게 두 사람을 위해서도 좋을 거라는 생각이 들어."

"잘못 알고 계시는 거예요, 아씨." 제가 말했지요. "그분들이 아씨의 비위를 맞추는 거지요. 비위를 맞추지 않으면 무슨 일이 벌어질지 난 안다고요! 그분들이 미리 알아서 아씨가 원하는 대로 하니까, 아씨도 그분들의 사소한 변덕을 받아 줄 여유가 생기는 거랍니다. 그러나 양쪽 모두 중요하다고 생각하는 문제에 부딪히면 결국엔 싸움이 날지도 몰라요. 그러면 아씨가 약하다고 말하는 그분들도 아씨 못지않게 고집을 부릴 수 있어요!"

"그때는 죽도록 싸우는 거지 뭐. 그렇잖아, 넬리?" 그녀는 깔깔 웃으면서 대답하는 거예요. "그럴 리 없어! 난 린턴의 사랑을 믿어. 내가 죽인다고 덤벼들어도 그이는 반격하려고 하지도 않을걸."

그토록 사랑해 주니까 더욱더 소중하게 여겨야 한다고 제가 충고했지요.

"그야 소중히 여기지." 그녀가 대답하더군요. "하지만 사소한 일로 질질 짤 것까진 없잖아. 그건 유치하단 말이야. 히스클리프는 누가 보아도 훌륭한 신사이고, 이 고장 제일의 신사도 그와 사귀는 걸 명예로 여길 거라고 했다고 분해서 울 게 아니라, 자기가 날 위해 그런 말을 했어야지. 내가 좋아하는 걸 보고 자기도 기뻐하고—. 그이는 히스클리프에게 익숙해져야 하고 친해지는 게 좋을 거야. 히스클리프도 그를 싫어할 이유가 있지만 처신을 잘하잖아!"

"그가 워더링 하이츠에 간 건 어떻게 생각해요?" 제가 물었답니다. "겉으로 보기엔 완전히 딴사람이 되었더군요. 기독교인이라고 해도 되겠던데요. 사방의 원수에게 우정의 손을 내미니까요!"

"히스클리프가 다 설명해 주었어. 나도 넬리 못지않게 놀랐다니까. 넬리가 아직 거기 사는 줄 알고 내 소식을 들으려고 갔다는 거야. 조지프가 힌들리 오빠에게 히스클리프가 왔다고 전하니까, 오빠가 나와서 그동안 무엇을 했으며 어떻게 살았냐고 이것저것 묻더니, 급기야는 들어오라고 하더래. 마침 몇 사람이 노름을 하고 있었는데, 히스클리프도 노름판에 끼었대. 오빠가 그에게 돈을 좀 잃고는, 또 그에게 돈이 많은 걸 보고 저녁에도 다시 오라고 청해서 승낙했다는 거야. 힌들리 오빠는 사람이 너무 무모해서 신중하게 친구를 고르지 못하지. 그렇게 야비하게 욕보인 사람을 믿어도 될까 생각은 해 봐야 하는데 신경도 안 쓰거든. 하지만 히스클리프가 옛날 자기를 박해하던 사람과 다시 인연을 맺으려는 건, 무엇보다도, 우리 집에 걸어올 수 있는 거리에 하숙을 잡고 싶고, 우리가 살던 집에 대한 애착, 그리고 또, 거기 살면 기머턴보다는 내가 자기를 만날 기회가 더 많을 거라고 생각했대. 워더링 하이츠에서 하숙을 하게 되면 사례는 후하게 치를 작정이라니까 욕심이 난 오빠가 단박에 허락한 게 틀림없어. 오빠는 언제나 욕심이 많았거든. 오른손으로 잡은 것을 왼손으로 내버리지만."

"젊은 사람이 살기 참 좋은 집이기도 하겠네요!" 제가 말했습니다. "아씨는 어떤 일이 벌어질지 걱정도 안 되나요?"

"히스클리프라면 조금도 걱정 없어. 정신을 똑바로 차리고 있으니까 위험한 일을 당하진 않을 거야. 힌들리 오빠는 조금 걱정되지만, 그래도 지금보다 더 도덕적으로 타락할 수는 없을 테고, 적어도 오빠에게 육체적인 위해를 가하지 않도록 내가 가로막고 서 있는 거니까. 오늘 저녁 일로 해서 나는 하느님과 사람들을 마음으로 받아들이게 됐어! 지금까지 난 하느님의 뜻에 화를 내며 거역했어. 정말이지 넬리, 난 몹시도 쓰라린 괴로움을 견뎌 왔어! 내가 얼마나 지독하게 괴로웠는지 안다면 그이도 쓸데없이 부루퉁해서 내 기쁨을 흐리게 한 것을 부끄럽게 생각할 거야. 그 괴로움을 혼자 참은 것도 그이에 대한 배려였지. 내가 종종 느낀 괴로움을 표현했더라면 그이도 나 못지않게 그 괴로움이 덜어지는 걸 간절히 바랐을 텐데―. 그러나 이젠 지난 일이야. 그러니 그이가 어리석게 군다고 보복하지는 않겠어. 난 이제 무슨 일이든지 참을 수 있게 됐어! 아무리 천한 것에게 뺨을 맞더라도 다른 쪽 뺨을 돌려 댈 뿐만 아니라 화를 돋운 데 대해 용서를 빌 거야. 그 증거로 난 당장 그이에게 가서 화해를 할 테야. 잘 자, 난 천사가 되었어!"

그녀는 이렇게 우쭐한 자신감을 보이며 나가더군요. 그리고 그 결심을 성공적으로 수행했음이 다음 날 아침 명백하게 드러났지요. 린턴 씨가 심통 부리기를 그만두었을 뿐 아니라(아내의 넘치는 활기 때문에 아직도 기분이 가라앉은 것처럼 보였지만), 그날 오후 아내가 이사벨라를 데리고 워더링 하이츠에 가는 것에도 반대하지 않았어요. 그리고 그의 아내는 그 보답으로 여름 날씨처럼 따스한 애정을 쏟아 부어 그 결과 우리 집은 며칠 동안 천국으로 변했지요. 주인도 하인들도 햇볕을 한껏 받아 쬐었답니다.

히스클리프는 — 앞으로 히스클리프 씨라고 해야겠지만 — 처음에는 스러시크로스 그레인지를 방문하는 권리를 조심스럽게 행사했습니다. 자신이 밀고 들어오는 걸 집주인이 어느 선까지 참아 줄지를 재 보려는 눈치였어요. 캐서린도 그를 맞이할 때에는 지나치게 기쁜 표시를 않는 것이 현명하다고 생각했나 봅니다. 그리하여 그의 방문은 서서히 당연한 것으로 굳어졌지요.

그에게는 소년 시절 두드러졌던 과묵함이 그대로 남아 있어서 눈에 띄게 감정을 드러내는 것을 자제하는 데 도움이 되었어요. 우리 주인 나리의 불안감도 소강상태에 접어들었는데, 이어지는 사태가 얼마 동안은 걱정의 방향을 돌려놓았답니다.

새로운 걱정거리란, 손님으로도 겨우 받아들인 히스클리프를 이사벨라 린턴이 갑자기 불가항력적으로 사랑하게 된 예기치 않은 불행을 말합니다. 이사벨라는 당시 열여덟 살의 매력적인 아가씨였어요. 어리광기는 남아 있지만, 반짝이는 기지에 예민한 감수성을 가진 처녀로, 약이 오르면 성깔도 있었고요. 애틋할 정도로 누이를 사랑하는 그녀의 오빠는 그녀가 터무니없는 상대를 선택한 데 경악했답니다. 성(姓)조차 없는 고아와 결혼하여 지체를 낮추는 거라든가, 자기에게 아들이 없을 경우 재산이 그런 사람의 손으로 넘어갈 수도 있다는 점은 접어 두고라도, 그는 히스클리프가 어떤 사람인지를 파악할 만큼 분별력이 있었거든요. 그의 외모는 바뀌었을지언정 그의 성품은 달라질 수 없고 달라지지 않았다는 걸 알았던 거지요. 그는 히스클리프의 성품이 두렵고 싫었습니다. 이사벨라를 그에게 내맡긴다는 불길한 생각은 하고 싶지도 않았을 겁니다.

여동생의 사랑이 구애(求愛) 없이 싹텄으며 사랑을 받는 상대방이 전혀 반응을 보이지 않았다는 사실을 알았더라면 오빠는 더 기겁했을 겁니다. 이사벨라의 사랑을 알게 된 순간, 그는 히스클리프가 의도적으로 음모를 꾸민 탓이라고 단정했거든요.

언제부터인지 이사벨라가 안절부절못하고 무슨 일인지 고민에 빠진 것을 우리 모두 눈여겨보았답니다. 그녀는 점점 신경질적이 되었고 성가시게 굴었어요. 노상 새언니에게 쏘아붙이고 속을 긁어 놓아 참을성이 부족한 그녀를 폭발 직전까지 몰고 갔지요. 우리는 몸이 안 좋은 탓이라고 어느 정도 봐 넘겼는데 — 수척해지는 것이 눈에 보일 정도였으니까요 — 어느 날, 이사벨라가 유별나게 고집을 피우면서 아침상도 받지 않고, 하인들이 자기가 시킨 일은 하지 않는다는 둥, 자기가 집 안에서 푸대접을 받아도 새언니가 내버려 둔다는 둥, 오빠도 자기를 소홀히 한다는 둥, 문을 열어 두어서 감기가 들었다는 둥, 우리가 자기 성미를 돋우려고 일부러 거실의 불을 꺼트렸다는 둥 불평을 해 댔습니다. 그 밖에도 백 가지는 더 사소한 비난을 늘어놓자, 린턴 부인은 가서 누우라고 딱 잘라 말하고 실컷 꾸짖은 다음 의사를 부르러 보내겠다고 겁을 주더군요.

의사 이야기가 나오자 이사벨라는 얼른 아픈 건 아니지만 새언니가 심하게 구니까 불행해서 그런 거라고 외쳤어요.

"어떻게 나보고 심하다는 말을 할 수 있어요? 버릇없는 어린애같이 굴긴." 그녀의 올케가 부당한 주장에 기가 막혀 소리를 지르더군요. "진짜 정신이 이상해지는 모양인데, 내가 언제 심하게 했단 말이에요?"

"어제." 이사벨라가 흐느끼면서 말했습니다. "그리고 또 지금도!"

"어제라고!" 올케가 되받았지요. "무슨 일로 심하게 했다는 거예요?"

"우리가 들판에서 산책할 때. 새언니는 히스클리프 씨와 함께 걸으면서 나보고는 아무 데나 가고 싶은 대로 가라고 했잖아요."

"그게 심하다는 거예요?" 캐서린이 웃으면서 말했지요. "아가씨가 옆에 있어서 방해가 된다는 뜻은 아니었어요. 같이 있어도 상관은 없으니까. 난 다만 히스클리프의 이야기가 아가씨에게는 조금도 재미없을 거라고 생각했을 뿐이에요."

"아니야." 이사벨라가 울음을 터뜨렸습니다. "새언니는 내가 거기 있고 싶어 하는 걸 알았기 때문에 날 쫓은 거예요!"

"이 아가씨가 제정신인가?" 린턴 부인이 제게 하소연 조로 물었지요. "우리가 한 얘기를 한마디도 빼지 않고 되풀이할 테니, 거기서 아가씨가 관심을 가졌을 게 있으면 한번 말해 봐요."

"이야기는 아무래도 좋아요." 이사벨라가 대꾸하는 거예요. "난 함께 있고 싶었단 말이야—"

"그래서!" 캐서린은 이사벨라가 말을 맺기를 주저하는 것을 눈치채고 말했습니다.

"그이하고. 그리고 이젠 쫓겨 다니기만 하지 않겠어!" 이사벨라는 열을 올리면서 말을 이었습니다. "새언니는 이솝 이야기에 나오는, 여물통에 빠진 심술쟁이 개 같은 심보야. 자기 이외의 어떤 사람도 사랑받는 꼴을 못 보겠다는 거지 뭐!"

"이런 되바라진 멍청이를 봤나!" 린턴 부인은 깜짝 놀라 소리쳤습니다. "정말이지, 이런 천치 같은 짓거리는 처음 보겠네! 히스클리프가 사랑해 주기를 원한다든가 그를 근사한 사람이라고 생각하는 건 아니겠지! 내가 잘못 알아들은 거지, 이사벨라?"

"아니야. 잘못 알아들은 게 아니야." 사랑에 눈이 먼 아가씨가 대답했습니다. "새언니가 에드거 오빠를 아무리 사랑한다고 해도 난 그이를 더 사랑한단 말이에요. 그리고 언니만 빠진다면 그이도 날 사랑할 거예요!"

"그렇다면 난 왕국을 준대도 아가씨와 자리를 바꾸진 않겠네요!" 린턴 부인은 힘주어 잘라 말했습니다. 진심인 것 같았어요. "넬리, 미친 짓이라는 걸 이사벨라가 알아듣게 날 좀 도와줘. 히스클리프가 어떤 사람인지 이야기해 주라구. 그는 길들여지지 않은 존재야, 순화되지도, 다듬어지지도 않았지. 가시금작화와 바윗돌밖에 없는 황무지라고나 할까. 내가 아가씨에게 그를 사랑하라고 권하느니 차라리 카나리아 새끼를 겨울날 숲에 놓아주겠어요! 그의 성품에 대해 한심할 정도로 몰라서 꿈같은 생각을 하게 된 거예요. 준엄해 보이는 외모의 이면에 자상함과 사랑이 있으리라고 제멋대로 상상해선 안 돼요! 그는 다듬지 않은 금강석이나 진주가 박혀 있는 조개와 같은 야인(野人)이 아니라, 사납고 무자비한 늑대 같은 사나이예요. 난 그에게 '이러저러한 원수를 해치는 건 너그럽지 못하고 잔인한 일이니까 놔둬'라고 말하지 않아요. '그들을 놔둬. 그들에게 잘못하는 건 내가 싫으니까'라고 말하지. 그가 아가씨를 귀찮은 짐으로 생각하게 되면 참새 알 터뜨리듯 쥐어 터뜨릴걸. 그가 린턴 집안사람을 사랑할 수 없다는 건 내가 잘 알 아요. 하지만 아가씨의 재산과 앞으로 물려받을 유산을 보고 얼마 든지 결혼할 수 있는 사람이기도 하지. 탐욕의 죄가 그의 안에 뿌 리내리고 있으니. 내가 보기에는 그래요. 그리고 난 그의 친구예 요. 어느 정도의 친구인가 하면, 만약 그가 정말 아가씨를 차지하 려고 마음먹는다면 입 다물고 아가씨가 덫에 걸리는 걸 보고 있어 야 할 정도의 친구라고요."

이사벨라는 올케를 노여운 눈초리로 바라다보았습니다.

"뻔뻔하기도 해라! 뻔뻔하기도 해!" 이사벨라는 분개하여 말을 되풀이하였지요. "새언니는 스무 명의 원수보다도 더 나빠요. 그 런 악의에 찬 친구가 어디 있담!"

"아! 그럼 내 말을 믿지 않는단 말이지요?" 캐서린이 말했어요. "아가씨는 내가 고약한 이기심에서 이런 말을 한다고 생각해요?"

"그렇다고 확신해요." 이사벨라가 비꼬았습니다. "아주 몸서리 가 쳐지네요."

"좋아!" 상대방도 목소리가 높아지더군요. "그럼 한번 부딪쳐 보시지요. 내가 할 수 있는 일은 다 했으니 아가씨의 건방진 오만 이 말싸움에서 이긴 걸로 해 두어요."

"저 여자의 이기심 때문에 이런 고통을 겪어야 하다니!" 린턴 부인이 방에서 나가자 그녀는 흐느끼면서 말했습니다. "모두 훼 방을 놓고 있어. 새언니는 나의 유일한 위안을 망쳐 버렸어. 그런 데 새언니가 거짓말한 거지? 히스클리프 씨는 악마가 아니야. 고

귀하고 진실한 마음의 소유자야. 그러니까 새언니를 잊지 않은 것 아니겠어?"

"그 사람을 마음속에서 지워 버려야 해요, 아가씨." 제가 말했지요. "불길한 조짐을 알리는 흉조 같은 존재예요. 아가씨의 짝이 될 사람은 아니랍니다. 아씨의 표현이 좀 지나친 데는 있었지만 틀렸다고 할 수는 없어요. 아씨는, 저를 포함해 어느 누구보다도 그 사람의 마음을 속속들이 알고 있어요. 그리고 아씨가 그 사람을 실제보다 더 나쁘게 말할 리 없어요. 정직한 사람은 자기가 한 일을 숨기지 않아요. 그가 어떻게 살아왔고, 어떻게 돈을 벌었으며, 왜 원수의 집인 워더링 하이츠에 머물고 있는 거지요? 그 사람이 오고 난 후 언쇼 씨 사정은 점점 더 나빠지고 있다고들 해요. 두 사람이 밤새워 노름을 하고, 언쇼 씨는 땅을 잡혀 돈을 꿔 가지고는 노름하고 술 마시는 일 외엔 하는 일이 없대요. 바로 일주일 전에 조지프 영감을 기머턴에서 만나 들은걸요.

'넬리.' 그 영감이 말했어요. '우리 집에서 머잖아 검시(檢屍)를 허게 생겼어. 하나가 소 잡듯 지 몸에 칼을 꽂는 걸 다른 하나가 말리다 손구락이 잘릴 뻔혔다니께. 하느님의 심판을 받고 싶어 목숨을 끊겠다고 나선 건 주인이여. 하느님 법정에 앉아 있는 재판관들 — 바울도, 베드로도, 요한이나 마태도 — 그 누구도 두렵지 않은지 그 뻔뻔스러운 상판을 성자들 앞에 내밀고 싶은가 벼. 그리구 그 젊은 놈팡이 히스클리프 말이여. 그 자식 대단혀! 악마의 농지거리까지 웃어넘길 작자라니께. 여기서 을마나 신나게 살고 있는지 임자네 집에 가서 이야기허지 않든가? 이런 식이여, 해 질

때 일어나서 놀음허고 술 마시느라 다음 날 낮이 될 때꺼정 덧창을 닫고 촛불을 켜 놓는단 말씀이여. 그럼 우리 주인은 욕지거리를 퍼붓고 고래고래 악을 쓰면서 자기 방으로 가는디, 점잖은 사람은 낯이 뜨거워 손구락으로 귀를 틀어막아야 헌다니께. 그러면 그 악당은 돈 계산을 허고, 한술 뜨고 한잠 잔 다음 그리루 건너가서 넘의 마누라와 쓸데없는 수작을 부리는 거지. 물론 캐서린 여사에게 아버지의 돈이 으떻게 지 주머니로 들어오는지, 그 아버지의 아들이 파멸의 대로를 달려가면 앞질러 가서 문을 열어 준다고 이야기는 허겄지.' 자, 보세요. 이사벨라 아가씨. 조지프는 고약한 늙은이입니다만, 거짓말쟁이는 아니랍니다. 그 영감이 히스클리프의 처신에 대해 사실대로 이야기하고 있다면 설마 꿈에라도 그런 남편을 원하지는 않겠지요?"

"엘렌도 다른 사람들과 한패로군!" 그녀가 쏘아붙이더군요. "난 그런 중상모략은 듣지 않겠어. 이 세상에 행복이 없다고 우기니 무슨 심술이야!"

내버려 두었다면 이사벨라가 이런 환상에서 깨어났을지, 혹은 고집스럽게 마음에 품고 있었을지 알 수 없답니다. 더 생각해 볼 겨를이 없었거든요. 바로 다음 날 이웃 마을에서 치안 판사 회의가 있어서 린턴 씨가 참석해야 했지요. 히스클리프 씨는 주인이 없다는 걸 알고 보통 때보다도 조금 일찍 찾아왔어요.

캐서린과 이사벨라는 적대적이었지만 말없이 서재에 앉아 있었습니다. 이사벨라는 최근의 경솔한 행동과 잠깐의 격정에 사로잡혀 자기 속마음을 내보인 것에 스스로 경악했고, 린턴 부인은 시간을 두고 곱씹어 보니 시누이가 정말 괘씸하다는 생각이 들었나 봅니다. 이사벨라의 건방을 비웃어 줄 기회가 오면 웃어넘길 수 없는 문제로 만들겠다는 오기가 생긴 거지요.

창문 밖으로 히스클리프가 지나가는 것을 내려다보고 린턴 부인은 정말이지, 웃음을 띠었어요. 벽난로를 청소하고 있던 중이라 그녀의 입술에 짓궂은 미소가 떠오르는 것을 보았답니다. 이사벨라는 생각에 잠겨 있었는지 책 읽기에 열중하고 있었는지 문이 열릴 때까지도 그냥 그 자리에 남아 있었지요. 할 수만 있었다면 기꺼이 그 자리를 피했겠지만 이미 때가 늦어 그럴 수 없었던 거예요.

"들어와요. 마침 잘됐어요!" 안주인이 난롯불 앞으로 의자를 끌어 놓으면서 명랑하게 소리치더군요. "우리 사이의 냉기를 녹여 줄 제3자가 꼭 필요한 참인데. 게다가 당신은 우리 둘 다 선택할 바로 그 사람이거든. 히스클리프, 나보다도 더 당신을 생각하는 사람을 드디어 소개하게 되어 기뻐요. 우쭐할 만도 하다는 생각이 드네. 아니, 넬리가 아니에요. 그쪽을 보지 말아요! 우리 가엾은 아가씨가 당신의 육체적, 도덕적 아름다움을 생각만 해도 그리움에 애가 탄다는군요. 이 집 주인의 매제가 되는 것도 당신 마음에 달렸어요! 아니 안 되지요, 아가씨. 달아나게 놔둘 순 없어요." 혼비백산한 이사벨라가 분통을 터뜨리며 뛰쳐나가려는 것을 장난치듯 붙들고 늘어진 캐서린은 이렇게 말을 잇더군요. "우린 당신을 놓고 고양이처럼 아웅다웅 다투고 있었어요. 그런데 히스클리프, 당신에 대한 정성과 사모를 토로하는데 두 손 다 들었다니까. 게다가 내가 예의를 지켜 물러서기만 하면 나의 라이벌인 우리 아가씨께서는 — 자기가 라이벌이라고 하니까 하는 말인데 — 당신의 마음에 사랑의 화살을 쏘아 영원히 자기 걸로 만들고 나의 영상을 영원히 망각의 심연으로 보내 버릴 거라나!"

"새언니!" 이사벨라는 자기를 꼭 붙잡고 있는 새언니와 몸싸움 하는 것조차 자존심 상하는 일이라는 듯 품위를 지켜 말했지요. "아무리 농담이라 해도 진실만 말하고 중상모략하지 않았으면 고맙겠어요. 히스클리프 씨, 당신 친구에게 나를 놓아주라고 말씀 좀 해 주세요. 새언니는 당신과 내가 친한 사이가 아니라는 걸 잊은 거예요. 새언니가 재미 삼아 하는 일이 난 말할 수 없이 고통스러워요."

아무 대꾸 없이 자리에 앉은 손님이 상대가 어떤 감정을 가졌든 전혀 무관심한 표정을 지었기에, 그녀는 자기를 고문하는 새언니를 향해 낮은 목소리로 놓아 달라고 애걸했습니다.

"천만에!" 린턴 부인의 대답이었어요. "다시는 여물통에 빠진 심술쟁이 개라는 말을 듣지 않겠어. 가게 놔두나 보라지. 자, 히스클리프, 기분 좋은 소식을 듣고도 왜 기쁜 얼굴을 하지 않지? 이사벨라는 나에 대한 에드거의 사랑 같은 건 당신에 대한 자기의 사랑에 비하면 아무것도 아니라고 단언하는데—. 분명히 그런 말을 했지, 엘렌? 그리고 이 아가씨는 그저께 산책을 하고 난 다음 아예 단식 투쟁에 돌입했어. 자기랑 함께 있기 싫어서 쫓아 버렸다며 분하고 억울하다나."

"그건 거짓말 같군." 히스클리프가 의자를 돌려 두 사람 쪽을 향하면서 말했습니다. "하여튼 지금은 나와 함께 있고 싶어 하지 않는데!"

그러고 나서 히스클리프는 특이하고 징그러운 동물, 예컨대 인도에서 갖고 온 지네와 같은 동물을 혐오감에도 불구하고 호기심에서 바라보듯이, 화제가 되고 있는 이사벨라를 뚫어지게 쳐다보았어요.

가엾은 것이 그건 견딜 수 없었나 봅니다. 얼굴이 붉으락푸르락, 눈물이 속눈썹에 맺히는 와중에도, 작은 손가락에 힘을 주어 꼭 붙잡고 있는 린턴 부인의 손에서 놓여나려고 하더군요. 그러나 팔을 잡고 있는 그녀의 한 손가락을 풀면 다른 손가락이 감겨 와서 쉽게 벗어날 수 없다는 걸 깨닫자, 이사벨라는 손톱을 사용하기 시작했지요. 날카로운 손톱은 못 가게 붙잡고 있는 린턴 부인의 손에 빨간 초승달 무늬를 만들었답니다.

"암호랑이로군!" 린턴 부인이 아픈 나머지 이사벨라를 놓아주고 손을 털며 소리쳤습니다. "제발 가 버려. 가서 그 여우 같은 얼굴을 숨기시지! 좋아하는 사람 앞에서 손톱을 드러내다니 어리석기도 해라. 그 사람이 어떤 결론을 내릴지 생각해 보지도 않았나 봐. 이봐, 히스클리프! 저 손톱이 사람 잡을 무기네. 눈을 할퀴지 않도록 조심해야겠어!"

"손톱을 세우고 내게 달려든다면 다 잡아 뽑아 버리지." 이사벨라가 문을 닫고 나가자 그는 우악스럽게 대답했습니다. "그런데 무슨 생각으로 저 계집애를 그렇게 놀리는 거야, 캐시? 아까 한 말 진담 아니지?"

"진담이야." 그녀가 대답하더군요. "우리 아가씨가 몇 주일 동안이나 너 때문에 애를 태우고 있었나 봐. 오늘 아침에는 네 칭찬을 하느라 정신이 없더라. 그래서 숭배의 열기를 좀 가라앉히려고 네 결점을 지적했더니 악담을 있는 대로 퍼붓는 거야. 그러나 더 이상 신경 쓰지는 마. 건방지게 굴어서 골탕을 먹이려고 한 것뿐이니까. 정말이지 히스클리프, 네가 그 아이를 낚아채서 집어삼키도록 둘 수는 없어. 난 우리 아가씨를 꽤 좋아하거든."

"그런 일을 시도하기에는 내가 저 아가씨를 별로 좋아하지 않으니까." 그가 말했습니다. "굴*처럼 뜯어 먹으려 든다면 모를까. 내가 만약 저 메스꺼운 납 인형 같은 얼굴과 함께 산다면 이상한 소문이 날걸. 제일 흔하게 나도는 소문이라면, 내가 매일 혹은 하루 건너씩 저 흰 얼굴을 무지갯빛으로, 푸른 눈을 시커멓게 멍들게 한다는 소문이겠지. 끔찍하게도 린턴의 눈과 판박이더군."

"사랑스럽다고 말해." 린턴 부인이 말했어요. "그건 비둘기의 눈, 천사의 눈이야."

"저 아가씨가 오빠의 상속인이지, 아마?" 잠시 말을 끊었다가 그가 묻더군요.

"그렇게 생각한다면 섭섭하네." 그의 친구가 대꾸했지요. "대여섯 명의 조카가 생겨 상속권이 없어지길 빌어야지. 지금은 그 화제에서 관심을 돌려. 넌 이웃의 재산을 너무 탐내는 경향이 있어. 이 이웃집 재산이 내 재산이라는 걸 잊지 말도록."

"내 소유라 하더라도 네 것임엔 변함이 없지." 히스클리프가 말하더군요. "그러나 이사벨라 린턴이 좀 모자란 데가 있는지는 모르지만 미친 건 아닐 테니까. 그리고, 결론적으로 네 충고대로 이 문제는 덮어 두자."

두 사람은 더 이상 그 일을 거론하지 않았습니다. 그리고 린턴 부인은 생각에서조차 지워 버린 것 같았어요. 그러나 히스클리프는 틀림없이 그날 저녁에도 그 일을 곱씹어 보았을 거예요. 린턴 부인이 방을 비우고 없을 때마다 혼자 미소를 띠면서 — 미소라기보다는 이를 드러내고 씩 웃은 거지만 — 음험한 생각에 잠겨 있는 것을 보았으니까요.

저는 그의 행동을 주시하기로 마음먹었습니다. 저는 마음속으로 언제나 린턴 부인보다는 린턴 씨 편을 들었고, 그럴 만한 이유도 있다고 생각해요. 린턴 씨는 친절하고 상대방을 신뢰하고 신의를 중시했지요. 린턴 부인은 정반대라고 할 수는 없지만, 자기 자신에게 허용하는 관용의 정도가 너무 크다고 할까, 그래서 그녀가 도리를 다하리라는 믿음을 거의 가질 수 없었고, 그녀의 감정에 대해서는 더더욱 공감할 수 없었답니다. 어떤 식으로든 워더링 하이츠와 스러시크로스 그레인지가 히스클리프의 손아귀에서 소리 없이 벗어나, 그가 오기 전의 상태로 되돌아가기를 바랐습니다. 그의 방문은 제게 계속되는 악몽과 같았고, 아마 린턴 씨에게도 그랬을 거예요. 그 사람이 워더링 하이츠에서 살고 있다는 사실에 말로 표현할 수 없는 중압감을 느꼈던 거지요. 저는 하느님이 그곳에 사는 길 잃은 양을 혼자 악의 구렁텅이를 헤매도록 내버려 두시자, 사악한 짐승이 때가 되면 달려들어 죽이려고 돌아오는 길목에서 배회하고 있구나 하는 생각을 떨칠 수가 없었답니다.

제11장

혼자 이런 생각을 하다 어떨 땐 엄습하는 두려움에 자리를 털고 일어나 농장 사정이 어떻게 돌아가고 있는지 알아볼 작정으로 모자를 쓰고 나서기도 했지요. 사람들이 뭐라고 말하는지 힌들리에게 알려 주는 것이 제 의무라고 마음을 다져 먹다가도, 나쁜 습관이 몸에 배어 도울 수 없는 상황에 이르렀다는 생각에 그 음산한 집에 가기가 망설여지는 것이었어요. 제가 말을 한다고 들을지도 의문이었고요.

한번은 기머턴으로 가다 일부러 길을 돌아 그 집의 낡은 대문 앞을 지나간 적이 있답니다. 지금 이야기를 해 드리는 그 무렵, 활짝 갠 싸늘한 오후였어요. 땅은 황량하고 길은 단단하게 메말라 있었지요.

저는 큰길에서 왼쪽으로 가면 황야가 나오는 길목에 돌이 하나 서 있는 곳에 도착했습니다. 북쪽 방향으로는 W.H.(워더링 하이츠의 약자), 동쪽 방향으로는 G.(기머턴의 약자), 그리고 서남쪽 방향으로는 T.G.(스러시크로스 그레인지의 약자)라고 새겨진 거친 사암 기둥 말입니다. 스러시크로스 그레인지와 워더링 하이츠, 그리고 마을의 방향을 안내하는 표지판 구실을 하는 것이지요.

해가 돌의 회색 상단부를 황금빛으로 물들였는데 여름 같다는 생각이 들었어요. 왜 그랬는지 설명할 수는 없지만 갑자기 어린 시절의 감회가 샘솟더라고요. 그곳이 20년 전에 힌들리와 제가 제일 좋아하던 놀이터였거든요.

저는 비바람에 마모된 바위를 한참 물끄러미 바라보았어요. 그러고 몸을 구부려 보니 돌의 아랫부분 근처 파인 곳에 아직도 달팽이 껍데기와 조약돌이 가득 차 있더군요. 썩어 없어지는 것들과 함께 우리가 모아 두었던 것이지요. 제 눈에는 어릴 적 친구인 힌들리가 메마른 잔디에 앉아 네모진 검은 머리를 앞으로 숙이고, 작은 손에 석판을 한 조각 쥐고 흙을 파내는 모습이 눈에 선히 보이는 듯했습니다.

"불쌍한 힌들리." 저도 모르게 탄식이 나왔어요.

그러다 흠칫 놀랐답니다. 어릴 적의 힌들리가 얼굴을 들고 똑바로 쳐다보는 걸 또렷이 봤다는 느낌이 순간적으로 들었거든요. 눈 깜짝할 사이에 그 환영은 사라졌습니다만, 저는 즉각 그 집에 가보고 싶다는 억제할 수 없는 충동에 사로잡혔어요. 미신적인 데가 있기 때문에 더욱더 그 충동을 따르지 않을 수 없었지요. 만약 그가 죽었다면! 그런 생각이 떠올랐던 것입니다. 혹은 곧 죽게 된다면! 이것이 죽음의 징조라면!

그 집이 가까워질수록 점점 걱정이 커졌고, 그 집이 보이자 온몸이 덜덜 떨릴 지경이 되었습니다. 조금 전에 본 환영이 저보다 먼저 당도해 대문에서 내다보며 서 있었으니까요. 곱슬머리에 밤색 눈을 한 아이가 빗장에 불그레한 얼굴을 대고 서 있는 걸 보았을 때 처음 떠오른 생각이었지요. 그러나 다시 보니 열 달 전에 제가 떠난 다음 크게 변하지 않은 저의 귀여운 헤어턴이더군요.

"주님의 은총을, 아가야!" 저는 조금 전의 어리석은 두려움도 잊고 외쳤습니다. "헤어턴, 넬리야 유모 넬리란 말이야."

헤어턴은 제 팔이 닿지 않는 곳으로 물러서며 큼직한 돌멩이를 집어 들더군요.

"아버지를 만나 뵈러 왔어, 헤어턴." 저는 아이의 행동으로 보아 설사 넬리를 기억하고 있다 하더라도 절 알아보지 못하는 것이려니 짐작하고 말을 이었습니다.

헤어턴은 돌을 던지려고 쳐들었습니다. 저는 얼러 보려고 말을 걸었지만 그의 손을 멈추지는 못했어요. 돌은 제 모자에 맞았고, 그 어린 친구는 아직 발음도 제대로 하지 못하는 혀로 한바탕 욕지거리를 덧붙였지요. 뜻을 알고 그러든 아니든 많이 해 본 솜씨로 익숙하게 강조할 부분을 강조했고, 그 어린 얼굴이 오싹할 정도로 악의로 일그러졌어요.

화가 나기보다는 마음이 아팠다고 부연할 필요도 없겠지요. 울고 싶은 심정으로 아이를 달래 보려고 주머니에서 오렌지 하나를 꺼내 내밀었습니다.

헤어턴은 망설이다가, 약을 올릴 뿐 주지는 않을 거라고 넘겨짚은 듯, 제 손에서 오렌지를 냉큼 낚아챘어요.

그의 손이 닿지 않게 또 한 개를 꺼내 들었습니다.

"누가 그런 훌륭한 말을 가르쳐 주었지, 아가?" 제가 물었지요. "신부보님이셔?"

"신부보나 너나 다 지옥으로 꺼져! 그거나 이리 줘."

"어디서 배웠는지 가르쳐 주면 이걸 주지. 누가 선생님이지?"

"악마 같은 아빠지." 그의 대답이었어요.

"그러면 아빠한테서 뭘 배워?" 제가 물었지요.

헤어턴은 오렌지를 빼앗으려고 덤볐지만 저는 더 높이 쳐들었습니다. "아빠가 뭘 가르쳐 주시지?" 제가 다시 물었어요.

"아무것도 안 가르쳐 줘. 그저 옆에 오면 안 된다고만 하지. 내가 아빠한테 욕을 하니까 날 꼴 보기 싫어하거든."

"아! 그럼 악마가 아빠한테 욕을 하라고 가르쳐 주니?"

"응 — 아아니." 헤어턴이 발음을 길게 늘이면서 대답했어요.

"그럼 누구야?"

"히스클리프야."

저는 히스클리프가 좋으냐고 물어보았지요.

"응!" 헤어턴의 대답이었어요.

그를 좋아하는 이유를 알고 싶었지만 이런 이야기를 단편적으로 들었을 뿐입니다. "난 몰라. 아빠가 나한테 잘못하면 아저씨가 복수해 줘. 내게 욕을 한다고 아빠에게 욕을 하거든. 아저씨는 내 멋대로 하라고 한단 말이야."

"그럼 신부보님이 읽고 쓰는 걸 가르쳐 주지 않으셔?" 저는 계속 물었습니다.

"아아니, 가르쳐 주지 않아. 신부보가 문지방을 넘어오면 ___*
이빨을 몽땅 부러뜨려 ___ 목구멍으로 쓸어 넣어 버린대. 히스클
리프가 그런다고 약속했어!"

저는 그의 손에 오렌지를 쥐여 주고 아버지에게 넬리 딘이라는
여자가 드릴 말씀이 있어 대문에서 기다린다 전하라고 시켰지요.

헤어턴은 정원에 난 작은 길을 따라 집으로 들어갔어요. 그러나
힌들리는 나오지 않고 히스클리프가 현관 앞 섬돌 위로 모습을 드
러냈습니다. 저는 돌아서서 표지판이 있는 데까지 쉬지 않고 달려
내려왔답니다. 악귀라도 본 듯 겁이 났지요.

이 일은 이사벨라 아가씨 문제와는 별로 관련이 없어요. 다만
이런 일이 있고 난 다음 더더욱 경계를 강화해야겠다, 린턴 부인
의 뜻을 거슬러 집안이 시끄러워지더라도 나쁜 영향이 이 집까지
퍼지는 것을 최선을 다해 막아야겠다, 이렇게 굳은 결심을 하게
되었답니다.

히스클리프가 다시 찾아왔을 때 우리 아가씨는 마침 안뜰에서
비둘기 모이를 주고 있었어요. 올케와는 사흘 동안 말 한마디 나
누지 않았지만 그렇다고 짜증을 부리거나 불평을 늘어놓지 않아
한시름 놓았을 때였어요.

히스클리프는 그때까지 린턴 양에게는 꼭 필요한 경우가 아니면
인사말 한마디 건네는 적이 없었습니다. 그건 제가 알아요. 그런데
이사벨라를 보자 우선 조심스럽게 집 정면을 흘깃 쳐다보더군요.
부엌 창가에 서 있던 저는 얼른 몸을 숨겼지요. 그는 포장한 길을
가로질러 이사벨라에게 가서 뭐라고 말을 걸었어요. 그녀는 당황

해서 자리를 피하려고 했는데 그가 팔을 잡아 못 가게 하더군요. 대답하기 어려운 질문을 한 모양인지 이사벨라가 고개를 돌렸습니다. 다시 집 쪽으로 재빨리 눈길을 보내고는 아무도 보지 않는다고 생각하자 그 악당 놈이 뻔뻔하게도 이사벨라를 껴안는 거예요.

"유다 같은 녀석! 배반자!" 제가 소리쳤지요. "게다가 한술 더 떠 위선자로군! 계획적으로 사기를 친 거야!"

"누구 이야기야, 넬리?" 바로 옆에서 캐서린의 목소리가 들렸어요. 밖에 있는 두 사람에게 정신이 팔린 나머지 그녀가 들어온 것도 몰랐던 겁니다.

"아씨의 몹쓸 친구지요!" 흥분한 나머지 제가 이렇게 대답했지요. "저기 있는 저 비열한 악당 말예요. 곁눈질로 우리를 보았나 보군? 들어오는 걸 보니! 아씨께는 이사벨라 아가씨가 진저리 나게 싫다고 해 놓고 연애를 건 걸 그럴듯하게 변명할 말재주가 있는지 궁금하군요!"

린턴 부인도 이사벨라가 히스클리프를 뿌리치고 정원으로 뛰어들어가는 것을 보았어요. 1분 후, 히스클리프가 문을 열고 들어오더군요.

저는 분개한 나머지 한마디 하지 않을 수 없었습니다. 그러자 린턴 부인은 화를 내며 입 다물라고, 주제넘게 오만 방자한 혀를 놀릴 작정이면 부엌 밖으로 쫓아내겠다고 엄포를 놓더라고요.

"넬리가 말하는 걸 들으면 이 집 안주인인 줄 알겠어!" 그녀가 말했어요. "자기 분수를 알아야지. 히스클리프, 도대체 무슨 짓이야. 이런 소동이나 일으키고. 이사벨라를 놔두라고 했지! 내 말 들어! 손님 대접 받는 데 싫증 나서 린턴이 대문 빗장을 걸기를 원하는 게 아니라면—"

"그렇게 해 보라지!" 그 흉악한 악당 놈이 대답하더군요. 그렇게 말하는데, 정말이지 싫어서 소름이 돋을 정도였어요. "고분고분 인내심을 발휘하도록 하늘이 도우셔야 할걸! 날이면 날마다 그 자식을 천당에 보내고 싶어 미칠 지경이니까!"

"쉿!" 캐서린이 안쪽 문을 닫으면서 말했지요. "내 속 좀 썩이지 마. 내 부탁을 왜 무시하는 거니? 우리 아가씨가 너한테 말을 건 거야?"

"그게 너랑 무슨 상관인데?" 그는 으르렁댔습니다. "그 여자가 좋다면 난 키스할 권리가 있지만 넌 반대할 권리가 없어. 내가 네 남편은 아니잖아? 그러니까 질투할 필요 없어!"

"이사벨라를 질투하는 게 아냐." 우리 안주인이 대답했습니다. "네 걱정을 하는 거지. 얼굴을 펴. 내게 찡그린 얼굴을 보이지 마. 이사벨라가 마음에 들면 결혼해. 하지만 이사벨라를 정말 좋아해? 똑바로 말해 봐, 히스클리프. 거봐, 대답을 못하지. 좋아하지 않는다는 걸 난 확실히 알거든!"

"누이동생이 저런 사람과 결혼하는 걸 린턴 씨가 허락이나 하고요?" 제가 한마디 했지요.

"내가 허락하도록 만들겠어." 린턴 부인은 단호하게 대답하더군요.

"굳이 그 작자를 번거롭게 할 필요는 없어." 히스클리프가 말했습니다. "허락하지 않아도 아무 상관 없으니까. 그리고 캐서린, 이야기가 나온 김에 네게도 몇 마디 하겠어. 네가 나한테 얼마나 끔찍한 잘못을 했는지 내가 알고 있다는 사실을 명심하란 말이야. 새겨들어. 내가 몰라서 다행이라고 가슴을 쓸고 있다면, 그리고 다정한 몇 마디로 날 위로할 수 있다고 생각한다면, 넌 정말이지 바보 천치야. 또 내가 복수도 하지 않고 그냥 있겠거니 믿고 있다면 오래잖아 그렇지 않다는 걸 확실히 보여 주지! 어쨌든 네 시누이의 비밀을 말해 준 것은 고맙게 생각해. 난 그 비밀을 최대한 이용할 작정이야. 그러니까 비켜서 있어."

"얘가 새로운 면모를 보여 줄 작정인 거야?" 린턴 부인은 기가 막혀서 고함을 쳤어요. "내가 너한테 끔찍한 잘못을 했다고! 그래서 복수를 하겠다고! 어떻게 복수를 하겠단 거야, 이 은혜를 모르는 금수 같은 것아. 도대체 내가 너한테 무슨 끔찍한 잘못을 그렇게 했다는 말이니?"

"네게 복수하려는 건 아니야." 히스클리프는 좀 누그러져서 대답하더군요. "그게 목표가 아니야. 폭군이 노예들을 짓밟으면 반항하지 않고 바로 자기가 짓밟을 수 있는 자들에게 분풀이를 하는 법이거든. 넌 재미로 내게 고통을 줘도 좋아. 다만 마찬가지로 나도 그런 식으로 재미를 좀 보게 내버려 둬. 그리고 될 수 있으면 날 모욕하지 않는 게 좋을 거야. 내 궁전을 허문 자리에 오두막을 세워 놓고 집을 지어 줬다 우쭐해서 생색을 내진 말라고. 네가 진심으로 이사벨라와 나의 결혼을 원한다고 생각하면 목에 칼을 꽂고 죽어 버리겠어!"

"옳거니, 내가 질투하지 않는 게 기분 나쁘다 이거지!" 캐서린이 외쳤습니다. "그렇다면 다시는 네게 이사벨라와 결혼하라고 권하지 않겠어. 사탄에게 어차피 지옥으로 떨어질 사람을 권하는 거나 마찬가지일 테니까. 너도 사탄처럼 고통을 가하는 데서 기쁨을 느끼지. 네가 하는 짓이 그런걸. 네가 돌아왔을 때 심기가 불편하던 린턴도 마음의 평정을 되찾았고, 나도 안정이 되어 평온한 생활을 하고 있는데 넌 우리가 평화로운 걸 보고 안절부절못하며 분란을 일으킬 결심을 한 거야. 그럴 거면 우리 남편에게 시비를 걸어, 히스클리프. 그리고 그의 누이동생을 유혹해 봐. 그게 바로 내게 복수하는 가장 효과적인 방법일 테니까."

대화는 여기서 끊겼습니다. 린턴 부인은 얼굴이 상기된 채 우울하게 벽난로 가에 앉아 있었어요. 그녀를 섬겨 왔던 정령(精靈)이 점점 고분고분 말을 듣지 않게 된 거지요. 그녀는 그것을 제어할 수도 조종할 수도 없게 된 거예요. 히스클리프는 팔짱을 끼고 난로 옆에 서서 사악한 생각에 잠겨 있었고요. 그들을 이런 상태로 남겨 둔 채 저는 무엇 때문에 캐서린이 아래층에서 지체하는지 궁금해할 린턴 씨를 찾으러 갔지요.

"엘렌." 제가 방에 들어가자 그가 물었습니다. "캐서린을 보았어?"

"네, 부엌에서요." 기다렸다는 듯 대답했지요. "히스클리프 씨의 행동 때문에 몹시 화가 나 계세요. 그리고 정말이지, 그 사람을 손님으로 맞이해도 될지 재고해야 할 때가 왔다고 생각되네요. 너무 순하게 대하다 일을 당할 수 있어요. 상황이 이 지경에 이르렀으니—" 그러고는 안뜰에서 일어난 일과 그 뒤에 일어난 말다툼을 — 전해도 될 부분만 걸러서 — 이야기했지요. 저는 그런 이야기가 린턴 부인에게 해로울 건 없으리라고 판단했어요. 그녀가 히스클리프 편을 들어서 나중에 일이 꼬였지만 말이에요.

린턴 씨는 제 이야기를 끝까지 듣는 것도 참기 어려웠나 봅니다. 그리고 처음 내뱉은 몇 마디로 미루어 자기 부인에게 허물이 없다고 생각하지 않는 게 분명하더군요.

"이건 정말 참을 수 없군!" 그가 소리쳤지요. "그런 놈을 친구라고 하면서 내게 교제를 강요한 것도 남부끄러운 일인데! 엘렌, 하인들 방에 가서 두 사람만 불러와. 더 이상 캐서린을 그 비열한 녀석과 말다툼하게 놔두지는 않겠어. 그녀의 기분을 충분히 맞춰 준 셈이야."

린턴 씨는 내려가서 하인들에게 복도에서 기다리라 지시하고 저와 함께 부엌으로 들어갔습니다. 부엌에 있던 두 사람은 다시 말다툼을 시작하던 참이었어요. 린턴 부인은 어쨌거나 기세를 올려 야단을 치고, 창가로 자리를 옮긴 히스클리프는 그녀의 기세에 풀이 죽은 듯 고개를 숙이고 있더군요.

히스클리프가 린턴 씨를 먼저 보고 황급히 린턴 부인에게 가만히 있으라고 손짓을 했지요. 그러자 그녀도 그러한 암시의 의미를 알아차리고는 곧 입을 다물었답니다.

"도대체 어떻게 된 거요?" 린턴 씨가 아내에게 말했습니다. "저런 건달이 당신에게 그런 식으로 말하는데 자리를 피하지 않다니 품위는 아주 갖다 버린 거요? 언제나 그런 식으로 말하니까 익숙해진 모양이지. 저 녀석의 야비함에 길이 들어 있어서 나도 길들일 수 있다고 믿는 거로군!"

"당신, 문간에서 엿듣고 있었어요?" 안주인이 남편의 짜증에 무관심과 경멸을 내비치며 굳이 그의 화를 돋우려는 듯한 투로 물었어요.

린턴 씨의 말에 눈썹을 치켜 올렸던 히스클리프도 그녀의 말에 냉소적으로 비웃었지요.

린턴 씨의 주목을 끌기 위해 일부러 그런 것 같았어요. 소기의 목적을 달성했지만, 린턴 씨는 분노를 터뜨려 그를 즐겁게 할 마음이 없었습니다.

"이때까지 내가 당신의 행동을 참아 온 것은," 그는 조용히 말했습니다. "야비하고 비천한 인간이라는 걸 몰라서가 아니라, 그게 당신 잘못만은 아니라고 생각했기 때문이오. 그리고 캐서린이 당신과 친분을 유지하고 싶어 했기 때문에 그 뜻을 존중한 것이오. 하지만 어리석은 짓이었소. 당신이란 존재는 가장 올곧은 사람이라도 오염시키는 정신적인 독소요. 그 때문에, 그리고 더 나쁜 결과가 나타나는 걸 막기 위해서, 앞으로 이 집에 발을 들여놓지 못하게 하겠소. 즉시 나가 줄 것을 경고하오. 3분 이상 지체하면 강제로 끌려 나가는 창피를 당하게 될 거요."

히스클리프는 그렇게 말하는 상대방의 키와 어깨 너비를 경멸의 눈초리로 바라보더군요.

"캐시, 너의 새끼 양이 황소처럼 위협을 하는군! 내 주먹에 골통이 깨어질 위험에 직면해 있으면서 말이야. 정말이지, 린턴 군, 자네는 때려눕힐 가치도 없다는 게 아주 유감이네!"

린턴 씨는 복도 쪽을 흘깃 보면서 제게 하인들을 데려오라고 눈

짓을 했습니다. 몸소 주먹다짐하는 위험을 무릅쓸 생각은 없었던 거예요.

저는 그 지시를 따랐지요. 그런데 린턴 부인이 눈치를 채고 따라 나와 그들을 부르려고 하는 저를 잡아끈 다음 문을 꽝 닫고 잠가 버렸답니다.

"떳떳한 방법이군요!" 린턴 부인은 노여움과 놀라움이 뒤섞인 남편의 얼굴에다 대고 이렇게 말했어요. "그와 맞서 싸울 용기가 없으면 사과를 하든지 얻어맞든지 하세요. 없는 용기를 있는 양 허세 부리는 버릇이 고쳐질 테니까요. 안 돼요. 당신에게 빼앗기느니 차라리 열쇠를 삼켜 버리겠어요! 잘해 주었더니 두 사람 다 아주 기막힌 보답을 하는군요! 한쪽의 유약한 천성, 다른 한쪽의 고약한 천성 모두 다 받아 주었는데 감사는커녕 배은망덕의 표본을 두 개나 얻다니, 기가 막혀 말이 안 나오네! 여보, 난 당신과 당신 것을 지켜 주고 있었던 거예요. 그런데 감히 나를 나쁘게 생각하다니 당신이 토할 때까지 히스클리프가 두들겨 패 주면 좋겠어요!"

우리 주인에게서 그런 증세가 나타나는 데 매질이라는 수단은 필요 없었어요. 그는 캐서린의 손에서 열쇠를 빼앗으려고 했습니다. 그러나 빼앗기지 않으려고 그녀가 열쇠를 벽난로 한복판에 던져 버렸지요. 그러자 얼굴이 파랗게 질린 린턴 씨가 흥분으로 몸을 덜덜 떨더군요. 아무리 해도 감정을 억제할 수가 없었나 봐요. 굴욕과 비통에 완전히 압도되어 기진맥진한 그는 의자의 등에 기대고 얼굴을 두 손으로 감쌌습니다.

"오! 맙소사! 옛날 같으면 이걸로 기사(騎士) 작위를 받았을 텐데!" 캐서린이 외쳤습니다. "그래요. 우리가 졌어요! 완전 항복이에요! 왕이 생쥐 떼와 싸우라고 군대를 보내지 않듯, 히스클리프도 당신에게 손가락 하나 대지 않을 거예요. 기운을 내세요. 다치게 하지는 않을 테니까! 당신 같은 사람은 새끼 양이 아니라 젖먹이 토끼예요."

"이 젖내 나는 겁쟁이를 남편으로 둔 행복을 즐기기를 빌겠어, 캐시!" 그녀의 친구가 되받았지요. "너의 취향에 치하를 보낸다. 이렇게 침까지 흘리며 벌벌 떠는 녀석을 나 대신 선택한 거야. 주먹으로 치지는 않겠지만 발로 차는 것으로 만족하지. 울고 있는 건가, 아니면 겁이 나서 까무러치기 일보 직전인가?"

그 악당 놈은 가까이 가서 린턴 씨가 기대고 있는 의자를 떠밀었습니다. 그러나 가까이 가지 않는 것이 좋을 뻔했어요. 우리 주인이 몸을 곧추세우더니 덜 건장한 사람이라면 나가떨어질 정도로 힘껏 그의 목덜미에 일격을 가했거든요.

히스클리프는 잠시 숨을 쉬지 못하더라고요. 그의 숨통이 막힌 틈을 타 린턴 씨는 뒷문으로 나가 뜰을 통해 현관으로 갔습니다.

"거봐! 이제 다시는 여기 못 오게 됐지." 캐서린이 외쳤습니다. "자, 당장 여기서 나가. 그이는 권총 한 쌍과 대여섯 사람을 거느리고 돌아올 테니까. 그가 정말 우리가 하는 말을 들었다면 결코 널 용서하지 않을 거야. 나한테 못할 짓을 한 거야, 히스클리프! 어쨌든 가, 빨리! 너보다는 차라리 남편이 곤경에 빠지는 쪽이 나으니까."

"그 녀석에게 목을 얼얼하게 얻어맞고 내가 그냥 갈 거라고 생각해?" 히스클리프는 고함을 지르더군요. "빌어먹을, 못 가! 이 집을 나서기 전에 그놈의 갈비뼈를 썩은 개암 열매 껍질처럼 부숴 놓고 말 거야. 만약 지금 때려눕히지 못하면 언젠가는 반드시 그 녀석을 죽일 테다. 그 녀석이 죽기를 원치 않는다면 지금 때려 주게 놔둬!"

"주인님은 오시지 않아요." 제가 말을 가로막고 약간 거짓말을 보태서 말했습니다. "마부와, 정원사가 두 명 오고 있어요. 저이들에게 길바닥으로 떠밀려 나갈 때까지 기다리지는 않겠지요! 모두 몽둥이를 들고 있어요. 주인님은 필시 거실의 창에서 지시를 따르는지 보고 계실 거예요."

정원사 둘과 마부가 온 건 사실이었습니다. 그러나 린턴 씨도 함께였어요. 그들은 벌써 안뜰로 들어섰지요. 히스클리프는 생각을 바꿔 세 사람의 하인과 싸우는 것을 피하기로 결심한 모양이었습니다. 부지깽이로 안쪽 문의 자물쇠를 부수고 그들이 들어왔을 때는 이미 달아나 버리고 없었어요.

극도로 흥분한 린턴 부인은 2층에 함께 가 달라고 제게 말했지요. 그녀는 이 분란이 일어난 데 제가 한몫 거들었다는 사실을 모르고 있었고 저도 그녀가 계속 모르기를 간절히 바랐답니다.

"난 거의 미칠 지경이야, 넬리!" 소파에 몸을 던진 그녀가 목소리 높여 말하더군요. "천 명의 대장장이가 망치로 내 머릿속을 두들기고 있는 것 같아! 이사벨라에게 내 근처엔 얼씬도 하지 말라고 말해 줘. 이 소동은 그 애 때문이니까. 이사벨라든 누구든 내 성미를 돋우면 난 미쳐 버리고 말 거야. 그리고 넬리, 오늘 밤에 린턴을 보거든 내가 큰 병에 걸릴 위험이 있다고 말해 줘. 정말 그랬으면 좋겠어. 그이 때문에 몹시 놀라고 속상했으니까! 나도 그이를 겁주고 싶어. 어쩌면 그이가 여기까지 와서 한바탕 난리를 치고 넋두리를 늘어놓을지 몰라. 그러면 나도 필시 되받아칠 거고, 그러다 결국 어떻게 될지 아무도 모르지! 그러니까 아프다고 해 줘, 착한 넬리. 이번 일에는 어느 모로 보나 내 잘못이 없다는 걸 넬리도 알 거야. 그이가 무슨 생각에 엿듣겠다는 마음을 먹게 되었는지 몰라! 넬리가 나간 다음에도 히스클리프는 말도 안 되는 이야기를 하는 거야. 하지만 이사벨라 건은 내가 곧 마음을 돌려놓을 수 있었어. 그럼 다른 건 아무려면 어때. 귀신에라도 홀린 듯 자기 험담을 듣고 싶어 하는 바보 같은 욕구 때문에 이제 만사가 틀렸어! 우리의 대화를 듣지 않는 것이 에드거를 위해서도 더 좋았어. 그이를 위해 목이 쉬도록 히스클리프를 야단쳤는데 들이닥쳐서는 골을 부리다니, 서로 무슨 짓을 하든 알 게 뭐냐는 생각이 들더라. 게다가 상황이 어떤 식으로 종결되어도 우리는 이제 헤어져야 하잖아. 어쨌든 히스클리프를 친구로 만날 수 없다면, 그이가 그렇게도 속 좁게 질투를 한다면 상심으로 죽어 버리겠어. 그렇게 해서 가슴에 못을 박을 거야. 날 극단까지 밀고 가면 죽음으로 단숨에 끝장내고 말 거야! 하지만 실낱같은 희망이라도 남아 있는 한 그렇게 하진 않겠어. 그렇게 해서 린턴을 놀라게 하고 싶진 않으니까. 지금까지 그이는 내가 화를 낼까 봐 겁을 내고 조심했지. 그렇게 하지 않으면 위험하다는 걸 넬리가 말해 줘. 잘못 건드리면 미칠 지경이 되는 나의 격한 성미를 잊지 말라고 일깨워 줘. 그렇게 무심한 얼굴만 하지 말고 내 걱정을 하는 척이라도 해 주면 좋겠어!"

아주 진지하게 이야기를 하고 있는데 무덤덤하게 지시 사항을 듣고 있는 제 모습에 역정이 날 만도 했을 거예요. 하지만 감정의 폭발로 일어나는 발작을 이용하려고 사전에 계획할 수 있는 사람이라면, 발작 중이라도 의지의 힘으로 자신을 제어할 수 있을 거라는 생각이 들었습니다. 그리고 저는 그녀의 계획대로 린턴 씨를 '놀라게' 하거나, 그녀의 기분을 맞춰 주려고 그의 머리를 더 아프게 할 생각은 없었거든요.

그래서 린턴 씨가 응접실로 오는 것을 보고도 아무 말 하지 않았답니다. 다만 둘이 다시 말다툼을 시작하나 보려고 되돌아와 엿들었지요.

린턴 씨가 먼저 말을 꺼내더군요.

"그대로 있어요, 캐서린." 그는 노한 음성이 아니라 매우 슬프고 침울한 어조로 말했어요. "곧 나갈 거요. 말다툼을 하거나 화해하러 온 것이 아니라 단지 알고 싶을 따름이오. 오늘 저녁 일이 있고 난 뒤에도 당신은 계속 가까이 지낼 작정이오? 그—"

"아, 제발!" 린턴 부인은 발을 구르면서 말을 가로막았습니다. "제발, 지금은 그 이야기를 하지 말아요! 당신의 차가운 피는 아무리 해도 끓어오를 수 없어요 — 혈관이 얼음물로 차 있나 봐 — 내 피는 끓고 있어서 그렇게 냉담한 걸 보면 미친 듯 끓어올라요."

"내가 나가기를 원한다면, 내 질문에 대답하시오." 린턴 씨는 계속 버텼습니다. "대답을 해야만 하오. 당신의 격한 성질 때문에 지레 움츠러들지는 않을 거요. 마음만 먹으면 당신은 누구 못지않게 감정을 억제할 수 있다는 걸 알았으니까. 지금부터 히스클리프를 버리겠소, 아니면 나를 버리겠소? 당신은 내 친구도 되고 그의 친구도 될 수는 없어요. 난 당신이 어느 쪽인지 확실히 해 둘 필요가 있소."

"날 가만히 놔두란 말이에요!" 린턴 부인이 격노하여 외쳤습니다. "내가 그걸 원한다구요! 몸을 가누지도 못하는 게 안 보여요? 에드거, 날 놔둬요."

린턴 부인은 종이 쨍그렁 소리를 내며 깨질 때까지 흔들어 대더군요. 저는 일부러 천천히 들어갔지요. 그런 식으로 분별없이 못되게 굴며 히스테리를 부리는 꼴이라니, 성자라도 참을 수 없을 지경이었어요. 그녀는 누운 채로 소파 모서리에 머리를 박으면서 이를 산산조각 내려는 듯 갈아 대고 있더라고요!

가책과 두려움에 휩싸여 그녀를 지켜보던 린턴 씨가 제게 물을 좀 가져오라고 말했지요. 그녀는 숨이 막혀 말을 하지도 못하더군요.

저는 물을 한 잔 가득 가져갔습니다. 그녀가 마시려 하지 않았기 때문에 얼굴에 뿌렸지요. 그러자 그녀는 몸이 뻣뻣해지고 눈을 까뒤집었는데 창백한 뺨은 납빛을 띠어 죽은 사람 같았어요.

린턴 씨는 혼비백산했습니다.

"걱정하실 것 없어요." 제가 속삭였지요. 저도 속으로 걱정되지 않은 것은 아니었지만 린턴 씨가 지고 들어가는 것을 보고 싶지 않았거든요.

"입술에 피가 났어!" 그가 벌벌 떨면서 말했습니다.

"대수롭지 않아요!" 저는 딱 잘라 대답했고, 그가 들어오기 전부인이 광란 발작이 일어난 체하기로 마음먹고 있었다는 걸 귀띔해 주었어요.

제가 부주의하게 이야기를 너무 큰 소리로 해서 그녀가 들었는지 벌떡 일어나더군요. 머리카락은 어깨 위로 나부끼고, 두 눈은 번쩍였으며, 목과 팔의 근육이 불가사의하게 불거져 나왔지요. 최소한 뼈가 몇 개 부러질 각오를 했는데, 눈을 부릅뜨고 잠시 주위를 살피더니 그녀는 방에서 뛰쳐나가 버렸어요.

따라가 보라는 주인의 지시에 그녀의 침실 문까지 가 보았지만 들어오지 못하게 문을 걸어 버려 더 이상 어떻게 해 볼 도리가 없었지요.

다음 날 아침, 식사를 하러 내려오지 않아서 상을 차려 갈까 물으러 가 보았습니다.

"안 먹어!" 그녀는 단호하게 대답하더군요. 오찬과 차 시간 때도 마찬가지였어요. 그리고 그다음 날도 같은 대답을 들었습니다.

린턴 씨는 린턴 씨대로 서재에서 시간을 보내며, 아내가 무엇을 하고 있는지 묻지 않더라고요. 이사벨라와는 한 시간쯤 이야기를 나누더군요. 오라버니는 히스클리프가 추근대는 것에 대한 적절한 혐오감을 끌어내려 했지만, 누이의 애매한 대답을 어떻게 받아들여야 할지 몰라 미흡한 채로 심문을 끝내야 했지요. 그렇지만 누이가 그 몹쓸 구혼자의 희망을 북돋을 정도로 정신이 나갔다면 남매간의 의를 끊겠노라고 엄숙한 경고를 덧붙였습니다.

제12장

   이사벨라는 거의 언제나 입을 꼭 다물고 눈물이 어린 채 사냥터 숲과 정원을 얼빠진 사람처럼 쏘다니고, 그녀의 오빠는 펴 보지도 않던 책에 파묻혀 서재에서 나오지를 않고 — 아내가 잘못을 뉘우치고 제 발로 걸어 나와 용서를 빌며 화해를 청하리라고 막연히 기대하다 지쳤을 테지요 — 그리고 린턴 부인은 남편이 식사 시간마다 자기가 보고 싶어 음식이 목에 걸릴 지경이지만 자존심 때문에 달려와 발치에 엎드리지 못하는 것이려니 생각하고는 끈질기게 단식을 계속했답니다. 그동안 저는 이 집 안에 분별 있는 사람이 단 한 명뿐인데, 그 사람이 저라는 신념을 갖고 집안일을 돌봤지요.

   저는 아가씨에게 쓸데없는 위로를 하지 않았고, 주인아씨에게 충고의 말을 낭비하지 않았으며, 아내의 목소리를 들을 수 없기 때문에 그녀의 이름이라도 듣고 싶어 하는 주인의 한숨도 아는 체하지 않았어요.

저는 당사자들이 알아서 해결할 일이라고 작정했습니다. 지루할 만큼 더딘 과정이었지만 드디어 긴 터널의 끝이 보이는구나 기뻐하게 되었지요. 처음에는 그렇게 생각할 여지가 있었다는 겁니다.

사흘째 되던 날 린턴 부인이 걸어 잠근 방문을 열고 주전자와 물병의 물을 다 마셨으니 물을 더 갖다 달라고 하면서, 죽을 것 같으니 미음이나 한 그릇 끓여 오라고 덧붙이더군요. 죽을 것 같다는 말은 남편에게 전하라는 뜻인 줄 짐작했지만, 전혀 죽을 것 같지 않았기 때문에 한 귀로 듣고 흘렸지요.

차와 버터를 바르지 않은 토스트를 갖다주자 그녀는 열심히 먹고 마셨어요. 그러고는 다시 베개 위로 쓰러지면서 두 주먹을 쥐고 신음하는 거예요.

"아, 난 죽을 거야." 이렇게 소리치더군요. "아무도 날 걱정해주지 않으니까. 저것도 먹지 말걸."

그러고는 한참 있다가 그녀가 중얼거리는 소리가 들리더라고요.

"아냐, 내가 왜 죽어. 린턴이 좋아라 하겠지. 날 조금도 사랑하지 않아. 날 그리워하지도 않을걸!"

"시키실 일은 없으세요, 아씨?" 겁이 날 정도로 창백한 얼굴로 캐서린이 이상스럽게 과장된 태도를 보이는데도 저는 겉으로는 평정을 유지한 채 물었지요.

"그 무정한 인간은 뭘 하고 있지?" 그녀는 여윈 얼굴에서 헝클어진 머리카락을 걷어 올리면서 다그쳐 물었어요. "혼수상태에 빠졌나, 아니면 죽기라도 한 거야?"

"그 어느 쪽도 아니랍니다." 제가 대답했지요. "주인님 이야기를 하시는 거라면 말이죠. 공부를 좀 지나치게 하시는 것 같습니다만 건강은 좋은 편이세요. 달리 말 상대가 없으니까 줄곧 책에 파묻혀 계세요."

그녀가 어떤 상태였는지 제대로 알았더라면 그렇게까지 말하지는 않았을 거예요. 그런데 아무래도 꾀병이라는 생각이 들었던 겁니다.

"책에 파묻혔다고!" 어이없다는 듯 그녀가 목소리를 높였습니다. "난 죽어 가고 있는데! 무덤에 한 발짝 들어간 셈인데! 이럴 수가! 내가 얼마나 쇠약해졌는지 알고나 있어!" 그러고는 맞은편 벽에 걸린 거울에 비친 자기 모습을 뚫어지게 바라보면서 말했어요. "저게 캐서린 린턴이란 말야? 그이는 아마 내가 삐쳐서 장난 삼아 일부러 이러고 있는 줄 아는 모양이지? 내가 끔찍이도 진지하다는 사실을 그이에게 알려 줄 수 없어? 넬리, 이미 너무 늦은 게 아니라면, 그이의 마음이 어떤지 알아본 후 둘 중 하나를 택하겠어. 굶어 죽든지 ― 그에게 인정머리가 없다면 벌이 되지도 않겠지만 ― 아니면 회복한 후 이 고장을 떠나 버리겠어. 넬리는 지금 그이에 대해서 사실을 말하고 있는 거야? 잘 생각하고 답해. 그이는 정말로 내가 죽든 살든 전혀 무관심한 눈치야?"

"아니에요, 아씨." 제가 대답했지요. "서방님은 아씨의 정신이 이상하다는 건 모르고 계세요. 물론 굶어 돌아가실 거라는 염려도 하지 않고요."

"그렇게 생각해? 내가 굶어 죽고 말 거라고 그이에게 말해 줄 수는 없어?" 그녀가 말하더군요. "잘 얘기하란 말이야, 넬리 생각이 그렇다는 식으로. 내가 틀림없이 잘못될 거라고 가서 말해!"

"깜빡하셨나 봐요, 아씨!" 제가 기억을 환기했지요. "오늘 저녁엔 맛있게 음식을 드신 걸 말예요. 내일이면 그 효과가 나타날 건데요, 뭘."

"내가 죽으면 그이도 따라 죽을 게 확실하다면," 그녀가 제 말을 가로막았어요. "당장이라도 죽을 텐데! 그 지긋지긋한 사흘 밤동안 난 눈을 붙인 적이 없어. 얼마나 고통을 당했는지 몰라! 난 가위에 눌린 듯 괴로웠어, 넬리. 그런데 넬리는 날 좋아하지 않는 것 같아. 이상하기도 하지! 모든 사람이 서로 미워하고 멸시하지만 날 사랑하지 않을 수 없다고 생각했는데, 몇 시간 만에 모두 등을 돌리고 적이 되었어. 정말 그렇단 말이야. 이 집 사람들의 싸늘한 얼굴에 둘러싸여 죽음을 맞이한다면 얼마나 삭막하겠어! 내가 죽는 걸 보는 게 끔찍하고 무섭다며 이사벨라는 이 방에 들어오려고 하지도 않을 거야. 에드거는 얼른 끝났으면 하고 엄숙하게 서 있겠지. 그러고는 자기 집에 평화가 돌아온 것에 대해 하느님께 감사 기도를 드리고 또 책 있는 데로 돌아가겠지! 조금이라도 감정이 있는 사람이라면 내가 죽어 가는 마당에 어떻게 책을 읽을 수 있겠어?"

제가 그렇게 생각하도록 만든 것이었지만, 남편이 철학적인 체념에 빠져 있다는 생각을 하자 그녀는 참을 수 없었던 모양입니다. 몸을 뒤척이면서 미친 것처럼 열에 들떠 이로 베개를 물어뜯다가는 온몸이 불덩이가 되어 일어나서 제게 창문을 열어 달라고 하더군요. 저는 한겨울 북동풍이 강하게 불고 있어서 창문을 열

수 없다고 말했지요.

그녀의 얼굴에 스치는 표정이나 기분의 변화를 눈여겨본 저는 무척 걱정이 되었고, 그녀가 전에 아팠던 일과 성미를 건드리지 말라는 의사의 말이 떠오르기도 했어요.

1분 전까지도 미쳐 날뛰던 린턴 부인은 이번에는 한쪽 팔을 괴고 앉아서, 제가 창문을 열라는 명령을 거부한 것도 잊고 베개를 이로 물어뜯어 놓은 곳에서 깃털을 꺼내 종류별로 시트 위에 늘어놓는 어린애 같은 장난을 하고 있었어요. 그녀는 벌써 다른 생각으로 옮겨 갔나 봅니다.

"이건 칠면조 깃털이야." 이렇게 혼자 중얼거리더군요. "그리고 이건 들오리 깃털이고, 이건 비둘기 깃털이야. 아하, 비둘기 깃털을 베개 속에 넣었군. 어쩐지 죽을 수 없더라니! 잘 때 잊어버리지 말고 방바닥에 버려야겠군. 그리고 이건 붉은 뇌조의 깃털이고, 이건 — 아무리 깃털이 많아도 금방 알겠어 — 도요새의 깃털이야. 귀여운 새지. 벌판 한복판에서 우리 머리 위를 빙빙 돌았지. 구름이 언덕 위에 드리우고 비가 올 것 같으면 둥지로 돌아가려고 했지. 이 깃털은 벌판에서 주운 거야. 새를 쏘지는 않았어. 겨울에 둥지를 보니까 조그마한 해골들이 소복이 들어 있었어. 히스클리프가 그 위에 덫을 놓았기 때문에 엄마 아빠 새가 가까이 오질 못했던 거야. 그 뒤로 난 도요새는 쏘지 말라는 약속을 받아 냈고, 히스클리프는 쏘지 않았지. 그래, 여기 또 있군! 히스클리프가 내 도요새를 쐈던가, 넬리? 붉은 깃털이 그중에 있어, 넬리? 보여 줘."

"어린애 같은 짓 그만둬요." 저는 말을 가로막고 베개를 빼앗아 찢어진 구멍을 매트리스 쪽으로 놓았습니다. 그녀가 그 안에 든 깃털을 한 주먹씩 꺼내기 시작했기 때문이지요. "누워서 눈을 감아요. 아씨는 헛소리를 하는 거예요. 다 어질러 놓았네! 깃털이 눈처럼 날리고 있잖아요."

저는 이리 뛰고 저리 뛰면서 흩날린 깃털을 주워 모았어요.

"넬리." 린턴 부인이 꿈꾸듯 말을 이어 갔어요. "내 눈에는 넬리가 나이 든 할머니로 보여. 넬리는 백발에 허리가 꼬부라졌어. 이 침대는 페니스톤 절벽 아래 있는 요정의 동굴인데, 넬리는 우리 암소 떼에 해코지를 하려고 돌촉을 줍고 있어. 내가 가까이 가면 양털을 줍는 체하면서. 지금부터 50년 후에 넬리는 그렇게 될 거야. 지금은 아니라는 건 알아. 나 정신이 오락가락하는 거 아냐. 그건 잘못 안 거야. 그렇다면 정말 넬리는 그 쪼그랑 할머니고 난 페니스톤 절벽 아래 있다고 생각할 거야. 하지만 지금은 밤이고 테이블에 촛불이 두 자루 켜 있어서 저 검은 옷장이 새까만 구슬처럼 빛나고 있는 걸 알아."

"검은 옷장? 그런 게 어디 있어요? 아씨는 잠꼬대를 하고 있는 거예요!"

"예전부터 있었잖아, 벽 쪽으로. 이상하기도 해라. 그 안에 얼굴이 보여!"

"이 방에는 옷장이 없고, 옷장이 있었던 적도 없어요." 이렇게 대꾸하고 저는 그녀를 잘 지켜봐야겠다는 생각에 커튼을 걷고 다시 자리에 앉았답니다.

"저 얼굴이 보이지 않아?" 그녀는 열심히 거울을 보면서 묻더군요.

그리고 아무리 해도 자기 얼굴이 비친 것임을 납득시킬 수가 없어 일어나서 숄로 거울을 덮어 버렸지요.

"아직도 저 뒤에 있어!" 그녀는 걱정스러운 듯이 말을 이었습니다. "그리고 움직였어. 누굴까? 넬리가 나가고 난 다음 다시 나타나면 어떻게 해! 아! 넬리, 이 방에 유령이 나오는 거야. 혼자 있는 게 무서워!"

저는 그녀의 손을 잡으며 진정하라고 했습니다. 부들부들 떨며 몸을 뒤틀면서도 거울 쪽을 보려고 기를 쓰고 있었기 때문이지요.

"이 방에는 아무도 없어요!" 제가 힘주어 말했어요. "그건 아씨예요. 아씨, 아까는 알고 있었잖아요."

"나라고?" 그녀는 신음하듯 말했습니다. "시계가 12시를 치고 있어! 그러니까 사실인 거야? 아이, 무서워!"

그녀는 손가락으로 옷을 거머쥐더니 눈을 가리더군요. 저는 린턴 씨를 부를 양으로 문 쪽으로 살그머니 가려고 했는데 날카로운 비명 소리에 돌아서고 말았지요. 거울에서 숄이 떨어졌던 거예요.

"왜, 왜 그러세요?" 제가 외쳤습니다. "이제 보니 아씨는 겁쟁이군요? 정신 차려요! 저건 거울, 거울이에요. 아씨, 거울에 아씨가 비친 거예요. 그리고 아씨 옆에 이 넬리도 있고요."

놀라움에 떨면서 그녀는 저를 꼭 붙잡았지만 차차 얼굴에서 공포의 빛이 사라지더군요. 하얗게 질렸던 얼굴이 이번에는 부끄러움으로 붉어졌습니다.

"어머나! 난 집에 있는 줄 알았어." 그녀가 한숨을 토하더군요. "난 워더링 하이츠의 내 방에 누워 있는 줄 알았어. 허약해지고 머리가 혼란스러워 나도 모르게 소리 질렀어. 아무 말 하지 말고 나와 함께 있어 줘. 난 잠드는 게 두렵고 가위눌리는 꿈은 이제 진저리가 나."

"한잠 푹 자고 나면 괜찮을 거예요, 아씨." 제가 다독거렸습니다. "이만큼 고생했으니 다시는 단식한다고 하지 않으면 좋겠어요."

"아, 우리 집 침대에 누워 있다면 얼마나 좋을까!" 린턴 부인은 애처롭게 두 손을 쥐어짜면서 말을 계속했어요. "창밖에 서 있는 전나무를 잡아 흔들던 그 바람 소리. 그 바람을 쐬게 해 줘. 바로 저 황야를 가로질러 불어오니까. 그 바람을 한 번만 들이마시게 해 줘!"

그녀를 진정시키려고 잠시 창문을 열었지만, 차가운 바람이 휘몰아치기 전에 얼른 다시 닫고 제자리로 돌아왔습니다.

캐서린은 눈물로 얼굴을 적신 채 가만히 누워 있었어요. 지칠 대로 지쳐서 움직일 기운도 없었던 거예요. 성미가 불같았던 캐서린 아씨가 울보 아이 꼴이 된 거지요!

"내가 여기 틀어박힌 지 며칠이나 된 거야?" 그녀가 갑자기 생기를 띠면서 물었어요.

"월요일 저녁부터였어요." 제가 대답했습니다. "그리고 지금은 목요일 밤, 아니 금요일 새벽이에요."

"뭐! 같은 주 금요일이란 말이지?" 그녀가 외치더군요. "그것밖에 안 됐어?"

"물만 마시고 화를 내면서 무던히도 버틴걸요, 뭐." 제가 말했지요.

"아무튼 지쳐 빠질 정도로 지루한 시간이 지난 것 같은데." 그녀는 못 믿겠다는 듯 중얼거렸어요. "더 오래 지난 게 틀림없어. 둘이 한바탕 싸우고 난 다음 응접실에 있었던 건 생각나. 에드거 때문에 화가 머리끝까지 치밀어 될 대로 되라는 마음에 이 방으로 달려왔지. 문을 닫아걸고 난 다음 눈앞이 캄캄해지더니 방바닥에 쓰러졌던 거야. 에드거가 계속해서 날 괴롭히면 발작을 일으키거나 발광할 게 확실한데 잘 설명할 수 없었어. 내 혀도 머리도 마음대로 움직여 주질 않아서 에드거는 내가 당하는 고통을 알 수 없었지. 그의 목소리가 들리지 않는 곳으로 피해야 한다는 생각만 겨우 했을 뿐이야. 의식을 회복했을 때는 벌써 날이 새고 있었어. 그리고 넬리, 내가 무슨 생각을 했고, 정신을 놓는 것이 아닐까 겁이 날 정도로 되풀이해서 머릿속에 떠오른 생각이 무엇이었는지 말해 줄게. 저 테이블 다리에 머리를 기대고 누워 희뿌예지는 네모난 창을 어렴풋이 바라보며 난 옛집의 그 참나무 장 침상에 누워 있다고 생각한 거야. 그러자 굉장한 슬픔으로 가슴이 미어지는 것 같았는데, 막 눈을 뜬 참이었기 때문에 왜 슬픈지 이유는 모르겠더라. 난 곰곰이 생각하면서 무엇 때문인지 알아내려고 애썼어. 그런데 이상하게도 지난 7년 동안 살아온 것이 몽땅 공백이 되어 버린 거야. 도대체 그 7년의 기간이 있었다는 것조차 생각나질 않았어! 난 어린아이로 돌아갔고 아버지가 돌아가시고 얼마 지나지 않았을 즈음이었는데 힌들리 오빠가 히스클리프와 같이 놀아서는 안 된다고 해서 슬퍼하고 있었어. 난생처음 혼자 누워 밤새 울고 참담한 심정으로 깜박 졸다가 잠이 깨서 미닫이를 밀려고 손을 들었지. 그런데 손에 테이블이 잡히는 거야! 계속 더듬다가 양탄자를 쓸어내리고 나서야 갑자기 기억이 되살아나자 그때까지의 슬픔이 절망적인 발작으로 휘몰아쳤어. 왜 그렇게 미칠 듯이 슬펐는지는 모르겠어. 틀림없이 일시적인 정신 착란이었을 거야. 별다른 원인이 있었던 건 아니니까. 하지만 열두 살 먹은 내가 워더링 하이츠와 어린 시절부터 친숙했던 모든 것과 그 당시 나의 전부였던 히스클리프와 생이별을 하고 단박에 린턴 부인이며 스러시크로스 그레인지의 안주인이자, 낯선 사람의 아내가 되었다고 생각해 봐. 그때까지의 자기 세계에서 쫓겨나 버림받은 사람이 되었다고 생각해 보란 말이야. 그러면 내가 느꼈던 절망의 깊이를 조금이나마 가늠할 수 있을 거야! 마음껏 고개를 설레설레 흔들어. 내가 평정심을 잃는 데 넬리도 한몫한 셈이니까. 넬리가 에드거에게 진언(進言)을 했어야지. 날 가만히 놔두라고 간곡히 말했어야지. 난 몸이 불덩이 같아! 밖으로 나갔으면, 다시 아이 때로 돌아갔으면. 야만인같이 억세고 자유롭던 그때…… 상처를 입더라도 웃어넘기고 미친 듯 화를 내거나 하지 않았는데! 내가 왜 이렇게 달라졌지? 왜 몇 마디 말에 미칠 듯 피가 끓어오를까? 히스가 무성한 저 언덕으로 돌아가면 난 틀림없이 정신이 날 거야…… 다시 창문을 활짝 열어 봐. 빨리. 왜 가만히 있어?"

"감기 들어 죽게 만들 수는 없으니까 그렇죠." 제가 대답했지요.

"내게 살 기회를 주지 않겠단 말이지." 그녀가 퉁명스럽게 말했습니다. "하지만 아직 절망적인 상태는 아니니까. 내가 열겠어."

그러고는 제가 말릴 겨를도 없이 침대에서 미끄러져 내려오더니, 매우 불안정한 걸음걸이로 방을 가로질러 창문을 활짝 열고 칼날같이 차가운 공기도 아랑곳하지 않고 창밖으로 몸을 내밀더군요.

저는 만류를 하다 나중에는 억지로라도 침대로 끌고 가려 했지요. 그러나 정신 착란 상태인 그녀를 도저히 힘으로 당할 수 없음을 곧 깨달았어요. (이어진 행동과 헛소리로 그녀가 정신 착란에 빠졌음을 확신하게 되었죠.)

달도 없는 밤이어서 지상의 모든 것이 안개 같은 어둠에 덮여 있었답니다. 먼 곳이든 가까운 곳이든 불빛이 새어 나오는 집이 없었어요. 모두 불을 끈 지 오래되었고, 워더링 하이츠의 불빛은 원래 여기서 보이지 않거든요. 그런데도 그녀는 옛집의 불빛이 보인다고 우기는 거예요.

"저 봐!" 그녀는 열에 들떠 외쳤어요. "촛불 켜진 방, 나뭇가지들이 앞에서 흔들리는 방이 내 방이야. 그리고 촛불이 켜진 또 다른 방은 조지프의 다락방이야. 조지프는 언제나 늦게까지 잠자리에 들지 않아. 내가 집에 돌아온 뒤 문을 잠그려고 기다리고 있는 거야. 아직 한참은 더 기다려야 할걸. 길도 험하고 마음도 무거우니. 게다가 집으로 돌아가려면 기머턴 장로교회를 지나야 하잖아. 우리는 유령 같은 건 무섭지 않다고 서로 무덤에 올라서서 유령 불러내기를 하곤 했지. 그런데 히스클리프, 지금도 해 볼 테면 해 보라고 내기를 걸면 한번 해 볼래? 그러면 난 널 잡아 둘 거야. 나 혼자 거기 누워 있지 않겠어. 열두 자 깊이로 날 묻고 그 위에 교회를 세워 놓아도 네가 함께 있지 않으면 난 편안히 잠들지 못할 거야. 결코 잠들지 못할 거야!"

그녀는 잠시 말을 끊었다가 묘한 웃음을 띠면서 다시 말을 이어 갔어요. "그가 생각해 보겠대. 내가 오는 게 좋겠다는데! 그러면 길을 찾아봐야지! 교회 묘지를 지나가는 길 말고……. 뭘 꾸물대는 거야. 투덜대지 마. 넌 언제나 내 뒤를 따라왔잖아!"

제정신이 아닌 사람을 설득해 보아야 소용이 없다는 생각에, 그녀를 잡은 채 손을 뻗어 몸에 두를 만한 것을 낚아채려고 둘러보았습니다. 창가에 그녀를 혼자 놓아두는 게 마음이 놓이질 않았던 거죠. 그때 놀랍게도 손잡이가 덜거덕거리더니 린턴 씨가 들어왔습니다. 서재에서 나와 복도를 지나가다 말소리가 들리자 호기심 반 걱정 반으로 늦은 밤중에 무슨 일인지 알아봐야겠다고 마음을 먹은 모양입니다.

"아, 서방님!" 눈에 보이는 광경과 싸늘한 방의 한기에 놀란 그가 소리치기 전에 제가 얼른 말을 가로막았지요. "가여운 우리 아씨가 병이 났는데 제 힘으론 감당이 안 되네요. 제 말은 듣지 않으니 오셔서 잠자리에 들라고 말씀 좀 해 주세요. 자기 몸도 못 가눌 지경이니 노여움을 푸세요."

"캐서린이 아픈 거야?" 그는 서둘러 우리 쪽으로 다가오면서 말했습니다. "창문을 닫아, 엘렌! 캐서린! 왜—.

린턴 씨는 말을 잇지 못하더군요. 아내의 초췌한 모습을 보고 말문이 막힌 거예요. 그리고 얼굴이 하얗게 질릴 정도로 놀라서 아내와 저를 번갈아 바라볼 뿐이었어요.

"아씨가 방에서 혼자 속을 끓이고 있었나 봐요." 제가 말을 이었지요. "거의 아무것도 먹지 않고 아프다는 말도 없었죠. 오늘 저녁까지 아무도 방에 들여놓으려고 하지 않아서 저희도 몰랐어요. 그래서 서방님께 말씀드리지 못했는데, 별일은 아니에요."

제가 생각해도 서투른 변명이었습니다. 린턴 씨는 얼굴을 찌푸렸어요. "별일이 아니라니, 엘렌 딘?" 그가 준엄하게 나무라더군요. "이렇게 되도록 내가 몰랐던 이유를 좀 더 똑똑히 설명해 봐!" 그러고는 아내를 품 안에 안고 괴로운 마음으로 바라보았답니다.

처음에는 남편도 못 알아보는 눈치였어요. 그녀의 멍한 눈길에 그는 보이지도 않았던 거지요. 그러나 완전히 정신이 나간 것은 아니라서 물끄러미 바라보던 어둠에서 눈을 떼고 조금씩 그에게 초점을 맞추자 자기를 안고 있는 사람이 누구인지를 알아본 모양이었습니다.

"아하! 당신이 왔네, 에드거 린턴?" 노기를 띤 그녀가 말했어요. "당신은 원할 때는 없고 전혀 원하지 않을 때 눈에 띄는 그런 것이군! 이제 실컷 탄식할 때가 올 거야 ― 그렇게 될 걸 난 알아 ― 아무리 탄식해도 저 너머 비좁은 나의 집으로 못 가게 할 수는 없을걸. 봄이 가기 전에 내가 가기로 되어 있는 안식처! 저기야. 교회 안의 린턴가 사람들과 함께가 아니라 야외 묘석 밑에 묻히겠어. 당신은 조상들이 묻힌 데로 가든, 내가 묻힌 데로 오든 마음대로 해!"

"캐서린, 도대체 어떻게 된 거요!" 린턴 씨가 말했습니다. "당신에게 이제 나라는 사람은 아무것도 아니란 말이오? 당신은 그 녀석을 사랑하는 거요? 그 히스—"

"쉿!" 린턴 부인이 가로막았습니다. "그만둬, 지금 당장. 당신이 그 이름을 입 밖에 내면 창문에서 뛰어내려 끝장을 내겠어! 지금 당신이 안고 있는 건 당신 거라고 해도 좋아. 그러나 당신이 나를 다시 안기 전에 내 영혼은 저 언덕 꼭대기에 가 있을 거야. 난 당신이 필요하지 않아. 당신이 필요할 때는 지났어…… 당신은 책 있는 데로 돌아가. 위안거리가 있어 다행이군. 당신이 가졌던 나는 사라져 버렸으니까."

"아씨는 정신이 오락가락해요." 제가 말참견을 했습니다. "저녁 내내 헛소리만 하고 있어요. 그렇지만 안정하고 적절히 간호하면 나을 거예요. 앞으로는 아씨의 기분을 거스르지 않도록 조심해야겠어요."

"이제 더 이상의 충고는 필요 없네." 린턴 씨가 대답했습니다. "안사람의 성질을 잘 알면서 넬리는 그녀를 괴롭히라고 날 충동질한 거야. 게다가 지난 사흘 동안 어떻게 지내는지 조금도 알려주지 않았지! 몰인정하기는! 몇 달을 앓아도 이렇게 변할 순 없을 거야!"

고약한 고집을 부리는 사람 때문에 야단을 맞는 게 너무 억울해서 저는 변명을 시작했어요!

"아씨가 고집이 세고 뭐든 제멋대로 해야 한다는 건 알고 있어요." 제가 큰 소리로 대답했습니다. "그렇지만 서방님께서 아씨의 격한 성미를 부추기고 싶어 하신다는 건 몰랐네요! 아씨의 비위를 맞추기 위해 히스클리프 씨를 눈감아 줘야 한다는 것도 몰랐습니다. 저는 충직한 하인의 의무를 다하느라고 서방님께 말씀드린 거고, 충직한 하인에게 주는 보답을 받은 셈이군요! 좋습니다. 이 일로 다음부턴 조심해야겠다는 교훈을 배웠어요. 다음번에는 서방님께서 직접 알아보도록 하시죠!"

"이다음에 내게 고자질을 하러 오면, 이 집에서 내보내겠네, 엘렌 딘." 린턴 씨가 이렇게 대답했습니다.

"그렇다면 서방님은 차라리 아무 이야기도 듣지 않으시겠다는 거죠?" 제가 말했지요. "히스클리프 씨가 이사벨라 아가씨에게 구혼하러 드나들어도 무방하고, 서방님이 안 계실 때마다 찾아와서는 아씨의 마음을 헤집어 놓아도 좋다는 말씀인가요?"

정신이 혼미하기는 했지만 캐서린은 우리의 대화에서 저간의 사정을 추리할 만큼 제정신이 들었나 봅니다.

"아! 넬리가 배반자였군." 그녀는 격분해서 소리를 쳤습니다. "넬리가 나의 숨은 원수였구나. 이 마녀 같은 년! 네년이 우리를 해치려고 정말 돌촉을 찾고 있었구나! 자, 이 손 놓아. 저년이 뉘우치도록 하고야 말겠어! 큰 소리로 잘못했다는 말을 듣고 말겠어!"

눈에서 광인의 분노가 번쩍이더군요. 그녀는 남편의 품 안에서 벗어나려고 필사적으로 몸부림쳤어요. 저는 그 자리에 더 있고 싶은 생각이 없어서 의사를 불러와야겠다고 독자적으로 결정을 내리고 방에서 나왔답니다.

정원을 지나 큰길로 나서기 전에, 말을 매는 고리를 박아 놓은 담벼락에 뭔가 허연 게 불규칙적으로 — 바람이 불어서 그런 건 분명히 아닌데 — 흔들리는 게 눈에 띄었어요. 마음이 바빴지만 나중에라도 틀림없이 유령이었지 하고 생각하게 될까 봐 걸음을 멈추고 살펴보았습니다.

볼 때는 잘 몰랐는데 만져 보니 이사벨라의 애완견 스패니얼 패니여서 혼비백산했답니다. 누군가 손수건으로 목을 매달아 숨이 넘어가기 직전이었지요.

저는 얼른 끈을 풀어 개를 정원에 놓아주었어요. 그놈이 이사벨라가 자러 올라갈 때 쫓아서 위층으로 가는 걸 보았는데, 어떻게 거기 나와 있는지, 그리고 어떤 고약한 인간에게 그런 변을 당했는지 알 수 없는 노릇이었습니다.

고리에 묶어 놓은 매듭을 푸는 동안 멀어져 가는 말발굽 소리가 계속 들리더군요. 여러 가지 생각에 몰두해 있던 터라, 새벽 2시에 근방에서 말발굽 소리가 나는 게 이상한 일이었지만 크게 마음에 두지 않았지요.

제가 의사 선생 댁 앞길로 들어서자 마침 케네스 선생이 마을로 왕진을 가려고 집을 나서던 중이었어요. 린턴 부인이 아프다는 이야기를 했더니 곧 저를 따라나섰습니다.

케네스 선생은 직설적이고 소탈한 분이지요. 캐서린이, 지난번보다 자기 지시를 더 잘 따른다면 모르되, 두 번째 발병을 이겨 낼 것 같지 않다고 솔직하게 털어놓는 거예요.

"넬리 딘, 병이 재발된 데 추가 원인이 있다는 생각을 떨칠 수 없는걸. 그 댁에 무슨 일이 있었던 건 아닌가? 이상한 소문이 퍼졌어. 캐서린같이 건강하고 혈기 왕성한 아가씨는 별것 아닌 일로 병이 나지는 않는데, 일단 병이 나면 큰일이지. 그런 사람들일수록 열병이나 뭐 그런 걸 이겨 내게끔 치료하기 힘들거든. 그래, 발단이 뭐였나?"

"저희 서방님께서 말씀하실 거예요." 제가 얼버무렸지요. "선생님도 언쇼 집안사람들의 격한 성질을 알고 계시잖아요. 린턴 부인은 그중에서도 으뜸가니까요. 이 정도는 말씀드려도 될 것 같네요. 시초는 말다툼이었어요. 아씨가 화가 나서 펄펄 뛰는 동안 발작이 일어난 거예요. 아씨의 말에 따르면, 그래요. 화가 머리끝까지 난 상태에서 방으로 뛰어 들어가 문을 걸어 잠그고 식사도 걸렀거든요. 지금은 헛소리를 하다가 멍하니 있다가 오락가락한답니다. 옆에 있는 사람들은 알아봅니다만 머릿속은 온갖 이상한 생각과 환각으로 가득 차 있어요."

"린턴 씨가 마음 아파할까?" 케네스 씨가 캐묻듯 묻더군요.

"마음 아파할 거냐고요? 만약 무슨 일이 생기면 가슴이 찢어질 거예요!" 제가 대답했지요. "그러니까 필요 이상으로 그분을 놀라게 하지 마세요."

"그래? 조심하라고 말했는데." 케네스 씨가 말했습니다. "내 경고를 소홀히 해서 생긴 일이니 감수해야겠지. 그 댁 주인 양반은 최근에 히스클리프 씨와 가깝게 지내지 않았는가?"

"히스클리프 씨가 자주 찾아왔지요. 그러나 어렸을 적 아씨와의 친분 때문이지 서방님은 좋아하지 않아요. 지금은 방문 금지를 당한 상태입니다. 주제넘게도 저희 아가씨를 넘보았기 때문이죠. 아마 다시는 집에 들여놓지 않을걸요."

"그렇다면 린턴 양은 그에게 관심이 없는가?" 의사 선생이 재차 물었습니다.

"아가씨는 제게 속마음을 털어놓지 않는답니다." 저는 그 이야기를 화제로 삼기 싫어서 이렇게만 대답했지요.

"물론 안 하지. 깜찍한 처녀거든." 그는 고개를 내저으며 말했지요. "비밀을 털어놓을 리 있나. 하지만 정말 어수룩한 바보야. 간밤에 — 아주 멋진 밤이었어! — 이사벨라와 히스클리프가 스러시크로스의 수목원을 두 시간 이상 거닐었다고, 믿을 만한 소식통을 통해 들었다네. 그런데 히스클리프가 이사벨라에게 집으로 돌아가지 말고 자기 말을 타고 함께 도망치자고 졸랐던 모양이야. 내 소식통에 의하면, 다음번 만날 때 그러기로 굳게 약속하고 그 자리를 겨우 빠져나갔다고 하더군. 그 다음번이 언제인지는 듣지 못했다는데, 린턴 씨에게 정신 바짝 차리고 조심하라고 전하게!"

그 이야기를 듣고 제 마음은 새로운 걱정으로 가득 찼지요. 케네스 씨를 뒤로하고 뛰다시피 집으로 돌아왔습니다. 강아지는 아직도 뜰에서 짖고 있더군요. 저는 잠시 걸음을 멈추고 문을 열어주었지만, 현관 쪽으로 가지 않고 풀밭 여기저기를 킁킁거리며 돌아다니는 것이었어요. 제가 그놈을 붙잡아 데리고 들어가지 않았더라면 큰길 쪽으로 빠져나갔을 거예요.

이사벨라의 방에 올라가 보니 걱정했던 바가 현실로 나타났습니다. 방은 비어 있었어요. 제가 몇 시간만 빨리 들여다봤더라도 새언니가 병이 난 것을 알았을 것이고, 그랬다면 경솔한 행동을 하지 않았을 텐데. 하지만 이제 와서 무엇을 어떻게 한단 말입니까? 당장 뒤쫓는다면 따라잡을 가능성도 없지는 않지만, 제가 추격을 벌일 수 없는 노릇이고, 온 집안을 깨워서 소동을 피울 수도 없고, 게다가 린턴 씨에게 알릴 생각은 더욱이 없었습니다. 당면한 큰 불행에 넋을 잃은 터에 두 번째 슬픔에 마음 쓸 여유가 있었겠어요!

입을 다물고 일이 되어 가는 대로 둘 수밖에 없다고 생각했답니다. 그때 케네스 씨가 도착해서, 우거지상을 하고 의사 선생을 안내했습니다.

캐서린은 괴로운 표정으로 잠들어 있었어요. 그녀의 남편이 광란 상태를 가라앉히는 데 성공한 모양이더군요. 그는 그녀의 머리맡을 지키고 앉아 고통스러울 정도로 표정이 풍부한 이목구비의 명암과 변화를 하나하나 지켜보고 있었지요.

케네스 선생은 환자의 상태를 진찰하고 나서 주인에게는 계속 절대적인 안정을 취하도록 조처한다면 나을 거라고 희망적으로 말했습니다. 제게는 당면한 위험은 죽음이 아니라 아주 정신을 놓는 거라고 귀띔을 해 주었지요.

저는 그날 밤 눈을 붙이지 못했고 린턴 씨도 마찬가지였답니다. 우리는 아예 잠자리에 들지도 않았어요. 그리고 하인들도 모두 보통 때보다 훨씬 일찍 일어나 발소리를 죽이고 집 안을 오가며 자기 일을 하다가 얼굴이 마주치면 수군댔지요. 모두 일어났는데 이사벨라만 보이지 않았어요. 그래서 다들 잠이 깊이도 들었다고 한마디씩 했답니다. 린턴 씨도 누이동생이 얼굴이라도 내밀기를 기다리면서 일어났는지 물었고, 올케 걱정은 하지도 않는 것에 다소 섭섭한 눈치였어요.

저는 이사벨라를 데려오라고 할까 봐 떨고 있었지요. 그런데 그녀가 도망쳤다는 소식을 처음으로 알리는 고역을 면했어요. 아침 일찍 기머턴에 심부름을 갔던 하녀 하나가 — 철없는 계집애였지요 — 입을 헤벌리고 숨이 턱에 찬 채 위층 방으로 뛰어 올라와 이렇게 외치는 거예요.

"아이고, 이 일을 으째요! 다음엔 또 먼 일이 일어나려구! 서방님, 서방님, 아가씨께서—"

"조용히 해!" 저는 요란을 떠는 그녀에게 화를 내며 얼른 제지했지요.

"목소리를 낮춰, 메리. 무슨 일인가?" 린턴 씨가 말했어요. "이사벨라가 어디 아픈 거야?"

"아가씨가 집을 나갔대요. 글쎄, 도망쳤다구요! 히스클리프란 작자가 아가씨를 델구 달아났대요!" 그 계집애는 숨을 헐떡이며 말했어요.

"그럴 리가 있나!" 린턴 씨는 놀라 벌떡 일어나면서 소리쳤지요. "그럴 리 없어. 어떻게 그런 생각을 한 거야? 엘렌 딘, 가서 이사벨라를 찾아오게. 믿을 수 없어. 그럴 리 없어."

이렇게 말하면서 그는 하녀를 문간 쪽으로 끌고 나가 어떤 근거로 그런 말을 하는지 다그쳐 물었습니다.

"글쎄, 우유 배달 허는 아이를 길에서 만났거덩요." 그 애가 더듬거리면서 설명했습니다. "우리 집에서 큰 소동이 나지 않았냐고 문대요. 마님이 편찮으신 걸 갖고 그러려니 혀서 그렇다고 말혔지요. 그렸더니 이르케 말허지 않었어요. '물론 누가 잡으러 갔겄제?' 제가 멍허니 쳐다보니까 암것도 모르는구나 싶었는지 이렇게 말하대요. 간밤에 자정 좀 지나서 기머턴에서 2마일쯤 떨어진 대장간에 옷을 잘 채려입은 남자와 여자가 들어와서는 말에 편자를 박아 달라구 하드래요! 그래서 대장간 집 딸이 일어나 뉜구 싶어 내다보았나 봐요. 그 처녀는 히스클리프와 아가씨를 본 적이 있대요. 남자를 유심히 보니 히스클리프가 틀림없드래요. 하긴 잘 못 알아보기 힘든 얼굴이지요. 품삯으로 자기 아버지 손에 1파운드짜리 금화를 쥐어 주더라나요. 여자는 망토로 얼굴을 가리고 있었는디 물을 한 모금 달라고 혀서 마실 때 망토가 미끄러져 얼굴을 똑똑히 봤다나요. 히스클리프는 고삐를 둘 다 잡고 마을 반대 방향의 험한 길로 말을 달려 최대한 빨리 달려갔대요. 그 처녀가 자기 아버지에게는 아무 말도 허지 않고 오늘 아침 온 마을에 소문을 퍼뜨린 거지요."

저는 달려가서 형식적으로나마 이사벨라의 방을 들여다보았지요. 그리고 하녀가 한 말이 사실임을 보고하려고 돌아오자 린턴 씨는 침대 머리맡에 다시 앉아 있더군요. 눈을 들어 멍청한 제 표정의 의미를 알아차리고 아무 말이나 지시 없이 다시 눈을 내리깔았습니다.

"쫓아가서 아가씨를 데려오려면 무슨 방도를 취해야 할까요?" 제가 물었습니다. "어떻게 해야 할까요?"

"그 애는 제 발로 걸어 나갔네." 린턴 씨의 대답이었어요. "가고 싶으면 갈 권리가 있지. 그 애의 일로 날 성가시게 하지 말게. 이제부터 그 애는 명목상의 누이일 뿐일세. 내가 인연을 끊은 게 아니라 그 애가 인연을 끊은 거지."

그 문제에 관해 린턴 씨가 한 말은 그게 전부였습니다. 그는 더 이상 아무것도 묻지 않았고, 어떤 식으로든 누이동생에 대한 언급을 하지 않았지요. 어디가 됐든 이사벨라가 새 보금자리를 꾸몄다고 알려 오면 집에 있는 그녀의 물건을 다 그리로 보내라고 지시했을 따름입니다.

제13장

    도망친 두 사람은 두 달간 돌아오지 않았습니다. 그 두 달 동안 린턴 부인은 뇌막염 진단을 받고 사경을 헤맸지만 결국 이겨 냈어요. 외동자식을 간호하는 어머니라도 그토록 헌신적으로 할 수 없을 만큼 린턴 씨는 지극 정성으로 아내를 돌보았답니다. 밤낮으로 병자 옆을 지키고 앉아 예민한 신경과 불안정한 정신 때문에 온갖 짜증을 부리는 것을 참을성 있게 받아 주곤 했지요. 케네스 씨는 린턴 씨가 아내를 죽음에서 건져 냈지만, ― 앞으로도 계속 걱정거리로 남는 것이 그가 받을 보상의 전부라고 말했습니다. 그래도 사실 린턴 씨의 건강과 기력은 사람 구실 못할 폐인을 살리느라 희생된 셈이었습니다 ― 생명에 지장이 없겠다는 확언을 받았을 때 린턴 씨의 감사와 기쁨은 말로 표현할 수 없을 정도였어요. 몇 시간이고 계속 그녀 옆에 앉아 차츰 기력을 회복하는 것을 지켜보면서, 그녀의 정신도 차츰 균형을 되찾아 머지않아 예전의 캐서린으로 돌아오리라는, 지나치게 낙관적인 희망을 품곤 했지요.

린턴 부인이 처음으로 거동할 수 있게 된 것은 다음 해 3월 초 순이었어요. 린턴 씨는 그날 아침 아내의 베개 위에 황금빛 크로 커스를 한 다발 갖다 놓았습니다. 잠에서 깬 그녀는 그 꽃다발을 보고는 열렬히 가슴에 끌어안았고, 오랫동안 기쁨이라곤 모르던 그녀의 눈이 기쁨에 반짝였지요.

"이게 하이츠에서 맨 먼저 피는 꽃이에요!" 그녀가 탄성을 질렀 습니다. "이 꽃을 보니 부드러운 봄바람, 따스한 햇살, 그리고 살 짝 녹은 눈이 생각나네요. 여보, 남풍이 불지 않아요? 눈은 이제 거의 녹았나요?"

"이곳 평지는 벌써 다 녹았소." 그녀의 남편이 대답했습니다. "황야 전체에 눈이 남아 있는 곳은 두 군데밖에 보이지 않아요. 하 늘은 푸르고, 종달새는 노래하고, 개울물 시냇물 할 것 없이 넘쳐 흐르고 있다오. 캐서린, 지난봄 이맘때에는 당신을 이 집으로 데 려오고 싶어 애태웠지. 그런데 지금은 당신이 저 언덕을 1~2마일 올라갈 수 있으면 하는 바람이 생겼소. 향기롭게 불고 있는 저 바 람을 쐬면 당신 몸도 나을 거요."

"그곳에 단 한 번 가고 그만일 거예요!" 환자가 대답했습니다. "그러면 당신은 날 두고 갈 테고, 난 영원히 그곳에 남겠죠. 다음 해 봄에도 당신은 이 지붕 아래 내가 있으면 하고 바랄 것이고, 오 늘 일을 돌이켜 보며 그때는 행복했는데 하고 생각할 거예요."

린턴 씨는 그지없이 살뜰하게 아내를 달래 주고, 정다운 말로 기분을 북돋아 주려고 애썼지요. 그러나 멍하니 크로커스 꽃을 바 라보는 린턴 부인의 속눈썹에 눈물이 맺히더니 뺨으로 주르르 흘러내리는 거예요.

우리는 그녀가 진짜 좋아졌다는 걸 알고 있었거든요. 그래서 이렇게 침울해하는 것도 오랫동안 한곳에 갇혀 있었기 때문이고, 거처를 바꾸면 기분이 조금은 나아지리라 생각했어요.

린턴 씨는 제게 여러 주일 쓰지 않은 응접실에 불을 지피고, 창가 볕이 드는 곳에 안락의자를 갖다 놓으라고 했습니다. 그러고 나서 아내를 데리고 내려왔지요. 그녀는 오래 그곳에 앉아서 아늑한 따스함을 즐겼고, 우리가 예상한 대로 주위의 여러 가지 물건들을 둘러보며 생기를 되찾았어요. 늘 보아 오던 것이었지만, 지긋지긋한 병실의 음울함이 연상되지 않았기 때문이었겠죠. 저녁 무렵에 그녀는 매우 지친 것 같았어요. 그러나 아무리 타일러도 자기 방으로 돌아가려고 하지 않아서 저는 다른 방이 준비될 때까지 거실 소파에 잠자리를 마련해야 했지요.

층계를 오르내리는 피로를 덜기 위해 우리는 응접실과 같은 층에 있는, 지금 록우드 씨가 누워 계시는 이 방을 침실로 만들었습니다. 얼마 안 가서 그녀는 남편의 팔에 의지해 이 방과 응접실을 오갈 수 있을 정도로 기운을 차렸답니다.

그토록 정성스러운 간호를 받았으니 이제 좋아지는 일만 남았다, 저는 이렇게 혼자 생각했어요. 그녀가 회복하기를 바라는 또 다른 이유가 있었던 것이, 린턴 부인이 살아야만 또 하나의 생명도 살 수 있는 거였거든요. 우리는 조금만 있으면 상속인이 될 아기가 태어나 린턴 씨의 마음도 기쁘게 하고, 그의 부동산이 남의 손으로 넘어가는 일이 없게 되리라는 희망을 가졌지요.

가출하고 6주쯤 지났을 때, 이사벨라가 오빠에게 짧은 편지를 보내 히스클리프와 결혼했음을 알렸다는 이야기를 빠뜨렸군요. 편지의 본문은 냉담하고 무미건조한 느낌을 주었지만, 편지지 하단에 애매한 사과의 말과 안부 인사, 그리고 자신의 행동이 오빠를 화나게 했다면 간절히 화해를 청한다고 연필로 깨알같이 적었더라고요. 그때는 자신의 마음을 어쩔 수 없었으며 일을 저지르고 난 다음에는 돌이킬 수 없었다는 거였어요.

　린턴 씨는 이 편지에 답장을 하지 않은 것으로 알고 있습니다. 두 주일 후 제게 긴 편지가 왔는데 신혼여행에서 갓 돌아온 신부가 쓴 것이라고 생각하기 어려운 뜻밖의 내용이었어요. 그 편지를 읽어 드리지요. 아직 갖고 있거든요. 살아 있을 적에 소중한 사람이었다면 그 사람의 유품 역시 소중한 것이니까요.

　엘렌에게, (이렇게 편지가 시작됩니다)

　간밤에 워더링 하이츠에 도착해서야 새언니가 많이 아팠고 아직도 아프다는 이야기를 처음 들었어. 새언니에게 편지를 써선 안 될 것 같고, 오빠 역시 내가 보낸 편지에 답장을 하기에는 너무 화가 나 있거나, 아니면 근심 걱정에 다른 생각을 할 겨를이 없을 것 같아. 그래도 누군가에게 편지를 써야만 해야겠는데 남은 사람은 엘렌뿐이었어.

　에드거 오빠에게 부디 이 말을 전해 줘. 오빠의 얼굴을 다시 볼 수 있다면 이 세상을 다 주겠노라고. 집을 떠난 지 24시간도 안 되어 이미 내 마음은 스러시크로스 그레인지로 돌아갔으며 그리고 이 순간에도 오빠와 새언니에 대한 사랑을 가득 담아 그곳에 머무르고 있다고! 그러나 내 몸은 마음을 따라 돌아갈 수는 없어. (이 문장에는 밑줄을 쳤습니다.) 그러니까 내가 오겠거니 기다릴 필요는 없다고 전해. 결론은 아무렇게나 내려도 좋은데, 내가 돌아가지 않는 건, 의지가 약하거나 애정이 없어서가 아니라는 걸 분명히 해 줘.

지금부터는 엘렌에게만 하는 이야기야. 엘렌에게 물어보고 싶은 일이 두 가지가 있어.

첫째는, 엘렌은 이 집에서 사는 동안 인간으로서의 공감력을 어떻게 잃지 않을 수 있었어? 이곳에 사는 사람들이 나와 공유하는 어떤 감정도 찾아볼 수 없어서 하는 말이야.

내가 아주 흥미를 갖고 있는 두 번째 질문은 이거야—.

히스클리프 씨가 사람이야? 사람이라면 미친 거야, 사람이 아니라면 악귀인 거야? 이렇게 묻는 이유는 말하지 않겠어. 그러나 엘렌이 알고 있다면 내가 결혼한 상대가 대체 무엇인지를 설명해 주기 바라. 엘렌이 나를 만나러 오면 말이야. 그리고 엘렌, 가능한 한 속히 찾아와 줘. 편지는 하지 말고 와 주어야 해. 그때 에드거 오빠로부터 무엇이든 갖고 오기를 빌어.

이제 나의 새 집 — 하이츠가 새 가정을 꾸미게 될 곳이라고 믿었으니까 — 에서 어떤 대접을 받았는지 이야기해 줄게. 육체의 안락을 위한 편의 시설이 없음을 화제로 삼는 건 그저 여담으로 해 보는 거야. 그런 시설이 없다는 걸 아쉬워하는 순간들을 제외하면 생각하지도 않아. 편의 시설이 없는 게 내 불행의 전부이고 나머지는 터무니없는 꿈이라면 난 기뻐서 웃고 춤출 거야!

우리가 황야로 들어섰을 때 해가 그레인지 뒤로 저물고 있었으니 6시쯤 되었나 봐. 나의 동반자는 반 시간쯤 머물면서 사냥터 숲이며 정원이며 아마 집까지도, 최대한 자세히 살펴보더군. 그래서 우리가 판석으로 포장한 하이츠의 마당에 도착해 말에서 내렸을 때는 이미 어두워졌지. 넬리의 옛 동료인 조지프가 실 심지 양초를 들고 나와 우리를 맞아 주었어. 그의 명성에 걸맞게 아주 정중하시더군. 먼저 내 얼굴 높이까지 촛불을 들이대고 심술궂게 흘겨보더니 아랫입술을 삐죽 내밀고 돌아서 버리는 거야.

그리고 마구간으로 두 필의 말을 끌고 들어갔다 다시 나타나더니 우리가 성(城)에라도 살고 있는 양 바깥 대문의 자물쇠를 채웠지.

히스클리프는 그와 이야기를 하느라 뒤처졌고, 난 부엌으로, 아니, 더럽고 지저분한 굴속으로 들어갔어. 넬리가 보면 옛날 그 부엌으로 알아보지도 못할걸. 넬리가 맡고 있던 때와는 아주 달라졌으니까.

벽난로 옆에는 왈패 같은 아이가 서 있었어. 팔다리가 억세고 옷은 더러웠는데 눈매와 입언저리가 어딘지 새언니를 닮은 데가 있더군.

'이 애가 에드거 오빠의 처조카로군.' 속으로 생각했지. '그러고 보면 내게도 조카뻘이 되네. 악수를 하고, 그래 뽀뽀를 해 줘야지. 처음부터 잘 사귀어 두는 게 좋겠다.'

아이의 통통한 손을 잡으려고 다가서면서, "안녕, 귀염둥이 도런님!" 이렇게 인사를 건넸지.

아이가 뭐라고 중얼거렸지만 알아들을 수 없었어.

"우리 친구 할래, 헤어턴?" 다시 말을 걸어 보았지.

계속되는 나의 노력에 욕설로 대답한 그 꼬마는 꺼지지 않으면 스로틀러를 풀어 물게 하겠다고 위협하는 것이었어.

"야, 스로틀러, 이리 와!" 그 꼬마 녀석이 구석에 누워 있던 잡종 불독을 작은 소리로 불러내더니, "자, 당장 나가지 못해?" 자못 위세를 부리면서 말하는 거야.

목숨이 아까운 나머지 시키는 대로 할 수밖에. 문밖으로 나와 다른 사람들이 오기를 기다렸는데 히스클리프는 어디 갔는지 보이지 않았어. 조지프는 내가 마구간까지 따라가 같이 들어가 달라고 부탁했는데도 날 노려보면서 구시렁거리더니 콧등에 주름을 잡고 이렇게 대답하더군.

"잘난 척! 척! 척허는 꼴이라니! 그런 말투를 알아듣는 기독교인이 어디 있담. 으스대며 거드름을 피우는 꼴이라니. 댁내가 말하는 걸 내가 으찌 알아듣겠냐구."

"나랑 집에 같이 가 달라고 말하는 거예요!" 귀머거리인가 싶어 큰 소리로 말했는데, 사실 그의 무례함에 기분이 많이 상했어.

"안 될 말이제. 헐 일이 또 있는걸." 그렇게 대꾸하더니 하던 일을 계속했어. 그러면서도 길쭉한 턱을 계속 움직이면서 내 옷과 얼굴 — 옷은 너무 화려했지만 얼굴은 그가 원하는 만큼 슬퍼 보였을 거야 — 을 몹시 경멸하는 표정으로 훑어보았어.

난 마당을 돌아 작은 쪽문을 지나 또 다른 문 있는 데로 가서 좀 예의 바른 하인이 나와 줄까 싶어 문을 두드렸지.

잠시 마음을 졸이며 기다리자 키가 크고 여윈 사내가 문을 열어 주더군. 그는 크라바트*도 하지 않았을뿐더러, 매무새가 몹시 꾀 죄죄했어. 어깨까지 늘어진 텁수룩한 머리칼이 얼굴을 가려 버렸 고, 눈은 새언니와 닮았지만 새언니의 눈에서 아름다움을 몽땅 제 거한 유령과 같은 눈이었어.

"용건이 뭐요?" 그는 음울하게 물었어. "댁은 누구요?"

"예전의 이름은 이사벨라 린턴이었어요. 절 아시잖아요. 최근에 히스클리프 씨와 결혼해서 그가 절 이리로 데리고 온 거예요. 당 신 허락을 받았겠지요."

"그럼 그가 돌아왔다는 거요?" 은자(隱者) 같은 사내는 굶주린 늑대처럼 눈을 번뜩이며 물었어.

"네, 지금 막 도착했어요." 내가 대답했지. "그런데 그 사람이 저를 부엌 문간에 세워 두고 어디로 갔어요. 그래서 제가 집 안으 로 들어가려고 하는데, 댁의 아이가 지켜 서 있다가 불독을 풀어 못 들어가게 하는 거예요."

"그 마귀 같은 놈이 약속을 지켰다니 잘됐군." 앞으로 내 집주 인이 될 사람은 이렇게 으르렁대며 히스클리프를 찾을 양으로 내 등 너머 어둠 속을 살피는 것이었어. 그러고는 혼잣말로 실컷 욕 지거리를 하다가 그 '악마'가 자기를 속였더라면 어떻게 했을지 위협의 말들을 덧붙이더군.

나는 두 번째 문을 찾아본 것을 후회하고, 그가 욕설을 퍼붓는 중에 슬쩍 가 버리려고 했어. 하지만 그러기 전에 그가 들어오라고 하더니 문을 다시 걸어 버리더군.

커다란 벽난로 불빛이 큰 방을 비추는 유일한 조명이었어. 방바닥은 예외 없이 잿빛으로 변했고, 어린 시절 내 눈길을 사로잡았던 번쩍번쩍 빛나던 백랍 접시도 녹이 슬고 먼지가 앉아 거무칙칙하게 색이 변했더군.

하녀를 불러 침실로 안내해 달라고 해도 되느냐고 물어보았지. 그러나 언쇼 씨는 대답도 하지 않는 거야. 주머니에 손을 찌른 채 방을 왔다 갔다 하는데 내가 있다는 걸 까맣게 잊어버린 것 같았어. 그가 너무나 깊이 생각에 잠긴 데다 염세가(厭世家) 분위기를 풍겨서 다시 말을 붙일 엄두가 나지 않더라고.

엘렌, 반겨 주는 사람 하나 없는 집의 난롯가에 앉아 혼자 있는 것보다도 더 무서운 외로움을 느끼면서, 내가 이 세상에서 유일하게 사랑하는 사람들이 사는 편안한 내 집이 4마일 떨어진 곳에 있다는 생각에 억장이 무너졌다고 해도 놀라지 않겠지. 더구나 4마일이 대서양을 사이에 둔 것만큼 내게는 건널 수 없는 먼 거리가 되고 말았으니 말이야!

나는 자문해 보았어. 어디서 위안을 찾아야 할까? 그러고 보니 ─ 에드거 오빠나 새언니에게는 말하지 말아 줘 ─ 그 밖의 어떤 슬픔보다도 히스클리프에 대항해 내 편이 되어 줄 수 있는 사람, 내 편이 되고자 하는 사람이 없다는 절망이 가장 컸어!

내가 거의 기쁜 마음으로 워더링 하이츠를 피난처로 삼기로 했던 건, 그러면 그와 단둘이 있지 않을 거라는 생각에서였어. 그런데 그 집에 살고 있는 사람들을 잘 아는 그로서는 누가 참견하고 나설까 봐 겁낼 필요가 없었던 거야.

서글픈 생각에 잠겨 앉아 있었지. 시계가 8시를 치고 9시를 쳤지만, 언쇼 씨는 여전히 고개를 박고 묵묵히 방 안을 이리저리 거닐다 이따금 신음 소리를 내거나 쓰라린 절규를 토할 뿐이었어.

집 안에서 여자 소리가 나지 않나 귀를 기울이는 와중에 미칠 듯한 뉘우침과 불길한 예감에 사로잡혀 마침내 걷잡을 수 없는 한숨과 울음을 터뜨리고 말았어.

계속 일정한 속도로 걷고 있던 언쇼 씨가 내 맞은편에 멈춰 서서 새삼 놀란 듯 빤히 쳐다볼 때까지 내가 들릴 정도로 한탄했다는 것도 몰랐어. 그가 다시 내게 관심을 보인 틈을 타서 나는 소리쳤지—.

"먼 길을 오느라 피곤해서 잠자리에 들어야겠어요. 하녀는 어디 있나요? 하녀가 나타나질 않으니 어디 있는지 가르쳐나 주세요!"

"하녀는 없소. 자기 일은 자기가 해야 하오!"

"그러면 어디서 자야 하나요?" 난 흐느꼈어. 피로에 지치고, 참담한 기분에 짓눌려 체면을 차릴 수도 없었던 거야.

"조지프가 히스클리프 방으로 안내할 거요." 그가 말했지. "저 문을 열어 봐요. 거기 있을 테니."

시키는 대로 하려는 참에 그가 갑자기 나를 붙잡고 아주 기묘한 어조로 덧붙이는 거야—.

"문을 잠그고 빗장을 걸도록 하시오. 잊지 말고."

"아니, 왜 그러세요, 언쇼 씨?" 나는 문을 닫아걸고 히스클리프와 단둘이 있을 생각은 추호도 없었거든.

"이걸 봐요!" 대답하면서 그는 조끼에서 이상한 모양의 피스톨을 꺼냈는데 총신에는 용수철을 장치한 양날의 칼이 붙어 있었어. "자포자기한 사내에게 이건 대단한 유혹이 아닐 수 없소. 밤마다 이걸 갖고 그놈의 방문을 흔들어 보지 않을 수 없다오. 문이 열리기만 하면 그놈은 끝장이오! 이런 짓을 해선 안 된다는 이유를 백 가지나 더 헤아리고도, 여전히 이걸 갖고 그 방문까지 가 본단 말이지. 그놈을 죽이면 내 계획을 망치는데도, 아무래도 무슨 마귀가 씐 모양이오. 그놈을 사랑한다면, 할 수 있는 한 오래 그 마귀와 싸워 보구려. 그러나 때가 오면 하늘의 천사들이 모두 나서도 그놈을 살리지 못할 거요!"

나는 호기심에 차서 그 무기를 살펴보았어. 그러자 끔찍한 생각이 들더군. 이런 무기를 가질 수 있다면 얼마나 든든할까! 나는 그것을 그의 손에서 빼내어 칼날을 만져 보았지. 그 사람은 내 얼굴에 순간적으로 스치는 표정을 보고 놀란 것 같았어. 두려움이 아니라 탐난다는 눈치를 보였으니 말이야. 그는 조심스럽게 피스톨을 낚아채더니 칼을 접은 후 자기 조끼 속에 도로 숨기더군.

"그놈에게 말해 주어도 상관없소. 그놈에게 주의를 시키고 잘 지켜 주구려. 우리 사이가 어떻다는 건 알고 있을 줄 아오. 그의 신변이 위험하다고 해도 놀라지 않는군."

"도대체 히스클리프가 당신에게 무슨 짓을 한 거죠?" 내가 물었지. "무슨 몹쓸 짓을 했기에 그토록 끔찍이 미워하는 거죠? 차라리 이 집에서 나가라고 하는 게 낫지 않겠어요?"

"안 돼." 언쇼 씨는 고함을 질렀어. "만약 이 집에서 나가겠다고 하면 그놈은 죽은 목숨이야. 그렇게 하라고 부추긴다면 당신도 살인자나 다름없소! 되찾을 기회도 없이 몽땅 잃으라고? 헤어턴이 거지가 되어야 한다고? 오, 빌어먹을! 반드시 되찾고 말 거야. 그놈의 돈까지 빼앗은 다음 피를 볼 거야. 그럼 지옥으로 떨어지겠지! 그놈을 손님으로 맞이하면 지옥이 열 배는 더 어두워질걸!"

엘렌, 내게 옛 주인의 습성을 이야기해 준 적이 있지. 그는 진짜 미친 것 같아 — 적어도 간밤엔 그랬어. 그 사람과 같이 있자니 몸이 덜덜 떨려서 퉁명스러운 하인 조지프와 같이 있는 게 낫겠다는 생각이 들 정도였으니까.

그가 다시 심란한 듯 방 안을 거닐기 시작하자, 나는 빗장을 열고 부엌으로 피해 갔어.

조지프는 벽난로 위로 몸을 구부리고 거기 걸려 있는 큼직한 냄비를 들여다보고 있더군. 그리고 바로 옆에 놓인 긴 의자 위에는 오트밀이 담긴 나무 사발이 놓여 있었지. 냄비 속의 내용물이 끓기 시작하는지 몸을 돌려 사발에서 오트밀을 한 주먹 넣을 참이었어. 저녁 식사 준비를 하는구나 짐작하고, 시장했던 터라 이왕이면 먹을 만하게 만들어야겠다는 생각에, "죽은 내가 쑤겠어요!" 이렇게 빽 소리를 질렀지. 그릇을 그의 손이 닿지 않는 데로 옮겨 놓고 모자와 승마복을 벗기 시작했어. "언쇼 씨가," 내가 말을 이었지. "내 일은 내가 해야 한다고 말하더군요. 그렇게 할 거예요. 굶어 죽을까 겁이 나서 여기선 귀부인 행세를 하지 않겠어요."

"오 주여!" 조지프는 이렇게 중얼거리면서 앉은 채로 줄무늬의 긴 양말을 무릎에서 발목까지 두들기고 있었어. "겨우 두 주인 섬기는 데 몸을 익혔는디, 일허는 방식이 또 바뀌게 생겼네. 마님 상전까지 모셔야 할 판이면 걸음아 날 살려라 내뺄 때도 된 모양이여. 오래 살던 이 집을 떠날 작정은 아니었는데, 그날이 머지않았구먼!"

이렇게 탄식하는 걸 들은 체도 하지 않고 부지런히 식사 준비를 하면서도, 이런 일을 재미 삼아 했던 지난날을 생각하니 한숨이 나오더군. 그러나 곧 그런 생각은 하지 않기로 했어. 행복했던 지난날을 생각하는 게 고통스러워서 옛일이 눈앞에 떠오르려고 할 때마다 죽을 젓는 주걱을 빨리 움직였고, 한 줌씩 오트밀 가루를 넣는 속도도 빨라졌지 뭐야.

조지프는 내 요리 솜씨를 구경하고 있자니 울화가 치미는 모양이었어.

"저 꼬락서니 좀 보게!" 이렇게 소리를 치는 거야. "헤어턴 도련님, 오늘 밤은 죽을 못 먹게 생겼어요. 주먹만 한 덩어리가 생겼을 걸. 저 꼴 좀 봐! 아주 그릇이고 뭐고 할 거 읎이 다 한데 처넣으시제! 저 보게나, 냄비를 엎어 버리면 일은 끝나는 겨. 쾅, 쾅! 그러고도 냄비 밑바닥이 빠지지 않으니 다행이구먼!"

사발에 담고 보니 과연 멍울이 많이 졌어. 넷으로 나누고, 소젖을 짜는 데서 1갤런들이 주전자로 우유를 가져왔는데 헤어턴이 입을 주전자에 대고 마시면서 줄줄 흘리는 거야.

컵에 따라 마시라고 내가 타일렀지. 그렇게 불결해선 내가 마실수 없다고. 그러자 빈정대기 좋아하는 영감은 내가 까다롭게 구는 걸 아주 불쾌하게 생각하기로 작심했나 봐. 이 아이는 나와 마찬가지로 잘났으며, 나와 다를 바 없이 건강하다고 몇 번이고 반복해 말하면서, 어떻게 그렇게 잘난 척 유세냐고 어이없다는 표정을 지었어. 그러는 동안에도 그 녀석은 주전자에다가 침을 흘려 넣으며 우유를 마셨고, 너 따위가 뭔데 하는 표정으로 날 노려보았지.

"난 딴 방에서 식사를 하겠어요." 내가 말했지. "응접실은 없나요?"

"응접실이라고!" 조지프는 비웃듯이 그 말을 되풀이했어. "응접실이라고! 옳지! 우린 응접실 없어. 우리와 함께 있는 게 싫으면 주인어른의 방이 있고, 주인어른이 싫으면 우리와 함께 있는 거고."

"그럼 위층으로 가겠어요." 내가 말했지. "방으로 안내해 주세요!"

나는 내 그릇을 쟁반에 올려놓고 가서 우유를 좀 더 가져왔어.

조지프는 몹시 투덜대면서 일어나 앞장을 서서 계단을 올라가더군. 우리가 올라간 곳은 지붕 바로 밑층이었는데, 그는 우리가 지나가는 방의 방문을 이따금 열고 들여다보는 것이었어.

"여기 방이 있구먼." 그는 드디어 경첩이 건들거리는 판자문을 열면서 말하는 것이었어. "죽 그릇 핥는 데는 이 방도 조오치. 구석에 보리 부대가 있긴 허지만 이만하믄 끼끗허고. 그래도 좋은 비단옷이 더러워질 염려가 있거덩 손수건이라도 펴고 앉으시덩가."

그 '방'이란 일종의 창고로 엿기름과 곡물 냄새가 코를 찌르고, 온갖 종류의 부대에 둘러싸여 한가운데만 엉성하게 빈자리가 있는 곳이었어.

"아니, 이것 보세요!" 나는 화가 나서 그에게 소리를 질렀지. "여긴 잘 수 있는 곳이 아니잖아요. 내 침실을 보여 달란 말예요."

"침실이라고!" 그는 조롱하는 어조로 그 말을 되풀이했어. "침실을 뵈 드려야지. 저기 내 침실이 있고."

그가 손가락으로 가리킨 다락방이 앞에서 본 창고 방과 다른 점은 벽에 뭘 쌓아 놓지 않았고, 한구석에 남색 이불이 덮여 있는 크고 야트막한 침대 — 커튼도 없지 뭐야 — 가 놓여 있다는 것뿐이었어.

"영감의 침실을 봐서 뭐 하겠어요?" 나는 비꼬아 말했지. "히스클리프 씨가 지붕 밑 다락방에 하숙을 하고 있는 건 아닐 텐데. 그런 건가요?"

"고럼 히스클리프 씨의 침실로 가자는 거요?" 그는 마치 새로운 발견이라도 한 듯 큰 소리로 말했어. "진즉에 그렇게 말씀허실 일이제. 그렸으면 이런 수고를 허지 않고 그 방으로 안내헐 수 읎다고 말혔을 턴디. 아무도 얼씬 못허게 방을 늘 잠가 놓는걸."

"정말 훌륭한 집이군요, 영감." 난 참지 못하고 이렇게 쏘아 주었지. "여기 사는 사람들도 훌륭하고, 내 운명을 이 집 사람들과 연결한 날, 세상 모든 광기의 진수가 한데 엉겨 내 머릿속에 똬리를 튼 거야! 그런데 지금 그걸 문제 삼자는 게 아니야. 다른 방이 있을 테니, 제발 어딘지 쉴 자리를 마련해 줘요!" 이런 애원에 콧방귀도 뀌지 않고 조지프는 나무 계단을 터덜터덜 내려가더니 어느 방 앞에서 걸음을 멈추었어. 발걸음을 멈추는 모양이나 그 방의 가구가 그중 나은 것으로 보아 제일 좋은 방이구나 하는 생각을 했지.

거기에는 양탄자가, 그것도 좋은 것이 깔려 있었지만, 먼지 때문에 무늬를 알아볼 수는 없었어. 벽난로에는 오려 낸 종이 장식이 갈기갈기 찢어진 채 드리워져 있었지. 값비싼 천에 현대식으로 만든 치렁치렁한 진홍빛 커튼이 드리워진 훌륭한 참나무 침대도 놓여 있었어. 그런데 커튼을 험하게 사용한 티가 나더군. 장식 커튼은 고리에서 떨어져 꽃줄처럼 걸려 있고, 그나마 고리가 걸려 있는 쇠막대도 활처럼 휘어서 천이 방바닥에 질질 끌렸어. 의자도 모두 망가졌는데 심하게 부서진 것도 여러 개 있었어. 그리고 벽의 판자도 군데군데 깊이 파여 있어 보기 흉했어.

내가 이 방이라도 차지해야지 하고 애써 마음을 다져 먹고 있는 차에 그 바보 같은 안내자가 말하는 거야.

"이건 주인 방이오."

그때는 이미 저녁 식사는 식어 버렸고 시장기도 사라졌으며, 더 이상 참으려고 해야 참을 수가 없었어. 들어가 쉴 수 있는 장소와 방안(方案)을 당장 마련해 내라고 우겼지.

"도대체 어드메 들어가겠다는 겨?" 경건하신 장로님께서 연설을 시작하시는 거야. "주여, 복을 내리소서! 주여, 용서하소서! 도대체 어드메 가 있었다는 겨? 돼먹지 못허게 구찮게만 구는 것 같으니! 헤어턴의 작은 방을 빼고는 모조리 다 본 거네. 이 집에는 더 잘 방이 없으니께."

나는 하도 화가 나서 들고 있던 쟁반과 그릇을 바닥에 내동댕이치고 계단 꼭대기에 주저앉아 손으로 얼굴을 가리고 울음을 터뜨렸어.

"어이구! 어이구!" 조지프가 소리를 높이더군. "잘헌다, 캐시 아씨! 잘혔어요, 캐시 아씨! 주인 나리가 깨진 사기그릇에 걸려 넘어지기라도 혀 봐. 야단법석이 날 게 분명허니 두고 보라지. 경 박허고 성가시고 쓸모없는 물건 같으니! 화가 난다고 하느님께서 주신 음식을 내동댕이치다니. 지금부터 크리스마스 때꺼정 굶어 도 헐 말이 없겠구먼. 하지만 그런 식으로 내처 성질을 부리지는 못헐걸. 히스클리프가 이쁜 짓 헌다고 봐줄 것 같어? 그렇게 성질 을 부리는 걸 그자가 보면 좋겠네. 정말 그러면 좋겠구먼."

이렇게 잔소리를 늘어놓으면서 촛불을 들고 아래층 자기 소굴 로 내려갔고 난 어둠 속에 혼자 남게 되었지.

이런 바보 같은 짓을 한 뒤 잠시 생각해 보니 자존심과 분노를 억누르고라도 사태를 수습해야 할 필요성을 인정하지 않을 수 없 었어.

마침 뜻밖에도 스로틀러라는 놈이 와서 도움을 주었어. 그러고 보니 스컬커의 새끼라는 걸 알아보겠더군. 강아지 시절을 우리 집 에서 보내다가 아버지가 헌들리에게 선물한 놈이었지. 그놈도 날 알아보는 것 같았어. 인사를 대신해 자기 코를 내 코에 비비더니 얼른 죽을 핥아 먹는 거야. 그동안 나는 한 계단씩 손으로 더듬어 깨진 사기 조각을 주워 모으고 난간에 묻은 우유를 손수건으로 닦 아 냈지.

우리의 작업이 끝나자마자 복도에서 언쇼 씨의 발소리가 났어. 스로틀러는 꼬리를 사리고 몸을 벽에 딱 붙였고, 나도 제일 가까운 방문 쪽으로 숨었지. 개는 주인을 피하지 못한 것 같았어. 계단을 급히 달려 내려가는 소리와 함께 구슬픈 울음소리가 길게 나는 걸로 알 수 있었지. 난 운이 좋았어. 언쇼 씨는 내 옆을 지나 자기 방에 들어가더니 문을 닫더라고.

곧바로 조지프가 헤어턴을 재우기 위해 데리고 올라왔지. 내가 피해 들어간 곳은 헤어턴의 방이었는데 영감이 날 보자 이렇게 말하는 거야—.

"자, 이제는 잘난 척을 허든 어쩌든 댁의 맘대로 할 자리가 생겼수. 거실이 비었으니 몽땅 차지하구려. 댁네같이 돼먹지 못한 사람을 은제나 따라다니는 악마가 벗해 줄 테니께!"

난 그의 통고를 기꺼이 받아들였지. 그리고 벽난로 가에 있는 의자에 몸을 던지기 무섭게 꾸벅거리다 잠이 들었어.

곤하게 잠이 들었지만 곧 깨지 않으면 안 되었지. 히스클리프 씨가 깨웠던 거야. 그는 들어오자마자 자기 방식으로 애정을 표현하느라 거기서 뭘 하느냐고 퉁명스럽게 묻잖아.

이렇게 늦게까지 깨어 있는 이유를 이야기했지. 우리 방의 열쇠가 그의 주머니에 들어 있기 때문이라고.

'우리'라고 말한 것이 죽을 만한 죄였어. 그는 절대로 우리 방이 아니며, 결코 내 방이 될 수도 없다는 거야. 그는 또 — 그가 한 말을 여기 옮겨 놓거나, 그가 늘 어떻게 행동하는지 이야기하진 않겠어. 교묘하고 끈질기게 나의 혐오를 불러일으키려고 해. 때로는 너무 놀라워서 두려움도 잊어버릴 지경이야. 하지만 호랑이나 독사도 그가 내게 불러일으키는 두려움에 맞먹을 수 없는 건 확실해! 그는 캐서린 언니가 앓고 있다는 이야기를 하면서 오빠 때문에 병이 났다고 비난하는 것이었어. 그리고 에드거 오빠를 손에 넣을 때까지 대신 날 괴롭히겠다는 거야.

난 그를 증오해. 난 불행해. 바보짓을 했어! 이런 이야기는 집에 있는 누구에게 입도 뻥끗하지 않도록. 넬리가 오기를 날마다 기다리겠어. 실망시키지 마!

이사벨라

제14장

저는 이 편지를 읽자마자 주인에게 가서 그의 누이가 하이츠에 도착했는데 새언니의 병세를 걱정하고 오빠를 그리워하는 편지를 보냈노라고 말했습니다. 될 수 있는 대로 속히 저를 통해 용서의 표시를 보내 주기를 고대하고 있다고 했지요.

"용서라니!" 린턴이 말했습니다. "내가 그 애를 용서할 게 뭐가 있어야지. 엘렌, 가 보고 싶으면 오후에 워더링 하이츠에 가도 좋네. 그리고 내가 그 애를 잃은 것에 상심하고 있지, 화가 난 건 아니라고 전해 주게. 그 애가 행복할 거라고는 생각할 수 없으니 더욱 그렇지. 그러나 내가 그 애를 보러 간다는 건 말도 안 되지. 우리는 영원히 갈라선 걸세. 만약 그 애가 정말로 나를 기쁘게 하고 싶다면 남편으로 삼은 그 악당을 설득해 이 고장을 떠나라고 하게나."

"아가씨에게 짤막한 편지라도 안 쓰시겠어요?" 제가 애원조로 말해 보았지요.

"안 쓰겠네." 그가 대답하더군요. "그럴 필요도 없지. 우리 집안과 히스클리프 집안의 서신 왕래는 적으면 적을수록 좋아. 아예 없도록 할 거네."

린턴 씨의 냉담한 태도에 저는 몹시 우울해졌습니다. 집을 나서 워더링 하이츠로 가는 동안 이사벨라에게 그의 말을 전할 때 좀 더 다정하게, 그리고 누이동생을 위로하기 위해 몇 자 적는 것조차 하지 않겠다는 말을 좀 더 부드럽게 전할 수 없을까 머리를 쥐어짰지요.

아마 이사벨라는 아침부터 제가 오는지 살피고 있었나 봐요. 판석이 깔린 정원의 샛길을 걸어 올라가자 격자창 밖으로 내다보고 있는 게 보이더군요. 제가 고개를 끄덕였는데, 그녀는 누가 볼까 겁을 내는지 뒤로 물러서는 거예요.

저는 노크도 하지 않고 들어갔습니다. 전에는 쾌적하던 집이 이를 데 없이 스산하고 음침해 보였습니다! 사실, 제가 만약 이사벨라의 처지라면 적어도 벽난로의 재를 쓸어 내고 테이블의 먼지도 닦았을 거예요. 그러나 이미 그녀는 주변을 에워싸고 있는 무관심의 분위기에 물들고 말았나 봅니다. 예쁜 얼굴은 창백해졌고 맥이라곤 없어 보였지요. 머리카락도 풀어진 채로 몇 가닥은 축 늘어져 있었고, 또 몇 가닥은 아무렇게나 머리에 휘감겨 있더군요. 자고 일어난 다음 옷매무새를 고친 것 같지도 않았어요.

힌들리는 그곳에 없었습니다. 히스클리프 씨가 테이블에 앉아 지갑 속에 든 종이쪽지를 뒤적거리고 있더군요. 저를 보자 일어서더니 아주 붙임성 있게 안부를 묻고, 의자를 내밀어 앉으라고 권하더군요.

그곳에서 그럴듯하게 보이는 건 그뿐이었어요. 풍채도 어느 때보다 더 좋아 보였답니다. 환경이 신분을 뒤바꿔 놓아, 모르는 사람이 보았다면 그는 신사로 태어나서 신사로 자랐고, 그의 부인은 품행이 방정한 숙녀가 아니라고 단정했을 거예요!

이사벨라가 저를 맞으러 황급히 달려 나와서 기다리던 편지를 받으려고 손을 내밀더군요.

저는 고개를 저었습니다. 그녀는 그 뜻을 알아차리지 못하고 제가 모자를 놓으러 찬장 있는 데로 가자, 거기까지 따라와서는 갖고 온 것을 빨리 달라고 낮은 소리로 졸랐어요.

히스클리프는 이사벨라가 왜 그러는지 짐작하고는 이렇게 말하더군요.

"이사벨라에게 전할 것이 있거든 — 분명 있겠지 — 넬리, 줘. 숨길 필요는 없어. 우리 사이에 비밀은 없으니까."

"그런데 가져온 게 없어요." 저는 곧바로 사실대로 말하는 게 상책이라 생각하고 대답했지요. "우리 집 서방님께서는 누이동생에게 현재로서는 그분의 편지나 방문을 기대하지 말라고 하셨어요. 아씨, 그분은 안부를 전하고 행복을 빌며, 아씨께서 그분의 마음을 아프게 한 것을 용서한다고도 하셨어요. 하지만 앞으로 집안끼리 편지 왕래는 않겠다고요. 그렇게 해 봤자 좋을 게 없다고 생각하신답니다."

히스클리프 부인은 입술을 바르르 떨더니, 처음에 앉아 있던 창가로 돌아가더군요. 그녀의 남편은 제 옆에 있는 벽난로의 바닥돌에 자리 잡고 서서 린턴 부인에 대해 묻기 시작하는 거예요.

저는 그녀의 병에 대해 해도 될 이야기만 했습니다. 물론 그가 꼬치꼬치 캐물어서 병의 원인과 관계되는 사실을 얼추 알아내고 말았지만요.

저는 스스로 불러일으킨 화라고 그녀를 탓했는데 사실 그런 비난을 받아도 마땅하거든요. 저는 그에게 린턴 씨를 본받아 좋든 나쁘든 남의 집안일에 간섭하지 않았으면 싶다고 했지요.

"린턴 부인은 조금씩 회복 중이에요." 제가 덧붙였어요. "결코 예전으로 돌아갈 수는 없겠지만 목숨은 건진 셈이랍니다. 정말 조금이라도 그분을 생각하는 마음이 있다면 다시는 마주치는 일이 없도록 하세요. 아니, 이 고장을 아주 떠나는 게 좋겠네요. 미련을 갖지 말라고 드리는 말씀인데, 지금의 캐서린 린턴은, 히스클리프 부인과 제가 다른 것처럼, 당신의 옛 친구인 캐서린 언쇼와 다르답니다. 모습도 많이 변했지만 성격은 더욱 변한걸요. 어쩔 수 없이 그녀의 곁을 지켜야 하는 그분도, 이제부터는 그녀에 대한 예전의 추억, 그리고 인정과 의무감으로 애정을 지탱해 나갈 따름일 거예요!"

"물론 그럴 테지." 억지로 담담한 척 히스클리프가 되받았습니다. "당신 주인이 의지할 거라곤 인정과 의무감뿐이라는 건 꽤 그럴 법하군. 그러나 내가 캐서린을 그 녀석의 '의무'와 '인정'에 맡겨 둘 거라고 생각하는 거야? 캐서린에 대한 나의 감정과 그의 감정을 비교할 수 있다고 생각하는 거냐고. 돌아가기 전에 캐서린과 만나게 해 준다는 약속을 받아 내고 말걸. 동의를 하든 말든 나는 만나고야 말겠어! 어떻게 생각해?"

"제 생각은, 히스클리프 씨," 제가 대답했습니다. "그래선 안 돼요. 제가 중간에 서서 만나게 해 줄 수는 더더욱 없어요. 당신과 우리 집 서방님이 다시 맞닥뜨리면 아씨는 아주 돌아가시고 말 거예요!"

"넬리가 도와준다면 맞닥뜨리지 않을 수 있을 거야." 그가 말을 이었습니다. "그리고 만일 그럴 위험이 있다면 — 에드거가 캐서린의 삶에 조금이라도 고통을 더하는 원인이 된다면 — 내가 극단적인 방법을 써도 정당화될걸! 에드거를 잃으면 캐서린이 크게 상심할지 여부만 확실하게 해 줘. 그럴까 봐 두려워서 망설이는 거야. 캐서린에 대한 그의 감정과 나의 감정이 바로 여기서 차이가 나는 거라고. 그가 만약 내 입장이고 내가 그의 입장이라면, 그에 대한 증오가 내 삶을 쓸개즙처럼 쓰디쓰게 만든다 하더라도 난 그에게 손끝 하나 대지 않았을 거야. 못 믿겠다는 표정을 지어도 좋아! 난 캐서린이 원하는 한 그를 못 만나게 하지 않았을 거야. 캐서린의 관심이 사라지는 순간 심장을 찢어발겨서 피를 마셨겠지만! 그때까지는 — 내 말을 믿지 않는다면, 넬리는 나라는 사람을 잘 모르는 거야 — 그때까지는 그의 머리카락 한 오라기라도 건드리느니 차라리 내가 고통을 당하며 서서히 죽는 쪽을 택했을걸!"

"말은 그렇게 하면서," 저는 그의 말을 가로막았습니다. "당신을 거의 잊어버린 그녀의 기억을 억지로 되살려 새삼 불화와 고통의 소용돌이로 몰아넣고, 회복할 가능성마저 송두리째 망쳐 버릴 일을 거리낌 없이 하고 있잖아요."

"그녀가 날 거의 잊었다고?" 그가 말했습니다. "아, 넬리! 그렇지 않다는 걸 잘 알잖아! 그녀가 린턴을 한 번 생각하면 날 천 번 생각한다는 걸 넬리도 잘 알고 있잖아! 내가 가장 비참했던 시절, 나도 캐서린이 날 잊었다는 생각 비슷한 걸 한 적이 있었지. 작년 여름 이곳으로 돌아왔을 때 그런 생각에 사로잡혀 있었어. 그러나 이젠 캐서린 자신이 그렇다고 단언하지 않는 한, 다시는 그런 끔찍한 생각을 하지 않기로 했어. 캐서린이 그렇다고 하면, 린턴이고 힌들리고 지금까지 내가 꿈꾼 모든 게 아무 상관 없게 되지. 나의 앞날은 단 두 마디, 죽음과 지옥으로 요약할 수 있을 거야. 그녀를 잃는다면 삶 그 자체가 지옥일 테니까.

나도 한때 캐서린이 나보다 에드거 린턴의 사랑을 더 소중히 여긴다는 바보 같은 생각을 한 적이 있었어. 설사 그가 그 왜소한 몸으로 있는 힘을 다해 80년을 사랑한대도 내가 하루를 사랑하는 것에 미치지 못할 텐데 말이야. 사랑의 용량에 관한 한 캐서린도 나와 같아. 에드거가 그녀의 사랑을 독점할 수 있다고 말하느니 바닷물을 말죽통에 담을 수 있다고 말하는 게 나을걸. 흥! 그는 캐서린의 애완견이나 승마용 말보다 겨우 한 단계 위의 존재야. 나처럼 사랑받을 무엇이 그에게 없는데 없는 걸 어떻게 사랑할 수 있겠어?"

"오빠와 새언니는 어떤 부부 못지않게 서로 사랑해요." 이사벨라가 별안간 활기를 찾고 소리를 쳤지요. "누구도 그런 식으로 말할 권리는 없어요. 그리고 우리 오빠를 깔보는 말을 가만히 듣고 있지는 않겠어요!"

"그 오빠가 당신을 픽도 사랑한다고 해야겠지!" 히스클리프는 경멸 조로 말했지요. "놀랄 정도로 잽싸게 당신을 세상 밖으로 내 몰았으니까."

"오빠는 내가 받는 고통을 몰라요." 그녀가 대꾸했어요. "그런 이야기를 하지 않았으니까."

"그럼 다른 이야기는 했단 말이지. 편지를 한 거야?"

"결혼했다는 소식을 전하기 위해 편지를 썼지요. 그 편지 봤잖 아요."

"그 뒤로는 하지 않았어?"

"안 했어요."

"우리 아가씨가 결혼하고 난 다음 안쓰러울 정도로 얼굴이 많이 상했네요." 제가 마음먹고 한마디 했어요. "이런 경우 누군가의 사랑이 부족하다고 봐야 하겠지요. 누구인지 짐작은 가지만 못 박 아 말하지 않는 게 좋겠군요."

"나는 이사벨라의 사랑이 모자라는 걸로 보는데." 히스클리프 가 말했습니다. "게을러빠진 여자가 되어 버렸단 말이야! 날 기쁘 게 하는 일에 일찌감치 싫증을 내 버렸으니. 믿기 어렵겠지만, 결 혼 다음 날 벌써 집에 가고 싶다고 울었다니까. 그렇지만 이 집에 서는 너무 깔끔을 떨지 않는 것이 더 나을지도 몰라. 밖으로 나돌 아 다니면서 내 낯을 깎지 못하게 조처만 하면 되겠지."

"그런데요." 제가 대꾸했습니다. "우리 아가씨는 시중을 받는 데 익숙한 분이라는 걸 좀 염두에 두면 좋겠어요. 모든 사람의 보 살핌을 받으면서 외동딸같이 자란 분이라는 것도 말이에요. 수발을 드는 하녀를 붙여 주고 잘 보듬어 주어야 해요. 우리 에드거 서방님을 어떻게 생각하든 간에, 이사벨라 아가씨의 깊은 사랑을 의심하면 안 돼요. 그런 사랑이 없었다면 히스클리프 씨와 함께하기 위해 아무 불평 없이 안락한 대저택을 버리고 이렇게 황량한 곳을 택하진 않았겠지요."

"집사람이 집과 가족을 버린 건 착각에 빠졌기 때문이었어." 그가 대답했습니다. "공상 속에서 나를 로맨스의 주인공으로 만들어 놓고, 내가 기사처럼 헌신적으로 무엇이든 자기가 원하는 대로 해 줄 거라고 기대했던 거지. 난 이사벨라가 이성을 가진 존재라고 생각할 수 없어. 그렇게도 끈질기게 나라는 사람에 대해 터무니없는 상상을 하고, 그 허상을 마음속에 모셔 두고 그에 따라 행동했으니 말이야. 그런데 드디어 나의 진면목을 알게 된 것 같아. 처음에는 바보같이 히죽히죽 웃거나 상을 찌푸려서 내 비위를 뒤집어 놓았는데, 이제 그런 밉상은 떨지 않으니 말이야. 나한테 홀딱 빠져서 저를 어떻게 생각하는지 말해 주어도 농담으로 받아들이던 몰지각한 행동도 이제는 하지 않아. 내가 저를 사랑하지 않는다는 걸 깨달은 건 그나마 놀라운 통찰의 결과라고 해야겠지. 한때는 내가 무슨 짓을 해도 그걸 깨우쳐 줄 수 없다고 생각했다니까! 그리고 아직도 학습이 제대로 됐다고 하기에는 일러. 오늘 아침만 해도 무슨 경천동지할 정보라도 전해 주듯, 날 미워하게 만드는 데 완벽하게 성공했노라고 선언하던걸! 정말이지, 이건 헤라클레스의 고역(苦役)에 필적하는 거야. 이런 고역을 마무리한다면 정말 감사한 마음이 들어 마땅할 거야. 그런데 당신 말을 믿어도 될까, 이사벨라? 날 미워한다는 게 정말이야? 내가 한나절만 내버려 두면, 안도의 한숨을 쉬며 아양을 떨고 달라붙을 것 아닌가? 넬리 앞에서라도 다정한 체해 주었으면 하고 바라고 있을걸. 이렇게 사실을 까발리는 게 자존심 상하는 일일 테니. 하지만 그쪽에서 일방적으로 몸이 달았다는 걸 누가 안대도 난 상관없어. 그 점에 대해선 거짓말을 한 적이 없으니까. 단 한 번이라도 속임수로 부드럽게 대했다고 날 비난할 수는 없을걸. 집에서 빠져나오자마자 맨 처음 본 게 내가 자기 애완견의 목을 매단 거였는데, 개를 풀어 주라고 사정을 해서 한 사람만 빼고 이 집에 사는 사람들의 목을 모조리 매다는 게 내 소원이라고 내뱉었지. 이사벨라는 한 사람의 예외가 자기라고 생각한 거야. 게다가 어떤 잔인한 행동에도 넌더리를 내지 않아. 천성이 잔인한 걸 좋아하는 모양이야! 자신의 소중한 몸을 다치지 않는 게 확실하다면 말이지. 저렇게 한심한 노예근성에 속 좁은 계집을 내가 사랑할 수 있다고 생각하는 것 자체가 무한한 어리석음, 진짜 천치다움이 아니고 무엇이겠어? 넬리, 그 댁 주인에게 가서 이런 저질은 내 평생 처음 보았다고 전해. 린턴이라는 이름에도 수치가 될 지경이라니까. 오로지 새로운 아이디어가 없다는 이유 때문에 이사벨라가 견딜 수 있는 한계를 실험해 보는 걸 잠시 중단할 때가 있거든. 그러면 또 자존심도 없이 기어 와서 매달리는 거야! 그러나 린턴에게 오빠로서 그리고 치안 판사로서 나설 일은 없다고 말해. 나는 엄밀히 법이 허용하는 범위를 지키고 있으니까. 지금까지는 이사벨라가 별거를 청구할 법적인 근거를 조금도 준 적이 없어. 게다가 누가 우리를 떼어 놓아 봤자 이사벨라가 고마워하지도 않을걸. 나가고 싶으면 나가라지. 그녀를 괴롭히면서 얻는 재미보다 함께해야 하는 지겨움이 훨씬 크니 말씀이야!"

"히스클리프 씨." 제가 되받았어요. "미친 사람이나 이런 식으로 말할 거예요. 우리 아가씨는 당신이 미쳤다고 생각하는 게 분명해요. 그렇게 생각하고 이때까지 참아 온 거지요. 그러나 당신이 나가도 좋다고 한 이상 틀림없이 얼씨구나 하고 나갈 거예요. 아씨, 자진해서 저 사람 곁에 남아 있겠다고 할 만큼 넋이 나간 건 아니겠지요?"

"말조심해, 엘렌!" 이사벨라는 격한 분노로 눈을 번쩍이며 대답했어요. 그 눈길로 보아 혐오의 대상이 되려는 남편의 노력이 완전한 성공을 거두었다는 데는 의심의 여지가 없었습니다. "저 인간의 말은 한마디도 믿어서는 안 돼. 거짓말을 밥 먹듯 하는 괴물이야. 사람이 아니란 말이야! 전에도 갈 테면 가라고 말해서 가려고 해 보았는데 다시 시도해 볼 용기는 없어. 다만, 엘렌, 저 파렴치한 수작을 오빠나 새언니에게 한마디도 전하지 않겠다고 약속해 줘. 뭐라고 그럴싸하게 말하든 에드거 오빠의 분통을 터뜨려 자포자기에 빠뜨리고 싶은 거야. 오빠를 제멋대로 주무르려는 속셈으로 나와 결혼했대. 하지만 그렇게 할 순 없을걸. 그전에 내가 죽어 버리는 게 낫지! 난 오직 저 인간이 악마 같은 타산을 버리고 날 죽여 주었으면 하고 바랄 뿐이야. 내가 생각해 낼 수 있는 유일한 기쁨은 내가 죽거나 저 인간이 죽는 걸 보는 거야!"

"자, 지금은 거기까지 하기로 하지!" 히스클리프가 말했습니다.

"넬리, 만약 법정에 증인으로 출두할 일이 생기면 저 사람이 남편인 내게 어떤 식으로 말했는지 기억해 둬! 저 얼굴을 잘 봐. 이젠 나와 제법 어울리지? 안 돼, 이사벨라. 당신은 이제 후견인의 지시를 따라야 하는 존재야. 당신의 법률적 보호자로서, 그 의무에 진저리를 칠 지경이지만, 내 감독 아래 둘 수밖에 없어. 위층으로 올라가. 엘렌 딘과 단둘이 할 말이 있으니까. 그쪽이 아니야, 위층이라니까. 아니, 위층으로 올라가는 길은 이쪽이야!"

그는 이사벨라를 붙잡아 방에서 밀어내고는 이렇게 중얼거리면서 돌아오더군요.

"내겐 연민이 없다! 연민이 없어! 벌레가 꿈틀거리면 창자가 터지도록 더 짓뭉개고 싶단 말이야. 도덕적인 의미에서 새 이가 나오느라 아픈 거야. 고통이 증가하는 데 비례하여 더 힘주어 이를 악다물고 있거든!"

"연민이 무슨 뜻인지 알긴 하나요?" 황급히 모자를 집어 들고 제가 말했지요. "지금껏 연민을 조금이라도 느껴 본 일이 있나요?"

"모자 내려놔!" 제가 가려고 하는 것을 알고 그가 말을 가로막았습니다. "아직은 갈 수 없어. 자, 이리 와, 넬리. 설득을 하든 윽박지르든 넬리의 도움을 받아 캐서린을 만나려는 내 결심을 실행하고 말겠어. 그것도 당장에 말야. 해를 끼칠 생각이 아니라는 걸 맹세하지. 분란을 일으키려는 것도 아니고, 린턴을 화나게 하거나 모욕하려는 것도 아니야. 다만 지금은 상태가 어떤지, 왜 아팠는지 그녀의 입으로 직접 듣고 싶은 거야. 그리고 그녀를 위해 내가 할 수 있는 일이 뭐가 있을지 묻고 싶기도 하고. 어젯밤 그 집 정원에서 여섯 시간을 보냈고, 오늘 밤에도 다시 가 보려고 해. 매일 밤 난 그곳에 갈 거야. 낮에도 갈 거야. 들어갈 기회를 잡을 때까지. 에드거 린턴과 맞부닥뜨리면 그 자식을 서슴없이 때려눕히고, 내가 있는 동안 잠자코 있도록 흠씬 두들겨 패 놓을 거야. 하인들이 덤비면 이 권총으로 위협해 쫓아 버릴 거고. 그렇지만 하인들이나 에드거와 부딪치는 일을 피하는 게 낫지 않겠어? 그리고 당신 같으면 아주 쉽게 주선할 수 있잖아! 내가 와 있다고 신호를 하면, 캐서린이 혼자 남는 즉시 아무도 모르게 날 들여놓고 내가 갈 때까지 망을 봐주는 거야. 양심에 거리낄 것도 없지. 말썽을 미리 막는 셈이니."

월급을 받는 처지에 그런 배신행위를 할 수 없다고 제가 말했습니다. 게다가 린턴 부인의 안정(安靜)보다 자신의 욕망을 앞세우는 것은 잔인하고 이기적이라고 지적했지요.

"아주 사소한 일에도 아씨는 경기를 일으킬 정도로 놀라는걸요." 제가 말했습니다. "신경이 몹시 곤두서서 불쑥 찾아간다면 정말 충격을 견디지 못할 거예요. 그건 확실해요. 제발 고집부리지 말아요. 끝내 그렇게 해야겠다면 나도 도리 없이 우리 서방님께 말씀드릴 수밖에 없어요. 그러면 당신의 가정과 가족을 부당한 침해에서 지킬 방도를 취하시겠죠!"

"그렇다면 난 넬리를 붙잡아 둘 방도를 취하겠어!" 히스클리프가 버럭 소리를 지르더군요. "당신을 내일 아침까지 여기 붙잡아 두겠어. 캐서린이 날 만나면 충격을 받을 거라고 우기는 건 어리석은 수작이야. 그리고 놀라게 하려는 게 아냐. 넬리가 미리 말해 두면 되잖아. 내가 가도 좋은지 물어봐. 캐서린이 내 이름을 말하는 일이 없고, 그리고 아무도 그녀에게 내 이야기를 하지 않는다고 했지? 그 집에서 내 이야기를 하는 게 금기라면, 캐서린이 누구에게 내 이야기를 하겠어? 캐서린은 당신네들 모두를 남편의 첩자로 생각하고 있는 거야. 당신네들 틈에서 정말이지 지옥에 있는 기분일걸! 다른 건 관두고 난 그녀의 침묵만으로도 속마음을 짐작할 수 있어. 넬리는 캐서린이 종종 안절부절못하고 시름에 잠겨 있다고 했지. 그게 안정을 취하고 있는 증거란 말이야? 그녀의 정신 상태가 불안하다는 이야기도 했지. 그렇게 끔찍한 고립 상태에 놓여 있는데 도대체 어떻게 불안하지 않을 수 있겠어. 게다가 그 하잘것없는 맹물 같은 자식이 의무와 인정으로 간호하고 있으니! 연민과 자비심으로 말이지! 그 어설픈 간호로 캐서린의 기력을 회복시킬 수 있다고 생각하는 건, 참나무를 화분에 심어 놓고 무성해지기를 바라는 거나 마찬가지야! 자, 당장 담판을 짓자고. 넬리가 여기 남고, 내가 린턴과 하인들과 격투를 벌이면서 캐서린을 만나러 갈 것인지. 아니면 넬리가 지금까지 그랬던 것처럼 내 편이 되어 내 부탁을 들어줄 것인지. 자, 빨리 결정해! 끝내 고집스럽게 심통을 부릴 양이면 1분이라도 더 지체할 이유가 없으니까!"

저는요, 록우드 씨, 설득도 해 보고 푸념도 하면서 딱 잘라 50번은 거절했어요. 그러나 결국에는 다음과 같이 합의하지 않을 수 없었어요 — 그의 편지를 린턴 부인에게 전해서 만약 그녀가 좋다고 하면, 린턴 씨가 언제 집을 비울지를 알려 주기로 약속했지요.

언제 오면 될지 알려 주고, 집에 들어오는 건 알아서 하라고요. 저도 자리를 비울 것이고, 다른 하인들 역시 방해가 안 되도록 조처를 하기로 한 거지요.

잘한 걸까요, 잘못한 걸까요. 그 상황에서는 그 방법밖에 없었지만, 잘못한 것 같아요. 저는 그의 요구를 들어줌으로써 충돌을 막았다고 생각했지요. 캐서린의 정신병이 좋은 쪽으로 고비를 넘기는 계기가 될지 모른다는 기대를 하기도 했고요. 그리고 린턴 씨가 저더러 말을 옮기고 다닌다며 엄하게 꾸짖던 일을 떠올리고, 이런 행동이 주인의 신뢰를 저버렸다는 비난을 받아 마땅하다 하더라도 다시는 이런 일이 없을 것이라고 여러 번 다짐함으로써 심란한 마음을 가라앉혔답니다.

그래도 집으로 돌아갈 때의 기분은 워더링 하이츠로 갈 때보다도 더 우울했어요. 히스클리프의 편지를 린턴 부인의 손에 전하기로 마음을 먹기까지 무던히도 망설였고요.

케네스 씨가 오셨나 봐요. 내려가서 주인님이 훨씬 나아지셨다고 말씀드리지요. 제 이야기가 이 고장 사투리로 말하자면 '짠한 것'이지만, 나머지는 다음에 아침 한나절 시간을 보내야 할 때 들려 드리도록 하지요.

짠하고 음울한 이야기로군! 나는 저 훌륭한 여인이 의사를 맞이하러 내려가고 난 다음, 이렇게 중얼거렸다. 재미로 듣기에 적당한 이야기는 아니라는 생각도 들었다. 그런들 어떠랴. 쓴 약초와 같은 딘 부인의 이야기에서 몸에 좋은 약을 뽑아내기로 하자. 그리고 워더링 하이츠에서 본 캐서린 히스클리프의 빛나는 두 눈에 숨어 있는 매력을 경계하기로 하자. 내가 그 젊은 과부에게 마음을 빼앗겼는데 그녀가 자기 엄마의 재판(再版)이라면 그야말로 곤란한 입장에 처하게 될 테니까!

제2권

제15장

또 한 주일이 지났다. 그만큼 건강이 회복되었고, 그만큼 봄도 가까워졌다! 가정부가 자신의 본업인 집안일을 보는 틈틈이 시간을 내어 내 이웃의 내력을 전부 다 들려주었다. 조금 요약은 하겠지만 그녀가 말하는 식으로 계속 서술하려고 한다. 상당한 수준의 이야기꾼인 그녀보다 이야기를 더 잘 풀어 나갈 수 있다고 생각하지 않기 때문이다.

하이츠에 갔다 온 날 저녁, (그녀는 이렇게 운을 뗐다) 히스클리프를 보지는 못했지만 근처에 와 있음을 느낄 수 있었어요. 그래서 밖에 나가는 걸 피했지요. 편지를 아직 주머니에 넣고 다니는 터라 다시 협박이나 시달림을 당하기 싫었거든요.

또 캐서린이 편지를 읽고 어떤 반응을 보일지 알 수가 없었기 때문에, 린턴 씨가 출타했을 때 편지를 주기로 마음먹었습니다. 그래서 사흘 후에야 전하게 됐지요. 나흘째 되던 주일날, 집안사람들이 교회에 가고 난 후 그녀의 방으로 편지를 갖고 간 거지요.

남자 하인이 한 사람 남아 저와 함께 집을 지키고 있었습니다. 식구들이 예배를 보러 간 동안에는 대개 문을 잠그고 있는데, 그 날은 하도 날씨가 따뜻하고 좋아서 활짝 열어 놓았어요. 누가 올지 알고 있었고, 또 약속을 지키기 위해, 남아 있던 남자 하인에게 안주인이 오렌지를 몹시 먹고 싶어 하니 급히 마을로 달려가서 외상으로 몇 개 가져오라고 시켰지요. 그가 출발하는 것을 보고 저는 위층으로 올라갔습니다.

린턴 부인은 헐렁한 흰옷 차림에 가벼운 숄을 걸치고 늘 그러하듯 열어 놓은 창문 앞에 앉아 있었어요. 발병 초기에 얼마간 잘라내야 했던 그녀의 탐스럽고 긴 머리칼은 빗질만 한 채 자연스럽게 관자놀이며 목덜미에 늘어뜨렸고요. 제가 히스클리프에게 말한 대로 그녀의 외모는 변했지만, 안정적인 상태일 때는 이 세상 사람 같지 않은 아름다움이 그 변화 속에 드러났답니다.

빛나던 두 눈은 꿈을 꾸는 듯 우수가 깃든 부드러운 눈매로 변했어요. 그녀의 눈은 더 이상 주변의 것을 바라보지 않았지요. 항상 저 너머 아주 먼 곳을, 이 세상 너머를 응시하는 것 같았답니다. 살이 다시 붙으면서 초췌할 정도로 여위어 보이지는 않았어요. 하지만 창백한 얼굴과 정신병 환자 특유의 표정에는, 왜 그런 표정이 나타나는지 안쓰럽게 암시하면서 보는 사람의 마음을 흔들어 놓는 무엇이 있었지요. 그녀를 볼 때마다 저는 늘 그런 느낌을 받았고, 보는 사람이면 누구나 그랬을 텐데요. 회복의 기미가 완연함에도 죽음의 그림자가 드리워졌다는 강한 인상을 지울 수가 없었답니다.

앞 창턱에는 책이 한 권 놓여 있었는데 미풍에 책장이 이따금 팔락거리더군요. 그녀의 남편이 놓아둔 것 같았어요. 그녀가 책을 읽는 등 기분 전환을 하려는 어떤 노력도 기울이지 않아 린턴 씨는 몇 시간이고 무엇이든 이전에 즐겨 했던 일에 관심을 갖게 만들려고 애를 썼지요.

그녀도 남편이 왜 그러는지를 알기에, 그나마 기분이 좀 좋을 때에는 애쓰는 대로 놔두다 이따금 권태로운 한숨을 억누름으로써 그 모든 것이 부질없음을 보여 주고, 결국에 가서는 그지없이 슬픈 미소나 키스로 그만두게 만드는 거예요. 어떤 때는 뾰로통해져서, 외면한 채 두 손으로 얼굴을 가리거나, 심지어는 화를 내며 남편을 떠밀기도 했지요. 그럴 때는 그녀에게 도움이 되지 않는다는 걸 알고 그도 아내가 혼자 있도록 배려했습니다.

기머턴 교회의 종은 아직도 울리고 있었습니다. 그 소리와 함께 넘실대며 흐르는 골짜기 시냇물 소리가 마음을 달래듯 귓가를 스치더군요. 집 주변 나무가 무성해지는 여름철이 되면 나뭇잎의 속삭임 때문에 들리지 않게 되는 아름다운 음악 소리지요. 워더링 하이츠에서는 눈이 한바탕 녹거나, 장마철 다음의 조용한 날에는 언제나 시냇물 소리를 들을 수 있답니다. 그리고 캐서린은 그 소리에 귀를 기울이며 워더링 하이츠 생각을 하고 있었을 거예요. 그녀가 생각하거나 귀를 기울일 수 있다면 말이지요. 그러나 아까 말씀드린 것처럼 멍하니 먼 데를 보고 있는 표정으로는 눈으로나 귀로나 물질계의 것을 인식하는 것 같지 않았답니다.

"편지가 왔어요, 아씨." 저는 그녀의 무릎에 놓인 손에 편지를 살짝 쥐여 주면서 말했습니다. "답을 해야 하니까 지금 바로 읽으셔야 합니다. 제가 겉봉을 뜯을까요?"

"그래." 그녀는 눈길을 돌리지도 않고 대답하더군요.

겉봉을 뜯었어요. 편지 내용은 아주 짤막했습니다.

"자." 제가 다시 덧붙였지요. "읽어 보세요."

그녀가 손을 빼내서 편지가 바닥에 떨어졌습니다. 저는 그것을 그녀의 무릎에 다시 올려놓고 내려다볼 마음이 들 때까지 서서 기다렸지요. 그러나 좀처럼 그럴 기색이 없어서 급기야 이렇게 말했어요.

"제가 읽어 드릴까 봐요? 히스클리프 씨한테서 온 편진데요."

그러자 그녀는 흠칫 놀라며 되살아난 기억에 괴로운 빛을 띠더니 생각을 가다듬으려고 애쓰는 거예요. 편지를 집어 들고 읽는 듯하더니 히스클리프라는 서명을 보고는 한숨을 내쉬더군요. 그러면서도 편지의 내용을 이해하는 것 같지는 않았어요. 제가 회답을 보내야 한다고 말하자, 그녀는 그 이름을 가리키더니 슬프면서도 궁금한 표정으로 간절히 저를 바라볼 뿐이었지요.

"저, 그분이 아씨를 만나고 싶다고 해요." 설명할 필요가 있다고 짐작하고 덧붙였어요. "지금 정원에서 제가 어떤 회답을 갖고 올지 초조하게 기다리고 있을 거예요."

이렇게 말하면서도 양지바른 풀밭에 누워 있던 큰 개 한 마리가 짖을 태세로 귀를 쫑긋하였다가 도로 내리고, 다가오고 있는 누군가가 낯선 사람이 아니라는 듯 꼬리를 흔드는 것을 눈여겨보았습니다.

린턴 부인은 몸을 앞으로 숙이고 숨을 죽이며 귀를 기울이더군요. 1분 후에 현관 쪽에서 발소리가 났습니다. 문이 열려 있었으니 히스클리프가 들어오고 싶은 유혹을 뿌리치지 못한 거지요. 십중팔구 제가 약속을 지키지 않으려고 피한다는 생각에 자기 배짱만 믿고 일을 저지르기로 작정한 모양이었어요.

캐서린은 긴장된 표정으로 문 쪽을 열심히 바라보더군요. 히스클리프는 곧바로 방을 찾지 못했습니다. 그러자 그녀가 그를 안내하라는 뜻의 손짓을 했지요. 그런데 제가 미처 방문 쪽으로 가기 전에 방을 찾아낸 그는 한두 걸음에 캐서린 옆으로 달려와 그녀를 품에 안았답니다.

5분쯤은 말도 하지 않고 껴안은 팔을 풀지도 않은 채 그가 평생한 것보다 더 많은 키스를 퍼부었어요. 그래도 키스를 먼저 한 쪽은 린턴 부인이었습니다. 히스클리프는 마음이 너무 아파서 차마 그녀의 얼굴을 똑바로 보지 못하는 게 분명했어요. 그녀를 보는 순간, 제가 그렇게 생각했듯이, 결국 회복의 가능성이 없다는 것, 그리고 곧 죽을 것이라는 확신이 그의 가슴을 때린 거지요.

"아, 캐시! 내 생명보다 소중한 당신! 내가 어떻게 견딜 수 있겠어." 그가 한 첫마디였는데, 절망을 감추려고도 하지 않더군요.

그때 그가 그녀를 너무도 뚫어져라 바라보았기 때문에 눈길의 강렬함만으로도 눈에 눈물이 괼 것만 같았습니다. 하지만 그의 두 눈은 고통으로 타오를 뿐 눈물로 녹아내리지 않더군요.

"이건 또 뭐야?" 캐서린은 이렇게 말하고, 몸을 뒤로 젖히면서 갑자기 이마를 찌푸리더니 그를 마주 바라보았어요. 그녀의 기분은 풍향계처럼 변화무쌍한 변덕에 오락가락했거든요. "히스클리프, 너하고 에드거가 내 가슴을 찢어 놓았어! 그러면서도 둘 다 불쌍한 건 자기들인 것처럼 내 앞에서 애통해하지! 나는 너희들을 불쌍하게 생각하지 않을 거야. 그럼, 않고말고. 네가 날 죽인 거야. 그 덕에 잘 살고 있는 것 같은데. 건장하기도 하네! 내가 죽은 뒤에 몇 해나 더 살 작정이야?"

히스클리프가 캐서린을 껴안기 위해 꿇고 있던 한쪽 무릎을 펴 일어서려 하자 그녀는 그의 머리카락을 부여잡고 일어나지 못하게 막았습니다.

"이렇게 잡고 있을 수 있으면 좋겠어." 그녀는 쓰디쓰게 내뱉었습니다. "우리 둘 다 죽을 때까지! 네가 어떤 고통을 당해도 나는 아랑곳하지 않을 거야. 네 고통에 조금도 마음 쓰지 않을 거야. 너만 괴롭지 말라는 법이 어디 있어? 나도 괴로워하고 있는데! 넌 날 잊어버릴 거니? 내가 땅에 묻히고 난 뒤 행복할 수 있어? 20년 뒤엔 이렇게 말할 거야? '저게 캐서린 언쇼의 무덤이다. 오래전에 난 그녀를 사랑했고 그녀를 잃었을 때 불행했다. 그러나 그건 지난 일이다. 그 후 난 여러 사람을 사랑했고 이젠 내 아이들이 그녀보다 더 소중하다. 죽을 때 난 그녀에게로 간다고 기뻐하기보다는 아이들을 두고 떠나는 게 슬플 것이다!' 그렇게 말할 거야, 히스클리프?"

"날 그렇게 괴롭히면 나도 너처럼 미치고 말 거야." 히스클리프는 그녀의 손에 잡혀 있던 머리카락을 흔들어 빼더니 이를 갈면서 외쳤어요.

냉정하게 바라보는 제3자의 눈에 두 사람의 모습은 기이하고도 섬뜩했습니다. 육신을 벗어남으로써 이 세상에서 갖고 있던 성격까지 버리지 않는 한, 캐서린은 천국에 가더라도 귀양을 왔다고밖에는 생각하지 않을 것 같았어요. 그때 그녀의 창백한 뺨과 핏기를 잃은 입술과 번쩍이는 눈에는 사나운 복수심이 서려 있었답니다. 그리고 거머쥔 손가락에는 잡고 있던 히스클리프의 머리칼이 한 줌 남아 있었고요. 한편 히스클리프는 한 손으로 몸을 일으키려고 하면서도 다른 한 손으로는 그녀의 팔을 잡고 있었는데, 병자를 섬세하게 다룰 줄 몰랐기 때문에 그가 그녀의 팔을 놓았을 때 그 핏기 없는 피부엔 네 개의 손가락 자국이 또렷이 멍으로 남았습니다.

"귀신이라도 들린 거야?" 히스클리프가 사납게 다그쳤어요. "죽어 가면서 내게 그런 식으로 말하다니. 지금 그 말이 내 머릿속에 각인되어 네가 죽고 난 후 영원히 내 마음을 파먹어 들어가리라는 생각을 못하는 거야? 내가 널 죽였다고 말하지만 그게 거짓말이라는 건 너도 잘 알잖아. 그리고 내가 살아 있음을 잊을 수 없는 것처럼, 캐서린, 널 잊을 수 없다는 걸 알잖아. 네가 땅에 묻혀 고이 잠든 동안 지옥 같은 고통에 몸부림치리라는 것만으로 지독한 이기심을 만족시킬 수는 없는 거야?"

"난 고이 잠들지 못할 거야." 캐서린은 맹렬하게 뛰는 심장의 고르지 못한 박동으로 쇠잔한 육체를 떠올린 듯 신음을 했어요. 지나친 마음의 격동으로 그녀의 심장이 쿵쾅쿵쾅 뛰는 것을 들을 수 있을 정도였습니다.

캐서린은 발작 때문에 말을 하지 못하다가 조금 부드러운 어조로 이렇게 말을 잇더군요.

"히스클리프, 네가 나보다 더 큰 고통을 당하는 건 원치 않아. 난 우리가 언제까지라도 헤어지지 않기를 바랄 뿐이야. 그러니까 내가 한 말이 나중에라도 널 괴롭히거든 땅속에서 나 역시 괴로워한다고 생각하고 용서해. 다시 와서 앉아. 넌 내게 해를 끼칠 일을 한 적이 없어. 그러지 마. 내 심한 말을 기억하는 것보다 마음에 분노를 품고 있는 것이 더 나쁠 거야. 다시 이리 오지 않겠어? 이리 와!"

히스클리프는 그녀의 의자 뒤로 가서 허리를 굽혔지만, 그녀에게 얼굴이 보일 만큼 굽히지는 않았습니다. 그의 얼굴은 감정에 북받쳐 납빛이 되었지요. 그녀가 그를 보려고 고개를 돌리자 그는 얼굴을 보이지 않으려고 갑자기 돌아서더니 벽난로 쪽으로 걸어가 우리에게 등을 돌린 채 말없이 서 있었어요.

린턴 부인은 의심스러운 눈초리로 그를 바라보았어요. 그의 거동 하나하나가 그녀의 가슴속에 새로운 감정을 일깨웠나 봅니다. 한참을 말없이 바라보고 나서 실망과 분노가 담긴 어조로 제게 이렇게 말하더군요.

"저것 보라구, 넬리! 무덤에서 날 구해 낼 수 있다고 해도 성질을 조금 누그러뜨릴 생각이 없다니까! 날 사랑한다면서! 하지만 괜찮아! '내' 히스클리프는 저렇지 않아. 나는 내 히스클리프를 사랑할 거고, 저승까지라도 데리고 갈 거야. 그는 내 영혼 안에 있으니까." 그리고 생각에 잠긴 채 이렇게 덧붙였습니다. "제일 못 견디겠는 건 이 부서진 감옥이야. 여기 갇혀 있는 데 지쳤어. 하루

빨리 저 영광스러운 세계로 가서 그곳에 머물기를 애타게 기다릴 따름이야. 눈물이 앞을 가려 어슴푸레하게밖에 볼 수 없고, 아픈 마음의 벽에 갇혀 동경하는 것이 아니라, 정말 그곳과 하나 되어, 그 안에 있고 싶은 거야. 넬리는 나보다 나은 처지이고 더 복 받았다는 생각을 하지? 건강하고 기운이 넘치니까 내가 불쌍할 거야. 그러나 머지않아 상황이 바뀔 거야. 내가 넬리를 불쌍하다고 생각하게 될걸. 나는 비할 바 없이 멀고 높은 곳에 가 있을 거야. 히스클리프는 가까이 오지도 않을 건가 봐." 그녀는 혼자 계속해서 말을 이어 갔습니다. "내 곁에 있고 싶어 하는 줄 알았는데. 히스클리프, 응? 이제 심통 그만 부리고 나 있는 데로 와. 히스클리프!"

열심을 내던 그녀가 의자 팔걸이에 몸을 지탱하며 일어섰어요. 캐서린의 간절한 호소에 히스클리프는 완전히 자포자기한 얼굴로 돌아보았어요. 숨을 거칠게 몰아쉬며 눈물에 젖은 눈을 부릅뜨고 번쩍이는 눈빛으로 그녀를 쏘아보았지요. 그 순간 두 사람이 떨어져 있었는데 어떻게 서로 부둥켜안게 되었는지 모르겠어요. 몸을 내던진 캐서린을 그가 얼른 받아 안았는데, 우리 안주인은 그 포옹에서 살아 있는 채로 풀려날 것 같지 않았어요. 사실은, 곧바로 정신을 잃었던 것 같아요. 히스클리프는 제일 가까운 의자에 몸을 던졌고, 그녀가 까무러쳤는지 보려고 제가 급히 달려가자 그는 저를 향해 이를 갈며 미친개처럼 입에 거품을 물고 행여 뺏길세라 욕심 사납게 그녀를 끌어안는 거예요. 같은 사람이라는 생각이 들지 않을 정도였지요. 말을 걸어 보았자 알아들을 것 같지도 않아서 저는 입을 다문 채 물러나서 발만 동동 굴렀지요.

얼마 후 캐서린이 움직이는 바람에 마음을 좀 놓았습니다. 그녀는 손을 올려 히스클리프의 목을 끌어안고 그렇게 안긴 채 그의 뺨에 자기 뺨을 비볐습니다. 그도 필사적으로 그녀를 애무하면서 이렇게 격정을 토로하는 거예요.

"네가 얼마나 잔인했는지, 얼마나 잔인하게 날 배반했는지 잘도 가르쳐 주는구나. 왜 날 천하다고 깔보았어? 왜 네 마음을 배반한 거야, 캐시? 한마디도 위로의 말을 할 수 없어. 넌 이런 일을 당해도 싸. 네가 널 죽인 거야. 그래, 키스를 하고 울어. 그리고 내게서도 키스와 눈물을 쥐어짜 가렴. 내 키스와 눈물이 널 말라 죽여 파멸시킬 거야. 넌 날 사랑했어. 그런데 무슨 권리로 날 버린 거야? 무슨 권리로? 대답해 봐. 린턴에게 하찮은 호의를 느꼈기 때문에? 가난도, 신분의 전락도, 죽음도, 그리고 신이나 악마가 우리에게 가할 수 있는 어떤 것도 우리 사이를 갈라놓을 수 없었는데, 네가 자발적으로 날 버린 거야. 내가 네 마음을 찢어 놓은 게 아니라 너 자신이 찢어 놓았어. 그리고 그렇게 해서 내 가슴도 찢어 놓은 거야. 내가 건강한 만큼 더 나쁘지. 내가 살고 싶은 줄 알아? 그게 도대체 어떤 삶이겠어? 너 같으면 영혼을 무덤에 묻은 채 살고 싶겠어? 네가…… 오 하느님!"

"날 그냥 놔둬. 날 그냥 놔둬." 캐서린이 흐느끼면서 말했습니다. "내가 잘못했다면 그래서 죽는 거야. 그걸로 됐어. 너도 날 두고 갔잖아? 그러나 널 나무라지는 않겠어. 나는 널 용서해. 그러니 너도 날 용서해."

"어떻게 용서할 수 있겠어. 네 눈을 보고 여윈 손을 어루만지면서." 그가 대답했습니다. "다시 키스해 줘. 하지만 네 눈을 보지 않게 해 줘. 난 나의 살인자를 사랑하는 거야. 하지만 네 살인자는! 어떻게 그자를 용서할 수 있겠어?"

그들은 가만히 앉아 있었습니다. 서로의 얼굴에 얼굴을 묻은 채, 서로의 눈물로 얼굴을 적시면서. 둘 다 울었던 것 같았어요. 히스클리프조차도 이렇게 특별한 일을 당하면 울 수 있나 봅니다.

그러는 동안 저는 점점 마음이 불안해졌어요. 오후 반나절이 불현듯 지나가서, 제가 심부름을 보낸 사람도 돌아왔고, 골짜기로 기울어진 서녘 햇살에 기머턴 교회 밖으로 사람들이 밀려 나오는 것이 보였기 때문이었지요.

"예배가 끝났어요." 제가 경고했습니다. "반 시간만 있으면 서방님이 돌아오실 거예요."

히스클리프는 신음처럼 욕설을 내뱉고 캐서린을 더욱 힘주어 껴안더군요. 캐서린은 조금도 움직이지 않았어요.

시간이 얼마 지나지 않아 하인들 한 무리가 정원을 지나 부엌 뒤쪽으로 지나가는 것이 보였습니다. 린턴 씨도 조금 떨어져 따라왔고요. 그는 대문을 손수 열고 여름처럼 부드러운 바람이 부는 아름다운 오후를 즐기듯 천천히 걸어 들어왔지요.

"그분이 돌아오세요." 제가 소리쳤지요. "제발 빨리 내려가요! 앞 층계로 내려가면 아무도 마주치지 않을 거예요. 빨리 서둘러요. 그리고 서방님이 집 안으로 아주 들어올 때까지 숲에 숨어 있어요."

"캐시, 나 가야 해." 히스클리프가 자기를 껴안고 있는 캐서린의 팔을 풀려고 하면서 말했습니다. "그러나 목숨이 붙어 있는 한 네가 잠들기 전에 다시 올게. 네 창문에서 5미터도 떨어져 있지 않을 거야."

"가면 안 돼!" 캐서린이 있는 힘을 다해 그를 붙잡으며 말하더 군요. "난 안 보낼 거야."

"한 시간 동안만." 그가 애원했습니다.

"1분도 안 돼." 캐서린이 대꾸했지요.

"정말 가야 해. 린턴이 곧 올라올 거야." 불안해진 침입자가 계속 설득했어요.

히스클리프가 몸을 일으킴으로써 그녀의 손가락을 풀려고 하자 그녀는 숨을 가쁘게 몰아쉬면서 매달리더군요. 그녀의 얼굴에는 실성한 사람의 단호함이 드러났습니다.

"안 돼!" 캐서린이 비명을 질렀어요. "아, 가지 마. 가지 마. 이 게 마지막이야. 에드거도 우리를 어쩌지는 않을 거야. 히스클리 프, 난 죽어! 죽는단 말이야!"

"빌어먹을 녀석 같으니. 저기 오는군." 히스클리프는 이렇게 내 뱉고는 의자에 털썩 주저앉았습니다. "쉿, 내 사랑, 가만! 진정해! 여기 있을게. 여기서 그놈의 총을 맞는다 해도 축복의 기도를 드 리고 숨을 거둘 테야!"

그리고 다시 꼭 껴안는 것이었어요. 저는 린턴 씨가 층계를 올 라오는 소리를 듣자 이마에서 식은땀이 흘렀습니다. 대경실색할 노릇이었지요.

"실성한 사람의 헛소리에 귀를 기울이겠다는 거예요?" 제가 열이 나서 말했어요. "아씨는 자기가 무슨 말을 하는지도 몰라요. 아씨가 자기 앞가림을 할 정신이 없다고 당신이 나서서 아씨를 망쳐 놓을 작정이에요? 일어나요, 당장! 뿌리칠 수 있잖아요. 당신이 저지른 몹쓸 짓 중에서 이게 최악이에요. 우리들 모두 — 서방님이고 아씨고 하인이고 — 이걸로 다 끝장났어요."

저는 두 손을 맞잡고 악을 썼습니다. 그 소리를 듣고 린턴 씨가 황급히 달려왔지요. 이렇듯 황망한 중에도 캐서린의 팔이 축 늘어지고 머리가 앞으로 꺾이는 걸 보면서 정말 다행이라는 생각이 들더군요.

'까무러쳤거나 죽은 거야.' 저는 생각했습니다. '오히려 잘된 거지. 주위 사람들 모두에게 짐이 되고 불행을 가져오는 사람으로 살아 있는 것보다는 죽는 게 훨씬 낫지.'

린턴 씨는 놀라움과 노여움으로 하얗게 질려 불청객에게 덤벼들더군요. 그가 어떻게 할 작정이었는지는 알 수 없어요. 하지만 상대가 죽은 거나 진배없는 캐서린을 즉시 안겨 줌으로써 어떤 식의 감정 표현도 막아 버렸지요.

"이걸 좀 봐요." 그가 말했습니다. "당신이 악마가 아니라면 그녀를 먼저 돌보고 난 다음에, 그리고 내게 할 말이 있으면 그때 하시오."

그는 응접실로 걸어가 앉았습니다. 린턴 씨가 저를 불렀지요. 아주 어렵사리, 여러모로 손을 쓰고 나서야, 우리는 겨우 그녀의 의식을 돌려놓을 수 있었답니다. 그러나 그녀는 정신을 잃고, 한숨을 쉬며 신음 소리를 낼 뿐 아무도 알아보지 못하는 거예요. 린턴 씨는 아내 걱정에 원수 같은 그녀의 친구를 잊어버렸지요. 하지만 저는 아니었습니다. 틈이 나자마자 그에게로 달려가서 캐서린은 조금 나아졌으며, 오늘 밤 경과는 내일 아침 알려 주겠다고 다짐하고 가 주기를 간청했어요.

"집 밖으로 나가는 걸 거부하지는 않겠어. 그렇지만 정원에 있을 테야. 그리고 넬리, 내일 약속은 잊지 말아 줘. 나는 저기 낙엽송 아래 있을 테니까. 정말이야! 그렇지 않으면 린턴이 있든 없든 다시 찾아올 거야."

반쯤 열린 방문으로 침실 안을 힐끗 들여다보고, 제 이야기가 틀림없다는 것을 확인하고 나서야 이 불길한 존재는 자취를 감췄답니다.

제16장

그날 밤 자정 무렵에 태어난 아기가 바로 주인님이 워더링 하이츠에서 보신 그 캐서린인데, 손바닥만 한 칠삭둥이였습니다. 그리고 두 시간 뒤에 아이 엄마는 히스클리프가 없다는 것도 모르고 남편을 알아볼 만큼 의식을 회복하지 못한 채 세상을 떠났지요.

아내를 잃은 린턴 씨의 비통은 돌이켜 생각하기도 너무 고통스러운 화제랍니다. 그 슬픔이 얼마나 깊이 스며들었는지는 이후 나타난 결과로 알 수 있을 거예요.

제 관점에서 봤을 때 더 큰 불행은 린턴 씨가 법정 상속인이 될 아들을 얻지 못하고 홀아비가 되었다는 것이었죠. 엄마를 잃은 허약한 아기를 바라보며 저는 그 점을 개탄했습니다. 그리고 돌아가신 린턴 댁 어른이, 물론 팔이 안으로 굽은 탓이었겠지만, 손녀보다 당신의 따님에게 재산이 가도록 정해 놓은 것을 마음속으로 원망하였답니다.

그 불쌍한 아기는 환영을 받지 못했습니다! 태어나서 처음 몇 시간 동안은 울다가 지쳐 죽었다 해도 누구 하나 거들떠보지 않았을 겁니다. 그렇게 무관심했던 데 대해 나중에 보상을 해 주었지만, 그 아이의 시작은 — 아마 마지막도 그렇게 될 듯싶네요 — 고립무원 상태였지요.

다음 날 아침은 밝고 화창했어요. 고즈넉한 방의 차양 틈새로 아침 햇살이 새어 들어와 침상과 그 위에 누워 있는 시신을 아늑하고 부드러운 빛으로 감쌌습니다.

에드거 린턴은 눈을 감은 채 베개를 베고 누워 있었어요. 그의 젊고 수려한 이목구비는 옆에 누워 있는 시신과 마찬가지로 숨을 거둔 것처럼 미동도 하지 않았습니다. 그런데 그의 모습에 고뇌에 지친 뒤의 정적이 서려 있다면, 그녀의 모습에는 다시없는 평온함이 깃들어 있었지요. 매끈한 이마하며, 눈을 감은 채 살짝 미소를 띠고 있는 입술하며, 그녀의 모습은 하늘의 천사가 무색할 지경으로 아름다웠어요. 저도 그녀가 잠들어 있는 무한한 고요를 함께 나누었답니다. 거룩한 안식의 고요한 상(像)을 물끄러미 바라보던 그 순간만큼 경건한 마음을 가져 본 일이 없었던 것 같아요. 저도 모르게 불과 몇 시간 전에 그녀가 했던 말을 떠올렸습니다. "비할 바 없이 멀고 높은 곳에 가 있겠지. 아직도 지상에 머무르고 있든, 이제는 천국에 가 있든 그녀의 영혼은 하느님 품 안에 편안히 안긴 거야!"

제가 유별나서 그런지는 모르겠지만, 미친 듯 절망에 빠져 애도하는 사람과 함께하는 것이 아니라면, 시신을 모신 방을 지키는 의무를 거의 언제나 기쁘게 받아들인답니다. 그곳에는 이승도 저

승도 범접할 수 없는 안식이 있거든요. 그리고 앞으로 올, 끝도 없고 그림자도 없는 세상에 대한 확신 같은 걸 느낄 수 있고요. 고인이 들어간 영원한 세계, 영생과 가없이 조화로운 사랑과 한없이 충만한 복락(福樂)이 있는 곳 말이지요. 저는 그때 린턴 씨가 캐서린의 복된 해방을 슬퍼하는 것을 보고, 그의 사랑과 같은 사랑에도 크나큰 이기심이 깃들어 있구나 하고 생각했어요.

물론 참을성이라고는 눈곱만큼도 없이 제멋대로 살다 간 그녀가 평화로운 안식처에 들어갈 자격이 있기나 한지 의심할 수는 있었을 거예요. 냉정하게 따지고 들면 그런 의구심이 들기도 하지요. 하지만 그때 그녀의 시신 앞에서는 그럴 수 없었답니다. 그녀의 시신에 평온함이 너무나 뚜렷이 나타나서 그곳에 머물던 영혼도 평온함을 얻었다고 보증하는 것 같았거든요.

"그런 사람들도 저세상에 가면 행복할 거라고 생각하세요? 저는 그게 아주 궁금해요."

딘 부인의 물음이 어딘지 이단적이라는 느낌이 들어 나는 대답을 피했다. 딘 부인도 그냥 이야기를 계속했다.

"캐서린 린턴의 일생을 돌이켜 보면 저세상에서 행복할 자격이 없다는 생각이 드는군요. 하지만 그녀의 일은 하느님께 맡기기로 하지요.

린턴 씨가 잠이 든 것 같아서, 저는 해가 뜨자마자 방에서 나와 맑고 신선한 공기를 쐬러 바깥으로 빠져나왔습니다. 하인들은 제가 장시간 지키고 앉아 있었기 때문에 졸음을 쫓으려 나왔겠거니 하고 생각했겠지만, 사실은 히스클리프 씨를 만나려는 것이 저의 주된 목적이었어요. 그가 밤새 낙엽송 숲에 남아 있었다 하더라도, 기머턴에 간 심부름꾼의 말발굽 소리를 듣지 못했다면, 저택 안에서 일어난 소동은 전혀 듣지 못했을 것이거든요. 혹 그가 좀 더 가까이 서 있었다면 이리저리 움직이는 불빛하며 바깥문들이 여닫히는 것을 보고 집 안에서 심상치 않은 일이 벌어지고 있음을 알아차릴 수 있었겠지만요.

그를 만나러 나섰지만, 다른 한편 그를 만나는 게 겁이 나기도 했습니다. 그 끔찍한 소식을 전해 주지 않으면 안 된다, 어서 그 이야기를 해 버려야지 생각하면서도 막상 어떻게 운을 떼어야 할 지 난감했거든요.

그는 거기 있었습니다. 조림지 숲으로 몇 미터쯤 더 들어간 곳 이었지만요. 모자를 벗은 채 고목이 된 물푸레나무에 기대서 있었는데 싹튼 가지에 맺힌 이슬이 빗물처럼 떨어져 머리카락이 흠뻑 젖었더군요. 그 자리에 그대로 오랫동안 서 있었나 봅니다. 지빠귀 한 쌍이 1미터도 채 떨어지지 않은 곳에서 바삐 오가며 둥지를 치고 있었는데, 가까이 있는 그를 나무토막인 줄 알았던 거지요. 제가 가까이 다가서자 새들은 날아가 버렸고, 고개를 든 그는 이렇게 말했습니다.

"캐서린은 죽었지! 그 이야길 들으려고 넬리를 기다린 건 아니야. 손수건일랑 치워. 내 앞에서 눈물을 짜지 말란 말이야. 빌어먹을 것들! 캐서린에게 너네들 따위의 눈물은 필요 없어!"

저는 캐서린을 위해, 또 그를 위해 울었습니다. 남은 물론 자기 자신에 대해서도 연민이라곤 없는 사람들을 불쌍히 여길 때가 있잖아요. 그의 얼굴을 보자마자 저는 그가 캐서린의 죽음을 알고 있다는 걸 짐작할 수 있었어요. 입술을 달싹거리는 걸 보고, 그가 마음을 가라앉히고 기도를 드리는구나 하는 멍청이 같은 생각까지 했답니다.

"네, 죽었어요!" 흐느낌을 억누르고 뺨에 흐르는 눈물을 훔치면서 제가 대답을 했습니다. "천국으로 갔을 거예요. 우리가 적절한 교훈을 얻어 악을 버리고 선을 좇는다면 모두 그곳에서 그녀를 만날 수 있겠지요."

"그럼 캐서린은 적절한 교훈을 받아들인 모양이지?" 히스클리프는 일부러 조롱하듯 묻더군요. "성자처럼 죽었단 말이야? 자, 어떻게 죽었는지 그대로 이야기해 줘. 어떻게 해서—"

그는 그녀의 이름을 말하려고 했지만 결국 소리를 내지 못하더군요. 입을 악다물고 말없이 마음의 고통과 싸우면서도 저의 동정을 사나운 눈초리로 거부하는 것이었습니다.

"어떻게 죽었느냔 말이야?" 마침내 그가 다시 물었습니다. 마음의 고통을 이기려는 몸부림 때문에 건장한 몸인데도 기댈 나무를 더듬어 찾지 않을 수 없었어요. 자기도 모르게 손끝까지 떨고 있더라고요.

'가엾은 녀석.' 제 혼자 생각이었습니다. '너도 다른 사람들과 마찬가지로 심장이 있고 신경이 있었단 말인가! 왜 그 사실을 숨기려고 애쓰는 거지? 네 오만을 하느님이 모르실까 봐! 굴복하겠다는 울부짖음이 나오게 만들어 보라고 하느님을 시험하는 꼴이지!'

"어린 양처럼 조용히 숨을 거두었어요!" 제가 큰 소리로 대답했어요. "마치 잠자던 아이가 깨려고 할 때 그러하듯 한숨을 들이쉬고, 몸을 쭉 펴더니 다시 잠에 빠져들었지요. 그러고는 5분쯤 있다가 숨을 한 번 힘없이 내쉬더니 그만 멎어 버리더군요!"

"그리고…… 한 번이라도 내 말을 하던가?" 그 물음에 대한 대답이 차마 들을 수 없는 세부 사항으로 이어질까 봐 겁이 난 듯 그는 머뭇거리며 물었습니다.

"끝까지 의식을 회복하지 못했어요. 히스클리프 씨가 나간 후 아무도 알아보지 못했고요." 제가 대답했지요. "얼굴에 상냥한 미소를 띠고 누워 있었어요. 그리고 마지막 순간에는 즐거웠던 어린 시절의 일들이 떠올랐던 모양이에요. 아씨는 꿈속에서 삶을 마무리한 셈이랍니다. 부디 저세상에서도 그렇게 살며시 눈을 뜨기를."

"고통을 맛보며 눈을 뜨기를!" 갑자기 걷잡을 수 없는 격정에 사로잡혀 신음 소리를 내던 그가 발을 구르며 무서울 정도로 맹렬하게 외치는 거예요. "그래, 끝까지 거짓말쟁이였군! 어디로 갔지? 거기가 아니야. 천국이 아니지. 사라진 것도 아니야. 그러면 어디로 간 거지? 아! 넌 내 괴로움 같은 건 알 바 아니라고 했지! 난 한 가지만 기도하겠어. 내 혀가 굳을 때까지 기도하겠어. 캐서린 언쇼, 내가 살아 있는 한 편히 쉬지 못하기를! 내가 널 죽였다고 했지. 그러면 귀신이 되어 날 찾아와! 살해당한 사람은 살인자에게 귀신이 되어 찾아온다면서? 난 유령이 지상을 떠돌아다닌다는 걸 알고 있어. 언제나 나와 함께 있어 줘, 어떤 모양으로든. 차라리 미치게 해 줘! 제발 널 볼 수 없는 이 지옥 같은 세상에 날 내버려 두지 말란 말이야. 아! 난 견딜 수가 없어! 내 생명인 너 없이는 나도 못 살아! 내 영혼인 너 없이 살 수 없단 말이야!"

그는 옹이투성이인 나무에 머리를 몇 번이고 박았습니다. 그러고는 눈을 치뜨고 울부짖는데, 사람이 아니라 칼이나 창에 찔린 채 내몰려 죽어 가는 야수 같았어요.

나무껍질에 몇 군데 피가 튄 자국이 보였고 그의 손과 이마도 피로 물들었지요. 제가 목격한 그 장면이 밤중에도 여러 번 되풀이되었나 봅니다. 그런 모습에 연민이 생기지는 않았어요, 섬뜩할 따름이었지요. 그래도 그런 상태로 놔두고 돌아설 마음은 나지 않았습니다. 그러나 제가 지켜보고 있다는 것을 의식할 만큼 정신이 들자마자 돌아가라고 버럭 고함을 지르는 바람에 그렇게 했지요. 제 힘으로는 그를 진정시키거나 위로할 수 없었으니까요.

린턴 부인의 장례는 사망 후 첫 금요일에 치르기로 날을 정했습니다. 그리고 그때까지 뚜껑을 덮지 않은 관을 꽃이며 향기로운 나뭇잎을 뿌려 놓은 넓은 응접실에 놓아두었지요. 린턴 씨는 밤낮 없이 그 방에서 지내며 잠도 자지 않고 지키고 앉아 있었어요. 그리고 밤이 되면 바깥에서 히스클리프도 — 저 말고는 아무도 몰랐지만요 — 휴식을 모르기는 마찬가지였습니다.

그와 연락을 취한 것은 아니었지만, 기회가 되면 잠입할 의도임을 알고 있었답니다. 그래서 화요일 저녁 무렵, 어두워지고 얼마 있다가 어쩔 수 없는 피로 때문에 린턴 씨가 두 시간 정도 쉬기 위해 자리를 비웠을 때 제가 들어가서 창문 하나를 열어 놓았어요. 히스클리프의 끈기에 감동해 그의 우상의 바랜 영상에 마지막 작별을 할 수 있는 기회를 준 거지요.

그는, 조심스럽게 그리고 아주 잠깐, 그 기회를 놓치지 않고 이용했습니다. 얼마나 조심스럽게 움직였던지 왔다 갔구나 눈치를 챌, 요만큼의 소리도 내지 않았어요. 사실 시신의 얼굴을 가린 천이 헝클어지고 은실로 묶은 금발의 머리 단이 땅바닥에 떨어져 있는 것을 눈여겨보지 않았더라면 그가 왔었다는 걸 몰랐을 거예요. 유심히 살펴보니, 그 머리 단은 캐서린의 목에 걸었던 금합(金盒) 목걸이에서 뺀 것이 틀림없었습니다. 히스클리프가 금합 뚜껑을 열어 안에 든 것을 비우고 대신 자기의 검은 머리 단을 넣어 두었던 겁니다. 저는 두 머리 단을 감아 함께 넣어 주었지요.

언쇼 씨에게 장례식에 참석해 달라고 청했는데, 못 온다는 연락도 없이 끝내 오지 않았어요. 그리하여 린턴 씨 외에 문상객이라고는 소작인과 하인들밖에 없었습니다. 이사벨라는 부르지도 않았고요.

린턴 부인의 묘지가 교회 안 린턴 가문의 묘석 아래도 아니고, 그렇다고 바깥 그녀의 친척이 묻힌 곳도 아니어서, 마을 사람들은 의외로 생각했지요. 그녀의 시신을 교회 공동묘지 한구석의 푸른 비탈을 파고 묻었거든요. 그 부근의 담장이 낮아서 황야의 히스며 월귤나무가 기어 올라와 번졌고, 토탄질의 흙에 거의 파묻히다시피 한 곳이었어요. 린턴 씨도 나중에 거기 묻혔답니다. 수수한 비석이 양쪽 무덤 앞에 서 있고, 발치에는 묘의 경계를 이루기 위해 평범한 잿빛 상석을 놓았지요.

제17장

그 금요일을 마지막으로 한 달간이나 계속된 온화한 날씨가 끝났습니다. 날이 저물자 궂은 날씨로 변했지요. 남풍이 북동풍으로 방향을 바꾸면서 처음에는 비를 뿌리다가 나중에는 진눈깨비와 눈이 내리더군요.

이튿날 아침이 되자 여름 날씨가 3주 이상 계속되었다고는 믿어지지 않을 정도였어요. 앵초와 크로커스는 차가운 눈 더미에 덮였고, 종달새 소리도 들리지 않고, 일찍 새순이 돋은 나무의 어린 잎사귀들은 동해(凍害)를 입어 꺼멓게 변했답니다. 그처럼 쓸쓸하고 춥고 우울하게 그날 하루도 저물어 갔지요. 우리 주인은 방에서 나오지도 않았고요. 저는 텅 빈 응접실을 아기방으로 삼아 혼자 차지하고 있었습니다. 칭얼대는 인형만 한 아기를 무릎에 올려 놓고 어르면서 커튼이 없는 유리창에 눈송이가 소리 없이 날려 와서 쌓이는 것을 바라보고 있었지요. 그때 문이 열리더니 웬 사람이 숨이 턱에 차 들어오며 웃어 대는 거였어요.

순간 놀란 건 둘째치고 화가 났습니다. 하녀 중의 한 명이라는 생각에 호통을 쳤지요.

"무슨 짓이야! 어쩌자고 여기 와서 까부는 거야? 서방님께서 들으시면 뭐라고 하시겠어?"

"미안해!" 대꾸하는 소리를 들으니 귀에 익은 음성이었습니다. "하지만 에드거 오빠는 자고 있잖아? 그리고 나도 어쩔 수가 없어서 그래."

이렇게 말한 사람은 숨을 헐떡이며 옆구리를 손으로 누른 채 벽난로 쪽으로 다가오더군요.

"워더링 하이츠에서부터 내내 뛰어오는 길이야!" 그녀는 잠시 말을 끊었다가 다시 말을 이었습니다. "이따금 날아오기도 했지만, 몇 번이나 넘어졌는지 셀 수도 없어. 아야, 온몸이 쑤시네! 놀라지 마. 할 수 있게 되면 곧 설명할 테니까. 그리고 잠깐 나가서 마차를 준비시켜 기머턴까지 날 데려다 주라고 해 줘. 그리고 누구든 시켜 내 옷장에서 옷가지나 몇 벌 찾아오라 이르고."

갑자기 뛰어 들어온 사람은 다름 아닌 히스클리프 부인이었어요. 그녀가 웃을 형편이 아닌 것은 확실했습니다. 머리카락은 어깨까지 축 늘어진 채 눈에 젖어 물방울이 줄줄 흘렀고, 여느 때처럼 소녀풍의 옷은 유부녀라는 위치보다는 자기 나이에 어울리는 것이었지요. 깃이 깊이 패고 소매가 짧은 드레스는 얇은 비단이라 젖어서 몸에 찰싹 달라붙었고, 머리든 목이든 감싼 것 없이, 발에는 얇은 슬리퍼를 신었을 뿐이었어요. 게다가 한쪽 귀밑에 깊은 상처가 났는데 추위에 얼어서 피가 많이 흐르지는 않았지만, 핼쑥

한 얼굴은 긁힌 자국과 멍투성이였고 몸은 지쳐서 가누지 못할 지경이었답니다. 그러니 제가 이사벨라를 자상하게 살펴볼 여유를 갖게 된 뒤에도 애초의 놀라움이 별로 가시지 않았다고 생각하셔도 무리는 아닐 거예요.

"아이구, 아씨. 젖은 옷 다 벗고 마른 옷으로 갈아입을 때까지 난 여기서 한 발짝도 움직이지 않고 아무 말도 듣지 않겠어요. 그리고 정말이지, 오늘 밤엔 기머턴에 못 가요. 그러니까 마차를 부를 필요도 없어요."

"그래도 난 갈 거야." 이사벨라가 말했습니다. "걸어가든 타고 가든 말이야. 그런데 꼴사납지 않게 보이도록 옷을 갈아입는 데 반대하지는 않겠어. 에구머니, 이 목에 흐르는 거 좀 봐! 불을 쬐니까 따끔따끔 쑤시네."

제가 그녀의 지시 사항을 다 따르기 전에는 몸에 손도 못 댄다고 우겨서, 마부에게 채비를 하라 이르고 나서 하녀 하나가 필요한 옷가지를 꾸리기 시작한 다음에야 상처에 붕대를 감고 옷 갈아입는 걸 거들 수 있었습니다.

"자, 엘렌." 제가 일을 끝마치자 이사벨라는 찻잔을 앞에 놓고 벽난로 앞에 있는 안락의자에 앉더니 말을 꺼내더군요. "이리 앉아. 불쌍한 캐서린 언니의 아기는 저리 뉘어 놓고. 난 보기 싫단 말이야! 들어올 때 내가 경망스럽게 굴었다고 새언니 생각을 조금도 하지 않는다고 생각하면 안 돼. 난 지독히 울었어. 그래, 누구보다도 울 이유가 있었는걸. 엘렌도 기억하겠지만, 우린 화해도 못하고 헤어졌지. 그래서 난 나 자신을 용서할 수가 없어. 그렇긴

해도 그 인간을 동정하고 싶은 마음은 나질 않았어. 그 짐승 같은 놈을! 참, 그 부지깽이 좀 이리 줘! 몸에 지니고 있는 것 중에서 이게 마지막 그 작자 물건이야." 이사벨라는 가운뎃손가락에서 금반지를 빼더니 마룻바닥에 내던졌지요. "내 이걸 부숴 버릴 거야!" 어린아이가 분풀이하듯 반지를 두들겨 대더니 이렇게 덧붙이더군요. "그런 다음 태워 버리겠어!" 하고는 구박 덩어리 금반지를 집어서는 벽난로 불에 던져 버렸습니다. "좋아! 그자가 날 다시 끌고 가면 또 하나 사 내라고 하지 뭐. 오빠를 골탕 먹이려고 날 찾으러 올 수 있는 놈이야. 그 인간이 악독한 머리로 그런 생각을 짜낼까 봐 여기 있을 수 없는 거야! 게다가 에드거 오빠도 내게 다정하게 대해 주지 않았잖아? 난 오빠한테 도움을 청하러 오지 않을 거야. 오빠에게 더 이상 골칫거리를 안기지도 않을 거고. 어쩔 수 없어 이리로 몸을 피한 거지. 그렇지만 오빠가 자리를 비운 걸 몰랐다면 부엌에서 잠깐 쉬다가 세수나 하고 몸이나 녹인 다음, 사람의 탈을 쓴 그 저주받을 악귀의 손이 닿지 않는 곳으로 떠났을 거야! 아아, 그 인간이 어찌나 화를 내던지. 내가 붙잡혔다면! 힌들리가 그의 힘을 감당할 수 없다는 게 유감이야. 힌들리에게 그럴 힘이 있다면 그놈이 박살 나는 걸 보기 전까지는 도망쳐 나오지 않았을 텐데!"

"원, 아씨, 그렇게 빨리 말하지 말아요!" 제가 말을 가로막았습니다. "얼굴에 맨 수건이 풀려서 상처에서 또 피가 나겠어요. 차를 들고, 숨을 돌리고, 웃지는 말아요. 이 댁의 상황이나 아씨의 상황이나 웃음과는 전혀 어울리지 않아요."

"그건 맞는 말이야." 그녀가 대답했습니다. "저 애 좀 봐! 내내 울고 있잖아. 우는 소리를 듣지 않게 한 시간 동안만 좀 내보내. 그 이상은 여기 머무르지 않을 테니까."

종을 울려서 아기를 하녀에게 맡겼습니다. 그러고 나서 제가 물었지요. 이렇게 기막힌 상태로 워더링 하이츠에서 도망쳐 나올 수밖에 없는 연유가 무엇이며, 그리고 여기 있지 않겠다면 어디로 갈 작정이냐고요.

"여기서 내가 해야 할 의무가 있고, 또 있고 싶은 마음이야." 이 사벨라가 대답했어요. "오빠를 위로하고 조카를 돌보는 것, 두 가지만 생각해도 그렇고, 또 이 집이 진짜 우리 집이니까. 하지만 그 작자가 날 그냥 놔두지 않을 게 분명해! 내가 살이 통통하게 오르고 즐겁게 지내는 걸 보고 그놈이 가만히 있을 것 같아? 그리고 우리들이 평화롭게 지낸다고 생각하면 그 평화를 망치겠다고 다짐하지 않을 것 같아? 목소리를 듣거나 모습을 보기만 해도 비위가 상할 정도로 날 혐오하는 게 분명하다고 생각하니 이제 안심이 돼. 내가 나타나면 저도 모르게 증오로 안면 근육이 일그러지는 걸 느낄 수 있어. 내가 그를 증오할 수밖에 없는 이유를 알기 때문이고, 또 원래 갖고 있던 혐오감 때문이지. 내가 감쪽같이 자취를 감추기만 하면 날 찾으러 방방곡곡 다니지 않으리라는 확신이 들만큼 나에 대한 혐오감이 강한 거야. 그러니까 내가 아주 종적을 감춰야 해. 차라리 그의 손에 죽었으면 했던 애초의 바람은 이제 사라졌어. 제 놈이나 제 손에 죽으라지! 그 작자가 내 사랑을 효과적으로 말살해 버려서 이젠 마음이 편안해. 내가 그를 얼마나 사랑했는지 그 기억은 아직도 남아 있어. 그를 다시 사랑할 수 있을 거라는 생각이 희미하게나마 들어. 만약에 그가…… 아니, 아냐! 설령 날 끔찍하게 사랑한다 해도 그 악마 같은 성질은 어떻게든 그 모습을 드러냈을 거야. 캐서린 언니의 취향은 진짜 특이했나 봐. 그를 그만큼 잘 알면서도 그토록 소중하게 여겼으니 말이야. 괴물 같으니! 그 작자가 이 세상에서, 그리고 내 기억에서 사라졌으면 좋겠어!"

"쉿, 진정하세요! 그도 사람인걸요." 제가 말했습니다. "너그럽게 봐주세요. 세상에는 더 나쁜 사람들도 많아요!"

"그자는 사람이 아냐." 그녀가 반박했습니다. "그 작자는 내게 관용을 요구할 권리가 없어. 난 그에게 내 마음을 주었는데, 그자는 그걸 가져다가 고문해 죽인 다음 내던진 거야. 사람이란 마음으로 느끼는 거야, 엘렌. 그런데 그놈이 내 마음을 죽여 버렸으니 난 동정하려고 해도 할 수가 없어. 그리고 설사 그자가 지금부터 죽는 날까지 고통으로 신음하고, 캐서린 언니를 위해 피눈물을 흘린대도 난 동정하지 않겠어! 그래, 정말 난 동정하지 않겠어!" 이렇게 말하고 이사벨라는 울기 시작했습니다. 그러나 곧 속눈썹에 매달린 눈물을 털어 내더니 다시 이야기를 하는 거예요.

"왜 도망쳐 나왔냐고 물었지? 그의 분노를 악의보다 한 단계 더 끌어올리는 데 성공했기 때문에 도망치지 않을 수 없었던 거야. 붉게 달군 족집게로 신경을 집어내는 일이야말로 주먹으로 머리통을 때리는 것보다 훨씬 더 냉정을 요하잖아. 약이 오르자 그 작자는 그렇게나 자부하던 악마 같은 조심성을 잊고 살인적인 폭력을 휘두르더군. 난 그의 분통을 터뜨리게 할 수 있다는 데서 쾌감을 느꼈어. 쾌감이 자기 보호 본능을 일깨워 아주 도망칠 수 있었던 거야. 내가 다시 그놈의 손아귀에 떨어진다면 마음껏 복수를 당해도 좋아.

어제는 사실 언쇼 씨도 장례식에 가려고 했어. 그렇게 하려고 술도 삼갔고. 비교적 취하지 않은 상태를 유지하려고 했다는 거지. 6시쯤 미친 사람처럼 잠자리에 들었다가 12시쯤 술이 깨지 않은 채 일어나지는 않으려고 말이야. 그랬더니 눈을 뜨자 자살하고 싶을 정도로 우울증에 빠져서 춤추러 갈 기분이 아니듯 장례식에 갈 기분이 아니었나 봐. 대신 벽난로 옆에서 진인지 브랜디인지를 큰 잔으로 계속 들이켰어.

히스클리프는 — 그놈 이름만 입에 올려도 몸서리나네! — 지난 일요일부터 오늘까지 집에서 얼굴을 보기 힘들 정도였어. 천사가 먹여 주었는지 지옥의 친척한테 얻어먹었는지 모를 일이지만, 어쨌든 일주일가량 우리랑 밥을 같이 먹은 적이 없었어. 동이 틀 무렵에야 돌아와 위층 자기 방으로 올라가 문을 잠가 버리는 거야. 누가 저랑 함께 있고 싶어 몸이 달았다고 생각했나 봐! 거기서 감리교 신도*처럼 줄창 기도를 하는 거야! 간구의 대상인 신은 감각이 없는 흙과 먼지고, 어쩌다 하느님을 부르면 신통하게도 지옥에 있는 제 아비와 뒤죽박죽이 되어 버리지! 이렇게 대단한 기도를 마치시고 — 기도는 대개 목이 쉬어 소리가 목구멍에 걸려 안 나올 때까지 계속되었어 — 그다음에는 또 나가는 거야. 언제나 그레인지로 곧장 내려가는 거지. 오빠는 왜 치안관*을 불러 그 인간을 감옥에 처넣지 않았나 모르겠어! 나도 새언니 일이 슬프기는 했지만, 덕분에 수치스러운 굴욕에서 벗어나 요 며칠 휴가라도 받은 기분이었지.

난 조지프의 끝없는 잔소리를 울지 않고 들어 넘길 수 있을 만큼 기운을 차렸고, 예전처럼 겁에 질린 도둑처럼 걷지 않고 아래위층을 오갈 수 있게 됐어. 조지프가 뭐라고 말하는 걸 갖고 내가 울 것까지는 없다고 생각하지? 하지만 조지프와 헤어턴과 함께 있기는 끔찍하게 싫어. 그 '작은 주인'이나 그의 충실한 지지자인 밉살스러운 영감보다는 차라리 힌들리의 지독한 욕설을 듣고 앉아 있는 게 나아!

히스클리프가 집에 있으면 별수 없이 부엌으로 가서 그들과 함께 있거나 습기 찬 빈방에서 곪을 수밖에 없지. 그가 없으면 — 바로 이번 주일이 그랬지만 — 거실 벽난로 옆 한구석에다 테이블과 의자를 갖다 놓고 언쇼 씨가 무엇을 하든 아는 척하지 않는 거야. 그리고 언쇼 씨도 내가 하는 일에 참견하지 않아. 누가 집적거리지만 않으면 언쇼 씨는 예전과 달리 아주 조용해. 더 침울해진 만큼 불같이 화를 내는 일은 줄었어. 조지프는 사람이 달라진 게 틀림없다나. 하느님의 성령이 그의 마음에 내려서 '불로 구원받듯' 구원을 받았다는 거야. 난 긍정적인 변화의 징표를 찾을 수 없었지만, 내가 상관할 일은 아니지, 뭐.

어젯밤, 나는 내 구석 자리에 앉아서 12시경까지 낡은 책을 읽고 있었어. 밖은 미친 듯 눈이 휘몰아치는데 자꾸 교회 묘지와 새 무덤 생각이 나서 위층으로 올라가면 더 우울할 것 같아서 말이야! 앞에 펴 놓은 책에서 눈을 떼기만 하면 서글픈 묘지의 광경이 눈에 떠올라 감히 눈을 뗄 수가 없었거든.

힌들리는 손으로 턱을 괸 채 맞은편에 앉아 있었어. 아마 나와 똑같은 생각을 하고 있었겠지. 그는 이성을 잃기 전에 술잔을 내려놓더니 두세 시간 동안을 움직이지도 않고 말도 하지 않더군. 이따금 잉잉거리는 바람 소리에 창문이 덜컹거렸고, 난로에서 석탄이 탁탁 튀는 소리, 그리고 길어진 촛불 심지를 자를 때 나는 가위 소리만 가끔 들릴 뿐 집 안은 괴괴했어. 헤어턴과 조지프는 곯아떨어진 것 같았고. 난 너무나 슬퍼서 책을 읽으면서도 한숨을 쉬었지. 모든 기쁨이 이 세상에서 사라져 버리고 다시는 돌아오지 않을 것만 같았으니 말이야.

부엌 쪽에서 들려온 빗장 덜거덕거리는 소리가 드디어 그 구슬픈 정적을 깨뜨렸어. 히스클리프가 여느 때보다 일찍 밤샘에서 돌아온 거였지. 아마 갑자기 바람이 거세졌기 때문일 거야.

문이 잠겨 있었거든. 다른 문으로 들어오려고 돌아가는 소리가 들리더군. 입술이 근질근질할 정도로 하고 싶은 말을 내뱉으며 일어섰더니 문 쪽을 응시하고 있던 힌들리가 돌아서서 나를 바라보았어.

'5분이라도 밖에 세워 놓겠어.' 힌들리가 큰 소리로 말했어. '반대하는 건 아니겠지요?'

'그럼요. 밤새도록 못 들어오게 해도 전 좋아요.' 내가 대답했지. '어서 걸쇠를 잠그고 빗장을 걸어요.'

히스클리프가 앞으로 돌아오기 전에 언쇼가 그 임무를 수행했지. 그러고 나서 자기 의자를 내 테이블 반대편에 갖다 놓곤 테이블을 짚고 앉아서 증오가 이글이글 타오르는 눈빛으로 내 눈에서도 똑같은 증오를 찾으려고 하는 거였어. 자객(刺客)처럼 보이는데다 자객의 마음일 그가 내 눈에서 똑같은 것을 찾지는 못했겠지. 그렇지만 말을 꺼내고 싶은 마음이 들 정도의 무엇을 보았던 모양이야.

'당신이나 나나 밖에 있는 저 녀석에게 갚아 주어야 할 큰 빚이 있소. 우리 두 사람 다 겁쟁이가 아니라면 서로 힘을 합해 그 빚을 갚을 수도 있소. 당신도 오빠처럼 마음이 약한가? 끝까지 참기만 하고 앙갚음할 엄두도 못 내는 거요?'

'저도 이제 참는 데 신물이 나요.' 내가 대답했지. '되받지만 않는다면 앙갚음도 좋지요. 하지만 배반이나 폭력은 양날의 칼이라 쓰는 사람이 상대방보다 더 크게 다치는 법이에요.'

'배반과 폭력을 배반과 폭력으로 갚는 것은 당연한 거요.' 힌들리가 외쳤어. '히스클리프 부인, 당신에게 뭘 하라는 게 아니라 그저 가만히 앉아 아무 소리 않고 있어 달라는 거요. 어서 말해 봐요. 그럴 수 있는지? 저 악마의 목숨이 끊어지는 것을 보면 당신도 분명 나와 마찬가지로 기쁨을 느낄 거요. 선수를 치지 않으면 당신이 그의 손에 죽게 될걸. 그리고 저놈은 날 파멸로 몰고 갔어! 저주받을 악마 같은 놈! 벌써 이 집의 주인이나 된 듯 문을 두드리는군! 입을 다물겠다고 약속하시오. 그럼 저 시계가 치기 전에 — 지금 1시 3분 전이군 — 당신은 자유의 몸이 될 테니!'

그러고는 넬리에게 보낸 편지에서 이야기한 무기를 품에서 꺼내더니 촛불을 끄려고 하는 거야. 그래서 내가 그걸 낚아채고 그의 팔을 붙잡았지.

'입을 다물고 있을 수 없어요!' 내가 말했어. '저자의 몸에 손을 대지는 말아요. 문이나 잠근 채 가만히 있어요!'

'아니! 난 이미 결심했소. 반드시 해치우고 말겠소!' 자포자기에 빠진 사내가 소리치더군. '당신이 원하지 않더라도 당신을 위해 좋은 일을 해 주지. 헤어턴이 당연히 받아야 할 것을 받게 하기 위해선! 날 감싸려고 골머릴 썩일 필요도 없소. 캐서린도 이미 죽었고, 내가 당장 목을 찔러 죽는다 하더라도 슬퍼하거나 부끄러워할 사람도 없을 테니 끝장을 낼 때가 온 거요!'

곰과 맞붙어 싸우거나, 미친 사람과 이치를 따지는 편이 낫지. 내가 할 수 있는 일이라곤 창문 쪽으로 달려가서, 그가 노리고 있는 자에게 어떤 운명이 기다리고 있는지를 일러 주는 것뿐이었어.

'오늘 밤은 어디 다른 데 가서 자는 게 좋겠네요.' 나는 좀 의기양양하게 소리를 쳤지. '정 들어오겠다면 언쇼 씨가 쏴 죽일 생각이 있는 것 같으니.'

'문을 여는 게 좋을걸. 너 _____.' 그는 이렇게 대답하면서, 옮길 필요는 없을 격조 높은 단어로 날 지칭하는 거야.

'난 이 문제에 끼어들지 않겠어요.' 내가 다시 쏘아붙였지. '총에 맞고 싶으면 들어오시든지! 내 할 일은 다 했으니까.'

이렇게 말하고 나서 난 창문을 닫고 벽난로 가에 있는 내 자리로 돌아왔어. 그자가 당면한 위험을 조금이라도 걱정하는 척 위선을 떨기에는 연기력이 부족해서 말이야.

언쇼는 열을 내며 내게 욕설을 퍼부었지. 내가 아직도 그 악한을 사랑하고 있는 게 분명하다면서 내 비굴함에 온갖 험담을 퍼붓는 거야. 그런데 나는 마음속으로(그렇다고 양심의 가책은 조금도 받지 않았어) 히스클리프가 이 사람을 해치워 그의 불행에 종지부를 찍는다면 그를 위해 얼마나 다행한 일일까, 또 그가 히스클리프를 마땅히 가야 할 곳으로 보내 버린다면 나를 위해 얼마나 고마운 일일까 생각했어. 이런저런 생각을 하면서 앉아 있는데 내 뒤의 창문이 히스클리프의 주먹에 쾅 하고 나가떨어지더니 그 징그러운 얼굴이 나타난 거야. 창틀 사이가 너무 좁아서 그자의 어깨가 걸렸지. 난 못 들어오겠거니 안심하고 미소를 띠었지. 그의 머리카락과 옷에는 흰 눈이 내려앉았고, 추위와 노여움에 식인종 같은 이빨을 어둠 속에서 번뜩이며 드러냈지.

'이사벨라, 문 열어. 안 그러면 후회할 거야!' 그는 조지프의 말을 빌리자면 '을러대고' 있었어.

'난 살인을 할 수 없어요.' 내가 대답했지. '힌들리 씨가 칼이 달린 피스톨에 실탄을 넣고 대기하고 있는걸.'

'그럼 부엌문으로 들어가게 해 줘!' 히스클리프가 말하더군.

'힌들리가 먼저 가 있을걸요.' 이렇게 대꾸했지. '한 차례 내린 눈을 견디지 못하는 걸 보면 당신의 사랑도 시시하군요! 여름 달빛이 비추는 날씨에는 우리를 편안히 잠자게 해 주더니 겨울바람이 불자 당장 피해 오니 말이에요. 히스클리프, 내가 당신이라면 충성스러운 개처럼 그녀의 묘에 엎드려 죽겠어요. 이제 이 세상은 분명 살 만한 가치가 없지 않아요, 그렇죠? 캐서린 언니가 삶의

전부라는 인상을 내게 분명히 심어 주었는데, 그녀를 잃고 어떻게 살아갈 생각을 하는지 상상이 안 되네요.'

'그 자식 거기 있지? 그렇지?' 힌들리는 소리치면서 창문이 떨어져 나간 곳으로 달려왔어. '팔만 뻗으면 맞힐 수 있을 거야!'

엘렌은 내가 정말 못됐다고 말할 거야. 하지만 사정을 다 아는 건 아니니까 비난하지는 마. 무엇을 준다 하더라도, 그 작자라 하더라도, 사람 죽이는 걸 돕거나 부추기지는 못해. 하지만 그가 죽었으면 하고 바라는 마음은 어쩔 수 없었어. 그래서 그자가 팔을 뻗쳐 언쇼의 손에서 총을 비틀어 빼앗았을 때 난 지독히 실망했지. 게다가 아까 약을 올린 것이 어떤 결과를 가져올까 생각하면 겁이 날밖에.

화약이 폭발하면서 접혀 있던 칼이 퉁겨 나와 언쇼의 팔에 꽂혔지. 히스클리프가 있는 힘을 다해 칼을 잡아 뽑았기 때문에 살이 쭉 째졌고, 피가 뚝뚝 떨어지는 칼을 그 작자는 호주머니에 쑤셔 넣었어. 그러고 나서 돌멩이를 집어 들어 창과 창 사이의 칸막이를 두들겨 부수고 안으로 뛰어 들어왔어. 그의 상대는 심한 통증과, 동맥인지 대정맥인지에서 피를 많이 흘려 의식을 잃고 쓰러졌어.

그 깡패는 힌들리를 차고 짓밟고 머리채를 잡아 돌바닥에 몇 번이고 짓찧는 거야. 그러면서도 조지프를 부르지 못하도록 한 손으로는 나를 꽉 붙잡았어.

언쇼를 아주 끝장내고 싶은 마음을 억누르느라 초인적인 자제력을 발휘하더군. 숨이 차 오자 결국 유혹을 뿌리치고, 보기엔 죽은 거나 다름없는 언쇼의 몸뚱이를 긴 의자 위에 끌어다 놓았어.

그러고는 언쇼의 윗도리 소매를 찢어서 야만적이라고 할 정도로 거칠게 상처를 동여매는 동안에도 조금 전에 발길질할 때와 같은 기세로 침을 뱉고 욕지거리를 퍼붓는 거야.

나는 놓여나자마자 얼른 하인 영감에게 달려갔는데, 내가 다급하게 쏟아 낸 이야기를 점차적으로 알아들은 영감이 한 번에 두 계단씩 건너뛰며 헐레벌떡 아래로 달려왔어.

'이 일을 으째? 이 일을 으째야 허누?'

'어쩌긴 뭘 어째. 네 주인은 미쳤어.' 히스클리프가 벼락같이 고함을 쳤어. '저놈이 한 달을 더 산다면 정신 병원에 처넣을 테다. 도대체 무슨 심보로 문을 다 걸어 놓은 거야. 이 이빨 빠진 개새끼! 거기서 씨부렁거리고 서 있지 말고 이리 와. 난 저런 작자를 간호하고 싶지 않으니까. 저 피나 씻어 주고. 촛불 불똥이 튀지 않게 조심해야 할 거야, 저놈의 피 절반은 브랜디니까!'

'아주 사람을 잡을 작정이구먼.' 조지프가 두려움에 질린 듯 손을 들어 하늘을 올려다보며 큰 소리로 외쳤지. '이런 무참한 꼴은 생전 첨 보겠네! 오, 주여!'

히스클리프는 피바다를 이룬 곳으로 그를 떠밀어 꿇어앉힌 뒤 수건을 던져 주었어. 그러나 영감은 피를 닦으려 하지 않고 두 손을 모으고 기도를 드리기 시작했는데, 말투가 하도 이상스러워서 난 웃음을 터뜨리고 말았지. 난 어떤 것을 보아도 충격을 받지 않을 마음 상태가 되고 말았던 거야. 교수대 아래 태연히 서 있는 그런 죄수처럼 될 대로 되라는 기분이었어.

'그렇지! 널 잊고 있었군.' 그 폭군이 말했어. '너도 같이 닦아.

무릎을 꿇고. 그래도 저놈과 짜고 내게 대항할 테냐, 이 독사 같은 년! 어서 하지 못해. 너 따위에게 꼭 알맞은 일이야!'

그는 이가 딱딱 부딪치도록 나를 흔들어 댄 후, 조지프 옆에 내동댕이쳤어. 영감은 까딱 않고 기도를 마치고 일어서더니, 곧장 우리 집에 다녀와야겠다고 선언하더군. 린턴 씨는 치안 판사니까, 마나님 50명을 잃었대도 이런 사건은 조사해야 한다고 하는 거야.

꼭 그렇게 해야겠다고 고집을 부리니까 히스클리프도 사건의 전말을 내 입으로 말하도록 할 필요가 있다고 생각한 모양이야. 그의 질문에 대답하면서 마지못해 전후 사정을 설명하는데, 히스클리프는 적의를 내뿜으며 날 노려봤지.

히스클리프가 도발한 게 아니라고 영감을 납득시키는 데 상당한 노력이 필요했지. 내 증언을 억지로 끌어내야 했으니 더 그랬고. 그러다 언쇼 씨가 아직 살아 있다는 표시를 보이자 조지프는 얼른 술을 한 모금 먹였고, 이에 힘입어 그의 주인은 곧 몸을 움직이고 의식도 회복했어.

언쇼 씨가 의식 불명 상태에서 자기가 무슨 일을 당했는지도 모른다는 것을 눈치챈 히스클리프는 정신을 잃을 정도로 만취했다고 닦아세우면서, 술주정으로 난장을 친 것 갖고 왈가왈부할 생각은 없으니 가서 잠이나 자라고 권했어. 이렇게 그럴싸한 충고를 하더니 나가 버리더군. 춤이라도 출 듯 기뻤지 뭐야. 흔들리는 벽난로 앞의 돌 위에 벌렁 누워 버렸고, 나는 곤경에서 쉽게 벗어난 게 신기해 얼른 내 방으로 갔지.

오늘 아침 11시 반쯤, 위층에서 내려오니까 아픈 기색이 역력한 언쇼 씨가 벽난로 가에 앉아 있었어. 그리고 악귀 같은 그의 수호신도 똑같이 초췌하고 창백한 얼굴로 굴뚝에 몸을 기대고 있더군. 상에 차려 놓은 음식이 모두 식어 빠질 때까지 기다려도 둘 다 먹으려는 기색조차 없기에 나 혼자 먹기 시작했지.

맛있게 먹지 못할 이유가 없었지 뭐야. 묵묵히 앉아 있는 두 사람에게 가끔 눈길을 주면서 난 일종의 만족감과 우월감을 맛보았고, 또 마음에 아무 거리낌이 없었기에 편안한 기분이었어.

식사를 한 뒤 보통 때와는 달리 대담하게 벽난로 쪽으로 가서 언쇼를 지나쳐 그의 옆자리 한 모퉁이에 무릎을 꿇고 앉았지.

히스클리프는 내 쪽을 거들떠보지도 않더군. 그래서 난 얼굴을 똑바로 쳐들고 — 그놈이 돌로 변하기라도 한 것처럼 — 대담하게 그놈의 얼굴을 이모저모 뜯어보았어. 한때 그토록 남자답다고 생각했던, 그리고 지금은 극악무도하게 보이는 그자의 이마에는 침울한 그림자가 서려 있었고, 바실리스크*와 같은 두 눈도 잠을 못 자서 — 속눈썹이 젖어 있는 걸 보면 하도 울어서 — 빛을 잃었더라. 입술에서 예의 사나운 냉소는 가셨고, 형언할 수 없는 슬픔으로 표정이 굳어 있었어. 그가 아닌 다른 사람이었다면 그런 비통함 앞에서 그만 얼굴을 가리고 말았을 거야. 하지만 그의 경우여서 난 속이 후련했지. 쓰러진 적에게 모욕을 가하는 것 같아 야비하다는 생각이 들었지만 그에게 고통을 안겨 줄 기회를 놓칠 수는 없었거든. 내가 악을 악으로 갚는 쾌감을 맛볼 수 있는 건 오로지 그가 약해졌을 때뿐이니까."

"아이구 저런, 아씨!" 제가 말을 가로막았습니다. "모르는 사람이 들으면 아씨는 평생 성서를 펴 본 적도 없다고 생각할 거예요. 하느님께서 원수에게 벌을 내리시면 그걸로 족해요. 거기에 아씨까지 가세한다는 건 비겁하고 주제넘은 일이지요!"

"나도 그 말에 동의해, 엘렌." 이사벨라가 말을 계속했습니다. "하지만 내가 한몫 거든 게 아니면 히스클리프가 아무리 비참한 일을 당한대도 난 속이 후련하지 않아. 내가 고통을 줄 수 있고 또 나 때문에 고통을 당했다는 걸 알게 할 수만 있다면 그의 고통이 지금보다 줄어들어도 좋아. 정말이지, 난 그놈에게 갚아 줄 게 너무 많단 말이야. 한 가지 조건이 충족되어야만 내가 그를 용서할 수 있을 거야. 눈에는 눈으로, 이에는 이로, 내가 당한 모든 쓰라린 괴로움을 되갚고, 그를 나와 같은 처지로 끌어내렸을 때 말이야. 그가 먼저 상처를 주었으니 먼저 용서를 빌라지. 그런다면 ― 그러고 난 다음이라면 ― 엘렌, 나도 약간은 너그럽게 대할 수가 있겠지. 하지만 복수는 불가능할 것 같아. 그러니까 난 용서할 수 없는 거야. 힌들리가 물을 마시고 싶다고 하기에 한 잔 갖다주고 좀 어떠냐고 물어보았지.

'내가 아프고 싶은 만큼 아프진 않소.' 그가 대답했어. '그런데 팔을 빼고는 온몸이 마치 꼬마 도깨비 떼와 한바탕 싸우고 난 것처럼 쑤시는걸!'

'그러실 거예요.' 내가 말을 받았지. '새언니는 사돈의 몸에 위해(危害)를 가하지 않도록 자기가 가로막고 서 있다고 장담하곤 했지요. 자기가 화를 낼까 봐 모모 씨가 당신의 몸에 손을 대지 않을 거라는 거지요. 죽은 사람이 무덤에서 나올 수 없기에 망정이지 그럴 수 있다면 어젯밤의 그 끔찍한 광경을 보았을 거예요! 가슴과 어깨에 온통 멍이 들고 상처를 입지 않으셨어요?'

'모르겠소.' 그가 대답했어. '그런데 무슨 소리요? 내가 넘어졌을 때 저놈이 내 몸에 폭력을 가하기라도 했단 말요?'

'발로 밟고 걷어찬 다음 마룻바닥에 내던졌어요.' 내가 속삭였지. '당신을 이빨로 찢어발기고 싶어 침을 흘릴 정도였어요. 하기야 절반만 사람인 놈이니까요. 아니, 절반도 안 될 거예요.'

언쇼 씨는 나와 마찬가지로 우리 공동의 원수인 그자의 얼굴을 쳐다보았지. 한데 그놈은 자신의 고통에 몰두한 나머지 주변에 무감각한 것 같았어. 그자가 오래 서 있을수록 그 흉악한 마음씨가 얼굴에 더 뚜렷하게 나타나는 거야.

'아, 단말마의 고통을 당하더라도 하느님께서 저놈의 목을 졸라 죽일 수 있는 힘을 주신다면, 기쁜 마음으로 지옥에 갈 텐데!' 신음하듯 내뱉은 그는 조바심에 몸을 뒤틀며 일어서려고 애를 쓰다가 상대의 적수가 될 수 없다는 절망에 주저앉았어.

'아니죠, 저 작자가 댁의 가족 한 사람을 죽인 걸로 충분해요.' 나는 큰 소리로 내 소견을 말했지. '스러시크로스 그레인지에서는 모두들 히스클리프만 아니었다면 당신 누이동생은 죽지 않았을 거라고 생각해요. 결국 저자한테 사랑을 받는 것보다는 미움을 받는 게 나아요. 저자가 오기 전까지 우리가 얼마나 즐겁게 지냈고, 캐서린 언니가 얼마나 행복했는지를 생각하면 그날이 저주스럽기만 해요.'

히스클리프는 누가 무슨 말을 하는 걸 들었다기보다는 그 말의 진실됨을 느낀 모양인지 정신이 든 것 같았어. 두 눈에서 쏟아지는 눈물이 난로의 재로 뚝뚝 떨어지는 중에도 가슴이 답답한 듯 숨을 몰아쉬는 걸 보았으니까.

나는 그를 똑바로 쳐다보며 비웃어 주었지. 그러자 지옥의 흐린 창과도 같던 그의 두 눈이 날 향해 번쩍이더군. 보통 때는 악마가 그의 몸 안에서 내다보는 것 같았는데 그놈도 눈물에 빠져 죽었는지 희미해 보이기에 위험을 무릅쓰고 다시 한 번 소리 내어 비웃어 주었지.

'일어나! 내 눈앞에서 썩 꺼져 버려.' 비탄에 빠져 있던 그자가 말하는 것이었어.

'죄송하군요.' 내가 대답했지. '하지만 나도 캐서린 언니를 사랑했어요. 언니의 오빠도 언니 대신 돌봐 줘야 하잖아요. 캐서린 언니가 죽고 없으니까 힌들리 씨에게서 언니를 보는 것 같아요. 힌들리 씨의 눈은 캐서린 언니의 눈과 똑같은걸요. 당신이 그의 눈을 후벼 파려고 해서 멍들고 충혈되어 그렇지. 그리고 언니의—'

'일어나! 바보 천치 같은 년. 밟아 죽이기 전에!' 그놈이 버럭 소리를 지르더니 손찌검을 할 기세라 뒤로 물러섰어.

'그리고.' 나는 언제든지 도망칠 태세를 갖추고 말을 계속했지. '캐서린 언니가 당신을 믿고 히스클리프 부인이라는 우스꽝스럽고 더럽고 창피한 칭호를 갖게 되었더라도 곧 나와 같은 꼴이 되고 말았을걸! 언니가 당신의 그 지긋지긋한 행동거지를 참고 견뎠을 것 같아? 아주 넌더리를 내고 말았을걸.'

긴 의자와 언쇼 씨의 몸이 가로막고 있었기 때문에 그놈은 날 붙잡으려고 하는 대신 식탁 위에 있는 식사용 칼을 집어 들고 내 머리를 향해 던졌어. 칼이 내 귀 끝에 박혀서 난 하던 말을 끝맺지 못했지. 하지만 그걸 뽑고 문 쪽으로 달아나면서 또 한마디 해 주었지. 내 말이 그놈의 가슴에 칼보다 더 깊이 박히기를 바라면서 말이야.

마지막으로 힐끗 돌아보니까 미친 듯이 내 뒤를 쫓으려는 그놈을 힌들리가 껴안으며 잡고 늘어지는 바람에 서로 부여잡은 채 벽 쪽으로 넘어지더라.

부엌으로 달아나면서 나는 조지프에게 주인한테 가 보라고 이르고, 문간에서 의자 등받이에 강아지를 죽 매달아 놓고 놀고 있는 헤어턴을 넘어뜨리고, 연옥을 빠져나온 영혼처럼 기쁜 마음으로 그 가파른 길을 달리고 뛰고 날아왔어. 꾸불꾸불한 길을 벗어나 황야를 곧바로 가로질러 뒹굴듯이 둑을 넘고 늪을 건너 우리 집 불빛을 표지판 삼아 쏜살같이 달려온 거야. 워더링 하이츠의 지붕 아래서 다시 하룻밤을 보내기보다는 차라리 영원히 지옥에서 살라는 선고를 받는 편이 훨씬 나아."

이사벨라는 말을 멈추고 차를 한 모금 마셨어요. 그리고 일어나서 모자를 쓰고 제가 가져온 큰 숄을 입혀 달라고 하더니, 한 시간만 더 있다 가라는 제 간청을 들은 척도 하지 않고, 의자 위로 올라서서 오빠와 새언니의 초상에 입을 맞추고, 제게도 같은 식으로 작별한 다음 마차 있는 데로 내려갔답니다. 패니란 놈이 옛 주인을 만난 것이 기뻐 미친 듯이 짖어 대며 따라갔고요. 이사벨라는 그렇게 마차를 타고 떠난 다음 다시는 이 고장을 찾지 않았어요. 하지만 자리를 잡은 뒤에는 오라버니 되는 우리 주인과 정기적으로 편지 왕래가 있었습니다. 이사벨라가 새로 자리를 잡은 곳은 남쪽 지방, 런던 근처였지요. 몇 달 후 그곳에서 아들을 낳았답니다. 린턴이라고 이름을 지었는데 처음부터 병치레가 잦고 까탈스러운 아이라는 소식을 그녀는 전해 왔지요.

히스클리프 씨가 하루는 마을에서 저를 보더니 이사벨라가 사는 곳을 묻더군요. 저는 말할 수 없다고 했답니다. 어디 사는지는 중요하지 않지만 오빠네로 올 생각은 하지 말아야 한다고 못을 박더군요. 그녀를 데리고 사는 고역을 치르더라도, 오빠와 함께 살게 내버려 두지 않겠다는 거였어요.

저는 그에게 아무런 정보도 주지 않았어요. 하지만 집 안의 하인 중 누군가를 통해 이사벨라가 살고 있는 곳이며 아이가 있다는 것을 알아내고 말았습니다. 그렇다고 그녀를 찾아내 괴롭히지는 않았는데, 이사벨라가 그만큼 싫은 덕분에 자제심을 발휘했다고 해야겠지요.

저를 만나면 히스클리프는 종종 아들 일을 묻곤 했답니다. 그리고 그 애의 이름을 듣자 험상궂게 웃으면서 이렇게 말하더군요.

"내가 어린것도 미워하라고 기도를 올리고들 있겠지?"

"당신이 그 아이에 대해 아무것도 모르기를 바랄 뿐이에요." 제가 대답했지요.

"하지만 내가 그 물건을 데려오고 말걸." 히스클리프는 말했습니다. "내가 데려오고 싶을 때 말이야. 모두들 그렇게 알고 있는 게 좋을 거야."

다행히도 그 아이의 어머니는 그때가 오기 전에 세상을 떠났지
요. 린턴 부인이 죽고 13년쯤 후, 린턴이 열두 살 남짓 되었을 때
였죠.

뜻밖에 이사벨라의 방문을 받은 다음 날도 린턴 씨에게 그 사실
을 이야기할 기회가 없었습니다. 그는 대화를 나누려 하지 않았고,
의논 상대가 될 상황도 못 되었으니까요. 드디어 기회를 잡아 이야
기를 했더니 누이가 남편의 곁을 떠난 것을 기뻐하더군요. 천성이
유순한 분이 그럴 수 있을까 싶은 생각이 들 만큼 그는 맹렬하게
히스클리프를 혐오했답니다. 그의 혐오감이 얼마나 깊고 또 얼마
나 예민했던지, 히스클리프를 만날 만한 장소나 이야기를 들을 만
한 곳에는 아예 가질 않았으니까요. 아내를 잃은 슬픔에 그런 증오
심이 더해져 그는 완전히 은자(隱者)가 되었습니다. 치안 판사 일
을 걷어치우고, 교회도 나가지 않았으며, 어떤 행사가 있더라도 마
을에 가는 걸 피했고, 본인 소유의 사냥터 숲과 저택의 담장 안에
서 철저히 은거 생활을 했지요. 가끔 혼자서 황야를 산책하거나 아
내의 무덤을 찾는 것이 유일한 변화였지만 그나마 저녁나절 아니
면 사람들이 나다니기 전 이른 아침에 갔다 오곤 했지요.

그러나 워낙 좋은 분이라 절대적 불행의 상태는 오래 지속되지
않았답니다. 아내의 영혼이 귀신이 되어 나타나기를 빌거나 하지
않았다는 거지요. 시간이 체념을, 그리고 일상의 즐거움보다 더
달콤한 우수를 가져왔지요. 그는 열렬하면서도 부드러운 애정을
마음에 간직한 채 아내를 추모했으며, 그녀가 틀림없이 천국에 갔

을 거라 믿고 천국에서 다시 만나리라는 희망을 가졌습니다.

그리고 그는 지상에서도 위안과 사랑을 얻게 되었답니다. 아까도 말했지만, 처음 며칠 동안은 죽은 아내의 어린 후계자에게 전혀 관심을 보이지 않았어요. 그런데 그 냉담함은 4월의 눈처럼 녹아 버렸고, 아기가 더듬더듬 말을 하고 아장아장 발걸음을 내딛기도 전에 그의 마음에 독재자로 군림하게 되었지요.

아이에게 캐서린이란 이름을 지어 주었으나, 그렇게 정식으로 부른 적은 없었습니다. 죽은 아내를 캐시라고 줄여 부른 일이 없었던 것과는 정반대였죠. 아마도 히스클리프가 그렇게 부르는 버릇이 있었기 때문일 거예요. 아이는 언제나 캐시라고 불렀어요. 그렇게 하면 아이의 엄마와 구별을 하면서 연결할 수 있었으니까요. 린턴 씨가 아이를 애틋하게 여긴 것은 자기 핏줄이라서보다는 사별한 부인의 핏줄이었기 때문이었지요.

린턴 씨와 힌들리 언쇼를 비교하며 저는 왜 그들이 비슷한 환경에서 그렇게 반대되는 행동을 보였는지 만족스럽게 설명해 보려고 애썼답니다. 둘 다 아내를 끔찍이 사랑했고 아이에 대한 애착도 강했지요. 그런데 어떻게 그들이 좋든 나쁘든 같은 길을 걷지 않았는지 모르겠어요. 겉으로 보기에 더 이지적인 힌들리가 결국은 더 악하고 더 약한 인간이었기 때문이라는 생각이 드네요. 배가 암초에 부딪히자 선장은 책임을 유기했고, 선원들도 배를 건지려고 애쓰는 대신 소동과 혼란 속에 빠져들어 그 불행한 배는 희망을 잃은 거지요. 반대로 린턴은 고지식하고 신실한 마음에서 우러나는 진정한 용기를 보여 주었습니다. 그는 하느님을 믿었고,

하느님께서 그를 위로하셨어요. 한 사람은 희망을 가졌고, 다른 한 사람은 절망에 빠졌지요. 스스로의 운명을 선택했으니 마땅히 주어진 운명을 받아들일밖에요.

제 설교를 듣고 싶지는 않으시겠지요, 록우드 씨. 저처럼 이 모든 걸 판단할 능력이 있으시잖아요. 적어도 판단할 능력이 있다고 생각하실 것이고, 그게 그거니까요.

언쇼는 대강 예측했던 식으로 죽었지요. 그의 누이인 린턴 부인을 곧바로 — 6개월도 채 안 돼서 — 뒤따라갔답니다. 스러시크로스 그레인지에서는 그가 죽기 전에 어떤 상태였는지 정확한 소식을 알지 못했어요. 제가 이야기를 들은 건 장례식 준비를 거들러 갔을 때였지요. 죽었다는 소식도 케네스 씨가 린턴 씨에게 전해 주러 들러서 알았답니다.

"어이, 넬리." 그가 어느 날 아침 말을 타고 마당에 들어서면서 부르는데, 너무 이른 시간이라 나쁜 일이라는 불길한 예감이 즉각 들더라고요. "이제는 나와 넬리가 상복을 입을 차례일세. 자, 누가 저세상으로 내뺐는지 알겠나?"

"누가 죽었어요?" 제가 당황해서 물었지요.

"어디 한번 알아맞혀 봐!" 그는 말에서 내려 굴레를 문 옆 고리에다 걸어 매면서 말했습니다. "그 앞치마 자락을 잡고 울 준비나 하지. 그럴 필요가 있을 게 확실하니까."

"히스클리프 씨는 아니겠지요, 네?" 저는 소리쳤습니다.

"뭐라고! 그를 위해 흘릴 눈물도 있는 거야?" 의사 선생이 말했어요. "천만에, 히스클리프야 건강한 젊은이지. 오늘따라 더 팔팔

해 보이던데. 지금 막 만나고 오는 길인걸. 마누라가 도망간 뒤 체중을 급속히 회복했더군."

"그럼 누구예요, 선생님?" 저는 조바심이 나서 재차 물었습니다.

"힌들리 언쇼야! 넬리의 옛 친구, 힌들리—" 그가 대답하더군요. "그리고 나의 못돼먹은 친구이기도 하지. 내가 감당하기엔 너무 난폭해진 지 오래지만 말이야. 그거 봐! 넬리가 눈물을 짤 거라고 했지. 하지만 기운을 내! 곤드레만드레 취해 가지고 죽었으니 자기답게 간 거야. 가여운 인간. 나도 안됐다는 마음이 들어. 옛 친구를 잃는다는 건 누구에게나 섭섭한 일이 아닐 수 없지. 상상도 못할 몹쓸 짓을 저지를 수 있는 친구였지만 말이야. 나도 여러 번 봉변을 당했어. 이제 겨우 스물일곱인데, 그러고 보니 넬리와 동갑이군. 둘이 한 해에 태어났다고 누가 믿기나 하겠어!"

솔직히 말해서 그때 제가 받은 충격은 캐서린이 죽었을 때보다도 훨씬 더 컸습니다. 옛날 기억들이 물밀듯 밀려왔어요. 의사 선생께는 다른 하인의 안내를 받아 린턴 씨를 만나라고 말한 뒤 저는 현관에 주저앉아 혈육이라도 잃은 듯 엉엉 울었답니다.

그런데 '변고 없이 제명에 간 걸까?' 이런 의문을 떨쳐 버릴 수가 없었어요. 무슨 일을 해도 그 생각이 마음을 떠나지 않고 성가실 정도로 끈질기게 맴돌아서, 저는 워더링 하이츠에 가서 장례식 일을 거들도록 허락받을 결심을 했지요. 린턴 씨는 전연 내켜 하지 않았지만 저는 친구 하나 없이 누워 있을 그를 위해서라고 열심히 호소했어요. 옛 친구인 동시에 한 젖을 먹고 자란 형제나 다름없으니 린턴 씨와 마찬가지로 제가 돌보아야 할 의무가 있다고

역설했지요. 게다가 헤어턴은 린턴 씨의 처조카인데, 더 가까운 친척이 없으니 마땅히 그의 보호자가 되어야 하며, 또 유산은 어떻게 되었는지 알아봐야 하고, 그 밖에 처남의 뒷일도 봐 주어야 한다는 것을 일깨웠습니다.

린턴 씨는 그 무렵 그런 일을 처리할 경황이 없었기 때문에 변호사와 의논해 보라고 하면서, 워더링 하이츠에 가는 것을 겨우 허락했어요. 그의 변호사는 언쇼의 변호사이기도 했지요. 마을로 변호사를 찾아가서 워더링 하이츠로 함께 가기를 청했더니, 그는 고개를 절레절레 흔들면서 히스클리프를 내버려 두는 게 좋을 거라고 충고하는 거예요. 사실대로 까발리자면 헤어턴은 거지보다 처지가 나을 게 없다고 단언하더군요.

"그 애 아버지가 채무를 남기고 죽었소. 그나마 상속인에게 남은 유일한 희망은 채권자의 동정심을 불러일으켜 관대하게 처리하는 쪽으로 마음먹게 유도하는 것뿐이오."

하이츠에 도착해서 저는 모든 일이 제대로 진행되고 있는지 보러 왔노라고 말했지요. 상심한 기색이 역력한 조지프는 제가 온 것을 반기는 눈치였고요. 히스클리프 씨는 제가 필요한 건 아니지만 기왕에 왔으니 원한다면 남아서 장례식 준비나 맡아 보라고 하더군요.

"사실은," 그는 자신의 생각을 이렇게 털어놓더라고요. "저 바보 같은 놈의 시체는 장례식이고 무어고 치를 것도 없이 사거리에 갖다 묻어야 해.* 어제 오후 내가 10분 정도 집을 비운 사이에 나를 못 들어오게 양쪽 문을 닫아걸고는 작정하고 밤새도록 술을 마시다가 죽은 거야! 오늘 아침, 말이 코를 고는 듯한 소리가 나서 문을 부수고 들어가 보았지. 그랬더니 긴 의자에 엎어져 있는데, 껍질을 벗기고 머리 가죽을 벗긴대도 깰 것 같지 않았어. 그래 사람을 보내 케네스 씨를 불러오긴 했는데 그때 저 짐승은 썩은 고깃덩어리가 된 거야. 이미 죽어서 차디차고 빳빳하게 굳어 버린 걸. 그러니 그 녀석 때문에 더 이상 법석을 떨어 보아야 소용이 없었다는 걸 알겠지?"

늙은 하인은 그의 말이 사실임을 인정하면서도 이렇게 중얼거리는 것이었습니다.

"차라리 저이가 의사를 부르러 갔으면 혔거덩. 서방님은 내가 더 잘 보살폈을 턴디. 그리구 집을 나설 땐 분명 살아 계셨거든. 절대로 운명할 것 같지 않았단 말이여!"

저는 장례식을 남부끄럽지 않게 치러야 한다고 우겼지요. 히스클리프 씨는 그것도 제 마음대로 하라는 거예요. 다만 모든 비용이 자기 호주머니에서 나온다는 것을 잊지 말라고 하더군요.

그는 기쁨도 슬픔도 드러내지 않고 내내 냉정하고 무관심한 태도를 취했습니다. 굳이 말하자면, 어려운 일을 성공적으로 끝내고 냉철하게 만족하는 표정이라고나 할까요. 단 한 번 크게 기뻐하는 듯한 모습을 보이기는 했어요. 사람들이 관을 집에서 내갈 때였는데, 위선을 발휘해 애도의 뜻을 표하며 서 있더군요. 그리고 헤어턴과 함께 관을 따라가기 전에 그 불쌍한 아이를 테이블 위에 올려놓더니 아주 흡족한 듯 중얼거리는 거예요.

"야, 이 녀석아. 이제 너는 내 거야! 휘어져라 바람이 불어 대는

데 이 나무는 다른 나무처럼 비뚤어지지 않고 자랄 수 있는지 어디 두고 보자!"

아무것도 모르는 아이는 그 말을 듣고 히스클리프의 구레나룻을 만지작거리기도 하고 볼을 쓰다듬으면서 좋아했습니다. 하지만 저는 그 말의 뜻을 알아채고 신랄한 어조로 쏘아붙였지요.

"이보세요. 이 도련님은 저와 함께 스러시크로스 그레인지로 가야 해요. 이 세상에 이 아이보다 더 당신 게 아닌 것이 어디 있다고!"

"린턴이 그렇게 말하던가?" 그가 다그쳐 물었습니다.

"물론이죠. 우리 서방님께서 도련님을 데려오라고 분부하셨어요."

"그래?" 그 악당이 말하더군요. "지금 이 문제 갖고 말다툼할 건 없지. 그런데 난 아이를 하나 길러 보고 싶은 생각이 있거든. 당신 주인이 이 애를 데려간다면 난 그 대신 내 자식을 데리고 와야겠다고 가서 귀띔해. 군소리 없이 헤어턴을 보내지도 않겠지만, 내 자식을 데려오는 건 틀림없을걸! 잊지 말고 그렇게 전하라고."

이런 암시만으로도 저희는 속수무책이 되고 말았습니다. 집에 돌아와 히스클리프의 말을 전했더니 애당초 별 관심이 없던 에드거 린턴은 개입할 마음이 사라졌어요. 설사 그럴 생각이 있다 하더라도 어떻게 할 수 없었을지 모르지만요.

이제는 손님이 워더링 하이츠의 주인이 되었습니다. 그는 자신의 확실한 소유권을 변호사에게 입증해 보였고, 그다음 변호사가 린턴 씨에게 입증해 보였지요. 즉, 언쇼가 판돈을 대기 위해 땅을 몽땅 저당 잡혔는데 그 저당권자가 바로 자기라는 거예요.

이렇게 해서 이 근방 제일가는 신사가 되었어야 할 헤어턴이 부친의 오랜 원수 밑에서 더부살이를 하지 않으면 안 되는 신세가 되고 말았답니다. 자기 집에서 월급도 못 받는 하인이 되어 살고 있는데, 뒤를 봐주는 사람이 없는 데다 자신이 부당한 일을 당했음을 모르기 때문에 자기 권리를 되찾을 수 없게 된 거지요.

제18장

그 암울한 시기를 지내고 난 후의 12년이 제 인생에선 가장 행복한 시기였습니다. (딘 부인은 이야기를 계속했다.) 그동안 제가 겪은 가장 어려운 일이라면 아기의 잔병치레 정도였는데, 있는 집 아이나 없는 집 아이나 한 번씩은 치러야 할 병들이었지요.

그 밖에는 아무 일도 없어서, 처음 6개월이 지나자, 아기는 낙엽송처럼 잘 자랐어요. 린턴 부인의 무덤 위에 두 번째로 히스 꽃이 피기 전에 걸음을 떼고 말도 하고 했답니다.

아기는 쓸쓸한 집 안에 밝은 햇살을 비춰 준 애교 덩어리였지요. 진짜 예뻤어요. 언쇼 댁의 서글서글한 검은 눈에 린턴 댁의 흰 살결과 오목조목한 이목구비, 그리고 곱실거리는 금발 머리를 물려받았지요. 거세지는 않았지만 혈기 왕성한 쪽이었는데, 한없이 섬세하고 열렬한 마음으로 사랑을 쏟아서 혈기 왕성함을 순화했답니다. 강렬한 애정을 품을 수 있다는 점에서는 엄마를 연상케 했지만, 그러면서도 닮지 않은 데가 있었습니다. 비둘기처럼 순하

고 다정한 데다 상냥한 목소리에 사려 깊은 표정을 짓는 아가씨였
으니까요. 화를 내도 결코 난폭하지 않았고 사랑도 격렬하기보다
는 깊고 부드러웠어요.

 그러나 좋은 자질을 깎아내리는 결점이 있었던 것도 사실입니
다. 곧잘 건방지게 구는 것이 하나였고, 또 성격이 좋든 나쁘든,
오냐오냐하며 키운 아이들에게 어김없이 나타나는 지나친 고집을
들 수 있을 거예요. 하인들이 아가씨의 기분을 거스르기라도 하면
언제나 "아빠한테 이를 거야!" 했지요. 아버지가 표정만으로도 나
무라는 기색을 보이면 가슴이 무너지는 일이라도 당한 셈이고요.
제가 기억하는 한, 린턴 씨는 따님에게 심한 말이라곤 한마디도
한 적이 없답니다.

 린턴 씨는 따님의 교육을 전적으로 떠맡았고 또 그걸 낙으로 삼
았습니다. 그녀는 다행히 지적 호기심도 있고 머리도 좋아서 공부
를 잘하는 학생이었어요. 빨리, 그리고 열심히 배워서, 가르치는
데 보람을 느끼게 했지요.

 캐시는 열세 살이 될 때까지는 혼자 사냥터 숲 밖으로 나간 일
이 한 번도 없었답니다. 린턴 씨가 아주 가끔 따님을 데리고 1마
일쯤 밖으로 나가는 일은 있어도 다른 사람에게는 그녀를 맡긴 적
은 없었어요. 그녀에게 기머턴은 현실의 지명이 아니었고, 자기
집 이외에 캐시가 가까이 가 보거나 안에 들어가 본 건물이라고는
교회뿐이었지요. 워더링 하이츠와 히스클리프 씨는 존재하지 않
는 거나 마찬가지였습니다. 그녀는 세상과 완전히 격리된 생활을
했지만 아주 만족한 것 같았어요. 물론 더러는 자기 방 창문에서

바깥 경치를 내다보며 이렇게 말하기도 했지요.

"엘렌 아줌마, 얼마나 있으면 저기, 저어기, 저 산꼭대기에 올라가 볼 수 있게 될까요? 산 너머 저쪽에는 뭐가 있는지 모르겠어요. 바다가 있어요?"

"아니에요. 캐시 아가씨. 그 너머에도 이런 산이 있어요."

"그럼 저 금빛 나는 바위 아래 서 있으면 바위가 어떻게 보일까요?"

특히 깎아지른 듯한 페니스톤 절벽이 캐시의 마음을 끌었습니다. 저녁 해가 절벽과 제일 높은 봉우리에 비치고, 그 옆의 풍경이 모두 그림자로 덮일 때를 가장 좋아했지요.

그 절벽은 바위산으로 갈라진 틈에 난쟁이 나무 한 그루 자랄 흙도 없다고 설명해 주었습니다.

"그럼 여기는 저녁인데 왜 저기는 아직도 환해요?" 캐시는 꼬치꼬치 캐물었어요.

"이곳보다 훨씬 높으니까 그렇지요. 저기는 너무 높고 험해서 아가씨는 올라갈 수 없어요. 이곳에 겨울이 찾아오기 전에 저곳에는 서리가 내리는걸요. 그리고 한여름에도 동북쪽에 있는 저 시커먼 골짜기에서 눈을 본 적이 있어요!"

"어머, 그럼 엘렌 아줌마는 저길 올라가 본 일이 있구나!" 캐시는 아주 기뻐하며 소리를 쳤어요. "그럼 나도 어른이 되면 올라갈 수 있겠네. 아빠도 가 보셨을까요?"

"아버님은 말이에요, 아가씨." 제가 황급히 대답했지요. "저런 데는 일부러 가 볼 필요가 없다고 말씀하실 거예요. 아버님과 함

께 산책하는 황야가 훨씬 더 좋죠. 그리고 이 스러시크로스 숲이
이 세상에서 제일 좋은 곳이고요."

"이 숲은 아는 곳이지만 저긴 모르는 데잖아요." 캐시는 이렇게
혼잣말로 중얼거리는 거예요. "그리고 제일 높은 곳 벼랑머리에
올라가서 사방을 둘러보면 좋을 것 같아요. 내 조랑말 미니가 언
젠가 날 데려갈 거야."

게다가 하인들 중 하나가 그곳에 선녀 굴이 있다는 이야기를 해
서 캐시의 머리에는 온통 그 계획을 실천할 생각뿐이었어요. 그래
서 그녀는 그 건을 가지고 아버지를 졸라 댔지요. 그는 캐시가 더
큰 다음에 보내 주겠다고 약속했습니다. 그러나 캐시는 달수로 나
이를 따져서,

"이제 페니스톤 절벽에 갈 만큼 컸잖아요?" 하고 입버릇처럼 물
었답니다.

그곳으로 가는 꼬부랑길은 워더링 하이츠 근처였어요. 린턴 씨
는 거기를 지나갈 마음이 들지 않아서 캐시는 언제나, "아직 안
돼, 아가. 아직 못 가"라는 대답을 들었지요.

이사벨라는 남편 히스클리프와 헤어지고 약 12년 후에 죽었다
고 말씀드렸지요. 린턴 집안은 모두 몸이 약했습니다. 남매 모두
이 고장에서 흔히 만날 수 있는 그런 혈색 좋고 건강한 체질이 아
니었어요. 그녀가 무슨 병으로 죽었는지는 잘 모르지만 두 사람
다 같은 병으로 죽지 않았나 싶습니다. 대수롭지 않은 미열로 시
작했다가 차도가 없으면서 마지막에는 급속하게 생명을 소진해
버리는 일종의 열병이었지요.

이사벨라는 넉 달째 앓고 있는데 결국 이러다 죽을 것 같다는 내용의 편지를 린턴 씨에게 보내왔어요. 여러 가지 처리해야 할 일도 있고, 마지막 인사도 드리고 싶고, 또 린턴을 오라버니 손에 안전하게 맡기고 싶으니 되도록 와 주십사 간청했더군요. 이사벨라의 바람은 자기가 키워 온 것처럼 오빠가 린턴을 맡아 주었으면 하는 거였어요. 아이 아버지인 히스클리프가 아들의 양육이나 교육을 떠맡지 않을 것이라고 이사벨라는 애써 믿고 싶었겠지요.

린턴 씨는 조금도 주저하지 않고 그녀의 청에 응했습니다. 보통 일로는 집을 떠나는 걸 여간 꺼리는 게 아니었지만 그 소식을 듣고는 곧장 달려갔지요. 집을 비우는 동안 캐시를 각별히 보살피라고 당부하면서, 저와 함께라도 그녀가 사냥터 숲 밖으로 나가서는 안 된다고 분부했어요. 그녀 혼자 간다는 것은 상상조차 할 수 없는 일이었거든요.

그는 3주일간 집을 비웠습니다. 처음 하루 이틀 동안 캐시는 너무 슬픈 나머지 책을 읽거나 놀지도 않고, 서재 한구석에 앉아 있었지요. 그렇게 조용히 지내니 저를 성가시게 할 일도 없었어요. 한데 그다음부터는 조바심을 치고 짜증을 내기 시작하더군요. 그 무렵 저는 너무 바쁘기도 하고, 나이를 먹은 터라 아래위층을 오르내리며 놀아 줄 수도 없어, 혼자 놀 수 있게 머리를 썼답니다.

캐시 혼자서 정원의 여기저기로 여행을 떠나는 놀이를 하게 한 거예요. 어떨 때는 걸어서, 어떨 때는 조랑말을 타고요. 그리고 그녀가 돌아오면 실제로 한 일이며 상상으로 꾸며 낸 모험담 등을 참을성 있게 들어주었지요.

여름 햇살이 한창 좋을 때였습니다. 캐시는 혼자 돌아다니는 일에 아주 재미가 붙어서, 아침을 먹고 나가면 차 마실 시간이 되어야 돌아오는 일도 비일비재했지요. 그런 날 저녁은 신나게 이야기를 꾸며대면서 시간을 보냈고요. 대문은 대개 잠겨 있었고, 또 활짝 열려 있다 하더라도 캐시가 나갈 엄두를 낼 것이라고 생각하지 않았기 때문에 혼자서 밖에 나가지 않을까, 그런 걱정은 하지도 않았답니다.

불행히도 그렇게 믿은 게 잘못이었습니다. 어느 날 아침 8시에 캐시가 제게 오더니, 오늘은 아라비아 상인이 되어 대상(隊商)을 거느리고 사막을 건넌다는 거예요. 그러니까 자기와 말 한 마리와 낙타 세 마리가 먹을 충분한 양식을 줘야 한다나요. 낙타 세 마리 역할은 커다란 사냥개 한 마리와 포인터 두 마리가 맡았지요.

저는 맛있는 것을 잔뜩 가져다가 바구니에 넣어서 말안장 한쪽에 매달아 주었답니다. 차양 넓은 모자와 올베 너울로 7월의 햇볕을 가리고, 그녀는 요정처럼 날렵하게 말에 뛰어오르더니, 빨리 달려서는 안 되고 일찍 돌아와야 한다는 저의 잔소리를 깔깔대며 웃어넘기고 떠났어요.

그 장난꾸러기는 차 마실 시간에도 모습을 보이지 않더군요. 동행 가운데 사냥개는 나이를 먹어 편안한 걸 좋아하기 때문에 먼저 돌아왔습니다. 그런데 캐시와 조랑말, 두 마리의 포인터는 아무 데도 보이지 않았어요. 그녀를 찾으러 사람을 보내고, 나중에는 저도 나서서 이리저리 찾으러 헤매 다녔지요.

정원과 경계를 이루는 수목원의 울타리를 손질하고 있는 일꾼에게 아가씨를 못 보았느냐고 물었습니다.

"아침에 보았는데요." 그가 대답했어요. "개암나무 회초리를 하나 만들어 달라고 하더니 조랑말을 타고 저쪽 울타리의 제일 야트막한 곳을 뛰어넘어 달아나 버렸어요."

그 이야기를 듣고 제 심정이 어땠을지 짐작하실 수 있을 거예요. 즉각 페니스톤 절벽 쪽으로 갔구나 하는 생각이 머리를 스치더군요.

"이 아가씨가 뭐가 되려고." 저는 이렇게 냅다 소리를 지르고는 일꾼이 수선하고 있던 울타리의 무너진 곳으로 빠져나가 곧장 큰길로 향했어요.

내기라도 건 사람처럼 수 마일을 급하게 걸었는데 마침내 모퉁이를 돌아서니 워더링 하이츠가 보였지요. 그런데 캐시는 보이지 않았습니다.

페니스톤 절벽은 히스클리프 씨네 집을 지나 1마일 반, 그레인지에서는 4마일이나 떨어져 있기 때문에 그곳에 도착하기 전에 날이 저물까 걱정도 되었어요.

'혹시 절벽에 올라가려다 미끄러져서 죽었거나 뼈라도 부러졌으면 어쩐다지?' 이런 생각도 들었습니다.

저는 불안해서 견딜 수가 없었어요. 그런데 농가* 옆을 급히 지나다가 유리문 안에 우리 집 포인터 중 제일 사나운 찰리란 놈이 머리가 붓고 귀에 피를 흘리며 엎드려 있는 걸 보고 처음에는 기쁜 마음에 안도의 한숨이 절로 나오더라고요.

저는 쪽문을 열고 뛰어 들어가 누구든 나오라고 현관문을 마구

두드렸지요. 전에 기머턴에 살던, 안면 있는 여자가 문을 열어 주러 나왔어요. 언쇼 씨가 죽고 난 후에 그 집 하녀로 들어왔나 봅니다.

"어머나!" 그 여자가 말했습니다. "꼬마 아가씨를 찾으러 오셨구먼요! 걱정허지 말어요. 여기서 잘 놀고 있으니께. 그런디 주인 나리가 아니라 다행이네요."

"그럼 주인장은 안 계시군요?" 저는 급히 걸어온 데다 놀란 참이라 숨이 턱에 차서 물었답니다.

"네." 그녀가 대답했어요. "주인도 조지프도 출타혔어요. 한 시간 안으로 돌아오진 않을걸요. 들어와서 좀 쉬었다 가시구려."

들어가 보니 벽난로 옆에 저의 길 잃은 어린 양이 자기 엄마가 어렸을 때 사용하던 조그만 흔들의자에 앉아 앞뒤로 흔들며 앉아 있더군요. 모자는 벽에 걸어 놓고, 자기 집인 양 최상의 기분으로, 헤어턴에게 웃으면서 종알거리고 있는 거예요. 헤어턴은 그때 체격 좋고 건장한 열여덟 살의 젊은이였는데 호기심과 경탄에 찬 표정으로 그녀를 바라보고 있었어요. 그녀의 입에서 유창하게 쏟아져 나오는 소견이며 질문을 거의 알아듣지 못하는 것 같았지만요.

"아아주 잘하셨어요, 아가씨!" 저는 반가운 마음을 화난 얼굴로 감추고 소리를 질렀지요. "아버님이 돌아오실 때까지 이제 말은 다 탄 줄 아세요. 혼자서는 문지방도 못 넘게 할 테니까. 정말이지, 이렇게 말 안 듣는 아가씨는 처음 봤어!"

"어머나, 엘렌 아줌마!" 캐시가 명랑하게 외치면서 벌떡 일어서더니 제가 있는 쪽으로 뛰어오더군요. "오늘 밤엔 굉장한 이야기를 해 줄 참이었는데, 날 찾아냈네. 엘렌 아줌마는 전에 여기 와 본 적이 있어요?"

"모자나 쓰고 어서 집으로 갑시다." 제가 말했습니다. "캐시 아가씨, 난 아가씨 때문에 얼마나 속이 상한지 몰라요. 아주 큰 잘못을 한 거예요! 입을 삐죽 내밀고 울어 봐야 아가씨를 찾느라 온 동네를 돌아다니며 애태운 걸 용서할 수 없어요. 아버님께서 아가씨를 내보내지 말라고 신신당부하셨는데 그렇게 빠져나가다니. 이제 아가씨가 깜찍한 여우라는 걸 알았으니 아무도 다시는 아가씨를 믿지 않을 거예요."

"내가 뭘 어쨌다고?" 금방 마음을 다친 그녀가 흐느껴 울었어요. "아빠는 나한테 아무 말씀 안 하셨어. 그러니까 아빠는 야단치지 않을걸. 아빠는 엘렌 아줌마처럼 그렇게 화내지 않으실 거예요!"

"자, 이리 와요!" 제가 다시 말했습니다. "리본을 매 줄 테니까. 떼를 써도 소용없어요. 아이, 창피해라. 열세 살이나 되었는데 이렇게 떼를 쓰니!"

캐시가 모자를 벗어 던지고 제가 잡지 못하게 굴뚝 쪽으로 달아났기 때문에 저는 그렇게 소리를 질렀던 것입니다.

"냅 둬요." 아까 그 하녀가 거들더군요. "귀여운 아가씨를 너무 나무라지 마세요, 딘 부인. 우리가 붙잡은걸요. 아가씨는 댁에서 걱정할까 봐 그냥 갈 참이었어요. 그런데 헤어턴이 같이 가 주겠다고 혀서 저도 그렸으면 좋겠다고 생각했지요. 언덕을 넘자믄 산길이 험하니께요."

이런 이야기가 오가는 동안 헤어턴은 거북해서 입도 못 떼고 주머니에 손을 찌른 채 서 있더군요. 제가 불쑥 나타난 것이 마땅치 않은 눈치였어요.

"얼마나 더 기다린단 말이에요?" 저는 그 여자의 참견에 대꾸도 하지 않고 말을 계속했어요. "10분만 더 있으면 어두워져요. 조랑말은 어디다 뒀어요, 아가씨? 피닉스는 어디 있고? 서두르지 않으면 두고 갈 테니 마음대로 해요."

"말은 마당에 있어요." 캐시가 대답했습니다. "피닉스는 저기 가둬 놨고. 피닉스가 물려서 다쳤어요. 다 이야기하려고 했는데, 아줌마가 화를 내니까 말해 주지 않을 테야."

저는 모자를 다시 씌워 주려고 가까이 갔습니다. 그런데 그 집 사람들이 제 편을 드는 걸 눈치채고 방 안을 요리조리 뛰어다니기 시작하는 거예요. 그러고는 제가 잡으려고 쫓아가자 생쥐처럼 가구 위로 뛰어넘었다 밑으로 빠졌다 뒤로 숨었다가 하는 바람에 뒤쫓는 제 꼴만 우습게 되었지요.

헤어턴과 하녀가 웃으니까 캐서린도 따라 웃으면서 점점 더 건방지게 굴었어요. 얼마나 화가 나던지 버럭 소리를 지르고 말았지요.

"이봐요, 아가씨. 이게 누구네 집이란 걸 안다면 얼른 나가려고 할걸요."

"이거 너네 아빠 집이지, 그렇잖아?" 캐시가 헤어턴을 돌아보면서 말하더군요.

"아녀." 헤어턴은 눈을 내리깔고 멋쩍은 듯 얼굴을 붉힌 채 대답했습니다.

캐시의 두 눈이 헤어턴의 눈과 꼭 닮았는데도 그는 그녀의 눈길을 똑바로 마주 보지 못하더군요.

"그럼 누구네 집이야. 너네 주인 집이야?" 그녀가 물었지요.

헤어턴은 이번에는 다른 감정으로 얼굴을 붉히더니 중얼중얼 욕지거리를 하면서 외면해 버렸어요.

"저 애 주인이 누구예요?" 성가신 아가씨는 제게 계속 묻는 거예요. "저 애는 '우리 집'이니 '우리 식구들'이라고 말했어요. 그래서 이 집 주인 아들인 줄 알았지 뭐야. 그리고 저 애는 나를 아가씨라고 부르지 않았거든요. 저 애가 하인이라면 그렇게 불렀을 텐데. 안 그래요?"

헤어턴은 이 철딱서니 없는 발언에 먹구름이 낀 듯 얼굴이 험악해졌지요. 저는 질문해 대는 아이를 가만히 잡아당겨 드디어 떠날 채비를 차리는 데 성공했답니다.

"자, 내 말을 데려와야지." 친척인지 알지도 못하는 그녀는 자기 집 마구간에서 일하는 소년에게 명령을 내리듯 말하는 것이었어요. "그리고 날 따라와도 돼. 난 요괴 사냥꾼이 나온다는 늪도 보고 싶고, 네가 '도까비'라고 부른 것들 이야기도 듣고 싶어. 그러니 빨리빨리 해! 뭘 하는 거야! 말을 데려오라는데!"

"네까짓 거 하인 노릇을 허느니 네가 지옥에 떨어지는 꼴을 보겠다!" 그 젊은이가 으르렁거리더라고요.

"내가 어떻게 되는 걸 본다고?" 캐시가 놀라서 물었습니다.

"지옥으로 떨어지라고. 요망한 마녀 같으니!" 그가 대꾸하더군요.

"그거 봐요, 캐시 아씨! 좋은 친구를 사귀게 됐군요!" 제가 가로막았지요. "어린 아가씨 앞에서 그런 말을 하다니! 제발 저 사람과 다시는 이야기하지 말아요. 자, 우리가 직접 미니를 찾아서 가도록 합시다."

"그렇지만 엘렌 아줌마." 놀라서 눈이 휘둥그레진 캐시가 외쳤습니다. "어떻게 감히 내게 그런 말을 할 수 있어요? 저 애는 내가 시킨 일을 왜 안 한다고 하는 거지? 넌 나쁜 놈이야. 네가 한 말을 아빠한테 이를 테니, 두고 봐!"

헤어턴이 그따위 위협은 겁나지 않는다는 표정을 짓자 캐시는 화가 나서 눈물을 글썽거렸습니다. "당신이 말을 데려와요." 그녀는 하녀에게 호통을 쳤지요. "그리고 내 개도 당장 풀어 놓으란 말이야!"

"살살 이야기혀요, 아가씨." 명령을 받은 하녀가 말하더군요. "예의를 갖춰서 나쁠 건 하나도 없으니께요. 그런디, 헤어턴 씨가 우리 주인의 아드님은 아니지만 아가씨의 사촌이랍니다. 그리고 저는 아가씨 시중들라고 월급 받는 사람이 아니걸랑요."

"저 애가 내 사촌이라니!" 캐시가 코웃음을 쳤지요.

"그렇답니다. 정말이에요." 캐시를 나무란 그 하녀가 대꾸하는 것이었어요.

"아이, 엘렌 아줌마! 저 사람들 저런 말 못하게 해요." 그녀는 아주 속이 상해서 말을 이었습니다. "아빠가 내 사촌을 데리러 런던에 가셨단 말이야. 내 사촌은 신사의 아들이야. 그리고 내—" 급기야 말을 잇지 못하고 울음을 터뜨리더군요. 그런 촌뜨기와 사촌이 된다는 생각만 해도 분통이 터진 거지요.

"그만, 그만해요!" 제가 속삭였어요. "사촌이 많으면 별의별 사촌도 있을 수 있는 거예요, 캐시 아가씨. 그렇다고 나쁠 것도 없어요. 그저 그 사촌들이 싫고, 나쁜 사람들이면 상종하지 않으면 그만이지요."

"저 애는 아냐. 내 사촌이 아니란 말이야, 아줌마!" 생각할수록 비통한지 그 생각을 피하려고 제 품을 파고들면서 되풀이 말하는 거였어요.

저는 캐시와 하녀 둘 다 공연한 이야기를 했다 싶어 속이 몹시 상했습니다. 린턴 씨가 런던에서 아이를 데려 온다고 캐시가 말했으니 보나마나 히스클리프 씨가 이 사실을 알게 될 테고, 캐시는 캐시대로 아버지가 돌아오자마자 하녀가 사촌이라고 한 그 무례한 친척에 대한 해명을 요구할 것이 틀림없으니 말이지요.

헤어턴은 하인으로 오인당한 불쾌감을 털어 버리자 캐시가 슬퍼하는 게 마음에 걸리는 모양이었어요. 말을 문간에 끌어다 놓고, 그녀를 달랠 양으로 개집에서 다리가 구부러진 잘생긴 테리어 새끼를 안아다가 그녀의 손에 안겨 주며 나쁜 뜻으로 한 말은 아니니까 그만 그치라고 하더군요.

잠시 울음을 멈추고 두려움과 미움에 찬 눈초리로 힐끗 보더니 캐시는 다시 울음을 터뜨렸습니다.

저는 캐시가 그 불쌍한 친구에게 반감을 느끼는 것을 보고 웃음을 참기가 어려웠어요. 헤어턴은 체격도 좋고 근육이 발달한 젊은 이로 얼굴도 잘생기고 강인하고 건강했지만, 입성은 밭에서 일을 할 때나 황야에서 토끼라든가 사냥감을 찾아다니는 하루 일과에 걸맞은 것이었지요. 그래도 그의 인상에서 아버지보다 훨씬 나은 성품과 자질을 읽을 수 있었답니다. 정말이지 좋은 소질이 우거진 잡초 속에 묻혀 있는데, 제멋대로 자란 잡초가 가꾸지 않은 소질을 가려 버린 꼴이었어요. 하지만 역으로, 좋은 환경에서라면 풍성한 수확을 거둘 수 있는 비옥한 토양이라는 증거가 되기도 했습니다. 히스클리프 씨는 그를 신체적으로 학대하지는 않았던 것 같아요. 헤어턴의 겁 없는 성격 때문에 히스클리프가 그런 식으로 억압할 유혹을 느끼지 않았나 봅니다. 헤어턴에게는 학대할 맛이 날 만큼 소심하게 민감한 면이 전혀 없다고 그는 판단을 내린 거지요. 그의 악의는 헤어턴을 짐승 같은 상태로 만드는 데 집중되었나 봅니다. 헤어턴에게 읽기나 쓰기를 전혀 가르치지 않았고, 자기를 언짢게 하지 않으면 어떤 나쁜 습관도 책망한 적이 없답니다. 선(善)을 향해 한 걸음 내디딘 적도 없고, 악(惡)을 경계하는 교훈을 들은 적도 없었던 거지요. 그리고 제가 들은 바로는, 헤어턴이 유서 깊은 가문의 종손이라고 조지프 노인이 편애하려는 좁은 소견으로 어릴 때부터 떠받들어 키워서 그의 타락에 적잖이 기여했다고 합니다. 캐서린 언쇼와 히스클리프가 어렸을 때, 조지프의 말을 빌리자면, '몹쓸 짓'을 해서, 더 참을 수 없게 된 젊은 주인이 어쩔 수 없이 술로 위안을 삼게 되었다고 노상 그들을 비난했듯이, 이제는 헤어턴의 모든 잘못을 그의 재산을 가로챈 히스클리프의 책임으로 돌렸던 거예요.

헤어턴이 쌍욕을 해도 조지프는 나무라지 않았습니다. 아무리 고약한 짓을 해도 마찬가지였지요. 헤어턴이 점점 더 나빠지는 것을 보면서 조지프는 만족감을 느꼈던 것 같아요. 그 영감은 헤어턴이 타락했고 그의 영혼이 지옥에 떨어졌음을 인정했지만, 책임은 히스클리프에게 돌아간다고 생각했던 거겠지요. 헤어턴이 영생을 잃은 것은 히스클리프의 탓이다. 이런 생각이 조지프에게 큰 위안이 되었던 거지요.

조지프는 헤어턴에게 가문과 혈통에 대한 자부심을 불어넣어 주었습니다. 그럴 엄두를 낼 수 있었다면 헤어턴이 하이츠의 현재 주인인 히스클리프를 미워하도록 해 보았겠지만, 히스클리프에 대한 그의 공포심은 미신에 가까운 지경이어서 자신의 생각을 중얼중얼 암시하거나 혼자만 아는 저주로 표현하는 게 고작이었답니다.

워더링 하이츠에서 어떻게들 지냈는지 제가 잘 안다고 할 수는 없겠네요. 눈으로 직접 본 건 거의 없으니 소문을 듣고 하는 이야기예요. 동네 사람들은 히스클리프 씨가 인색하고 소작인들에게 인정머리 없게 구는 냉혹한 지주라고 했어요. 그래도 하녀가 살림을 돌보면서 집 안은 옛날과 같은 아늑한 모습을 되찾았고, 힌들리가 생전에 벌이던 떠들썩한 술판은 이제 사라졌지요. 주인이 매우 침울한 사람이라 좋은 사람이건 나쁜 사람이건 누구와도 친하게 지내려고 하지 않았답니다. 아직도 그렇긴 합니다만—.

그런데 이야기가 다른 데로 흘렀군요. 캐시는 화해하자는 표시로 준 테리어 새끼를 받지 않고 자기가 데려온 찰리와 피닉스를 내놓으라고 말했어요. 두 마리의 개가 다리를 절뚝거리며 고개를 숙이고 나타나서 우리 모두 풀이 죽어 집으로 향했습니다.

캐시는 그날 하루를 어떻게 지냈는지 이야기해 주지 않았어요. 제가 추측한 대로 그녀의 목적지는 페니스톤 절벽이었고, 워더링 하이츠의 대문까지는 별일 없이 갔는데 그때 우연히 헤어턴이 나타났고, 그가 데리고 나온 개들이 그녀의 일행에게 덤벼들었다는 거예요.

개들은 주인들이 미처 떼어 놓기도 전에 한판 대단하게 싸움이 붙었답니다. 그게 서로 인사를 나누는 계기가 되었지요. 캐서린이 헤어턴에게 자기 이름과 목적지를 댔고, 길을 가르쳐 달라고 부탁하다가 결국 그를 꾀어 동행했나 봅니다.

그는 선녀 굴의 신비며 그 밖에 스무 곳 이상 기기묘묘한 곳을 안내해 준 것 같아요. 하지만 캐시에게 미운털이 박힌 터라 그녀가 가 본 재미있는 곳에 대한 이야기를 듣는 영광을 누리지는 못했지요.

그런데 캐시의 이야기를 종합해 보면 캐시가 헤어턴을 하인 취급해서 그의 감정을 상하게 하고, 또 히스클리프의 가정부가 헤어턴을 캐시의 사촌이라고 해서 그녀의 기분을 상하게 하기 전까지, 캐시는 안내자인 헤어턴이 퍽 마음에 들었던가 봐요.

그리고 헤어턴이 퍼부은 욕설이 그녀의 마음에 큰 상처를 주었던 모양입니다. 집에서는 누구나 '예쁜이'니 '귀염둥이'니 '공주'니 '천사'라고 부르는데 낯선 사람한테 아주 심한 모욕을 당한 셈이거든요! 그녀는 그걸 납득하지 못했어요. 그래서 속상했던 일을 아버지에게 말하지 않겠다는 약속을 받아 내느라 무척 애를 먹었답니다.

저는 하이츠의 사람들을 아버지가 얼마나 싫어하며, 따님이 거기에 갔다는 걸 알면 크게 마음이 상하실 거라고 누누이 설명했습니다. 그리고 무엇보다도 이 점을 강조했지요. 아가씨가 린턴 씨의 명령을 소홀히 한 잘못을 까발리면 아버지가 노발대발해서 절해고할 수 있다고요. 캐시에게 제가 그만둔다는 건 생각할 수도 없는 일이었답니다. 그리하여 그녀는 굳게 약속을 했고 또 저를 위해서 약속을 지켜 주었지요. 무엇보다도 마음이 예쁜 아가씨였거든요.

제19장

　린턴 씨가 검정 테두리를 한 편지지에 돌아올 날짜를 알려 왔습니다. 이사벨라가 죽었다는 것이었습니다. 캐시에게 상복을 입히고, 어린 조카를 데리고 갈 테니 방을 마련하고, 그 밖의 여러 가지 준비를 해 놓으라고 당부했더군요.

　캐시는 돌아오는 아버지를 맞이할 생각에 기뻐 날뛰었답니다. 그러고는 '진짜' 사촌에겐 뛰어난 점이 많으리라는 낙관적인 기대에 잔뜩 부풀어 있었지요.

　아버지가 사촌을 데리고 도착하기로 한 날 저녁이 되었어요. 새벽부터 캐시는 자신의 자질구레한 시중을 들라고 명령하느라 바빴습니다. 그러고 나서 새로 지은 상복을 입고 — 가엾게도 고모의 죽음이 뚜렷한 슬픔으로 다가오지 않았나 봐요 — 사뭇 귀찮게 저를 졸라 집의 대문 있는 곳까지 마중을 나갔지요.

　"린턴은 나보다 꼭 여섯 달 늦게 태어났대요." 캐시는 저와 함께 이끼 잔디밭이 이랑처럼 굽이치는 나무 그늘 밑을 한가로이 걸어가면서 말했습니다. "그 애와 놀면 얼마나 재미있을까! 이사벨라 고모가 아빠한테 그 애의 고운 머리 타래를 보냈는데, 내 머리카락보다도 더 연한 색이었어요. 아마(亞麻) 색에 더 가깝고 내 것처럼 가늘고. 조그만 유리 상자 속에 소중히 간직하고는 그 머리카락 임자를 만날 수 있다면 얼마나 좋을까 하고 여러 번 생각했거든요. 아이, 좋아라! 우리 아빠! 우리 아빠가 오신다! 빨리 와요, 엘렌 아줌마, 우리 뛰어가요! 뛰어가자니까요."

캐시는 제가 여유작작한 걸음걸이로 대문에 이를 때까지 몇 번이나 뛰어갔다가 돌아오고 다시 뛰어가곤 하다가, 길가 언덕의 풀밭에 앉아서 차분히 기다리려고 해 보더군요. 그러나 어림도 없는 일로, 단 1분을 가만히 있지 못했어요.

"왜 이렇게 오래 걸리는 걸까!" 캐시가 소리쳤습니다. "앗, 저 길 위에 먼지가 나는 걸 봐요. 오시는 거야! 아닌데! 언제 오실까? 우리 조금만 더 가 보면 안 될까요? 반 마일만, 아줌마, 꼭 반 마일만. 그렇게 하겠다고 대답 좀 해 봐요. 저 모퉁이 떡갈나무 숲 있는 데까지만!"

저는 단호히 거절했지요. 그리고 결국 아가씨의 조바심도 끝이 났어요. 여행 떠났던 마차가 달려오는 것이 보였던 겁니다. 캐시는 창으로 내다보는 아버지의 얼굴을 보자마자 소리를 지르면서 두 팔을 내밀었지요. 아버지도 딸 못지않게 열광적이었답니다. 그리고 다른 사람이 옆에 있다고 생각한 건 한참 후였어요.

두 사람이 얼싸안고 있는 동안 저는 린턴이 어떻게 하고 있나 싶어 안을 들여다보았더니, 겨울이라도 만난 양 따뜻한 털로 안을 댄 외투를 입고 한구석에 잠들어 있더군요. 얼굴이 희고 가냘픈 것이 계집아이라고 해도 될 소년인데, 린턴 씨의 동생이라고 해도 곧이들을 만큼 아주 닮았더라고요. 그러나 에드거 린턴에게서는 볼 수 없는, 병약하고 까다로운 데가 있어 보였습니다.

린턴 씨가 마차 안을 들여다보고 있는 제게 악수를 청한 후, 여행 끝이라 피곤한 모양이니 그대로 놔두고 문을 닫으라고 말했지요. 캐시도 한번 들여다보고 싶은 모양이었습니다. 그러나 아버지가 어서 오라고 불러 아버지와 함께 사냥터 숲을 걸어 올라갔고, 저는 하인들에게 알리기 위해 서둘러 앞서 갔답니다.

"캐시야." 린턴 씨는 현관 앞 계단 밑에서 걸음을 멈추고 따님에게 말했습니다.

"네 사촌 동생은 너처럼 건강하지도 않고 또 명랑하지도 못해. 엄마를 잃은 지 얼마 되지 않는다는 걸 너도 알고 있지? 그러니까 곧 함께 뛰어다니며 놀 생각은 하지 마라. 그리고 너무 말을 걸어 귀찮게 하지 말고. 적어도 오늘 밤은 가만 놔둬야 해. 알았지?"

"알았어, 알았어요. 아빠." 캐시가 대답했지요. "하지만 한 번 보았으면 좋겠어요. 그 애는 아직 한 번도 바깥을 내다보지 않은걸."

마차를 멈춰 세운 린턴 씨가 잠자던 아이를 깨워 안아 내렸습니다.

"얘가 네 사촌 캐시다, 린턴." 린턴 씨는 두 아이의 작은 손을 쥐여 주면서 말했습니다. "캐시는 벌써 네가 좋아졌나 보다. 그러니까 너도 오늘 밤에는 울어서 누이의 마음을 아프게 해서는 안 된다. 자, 이제 기운을 좀 내야지. 여행도 끝났으니 네가 할 일이라곤 편히 쉬면서 마음껏 재미있게 노는 일뿐이다."

"그럼 난 더 잘래요." 캐서린이 인사하자 소년은 움츠러들면서 손가락을 눈에 갖다 대고 솟아 나오는 눈물을 닦더라고요.

"자, 이리 와요. 착한 도련님." 제가 낮은 목소리로 달래면서 안으로 데리고 들어갔습니다. "도련님이 울면 아가씨도 울어요. 저것 봐요! 아가씨가 도련님 때문에 걱정하고 있잖아요!"

캐시가 린턴 때문에 걱정을 한 것인지 알 수 없지만 어쨌든 그녀도 그와 똑같이 슬픈 얼굴을 하고 아버지에게로 돌아갔어요. 셋이 함께 집 안으로 들어가서 차를 준비해 놓은 서재로 올라갔지요.

저는 린턴의 모자와 외투를 벗겨 주고 테이블 옆에 있는 의자에 앉혔습니다. 그러나 자리에 앉자마자 다시 울기 시작하더라고요. 린턴 씨가 왜 그러냐고 묻자,

"난 의자에는 못 앉아요." 아이는 이렇게 말하고 흐느껴 울었어요.

"그럼 소파에 앉으렴. 엘렌이 차를 날라다 줄 거야." 그의 외삼촌은 참을성 있게 대답했습니다.

까다롭고 병약한 조카를 데리고 오느라 린턴 씨가 여행 중 무척 애를 먹었으리라고 미뤄 짐작할 수 있었어요.

린턴은 다리를 질질 끌며 소파로 걸어가 드러누웠습니다. 캐시가 발받침과 자기 찻잔을 가지고 그의 옆으로 갔지요.

캐시는 처음에는 잠자코 앉아 있었으나, 그게 오래갈 리 있겠어요. 그녀는 사촌 동생을 자기의 귀염둥이로 삼을 작정이었거든요. 그래서 그의 머리카락을 매만지기도 하고 볼에 입을 맞추며 갓난

아기를 다루듯 자기 찻잔에 차를 따라 먹이려 들었지요. 린턴은
갓난아기나 진배없어서 이런 짓거리에 즐거워했습니다. 눈물을
닦고 희미한 미소를 띨 정도로 얼굴이 밝아지더군요.

"아하, 잘 지낼 거야." 린턴 씨는 잠시 그들을 지켜보다 제게 말
했습니다. "잘됐어. 우리가 데리고 있을 수 있다면 말이야, 엘렌.
제 또래랑 놀면 기운이 날 테고, 기운이 생겼으면 하고 바라면 튼
튼해질 테니까."

'그렇지요. 우리가 데리고 있을 수만 있다면 말이에요!' 저는
속으로 생각했습니다. 그리고 그렇게 되리라는 희망이 거의 없다
는 염려를 씻을 수가 없었지요. 그러고 나서 저런 약질이 어떻게
워더링 하이츠 같은 데서, 자기 아버지와 헤어턴 사이에서 버틸
수 있을까 생각을 했고요. 기막힌 친구요, 스승이 되지 않겠어요!

우리들의 우려는 예상보다도 빨리 현실로 나타났습니다. 차를
마시고 난 다음, 두 아이를 위층으로 데리고 가서 린턴이 잠드는
걸 막 지켜보고 난 다음이었지요. 자기가 잠이 들 때까지 저를 옆
에서 떠나지 못하게 했으니까요. 내려와서 마루에 있는 테이블 옆
에서 린턴 씨 침실에 갖다 놓을 촛불을 켜고 있는 참인데 하녀 하
나가 부엌에서 나오더니 히스클리프 씨네 하인 조지프가 문간에
서 주인을 뵙기를 청한다고 하더군요.

"무슨 일로 왔는지 내가 먼저 알아보지." 그렇게 말하면서도 가
슴이 몹시 뛰었어요. "너무 늦은 시간 아닌가? 그리고 서방님은
먼 여행에서 막 돌아오신 길이니 만나실 수 없을 것 같은데."

제가 이렇게 말하고 있는 중에 조지프는 부엌을 지나 어느새 현

관으로 들어서고 있었습니다. 그는 주일날 입는 나들이옷을 떨쳐 입고 특별히 경건한 척 심통 사나운 상관이었어요. 한 손에는 모자를, 다른 손에는 지팡이를 들고, 매트 위에 서서 신발을 닦더라고요.

"안녕하세요, 조지프 영감." 저는 냉랭하게 말했지요. "오늘 밤엔 무슨 일로 오신 건가요?"

"린턴 씨께 드릴 말씀이 있어서." 그는 거만하게, 넌 비켜서란 듯 손을 내저으며 대답하더군요.

"서방님께서는 지금 잠자리에 드실 참인데 아주 급한 일이 아니면 오늘 밤엔 들으려고 하지 않으실 거예요." 제가 말을 이었지요. "여기 앉아서 제게 볼일을 전하세요."

"주인 냥반 방은 어디여?" 영감이 닫혀 있는 문들을 쭉 훑어보며 묻는 거예요.

제가 가운데 끼어드는 걸 용납하지 않을 기세였어요. 그래서 하는 수 없이 서재로 올라가서 뜻하지 않은 방문객이 나타났다는 것을 알리고, 갔다가 내일 다시 오라고 하는 게 좋겠다고 말했지요.

하지만 린턴 씨가 그렇게 하라고 말할 겨를도 없었답니다. 조지프가 제 뒤를 바짝 따라 올라와 방으로 밀고 들어와서는, 두 주먹을 단장 손잡이에다 포갠 채 테이블 맨 끝에 버티고 선 거예요. 그리고 반대를 예상하고 있다는 듯 목소리를 높여 이야기를 꺼내더군요.

"히스클리프 씨가 아드님을 데리구 오라고 혀서 왔습지요. 그 아이를 내주셔야 돌아갈 겁니다."

린턴 씨는 1분여간 아무 말도 하지 않았어요. 깊은 슬픔이 그의 얼굴에 그늘을 드리웠지요. 아이만 놓고 보아도 가여운데, 죽은 이사벨라의 소망과 두려움, 자식에 대한 근심 어린 바람, 그리고 잘 보살펴 달라고 부탁받은 일들을 생각하니, 아이를 넘겨준다는 것이 너무 마음 아팠고, 어떻게 피할 수 없을까 궁리하는 표정이었어요. 묘안이 떠오르지 않았지요. 아이를 데리고 있고 싶어 하는 것을 알면 내놓으라고 하는 쪽에서 더 윽박지를 터이니 내줄밖에 딴 도리가 없었답니다. 그러나 자고 있는 아이를 깨워 보낼 생각은 없었지요.

"히스클리프 씨에게 아드님을 내일 워더링 하이츠로 보낸다고 전해 주게." 린턴 씨는 조용히 말했습니다. "그 애는 지금 자고 있는데 너무 피곤해서 거기까지 갈 수 없네. 아이의 모친은 내가 아이의 후견인이 되기를 원했다는 것과 지금 아이의 건강이 좋지 않다는 것도 아울러 전하게."

"안 됩네다!" 조지프가 지팡이로 바닥을 탕 치고는 위세 당당하게 말하더라고요. "안 될 말씀입네다. 히스클리프 씨는 아이 엄마나 삼촌을 대단허게 생각허지 않어요. 자기 아들을 찾었다 이겁니다. 그러니 꼭 데리구 가야겠어요. 이만하면 알아들으시겠지!"

"오늘 밤에는 못 데려가네!" 린턴 씨도 단호하게 대답했습니다. "당장 돌아가게. 그리고 주인에게 내가 말한 대로 전하게. 엘렌, 이 영감을 데리고 내려가도록. 가라는데—"

그리고 린턴 씨는 잔뜩 성이 난 영감의 팔을 잡아서 방 밖으로 쫓아내고는 문을 닫아 버렸습니다.

"좋습네다!" 조지프는 천천히 물러나면서 소리를 질렀지요. "낼은 우리 쥔장이 손수 올 티니께. 어디 그 냥반도 내쫓아 보시 라구!"

제20장

　이런 위협이 현실이 되는 걸 막기 위해 린턴 씨는 다음 날 아침 일찍 아이를 캐서린의 조랑말에 태워 데려다 주라고 제게 이르면서 이렇게 덧붙였습니다.

　"이제 이 아이가 잘되건 잘못되건 우리가 어떻게 할 수 없으니 캐시에게는 어디로 갔다는 이야기도 하지 않았으면 싶네. 앞으로 만날 일도 없을 것이고, 가까운 곳에 있다는 것도 모르고 지내는 게 좋을 것 같군. 그렇지 않으면 캐시가 마음을 잡지 못하고 워더링 하이츠에 가고 싶어 할 테니까. 그저 애 아버지가 오라고 갑자기 사람을 보내서 데리고 갔다고 말하도록."

　린턴은 새벽 5시에 일어나는 것이 끔찍이 싫은 데다 또 여행할 준비를 해야 한다는 말을 듣자 깜짝 놀라더군요. 그러나 아버님인 히스클리프 씨와 얼마간 함께 지내게 될 것이며, 아버님이 몹시 보고 싶어 하셔서 여행에서 쌓인 피로가 풀릴 때까지 기다릴 수가 없다고 하므로 어쩔 수 없다는 말로 달랬지요.

"아버지라고?" 린턴은 어리둥절해서 되물었습니다. "엄마는 한 번도 아버지가 계시다는 말씀을 하신 적이 없는데, 아버지는 어디 사셔? 난 외삼촌과 살고 싶은데."

"아버님은 이 댁에서 조금 떨어진 곳에 사세요." 제가 대답했지요. "저 언덕 너머인데요, 그다지 멀지 않으니까 도련님이 건강해지면 걸어서 올 수도 있어요. 도련님은 아버님을 만나러 집에 가니 좋겠네요. 어머님을 따랐던 것처럼 아버님도 따라야 해요. 그러면 아버님도 도련님을 사랑해 주실 테니까요."

"그런데 왜 지금까지 아버지 이야기를 듣지 못했을까?" 린턴이 물었어요. "그리고 왜 다른 사람들처럼 엄마 아빠는 함께 살지 않았어?"

"아버님은 북쪽 지방에서 일을 하셔야 했고요." 제가 대답했지요. "어머님은 건강 때문에 남쪽에서 사셔야 했던 거지요."

"그런데 왜 엄마는 아빠 이야기를 안 하셨지?" 린턴이 캐물었어요. "엄마가 외삼촌 이야기는 가끔 하셨어. 그래서 전부터 외삼촌을 좋아하게 된 거야. 하지만 어떻게 아빠를 좋아할 수 있겠어? 난 아빠를 모르는데."

"아이 참, 아이들은 누구나 부모님을 좋아하는 거랍니다." 제가 대답했지요. "아버지 이야기를 자주 하면 도련님이 아버지와 함께 살고 싶다고 할까 봐 그러셨나 보죠. 자, 서두릅시다. 이렇게 날씨가 좋은 날 아침 일찍 말을 타는 건 한 시간 더 자는 것보다 훨씬 좋은 거예요."

"그 애도 우리와 함께 가는 거야?" 린턴이 물었습니다. "어제 만난 그 여자애 말이야."

"오늘은 함께 안 가요." 제가 대답했지요.

"외삼촌은?" 아이가 다시 묻더라고요.

"안 가세요. 내가 거기까지 같이 갈 거예요."

린턴은 베개 위에 도로 드러누워 멍하니 생각에 잠기더니 결국 "외삼촌이 안 가시면 나도 안 갈래" 하고 소리쳤습니다. "날 어디로 데리고 갈지 알 게 뭐야."

저는 아버지를 만나러 가는 게 싫다고 하면 버르장머리 없다는 소리를 듣는다고 타일러 보았지요. 그래도 막무가내로 옷을 입히려는 걸 거부했기 때문에 급기야 린턴 씨의 도움을 청해 아이가 자리에서 일어나도록 달래지 않을 수 없었답니다.

곧 돌아오게 된다, 외삼촌과 캐시가 찾아갈 것이다 등의 거짓말을 다짐받고 나서야 불쌍한 어린것이 자리에서 일어났습니다. 그리고 워더링 하이츠로 가는 도중 저도 외삼촌과 캐시가 보러 올 것이다 하고 근거 없는 약속을 시시때때로 되풀이했고요.

히스 향기가 풍기는 맑은 공기에 밝은 햇빛, 그리고 느릿느릿 걸어가는 순한 조랑말의 발걸음 덕분에 얼마 후 린턴의 침울했던 기분도 풀어졌습니다. 그는 자기가 살게 될 새 집과 거기에 사는 사람들에 대해 흥미를 가지고 활발하게 질문을 하더군요.

"워더링 하이츠도 스러시크로스 그레인지처럼 좋은 곳이야?" 린턴은 엷은 안개가 피어올라 하늘 가장자리에 양털 이불 같은 흰 구름을 만들고 있는 골짜기 쪽을 마지막으로 돌아보면서 물었지요.

"그곳은 나무가 여기처럼 울창하지 않고 넓지도 않지만, 사방으로 아름다운 시골 경치를 볼 수 있어요. 그곳 공기가 도련님 건강에는 더 좋을 거예요. 더 신선하고 습기도 적으니까요. 처음에는 집이 낡고 어둡다고 생각할지 몰라요. 하지만 훌륭한 집이고, 이 근방에서는 두 번째 가는 집이랍니다. 그리고 황야에서 산책하는 게 얼마나 좋다고요! 헤어턴 언쇼 도련님이 — 캐시 아가씨의 사촌이니 도련님하고도 사촌뻘인데 — 제일 좋은 곳으로 안내해 줄 거예요. 날씨가 좋으면 책을 갖고 나가서 푸른 골짜기를 서재 삼아 공부도 하고, 가끔 외삼촌이 오셔서 함께 산책하자고 하실 테고요. 저 언덕 위로 자주 산책을 나가시니까요."

"그런데 우리 아버지는 어떻게 생긴 분이야?" 린턴이 물었습니다. "아버지도 외삼촌처럼 젊고 잘생기셨어?"

"아버지도 젊으시지요." 제가 대답했지요. "검은 머리카락과 검은 눈에, 좀 엄격해 보이고, 전체적으로 키도 몸집도 더 크시지요. 처음에는 그렇게 인자하고 자상하지 않다는 생각이 들지 몰라요. 원래 성격이 그런 분이거든요. 하지만 아버님께는 솔직하고 다정하게 대하도록 해 봐요. 그러면 자연히 외삼촌보다도 도련님을 더 사랑해 주실 거예요. 도련님은 그분의 아드님이니까요."

"검은 머리카락에 검은 눈?" 린턴은 생각에 잠겼어요. "상상이 안 되네. 그럼 난 아버지를 닮지 않았어?"

"별로 닮지 않았지요." 이렇게 대답하면서 속으로는 '눈곱만큼도 안 닮았지'라고 말했지요. 그러고는 창백한 안색이며 가냘픈 체격, 생각에 잠긴 듯한 큰 눈을 유감스러운 눈으로 지켜보았어요. 자기 어머니의 눈 그대로였습니다. 병적인 신경질로 잠깐 빛날 때가 아니면 그녀의 반짝이는 활기의 흔적도 찾을 수 없었지만요.

"아버지가 한 번도 엄마와 날 보러 오지 않았다는 게 참 이상해!" 린턴은 혼잣말로 중얼거렸습니다. "아버지는 날 본 적이 있을까? 보셨다면 틀림없이 내가 갓난아기 때였을 거야. 아버지에 대해선 아무것도 생각나지 않는걸!"

"이봐요, 도련님." 제가 말했지요. "3백 마일은 아주 먼 거리예요. 그리고 10년이란 세월은 도련님이 생각하는 것처럼 어른들에게는 그리 긴 시간이 아니랍니다. 아버님께서는 아마 매년 여름 이번에는 가 봐야지 하다가 시간을 낼 형편이 못 됐나 보죠. 그러다 너무 늦은 거겠죠. 그 문제를 갖고 아버님을 귀찮게 하지 말아요. 마음만 아플 뿐, 아무 소용도 없으니까요."

소년은 워더링 하이츠 농가의 정원 문 앞에 가서 멈춰 설 때까지 혼자 골똘히 생각에 잠겨 있었어요. 저는 그가 집에서 어떤 인상을 받았는지 보려고 그의 얼굴을 주시했지요. 조각이 새겨진 현관 장식이며, 좁다란 격자창이며, 제멋대로 자란 까치밥나무 숲이며, 구부러진 전나무들을 심각한 표정으로 열심히 살펴보고는 고개를 가로젓는 거예요. 새로 살게 될 집의 겉모양이 영 마음에 들지 않은 모양이었습니다. 그래도 당장 불평하지 않을 정도로 생각은 있더군요. 안에 들어가 보면 좋을 수도 있을 테니까요.

그가 말에서 내리기 전에 제가 가서 문을 열었습니다. 6시 반이었는데, 식구들이 막 아침을 먹고 난 참인지 하녀가 상을 치우고 행주질을 하고 있더군요. 조지프는 주인의 의자 옆에서 절름발이 말 이야기를 하고 있었고, 헤어턴은 건초 밭에 나갈 채비를 하고 있었습니다.

"어이, 넬리!" 히스클리프가 저를 보자 소리쳤습니다. "내려가서 손수 내 물건을 찾아와야 하나 보다 싶었는데, 넬리가 데리고 온 거야? 어디 쓸 만한가 좀 볼까!"

히스클리프가 일어나 문 쪽으로 성큼성큼 걸어왔고, 헤어턴과 조지프도 호기심에 입을 헤벌리고 따라왔답니다. 불쌍한 린턴은 겁먹은 눈으로 세 사람의 얼굴을 번갈아 쳐다보았고요.

"이러-언!" 조지프가 엄숙한 표정으로 살펴보더니 이렇게 말하더군요. "그 냥반이 아이를 바꿨구먼요. 이 아이는 그 냥반 따님 같은뎁쇼!"

히스클리프는, 자기 아들이 당황해서 덜덜 떨 정도로 뚫어지게 바라보고 난 후, 멸시 섞인 웃음소리를 토했습니다.

"젠장! 예쁘기도 하군. 귀엽고 매력적인 물건이야!" 그는 감탄조로 이렇게 말하더군요. "넬리, 저 애를 달팽이와 쉰 우유로 기른 건 아냐? 에이, 빌어먹을! 생각했던 것보다 더 나쁘군. 그리고 정말이지, 별로 기대를 걸었던 것도 아니었단 말이야!"

저는 벌벌 떨면서 어쩔 줄 몰라 하는 아이에게 말에서 내려 들어가자고 일렀습니다. 그는 자기 아버지가 한 말의 뜻을 제대로 알아듣지 못했고, 또 자기를 두고 한 말인지도 잘 몰랐어요. 사실 아이는 험상궂고 냉소적인 낯선 사람이 자기 아버지라는 확신을 가질 수도 없었답니다. 점점 더 겁에 질려 제게 달라붙었고, 히스클리프가 자리에 앉으면서 "이리 와 봐" 하자 그만 제 어깨에 얼굴을 파묻고 울기 시작했어요.

"쯧쯧!" 히스클리프는 혀를 차고는 한 손을 뻗어 아이를 거칠게 끌어당겨 자기 무릎 사이에 세워 놓고 턱을 들어 올렸지요. "그런 바보짓은 안 돼! 누구도 널 해치려는 건 아냐, 린턴. 네 이름이 린턴이라며? 넌 완전히 네 엄마의 자식이로구나! 내 몫은 어디 있냐, 이 울보 겁쟁이야!"

그는 아이의 모자를 벗겨 옅은 금발의 숱 많은 곱슬머리를 뒤로 넘긴 다음 가는 팔과 조그만 손가락 등을 만져 보더군요. 그러는 동안 아이도 울음을 그치고, 커다란 파란 눈을 들어 자기를 점검하는 사람을 점검하는 것이었어요.

"너 날 알겠니?" 히스클리프 씨는 아이의 사지가 모두 가늘고 연약하다는 것을 확인하고 나서 물었지요.

"몰라요!" 린턴이 막연한 공포에 질린 눈길로 바라보며 말하더군요.

"설마, 내 이야기를 들은 적은 있겠지?"

"아니요." 린턴이 다시 대답했지요.

"못 들었어? 효심을 깨우쳐 준 일이 없다니, 네 어미는 참 무도하구나! 그렇다면 내가 말해 두겠는데, 너는 내 아들이다. 그리고 너에게 이런 아버지가 있다는 걸 모른 채 내버려 둔 네 어머니야말로 못된 계집이다. 자, 그렇게 상을 찌푸리고 얼굴을 붉힐 건 없어! 그래도 피까지 희지는 않은 모양이니 마음이 좀 놓이는군. 착한 애가 되어야 해. 그러면 나랑 잘 지내게 될 거다. 넬리, 피곤하거든 좀 앉아 쉬지그래. 그렇지 않으면 돌아가고. 듣고 본 대로 그레인지의 그 멍청이에게 보고하셔야 할 테니. 그리고 당신이 옆에서 서성거리는 동안 이 녀석은 자리를 잡지 못할 테니까."

"그럼," 제가 대답했지요. "이 아이에게 잘해 주시기 바랍니다, 히스클리프 씨. 그렇지 않으면 오래 데리고 있지 못할 테니까요. 이 넓고 넓은 세상의 유일한 혈육 아닙니까. 아시겠지요?"

"아주 잘해 줄 테니 염려 마!" 그는 웃으면서 말하는 것이었습니다. "단, 다른 사람은 아무도 잘해서는 안 돼. 난 이놈의 애정을 독점할 작정이니까. 그럼 잘해 주기 시작해 볼까. 조지프! 이 아이에게 아침을 좀 갖다줘. 헤어턴, 이 망할 놈아, 넌 나가서 일이나 해. 참, 넬리!" 그들이 나가자 그는 제게 말을 계속했습니다. "내 아들이 스러시크로스 그레인지의 주인이 될 몸이니, 내가 이 아이에게서 그 집을 상속을 받는 게 확실해질 때까지 죽어선 안 되거든. 게다가 이 애는 내 자식이니까, 내 후손이 당당하게 그 집 재산을 차지하고 그 집 후손에게 품삯을 주어 조상의 땅을 갈게 하는 쾌감을 맛보고 싶단 말이야. 내가 이런 강아지 새끼를 참고 견디는 건 오로지 그런 생각 때문이지. 이 녀석 자체로도 싫지만 옛 기억이 되살아나는 건 정말 싫거든. 그러니까 아까 말한 그런 생각으로 겨우 참아 내는 거야. 나와 함께 있어도 저 녀석은 안전해. 당신네 주인이 자기 자식을 보살피는 거 못지않게 나도 내 자식에게 잘해 줄 테니까. 위층에 저 녀석 방을 잘 꾸며 놓았고, 저 녀석의 학과 공부를 봐줄 가정 교사도 20마일이나 떨어진 곳에서 일주일에 세 번씩 오도록 계약해 두었지. 헤어턴에게도 저놈 말에 순종하도록 일러 놓았어. 사실, 나는 저 녀석이 자기 또래와는 비교가 안 되는 탁월한 신사다움을 갖추도록 만반의 준비를 해 놓았단 말이야. 그런데 애쓴 보람에 값할 만한 물건이 못 되니 유감이군. 내게 세속적인 소원이 있다면 자랑할 만한 자식을 만나는 것뿐이었는데, 저렇게 희멀건 얼굴에 질질 짜기만 하는 녀석이라 몹시 실망했어!"

집주인이 이렇게 말하는 동안 조지프는 우유죽을 한 그릇 들고 돌아와서 아이 앞에 놓았지요. 린턴은 마땅치 않은 얼굴로 죽을 휘휘 젓더니 이런 건 먹을 수 없다고 선언하더군요.

주인과 마찬가지로 늙은 하인도 린턴을 경멸하는 걸 알 수 있었답니다. 그러나 아랫사람들이 도련님을 잘 모실 것을 주인이 기대하는 것이 분명했기 때문에, 조지프는 자기 생각을 마음속에 감춰두지 않을 수 없었지요.

"먹을 수 읎다고?" 조지프가 린턴의 얼굴을 들여다보면서 남이 들을까 봐 목소리를 낮춰 작은 목소리로 덧붙이는 거였어요. "헤어턴 도련님도 어릴 때 이걸 먹었구먼. 헤어턴 도련님이 먹을 만 했으믄 도련님도 먹을 만허겠지!"

"난 먹지 않겠어!" 린턴은 퉁명스럽게 대꾸했습니다. "가져가."

조지프는 분개한 태도로 죽 그릇을 냉큼 집어 들고 우리 쪽으로 가져왔지요.

"그래, 이 음식이 뭐 잘못됐남요?" 조지프가 쟁반을 히스클리프 씨의 코밑에 들이대면서 묻더군요.

"잘못되긴 뭐가 잘못됐단 말이야?" 그가 말했지요.

"원 참! 까다로운 아드님께서 이런 건 못 드시겠대요. 그도 그럴 법허군. 도련님 모친이 꼭 그랬꺼덩. 우린 그 아씨가 드실 빵을 만들 밀을 심기에도 미천한 것들이었으니께."

"저 애 엄마 이야기까지 꺼낼 필요는 없어." 주인이 버럭 화를 냈습니다. "애가 먹을 수 있는 걸 갖다주면 될 것 아닌가. 쟤가 늘 먹는 게 뭐지, 넬리?"

제가 끓인 우유나 차가 좋겠다고 말하자 히스클리프 씨는 가정부에게 그런 걸 만들어 오라고 했어요.

그래, 아버지로서의 욕심 때문에 편히 지낼 수 있겠구나 하는 생각을 했습니다. 아들이 몸이 약하니 잘 보살펴 주어야 할 필요가 있다는 걸 깨닫겠지. 저는 히스클리프의 마음 상태가 그렇더라는 것을 린턴 씨에게 전해서 안심시켜야겠다고 생각했지요.

더 머뭇거릴 구실도 없어서, 저는 린턴이 순하게 생긴 양치기 개 한 마리가 놀자고 달려드는 것에 겁을 집어먹고 쫓아 버리려 하는 사이에 살짝 빠져나왔답니다. 그런데 린턴은 속아 넘어가지 않을 만큼 충분히 경계하고 있었나 봐요. 제가 문을 닫자 울부짖는 소리가 나면서 미친 듯이 이렇게 되풀이하는 것이었어요.

"날 두고 가지 마! 난 여기 있지 않을 테야! 여기 있지 않겠어!"

그러자 빗장을 올렸다가 다시 내리는 소리가 들렸습니다. 그가 나가게 내버려 두지 않을 거라는 뜻이지요. 미니를 올라타고 저는 급히 달려 내려왔습니다. 이렇게 해서 저의 보호자 역할은 금방 끝이 났답니다.

제21장

그날 우리는 꼬마 캐시를 달래느라 고역을 치렀습니다. 사촌과 함께 놀 생각에 아주 기분이 좋아서 일어났거든요. 그런데 그 애가 가고 없다는 말을 듣고 어찌나 울며불며 슬퍼하는지 아버지가 나서서 곧 다시 올 거라고 말하며 달래지 않을 수 없었답니다. 물론 '데리고 올 수만 있다면' 이라는 단서를 붙이기는 했지요. 그런데 그럴 희망은 조금도 없었어요.

이런 약속으로 캐서린을 진정시킬 수 있었던 것은 아니에요. 그러나 세월이 약이었지요. 가끔 아버지에게 린턴이 언제 오느냐고 묻기는 했지만 얼굴도 아물아물해져서 그를 다시 만났을 때에는 알아보지 못할 정도가 되었어요.

기머턴에 볼일을 보러 갔다가 워더링 하이츠의 가정부를 만나면 저는 늘 그 어린 도련님이 어떻게 지내느냐 묻곤 했지요. 캐서린과 마찬가지로 그도 외출하는 일이 없었기 때문에 통 볼 수가 없었거든요. 가정부가 하는 말로 미루어 여전히 약골이고 성가시게 구는 식구임을 알 수 있었어요. 히스클리프 씨는 날이 갈수록 아드님을 싫어하는데 혐오감을 드러내지 않으려고 애를 쓴다는 거예요. 그 아이의 목소리도 싫어하고 같은 방에 몇 분을 함께 앉아 있는 것조차 견디지 못한다고 하더군요.

부자간에 말을 나누는 일도 거의 없이 지낸다는 거였습니다. 린턴은 응접실이라고 부르는 방에서 가정 교사와 공부를 하거나 저녁나절을 보내고, 그렇지 않으면 하루 종일 침대에 누워 있다는 거예요. 노상 기침을 하고 감기에 걸리지 않으면 어디가 쑤신다고 하는 식으로 늘 아프다고 한다나요.

"그렇게 기력이 없는 아이는 처음이에요." 그녀가 이렇게 덧붙이더군요. "또 그르케 지 몸을 위허는 아이도 난생처음 봤다니께요. 저녁에 어쩌다 늦게꺼정 창문을 열어 두면 잔소리를 늘어놓는 거예요. 밤바람만 조금 쐬도 죽는다고 난리죠! 한여름에도 불을 피워 줘야 허고요. 조지프의 파이프 담배 연기는 독이나 다름없고, 노상 단거나 맛난 걸 입에 물고 밤낮 '우유, 우유' 허면서 우유만 찾는다고요. 다른 사람들은 한겨울 추위에 밖에서 떨든 말든 털외투로 몸을 감싸고, 벽난로 옆 의자에 앉아서 토스트나 물이나 그 밖에 먹을 걸 시렁에다 올려놓고 홀짝거리는 거예요. 혹 헤어턴이 불쌍허게 생각혀서 놀아 주려고 오면 — 헤어턴은 조금 거칠기는 해도 천성은 나쁘지 않거든요 — 하나는 욕지거리를 허고 다른 하나는 울믄서 헤어지게 마련이지요. 당신 아드님만 아니면 우리 줸장은 헤어턴이 린턴을 죽도록 두들겨 패도 좋다고 헐걸요. 자기 몸을 얼매나 위허는지 절반만 알더라도 당장 집 밖으로 쫓아

낼 거예요. 그러니께 그러고 싶을까 배 미리 피허는 거 같아요. 쥔 장은 응접실에 들어가질 않고, 또 린턴이 아버지 앞에서 그런 짓 거리를 할라치면 당장 위층으로 쫓아 버리니께요."

그 이야기를 듣고 저는 어린 히스클리프가 원래 그랬는지도 모르지만, 아무도 마음을 주지 않으니까 이기적이고 신경질적인 성격이 되어 버렸구나 생각했지요. 그 결과, 그에 대한 저의 관심은 사그라졌습니다. 하지만 그의 처지가 안쓰럽다는 마음은 들었고, 우리와 함께 있었더라면 좋았을 걸 하는 안타까움이 없지 않았어요.

린턴 씨는 제가 그의 소식을 알아 오기를 원했답니다. 그 아이를 끔찍이 생각해서, 다소 위험을 무릅쓰고라도 만나 보고 싶어 했지요. 하이츠의 가정부에게 린턴이 마을에 나오는 일이 있는지 물어보라고 한 적도 한 번 있었답니다.

가정부는 린턴이 아버지와 함께 말을 타고 꼭 두 번 마을에 나온 일이 있는데, 두 번 다 다녀온 뒤 3~4일 동안은 아주 운신을 못하더래요.

제 기억이 틀림없다면 그 가정부는 린턴이 오고 2년 후에 나가고, 제가 모르는 다른 여자가 뒤이어 들어와서 아직도 살고 있을 겁니다.

스러시크로스 그레인지에서 즐거운 나날을 보내다 캐시의 열여섯 번째 생일을 맞이하게 되었습니다. 돌아간 안주인의 기일(忌日)이기도 했기 때문에 그녀의 생일날에는 잔치 기분을 조금이라도 낸 적이 없었어요. 그날이 되면 그녀의 아버지는 어김없이 서재에서 혼자 지내다 어두워지면 기머턴에 있는 교회 묘지까지 걸어가서 자정이 지날 때까지 있다가 오곤 했지요. 그래서 생일날이면 캐서린은 아버지 없이 재미있게 시간을 보낼 궁리를 해야 했답니다.

그해 3월 20일은 아름다운 봄날이었어요. 아버지가 서재에 들어가자 우리 아가씨는 나들이옷으로 갈아입고 내려와서, 황야 근처까지 넬리와 함께 산책을 나가도 되느냐고 아버지께 여쭈었더니 멀리 가지 않고 한 시간 내에 돌아올 수 있으면 그렇게 하라고 승낙하셨다고 말하더군요.

"그러니까 빨리 준비해요, 엘렌 아줌마!" 캐서린은 재촉했습니다. "꼭 가 보고 싶은 곳이 있어요. 뇌조 떼가 보금자리를 마련하는 곳 말이에요. 새집을 지었는지 보고 싶어요."

"거긴 한참 올라가야 할 텐데." 제가 대답했지요. "뇌조는 황야 가장자리에서는 새끼를 까지 않거든요."

"아니, 그렇게 멀지 않아요. 아빠랑 그 부근까지 갔다 온 일이 있는걸요."

저는 더 이상 왈가왈부하지 않고 모자를 쓰고 기운차게 집을 나섰습니다. 캐시는 앞서 달려 나갔다가 제 옆으로 돌아와서는 다시 뛰어가고 하는 양이 마치 어린 그레이하운드 같았어요. 저도 처음에는 여기저기서 지저귀는 종다리 소리에 귀를 기울이기도 하고, 따뜻한 햇볕을 쬐면서, 저의 귀염둥이이자 즐거움이기도 한 아가씨가 하는 짓을 기분 좋게 지켜보았지요. 캐시의 황금빛 곱슬머리는 뒤로 나부꼈으며, 빛나는 뺨은 막 피어난 들장미처럼 부드러운 게 티 하나 없었고, 눈은 그늘 한 점 없는 즐거움으로 빛났어요. 그 무렵의 캐시는 행복한 천사였습니다. 그녀가 만족하지 못한 건 가여운 일이지요.

"자." 제가 말했습니다. "뇌조가 어디 있단 말이에요, 캐시 아가씨? 이제는 눈에 띄어야 할 텐데. 그레인지의 사냥터 숲 울타리가 까마득하게 멀어졌어요."

"아이, 조금만 더 가요. 정말 조금만 더 가 봐요, 아줌마." 캐시는 계속 졸라 대는 거예요. "저 언덕을 올라가서, 저 둑을 지나서, 저쪽으로 내려가면 새가 나타나게 되어 있다니까요."

그러나 오르고 지나야 할 언덕과 둑이 너무 많아서 저는 지친 나머지 이제 그만 돌아가자고 말했지요.

캐시가 저보다 훨씬 앞서 갔기 때문에 소리쳐 불렀습니다. 제 소리가 안 들리는지, 아니면 듣고도 못 들은 척하는 건지, 자꾸만 뛰어가서 뒤를 따르지 않을 수 없었어요. 급기야 어느 골짜기에 이르러 종적이 묘연해졌어요. 그녀의 모습이 다시 시야에 들어왔을 때는 자기 집보다 워더링 하이츠에 2마일이나 더 가까운 곳이었어요. 두 사람이 캐시를 가로막는 것이 보였는데 그중 한 사람이 히스클리프 씨가 틀림없다는 생각이 들더군요.

캐시가 뇌조의 알을 훔치다가, 아니면 적어도 둥지를 찾다가 붙잡힌 모양이었어요.

하이츠 부근은 히스클리프 씨의 땅이니까 그는 밀렵자를 꾸짖는 셈이었지요.

"저는 하나도 갖지 않았고 찾지도 못한걸요." 제가 땀을 빼며

다가갔을 때 캐시는 그 증거로 두 손을 펴 보이면서 말하는 거예요. "갖고 갈 생각도 없었어요. 아빠가 이 근처에는 뇌조가 아주 많이 있다고 가르쳐 주셨거든요. 그래서 그 알이 보고 싶어서요."

히스클리프는 상대방이 누구인지 알고 있다는 듯 심술궂은 미소를 지으며 저를 흘깃 보더니만, '아빠'가 누구냐고 물을 때는 적의까지 드러냈습니다.

"스러시크로스 그레인지의 린턴 씨예요." 캐시가 대답했죠. "아저씨는 저를 모르시는 모양이죠. 아신다면 그런 식으로 말씀하시지 않을 텐데요."

"그럼 너의 아빠는 아주 덕망 있고 존경받는 분이라고 생각하는구나?" 그가 비꼬더군요.

"그런데 아저씨는 누구세요?" 캐서린은 상대를 신기하게 쳐다보면서 물었어요. "저 사람은 전에 본 일이 있는데, 아저씨 아들인가요?"

캐서린은 옆에 서 있는 헤어턴을 가리켰습니다. 헤어턴은 나이를 두어 살 더 먹는 동안 몸이 불어 건장해졌을 뿐 하나도 달라진데가 없었고, 여전히 볼썽사납고 촌스러워 보였지요.

"캐시 아가씨." 제가 참견했답니다. "한 시간만 산책한다는 게세 시간이 다 되어 가요. 이제는 정말 돌아갈 시간이에요."

"아냐, 저 애는 내 아들이 아니야." 히스클리프는 저를 밀치면서 캐시의 질문에 대답했답니다. "아들이 하나 있긴 한데―. 너도그 애를 본 적이 있을 거야. 그리고 말이야, 네 유모는 가자고 서두르는데 둘 다 좀 쉬었다 가는 게 좋을 것 같군. 황야 꼭대기를 잠깐 돌아서 우리 집으로 가지. 잠시 쉬면 더 빨리 집에 돌아갈 수 있을걸. 무엇보다 대접을 융숭하게 할 테니까."

저는 캐시에게 무슨 일이 있어도 초대에 응해서는 안 되며, 천만부당한 소리라고 속삭였지요.

"왜 안 된다는 건데?" 캐시가 큰 소리로 묻더군요. "뛰어다녔더니 피곤한걸. 그리고 이곳은 이슬에 젖어서 앉을 수도 없고. 우리가 봐요, 아줌마! 내가 저분의 아들을 본 일이 있다고 하시잖아요? 잘못 아신 거겠지만. 난 저분이 어디 사는지 짐작이 가. 내가 페니스톤 절벽에 갔다 오는 길에 들른 그 농가에 살지 않으세요? 그렇지요?"

"응, 맞아. 자, 넬리! 입을 다물어. 집에 들르는 걸 저 애도 좋아할 거야. 헤어턴, 넌 저 아가씨와 함께 먼저 가거라. 넬리는 나와 함께 걷도록 하지."

"안 돼요, 아가씨는 거기 가면 안 돼요." 저는 그가 붙잡은 팔을 빼내려고 애쓰면서 소리를 질렀지요. 그러나 캐시는 전속력으로 달려 언덕마루를 돌아 어느새 그 집 대문 앞 포석이 깔린 데까지 거의 다 갔더군요. 캐시와 함께 가기로 되어 있던 헤어턴은 같이 가는 시늉도 하지 않고 길옆으로 비켜서더니 사라졌고요.

"히스클리프 씨, 이건 정말 잘못이에요." 제가 다시 말을 꺼냈지요. "좋은 뜻으로 이러는 건 아니잖아요? 그 댁에 가면 아가씨가 린턴을 만나게 될 텐데 집에 돌아가자마자 모두 다 털어놓을걸요. 그러면 야단은 제가 듣는다고요."

"난 저 애와 린턴이 만났으면 한단 말이야. 린턴은 요 며칠 동안 좀 나아졌지. 그 애를 남 앞에 내놓아도 좋을 만큼 그럴듯할 때가 거의 없거든. 그리고 오늘 만난 일은 비밀로 해 두기로 하자고 금방 납득시킬 수 있을 거야. 그러면 잘못될 건 없잖아?"

"우리 아가씨가 댁에 들어가도록 내버려 두었다는 걸 린턴 씨가 아시면 절 나무라실 테니 잘못되는 거지요. 그리고 아가씨에게 자꾸만 가자고 권하는데, 나쁜 의도가 도사리고 있는 게 확실해요." 제가 대답했지요.

"천만에. 속내를 전부 이야기하지." 그가 말하더군요. "사촌끼리 사랑해서 결혼하면 좋겠다는 거야. 나로서는 그 댁 주인에게 관용을 베푸는 셈이지. 어린 딸년은 받을 유산도 없잖아. 내 뜻을 받아들이기만 하면 곧바로 린턴과 나란히 공동 상속인이 되어 앞날을 대비할 수 있어."

"만약에 린턴 도련님이 죽는다면……." 제가 대꾸했답니다. "사실 도련님이 오래 살라는 보장이 없는 것 아니에요. 그럼 캐서린 아가씨가 상속인이 되는걸요."

"아니, 그렇게는 안 되지!" 그가 말했어요. "그녀에게 유산이 가도록 유언장에 명시한 항목이 없어. 그의 재산은 내게로 오게 되어 있지.* 그러나 논쟁의 여지가 없도록 그들의 결합을 바라는 거고, 또 이 일을 성사시킬 작정을 한 거야."

"그런데 저는 아가씨와 함께 댁의 문전에도 다시는 가지 않을 작정인걸요." 대문 앞에 다다랐을 때 제가 대꾸했지요. 캐시가 대문 앞에서 우리들이 오기를 기다리고 있더군요.

히스클리프는 제게 잠자코 있으라고 하더니 앞장서 잰걸음으로 오솔길을 따라 올라가 현관문을 열었습니다. 우리 아가씨는 그를 어떻게 생각해야 좋을지 확실히 마음을 정하지 못하겠다는 듯 몇 번이고 쳐다보더군요. 그는 캐시와 눈이 마주치자 미소를 지었고, 이야기할 때의 음성도 한결 부드러워서, 저는 어리석게도 캐시의 어머니에 대한 옛정으로 딸에게 해를 끼칠 마음이 없을 수도 있겠구나 생각했답니다.

린턴은 벽난로 가에 서 있었습니다. 들판을 거닐다가 왔는지 모자를 쓴 채 조지프에게 마른 신발을 가져오라고 말하고 있었지요.

열다섯 살이 되려면 아직도 몇 달이 있어야 하지만 나이에 비해 키가 컸습니다. 그의 얼굴은 아직도 예뻤고, 눈이며 안색도 — 좋은 공기와 따뜻한 햇볕에서 빌려 온 일시적인 활기에 지나지 않겠지만 — 제가 생각했던 것보다는 훨씬 밝더군요.

"자, 저게 누구지?" 히스클리프 씨가 캐시를 보고 물었습니다. "누군지 알 거 같나?"

"아저씨 아들인가요?" 캐시는 의아한 듯 두 사람을 번갈아 보며 말했지요.

"그래, 맞았어." 그가 대답하더군요. "그런데 저 애를 지금 처음 보는 거냐? 생각해 보렴! 이런! 기억력이 나쁘구나. 애야, 린턴. 네가 보고 싶다고 그렇게 졸라 대던 네 사촌을 모르겠니?"

"뭐, 린턴이라고요!" 그 이름을 듣자 캐시는 뜻밖의 기쁨으로 얼굴을 활짝 펴며 외쳤어요. "저게 꼬마 린턴이야? 나보다도 키가 큰데? 네가 정말 린턴이야?"

소년이 앞으로 다가서며 그렇다고 말하자 캐시는 열렬하게 키스를 했답니다. 그리고 서로 마주 보고 세월이 각자의 모습에 갖고 온 변화에 놀라워했고요.

캐서린은 그때 이미 처녀꼴이 났지요. 몸매는 통통하면서도 날씬했고 강철처럼 탄력이 있었으며 몸 전체가 건강과 활기로 빛이 날 지경이었어요. 린턴의 모습과 태도는 아주 나른했고 뼈대가 가늘어 보였습니다. 그러나 기품 있는 태도가 그런 결점을 메워 주어 인상이 나쁘지는 않더군요.

사촌과 여러 가지 정다운 이야기를 나눈 후 캐시는 히스클리프 씨에게로 갔습니다. 그는 문 옆에서 서성거리며 집 안팎의 일에 주의를 분산하고 있는 것처럼 보였으나 사실은 밖을 내다보는 척하면서 집 안에 주목하고 있었지요.

"그럼 아저씨는 저의 고모부시군요." 인사하려고 다가서면서 캐시가 큰 소리로 말했습니다. "화를 내셨지만 처음부터 전 아저씨가 좋았어요. 왜 린턴을 데리고 저희 집에 안 오시죠? 그동안 이렇게 가까운 이웃에 살면서 한 번도 우리를 보러 오시지 않았다니 이상하네요. 왜 그러신 거예요?"

"네가 태어나기 전에는 너무 지나치게 자주 갔었지." 그가 대답했습니다. "이런, 빌어먹을! 그렇게 키스가 남아돌 정도면 린턴에게나 해 주렴. 나한테 낭비하지 말고."

"엘렌 아줌마는 못됐어." 캐서린은 이렇게 소리 지르고는 이번에는 남아도는 키스를 저한테 퍼부으려고 덤벼드는 것이었어요. "아주 나빠! 날 이 집에 들어가지도 못하게 막다니. 하지만 앞으로는 아침마다 이리로 산책을 올 거예요. 그래도 되죠, 고모부. 그리고 가끔 아빠와도 함께요. 고모부는 우리가 오는 게 좋지 않으세요?"

"좋고말고!" 미래의 방문객 둘 다에 대한 깊은 혐오감 때문에 상이 찌푸려지는 것을 애써 억누르며 그녀의 고모부가 대답했지요. "그런데 잠깐." 그는 캐시를 바라보며 말을 이었습니다. "생각해보니 말이야, 이야기를 해 두는 게 좋겠군. 너의 아버지는 내게 편견을 갖고 계셔. 언젠가 한 번 기독교인답지 않게 심하게 다툰 일이 있지. 네가 만약 여기 오는 걸 아버지에게 이야기하면 혼자 오는 것마저 못하게 하실 거다. 그러니 앞으로 네 사촌을 만나는 데 관심이 없다면 몰라도 그렇지 않다면 아버지께 말해선 안 돼. 오고 싶으면 와도 좋은데 이야기하진 말란 말이다."

"두 분이 왜 다투셨는데요?" 캐시가 눈에 띄게 풀이 죽어서 묻더군요.

"네 고모랑 결혼하기에 내가 너무 가난하다고 생각했는데," 히스클리프가 대답했어요. "내가 기어이 결혼했더니 마음이 상한 거지. 자존심이 상해서 그 일을 절대 용서하지 않을 거다."

"그건 잘못하는 거죠!" 우리 아가씨가 말했어요. "언제든 아빠께 그렇게 말씀드리겠어요. 하지만 린턴과 저는 두 분의 다툼과는 아무 관계가 없잖아요. 그럼 제가 오는 것보다는 린턴이 그레인지로 오는 게 낫겠네요."

"나한텐 너무 멀어요." 캐시의 사촌이 중얼거렸습니다. "4마일을 걸었다가는 죽고 말 거예요. 그러지 말고 캐서린 양이 오도록 해요. 매일 말고 가끔, 일주일에 한두 번쯤만 와요."

아버지는 아들에게 지독한 경멸의 눈길을 쏘아 보냈습니다.

"넬리, 아무래도 헛수고를 하는가 봐." 저를 향해 그가 낮은 목소리로 말하더군요. "저 바보 녀석 말대로 캐서린 양이 저놈 못난 것을 알게 되면 상대도 하지 않을 거야. 정말이지, 저게 헤어턴이라면……. 저렇게 천한 상태에 놓여 있어도 하루에도 스무 번은 탐나는 내 심정을 알겠어? 헤어턴이란 놈이 다른 사람의 자식이기만 했어도 사랑했을 거야. 그래도 캐서린이 헤어턴을 사랑하는 건 불가능하겠지. 저 하찮은 물건이 기운을 내 분발하지 않으면 헤어턴과 경쟁을 붙이겠어. 저 물건이 열여덟 살까지 갈 것 같지도 않다는 게 우리 계산이야. 에이, 맥 빠진 녀석. 저 녀석은 발을 말리는 데만 정신이 팔려서 캐시 쪽은 보지도 않는군. 린턴!"

"네, 아버지." 소년이 대답했습니다.

"주변에 네 사촌에게 보여 줄 만한 곳이 없니? 하다못해 토끼나 족제비 굴 같은 거라도 말야? 신발을 바꿔 신기 전에 정원에 데리고 나가렴. 마구간에 가서 네 말이라도 보여 주란 말이다."

"여기 앉아 있는 게 좋지 않아요?" 또다시 나가기가 귀찮은 듯 린턴이 캐시를 보고 물었습니다.

"글쎄." 캐시는 문 쪽으로 아쉬운 눈길을 던지면서 대답했습니다. 바깥으로 나가 뛰어다니고 싶은 눈치가 역력했지요.

린턴은 그대로 앉은 채 벽난로 쪽으로 몸을 웅크렸습니다.

히스클리프는 일어서서 부엌을 통해 뒷마당으로 나가 헤어턴을 부르더군요.

헤어턴이 대답하는 소리가 들리더니, 곧 둘이 함께 방으로 들어왔습니다. 두 볼이 불그레하고 머리카락이 젖은 것으로 보아 헤어턴은 세수를 한 모양이었어요.

"참, 고모부께 여쭤 볼 게 있어요." 가정부가 한 말이 생각나서 캐시가 큰 소리로 묻더군요. "저 사람은 제 사촌이 아니죠?"

"왜 아냐. 네 어머니의 조칸데. 쟤가 싫으니?"

캐서린이 묘한 표정을 지었지요.

"잘생긴 젊은이 아니냐?" 그가 덧붙였습니다.

무례한 어린것이 발돋움을 하고는 히스클리프의 귀에 대고 뭐라고 속삭이더군요.

그가 껄껄 웃자 헤어턴의 얼굴이 어두워졌습니다. 그는 상대방의 멸시를 지레짐작하여 아주 민감하게 반응했고, 또 자신의 열등한 처지를 어렴풋하게나마 의식하는 게 분명했어요. 그러나 그의 주인인지 후견인인지가 큰 소리로 이렇게 말하자 찌푸렸던 얼굴을 다시 폈지요.

"헤어턴, 네 인기가 제일 높구나! 얘가 그러는데, 너는 말이다, 뭐라더라? 어쨌든 굉장한 찬사야. 너 얘를 데리고 농장이나 한 바퀴 돌고 오너라. 그리고 신사답게 굴어야 해. 알았지? 욕지거리 같은 걸 해선 안 돼. 아가씨가 널 보고 있지 않을 때 빤히 쳐다보지 말고, 아가씨가 널 쳐다보면 얼른 얼굴을 돌려야 한다. 말할 때는 또박또박 천천히 하고 호주머니에 손 찔러 넣지 말고. 나가 봐. 최선을 다해 대접하도록."

그는 둘이 창문을 지나 걸어가는 것을 내다보았습니다. 헤어턴은 얼굴을 돌려 캐시를 숫제 외면하더군요. 눈에 익은 풍경을 이 방인 혹은 화가의 눈으로 보듯 흥미 있게 살피면서요.

캐서린은 그를 흘끔 훔쳐보았으나 대단하게 생각하지 않는 표정이었어요. 그리고 혼자서 재밋거리를 찾기로 마음먹고는 경쾌하게 발걸음을 옮기면서, 노래를 흥얼거리는 것으로 대화를 대신했습니다.

"입을 막아 놓았으니." 히스클리프가 말하더군요. "저 녀석 내내 말 한마디 못할걸! 넬리, 내가 저만 한 나이였을 때를 기억하지. 아니, 좀 더 어렸을 때 말이야. 나도 저렇게 우둔하고 조지프 말마따나 '미련스레' 보인 적이 있던가?"

"더했지요." 제가 대답했습니다. "게다가 뚱하기까지 했으니까요."

"저 녀석 덕분에 재미를 보고 있지!" 히스클리프는 자신의 속마음을 털어놓았습니다. "저 녀석은 내 기대에 어긋나지 않았어. 만약에 쟤가 바보로 태어났더라면 이 절반도 즐기지 못했을 거야. 그런데 저놈은 바보가 아니거든. 나 자신이 경험했기 때문에 그의 기분을 다 알 수 있지. 가령 지금 저 녀석이 느끼는 괴로움을 난 정확히 알고 있어. 그가 앞으로 겪을 괴로움의 시작일 따름이지만. 그리고 쟤는 천격(賤格)과 무지의 늪에서 절대 빠져나오지 못할 거고. 나는 저 녀석의 악당 같은 아비가 날 붙잡은 것보다 놈을 더 꽉 붙잡아 더 비천하게 만들었기 때문에 놈은 자신의 야만성에 자부심을 갖고 있을 정도야. 난 저 녀석에게 동물적인 것이 아니면 모두 바보 같고 유약한 것으로 경멸하도록 가르쳤지. 만약에 힌들리가 살아 돌아온다면 제 자식을 자랑스럽게 생각할까? 아마 내가 내 자식을 자랑스럽게 생각하는 정도겠지. 그러나 이런 차이는 있다고 봐. 한쪽은 금덩어리인데도 포장용 돌로 쓰이고, 다른 한쪽은 양철 조각을 은으로 쓰기 위해 닦고 있다고 할까? 내 자식은 쓸 만한 점이라곤 조금도 없지만 그래도 조잡한 물건이나마 쓸모 닿는 데까지 써먹을 생각이야. 언쇼의 아들놈은 특출한 자질을 타고났는데 사장(死藏)되어 없는 것보다 못한 셈이지. 나를 빼고는 아무도 모르는 그런 자질이 더 있을 수도 있는데, 나야 조금도 아쉬울 게 없어. 제일 멋진 점은 헤어턴이란 놈은 나를 빌어먹게도 좋아한다는 사실이지! 그 점에 있어서는 내가 힌들리보다 한 수 위라는 점을 넬리도 인정해야 할 거야. 그 악당 놈이 무덤에서 벌떡 일어나 내 자식에게 해를 끼쳤다고 날 비난하면, 그의 자식놈이 분개하여 이 세상에서 둘도 없는 자기 친구에게 어떻게 욕을 할 수 있느냐고 싸워 다시 쫓아 보내는 걸 난 재미있게 보고 있을 거란 말이지!"

그 생각에 히스클리프는 악마처럼 키들거렸어요. 제 대답을 들으려고 하는 이야기가 아니라는 걸 알았기 때문에 저는 가만히 있었지요.

그러는 동안 우리들의 이야기가 들리지 않을 만큼 떨어져 앉아 있던 린턴이 불안한 기색을 보이기 시작했어요. 조금 피곤할 것이 겁나 캐서린과 함께 지낼 수 있는 좋은 기회를 차 버린 것을 후회하게 되었나 봅니다.

그의 아버지는 그가 불안한 눈초리로 창문 쪽을 힐끔거리며 모자를 집을까 말까 망설이는 것을 지켜보더군요.

"일어나, 이 게으름뱅이야!" 그는 쾌활한 목소리를 꾸며 냅다 소리를 질렀습니다. "저 애들을 쫓아가 봐…… 이제 막 저 모퉁이, 벌통 옆을 돌아가고 있으니까."

린턴은 기운을 내서 벽난로 옆을 떠났어요. 그가 나가면서 격자문이 열리고, 캐시가 무뚝뚝한 헤어턴에게 문 위에 새겨져 있는 글자가 무엇이냐고 묻는 소리가 들렸습니다.

헤어턴은 물끄러미 쳐다보더니 촌뜨기같이 머리를 긁적거리더군요.

"빌어먹을 글자지 뭐긴 뭐여. 난 읽을 줄 몰러."

"저걸 못 읽어?" 캐시가 소리쳤습니다. "난 읽을 수 있는걸. 저건 우리말이잖아. 그런데 왜 저기다 새겨 놓았는지를 모르겠단 말이야."

린턴은 낄낄 웃었습니다. 처음으로 즐거운 표정을 보인 것이었어요.

"그 앤 글자를 몰라요." 그가 사촌에게 말하더군요. "저렇게 덩치 큰 멍청이가 있다는 게 믿어지지 않지요?"

"저 애 정상이야?" 캐시가 짐짓 진지하게 물었습니다. "아니면 모자란 거야? 어딘가 잘못된 거 아냐? 방금 두 번이나 물어보았는데 두 번 다 아주 멍한 표정이라서 내가 말하는 걸 알아듣지 못한다고 생각했지. 사실은 나도 저 애가 말하는 걸 거의 못 알아듣겠어!"

린턴은 다시 낄낄 웃고는 조롱의 눈길로 헤어턴을 힐끗 쳐다봤습니다. 헤어턴은 그 순간 뭐가 어떻게 돌아가는지 이해하지 못한 게 분명했어요.

"게으름 외에 잘못된 건 없어요. 그렇지, 언쇼? 내 사촌은 널 천치라고 생각하는구나. 네가 늘 '책상물림'이니 뭐니 하면서 공부를 멸시하니까 이런 꼴이 되는 거야. 캐서린, 저 애의 지독한 요크셔 사투리 들었어요?"

"그려, 그 망헐 놈으 공부가 무신 소용인디?" 헤어턴은 매일 함께 지내는 식구에게는 대거리하기가 더 쉬웠던지 으르렁거리며 말하는 거예요. 그는 뭐라고 좀 더 말을 할 참이었으나 두 젊은이가 재미있다는 듯 웃음을 터뜨리는 바람에 말문이 막혀 버렸어요. 경망스러운 우리 아가씨는 린턴이 헤어턴의 이상한 말투를 웃음거리로 삼는 것이 재미있었나 봅니다.

"이야기할 때 그 망할 놈이라는 말은 무슨 소용이 있나?" 린턴은 킥킥거리며 말하더라고요. "아버지가 나쁜 말은 하나도 쓰지 말라고 하셨는데 넌 입만 벌리면 나쁜 말이 나오잖아. 신사다운 행동을 하도록 해. 제발 그렇게 해 보란 말이야!"

"사나아가 아니라 가스나 같아서 네놈을 당장 패대기 안 치는 겨. 이 불쌍한 약골 새꺄!" 성이 난 그 무식쟁이는 물러가면서 쏘아붙였지요. 그의 얼굴은 분노와 수치심으로 범벅이 되어 벌겋게 달아올랐습니다. 모욕을 당한 것은 알겠는데, 어떤 식으로 불쾌감을 표현해야 할지 몰랐기 때문이지요.

저와 함께 그들의 대화를 듣고 있던 히스클리프 씨는 헤어턴이 물러가는 것을 보자 빙그레 웃었지만, 곧 문간에 서서 지껄이고 있는 경박한 두 아이를 아주 혐오스러운 눈길로 바라보았습니다.

린턴은 헤어턴의 실수와 결점을 늘어놓으며, 그가 저지른 소행을 흉보는 동안 신이 났고, 캐시는 캐시대로 악의를 담은 비꼬는 말투에서 린턴의 비뚤어진 심보를 간파하지 못하고 재미있게 듣고 있는 거예요. 그래서 저는 린턴을 딱하게 생각하기보다는 싫어하게 되었고 그를 하찮게 여기는 그의 아버지를 어느 정도 이해할 수 있었어요.

저희들은 오후까지 거기에 있었습니다. 그보다 빨리 캐시를 끌고 나올 수 없었거든요. 린턴 씨가 서재에 틀어박혀서 우리들이 그렇게 오랫동안 나가 있었다는 것을 몰랐던 게 천만다행이라고 해야겠지요.

집으로 돌아오면서 저는 지금 우리와 헤어진 사람들의 됨됨이를 캐시에게 가르쳐 주려고 했답니다. 그러나 캐시는 제가 그들에게 편견을 갖고 있다고 믿었어요.

"아하!" 캐시가 이렇게 반박하더군요. "엘렌 아줌마는 아빠 편을 드는 거예요. 공정하지 못한 거 누가 모를까 봐. 그러니까 그렇게 여러 해 동안 린턴이 아주 먼 곳에 산다고 속인 거 아닌가요? 정말 화를 낼 일이지만 오늘은 아주 기분이 좋으니까 화를 내지 않을 따름이라고요! 어쨌든 고모부에 대해서 이러쿵저러쿵 말씀 마세요. 우리 고모와 결혼한 분인걸요, 아시겠어요? 그리고 아빠한테 왜 고모부와 싸웠냐고 한마디 하고 말 거야."

이런 식으로 조잘거려서 캐시의 오해를 바로잡으려는 시도를 결국 포기하고 말았답니다.

그날 밤에는 캐시가 아버지를 만나지 못했기 때문에 워더링 하이츠에 갔다 온 이야기를 하지 못하고 다음 날 다 까발려서 제 입장이 몹시 난처하게 됐지요. 하지만 덕분에 한시름 놓기도 했어요. 캐시를 지도하고 훈계하는 일은 저보다 린턴 씨가 더 효과적으로 할 수 있다는 생각이 들었기 때문이죠. 그러나 린턴 씨는 워더링 하이츠 사람들과 접촉하지 않았으면 하는 이유를 캐시에게 설명하는 데 너무 소극적이었습니다. 자기가 원하는 대로 해 왔던 터라 제지를 당할 때 캐시는 납득이 가는 이유를 원했거든요.

"아빠!" 아침 인사를 하고 난 다음 캐시가 큰 소리로 말했답니다. "어제 말이에요, 황야로 산책 나갔다 누구를 만났는지 알아맞혀 보세요. 아이, 아빠. 깜짝 놀라시네. 아빠가 잘못하신 거지요, 그렇지요? 제가 누굴 만났냐면―. 제 말 좀 들어 보세요, 아빠가 잘못하신 걸 제가 어떻게 알게 되었는지 이야기해 드릴 테니까. 그리고 엘렌 아줌마도 아빠와 한편이 돼서 내가 린턴이 돌아오기를 기다리다 오지 않아서 실망하는 걸 동정하는 척했잖아요!"

캐시는 산책 갔을 때의 일이며 그 뒤에 일어난 일을 그대로 털어놓았습니다. 린턴 씨는 몇 번이고 나무라는 눈길로 저를 보았지만, 캐시가 이야기를 다 할 때까지 아무 말도 하지 않았어요. 그런 다음에야 따님을 끌어안더니 왜 린턴이 이웃에 사는 걸 아빠가 숨기고 있었는지 아느냐, 그리고 네가 린턴과 노는 게 무슨 해가 된다고 굳이 그렇게 못하게 막았다 생각하느냐고 묻더군요.

"그건 아빠가 고모부를 싫어하시니까 그렇죠, 뭐." 캐시가 대답했습니다.

"그럼 캐시야. 넌 아빠가 네 기분보다 아빠 기분을 더 중요하게 생각한다고 믿는 거니?" 그가 말했습니다. "그렇지 않아. 내가 히스클리프 씨를 싫어하기 때문이 아니라 그가 날 싫어하기 때문이야. 그는 극악무도한 사람이라 조금이라도 틈을 보이면 자기가 미워하는 사람을 해치려고 한단다. 네가 그 사람과 마주치지 않고 네 사촌과 왕래할 수 없다는 것이 내 생각이었다. 그리고 나 때문에 너도 미워하리라는 걸 알거든. 그러니 네가 린턴을 만나지 못하게 막은 것은 너를 위해서였지, 다른 이유는 없었다. 이건 네가 나이를 먹으면 언제든 얘기할 생각이었는데 이때까지 미뤄 두었던 게 후회스럽구나!"

"하지만 아빠, 고모부는 아주 친절하던데요." 전혀 납득하지 못한 캐서린이 이의를 달았지요. "그리고 고모부는 우리가 만나는 걸 반대하지 않는다고 했어요. 오고 싶으면 언제든 와도 좋다는 거예요. 단지 아빠와 싸운 일이 있고, 또 이사벨라 고모와 결혼한 것을 아빠가 용서하려고 하지 않으니까, 아빠께 말씀드리지 않는 게 좋겠다는 거였어요. 그리고 아빤 용서하지 않으실 거죠? 나쁜 건 아빠세요. 그분은 적어도 우리들이 친구가 되는 건 허락할 마음이거든요, 린턴과 제가 말이지요. 그런데 아빠는 그럴 마음이 없으시잖아요."

린턴 씨는 고모부의 성품이 사악하다는 당신의 말을 캐시가 믿지 않으려 한다는 걸 알자, 그가 이사벨라에게 한 짓과 워더링 하이츠를 자기 소유로 만든 경위를 대충 뼈대만 추려 들려주었습니다. 그런데 이 문제에 관해 오래 이야기하는 걸 그는 견딜 수 없어 했어요. 말로 표현한 적은 거의 없었지만, 아내가 죽고 난 이후 내

내 그의 마음을 사로잡고 있던 그의 숙적에 대한 전율과 혐오가 아직 생생했기 때문이지요. '그자만 아니었다면 아내는 아직 살아 있을 게 아닌가!' 하는 원망이 마음을 떠나지 않았던 거예요. 그의 눈에 히스클리프는 살인자나 다름없었습니다.

성미가 급하고 생각이 모자라서 말을 안 듣거나, 억지를 쓰거나, 성미를 부리고 바로 다음 날 잘못했다고 후회하는, 그런 사소한 잘못 이외에 나쁜 짓이라곤 저지른 적이 없는 우리 캐시 아가씨는 몇 해씩이나 마음속에 복수심을 감추고 있다가 양심의 가책도 없이 의도적으로 그 계획을 실행에 옮기는 흉악한 마음에 경악했지요. 그녀는 아주 생소한 인간형을 목도하고 — 여태껏 공부하고 생각하던 것과는 아주 달랐거든요 — 깊은 인상과 큰 충격을 받은 것처럼 보였기 때문에 린턴 씨는 더 이야기를 할 필요가 없다고 생각했답니다. 그는 이렇게만 덧붙였어요.

"얘야, 왜 아빠가 히스클리프의 집과 거기 사는 사람들을 멀리하라고 하는지 이젠 너도 알겠지. 자, 네 일과로 돌아가고, 그 사람들에 대해선 더 생각하지 마라!"

캐서린은 아버지에게 입을 맞추고 늘 하던 대로 조용히 앉아서 두어 시간 공부를 했습니다. 그러고는 아버지를 따라 정원으로 나가 여느 때와 다름없는 하루를 보냈지요. 그러나 저녁에 캐시가 잠자리에 들러 자기 방으로 들어간 뒤 옷 벗는 걸 도와주러 들어가 보니 침대 옆에 무릎을 꿇고 앉아 울고 있더군요.

"아니 이런, 무슨 바보짓이에요." 제가 야단을 쳤습니다. "진짜 힘든 일을 당하게 되면 별일도 아닌 걸 갖고 자기 마음대로 안 된다고 눈물을 흘린 게 부끄러워질 거예요. 캐서린 아가씨, 아가씨는 슬픔 비슷한 것의 그림자도 겪어 본 적이 없어요. 아버님과 내가 죽고 없어서 아가씨 홀로 이 세상에 남았다고 잠시나마 상상해 봐요. 그땐 어떤 생각이 들겠어요? 지금의 이 경우와 그런 불행한 경우를 비교해 봐요. 그리고 친구가 더 있으면 하고 욕심부리지 말고 우리가 옆에 있는 걸 고맙게 생각하세요."

"날 위해 우는 게 아니에요, 엘렌 아줌마." 그녀가 대답했습니다. "린턴이 불쌍해서 그래요. 그 앤 내일 날 만날 줄 알고 있는데 굉장히 실망할 거예요. 기다릴 텐데, 난 못 가니까!"

"말도 안 되는 소리 말아요!" 제가 말했지요. "아가씨가 도련님을 생각하듯, 그 도련님도 아가씨를 생각할 줄 아세요? 그의 곁에는 헤어턴이 있지 않아요? 겨우 두 번, 그나마 오후에 두 번 만난 친척을 만나지 못하게 됐다고 우는 사람은 백에 한 사람도 없을 거예요. 린턴 도련님은 어떻게 된 건지 짐작하고, 아가씨 일로 마음 쓰지도 않을걸요."

"그럼 왜 못 가게 되었는지 편지라도 써 보내면 안 될까?" 캐시는 일어서면서 물었습니다. "그리고 내가 빌려 주기로 한 책들만 보내 주고. 그 애가 갖고 있는 책이 별로였거든요. 그래서 내 책들은 아주 재미있다고 했더니 몹시 보고 싶어 했어요. 그러면 안 될까, 아줌마?"

"안 돼요. 안 되고말고요." 저는 잘라 말했지요. "그렇게 되면 그 도련님이 아가씨에게 편지를 쓸 테고, 그럼 끝이 없을 거예요. 안 돼요, 캐서린 아가씨. 접촉을 딱 끊어야 해요. 아버님께서도 그럴 줄로 알고 계시고, 그렇게 되도록 나도 지켜보겠어요!"

"하지만 짤막한 편지 한 장쯤이야—" 캐시는 다시 애원조로 말했어요.

"그만!" 제가 딱 잘라 말했지요. "짤막한 편지 이야긴 이제 그만하고 잠이나 자요!"

캐시는 아주 고약하게 눈을 뜨고 저를 쳐다보았습니다. 어찌나 고약한 눈초리였던지 처음에는 잘 자라고 뽀뽀해 주고 싶지도 않더라고요. 이불을 덮어 주고는 아주 언짢은 마음으로 문을 닫았는데, 가다가 도중에 안된 마음이 들어 가만히 다시 들어갔습니다. 그랬더니 어쩌면! 캐시는 책상에서 백지를 앞에 놓고 손에 연필을 쥐고 있다가, 제가 다시 들어가자 멋쩍게 슬그머니 치우더라고요.

"아가씨." 제가 말했지요. "편지를 쓰더라도 배달할 사람을 구하지 못할 거예요. 그러니 이제 촛불을 끄겠어요."

제가 촛불 덮개를 씌우는데 제 손등을 찰싹 때리면서 화난 목소리로 "심술쟁이!" 하더군요. 제가 방에서 나오자 캐시는 몹시 토라져서 빗장을 거는 거예요.

결국 편지를 써서 마을에서 우유를 배달하는 아이를 통해 목적지에 전달했던 모양인데, 제가 그 사실을 알게 된 건 얼마 뒤였지요. 몇 주일이 지나자 캐시도 제자리로 돌아왔습니다. 혼자서 슬며시 구석 자리를 차지하고 앉아 있는 버릇이 생겼지만요. 책을 읽고 있을 때 제가 가까이 다가서면, 깜짝 놀라 책을 덮는데 책갈피 사이로 종이가 비죽 빠져나온 것이 눈에 띄기도 했어요.

캐시는 또 아침 일찍 내려와서 뭘 기다리는 사람처럼 부엌을 서

성대는 버릇이 생겼지요. 그리고 서재에 있는 작은 장롱에 달린 서랍을 자기 전용으로 쓰면서, 몇 시간이고 그 앞에서 시간을 보내기도 했는데, 방에서 나갈 때는 서랍 열쇠를 신경 써서 간수하더라고요.

어느 날, 그녀가 그 서랍을 점검하고 있는 것을 보니, 얼마 전까지만 해도 그 안에 들어 있던 놀잇거리며 자질구레한 장신구는 없어지고, 대신 차곡차곡 접은 종이가 들어 있더군요.

호기심과 의심이 솟구쳐 캐시의 수상한 보물을 엿보기로 마음먹었어요. 그리하여 밤에 캐시와 린턴 씨가 위층으로 올라가자마자, 제가 갖고 있는 집 안 열쇠 중에서 서랍에 맞는 것을 찾아냈습니다. 서랍을 열어 내용물을 몽땅 앞치마에 털어 가지고 제 방에 가서 찬찬히 조사해 보려고 갖고 나왔지요.

수상쩍다는 생각은 하고 있었지만, 편지 한 보따리를 발견하고는 놀랄밖에요. 캐시가 보낸 편지에 대한 린턴 히스클리프의 답장으로, 거의 매일 온 게 틀림없었어요. 날짜가 빠른 편지들은 어색하고 짤막했지요. 그런데 갈수록 긴 연애편지로 바뀌었어요. 물론 쓴 사람의 나이가 나이인지라 당연히 유치하기는 했지만, 그래도 경험이 있는 사람에게서 빌려 온 부분도 여기저기 눈에 띄었습니다.

그중에는 진짜 이상할 정도로 열렬함과 맥 빠짐이 뒤섞인 것들도 있었는데, 강한 열정을 토로하는 것으로 시작하여 마치 중학생이 존재하지도 않는 상상 속의 연인에게 쓰듯 가식적이고 장황한 투로 끝을 맺는 거였어요.

그 편지들이 캐시를 만족시켰는지는 알 수 없지만 제 눈에는 허섭스레기에 지나지 않았답니다.

이만하면 알겠다 싶을 만큼만 훑어본 다음 저는 그것들을 손수건에 싸서 따로 내놓고 빈 서랍은 다시 잠가 버렸지요.

여느 때와 마찬가지로 캐시는 일찍 내려와서 부엌으로 들어왔어요. 가만히 지켜보니 웬 소년이 도착하는 걸 보고 문 쪽으로 가더라고요. 그리고 소젖 짜는 하녀가 그 소년이 갖고 온 통에 우유를 따라 주는 동안 그녀는 그의 윗도리 호주머니에서 무언가를 꺼내더니 또 무언가를 쑤셔 넣는 거였어요.

저는 정원으로 돌아가서 그 배달부를 기다렸지요. 소년이 용감하게 위탁받은 물건을 지키려고 하는 바람에 그만 우유를 쏟기는 했지만, 결국 그 편지를 빼앗는 데 성공했습니다. 그리고 집으로 냉큼 돌아가지 않으면 심각한 문제가 생길 것이라고 윽박지르고는 담 밑에 서서 캐시의 애정 어린 편지를 읽었어요. 사촌의 편지보다는 꾸밈이 없으면서 좀 더 설득력이 있었는데 아주 귀엽고 아주 우스꽝스러웠지요. 저는 고개를 설레설레 흔들고 집으로 들어가 생각에 잠겼답니다.

그날은 비가 와서 사냥터 숲으로 산책 나갈 수 없어 캐시는 아침 공부가 끝나자 그 서랍을 위안으로 삼으려고 했나 봅니다. 그녀의 아버지는 책상에 앉아 책을 읽었고, 저는 일부러 커튼의 술이 조금 타진 곳을 찾아 몇 바늘 꿰매면서 그녀의 거동을 지켜보았지요.

둥지 가득 짹짹거리는 새끼를 두고 나갔다가 돌아와 빈 둥지를 보고 비통하게 울부짖으며 파닥거리는 어미 새의 절망도, 조금 전의 행복한 표정이 돌변하면서 그녀가 내지른 "어머나!" 하는 외마디 소리보다 더 처절하지는 않을 것 같네요. 린턴 씨가 따님을 보고 "왜 그러니 애야? 어디 다쳤니?" 하고 묻더군요.

아버지의 어조나 표정으로 보아 소중히 감춰 둔 것을 갖고 간 사람은 아버지가 아니라고 캐시는 판단했나 봅니다.

"아니에요, 아빠—" 그녀는 숨을 몰아쉬며 말했지요. "엘렌 아줌마! 2층으로 같이 좀 가 줄래요. 나 아파요!"

저는 그녀의 분부대로 따라 나왔어요.

"아이, 엘렌 아줌마! 아줌마가 갖고 있지요?" 캐시는 문을 닫고 우리만 있게 되자 다짜고짜 꿇어앉으면서 이렇게 말하는 것이었어요. "돌려줘요. 그럼 다신 그런 짓 안 할게! 아빠께 말씀드리지 말고. 아빠께는 아직 말씀드리지 않았죠, 아줌마? 하지 않았다고 말해 줘요! 나 정말 잘못했어. 다시는 안 그럴게!"

저는 아주 엄숙한 태도로 캐시에게 일어서라고 말했지요.

"자, 캐서린 양, 진도가 꽤 나가셨더군요. 부끄러운 줄은 아시나요! 정말이지, 할 일 없을 때 연구해 볼 만한 훌륭한 허섭스레기더군요. 책으로 펴내도 될 만큼 좋던데요! 아버님께 그걸 보여 드린다면 어떻게 생각하실 것 같아요? 아직 보여 드리지는 않았지만 앞으로도 그 우스꽝스러운 비밀을 지켜 주리라는 생각은 아예 하지 말아요 정말 부끄러운 일이에요! 틀림없이 아가씨가 꾀어서 그런 어리석은 편지를 쓰게 만들었을 거예요. 저쪽에서는 그런 걸 먼저 시작할 생각도 하지 않았다는 건 안 봐도 알 만해요."

"내가 먼저 그런 게 아냐! 내가 아니란 말이에요!" 캐시는 가슴이 터질 듯이 울었습니다. "난 그 애를 사랑할 생각은 한 번도 한 일이 없었어요. 그런데—"

"사랑이라고요!" 제가 사랑이라는 단어에 한껏 멸시를 실어서 말했지요. "사랑이라니! 누가 들을까 봐 겁나네! 1년에 한 번씩 우리 집 곡물을 사러 오는 방앗간 사람을 내가 사랑한다고 하는 거나 다를 바 없지. 정말 굉장한 사랑이네요. 린턴을 만난 게 두 번 다 합해서 아가씨 인생에서 네 시간에 지나지 않아요. 여기 그 유치한 쓰레기가 있으니 서재로 갖고 가겠어요. 그런 사랑에 대해 아버지께서 뭐라고 하시나 한번 들어 봅시다."

캐시는 귀중한 편지 뭉치를 빼앗으려고 펄쩍 뛰어올랐습니다. 그러나 저는 그걸 머리 위로 쳐들었어요. 그러자 캐시는 저더러 그걸 태워 버리라고, 아버지께 보이지만 않는다면 어떻게 해도 좋다고 미친 듯이 애원하는 거예요. 저는 그게 모두 소녀다운 허영심에 지나지 않는다고 생각되어 야단치기보다는 웃음이 터져 나올 지경이라 결국 좀 누그러들어 이렇게 물어 보았지요.

"만약 내가 이걸 태우기로 한다면 다시는 편지를 보내거나 받지도 않고, 그리고 책도 보내지 않고 — 책도 보낸 걸 내가 알고 있으니까 하는 말인데 — 또 머리 타래며 반지, 장난감 같은 것도 보내거나 받지 않겠다고 분명히 약속하겠어요?"

"우린 장난감 같은 건 보내지 않아!" 자존심이 상한 캐시는 부끄러움도 잊어버리고 큰 소리로 말했습니다.

"어쨌든 아무것도 보내지 않겠다는 거지요, 아가씨? 그렇게 하겠다고 약속하지 않으면 아버님께 가겠어요."

"약속할게요, 아줌마." 캐시는 제 옷자락에 매달리며 말했어요. "그거 불 속에 던져 버려요. 그렇게 해, 응! 던져 버리라고!"

그런데 제가 벽난로를 부지깽이로 후벼 편지 넣을 자리를 찾자 캐시는 그 희생이 너무나 쓰라려 견딜 수 없었나 봅니다. 한두 통만 태우지 말고 남겨 달라고 애걸복걸하는 거예요.

"한두 통만, 아줌마. 린턴을 위해 간직하게 남겨 줘요!"

손수건을 묶은 매듭을 풀어 편지 다발을 비스듬히 던지기 시작하자 불꽃이 굴뚝으로 솟아올랐습니다.

"하나라도 가져야겠어, 몰인정하기는!" 캐시는 이렇게 악을 쓰더니 불 속으로 손을 넣어 손가락을 데면서까지 반쯤 타다 남은 조각을 몇 장 끄집어내더라고요.

"그래요. 그럼 나는 아버님께 몇 장이라도 갖다 보여 드리겠어요!" 이렇게 대꾸하고 나머지를 싸 가지고 다시 문 쪽으로 향했습니다.

그녀는 불에 그슬린 종잇조각들을 불길 속에 털어 넣고 나머지도 다 태워 버리라고 손짓을 했지요. 그렇게 해서 다 태웠답니다. 저는 타 버린 재를 휘젓고 그 위에 석탄을 한 삽 덮었어요. 그러자 캐시는 지독한 마음의 상처를 입은 듯 아무 말 없이 자기 방으로 가 버리더군요. 저는 아래층으로 내려가서 린턴 씨에게 따님의 어지럼증은 가라앉았으나 잠시 더 누워 있는 게 좋겠다고 말했지요.

캐시는 오찬을 걸렀지만 차 시간에는 내려왔어요. 얼굴이 창백하고 눈언저리가 불그레하긴 했어도 겉보기에는 놀라울 정도로 평정을 유지했습니다.

　이튿날 아침 저는 린턴에게서 온 편지의 답장으로 종이쪽지에 이렇게 적어 보냈지요. '캐서린 아가씨께서는 히스클리프 도련님이 보내는 편지를 받지 않을 것이니 앞으로는 보내지 마시기를.' 그 후 우유 배달부는 빈 주머니로 왔지요.

제22장

여름이 가고 초가을의 문턱에 들어섰을 때였어요. 미클마스*가 지났지만 그해는 추수가 늦어져서 우리 밭도 밀을 베지 못한 곳이 몇 군데 남아 있었습니다.

린턴 씨와 캐서린은 추수꾼들이 일하는 곳으로 산책을 나가곤 했답니다. 마지막 밀 다발을 들여오던 날은 어두울 때까지 밭에 남아 있었는데 그날따라 공기가 차고 습했어요. 린턴 씨는 독감이 든 것이 폐에 염증을 일으켜 겨우내 거의 바깥출입을 못하고 집 안에 갇혀 있어야만 했지요.

겁을 주는 바람에 작은 연애 사건을 단념하게 된 가엾은 캐시는 이후 아주 쓸쓸하고 맥이 없어 보였습니다. 그래서 린턴 씨는 따님에게 책을 덜 읽고 운동을 하라고 권했어요. 린턴 씨가 따님과 시간을 보낼 수 없기 때문에 가능한 한 제가 동무 노릇을 해 줘야 한다는 생각이 들긴 했지만, 낮에는 할 일이 많아서 두세 시간밖에는 캐시를 따라다닐 수 없었기 때문에 대리 역할을 충분히 했다고 할 수 없었지요. 게다가 저보다는 아버지와 함께 있는 것이 더 좋은 게 사실이었고요.

10월인가 11월 초순인가, 맑지만 물기 머금은 어느 날 오후였어요. 잔디밭과 오솔길은 젖은 낙엽으로 바스락거렸고, 싸늘하게 갠 푸른 하늘은 반쯤 서쪽 하늘에서 뭉게뭉게 피어올라 금방이라도 큰비를 뿌릴 듯한 어두운 잿빛 구름 띠에 가려져 있어서, 저는 소나기가 올 것이 확실하니 산책을 그만두자고 캐시에게 말했습니다. 말을 듣지 않더군요. 어쩔 수 없이 외투를 입고, 우산을 들고, 캐시를 따라 사냥터 숲 끝까지 산책을 나갔지요. 캐시가 우울할 때 흔히 가는 공식적인 산책 코스였는데, 린턴 씨가 평소보다 병세가 악화되면 언제나 그렇게 기분이 우울한 것이었어요. 린턴 씨 자신이 그런 말을 입 밖에 내는 일은 없었지만 점점 말수가 줄어들고 표정이 우울해지는 것을 보고 캐시와 제가 그렇게 짐작했지요.

캐시는 슬픔에 잠겨 걸었습니다. 이제는 달리거나 뛰는 일이 없었어요. 바람이 차서 한바탕 달리고 싶은 마음이 들 법한데도요. 저는 곁눈질로 그녀가 가끔씩 손등으로 뺨의 눈물을 훔치는 걸 보았지요.

저는 캐시의 생각을 딴 데로 돌릴 만한 게 없나 둘러보았습니다. 길 한쪽에는 울퉁불퉁한 언덕이 솟아 있었는데, 개암나무며 제대로 자라지 못한 참나무들이 뿌리를 반쯤 드러낸 채 언제 넘어질지 모르는 불안한 모습으로 서 있었지요. 참나무가 자라기에는 흙이 너무 푸석푸석해서 강한 바람에 거의 땅에 닿을 만큼 누워 버린 것도 몇 그루 있었고요. 여름이면 캐시는 그런 나무줄기 사이로 기어 올라가 가지 위에 걸터앉아서는 6미터 높이에서 그네 타듯 앉아 있기를 좋아했답니다. 저는 캐시의 민첩한 동작과 경쾌한 동심을 즐거운 마음으로 지켜보면서도 그렇게 높이 올라간 것을 볼 때마다 야단을 쳤어요. 그렇다고 내려올 것까지는 없음을 눈치챌 수 있을 정도로만 야단쳤지요. 점심 식사 후 차 시간까지 캐시는 바람에 산들산들 흔들리는 요람에 누워, 어렸을 때 제게서 배운 노래를 혼자 부르거나, 같은 나무에 둥지를 친 새들이 새끼들에게 먹이를 먹이고 나는 연습을 시키는 모습을 지켜보거나, 아니면 편하게 자리를 잡고 눈을 감은 채 생각에 잠긴 듯 꿈꾸는 듯 말로 표현할 수 없는 행복을 누리곤 했답니다.

"저기 보세요, 아가씨!" 저는 굽은 나무뿌리 아래 구석진 곳을 가리키며 소리쳤습니다. "여긴 아직 겨울이 오지 않았군요. 저기 조그만 꽃이 하나 있잖아요. 7월에 저 잔디 계단에 보랏빛 안개가 낀 듯 수없이 피었던 블루벨 중 마지막 한 송이네요. 올라가서 꺾어다가 아버님께 보여 드리세요."

캐시는 후미진 흙더미에 파묻힌, 외롭게 한들거리고 있는 꽃을 한참 동안 바라보고 나서야 대답했습니다.

"싫어요. 그러고 싶지 않아요. 그런데 엘렌 아줌마, 꽃이 참 쓸쓸하게 보이지 않아요?"

"그렇군요." 제가 맞장구를 쳤지요. "어쩐지 아가씨처럼 몹시 추워 보이고 기운이 없는 것 같군요. 아가씨 볼에 핏기가 없어요. 우리 손을 잡고 한번 뛰어 봐요. 내가 아가씨와 어깨를 나란히 하고 뛸 수 있을 정도로 기분이 가라앉은 것 같으니까요."

"싫어요." 캐시는 같은 대답을 반복하고는, 계속 천천히 거닐면서 이따금씩 걸음을 멈추고 한 뼘의 이끼, 하얗게 시든 풀포기, 아니면 갈색의 가랑잎 더미 속에 돋아난 밝은 오렌지색 버섯 같은 것들을 물끄러미 내려다보며 생각에 잠겨 있더군요. 그리고 가끔 얼굴을 돌려 손으로 뺨을 문지르는 거예요.

"아가씨, 왜 울어요. 네?" 저는 다가가서 어깨를 감싸 안으며 물었습니다. "아버님이 감기로 편찮으시다고 울면 안 돼요. 그보다 더한 병이 아닌 걸 다행으로 여겨야지요."

그러자 캐시는 더 이상 참지 못하고 울음을 터뜨렸는데 숨이 막힐 듯 흐느껴 울더군요.

"하지만 더 나쁜 병으로 도질 것만 같아요." 그녀가 말했습니다. "아빠와 엘렌 아줌마가 내 곁을 떠나고 나 혼자 남는다면 난 어떻게 해요? 난 아줌마가 한 말을 잊을 수가 없어요. 언제나 내 귀에 쟁쟁하게 울려요. 아빠와 아줌마가 세상을 떠나면, 내 삶에 얼마나 큰 변화가 올 것이며 이 세상은 또 얼마나 쓸쓸하겠어요."

"우리보다 아가씨가 먼저 죽을지 누가 알아요?" 제가 대답했지요. "불행한 일을 미리 앞당겨 걱정하는 건 잘못이에요. 우리 중 누가 죽기까지는 여러 해가 남아 있기를 기도해요. 아버님은 아직 젊으세요. 저도 이렇게 튼튼하고 아직 마흔다섯도 안 됐는걸요. 우리 어머니는 여든까지 사셨는데 돌아가실 때까지 원기 왕성하셨답니다. 그리고 아버님께서 예순까지만 사신다고 해도 아가씨가 여태껏 산 것보다 더 긴 세월인걸요. 앞으로 올 불행을 20년이

나 앞당겨 슬퍼하는 건 어리석은 짓 아닌가요?"

"하지만 이사벨라 고모는 아빠보다 나이가 어렸는걸." 캐시는 위안을 받자 조그마한 희망이라도 걸어 보려고 저를 쳐다보며 말했어요.

"고모님은 우리가 간호해 드리지 않았잖아요." 제가 대답했지요. "그분은 아버님만큼 행복하지도 못했고, 오래 살아야 할 이유도 아버님보다 적었고요. 아가씨가 할 일은 오로지 아버님을 잘 돌봐 드리고, 즐거운 모습을 보여 드려 기운이 나시도록 하는 거예요. 그리고 무슨 일로든 아버님께 걱정을 끼쳐 드리지 않아야 해요. 명심해요, 캐시 아가씨! 톡 까놓고 말해서, 아가씨가 앞뒤 못 가리고, 아버님을 무덤으로 보냈으면 하는 사람의 아들에게 어리석고 헛된 사랑을 품고 교제하지 않는 게 좋겠다고 결정하신 일을 놓고 속을 끓인 것을 눈치채시게 제멋대로 행동한다면 돌아가시라고 비는 것과 다를 바 없어요."

"난 정말이지 아빠가 편찮으신 것 말고 속을 끓이는 일이 아무 것도 없어요. 아빠 빼고 마음 쓰는 건 아무것도 없다니까요. 그리고 절대로 — 절대로 — 정말 절대로, 내 정신이 어떻게 되지 않는 한, 아빠를 속상하게 할 행동이나 말은 하지 않을 거예요. 엘렌 아줌마, 난 나보다도 아빠를 더 사랑해요. 이걸 보면 알 수 있어요. 난 매일 밤 아버지보다 내가 더 오래 살게 해 달라고 기도드려요. 아빠가 슬퍼하시는 것보다는 차라리 내가 슬픈 일을 당하는 게 낫거든요. 이것만 봐도 나 자신보다 아빠를 더 사랑하고 있다는게 증명되지요?"

"좋은 말씀이에요." 제가 맞장구를 쳤습니다. "하지만 행동으로 실천해야지요. 그리고 아버님이 쾌차하신 뒤에도 돌아가실까 봐 걱정하면서 했던 결심을 잊지 말아요."

이런 이야기를 주고받는 사이에 우리는 길 쪽으로 난 문에 당도했어요. 다시 밝은 얼굴이 된 캐시는 담장 위에 올라앉아 큰길 쪽으로 우거진 찔레나무 맨 윗가지에 달려 있는 빨간 열매를 따려고 손을 뻗쳤습니다. 낮은 데 달린 열매들은 벌써 없어졌지만, 꼭대기는 새가 아니면 지금 캐시가 앉아 있는 곳에서나 손이 닿았으니까요.

열매를 따려고 손을 뻗다가 그만 모자가 담장 너머로 날아갔어요. 그런데 문이 잠겨 있었기 때문에 내려가서 모자를 주워 오겠다고 말하더군요. 제가 떨어지지 않도록 조심하라고 이르자 캐시는 재빨리 사라졌지요.

그러나 다시 올라오기란 그리 쉬운 일이 아니었습니다. 빈틈없이 쌓아 올린 매끄러운 돌하며, 찔레꽃 덤불과 우거진 산딸기 덩굴도 기어 올라오는 데 방해가 되었고요. 저는 멍청하게도 캐시가 웃으면서 큰 소리로 이렇게 말할 때까지 그런 생각을 하지 못했답니다.

"엘렌 아줌마, 열쇠를 갖고 와야겠어요. 안 그러면 내가 문지기네 집까지 뛰어갔다 와야 해요. 이쪽에서는 도저히 이 '성벽'을 올라갈 수가 없겠어요!"

"거기 그대로 있어요. 내 주머니의 열쇠 뭉치에 어쩌면 맞는 열쇠가 있을지도 몰라요. 맞는 게 없으면 내가 갔다 올게요."

캐서린은 제가 큰 열쇠를 하나씩 열쇠 구멍에 맞춰 보는 동안 문 앞에서 왔다 갔다 하면서 혼자 춤을 추며 놀고 있었지요. 큰 열쇠를 차례로 끼워 보았는데 결국 맞는 것이 없더군요. 그래서 저는 캐시에게 그대로 거기 있으라 이르고 급히 집으로 뛰어가려는 참인데 무언가 다가오는 소리가 들렸어요. 빨리 달려오는 말발굽 소리 같았어요. 캐시는 춤을 멈추었고 곧 말발굽 소리도 멈추었습니다.

"누구예요?" 제가 나지막하게 물었지요.

"아줌마, 빨리 문을 열면 좋겠어요." 캐시도 걱정스러운 듯 저쪽에서 작은 목소리로 말했어요.

"허어, 린턴 댁 아가씨로군!" 말을 타고 나타난 사람이 굵직한 목소리로 외치는 거예요. "만나서 참 반갑군. 뭐 좀 물어보고 대답을 듣고 싶은 게 있으니까 서둘러 들어가지 말아요."

"전 고모부와 이야기하지 않겠어요." 캐서린이 대답했습니다. "아빠가 그러시는데 고모부는 나쁜 사람이래요. 아빠와 절 미워하고요. 엘렌 아줌마도 그렇게 말했어요."

"그런 건 지금 문제가 아냐." 히스클리프가 말했어요. (바로 그였던 것입니다.) "내가 내 아들을 미워하기야 하겠니. 난 그 애를 배려해 달라고 청하는 거란다. 그렇지! 네게도 얼굴을 붉힐 만한 이유가 있겠지. 2~3개월 전만 해도 린턴에게 줄창 편지를 보내지 않았나? 장난으로 연애를 했지, 응? 너희들은 둘 다 회초리를 맞아도 싸다! 넌 손위니까, 그리고 결과적으로 더 매정스러웠으니 더 그렇지. 네가 보낸 편지를 갖고 있으니까 버르장머리 없이 굴면 모두 네 아버지에게 보내 버릴 테다. 난 네가 그 장난에 싫증이 나서 집어치운 걸로 알고 있는데, 그렇지 않니? 어쨌든 네가 그러는 바람에 린턴이란 놈은 '절망의 수렁'에 빠졌단다. 그 녀석은 진심이었거든. 사랑에 빠진 거지. 정말이지, 그 녀석은 너 때문에 죽어 가고 있어. 너의 변심으로 그 녀석은 가슴이 터질 지경이다. 이건 비유가 아니라 문자 그대로 하는 이야기이다. 헤어턴이란 놈이 여섯 주일 내내 웃음거리로 만들고, 나도 더 엄하게 대해서 그 녀석의 어리석음을 깨우쳐 주려고 애썼지만 나날이 더 나빠지는 구나. 네가 그 녀석의 마음을 돌이켜 주지 않으면 여름이 오기 전에 땅속에 묻게 생겼다!'

"어쩌면 가여운 아가씨에게 그런 황당한 거짓말을 할 수 있어요!" 저는 담 이쪽에서 소리를 질렀지요. "말을 타고 가던 길이나 가시지요! 어떻게 그런 어쭙잖은 이야기를 꾸며 낼 수 있담? 캐시 아가씨, 내가 돌로 자물쇠를 두드려 부술 테니 그따위 사악한 거짓말일랑 귀담아듣지도 말아요. 잘 알지도 못하는 사람을 사랑하다가 죽는 게 말이 안 된다는 건 아가씨의 짧은 소견으로도 알 수 있을 거예요."

"엿듣는 사람이 있는 줄 몰랐군." 거짓말을 하다 들킨 그 악당은 혼자 중얼거리더니 큰 소리로 이렇게 덧붙이더군요. "존경하는 딘 부인, 난 당신을 좋아하지만, 겉 다르고 속 다른 행동은 좋아하지 않아요. 당신이야말로 어떻게 내가 이 '가여운 어린 아가씨'를 미워한다는 허황된 거짓말을 꾸며 댈 수 있소? 그런 끔찍한 이야기 때문에 캐시가 겁을 먹고 우리 집 근처도 얼씬하지 않는 거 아니오? 캐서린 린턴 — 그 이름만 들어도 마음이 따뜻해지는데 — 귀여운 아가씨, 난 이번 주일 내내 집을 비울 예정이니 내 말이 사실인지 아닌지 와서 확인해 보려무나. 제발 그래 다오, 착하지. 꼭 와다오. 너의 아버지와 나의 입장을, 그리고 린턴과 네 입장을 바꿔놓고 생각해 봐. 그리고 네 아버지가 린턴에게 직접 이렇게 간청하는데도 너를 위로하기 위해 한 발짝도 움직이지 않았다면 그런 매정스러운 연인을 넌 어떻게 생각하겠느냐? 미련하게 그런 과오를 저지르지 말기 바란다. 내 영혼을 걸고 맹세하건대, 다 죽게 된 내자식을 구할 수 있는 사람은 너밖에 없단다!"

자물쇠를 겨우 부수고 저는 밖으로 뛰어 나갔습니다.

"린턴이란 녀석이 정말 죽게 됐단 말이다." 히스클리프는 저를 노려보면서 거푸 말했습니다. "슬픔과 절망이 그 녀석의 죽음을 재촉하고 있는 거지. 넬리, 정 캐시를 못 가게 할 작정이면 당신이 직접 가 봐요. 난 다음 주 이맘때까지는 돌아오지 않을 거야. 당신네 주인도 사촌 동생을 만나러 간다면 반대하지는 않을걸!"

"들어와요." 저는 캐시의 팔을 붙들고 반쯤 강제로 끌어들였습니다. 정색을 지어 거짓된 마음을 감춘 히스클리프 씨의 얼굴을 걱정스럽게 바라보는 캐시가 꾸물거렸기 때문이었지요.

말을 몰아 가까이 다가와 허리를 구부리더니 그는 이렇게 덧붙였습니다.

"캐서린, 솔직히 말해서 난 린턴 녀석을 참고 견디기 힘들다. 헤어턴과 조지프는 더 싫어하지. 사실 그 녀석은 마음이 모진 사람들과 살고 있는 셈이야. 친절과 애정을 갈망하고 있는 그 녀석에게 너의 친절한 말 한마디는 더없이 좋은 약이 될 거다. 딘 부인의 냉정한 훈수에 휘둘리지 말고 너그러운 마음으로 그 녀석을 좀 만나 주렴. 그 애는 밤낮으로 너만 생각하고 있단다. 네가 편지도 보내지 않고 찾아오지도 않게 된 뒤로는, 네가 그 녀석이 싫어서 그러는 게 아니라고 아무리 이야기해도 듣질 않아."

저는 문을 닫고 부서진 자물쇠만으로는 걸리지 않겠기에 돌멩이를 굴려서 문에 기대 놓았습니다. 그리고 우산을 펴서 캐시를 그 아래로 끌어당겼어요. 윙윙 우는 나뭇가지 사이로 후두두 떨어지기 시작한 빗방울이 더는 지체하지 말라고 경고했기 때문이지요.

발걸음을 재촉해 집으로 가는 중에는 히스클리프 씨와 마주친 이야기를 할 틈이 없었답니다. 하지만 캐서린의 마음이 이제 이중(二重)으로 무거워졌음을 직감적으로 알아챌 수 있었어요. 표정이 어찌나 슬프던지 딴사람 같았다니까요. 히스클리프 씨의 말을 모두 사실로 받아들인 눈치였습니다.

린턴 씨는 우리가 돌아오기 전에 잠자리에 들었더군요. 캐시가 살그머니 아버지 방으로 들어가서 좀 어떠시냐고 여쭈어 보려고 했는데 이미 주무시고 계시더랍니다. 캐시는 돌아오더니 저더러 서재에 함께 있어 달라고 했지요. 우리는 함께 차를 마셨습니다. 그런 다음 캐시는 양탄자 위에 누워서 피곤하니까 말을 걸지 말라고 하더군요.

저는 책을 한 권 들고 읽는 척했지요. 캐시는 제가 책 읽기에 여념이 없으려니 생각하고 또 소리 없이 울더군요. 그즈음 캐시의 유일한 소일거리는 소리 없이 울기가 되고 만 것 같았어요. 저는 잠시 울게 내버려 둔 후 간곡하게 타일렀습니다. 캐시가 맞장구를 쳐 줄 것을 기대하면서 아들에 관한 히스클리프 씨의 주장들을 모조리 비웃고 조롱했지요. 아쉽게도 제게는 그의 이야기가 심어 놓은 인상을 지울 만한 말재간이 없었어요. 그가 노린 대로 된 거지요.

"아줌마 말이 맞을지도 몰라요." 그녀가 대답하더군요. "하지만 사실을 확인하기까지 난 절대로 마음이 편할 수 없을 거예요. 편지를 보내지 않은 게 내 탓이 아니라는 걸 린턴에게 말해 주어야만 해요. 그리고 내 마음이 변하지 않으리라는 걸 믿게 만들겠어요."

캐시가 그처럼 어수룩하게 믿어 버리는 데 화를 내거나 이의를 달아 봐야 무슨 소용이 있겠어요? 우리는 그날 밤 다투고 헤어졌지요. 그러나 다음 날 저는 우리 고집쟁이 아가씨의 조랑말을 따라 워더링 하이츠로 가고 있었습니다. 저는 캐시가 슬퍼하는 꼴을, 창백하고 풀 죽은 얼굴과 퉁퉁 부은 눈을 차마 옆에서 보고 있을 수 없었어요. 그리고 우리를 맞이하는 린턴의 모습이 상사병 이야기를 대충 사실무근으로 입증할 수도 있으리라는 희미한 희망을 품고 양보를 한 거지요.

제23장

간밤에 비가 온 끝이라 아침에는 서리 반, 가는 빗발 반인 안개가 끼었습니다. 하이츠로 가는 길은 고지대에서 내려온 빗물이 모여 일시적으로 생긴 여울로 물바다를 이뤘어요. 발이 흠씬 젖었지요. 짜증이 나고 기분도 울적해서 이런 불편을 견디기가 더 힘들더라고요.

우리는 히스클리프 씨가 정말 집에 없는가를 확인하기 위해 부엌으로 해서 집 안으로 들어갔습니다. 그를 별로 신용하지 않았거든요.

이글거리는 벽난로 옆이 천당이라는 듯 조지프가 혼자 앉아 있더군요. 짤막한 검은 파이프를 입에 물고, 옆 다탁에는 1쿼트짜리 맥주잔과 큼직하게 자른 구운 귀리 빵 조각들을 잔뜩 쌓아 놓고 있었지요.

캐서린이 벽난로로 뛰어가서 불을 쬐는 동안 제가 주인이 계시느냐고 물었습니다.

묻는 말에 한참 동안이나 대답이 없기에 영감이 그동안 귀가 먹었나 싶어 다시 큰 소리로 물어보았답니다.

"읊어!" 그는 으르렁댄다고 할까, 코로 소리를 지르는 것처럼 말하는 거예요. "읊어! 온 데로 돌아가아."

"조지프!" 저의 질문과 거의 동시에 안에서 짜증 섞인 소리가 들렸어요. "몇 번이나 불러야 알아듣겠어? 이제 불씨도 조금밖에 안 남았단 말이야. 조지프! 빨리 좀 와 봐."

담배 연기를 푹푹 뿜어 대면서 벽난로 불빛을 뚫어지게 들여다보고 있는 품이 조지프는 그 정도의 투정은 들리지 않는다는 태도였어요. 가정부와 헤어턴은 보이지 않았고요. 가정부는 심부름을 간 게고, 헤어턴은 밖에서 일하고 있겠지요. 우리는 린턴의 목소리를 알아들었기에 안으로 들어갔습니다.

"너 같은 건 다락방에서 뒈져 버려야 해! 굶어 죽어야 한다고!" 린턴은 다가가고 있는 우리가 자기를 소홀히 여기는 하인인 줄 알고 이렇게 말했지요.

잘못을 깨닫고 말을 멈추자 사촌 누이는 그에게 달려갔습니다.

"린턴 양!" 커다란 의자 팔걸이에 머리를 기대고 있던 린턴이 고개를 들면서 말했지요. "아아, 입은 맞추지 마. 숨이 차서 그래. 웬일이에요! 아빠가 린턴 양이 찾아올 거라고 말하기는 했지만." 캐서린의 포옹으로부터 숨을 돌린 린턴이 연이어 말하더군요. 한편 캐시는 반성하는 표정으로 옆에 서 있었고요. "미안하지만 문 좀 닫아 줘요. 열어 놓았잖아. 그런데 저것들, 저 망할 것들이 난로에 석탄을 넣어 주지 않는단 말이야. 추워 죽겠는데!"

저는 난로 속의 재를 뒤적거려 놓고 석탄을 한 통 가득 퍼 왔습니다. 환자는 재가 날린다고 투덜댔지요. 그러나 기침을 힘들게 해 대는 데다 열도 있고 아픈 기색이어서 성질부리는 걸 탓하지는 않았답니다.

"어때, 린턴." 린턴의 찌푸렸던 이마가 펴지자 캐시가 나지막한 소리로 물었지요. "내가 와서 좋으니? 내가 도움이 되는 것 같아?"

"왜 진작 오지 않았어?" 린턴이 되묻더군요. "편지 보내지 말고 왔으면 좋았잖아. 긴 편지를 쓰느라 끔찍이도 힘들었는데. 편지 쓰기보다는 이야기하는 쪽이 나았을 거야. 이젠 이야기할 기운도 없고 아무것도 하고 싶지 않다구. 질라는 또 어딜 간 거야! (저를 보며) 부엌에 있는지 좀 가 봐."

먼저 해 준 일에 대해서도 고맙다는 인사 한마디 없고, 그의 명령에 따라 이리 뛰고 저리 뛰기 싫어서 이렇게 대꾸하고 말았지요.

"부엌에는 조지프 말고 아무도 없어요."

"물 좀 먹고 싶은데." 신경질적으로 말하더니 그는 고개를 돌려 버렸어요. "질라는 아버지가 외출하시면 노상 기머턴에 놀러 가고 없어. 정말 너무들 해! 그래서 어쩔 수 없이 이리 내려온 거야. 2층에서 부르면 아무도 대답을 하지 않거든."

"아버님은 잘해 주시나요, 도련님?" 저는 캐시가 다정스럽게 굴기를 그만두고 어정쩡하게 서 있는 것을 보고 이렇게 물어보았습니다.

"잘해 주냐고? 최소한 다른 사람들에게 잘해 주라고 시키기는 하지." 그는 내뱉듯이 말했습니다. "망할 것들! 그런데 린턴 양, 저

짐승 같은 헤어턴이란 놈이 날 비웃어. 난 그 자식이 미워 죽겠어.
사실은 모두 다 밉지만 말이야. 다 밉살스러운 것들이거든."

캐시는 물을 찾아 나섰답니다. 조리대 위에서 주전자를 발견하
고는 큰 컵에 물을 가득 부어 가지고 왔지요. 린턴이 테이블 위에
있는 포도주 병에서 한 숟가락만 따라 물에 타 달라고 캐시에게
말하더군요. 한 모금 마시고 나더니 한결 마음이 가라앉는 모양인
지 캐시에게 고맙다고 인사까지 하는 거예요.

"그래, 내가 와서 좋으니?" 캐시는 아까 물어본 말을 되풀이하
고는 린턴의 얼굴에 엷은 미소가 어리는 것을 보고 기뻐했습니다.

"그럼 좋고말고. 목소리만 들어도 좋은데!" 그가 대답했지요.
"하지만 와 주지 않아서 내가 얼마나 고역을 치렀는데. 아버지는
나 때문에 린턴 양이 오지 않는 게 분명하다고, 나더러 한심하고
발뺌이나 해 대는 못난 놈이라나. 린턴 양도 날 멸시한다면서 만
약 아빠가 나라면 지금쯤 린턴 양네 아빠보다 더 멋지게 그 집 주
인 노릇을 하고 있을 거래. 하지만 린턴 양은 날 멸시하지 않지?
린턴—"

"캐서린이나 캐시라고 불러 줬으면 좋겠어!" 캐시가 말을 가로
막았습니다. "널 멸시하냐고? 천만에! 난 아빠와 엘렌 아줌마 다
음으로는 그 누구보다 널 사랑하는걸. 하지만 너네 아빠는 좋아하
지 않아. 너네 아빠가 돌아오시면 난 못 올 거야. 여러 날 집을 비
우실 예정이니?"

"여러 날은 아니지만," 린턴이 대답했어요. "사냥철이 시작되어
서 황야로 자주 나가셔. 아빠가 집에 안 계시는 동안 한두 시간은

나와 함께 지내. 그렇게 해! 그런다고 말해 줘! 너랑 같이 있으면 신경질을 내지 않을 거야. 넌 날 화나게 하지 않고, 또 언제나 날 도와주려고 하니까. 그렇잖아?"

"그럼." 캐서린이 그의 길고 부드러운 머리카락을 쓰다듬으며 말했지요. "아빠만 허락하시면 난 내 시간의 절반은 너와 함께 지낼 거야. 귀여운 린턴! 네가 내 동생이라면 좋겠어!"

"그럼 너네 아빠만큼 날 좋아할 거야?" 그는 더 기운을 내면서 묻는 거예요. "우리 아버지가 그러시는데, 네가 내 아내가 된다면 너희 아빠보다도, 그리고 세상 누구보다도 날 사랑하게 될 거래. 그러니까 내 아내가 되었으면 좋겠어!"

"그건 안 돼! 난 누구도 아빠보다 더 사랑할 수는 없어." 캐시가 심각한 얼굴로 대답하더군요. "그리고 간혹 자기 아내를 미워하는 사람들도 있거든. 하지만 남매간에는 그렇지 않단 말이야. 네가 내 동생이라면 우리와 함께 살 거고, 아빠도 나처럼 널 귀여워하실걸."

린턴은 자기 아내를 미워하는 남편은 없다고 말했지요. 그러나 캐시는 미워할 수 있다고 단언하면서 바로 그의 아버지가 아내인 그녀의 고모를 미워한 사례를 잘난 척하며 거론했어요.

철없이 입을 놀리는 것을 막아 보려 했지만 이미 캐시가 아는 것은 다 털어놓고 난 다음이었답니다. 린턴은 몹시 기분이 상해서 캐시의 말이 거짓말이라고 우겼지요.

"우리 아빠가 그렇게 말씀하셨어. 그리고 우리 아빤 거짓말 안 하셔!" 캐시가 팩 토라져서 대꾸했어요.

"우리 아버진 너네 아버지를 경멸해!" 린턴이 고함을 질렀습니다. "겁쟁이 바보라고 했어!"

"너네 아버지는 나쁜 사람이야." 캐시가 되받아쳤고요. "그리고 너도 못돼먹었어. 어떻게 너네 아버지가 한 말을 옮길 수 있니. 이사벨라 고모가 그렇게 도망간 걸 보면 너네 아버지가 나쁜 사람인 게 틀림없어!"

"우리 엄마는 도망간 게 아냐!" 린턴이 말했습니다. "내 말에 반박하지 마!"

"도망갔단 말이야!" 캐시가 소리쳤어요.

"나도 네게 해 줄 이야기가 있어! 너네 엄마가 너네 아버지를 싫어했대. 자, 어때?"

"어머나!" 캐서린은 외마디 소리를 내고는 너무나 화가 나서 말을 잇지 못하더군요.

"그리고 너네 엄마는 우리 아버지를 사랑했대!" 그가 덧붙였습니다.

"이 거짓말쟁이야! 이제 너 같은 건 싫어." 흥분해서 얼굴이 달아오른 캐시는 씩씩거리며 말했어요.

"정말인데! 정말인데!" 린턴은 노래를 부르듯 말하고는 의자에 푹 주저앉아서 뒤에 서 있는 상대방이 화를 내는 꼴을 보려고 머리를 뒤로 젖혔지요.

"쉿, 히스클리프 도련님!" 제가 말했습니다. "그것도 아버님이 지어낸 이야기겠지요."

"그렇지 않아. 당신은 입 닥치란 말이야!" 린턴의 대답이었어요. "그랬다니까, 그랬다니까, 캐서린. 너네 엄마는 우리 아버지를 사랑했다니까."

이성을 잃은 캐시는 의자를 세게 밀어붙여 그를 의자 한쪽으로 고꾸라뜨렸답니다. 갑자기 숨 막힐 듯한 기침을 시작하면서 의기양양한 기세도 꺾였지요.

그런데 기침이 너무 오래 계속되었기 때문에 저마저 겁이 났습니다. 그의 사촌은 아무 말도 못하고 자기가 저지른 일에 아연실색하여 울음을 터뜨리고 말았지요.

저는 기침이 잦아질 때까지 그를 붙잡고 있었답니다. 기침이 그치자 그는 저를 밀치고는 말없이 고개를 숙였지요. 캐서린도 울음을 그치고 맞은편에 앉아서 심각한 표정으로 벽난로의 불꽃을 들여다보는 것이었어요.

"이제 좀 어때요, 도련님?" 저는 10분쯤 기다린 다음 물어보았습니다.

"내가 당하는 고통을 캐시도 당했으면 좋겠어." 그가 대답했지요. "심술궂고 못된 것 같으니! 헤어턴도 내 몸에 손댄 일이 없는데, 한 번도 날 때린 적이 없단 말이야. 그리고 오늘은 좀 나아진 것 같았거든. 그런데—" 그의 목소리가 흐느낌으로 바뀌었어요.

"난 널 때리지 않았어!" 캐시는 다시 울음이 터지려는 것을 참으려고 입술을 깨물며 중얼거리더군요.

린턴은 대단한 고통을 당하는 사람처럼 한숨을 내쉬고 15분이나 신음을 내뱉는 꼴이 자기 사촌의 마음을 아프게 하려는 의도가 명백했습니다. 캐시가 흐느낌을 그칠 눈치가 보일 때마다 그는 새삼스럽게 괴롭다는 듯 구슬픈 신음 소리를 내는 거예요.

"아프게 해서 미안해, 린턴!" 캐시는 도저히 견딜 수 없어 먼저 말을 걸었어요. "하지만 나 같으면 조금 밀었다고 그렇게 아프지는 않아. 그래서 네가 아플 거라고 생각하지 않았던 거야. 그렇게 아프지 않지, 그렇지, 린턴? 널 아프게 했다고 생각하면서 집에 돌아가지 않게 해 줘! 대답해 봐. 나한테 말 좀 해 봐."

"말하기 싫어." 그가 중얼거렸습니다. "네가 날 아프게 만들어서 밤새도록 기침 때문에 숨이 막혀 한숨도 자지 못할 거야! 너도 기침을 해 보면 어떤지 알 수 있을 텐데. 하지만 내가 고통을 겪는 동안 넌 편안히 잘도 자겠지. 그리고 내 옆엔 아무도 없어! 너 같으면 이런 무서운 밤을 보내는 게 좋기도 하겠다!" 자신이 너무 불쌍한 나머지 그는 큰 소리로 서럽게 울더군요.

"도련님이 늘 무서운 밤을 보낸다니," 제가 한마디 했지요. "우리 아가씨가 도련님의 평안함을 망친 건 아니네요? 아가씨가 오지 않았어도 마찬가지였을 테니까요. 어쨌든 우리 아가씨가 다시 도련님을 괴롭히는 일이 없도록 하겠어요. 그리고 우리가 돌아가면 아마 도련님의 마음도 조금 가라앉겠지요."

"나 갈까?" 캐시가 슬픈 표정으로 그를 향해 몸을 굽히고 물었습니다. "내가 갔으면 좋겠니, 린턴?"

"이미 저지른 일을 어떻게 할 수 없지 않아?" 린턴은 캐시로부터 몸을 움츠리며 신경질적으로 대답하더군요. "날 괴롭혀 열이 오르면 더 나빠질 수도 있겠지만."

"그러면 가는 게 좋겠어?" 캐시가 다시 물었지요.

"나 좀 가만히 내버려 둬." 그가 말했습니다. "네가 떠들어 대는 걸 견딜 수가 없단 말야!"

가자고 아무리 권해도 캐시는 망설이며 지루할 정도로 오래 기다리더니 린턴이 쳐다보지도 않고 말도 하지 않자 드디어 문 쪽을 향했고 저도 그 뒤를 따랐지요.

비명 소리에 발걸음을 돌렸답니다. 린턴은 의자에서 벽난로 앞 돌 위로 미끄러져 내려와 — 가능한 한 괴롭게 보이고 또 괴롭힐 작정으로 — 버릇없이 떼를 부리는 어린애가 순전히 심술로 그렇게 하듯 누워서 몸을 뒤트는 거예요.

그런 행동으로 저는 그의 성격을 완전히 파악했지요. 비위를 맞추는 게 어리석은 짓이라는 걸 단박에 알겠더라고요. 그런데 캐시는 그렇지 못해서 기겁하고 뛰어가서는, 무릎을 꿇고, 울면서 달래기도 하고 애원도 하는 거였어요. 린턴은 결코 캐시의 마음을 아프게 한 것이 미안해서가 아니라, 숨이 차서 잠잠해지더군요.

"도련님을 긴 의자에 올려놓겠어요." 제가 말했지요. "맘대로 뒹굴라지요. 도련님을 지켜보려고 머물러 있을 수는 없답니다. 아가씨, 이제 아가씨가 도련님에게 도움을 줄 수 있는 사람이 아니고, 아가씨가 보고 싶어서 도련님의 건강 상태가 저렇게 된 게 아니라는 걸 확실히 알았죠? 이제 됐어요! 얼른 갑시다. 자기의 바보 같은 짓을 봐주는 사람이 옆에 없는 걸 알면 도련님도 별수 없이 조용히 누워 있겠죠!"

캐시는 쿠션을 머리 밑에 받쳐 주고 물도 갖다주었습니다. 린턴은 물을 안 마시겠다면서, 쿠션이 마치 딱딱한 돌멩이나 나무토막인 듯 거북스럽게 고개를 움직이더군요.

캐시는 좀 더 편안하게 해 주려고 했지요.

"이건 안 되겠어." 린턴이 말했어요. "낮단 말이야!"

캐시는 쿠션을 또 하나 갖다가 그 위에 받쳐 주었습니다.

"이건 너무 높은데!" 그 성가신 것이 투덜대는 거예요.

"그럼 어떻게 하면 돼?" 캐시는 어쩔 줄 몰라 하며 물었지요.

린턴은 캐시가 의자 옆에 반쯤 무릎을 꿇자, 몸을 일으켜 캐시를 감싸 안으며 그녀의 어깨를 베개로 삼더라고요.

"아니, 그러면 안 돼요!" 제가 말했지요. "쿠션으로도 충분할 텐데, 도련님! 아가씨는 도련님 때문에 이미 많은 시간을 빼앗겼어요. 우린 이제 5분도 더 지체할 수가 없어요."

"아냐, 아냐, 괜찮아!" 캐시가 대답했습니다. "린턴이 이제 착하게 잘 참는데 뭐. 내가 찾아와서 린턴의 병이 도졌다고 생각하면 오늘 밤 내가 애보다 더 괴로울 거라는 걸 아는 모양이야. 그러면 난 다시 올 수 없을 거야. 바른대로 말해 봐, 린턴. 만약 네 건강에 해롭다면 다시 와서는 안 되니까."

"고쳐 주러 와야 해." 그가 대답하더군요. "아프게 했으니까 와야 한단 말이야. 날 굉장히 아프게 하지 않았어? 네가 왔을 때는 지금처럼 아프진 않았어. 안 그래?"

"하지만 너 혼자 울고 화내서 더 아프게 된 거지 뭐. 나한테만 책임이 있는 건 아냐." 그의 사촌이 대답했습니다. "어쨌든 이제 사이좋게 지내자. 그리고 넌 내가 찾아오기를 원하니까. 가끔 날 만나고 싶지, 안 그래?"

"그렇다고 말했잖아!" 린턴의 성마른 대꾸였습니다. "의자에 앉아서 네 무릎을 베게 해 줘. 엄마는 오후 내내 이렇게 해 줬거든. 가만히 앉아서, 말은 하지 말고, 노래를 할 줄 알면 노래를 해 주든가, 아니면 재미있는 발라드나 들려줘. 나한테 가르쳐 준다고 약속한 것 말이야. 그렇지 않으면 이야기라도 좋아. 하지만 발라드가 더 좋은데. 시작해."

캐서린은 자신이 알고 있는 것 중에서 제일 긴 발라드를 들려주었지요. 둘 다 무척 재미있어 하더군요. 린턴이 하나 더 해 달라고 하는 거예요. 제가 성을 내며 반대하는 것도 아랑곳없이 두 번째 이야기가 끝나자 또 다른 것을 해 달라고 했고요. 시계가 12시를 칠 때까지 그렇게 계속했는데 마당에서 점심을 먹으러 돌아오는 헤어턴의 소리가 들리더군요.

"그럼 내일 더 해 줘, 캐서린. 내일도 올 수 있지?" 린턴은 캐시가 마지못해 일어나자 그녀의 옷자락을 붙잡으며 물었습니다.

"안 돼요!" 제가 대답했지요. "그리고 그다음 날도 안 돼요." 그런데 캐시가 허리를 굽혀 그의 귀에 뭐라고 속삭이자 그의 얼굴이 환해진 것을 보니 긍정적인 답을 들은 게 분명했어요.

"내일 여기 오면 안 돼요, 아가씨!" 그 집을 나오면서 제가 말을 꺼냈답니다. "꿈에라도 그럴 생각은 아니겠죠?"

캐시는 빙긋이 웃더군요.

"참, 내가 단속을 잘해야겠네!" 제가 말을 이었지요. "그 자물쇠를 고쳐 놓으면 다른 데로 빠져나갈 길은 없으니까."

"담을 넘어가지 뭐." 캐시가 웃으면서 말하더군요. "엘렌 아줌마, 우리 집은 감옥이 아니에요. 아줌마가 날 지키는 간수도 아니고, 게다가 난 열일곱이 다 된걸요. 이제 어른이란 말이에요. 내가 가서 돌봐 주기만 하면 회복할 것이 분명해요. 그 애보다 내가 손위라 생각도 더 깊고 덜 어린애 같잖아요, 안 그래요? 그 앤 내가 조금만 달래면 곧 나 하자는 대로 할 거예요. 얌전할 때는 귀여워. 친동생이라면 무척 귀여워할 텐데. 자주 만나서 친해지면 싸우지도 않게 될 거예요. 그렇죠? 아줌마는 린턴을 좋아하지 않아요?"

"좋아하지 않다마다요!" 제가 큰 소리로 말했지요. "용케 10대까지 살아남은, 성미 고약하고 골골하는 갈비씨인걸요! 히스클리프 씨가 추측한 대로 스무 살을 넘기지 못할 게 다행이라고 해야 할까. 올봄이나 넘길지 의심스러워요. 그리고 그 도련님이 언제 세상을 떠나든 그 댁에서 애절 통절할 일도 아니겠네요. 히스클리프 씨가 자기 아이라고 찾아간 것이 우리를 도와준 셈이에요. 친절하게 해 주면 해 줄수록 더 지긋지긋하게 제 욕심만 차렸을 테니까요! 아가씨가 그 도련님과 결혼하지 않아도 되게 생겼으니 다행이고말고요."

그 말을 듣고 캐시는 심각해졌습니다. 린턴의 죽음에 대해서 함부로 말한 것이 마음에 상처를 준 모양이었어요.

"그 앤 나보다 어린걸요." 한참 동안 생각에 잠겨 있다가 이렇게 대답하더군요. "그러니까 그 애가 제일 오래 살아야 해요. 그럴 거야, 나만큼은 꼭 살 거야. 그 애가 처음 이곳 북부로 왔을 때처럼 건강하게 될 거야. 틀림없어! 아빠나 마찬가지로 그저 감기 때문에 그런 거예요. 아빠는 곧 나으실 거라고 하면서 왜 그 애는 나빠질 거라고 해요?"

"자, 자." 제가 소리쳤지요. "아무튼 우리가 걱정할 문제는 아니라고요. 아가씨, 내 말 잘 들어요. 내가 한 말을 꼭 지킬 테니까요. 만약 아가씨가 나와 함께든 혼자든 다시 워더링 하이츠에 가겠다고 하면 아버님께 말씀드리겠어요. 그리고 아버님의 허락 없이 사촌과 친하게 지내서도 안 돼요."

"이미 친해졌는걸!" 캐시는 심술궂은 표정을 지으며 종알거렸어요.

"계속 친하게 지내면 안 된다는 말입니다."

"두고 봐요!" 캐시는 이렇게 대답하더니 저를 뒤에 남겨 놓은 채 말을 몰고 가 버리더군요.

우리는 둘 다 점심 전에 집에 도착했습니다. 린턴 씨는 우리들이 사냥터 숲을 거닐다 온 줄로 생각하고 어디 갔다 왔느냐고 묻지도 않았지요. 집에 들어가자마자 저는 흠씬 젖은 신발과 양말을 얼른 갈아 신었지만 하이츠에서 오랫동안 젖은 채 앉아 있었던 게 잘못이었어요. 다음 날 아침 자리보전을 하고 3주 동안 제가 맡은 일을 하지 못할 정도로 몹시 앓았답니다. 전에 없던 불상사였고, 다행히 그 뒤로 아직까지 한 번도 그런 일이 없었지요.

저의 작은 아가씨는 마치 천사처럼 제게 와서 시중을 들어 주고 외로움을 달래 주었어요. 방 안에 갇혀 있자니 기분이 몹시 우울했는데 — 저처럼 노상 움직이던 사람은 지루할밖에요 — 불평할거리는 조금도 없었답니다. 캐서린은 아버지의 방을 나오는 즉시 저의 머리맡에 나타났어요. 그녀의 하루를 린턴 씨와 제가 나누어

가졌지요. 잠시 딴전을 부리는 일 없이, 식사며 공부며 놀이 모두 제쳐 놓고 다정다감한 간호사 역할을 했습니다. 그렇게 아버지를 사랑하면서도 제게 그만큼의 사랑을 준 것으로 보아 캐시는 따뜻한 마음을 가진 것이 분명해요.

캐시의 하루 일과는 린턴 씨와 저를 돌보는 일에 절반씩 할애되었다고 말씀드렸지만, 린턴 씨는 일찌감치 침실로 드셨고, 저도 6시만 지나면 시중들 일이 없었으니까 그때부터는 캐시의 자유 시간이었지요.

가엾은 것이 차 시간 이후에 혼자서 무엇을 할까 저는 생각해 보지 않았습니다. 종종 잘 자라고 인사하러 들여다볼 때 캐시의 두 볼에 생기가 돌고 날씬한 손가락이 발갛게 된 것을 보기는 했지만, 말을 몰고 추운 황야를 건너온 탓이라고는 상상도 못했고, 그저 서재의 뜨거운 벽난로 곁에 있었기 때문이려니 생각했지요.

제24장

　꼬박 3주가 지나고 나서야 자리를 털고 일어나 집 안에서나마 거동할 수 있게 되었습니다. 처음으로 저녁까지 일어나 앉아 있던 날, 저는 눈이 침침해서 캐시에게 책을 읽어 달라고 부탁했지요. 린턴 씨는 이미 잠자리에 든 뒤라 저희들이 서재를 차지하고 있었거든요. 캐시는 그러마 하면서도 마음이 내키지 않는 듯했습니다. 제 취향의 책은 좋아하지 않겠지 싶어서 무엇이든 캐시가 좋은 걸로 골라 읽어 달라고 했지요.

　캐시는 자기가 좋아하는 것을 하나 골라서 한 시간가량 읽어 내려갔습니다. 그러고 나서 계속 묻는 거예요.

　"엘렌 아줌마, 피곤하지 않아요? 이제 그만 눕는 게 좋지 않을까요? 이렇게 오래 앉아 있으면 몸에 안 좋을 텐데."

　"아니 괜찮아요, 아가씨. 아직 피곤하지 않아요." 그럴 때마다 저는 이렇게 대답했지요.

　제가 움직일 생각이 없다는 것을 알아차린 캐시는 책 읽기가 지겨워졌다는 것을 보이려고 다른 방법을 쓰더군요. 하품을 하기도 하고 기지개를 켜는 걸로 바꾼 겁니다. 그러다가,

"엘렌 아줌마, 피곤해요."

"그럼 그만 읽고 이야기나 해요." 제가 대답했지요.

그게 더 나빴습니다. 안절부절못하던 캐시는 한숨을 내쉬며 8시가 될 때까지 시계만 보더니 마침내 자기 방으로 가 버렸어요. 짜증스럽고 골이 난 표정에 눈을 계속 비비는 것으로 보아 아주 졸려 못 견디겠나 봐요.

이튿날 밤에는 더 조바심을 치더군요. 그러다가 저와 함께 저녁 시간을 보내게 된 사흘째 되던 날에는 머리가 아프다고 투정을 부리더니 나가 버리는 거예요.

캐시가 하는 짓이 이상하다는 생각이 들더군요. 한참을 혼자 앉아 있다가, 올라가서 머리 아픈 게 좀 나아졌는지 물어보고, 또 어두운 2층에 있지 말고 아래로 내려와 소파에라도 누워 있으라고 해야지, 마음을 먹었지요.

올라가 보니 캐서린은 보이지 않았고 아래층으로 내려와 봐도 없었습니다. 하녀들도 보지 못했다 하고, 린턴 씨의 방문에 귀를 기울여 봤지만 아무 소리도 나지 않았어요. 저는 캐시의 방으로 다시 들어가서 촛불을 끄고 창가에 앉았답니다.

달빛이 밝은 밤이었어요. 땅은 눈으로 살짝 덮여 있었고요. 캐시가 불현듯 기분 전환 삼아 정원에 산책이라도 나갔을 수 있다는 생각이 스쳐 갔는데, 사냥터 숲 담장 안쪽으로 살금살금 걸어가는 사람의 그림자가 보였어요. 그러나 캐시는 아니었습니다. 밝은 데

로 드러난 모습을 보니 마부 중 하나더군요.

그는 저택 안에 나 있는 마찻길을 살피며 한참 서 있다가 마치 무엇이라도 찾아낸 듯 날쌘 걸음으로 사라지더니 캐시의 조랑말을 끌고 다시 나타났습니다. 말에서 막 내린 캐시가 나란히 걸어왔어요.

마부는 말을 끌고 살그머니 잔디밭을 지나 마구간으로 가 버렸답니다. 캐시는 응접실의 여닫이 창문을 열고 들어와 제가 기다리고 있는 곳으로 소리 없이 미끄러지듯 올라왔지요.

가만히 문을 닫은 캐시가 눈이 묻은 신발과 모자를 벗더군요. 그리고 제가 보고 있는 것도 모르고 외투를 벗어 놓으려 할 때 제가 갑자기 일어서서 모습을 드러냈지요. 그녀는 깜짝 놀라 발음이 분명치 않은 외마디 소리를 지르더니 한동안 돌처럼 굳어져 그대로 우두커니 서 있는 거예요.

"친애하는 캐서린 양." 최근에 캐시가 잘해 준 것이 기억에 생생한지라 차마 화는 못 내고 이렇게 말을 꺼냈지요. "늦은 시간에 말을 타고 어딜 갔다 오는 거예요? 그리고 왜 거짓말을 꾸며서 속이는 거지요? 어딜 갔댔어요? 말해 봐요!"

"사냥터 숲 저 끝까지 갔다 온 거예요." 그녀가 더듬거렸습니다. "그리고 거짓말로 꾸며 댄 건 없어요."

"다른 데 갔다 온 건 아니고요?" 제가 다그쳤습니다.

"응. 아니." 캐시는 우물우물 대답했지요.

"아이고, 아가씨." 제가 슬픔에 잠긴 목소리로 소리쳤지요. "잘못한 건 알고 있네요. 그렇지 않다면야 나한테 거짓말을 꾸며 댈

리가 없잖아요. 난 그게 슬퍼요. 아가씨가 거짓말을 꾸며 대는 걸 듣고 있으니 차라리 석 달 열흘을 더 앓아누워 있는 게 낫겠어요."

캐시는 울음을 터뜨리며 달려오더니 팔을 벌려 제 목을 끌어안고 말했습니다.

"하지만 엘렌 아줌마, 난 아줌마가 화낼까 봐 걱정이 되어 그런 거예요. 화내지 않겠다고 약속하면 사실대로 모두 이야기할게요. 나도 숨기는 건 싫단 말이야."

우리는 창가에 앉았지요. 저는 비밀이 무엇이든 간에 절대 야단치지 않겠다고 약속했고, 물론 짐작은 하고 있다고 덧붙였답니다. 그래서 그녀가 이야기를 시작했습니다.

"나 워더링 하이츠에 다녀오는 길이에요. 아줌마가 앓아눕고 난 뒤 거의 매일 갔어요. 아줌마가 앓아누워 있을 때 사흘, 거동하고 난 다음 이틀을 빼고요. 마이클에게 책과 그림책을 주고 부탁했어요. 매일 밤 미니를 준비시켰다가 내가 다녀온 뒤 다시 마구간에 데려다 놓으라고. 마이클도 야단치지 말아요, 부탁이에요. 6시 반에 하이츠에 가서 8시 반 정도까지 있다가 말을 달려 돌아왔어요. 재미 삼아 간 건 아니에요. 내내 아주 불행할 때도 있었어요. 가끔, 일주일에 한 번쯤 될까, 즐거울 때도 있었지만. 처음엔 린턴과 약속한 대로 그를 만나러 가려면 아줌마와 한바탕 해야겠구나 걱정했지요. 떠날 때 다음 날 다시 오겠다고 약속을 했으니까. 그런데 다음 날 아줌마가 앓아눕게 돼서 그런 걱정은 덜었지 뭐. 그리고 그날 오후 마이클이 사냥터 숲의 문 자물쇠를 고칠 때 열쇠를 달라고 하면서 이렇게 말했어요. 사촌 동생이 아파서 우리 집에 올 수는 없고 내가 찾아오기를 기다리는데, 아빠가 못 가게 하신다고. 그런 다음 마이클과 조랑말에 대한 교섭을 한 거예요. 마이클은 책을 좋아하거든. 곧 결혼을 하게 되어 우리 집 일을 그만둘 생각인데, 서재의 책을 빌려 주면 내가 원하는 대로 해 주겠다는 거예요. 내 책을 주겠다고 했더니 그러면 더 좋다고 하지 않겠어요?

두 번째 갔을 때 린턴은 기분이 한결 좋아 보였어요. 그 집 가정부인 질라가 우리를 위해 방을 깨끗이 치워 주고 불을 신나게 때 주면서, 조지프는 기도회에 갔고 헤어턴 언쇼는 개들을 몰고 나갔으니 — 나중에 알고 보니 우리 집 숲으로 꿩을 밀렵하러 간 거였어요 — 하고 싶은 대로 하라는 거예요.

질라가 데운 포도주랑 생강 과자를 갖다주었는데 인상이 퍽 좋아 보였어요. 린턴은 안락의자에 앉고, 난 벽난로 앞에 있는 조그만 흔들의자에 앉아서 아주 재미있게 웃으며 떠들었지요. 할 이야기가 너무 많았어요. 우리는 여름에 어디를 가고 무엇을 할까 계획까지 짜 놓았다고요. 우스꽝스럽다고 아줌마가 비웃을 테니 그 이야긴 건너뛰지요.

그런데 한번은 싸울 뻔했어요. 그 애는 더운 7월의 하루를 쾌적하게 지내는 가장 좋은 방법은, 꿈속인 듯 꿀벌이 꽃 사이를 윙윙거리며 날아다니고, 종달새는 머리 위 높이 날아올라 지저귀고, 구름 한 점 없는 푸른 하늘 아래 내리쬐는 맑은 햇볕을 받으며 아침부터 저녁까지 황야 한가운데 히스가 무성한 비탈에 누워 있는 거래요. 그게 린턴이 생각하는 완전한 행복이라나. 그런데 나는, 불어오는 서풍을 받아 한들거리는 녹음 짙은 나무의 굵은 가지에 걸터앉아, 빛나는 구름이 하늘을 훨훨 흘러가는 것을 보면서 종달새뿐만 아니라 지빠귀, 굴뚝새, 방울새 그리고 뻐꾸기 같은 새들이 사방에서 울어 대는 소리를 듣고, 멀리 황야가 보이는데 불현듯 시원하게 그늘진 골짜기가 펼쳐지고, 가까이는 산들바람에 물결치듯 나부끼는 키 큰 풀이 무성하고, 숲이며 소리 내며 흐르는 물, 그리고 온 세상이 깨어서 기뻐 어쩔 줄 모르는 모습을 보는 것이야말로 최고의 행복이라고 했어요. 린턴은 모든 것이 평화의 황홀경에 취해 누워 있기를 원했고, 난 모든 것이 눈부신 환희 속에서 빛나며 춤추는 것이 더 좋다고 한 거지요.

너의 천국은 반만 살아 있는 셈이야, 내가 그랬더니, 그 앤 내 천국은 술에 취했다나. 그래서 너의 천국은 졸려, 그랬더니, 내 천국에서는 숨이 막힐 거라면서 톡 쏘지 않겠어요? 결국 우린 날씨가 좋아지면 둘 다 해 보기로 하고 키스로 화해했지요. 한 시간쯤 가만히 앉아 있다가 바닥이 매끄럽고 양탄자도 깔리지 않은 그 커다란 방을 둘러보니까 테이블만 치우면 놀기에 참 좋은 방이라는 생각이 들었어요. 그래서 난 린턴에게 질라를 불러 도움을 청하자고 했지요. 그리고 함께 까막잡기 놀이를 했어요. 질라가 장님이 되어 우리를 잡으라고 했죠, 아줌마와 예전에 같이한 것처럼. 그런데 린턴이 재미없다고 안 하겠다면서 공놀이를 하자는 거예요. 벽장을 뒤져 보니까 팽이, 굴렁쇠, 배드민턴과 셔틀콕 같은 헌 장난감 더미 속에 공이 두 개 있는데 하나는 C, 또 하나는 H가 쓰여 있어서, C는 캐서린의 첫 자이고 H는 그의 이름인 히스클리프의 첫 자니까, C는 내가 갖고 H는 저더러 가지라고 했는데 H가 쓰인

공에서 밀기울이 삐져나오는 걸 보고 좋아하질 않았어요.

내가 계속 이기니까 린턴은 다시 심통이 나서 기침을 하며 자기 자리로 돌아가 앉더라고요. 그런데 그날 밤은 기분이 쉽게 풀어져서 내가 멋진 노래 — 아줌마가 가르쳐 준 노래들요 — 를 두세 곡 불러 주었더니 좋아했어요. 집으로 갈 시간이 되자 내일 밤 다시 오라고 사정하기에 그러마고 약속했지요.

미니와 난 바람처럼 가볍게 날아 집에 돌아왔어요. 그날 밤은 아침까지 워더링 하이츠와 사촌 동생 꿈을 꾸었고요.

다음 날 아침엔 기분이 울적했어요. 아줌마의 병세가 안 좋아서도 그랬지만, 내가 워더링 하이츠에 가는 걸 아빠가 아시고 가도 좋다고 허락하시면 얼마나 좋을까 하는 생각이 들었거든요. 하지만 차 시간이 지난 다음 달빛이 아름답게 비치는 밤에 말을 타고 가다 보니 기분이 나아졌어요.

오늘도 즐거운 저녁이 되도록 해야지, 이렇게 혼자 생각하며 갔지요. 내 귀여운 린턴이 즐거워할 생각에 더 기뻤어요.

내가 그 집 마당으로 말을 몰고 들어가서 막 집 뒤로 돌아가려고 하는데, 마침 언쇼란 자식이 날 보고 고삐를 붙잡더니 앞문으로 들어가라고 하는 거예요. 미니의 목덜미를 토닥거리며, '이쁜 놈인데' 하곤 내가 저에게 말을 걸어 주었으면 하는 눈치더라고요. 난 그저 말을 그냥 놔두라고, 안 그러면 말에게 차일 거라고 말해 줬지요.

그 애는 상스러운 말투로 이렇게 대답하는 거예요.

'요런 망아지 발에는 채여두 벨루 아프지 않을 겨.' 실실 웃으면서 미니의 다리를 훑어보지 않겠어요?

한번 맛을 보일까 하는 생각도 없지 않았는데 문을 열려고 뛰어 가지 뭐예요. 그리고 빗장을 벗기면서 위에 새겨 놓은 글자를 올려보더니 멋쩍기도 하고 의기양양하기도 한 미련스러운 표정으로 이렇게 말하는 거예요.

'캐서린 양! 나 이제 저거 읽을 수 있는디.'

'어쩌면!' 내가 감탄한 듯 탄성을 질렀지요. '어디 한번 들어 봐야겠네. 공부를 많이 했나 봐.'

그 앤 글자 하나하나를 떠듬거리더니 음절을 있는 대로 늘여 가며 '헤어턴 언쇼'라는 이름을 대는 거예요.

'그리고 저 숫자는 뭐지?' 그가 딱 막히는 것을 보고 용기를 북돋기 위해 힘을 주어 말했지요.

'아적 그건 몰러.' 그의 대답이었어요.

'저런, 바보.' 이렇게 말하고, 난 낙제점을 받은 그를 실컷 비웃어 주었죠.

그 바보는 같이 웃어야 할지 말지 몰라서, 입술 언저리에는 싱긋 웃음을 띠고 이맛살을 조금씩 찌푸리면서 날 빤히 쳐다보더라고요. 내 웃음이 유쾌한 친밀감을 나타내는 건지, 아니면 자기를 무시하는 건지 — 사실은 후자였지만 — 분간이 안 갔던 거예요.

난 곧바로 굳은 표정으로 널 만나러 온 게 아니라 린턴을 만나러 온 거니까 비키라고 말을 해서 그의 의구심을 풀어 주었지요.

그는 얼굴을 붉히더니 — 달빛에 얼굴이 붉어지는 게 보였어요 — 빗장에서 손을 떼고 슬금슬금 물러갔어요. 자존심이 무참하게 상했다는 표정이었지요. 제 이름의 철자를 댈 수 있게 됐으니까 저도 린턴만큼 유식하다는 생각이 들었던 모양이에요. 그런데 내가 그렇게 생각하지 않으니까 아주 당황한 거지, 뭐."

"잠깐, 아가씨!" 제가 말을 가로막았습니다. "야단을 치지는 않겠지만, 그건 처신을 잘못했다는 생각이 드네요. 히스클리프 도련님과 마찬가지로 헤어턴도 아가씨의 사촌임을 기억하고, 그렇게 무례하게 굴면 안 된다는 생각을 했어야지요. 헤어턴이 린턴 정도로 학식을 쌓고 싶어 한다는 건 적어도 칭찬해 줘야 하는 거 아닌가요. 아마 그저 뽐내려고 배운 건 아닐 거예요. 전에도 헤어턴이 글을 모른다고 아가씨가 창피 준 일이 있는 게 틀림없어요. 그래서 글을 배워 아가씨를 기쁘게 해 주려고 한 거지요. 완벽하게 배우지 못했다고 비웃은 건 아주 교양 없는 짓이에요. 아가씨가 만약 헤어턴과 같은 환경에서 자랐다면 덜 무식했을 것 같아요? 헤어턴도 어렸을 적에는 아가씨처럼 영리하고 똑똑했답니다. 그 야비한 히스클리프 씨가 부당하게 대우해서 그렇게 된 건데 멸시를 당하다니 마음이 아프네요."

"아줌마, 설마 그 일 때문에 울 건 아니지요?" 캐시는 제가 정색을 하는 데 놀라서 이렇게 말했지요. "하지만 이야기를 더 들어 봐요. 그러면 과연 그 작자가 날 기쁘게 할 양으로 ABC를 배웠는지, 그리고 그런 짐승에게 공손할 필요가 있는지 여부를 판단할 수 있을 테니까요. 내가 집 안으로 들어가자 린턴은 긴 의자에 누워 있다가 날 맞이하기 위해 반쯤 몸을 일으켰어요.

'오늘 밤엔 몸이 좋지 않아, 캐서린.' 린턴이 말했어요. '그러니까 너만 이야기하고 난 듣고만 있어야겠어. 이리 와서 옆에 앉아. 난 네가 꼭 약속을 지킬 줄 알았어. 그리고 오늘도 가기 전에 다시 약속해 줘.'

린턴이 아프다니까 귀찮게 하지 말아야겠다고 생각했지요. 그래서 조용히 이야기만 하고, 뭘 묻거나 하지 않고, 어떤 식으로든 성미를 낼 일은 하지 않았어요. 린턴에게 보여 주려고 내 책 중에서 제일 재미있는 책을 몇 권 가지고 갔거든요. 그중 한 권을 읽어 달라기에 막 그러려는 참인데, 언쇼가 조금 전의 일을 되씹어 보고는 독이 올라서, 문을 활짝 열어젖히고 들어오는 거예요. 곧장 우릴 향해 오더니 린턴의 팔을 붙잡아 의자에서 끌어내리지 않겠어요.

'느이 방으로 가아.' 흥분해서 거의 알아들을 수 없는 소리를 지르는데 부풀어 오른 것 같은 얼굴이 몹시 험상궂게 보였어요. '널 만나러 온 거믄 이 계집도 달구 가. 네까짓 게 날 이 방에서 내몰진 못혀. 둘 다 꺼지란 말여.'

그는 욕을 퍼붓고 나서 린턴이 대답할 틈도 주지 않고 부엌으로 패대기치다시피 하는 거예요. 내가 린턴의 뒤를 따라 나가니까 날 때려눕히고 싶다는 듯 주먹을 불끈 쥐었고요. 순간적으로 무서운 생각이 들어 그만 책을 한 권 떨어뜨렸지요. 그러자 우리 등 뒤로 그 책을 차더니 문을 닫아 버리더군요.

벽난로 옆에서 악의에 찬, 갈라진 웃음소리가 나기에 돌아다보니까, 끔찍이도 싫은 조지프가 앙상한 손을 비비며 건들건들 서 있지 않겠어요?

'헤어턴 도련님헌티 혼쭐이 날 줄 알았다! 훌륭한 젊은이야! 기개가 살아 있어! 알고 있거덩. 그럼, 알고말고. 나처럼 알고 있다 이거여. 이 댁의 주인이 누군지. 헤헤헤! 헤어턴 도련님이 보기 좋게 느이덜을 몰아냈제! 헤헤헤!'

'우린 어디로 가야 해?' 나는 그 망할 놈의 늙은이가 놀려 대는 걸 못 들은 척하고 린턴에게 물었지요.

린턴은 얼굴이 파랗게 질린 채 부들부들 떨고 있었어요. 그때는 린턴이 예쁘지 않더라. 아줌마, 정말이지 끔찍하게 보였어요! 야윈 얼굴과 커다란 눈이 미칠 듯한, 그리고 무력한 분노로 일그러졌지요. 그 애는 문의 손잡이를 잡고 흔들어 보았어요. 안에서 잠가 버렸거든요.

'문 열지 않으면 죽여 버릴 테야! 들여보내 주지 않으면 죽여 버릴 테야!' 그건 말이라기보다는 비명이었어요. '악마 새끼! 악마 새끼! 널 죽일 테야, 죽여 버린단 말이야!'

조지프가 또 끼룩끼룩 목쉰 소리로 웃어 댔지요.

'옳거니, 영락없이 애비로구먼!' 그가 외쳤어. '영락없이 지 애빌세! 허긴 우리 모두 아주 다른 이면을 갖고 있지. 신경 쓸 거 읎어. 헤어턴 도련님, 걱정할 거 읎어요. 린턴이 으쩌지는 못헐 티니께!'

난 린턴의 두 손을 잡고 끌고 가려 했어요. 그런데 놀라 자빠질 정도로 비명을 질러 대는데 어떻게 할 수가 없었어요. 마침내 린턴은 끔찍한 기침 발작으로 비명도 못 지르고 입에서 피를 토하면서 방바닥에 쓰러졌지요.

난 겁에 질려 마당으로 나가 있는 힘껏 질라를 불렀지요. 질라는 곳간 뒤편 외양간에서 소젖을 짜고 있다가 내가 부르는 소리를 듣고는 일을 하다 말고 달려와서 무슨 일이냐고 묻는 거예요.

숨이 차서 설명을 못하고 질라를 끌고 안으로 들어가서 린턴을 찾았어요. 자기가 저질러 놓은 말썽의 결과가 궁금해서 보러 온 언쇼가 가엾은 린턴을 안고 2층으로 올라가는 중이었어요. 질라와 나도 따라 올라갔지요. 그런데 계단을 다 올라가자 헤어턴이 날 가로막더니 방에는 들어가지 못한다면서 집으로 가라고 하잖아요.

난 네놈이 린턴을 죽였다고 소리를 지르면서 누가 뭐래도 들어가야겠다고 우겼어요.

조지프가 문을 잠그더니 나더러 '고런 잠꼬대'를 지껄이면 못쓴다고 딱딱거리면서 '너도 린턴처럼 미친 겨'라고 하는 거예요.

난 질라가 나올 때까지 서서 울었어요. 질라는 조금만 있으면 린턴이 좋아질 거라고 안심을 시키고는, 그렇게 울며불며 시끄럽게 굴면 린턴이 싫어한다면서 날 데리고 — 거의 안다시피 해서 — 거실로 내려왔지요.

엘렌 아줌마, 내 머리를 쥐어뜯고 싶었다니까! 얼마나 흐느끼며 울었던지 거의 눈이 보이지 않을 지경이었어요. 그런데 엘렌이 동정하는 그 악당 놈이 내 앞에 서서는 뻔뻔스럽게도 가끔씩 '그만혀' 하면서 자기 잘못이 아니라는 거예요. 그러다 내가 아빠한테 일러서 감옥에 처넣고 교수형을 시키겠다고 쏘아 주었더니 자기도 울먹이더니만 비겁한 마음의 동요를 감추려는 듯 냅다 뛰어나가더군요.

그런데 녀석은 완전히 물러간 게 아니었어요. 결국 권유에 떠밀려 집으로 향했는데 울안을 벗어나 몇백 미터쯤 왔을까, 그놈이 갑자기 길옆 그늘에서 튀어나오더니 미니를 가로막고 날 붙잡는 거예요.

'캐서린 양, 난 정말 맘이 아퍼. 허지만 이건 잘못―' 뭐 이렇게 말했어요.

그놈이 날 죽이려는 게 아닌가 싶어 말채찍으로 후려갈겼지요. 그리고 그 자식이 끔찍한 욕지거리를 퍼부으면서 손을 놓은 사이, 넋이 절반은 나간 채 집으로 말을 몰아 달려왔고요.

그날 밤엔 아줌마에게 잘 자라는 인사도 못했고, 그다음 날은 워더링 하이츠에 가지 않았어요. 몹시 가고 싶었지만 마음이 진정되지 않았고, 린턴이 죽었다는 소식을 들을까 봐 겁이 나는 데다가 헤어턴을 만날 생각에 소름이 끼쳤거든요.

사흘째 되던 날은 용기를 냈어요. 더 이상 애를 태우며 앉아 있을 수만은 없어서 다시 한 번 살그머니 빠져나간 거예요. 5시에 갔는데, 누구의 눈에도 띄지 않게 살짝 린턴이 있는 방으로 가려고 걸어 들어갔지요. 그런데 개들이 짖는 바람에 내가 온 걸 다 알게 되었지요. 질라가 날 맞아 주면서 '도련님은 차차 좋아지고 있다'고 알려 주더니, 깔끔하게 융단이 깔린 작은 방으로 안내해 주었어요. 그 방에서 린턴이 조그만 소파에 누워 내가 갖다준 책을 읽고 있는 걸 보고 얼마나 기뻤는지 몰라요. 그런데 그 앤 한 시간 동안이나 나한테 말도 하지 않고 쳐다보지도 않지 뭐예요. 그리고 어처구니없게도 겨우 입을 열어 한다는 말이 소란을 일으킨 건 나지 헤어턴에게는 아무 잘못이 없다고, 말도 안 되는 이야기를 하더라고요!

막 화를 내고 따지지 않으면 할 말이 없는 상황이잖아요. 그래서 그대로 일어나서 나와 버렸는데 뒤에서 들릴 듯 말 듯하게 '캐서린!' 하고 부르더군요. 그 앤 내가 그렇게 나오리라곤 생각지 못했나 봐요. 하지만 난 한 번 돌아보지도 않았어요. 다음 날이 워더링 하이츠에 가지 않은 두 번째 날인데, 다시는 그 앨 찾아가지 않겠다고 결심까지 했지요.

그런데 그 애에 대한 소식 하나 듣지 못한 채 잠자리에 들었다가 아침에 깨어나는 것이 어찌나 괴로운지, 내 결심은 제대로 굳어지기도 전에 녹아 버렸어요. 전에는 그곳에 가는 게 잘못이라고 생각했는데 이젠 가지 않는 게 잘못이라는 생각이 들지 뭐예요. 그런데 마이클이 와서 미니를 준비시킬까 하고 묻기에 그만 '그래' 하고 대답하고 말았지요. 미니를 타고 언덕을 넘어가면서는 주어진 의무를 하는 것이다, 이렇게 생각했고요.

안마당으로 가려면 어쩔 수 없이 그 집 창문 앞을 지나가야 하기 때문에 내가 온 걸 숨기려야 숨길 수도 없었어요.

'도련님은 거실에 계시는데요.' 질라가 응접실 쪽으로 향하는 날 보더니 말하는 거예요.

들어가 보니 언쇼도 있는데 바로 나가 버렸고, 린턴은 커다란 안락의자에 앉아서 졸고 있었어요. 나는 벽난로 쪽으로 다가가 낮은 목소리로 이렇게 말을 꺼냈지요. 어느 정도 진심이기도 했고요.

'린턴, 네가 날 싫어하고, 내가 일부러 네 마음을 상하게 한다고 생각하고, 또 올 때마다 그렇게 한다고 여기는 눈치니까, 오늘이 우리가 만나는 마지막 날이야. 오늘은 작별 인사나 하려고 온 거야. 그리고 너의 아버지께 날 만나고 싶지 않다고 말씀드리고, 또 이 문제에 대해서 더 이상 거짓말하지 마시라고 해.'

'앉아서 모자나 벗어, 캐서린.' 그 애가 대답했어요. '넌 나보다 훨씬 행복하니까 나보다 더 나은 사람이어야지. 아버지는 노상 내 결점만 이야기하고, 또 늘 야단만 치시니까, 자신을 잃는 게 당연하지 않겠어. 난 아버지가 종종 그러시듯, 정말로 아무 가치도 없는 사람이라는 생각이 들어. 그러니까 성격이 비뚤어지고 고약해져서 누구든 꼴을 못 보는 거야! 나는 아무 가치 없는 인간이고, 성질도 나쁜 데다 거의 언제나 기분이 우울해. 그러니까 작별 인사를 하고 싶으면 해도 좋아. 넌 귀찮은 일을 한 가지 더는 셈이지. 캐서린, 다만 이 점만은 인정해 줬으면 좋겠어. 나도 너같이 상냥하고 친절하고 또 착해질 수만 있다면, 행복이나 건강보다 더 기꺼이 그걸 원한다는 걸 믿어 줘. 그리고 네 고운 마음씨 때문에 난 ─ 내가 너의 사랑을 받을 자격이 과연 있다면 ─ 네가 날 사랑하는 것보다 더 깊이 널 사랑하게 되었다는 걸 믿어 줘. 내가 이제까지 나쁜 성질을 부렸고, 또 부릴 수밖에 없겠지만, 후회하고 뉘우치고 있다고 말이야. 그리고 앞으로 죽을 때까지 후회하고 뉘우칠 거야!'

난 린턴의 진심을 느꼈고, 그래서 용서해 줘야 한다고 생각했지요. 그 애가 곧바로 싸움을 건다 해도 다시 용서해 줘야 한다고요.

화해는 했지만 내가 거기 있는 동안 우리 둘 다 내내 울었어요. 슬퍼서 운 것만은 아니었지만, 그래도 린턴의 성격이 그렇게 비뚤어진 게 슬펐던 거예요. 그 앤 자기와 가까운 사람들의 마음을 편하게 해 주지 못할 것이고, 또 자기 마음도 편치 못할 테니까요.

그날 밤 이후 늘 그 애의 조그만 방에서 시간을 보냈어요. 고모부가 다음 날 돌아오셨기 때문이지요. 맨 첫날 밤처럼 즐겁고 희망에 찼던 것이 한 세 번쯤 될까? 나머지는 모두 우울하고 괴로웠어요. 어떤 때는 그 애의 이기심과 심술 때문에 그랬고, 또 어떤 때는 그 애가 아파서 그랬고요. 하지만 난 그 애가 이기적이거나 심술을 부릴 때도 아플 때나 마찬가지로 화를 내지 않고 참을 수 있게 됐어요.

고모부는 일부러 날 피하는지 통 뵐 수가 없었어요. 참, 지난 일요일엔 평소보다 좀 일찍 갔는데 린턴이 전날 밤 한 행동에 관해 고모부가 무자비한 욕설을 퍼붓는 걸 듣게 되었어요. 가여운 린턴. 고모부가 엿듣지 않았다면 어떻게 알았는지 알 수가 없더라고요. 린턴이 그날 밤 지나쳤던 건 분명하지만 그래도 다른 사람과는 상관없는 일 아니에요? 그래서 내가 뛰어 들어가서 고모부의 일장 연설을 가로막고 그렇게 말했어요. 고모부는 웃음을 터뜨리더니 내가 그렇게 생각한다면 다행이라고 하면서 나가 버리는 거예요. 그때부터 내게 심한 말을 하려면 조그만 소리로 하라고 린턴에게 일렀지요.

자, 엘렌 아줌마, 이게 전부예요. 날 워더링 하이츠에 못 가게 막으면 두 사람이 비참하게 돼요. 아줌마가 아빠께 말씀드리지만 않으면 내가 거기 가는 게 누구의 평정을 깨뜨리는 일이 되겠어요. 말씀드리지 않을 거죠, 응? 아빠께 고자질하면 사람도 아니야."

"아가씨, 그 일은 내일 결정하지요." 제가 대답했지요. "좀 생각해 볼게요. 그러니 아가씨는 어서 쉬어요. 난 가서 다시 생각해 봐야겠어요."

린턴 씨 앞에서 큰 소리로 생각한 셈이 되었습니다. 캐시 방에서 곧장 린턴 씨 방으로 가서 린턴과의 대화 내용, 그리고 헤어턴에 관한 것만을 빼고 모두 털어놓았지요.

내색은 안 했지만 린턴 씨는 몹시 놀라고 실망하는 눈치였어요. 다음 날 아침 캐시는 제가 신의를 배반했다는 것, 또 그녀의 비밀 방문도 그만두어야 한다는 것을 알게 되었답니다.

캐시는 금지 명령에 울며 몸부림치면서 린턴을 가엾게 생각해 달라고 아버지께 애원했지만 허사였습니다. 그녀가 기껏 위안을 삼을 수 있는 일이라곤 린턴이 오고 싶을 때 그레인지에 와도 좋다는 편지를 쓰겠다는 약속뿐이었어요. 단, 캐서린이 워더링 하이츠를 더 이상 방문할 것으로는 기대하지 말라고 덧붙이겠다고 했지요. 린턴 씨가 당신 조카의 성질과 건강 상태를 아셨다면 그 작은 위안조차 거두는 게 맞다고 생각하셨을 테지요.

제25장

　"이게 작년 겨울에 일어난 일이랍니다." 딘 부인이 말했다. "겨우 1년 남짓 되었네요. 1년 뒤에 이 집 식구들 이야기를 이 집안과 아무 관계 없는 분에게 재미 삼아 하게 되리라고 그때 상상이나 했겠어요! 하기야 언제까지 관계가 없을지는 모를 일이지요. 계속 독신으로 사는 데 만족하기에는 너무 젊으시고, 전 캐서린 린턴을 만난 분은 누구든 그 아가씨를 사랑하지 않고는 못 배길 거라고 생각하거든요. 웃어넘기려 하시지만, 캐서린 이야길 할 때면 그렇게 생기가 돌고 관심을 갖는 이유가 뭔데요? 그리고 록우드 씨의 방 벽난로 위에 그 아가씨의 초상화를 걸어 놓으라는 건 왜지요? 그리고 왜—"

　"잠깐, 이 사람아." 말을 가로막을밖에. "**내가** 그 여자를 사랑하게 될 확률이 높다 치더라도, 그 여자가 날 사랑하겠나? 될 법하지도 않은 일에 내 조용한 생활을 버리고 그런 유혹 속으로 뛰어들 수 없는 노릇이고, 또 여긴 내가 영원히 살 곳이 아니거든. 난 바쁜 세상에서 온 사람이고 곧 그곳으로 돌아가야만 하네. 어서 이야기나 계속해 보게. 그래, 캐서린은 아버지 명령에 순종했던가?"

"순종했지요." 가정부가 이야기를 계속했다. "그래도 효심이 아직도 그녀의 마음의 가장 큰 부분을 차지하고 있었거든요. 그리고 린턴 씨는 화를 내면서 말씀한 게 아니었어요. 수많은 위험과 원수의 면전에 자신의 보배를 놓아두고 가야만 하는 사람이 그러하듯 깊은 애정으로 말했지요. 따님을 안전한 길로 인도하기 위해 남겨 줄 수 있는 유일한 도움은 따님이 기억할 자신의 말뿐이라고 생각한 거예요.

며칠 후 린턴 씨가 제게 이렇게 말했습니다.

"조카 놈이 편지를 하거나 찾아오면 좋겠는데, 엘렌. 린턴을 어떻게 생각하는지 속마음을 이야기해 주면 고맙겠어. 그 녀석은 좀 나아졌는지, 어른이 되면 좀 나아질 것 같은 싹수가 보이는지?"

"그 도련님은 너무나 약질이 되어서요." 제가 대답했습니다. "어른이 될 때까지 살아 있을 성싶지도 않아요. 하지만 자기 아버지를 닮지 않았다는 것만은 말씀드릴 수 있어요. 혹 캐서린 아가씨가 불행히도 그 도련님과 결혼하더라도, 너무 어수룩하게 떠받들지 않는다면 다루지 못할 사람은 아닐 것 같아요. 서방님, 좀 더 두고 알아보시지요. 아가씨와 맞는지 알아보실 시간은 얼마든지 있지 않아요? 도련님이 성인이 되려면 4~5년은 더 있어야 하니까요."

린턴 씨는 한숨을 짓더니 창가로 가서 기머턴 교회 쪽을 내다보더군요. 안개 긴 오후였습니다만 2월의 햇빛이 희미하게나마 비처 교회 묘지에 서 있는 두 그루의 전나무와 드문드문 서 있는 비석들을 분간할 수 있었어요.

"빨리 죽기를 바랐지." 린턴 씨는 거의 혼잣말처럼 말했답니다. "그러던 게 이젠 무서워지고 겁이 나네. 새신랑이 되어 저 산골짜기를 내려올 때의 기쁨이, 내가 머지않아, 몇 달 뒤, 어쩌면 몇 주 뒤 저곳으로 운구되어 그 호젓한 골짜기에 누웠으면 하는 바람 만큼 크지 않다고 생각했던 거야! 엘렌, 난 어린 캐시가 있어서 무척 행복했네. 그 많은 겨울밤과 여름날을 지내는 동안 캐시는 내 곁에서 살아 있는 희망이 되어 주었지. 하지만 저 낡은 교회 옆 비석들 사이에서 나 혼자 깊은 생각에 잠기는 것 또한 즐거웠다네. 유월의 긴 저녁 나절을 아내의 푸른 무덤 위에 누워 그 아래 내가 눕게 될 날을 고대하면서 말일세. 캐시를 위해 내가 할 수 있는 일이 무엇일지? 어떤 식으로 그 애를 떼어 놓고 떠나야만 하나? 나를 잃은 캐시를 위로해 줄 수만 있다면 린턴이 히스클리프의 자식이라는 건 전혀 문제가 아니고, 또 그가 캐시를 빼앗아 간다 해도 상관없어. 히스클리프가 자기 목적을 이루고 내 마지막 축복을 훔쳐 갔다고 의기양양해도 개의치 않을 거야! 그러나 린턴이란 녀석이 보잘것없는 놈이라면 ─ 그저 제 아비의 하찮은 도구에 지나지 않다면 ─ 그 녀석에게 캐시를 맡길 순 없네! 캐시의 들뜬 기분을 눌러 버리는 게 괴롭기는 하지만, 내 생전에는 캐시가 슬퍼하는 걸 보고, 내가 죽은 다음에는 외톨이로 남겨 둘 수밖에 없는 노릇이지. 내 귀염둥이! 차라리 나보다 먼저 그 애를 땅속에 묻어 하느님께 맡기는 게 나을 것 같군."

"지금 그대로 하느님께 맡기세요." 제가 대답했습니다. "그리고 하느님의 뜻에 따라 서방님이 먼저 세상을 뜨신다면 — 그렇게 되지 않기를 기도드립니다만 — 제가 아가씨의 친구가 되어 끝까지 돌봐 드리겠어요. 캐서린 아가씨는 착해요. 제멋대로 엇나갈 걱정은 없어요. 그리고 누구나 자기 일에 충실하면 결국 보답을 받게 마련이니까요."

봄이 절정일 때였습니다. 린턴 씨는 따님을 데리고 정원을 산책할 정도의 차도는 있었지만 아직도 제대로 원기를 회복하지 못했지요. 하지만 경험이 없는 캐시의 소견으로는 그 정도만으로도 회복의 징조였어요. 게다가 린턴 씨의 볼이 종종 불그레했고 눈이 빛났기 때문에 캐시는 틀림없이 아버지가 다 나았다고 믿었답니다.

캐시의 열일곱 번째 생일날, 린턴 씨는 묘지에 가지 않았습니다. 비 오는 날이었지요. 제가 물었답니다.

"오늘 밤에는 안 나가시겠지요, 서방님?"

그가 대답했어요.

"그래, 금년에는 좀 미뤄야겠는데."

린턴 씨는 조카에게 꼭 만나고 싶다는 내용의 편지를 다시 보냈습니다. 환자가 내놓을 만한 상태였다면 그의 아버지는 틀림없이 가라고 허락했을 거예요. 그런데 사실이 그렇지 못했으므로, 린턴은 — 자기 아버지가 지시한 대로 — 아버지가 그레인지 방문을 반대한다고 넌지시 비치면서, 언젠가 산책 중에 만나 뵙기를 바라며, 자기로서는 사촌끼리 이렇게 오래도록 만나지 못하고 지내지 않기를 바란다는 내용의 편지를 보냈습니다.

이 대목은 진솔한 감정이 드러나는 것으로 보아 자기 생각을 적은 것 같았어요. 히스클리프는 자기 아들이 캐서린을 만나고 싶다는 사연 정도는 혼자서도 잘 쓸 수 있다고 생각했나 봅니다.

"캐서린을 보내 주십사고 청하는 것은 아닙니다." 그가 이렇게 써 내려갔습니다. "하지만 아버지가 저를 그곳에 못 가게 하시고, 또 외삼촌은 캐서린을 우리 집에 못 오게 하시니, 캐서린을 영영 만나지 못하게 되는 건 아닌가요? 부디 캐서린과 함께 워더링 하이츠 쪽으로 말을 타고 와 주세요. 외삼촌이 보시는 앞에서 캐서린과 몇 마디 말이라도 나눌 수 있게 해 주십시오. 저희들은 이렇게 생이별을 당할 잘못을 한 적이 없습니다. 그리고 외삼촌께서는 저 때문에 화를 내고 계시는 것은 아니지요. 저를 싫어할 이유가 없다고 외삼촌께서도 말씀하셨잖아요. 그리운 외삼촌! 내일 반가운 편지를 보내 주세요. 그리고 스러시크로스 그레인지만 아니면 어디든 외삼촌께서 원하시는 곳에서 찾아뵙겠습니다. 외삼촌께서 저를 만나 보시면 제가 아버지와는 성격이 다르다는 것을 알게 되시리라 믿습니다. 아버지께서는 제가 당신 아들이라기보다는 외삼촌의 조카라고 말씀하십니다. 그리고 저는 캐서린의 짝이 될 자격이 없을 만큼 결점이 많지만, 캐서린은 너그럽게 봐주었습니다. 그러니 캐서린을 생각해서 외삼촌께서도 저의 결점들을 너그럽게 봐주시기 바랍니다. 저의 건강은 염려해 주신 덕분에 나아졌습니다. 그러나 모든 희망이 끊긴 채 외톨이로 있지 않으면, 이전에도 좋아하지 않았고 앞으로도 결코 좋아할 수 없는 사람들 틈에서 살아야 할 운명이니, 제가 어떻게 기운을 차리고 건강해질 수 있겠습니까?"

　에드거 서방님은 린턴을 측은히 여겼지만 그의 요구를 들어줄 수는 없었어요. 캐서린과 동행할 형편이 못 되었기 때문이지요.

　그는 어쩌면 여름에 만날 수 있을 테니 그때까지 자주 편지를 하라고 썼습니다. 또 그 집안에서의 어려운 처지를 잘 알고 있으니 편지로 할 수 있는 충고와 위로를 아끼지 않겠노라고 약속하기도 했고요.

　린턴은 그 말을 따랐답니다. 그냥 내버려 두었더라면 편지마다 불평과 비탄을 늘어놓아 일을 망쳤을지도 몰라요. 하지만 그의 아버지가 철저히 감시했어요. 린턴 씨가 보낸 편지를 한 줄도 빼지 않고 읽은 건 물론이고요. 그래서 린턴은 언제나 제일 먼저 머리에 떠오르는 자기의 개인적인 괴로움이나 아픔에 대해 쓰지 못하고, 그저 친구이며 애인인 캐서린과 떨어져 있어야 하는 가혹한 운명을 되풀이해 한탄하곤 했습니다. 그리고 외삼촌께서 곧 만나 주지 않으시면 지키지도 않을 약속을 하신 것으로 알겠노라고 점잖게 덧붙였지요.

　이쪽에서는 캐시가 그의 강력한 우방이었어요. 결국 그들이 힘을 합쳐 린턴 씨를 설득해 일주일에 한 번쯤, 저의 감독하에, 우리 집에서 제일 가까운 황야에서 만나 함께 말을 타거나 산책을 해도 좋다는 허락을 받아 내고 말았답니다. 6월이 되어도 린턴 씨의 병세가 호전되지 않았기 때문이었지요. 린턴 씨는 해마다 수입의 일부를 캐시의 몫으로 떼어 놓기는 했지만, 당연히 대대로 내려오는 집의 소유권을 유지했으면 싶었고, 적어도 짧은 시일 안에 돌아와 살기를 바랐거든요. 그리고 그렇게 할 수 있는 유일한 방법은 따님을 자신의 상속인과 결혼시키는 거라고 생각했지요. 그러나 린턴 씨는 조카인 린턴도 당신 못지않게 급속히 건강이 나빠지고 있다는 사실을 전혀 모르고 있었어요. 그 사실을 아는 사람은 없었던 것 같아요. 하이츠에서 의사를 부르는 일도 없고, 아무도 린턴을 보고 와서 건강 상태를 알려 주지 않았으니까요.

저도 당초에 그의 죽음을 예측한 것이 틀렸다는 생각이 들기 시작했어요. 린턴이 황야에서 말을 타느니 산책을 하느니 하면서, 자신이 목적한 바를 이루려고 아주 열심을 내는 것 같아서, 건강이 회복된 것이 틀림없다고 생각하게 되었답니다.

린턴이 겉으로 그렇게 열의를 내지 않을 수 없도록 히스클리프가 강요했다는 것을 나중에 알게 되었지만, 설마 죽어 가는 자식을 그처럼 잔인하게 학대하는 아버지가 있을 줄은 상상도 못했어요. 탐욕스럽고 냉혹하게 추진하고 있던 그의 계획이 린턴의 죽음으로 허사가 되고 말 위험에 직면하자 더욱 다급하게 서둘렀던 거지요.

제26장

    린턴 씨가 마지못해 허락을 하고 난 다음, 캐서린과 제가 린턴을 만나러 처음으로 말을 몰고 나갔을 때는 어느덧 여름도 막바지였답니다.

    숨이 막힐 듯 무더운 날이었어요. 햇볕이 내리쬐지는 않았지만, 하늘에 얼룩덜룩한 구름과 안개가 낀 것으로 보아 비가 올 것 같지도 않았습니다. 우리가 만날 장소는 십자로 옆 표지판이 서 있는 곳으로 약속이 되어 있었지요. 그런데 우리가 그곳에 도착하자 심부름을 나온 어린 목동이 이렇게 말하는 거예요.

    "린턴 도련님은 바로 고개 너머 하이츠 쪽에 계신데요. 죄송하지만 조금만 더 오시래요."

    "그렇다면 린턴 도련님은 외삼촌께서 말씀하신 첫 번째 주의 사항을 잊어버린 게로군." 제가 말했습니다. "주인 나리께서는 우리집 땅을 벗어나지 말라고 하셨네. 여기 있을 테니 얼른 가서 그렇게 전하게."

"그럼 린턴이 있는 곳에 갔다가 말 머리를 돌려요." 캐시가 말했어요. "우리 집 쪽으로 거닐면 되잖아."

그런데 그곳에 가 보니 그 댁 정문에서 4분의 1마일도 채 안 되는 지점인 데다가 린턴이 말을 타고 나온 것도 아니라 어쩔 수 없이 저희도 말에서 내려 말들이 풀을 뜯게 놔두지 않을 수 없었어요.

린턴은 황야에 누워서 저희가 오기를 기다리고 있었는데 바로 몇 미터 앞에 갈 때까지도 일어서지 않더군요. 우리가 다가가자 겨우 일어나서 아주 힘없이 몇 발짝 떼는데 얼굴빛이 너무나 창백해서 저는 대뜸 큰 소리로 물었습니다.

"웬일이에요, 도련님! 오늘 아침엔 산책을 못하겠네. 안색이 아주 좋지 않아요!"

놀란 캐서린이 상심한 표정으로 린턴을 바라보았습니다. 입 밖으로 터져 나오던 기쁨의 환성은 걱정스러운 탄식으로 바뀌었고, 오래 미뤄 오다가 만나게 된 기쁨의 인사가 왜 여느 때보다 건강이 나빠졌는가 하는 걱정스러운 위로로 바뀌고 말았지요.

"아냐, 괜찮아, 많이 나아진걸!" 린턴은 몸을 떨면서 캐시의 손에 의지하지 않으면 안 된다는 듯 손을 꼭 쥐고 숨 가쁘게 말하더군요. 크고 푸른 눈이 초점을 잃은 채 심약하게 캐시를 바라보았지요. 전에는 그냥 나른해 보이던 두 눈이 퀭하니 들어가 수척하고 사나워 보였답니다.

"아냐, 넌 더 나빠졌어." 캐시가 계속했어요. "지난번에 보았을 때보다 더 나빠졌단 말이야. 더 수척해졌고, 그리고—"

"나 피곤해." 린턴이 갑자기 말을 막았습니다. "더워서 더 이상 걷지 못하겠어. 여기서 쉬자. 아침나절에는 종종 메스껍단 말이야. 아버지는 내가 너무 빨리 자라서 그렇대."

조금도 납득이 안 된 캐시가 자리를 잡고 앉자 린턴도 그 옆에 누웠습니다.

"여기는 마치 네가 말한 천국 같네." 캐시는 애써 명랑함을 꾸며 대며 말했지요. "우리가 제일 쾌적하다고 생각하는 곳에서 가장 기분 좋게 하루를 보내기로 한 것 기억하지? 여기가 네가 말한 천국과 아주 비슷하구나. 구름이 약간 끼긴 했지만 말이야. 그런데 구름이 저렇게 보드랍고 고우니까 해가 쨍 비치는 것보다 더 좋은데. 다음 주일엔 말이야, 너만 갈 수 있다면 우리 집 숲으로 말을 타고 가서 내가 생각해 낸 천국을 시험해 보자."

린턴은 캐시가 하는 이야기를 기억하지 못하는 표정이었습니다. 그리고 어떤 내용의 대화건 이어 가기 몹시 힘들어 하는 게 분명했어요. 캐시가 꺼낸 이야기에 린턴이 통 흥미를 보이지 않고 또 자기를 즐겁게 해 줄 힘이 없다는 것이 너무나도 명백했기 때문에, 캐시는 실망한 기색을 감추지 못했지요. 꼭 집어 말하기 힘든 변화가 그의 모습과 태도에 나타났던 겁니다. 토라지더라도 잘 어르면 다정다감하게 굴던 것이 축 늘어진 무관심으로 변했고, 응석을 부리려고 일부러 짜증을 내며 성가시게 구는 어린애 같은 투정도 별로 보이지 않았거든요. 다른 한편, 고질병 환자처럼 침울하게 자기 병에 골몰하는 경향은 더 강해져서 위로해 주는 것도 마다하고 다른 사람이 기분 좋아하면 그걸 곧 자신에 대한 모욕으로 간주하는 거예요.

린턴은 우리들과 함께 있는 게 좋다기보다는 오히려 참고 견뎌야 할 벌처럼 여기고 있다는 걸 저는 물론 캐서린도 알아차렸습니다. 그래서 별로 망설이지 않고 캐시가 곧 작별을 고했지요.

뜻밖에도 그 말에 린턴이 무기력 상태에서 깨어나 의아할 정도로 마음의 동요를 드러내더군요. 겁먹은 눈으로 워더링 하이츠 쪽을 힐끔 바라보더니 최소한 반 시간만이라도 더 있어 달라고 사정하는 거예요.

"그런데 말이야." 캐시가 말했습니다. "내 생각엔 너 여기 있는 것보다 집에 가 쉬는 게 낫겠어. 오늘은 내 이야기나 노래나 잡담 같은 것으로 널 즐겁게 해 줄 수 없을 것 같아서 그래. 지난 반년간 넌 나보다 어른이 되었나 봐. 이제 내가 즐기는 놀이에 흥미가 없어진 거야. 그런 게 아니라면, 내가 널 즐겁게 해 줄 수 있다면 기꺼이 더 있다 가겠어."

"여기서 좀 쉬었다 가." 그가 대답하더군요. "그리고 캐서린, 내가 몸이 정말 안 좋다는 말은 물론 그런 생각도 하지 마. 내가 맥이 풀린 건 날씨가 후덥지근해서니까. 네가 오기 전에 혼자서 많이 걸어 다녔어. 나로서는 많이 걸은 셈이야. 외삼촌께도 내 건강이 꽤 좋다고 말씀드려, 알았지?"

"네가 그렇게 말하더라고 아빠께 말씀드릴게. 린턴, 하지만 네가 건강한 게 확실하다고 말씀드리지는 못할 거야." 캐시는 뻔한 거짓말을 굳이 우겨 대는 게 이상했나 봅니다.

"그리고 다음 목요일에 또 나와." 린턴은 캐시의 의아스러운 눈길을 피하면서 말했어요. "그리고 외삼촌께 만날 수 있게 허락해 주셔서 감사드린다고 말씀드려. 정말로 감사드린다고 해, 캐서린. 그리고, 그리고 혹시 우리 아버지가 나에 대해 물으시면, 내가 아무 말 없이 멍청하게 있었구나 생각하시지 않도록 말을 잘해야 해. 지금처럼 그렇게 슬프고 실망한 얼굴은 하지 마. 그럼 아버지가 화내실 테니까 말이야."

"난 너네 아버지가 화내셔도 아무렇지 않아." 캐시는 자기에게 화를 낼 경우를 상상하면서 큰 소리로 말했지요.

"하지만 난 그렇지 않아." 린턴은 벌벌 떨면서 말하더군요. "아버지가 화내시지 않도록 해야 돼, 캐서린. 아버지는 아주 엄한 분이니까."

"아버님이 엄해지셨나요, 도련님?" 제가 물었지요. "응석을 받아 주는 데 싫증이 나서 소극적인 미움이 적극적인 미움으로 바뀐 건가요?"

린턴은 저를 바라다보았으나 아무 대답도 하지 않았습니다. 그리고 캐시는 10분쯤 그의 곁에 앉아 있었는데, 그동안 린턴은 고개를 푹 숙이고는 지쳐서 그런지 아니면 괴로워서 그런지, 숨죽여 신음 소리만 낼 뿐 아무 말도 하지 않더라고요. 캐시는 심심풀이로 월귤나무 열매를 주워 제게 나누어 주었지요. 캐시는 린턴을 더 아는 척해 봐야 귀찮아 하고 괴로워할 뿐이라는 걸 알고 있었기 때문에 그에게는 보여 주지도 않더군요.

"이제 30분 됐지, 아줌마!" 캐시가 마침내 제 귀에 대고 소곤거렸어요. "우리가 왜 여기 있어야 하는지 모르겠어요. 저 앤 잠이 들었고 아빠 우리가 돌아오기를 기다리고 계실 텐데."

"하지만 잠든 사람을 놔두고 갈 수는 없지요." 제가 대답했답니다. "도련님이 깰 때까지 기다려요. 조금만 참으면 될 텐데요, 뭐. 떠나올 때는 꽤나 열심을 내더니 가엾은 린턴을 보고 싶은 마음이 벌써 사라진 게로군요!"

"저 앤 왜 날 만나고 싶다고 했을까요?" 캐시가 말했어요. "그전에 가장 고약하게 성질을 부릴 때의 린턴도 지금 저렇게 이상하게 구는 것보다 나았어요. 이건 마치 억지 춘향으로 하는 일 같아요. 이렇게 만나는 거 말이에요. 아버지한테 야단맞을까 봐 무서워서 나온 애 같아. 린턴에게 이런 고역을 치르게 하는 이유가 무엇이든 간에 난 고모부 좋으라고 여기 나오고 싶지는 않아요. 그리고 린턴의 건강이 좋아진 건 반가운 일이지만, 옛날처럼 유쾌하지도 않고, 또 나에 대한 애정도 훨씬 약해진 게 섭섭해요."

"그럼 아가씨는 도련님의 건강이 좋아졌다고 생각해요?" 제가 물었지요.

"응." 캐시가 대답하는 거예요. "여태껏은 노상 아프다고 야단이었잖아요? 아빠께 전하라고 하는 것처럼 아주 좋아진 것은 아니겠지만 그전보다는 좋아진 거 아닐까."

그때 갑자기 공포에 사로잡힌 듯 선잠에서 깬 린턴이 누가 자기 이름을 부르지 않았느냐고 묻더군요.

"아니." 캐시가 대답했지요. "꿈속에서 들었나 보지. 어떻게 아침부터 야외에 나와 앉아 졸 수 있는지 난 정말 이해가 안 된다."

"아버지가 부르시는 것 같았는데." 린턴은 우리들의 머리 위에 찌푸린 듯 튀어나온 바위를 힐끗 쳐다보면서 숨을 몰아쉬었어요.

"아무도 부르지 않은 게 확실해?"

"확실하다니까." 캐시가 대답했습니다. "엘렌 아줌마와 너의 건강 이야기를 하고 있었을 뿐이야. 너 정말 지난겨울 우리가 헤어졌을 때보다 몸이 좋아진 거니? 그렇다 해도 분명 더 좋아지지 않은 것이 한 가지 있어, 날 사랑하는 마음 말이야. 말해 봐. 그렇지?"

린턴은 눈물을 마구 쏟으며 대답하는 거예요.

"그렇지 않아, 그렇지 않단 말이야."

그리고 상상의 목소리가 아직도 들리는 듯 두리번거리면서 그 음성의 주인공을 찾더라고요.

캐시는 일어섰습니다.

"오늘은 이만 돌아가야겠어." 캐시가 말했지요. "오늘 우리의 만남에 실망했다는 것만은 숨길 수 없어. 이 이야기를 아무에게도 하지 않겠지만, 너의 아버지가 무서워서 그러는 건 아냐!"

"쉿." 린턴이 소곤거렸습니다. "제발 조용히 해 줘! 아버지가 오셔." 그리고 린턴은 캐시를 붙잡으려고 팔에 매달리는 거예요. 그러나 캐시는 그 말을 듣자 급히 그를 뿌리치고는 휘파람으로 미니를 불렀습니다. 미니는 강아지처럼 곧장 달려왔지요.

"나 다음 목요일에 올게." 캐시는 이렇게 소리치고 말에 올라탔습니다. "잘 있어. 빨리 가요, 엘렌 아줌마!"

이렇게 우리는 그를 놔두고 떠났는데, 아버지가 오신다고 지레짐작하고 신경을 곤두세우느라 우리가 가는 것도 안중에 없는 것 같았어요.

우리가 집에 도착하기도 전에 캐시의 불쾌감은 동정과 후회가 뒤섞인 묘한 감정으로 변했고, 거기에는 린턴의 실제 건강 상태와 그가 처한 환경에 대한 막연하고 불안한 의구심이 다분히 섞여 있었지요. 저도 같은 느낌이었지만 다음에 만나면 판단을 내릴 근거가 생길 테니 너무 자세히 아버지께 말씀드리지 말라고 캐시에게 충고했어요.

린턴 씨는 다녀온 이야기를 좀 듣자고 하셨습니다. 조카 분이 감사하다는 말씀을 드리더라는 내용은 제대로 전하고, 나머지는 캐시가 애매하게 둘러댔지요. 저도 무엇을 숨기고 무엇을 이야기해도 되는 건지 잘 몰랐기 때문에 그의 궁금증을 해소하는 데 거의 도움이 되지 못했답니다.

제27장

일주일이 지났어요. 그사이 급격하게 악화된 린턴 씨의 병세는 하루가 다를 지경이었어요. 몇 시간 병세가 나빠진 것이 지난 몇 달간 몸이 상한 것과 맞먹을 정도였으니까요.

할 수만 있으면 캐서린이 모르기를 바랐지만 워낙 예민한 아가 씨라 모를 수가 없었답니다. 그녀는 겁을 내던 미래가 현실로 굳어지고 있음을 알아채고는 혼자 골똘히 생각에 잠겼지요.

목요일이 돌아왔지만 캐시는 말을 타고 나가겠다는 말을 꺼낼 마음이 아니었어요. 제가 대신 린턴 씨에게 외출할 수 있게끔 허락을 받았습니다. 그동안 린턴 씨가 매일 잠시 머무르는 서재와 — 그나마 겨우 일어나 앉을 수 있는 잠깐 동안이었지만 — 그의 침실이 캐시의 행동반경이었어요. 그녀는 아버지의 머리맡에서 시중을 들거나 옆에 함께 앉아 있지 않는 시간은 단 1분이라도 아까워했지요. 애태우며 아버지를 간병하느라 얼굴이 핼쑥해진 것을 보고, 린턴 씨는 밖에 나가 사촌이라도 만나면 기분 전환이 되리라 믿고 흔쾌히 캐시를 내보냈던 거지요. 당신이 세상을 떠난 뒤 캐시가 외톨이로 남지 않으리라는 희망을 위안으로 삼으면서요.

린턴 씨가 지나가는 말로 몇 번 생각을 털어놓은 것으로 추측해 보면, 조카의 외모가 당신을 닮았으니 성품도 당신을 닮았으리라 믿는 것 같았습니다. 하기야 린턴의 편지에는 그의 성격적 결함이 거의, 아니 하나도 드러나지 않았으니까요. 그리고 저도 어쩔 수 없이 마음이 약해져서 잘못 아신 거라고 바로잡지 못했고요. 사실을 알아봐야 어떻게 할 수도, 어떻게 해 볼 기회조차 없는데 부질없는 말을 해서 죽음을 앞둔 사람의 마음을 어지럽히면 뭐 하냐고 생각했지요.

우리는 산책을 오후로 미뤘습니다. 8월의 황금 같은 오후였습니다. 언덕에서 불어오는 바람의 숨결마다 어찌나 생명이 충만한지 공기만 들이마셔도 죽다가 다시 살아날 것 같았어요.

캐서린의 얼굴도 주위 경치 같았답니다. 그늘과 햇빛이 잇달아 얼굴을 스쳐 갔는데, 그늘은 오래 머물고 햇빛은 반짝하고 지나갔지요. 그리고 가엾게도 그녀는 잠깐이나마 근심을 잊었던 것도 마음속으로 자책하는 거예요.

린턴이 전에 정했던 자리에서 우리가 오는 것을 기다리고 있는 모습이 보였습니다. 캐시가 말에서 내리더니 잠깐만 있다가 올 작정이니 저더러 말에서 내릴 것 없이 미니의 고삐나 잡고 있으라고 말하더군요. 그러나 저는 의견이 달랐답니다. 제 책임인 캐시에게서 단 1분 동안이라도 눈을 뗄 수 없었기 때문이지요. 그래서 저희는 함께 히스가 우거진 언덕길을 올라갔어요.

어쩐 일인지 이번에는 린턴이 아주 활기차게 저희를 맞더군요. 그러나 기분이 좋고 즐거워서라기보다는 두려워서 그러는 것 같 았어요.

"일찍도 온다!" 린턴은 숨을 빠르게 내쉬며 힘들여 말했습니다. "외삼촌이 많이 편찮으시지?"

"넌 왜 솔직하지 못하니?" 캐시는 인사를 하려다 말고 소리부터 질렀어요. "왜 넌 내가 오는 걸 원치 않는다고 똑바로 말하지 못하는 거야, 린턴? 우리 둘 다를 괴롭히는 것 빼고 다른 이유가 없는 것 같은데 굳이 두 번씩이나 여기 불러내는 게 이상하잖아!"

린턴은 덜덜 떨면서 반은 애원하듯 반은 부끄러운 듯, 캐시를 힐끔 쳐다보았습니다. 하지만 그런 알 수 없는 태도를 눈감아 줄 만한 참을성이 그녀에겐 없었어요.

"우리 아빠가 몹시 편찮으시단 말이야." 캐시가 말했지요. "그런데 왜 날 아버지 머리맡에서 불러내는 거니? 내가 약속을 지키지 않았으면 하고 바라면서 왜 약속을 지키지 않아도 좋다고 전갈을 보내지 않았느냐 말이야. 자, 설명해 봐. 놀이나 장난 같은 건 이제 내 마음에서 사라지고 말았어. 이젠 네 겉치레 장단에 춤출 생각이 없어."

"겉치레라구!" 그가 중얼거렸습니다. "그게 뭔데? 캐서린, 그렇게 화난 얼굴 하지 마! 맘껏 경멸해도 좋아. 난 아무 쓸모 없는 겁쟁이니까. 난 아무리 경멸을 당해도 싸! 하지만 난 네가 화낼 상대도 못 돼. 우리 아버지를 미워하고 난 그냥 경멸하는 것으로 만족해!"

"무슨 바보 같은 소리야!" 캐서린은 화가 나서 소리쳤습니다. "바보 천치 같으니! 저것 좀 봐! 마치 내가 손찌검이라도 할 것처럼 덜덜 떨고 있네! 경멸해 달라고 미리 부탁할 필요는 없어, 린턴. 누구라도 네 소원대로 경멸할 마음이 저절로 생길 테니까. 가란 말이야! 난 돌아갈 테야. 벽난로 옆에서 널 끌어낸 건 바보짓이야. 우리가 서로에게 뭐기에, 도대체 뭐긴 한 거야? 옷자락 놔. 그렇게 기겁하며 운다고 내가 동정한다면 너는 그따위 동정을 모욕으로 받아들여야 마땅해! 엘렌 아줌마, 이게 얼마나 남부끄러운 짓인지 얘한테 좀 말해 줘요. 일어나! 그리고 벌레만도 못한 인간처럼 그렇게 천하게 굴지 말란 말이야. 그러지 말라니까."

고통스러운 표정으로 눈물을 줄줄 흘리며 린턴은 무기력한 몸뚱이를 땅 위에 내던졌어요. 격심한 공포로 경련이라도 일으킬 것 같았습니다.

"아아!" 린턴이 흐느끼며 말했어요. "난 견딜 수 없어! 캐서린, 캐서린, 난 배반자이기도 해. 그런데 겁이 나서 네게 말해 줄 수는 없어! 하지만 네가 가면 난 죽는단 말이야! 캐서린, 내 목숨은 네 손에 달렸어. 날 사랑한다고 했지. 그럼 네게 해로운 일은 없을 거야. 그러니까 가지 않을 거지? 친절하고 다정하고 착한 캐서린! 그리고 네가 승낙할지도 모르니까. 그렇게 되면 네 곁에서 죽게 해 줄 거야."

캐서린은 극도로 괴로워하는 모습을 보고 그를 일으켜 주려고 몸을 굽혔답니다. 응석을 받아 주며 다정하게 굴던 예전의 감정이 되살아나 노여움은 사라지고 몹시 놀라고 걱정이 되었던 거예요.

"무얼 승낙하란 말이야?" 그녀가 물었어요. "더 있겠다고 승낙하란 말이야? 무슨 뜻으로 이렇게 이상한 이야기를 하는 건지 말해 봐. 그러면 더 있을 테니까. 앞뒤가 안 맞는 말을 하니까 나도 정신을 차릴 수 없잖아? 진정하고 마음에 걸리는 걸 솔직하게 털어놓아 봐. 내게 해를 끼치려는 건 아니지, 린턴, 안 그래? 네가 막아 낼 수 있다면 어떤 원수도 날 해치지 못하게 해 줄 거지? 네가 자신에 관한 한 겁쟁이지만, 둘도 없는 친구를 배신하는 비겁자가 아니란 걸 믿어."

"하지만 아버지가 위협한단 말이야." 그는 여윈 손가락을 마주 잡고 헐떡였지요. "그리고 난 아버지가 무서워. 아버지가 무섭단 말이야! 그러니까 말할 수 없어!"

"그럼 좋아!" 캐서린이 딱하다는 듯 경멸 조로 내뱉었어요. "비밀을 말해 주지 않아도 좋아. 난 겁쟁이가 아니니까. 네 몸이나 아껴. 난 두려울 게 없으니까!"

캐서린의 아량에 그는 또 눈물을 찔끔거렸습니다. 부축해 주는 그녀의 손에 입을 맞추며 엉엉 소리 내어 울면서도 속마음을 털어놓을 용기는 내지 못하는 거예요.

저는 그 비밀이 무엇일까 곰곰이 생각해 보았습니다. 그리고 린턴이든 누구든 캐서린을 괴롭히는 데 두 손 놓고 있지 않겠다고 다짐했지요. 그때 황야에서 바스락거리는 소리가 나기에 쳐다보았더니 하이츠에서 내려온 히스클리프 씨가 우리들 바로 앞까지 다가와 있더군요. 그는 린턴이 흐느끼는 소리가 들릴 만큼 가까이 있는데도 저와 함께 있는 두 사람은 거들떠보지도 않고, 어느 누구에게도 그렇게 한 적이 없을, 제법 정다운 어조로 반갑게 인사하는 것이었어요. 하지만 저는 그의 진의를 의심하지 않을 수 없었습니다.

"이렇게 우리 집 근처에서 만나다니 반갑군, 넬리! 그 댁은 다 무고하신가? 이야기나 좀 들어 보자고. 소문에는 말이야," 그가 낮은 어조로 덧붙였지요. "에드거 린턴이 다 죽게 됐다던데 아마도 병세를 과장해서 하는 말이겠지?"

"그렇지 않아요. 우리 서방님은 돌아가시게 됐어요." 제가 대답했습니다. "그건 틀림없는 사실입니다. 우리들에겐 슬픈 일이지만 그분이야 돌아가시는 게 낫죠!"

"얼마나 갈 것 같소?"

"그건 모르지요." 제가 말했지요.

"왜 묻냐 하면", 그의 눈길에 굳어 버린 두 젊은이를 바라보면서 이렇게 덧붙였어요. 린턴은 감히 몸을 움직이거나 고개를 들지도 못했고 그 바람에 캐서린도 움직일 수 없었지요. "실은 저기 저놈이 아무래도 내 일을 망칠 것 같아서 ― 그래 저놈의 외숙이 먼저 먼저 가 주었으면 고맙겠는데 ― 아니 저 새끼가 내내 저 꼴을 하고 있었나? 질질 짜지 말라고 단단히 일러 놓았는데. 그런대로 활기차게 린턴 양과 이야기를 나누던가?"

"활기라니요? 몹시 괴로워한걸요. 도련님을 보면 애인과 더불어 언덕을 산책하기보다는 자리보전하고 의사의 치료를 받아야겠다는 생각이 드는걸요."

"하루 이틀 후에 그렇게 하지." 히스클리프는 중얼거렸습니다.

"그러나 우선은, 일어나, 린턴! 일어나란 말이야!" 그가 목소리를 높였어요. "그렇게 땅바닥에서 기지 말란 말이다. 당장 일어나지 못해!"

린턴은 어쩔 줄 모르는 두려움에 발작을 일으키며 또다시 땅바닥에 엎어졌답니다. 그렇게 굴욕적인 상황에 빠질 다른 원인이 없었으니 아버지의 눈총 때문에 그리되었다고 할밖에요. 그는 아버지의 명령에 따르려고 애를 썼지만 이미 그나마 있던 힘마저 다 빠져 버려 신음 소리를 내며 다시 쓰러지고 말았어요.

히스클리프 씨가 나서서 린턴을 잡아 일으켜 둔덕이 진 뗏장 위에 기대 놓았습니다.

"자," 흉포한 감정을 억누르며 그가 말했지요. "화가 나기 시작하는데 ― 너의 그 하찮은 기운이나마 내지 않으면 ― 망할 자식! 냉큼 일어나지 못해!"

"일어나겠어요, 아버지." 그는 숨을 몰아쉬며 말하더군요. "잠시만 가만 놔두세요. 그렇지 않으면 기절할 것 같아요! 시키신 대로 했어요. 정말이에요. 캐서린에게 물어보시면 제가, 제가, 활기 넘쳤다고 말씀드릴 거예요. 아! 옆에 있어 줘, 캐서린. 손 좀 이리 줘."

"내 손을 잡아." 그의 아버지가 말했지요. "네 발로 일어서란 말이다! 자, 해 봐. 얘가 부축해 줄 테니―. 됐어, 린턴 양을 바라보고 있어. 이런 공포를 불러일으키다니 린턴 양은 내가 악마의 화신이라도 되는 것처럼 생각하겠군. 제발 저 녀석을 집까지 바래다주지 않겠니? 저 녀석은 내가 건드리면 벌벌 떨어서 말이다."

"린턴!" 캐서린이 속삭였어요. "난 워더링 하이츠에는 갈 수 없어 — 아빠가 가지 말라고 하셨단 말이야 — 너의 아버지가 널 해칠 것도 아닌데 왜 그렇게 무서워하니?"

"난 그 집에 다신 못 들어가. 너와 함께 가지 않으면 난 정말 못 들어간단 말이야!"

"그만해!" 그의 아버지가 버럭 소리를 질렀습니다. "캐서린이 효심에서 꺼리는 걸 존중해야지. 넬리, 저 녀석 좀 데리고 들어가지. 그러면 넬리 말대로 더 미루지 않고 왕진을 청하러 사람을 보낼 테니."

"그러시는 게 좋을 거예요." 제가 대답했지요. "하지만 저는 우리 아가씨와 함께 있어야 해요. 댁의 아드님을 돌보는 건 제 일이 아니랍니다."

"무던히도 뻣뻣하게 구는군!" 히스클리프가 말했습니다. "나도 그건 알지. 어쩔 수 없군. 저 겁쟁이를 꼬집어 울려서 동정심을 유발할 수밖에. 이리 와라, 우리 집 용사. 내가 부축해 주면 집까지 걸어갈 수 있겠지?"

그가 다시 린턴에게 다가가 그 연약한 몸을 붙잡는 시늉을 하자 린턴은 몸을 움츠리면서 캐시에게 매달려 같이 가 달라고 애걸하더군요. 거절은 생각할 수도 없다는 듯 미친 사람처럼 달라붙는 거예요.

안 된다고 난리를 쳤지만 캐시를 말릴 수 없었습니다. 그녀인들 어떻게 뿌리칠 수 있었겠어요? 무엇이 린턴을 그런 두려움에 빠뜨렸는지 알 도리가 없었습니다만, 두려움에 사로잡혀 맥을 못 쓰는 꼴이 조금만 어떻게 해도 충격을 견디지 못하고 천치가 될 것만 같았거든요.

그 집 문턱에서 캐서린은 안으로 들어가고, 저는 그녀가 병자를 의자에 앉히면 곧바로 나오겠거니 하고 서서 기다리려고 했지요. 그러자 히스클리프 씨가 저를 집 안으로 떠밀면서 큰 소리로 말했어요.

"우리 집에 전염병 환자 없어, 넬리. 그리고 오늘은 손님을 융숭하게 대접할 기분이거든. 앉으시지요, 문을 닫아야겠으니."

그러고는 문을 닫더니 쇠까지 채워 버리지 않겠어요? 섬뜩하더라고요.

"차라도 한잔 들고 가지." 그는 이렇게 덧붙여 말하더군요. "나 혼자 있거든. 헤어턴이란 녀석은 소를 몰고 목장으로 나갔고, 질라와 조지프는 놀러 나갔어. 혼자 지내는 데는 이골이 났지만, 가능하면 재미있는 사람들과 함께 있는 게 낫지. 린턴 양, 그놈 옆에 앉도록. 내가 갖고 있는 걸 줄 테니까. 선물이래야 받을 만한 가치도 없는 것이지만, 줄 거라곤 그것밖에 없군. 바로 린턴 말이야. 놀라서 눈을 동그랗게 뜨는 꼴이라니! 내게 겁을 먹는 것이면 무엇이든 포악한 감정이 일어나니 이상한 일이지! 내가 법이 덜 엄하거나 취미가 덜 고상한 곳에서 태어났더라면 저 둘을 하루 저녁 심심풀이로 천천히 생체 해부 하는 즐거움을 누렸을 텐데."

그는 숨을 한 번 들이쉬더니 테이블을 탁 치면서 혼잣말로 중얼거리는 거예요.

"에이, 망할! 밉살스러운 것들!"

"난 고모부가 무섭지 않아요!" 캐서린은 큰 소리로 말했어요. 그가 한 말 중 뒷부분은 듣지 못했나 봅니다.

그녀는 그에게로 바싹 다가갔습니다. 검은 두 눈이 흥분과 결의로 빛났지요.

"그 열쇠 이리 주세요. 내놓으시라니까요. 굶어 죽는 한이 있어도 여기선 먹지도 마시지도 않겠어요."

히스클리프 씨는 테이블 위에 있던 열쇠를 집었어요. 그는 캐시의 대담함에 다소 놀란 듯 그녀를 쳐다보더군요. 어쩌면 그녀의 목소리와 눈에서 그녀에게 그것을 물려준 사람을 떠올렸는지도 모르지요.

캐서린은 그의 손가락에서 열쇠를 거의 낚아챌 뻔했답니다. 그러나 그녀의 잽싼 행동에 정신이 든 히스클리프 씨가 열쇠를 얼른 손아귀에 쥐며 말했지요.

"자, 캐서린 린턴. 비켜서. 안 그러면 때려눕힐 테니. 그럼 저 딘 아주머니가 미친 듯이 날뛰겠지만."

이 경고를 들은 척도 하지 않고 캐서린은 다시 열쇠 쥔 손을 붙잡았어요.

"우린 가야 해요!" 그녀는 무쇠 같은 손을 펴려고 안간힘을 쓰면서 되풀이했지요. 손톱으로도 까닥하지 않자 이번에는 이로 힘껏 물더군요.

히스클리프 씨는 제 쪽을 흘깃 보았는데 그 눈길에 얼어붙어 저는 가로막고 나서야 할 순간을 놓쳤답니다. 캐서린은 손가락에만 집중한 나머지 그의 얼굴을 쳐다볼 겨를이 없었어요. 그는 갑자기 손가락을 펴더니 실랑이하던 열쇠를 내놓았지요. 그러나 캐서린이 그걸 손에 넣기도 전에 놓여난 손으로 캐서린을 붙잡아 무릎을 꿇리더니 다른 손으로 그녀의 양쪽 뺨을 무섭게 갈겨 대는 거예요. 캐서린이 서 있었더라면 한 대만 맞았어도 그가 위협했던 대로 나가떨어지고 말았을 거예요.

그 악마 같은 폭행에 저는 미친 듯이 덤벼들며 고함을 질러 댔지요.

"이 악당 놈아! 이 악당 놈아!"

가슴을 한 번 떠밀리는 바람에 저는 말문이 막히고 말았답니다. 저는 뚱뚱한 편이어서 곧바로 숨이 차거든요. 그런 데다 울컥 화가 치민 게 겹쳐 눈앞이 아찔해서 비틀거리며 뒤로 물러섰지요. 금방이라도 숨이 막히거나 혈관이 터질 것만 같았어요.

소동은 2분 만에 끝났답니다. 캐서린은 그의 손에서 놓여나자 두 손을 관자놀이에 대고 귀가 제자리에 붙어 있는지 떨어졌는지조차 알 수 없다는 표정이었습니다. 가여운 것이 갈대처럼 몸을 떨며 우두망찰 테이블에 기대서 있었지요.

"난 아이들을 혼내는 방법을 알고 있단 말이다. 알겠냐?" 그 악당은 마룻바닥에 떨어진 열쇠를 주우려고 몸을 굽히면서 끔찍하게도 이렇게 말하는 거예요. "이제 내가 시킨 대로 린턴 옆에 가서 천천히 울려무나. 내일이면 난 네 시아비가 될 테고 며칠 있으면 네 유일한 아비가 될 거다. 그러면 실컷 두들겨 패 주지. 넌 잘 참아 낼 거야 — 약질이 아니니까 — 다시 그 눈에 악마 같은 성질을 내비치기만 하면 매일이라도 매맛을 보여 주마!"

캐시는 린턴에게 가지 않고 제게로 오더니 털썩 주저앉아서 빨갛게 달아오른 볼을 제 무릎에 대고 목 놓아 울었습니다. 그녀의 사촌은 긴 의자의 한쪽 구석에 쥐 새끼처럼 웅크리고 앉아서 자기 아닌 다른 사람에게 벌이 떨어진 것을 정말 다행스럽게 여기는 것 같더군요.

히스클리프 씨는 우리가 얼이 빠져 앉아 있는 모습을 보고 일어서서 후딱 차 준비를 했습니다. 컵과 찻잔을 차려 놓고 차를 따라 제게 한 잔 내밀며 말했어요.

"자, 한잔 마시고 울화를 씻어 내지. 그리고 넬리의 저 버릇없는 귀염둥이와 우리 집 놈에게도 갖다주고. 내가 만들었지만 독을 타진 않았으니까. 난 나가서 당신네들이 타고 온 말을 찾아올 테니."

그가 나가자 우리는 제일 먼저 어디로든 어떻게든 빠져나갈 궁리를 했지요. 창문을 살펴보았습니다만, 폭이 좁아서 캐시의 날씬한 몸으로도 빠져나갈 수 없었어요.

"린턴 도련님." 우리가 꼼짝없이 갇혔다는 사실을 깨닫고 저는 고함을 쳤습니다. "도련님의 악마 같은 아버지가 무얼 원하는지 알고 있을 테니 말해 봐요. 그렇지 않으면 도련님 아버지가 우리 아가씨에게 한 것처럼 나도 도련님의 따귀를 때리겠어요."

"그래, 린턴, 이야기해야 돼." 캐서린이 말했습니다. "내가 이 집에 들어온 건 너 때문이었으니까 말해 주지 않으면 은혜를 원수로 갚는 셈이야."

"나 차 좀 줘. 목마르니까. 그럼 이야기해 주지." 린턴이 말하더군요. "딘 부인은 좀 비켜요. 그렇게 가로막고 서 있는 건 싫으니까. 에이, 캐서린, 내 잔에 눈물이 떨어지잖아! 난 이건 마시지 않을래. 다른 걸 줘."

캐서린은 다시 한 잔을 따라 밀어 놓고는 눈물을 닦았지요. 그 비열한 자식이 자신에게 위협이 될 일이 없어졌다고 태연자약한 것에 비위가 뒤집힐 정도였습니다. 벌판에서는 괴로워 어쩔 줄 모르더니 워더링 하이츠에 들어서자 언제 그랬느냐는 식이었어요. 우리를 꾀어서 데리고 들어오지 못하면 가만두지 않겠다는 무서운 협박을 받았는데 일을 성사시켰으니 당장은 무서울 게 없다는 태도였어요.

"아버지는 우리를 결혼시키려는 거야." 차를 몇 모금 마신 후 그가 말했어요. "너네 아버지가 당장 결혼시킬 생각이 없다는 걸 알고 계시거든. 그런데 더 기다리다가 내가 먼저 죽을 염려가 있잖아. 그래서 내일 아침 우리가 결혼해야 하니까 넌 오늘 밤 여기 머물러야 해. 아버지가 원하는 대로 해 드리면 다음 날 집에 보내 줄 거야. 나도 함께."

"아가씨와 함께 간다고? 한심하기 짝이 없는 못난 놈!" 제가 소리를 질렀습니다. "도련님이 결혼을 해? 원 그 사람 미쳤군. 아니면 우리가 모두 바보 줄 아나. 그래, 저렇게 건강하고 마음씨 고운 우리 아가씨가 다 죽어 가는 꼬마 원숭이 같은 도련님에게 시집갈 줄 알아요? 캐서린 린턴은 고사하고 도련님 같은 사람을 남편으로 삼겠다고 누가 나설 거라고 생각해요? 비겁하게 울고불고 매달려 우리를 여기로 끌어들이다니 한바탕 매질을 해도 시원찮네. 제발 아무것도 모릅네 하는 상판은 하지 말아요. 비열한 배신도 모자라 천치 같은 생각이나 하고 앉아 있는 꼴을 보면 혼쭐을 내고 싶은 마음이 굴뚝같으니까요."

실제로 좀 쥐고 흔들기도 했어요. 기침이 시작됐고 여느 때처럼 엉엉 울면서 신음 소리를 내는 식으로 모면하려는 거예요. 그러자 캐서린이 제게 그만하라고 했습니다.

"밤새 여기 있으라고? 그건 안 될 말이야!" 캐시가 천천히 주위를 살피면서 말했어요. "엘렌 아줌마, 난 저 문에 불을 지르고라도 나가야겠어요."

그리고 그녀는 당장이라도 실행에 옮길 태세였지요. 그러자 소스라치게 놀란 린턴이 자기의 소중한 몸이 다칠세라 벌떡 일어나 앉더군요. 가냘픈 두 팔로 캐시를 끌어안더니 흐느껴 우는 거예요.

"나랑 결혼해서 날 살려 주면 안 되겠니? 너네 집으로 데리고 가지 않을 테야? 아! 캐서린! 가면 안 돼, 제발, 날 떼어 놓고 가면 안 돼. 우리 아버지 말대로 해야만 해. 그렇게 해야만 한단 말이야."

"난 우리 아빠 말씀을 따라야 해." 캐서린이 대답했습니다. "내 걱정으로 마음 졸이시게 할 수는 없어. 밤이 돼도 집에 돌아가지 않아 봐! 아빠가 별별 생각을 다 하실 거 아냐. 벌써 걱정하고 계실 텐데. 때려 부수든 불을 지르든 이 집을 나갈 테니까 조용히 해! 널 어떻게 할 건 아니니까. 하지만 방해하고 나선다면─. 린턴, 난 너보다 우리 아빠를 더 사랑한단 말이야!"

아버지의 노여움을 떠올리면 숨이 막힐 듯 두려운지 린턴은 다시 비겁자의 열변을 토했지요. 캐서린은 미칠 것만 같았습니다. 그래도 그녀는 가야만 한다고 주장하면서, 이번에는 그녀 쪽에서 린턴에게 애원하며 이기적으로 자신의 고통만 생각하지 말라고 설득했지요.

둘이 이러는 동안 우리들의 간수가 다시 들어와 말했습니다.

"말들이 달아나 버렸더군. 그런데, 린턴, 또 짜는 거냐? 얘가 못되게 굴든? 자, 자, 그만하고 잠이나 자라. 한두 달만 있으면 말이야, 이 녀석아, 지금 캐시가 네게 못되게 군 것을 호된 손찌검으로 되갚아 줄 수 있을 테니까. 넌 지금 순결한 사랑을 갈망하고 있지. 그렇지 않냐? 이 세상에 오직 그것밖에 바라는 것이 없잖아. 그러니까 캐시에게 장가보내 줄게! 자, 가서 자! 질라는 오늘 밤에 안 돌아온다. 너 혼자 잠옷으로 갈아입도록. 쉿! 눈물은 그만 짜고. 일단 네 방에 들어가면 아버지가 너한테 가는 일은 없을 거야. 무서워할 건 없다. 운이 따랐지만 오늘 아주 잘했어. 뒷일은 내가 처리하지."

아들이 나가도록 문을 열어 주면서 한 말이었어요. 등 뒤에서 잡아 심술궂게 목을 죄지는 않을까 의심하는 스패니얼 강아지처럼 아들은 슬금슬금 눈치를 보며 나가더군요.

자물쇠가 다시 채워졌습니다. 히스클리프는 캐서린과 제가 묵묵히 서 있는 벽난로 옆으로 다가왔어요. 얼굴을 든 캐서린이 엉겁결에 두 손으로 뺨을 가리더군요. 그가 가까이 오니 맞았을 때의 아픔이 새삼 느껴졌나 봐요. 그 누구도 그런 어린애다운 행동에 매몰차게 굴 수 없겠건만, 그는 그녀에게 얼굴을 잔뜩 찡그려 보이면서 이렇게 내뱉었어요.

"참, 넌 나 같은 건 무섭지 않다고 그랬지? 용기를 잘 위장한 모양이야. 지금은 빌어먹게도 겁을 집어먹은 표정이군."

"지금은 무서워요." 캐서린이 대답했습니다. "여기 있게 되면 아빠가 몹시 걱정하실 테니까요. 어떻게 아빠께 걱정을 끼쳐 드릴 수 있겠어요. 아빠가, 아빠가…… 고모부, 저를 보내 주세요. 린턴과 결혼하겠다고 약속할게요. 아빠도 그걸 원하시고, 저도 린턴을 사랑하고 있으니까요. 그런데 고모부는 왜 자진해서 하겠다는 걸 억지로 시키려고 그러세요?"

"억지로 될 일인지 어디 두고 봅시다!" 제가 외쳤습니다. "우리가 외진 곳에 살고 있지만, 이 나라엔 법이라는 게 있어요. 고맙게도 법이 있단 말이에요! 설령 내 자식이 이런 짓을 저질렀다 해도 고발하고 말걸요. 이건 성직의 특전*도 적용 안 되는 중죄라고요."

"조용히 해!" 그 악당 놈이 말했습니다. "빌어먹게도 시끄럽게 구네! 넬리는 입 닥치고 있어. 린턴 양, 네 애비가 심란해할 걸 생각하니 아주 기분 좋구나. 기분이 좋아서 잠이 올 것 같지 않다. 널 잡아 놓으면 그런 결과를 낳으리라고 하니, 그게 널 앞으로 24시간 동안 이 지붕 아래 꼼짝없이 붙잡아 두어야 할 가장 좋은 이유가 될 게다. 린턴과 결혼하겠다는 너의 약속을 지키도록 내가 알아서 처리하지. 그때까지 넌 이곳에서 나가지 못할 테니까."

"그럼 엘렌을 보내서 제가 무사하다는 걸 아빠께 알리도록 해 주세요!" 캐서린이 울부짖었습니다. "아님 지금 당장 결혼하게 해 주세요. 아빠가 불쌍해! 엘렌, 아빠는 우리가 길을 잃었다고 생각하실 거야. 어떻게 하면 좋아?"

"그렇지 않아! 네가 간병하는 데 싫증이 나서 놀러 나갔거니 생각할 거야." 히스클리프가 대꾸했지요. "너는 네 애비가 그렇게 하지 말라고 분명히 지시한 걸 무시하고 네 발로 이 집에 들어왔다는 사실을 부인하지 못할 거다. 그리고 네 나이에 놀고 싶은 건 아주 당연한 일 아니겠냐. 병든 사내, 그것도 아버지일 뿐인 사내의 병간호에 싫증 난 건 아주 당연한 일이지. 캐서린, 네 애비의 행복한 시절은 네가 태어났을 때 이미 끝장이 난 거야. 내가 말해두지만 네 애비는 아마 네가 태어난 것을 저주했을 거야. 나는 저주했단다. 그러나 그가 세상을 하직하는 마당에 너를 저주하게 되는 것도 괜찮겠지. 나도 목소릴 보태 널 저주할 테니. 난 널 사랑할 수 없어. 내가 어떻게 널 사랑할 수 있단 말이냐. 실컷 울어라. 내가 보기에 이제부턴 우는 일이 너의 주된 소일거리가 될 것 같구나 ─ 린턴 녀석이 네가 잃은 다른 것들을 메워 주지 않는 한 ─ 그런데 선견지명이 있는 네 애비는 린턴이 그렇게 해 주리라 믿는 모양이지. 네 애비가 린턴에게 보낸 충고와 위로의 편지는 아주 재미있게 읽었지. 맨 마지막 편지에는 린턴에게 자신의 보배를 잘 보살피고, 결혼하면 다정하게 보살피라고 부탁했더구나. 잘 보살피고 다정하게 대해 주어라. 그야말로 아버지다운 말씀이시지! 하지만 린턴은 보살핌과 다정함이란 모두 제 몸에 쏟아야 하는 놈이거든. 꼬마 폭군 노릇이라면 잘하지. 이빨을 뽑아 버리고 발톱을 자른 고양이라면 아무리 많이 갖다 대도 괴롭힐 수 있는 놈이란다. 집으로 돌아가면 린턴이 다정하게 보살펴 주었다는 멋진 이야기들을 그놈의 외삼촌에게 전할 수 있을 거야. 그건 내가 보증하지."

"입은 비뚤어졌어도 말은 바로 하라고요!" 제가 말했지요. "아드님의 인간성을, 당신과 닮은 점을 보여 주면, 캐시 아가씨가 그런 독사 같은 괴물과 결혼하려고 하지 않을걸요!"

"이제는 그 녀석의 호감 가는 성격에 관해 말해도 상관없겠군." 그가 대답하더군요. "캐시는 그 녀석과 결혼하지 않으면 여기 갇혀 있어야 하고, 당신도 주인 양반이 죽을 때까지는 캐시와 함께 여기 있어야 할 테니까. 난 두 사람을 감쪽같이 여기 가둬 놓을 수가 있어. 내 말을 믿지 못하겠거든 캐시에게 약속을 철회하라고 종용해 봐. 그러면 내가 그럴 수 있는지 여부를 판단할 기회를 주지!"

"전 약속을 철회하지 않겠어요." 캐서린이 말했습니다. "스러시크로스 그레인지로 갈 수만 있다면 지금 당장 린턴과 결혼하겠어요. 고모부, 고모부는 잔인하긴 하지만 악마는 아닐 거예요. 단순히 악의로 제 모든 행복을 돌이킬 수 없이 망가뜨리지는 않겠지요. 일부러 아버지를 버려두고 나갔다고 생각하시는데, 임종을 못하면 앞으로 어떻게 살아가라고요. 이젠 울지 않겠어요. 하지만 여기 이렇게 무릎 꿇고 앉아서 고모부의 얼굴에서 눈을 떼지 않을 거예요! 절 보실 때까지요. 그렇게 얼굴을 돌리지 마시고 절 보시란 말씀이에요! 고모부가 화내실 일은 하나도 하지 않겠어요. 전 고모부를 미워하지 않아요. 고모부가 때렸다고 원망하지도 않고요. 고모부, 고모부는 평생 아무도 사랑해 본 일이 없으신가요? 한 번도 없어요? 오! 한 번만이라도 봐주세요. 저는 너무나 비참해요. 저를 가엾고 불쌍하게 생각하지 않을 수 없을 거예요."

"그 도마뱀 같은 손가락 치우고 물러서. 아니면 걷어차 버릴 테니!" 히스클리프 씨는 무지막지하게 캐서린을 떠밀면서 고함을 쳤습니다. "차라리 뱀에게 휘감기는 게 낫겠다. 도대체 어떻게 내게 알랑거릴 생각을 하지? 난 네가 못 견디게 싫단 말이야!"

그는 어깨를 움찔했어요. 정말로 혐오감 때문에 돋는 소름을 털어 버리는 것 같았답니다. 그러고는 의자를 뒤로 밀더군요. 이러는 중에 제가 일어나서 한바탕 야단을 치려고 했는데 한마디만 더 하면 다른 방에 가둬 버리겠다고 협박해서 첫 문장을 말하다 입을 다물 수밖에 없었지요.

차츰 날이 저물었습니다. 정원 문 쪽에서 사람들 소리가 들려오자 집주인이 얼른 뛰어나갔어요. 그는 눈치가 빨랐고 우리는 그렇지 못했던 거예요. 2~3분간 이야기하다 혼자 돌아오더라고요.

"아가씨의 사촌 오빠 헤어턴인 줄 알았는데—" 제가 캐서린에게 말했습니다. "그 도련님이라도 왔으면 좋으련만! 그 도련님이 우리 편이 되어 줄지 혹 알아요?"

"자네들을 찾으러 스러시크로스 그레인지에서 하인 셋을 보냈더군." 히스클리프가 제 말을 듣고 말했습니다. "창문을 열고 소리쳤으면 좋았을 걸 그랬지? 하지만 저 계집애는 넬리가 그렇게 하지 않기를 바라는 게 분명해. 억지로라도 여기 있게 된 걸 기뻐하는 게 확실하다니까."

좋은 기회를 놓쳤다는 걸 알고 저희는 걷잡을 수 없는 울음을
터뜨리고 말았어요. 히스클리프 씨는 9시까지 우리를 울게 내버
려 둔 다음 부엌으로 해서 2층에 있는 질라 방으로 가라고 하더군
요. 그래서 저는 캐서린에게 귓속말로 그렇게 하자고 속삭였어요.
그곳에 가서 창문으로 빠져 나가거나, 다락방으로 올라가 천장에
난 들창으로 탈출을 도모하자는 생각이 들었기 때문이죠.

그런데 창문은 아래층 것이나 마찬가지로 좁았고 다락방으로
올라갈 방도가 없었답니다. 2층도 아래층처럼 창살 없는 감옥이
기는 마찬가지였어요.

둘 다 눕지 않고 꼬박 밤을 새웠답니다. 캐서린은 창문 옆에 자
리를 잡고 앉아 날이 밝기를 초조하게 기다렸지요. 저는 캐서린에
게 눈을 좀 붙이라고 몇 번이고 권했으나 깊은 한숨으로 대답을
대신할 뿐이었어요.

흔들의자에 몸을 맡긴 채 저는 여러 가지로 제 의무를 다하지
못했다는 깊은 자책에 빠졌습니다. 그러다 보니 린턴가의 모든 불
행이 제 탓이라는 생각이 들었어요. 사실이 그런 건 아니지만, 비
참했던 그날 밤 그런 생각을 했고, 히스클리프 씨보다 제 잘못이
더 크다는 생각이 들기까지 했답니다. 아침 7시가 되자 그가 와서
린턴 양이 일어났느냐고 묻더군요. 캐서린은 얼른 문으로 뛰어가
서 그렇다고 대답했어요.

저도 일어나서 뒤를 따랐으나 그는 다시 문을 잠가 버리는 거예
요. 나가게 해 달라고 제가 목청껏 외쳤지요.

"참을성 있게 기다려." 이렇게 대꾸하더군요. "잠시 후에 사람

을 올려 보낼 테니."

저는 벽을 마구 두드리고 빗장을 세게 흔들었어요. 캐서린도 왜 저를 가두어 두냐고 물었지요. 그는 한 시간 더 참고 기다리라고 하더니 캐서린을 데리고 가 버렸습니다.

두세 시간쯤 지나자 마침내 발소리가 들리긴 했는데 히스클리프는 아니었답니다.

"먹을 거 좀 가져왔는디—" 하는 소리가 났어요. "문 열어요!"

얼른 열어 보니 헤어턴이 온종일 먹어도 될 음식을 갖고 왔더군요.

"이거 받으래요!" 그가 쟁반을 밀어 주면서 덧붙였습니다.

"잠깐만 있다 가면 안 돼요, 헤어턴 도련님?"

"안 돼요!" 하더니 좀 붙들어 놓으려고 별별 애원을 해도 아랑곳없이 가 버렸지요.

저는 하루 낮과 하루 밤을, 그리고 그다음 날도, 또 그다음 날도 갇혀 있었습니다. 닷새 밤과 나흘 낮 동안, 매일 아침 한 번 헤어턴을 빼고는 아무도 보지 못하고 갇혀 지냈어요. 그는 모범적인 간수였습니다. 뚱하니 입을 다물고, 정의감이나 동정심을 불러일으키려고 갖은 말을 다 해 보았지만 들으려고도 하질 않더군요.

제28장

　닷새째 되던 날 아침, 아니 오후에, 조금 다른 발소리, 더 가볍고 잰 종종걸음 소리가 들리더니 발소리의 임자가 방으로 들어왔습니다. 주홍빛 숄을 두르고 까만 비단 모자를 쓰고 팔에는 버들가지로 엮은 바구니를 끼고 나타난 건 질라였어요.

　"에구머니나! 딘 부인." 질라는 우렁찬 목소리로 말했지요. "기머턴이 떠들썩할 정도로 소문이 짜하게 퍼졌지 뭐예요! 쥔장이 댁네들을 집에 데려왔다는 이야기를 듣기 전에는 아가씨랑 블랙호스 늪에 빠져 죽은 줄 알았지 뭐예요! 원, 늪의 섬에라도 피해 있었던 게지, 그런가요? 그래, 얼마 동안이나 섬에 갇혀 있었던 거유? 우리 주인 나리가 구해 준 건가요? 그런디 그르케 야위지는 않았네요. 고생은 별로 안 헌 게로군요?"

　"당신네 주인은 정말 악당이로군요!" 제가 대답할밖에요. "이 일에 책임을 져야 할걸. 그런 터무니없는 이야길 지어낼 필요는 없지. 결국 사실이 드러나고 말 테니까!"

"그게 무슨 얘기예요?" 질라가 묻더군요. "쥔장이 지어낸 이야기가 아니라, 마을에 파다하게 퍼진 소문인디. 당신네들이 늪에 빠져 죽었다고 말이에요. 그래서 집에 들어오자마자 언쇼에게 말헌걸요.

'이봐요. 헤어턴 씨. 끔찍한 사고가 났지 뭐유. 그 귀여운 아가씨와 씩씩한 넬리 딘이 정말 가엾게 됐어요.'

헤어턴은 멀뚱멀뚱 쳐다보기만 하더라고요. 그래서 아무 이야기도 듣지 못했구나 싶어 소문 이야기를 해 주었지요.

주인이 옆에서 듣고 있다가 혼자 빙그레 웃더니 이르케 말하더군요.

'그 사람들 늪에 빠졌다 해도 지금은 나왔네. 질라. 넬리 딘은 지금 질라 방에 묵고 있는걸. 올라가서 슬쩍 빠져나가라고 하게. 열쇠는 여기 있어. 늪의 물이 머릿속으로 들어가 아주 미친 듯이 날뛰면서 집으로 달려갈 참이었는데 내가 잡아 둔 거야. 갈 수만 있으면 당장 집으로 가라고 일러. 그리고 린턴 댁 아가씨는 그 댁 어른의 장례식에 맞춰 갈 거라고 내가 그러더라고 전해 주게.'"

"에드거 서방님은 돌아가시지 않은 거지?" 제가 숨 가쁘게 물었어요. "오! 질라! 질라!"

"아적 안 돌아가셨어요. 좀 앉으세요, 딘 부인." 질라가 대답했습니다. "몸이 안 좋은 거 같은디. 댁의 주인 나리는 돌아가시지 않았어요. 의사 선생님이 그러는디 하루는 더 버틸 거래요. 길에서 만나 물어봤거덩요."

앉는 대신 옷가지를 챙겨 아래층으로 뛰어 내려갔지요. 아무 데도 잠가 놓지 않았더라고요.

거실로 들어가 캐서린 소식을 아는 사람이 없을까 싶어 사방을 둘러보았답니다.

방 안에는 햇빛이 환하게 비쳤고, 문은 활짝 열려 있었지만, 근방에는 아무도 없는 것 같았어요.

그대로 나가 버릴까 아니면 다시 돌아가서 캐서린을 찾아볼까 망설이는데 벽난로 쪽에서 가벼운 기침 소리가 들려 그쪽을 쳐다보았지요.

린턴이 긴 의자를 혼자 차지하고 누워 막대 사탕을 빨면서 무표정한 표정으로 저의 거동을 살피고 있더라고요.

"캐서린 아가씨는 어디 있지요?" 저는 무섭게 다그쳤습니다. 혼자 있으니 호되게 몰아붙이면 겁을 먹고 실토하겠거니 생각한 거지요.

그는 멍청이처럼 사탕만 빨고 있었어요.

"집으로 돌아갔나요?" 제가 재차 물었지요.

"아니." 그가 대답했습니다. "2층에 있는걸. 캐시는 못 가. 우리가 놓아주지 않을 테니까."

"놓아주지 않는다고, 이 멍텅구리 같으니!" 제가 소리를 질렀지요. "당장 아가씨가 있는 방으로 안내해요. 그렇지 않으면 비명이 나올 정도로 혼내 줄 테니까."

"2층에 가려고만 해 봐. 아빠가 넬리를 비명 지르게 만들걸." 그가 대답하는 거예요. "우리 아빠는 캐서린한테 잘해 주지 말라고 그러셔. 캐서린은 내 아내니까 날 두고 가려는 건 괘씸한 일인걸! 캐서린이 날 미워하고 죽기를 바란다고 아빠가 말씀하셨어. 내 돈을 가지려고 말이지. 하지만 누가 돈을 주나. 그리고 집에도 못 가게 할걸! 절대 안 보낸단 말이야! 울다가 병이 날 테면 나라지!"

그는 잠을 청하려는 듯 눈을 감고 다시 사탕을 빨기 시작했습니다.

"히스클리프 도련님." 제가 다시 말을 꺼냈지요. "지난겨울, 도련님이 아가씨를 사랑한다고 맹세하고, 또 아가씨가 도련님을 위해 여러 차례 눈바람을 무릅쓰고 찾아와 책도 갖다주고 노래도 불러 주던 따뜻한 마음씨를 잊었나요? 아가씨는 하루 저녁이라도 못 오게 되면 도련님이 실망할 거라면서 울기도 했어요. 도련님도 그때는 아가씨가 도련님에게 백배 과분하다고 생각했잖아요. 그런데 이제 와서 아버지가 하는 거짓말을 믿는 거예요? 그분이 도련님과 아가씨 둘 다 싫어한다는 걸 알면서 도련님도 한패가 돼서 아가씨를 미워하는군요. 은혜에 멋지게 보답하는 셈이네요. 안 그래요?"

린턴은 입술 한끝이 실쭉하면서 물었던 막대 사탕을 빼더군요.

"도련님이 미운데 아가씨가 뭐 하러 워더링 하이츠에 왔겠어요?" 제가 말을 이었지요. "가만히 잘 생각해 봐요! 그리고 돈 이야기를 하는데요, 아가씨는 도련님이 유산을 상속받는지조차 모르고 있어요. 그리고 아가씨가 아픈데 낯선 집 2층에 저렇게 혼자 내버려 두다니! 돌봐 주는 이 없이 혼자 누워 있는 게 어떤 건지 잘 아는 도련님이 말이에요! 도련님은 자신의 처지를 괴로워했고, 우리 아가씨는 도련님의 괴로움을 동정했는데 도련님은 아가씨의 괴로움을 동정하지 않는단 말이군요! 나이 먹은 하녀에 지나지 않는 나도 이렇게 눈물 흘리고 있는데—. 도련님은 우리 아가씨를 사랑하는 것처럼 행동했고, 아가씨를 숭배해도 될 만한 이유가 있으면서도, 자기를 위해 눈물 한 방울까지 아끼며 아주 태평하게 누워 있군요. 아! 정말 무정하고 이기적인 사람이군요!"

"난 캐시와 함께 못 있겠는걸." 그는 심통 맞게 대답하는 거예요. "나 혼자서는 함께 있지 않겠어. 어찌나 울어 대는지 견딜 수가 없어. 그래서 한번은 아버지를 불렀지 뭐야. 아버지가 조용히 하지 않으면 목을 조르겠다고 위협했지. 그런데 아버지가 방에서 나가자마자 다시 울기 시작하잖아. 화가 나서 잠을 잘 수 없다고 소릴 질러도 밤새껏 신음 소리를 내며 우는 거야."

"히스클리프 씨는 나가셨나요?" 그 보잘것없는 작자가 자기 사촌이 당하는 정신적 고통에 공감할 능력이 없음을 깨닫고 제가 물었지요.

"안마당에 계셔." 린턴은 대답했습니다. "의사 선생님과 말씀을 나누고 계신데, 외삼촌이 드디어 돌아가시게 됐나 봐. 잘됐어, 외삼촌이 돌아가면 내가 그 집 주인이 될 테니까. 캐서린은 언제나 즈이 집이라고 말했거든. 그건 저희 집이 아니지! 내 집이란 말이야. 아빠가 그러시는데 캐서린 것은 모두 내 거래. 캐서린의 좋은 책들도 모두 내 거야. 우리 방 자물쇠를 열고 내보내 주기만 하면 캐서린은 그 재미있는 책들이며 예쁜 새, 그리고 조랑말 미니도 다 준다고 하더라. 하지만 그게 모두 내 거니까 줄 게 아무것도 없다고 말해 줬지. 그랬더니 울면서 목걸이에서 조그만 초상을 꺼내 나더러 가지라는 거야. 금합에 들어 있는 두 개의 초상인데, 한쪽은 자기 어머니 초상이고 다른 쪽은 외삼촌의 초상인데 두 분다 젊었을 때 만든 거야. 그게 어저께였어. 난 그것도 내 거라고 하면서 빼앗으려고 했어. 못된 것이 안 주려고 떠미는 바람에 내가 아파서 비명을 질렀지. 그랬더니 겁을 먹더군. 아빠가 올라오는 소리가 들리자 캐서린은 금합의 한쪽을 떼어 둘로 나누더니 어머니의 초상이 들어 있는 쪽을 내게 주고 다른 한쪽은 감추려고 하더라. 그런데 아빠가 왜 그러냐고 물으셔서 내가 설명을 했어. 아빠는 내가 갖고 있던 것을 빼앗고 캐서린에게 나머지도 내놓으라고 말하니까 안 된다고 하지 뭐야. 그래서 아빠가, 아빠가 캐서린을 쓰러뜨리고 금합을 줄에서 비틀어 떼더니 짓밟아 버렸어."

"그래, 아가씨가 맞는 걸 보니 좋습디까?" 말을 더 시킬 요량으로 다시 물었어요.

"난 못 본 척했어." 그가 대답하더군요. "우리 아버지가 말에 매질을 할 때도 못 본 척하거든. 얼마나 심하게 때리는지 말이야. 그래도 처음에는 기분이 좋았어. 나를 떠밀고 그랬으니까 벌을 받아야 한다고 생각했지. 그런데 아빠가 나간 뒤 캐서린이 창가로 날 오라고 하더니 입안이 이에 부딪쳐서 찢어지고 피가 가득 고인 걸보여 주잖아. 그러고 나서 캐서린은 찢어진 초상화 조각을 주워 갖고 벽 쪽으로 돌아앉았더니 그때부터 아무 말도 하지 않는 거야. 그래서 나는 아파서 말을 못하나 보다 생각했지. 그렇게 생각하고 싶지는 않지만 그래도 내리 울고만 있으니 못돼먹었지 뭐야. 그리고 얼마나 창백하고 사납게 보이는지 난 캐서린이 무서워졌어!"

"도련님은 마음만 먹으면 그 방 열쇠를 갖고 올 수 있지요?" 제가 말했어요.

"그럼, 2층에 가면 되지." 그가 대답했습니다. "하지만 난 2층까지 걸어갈 수가 없어."

"어느 방에 있는데요?" 제가 다시 물었지요.

"오!" 그가 외마디 소리를 질렀습니다. "어디 있는지 난 넬리에게 가르쳐 줄 수가 없어! 그건 우리 비밀인걸. 아무도, 헤어턴도, 질라도 몰라. 자! 넬리 때문에 피곤해졌어. 저리 가. 저리 비키란 말이야!" 그러고 나서 얼굴을 팔 쪽으로 돌리더니 눈을 감아 버리더라고요.

저는 히스클리프 씨와 부딪치지 않고 빠져나가 집에 가서 캐서린을 구출할 사람들을 데리고 돌아오는 것이 상책이라고 생각했지요.

제가 집에 들어서자 동료 하인들은 무척 놀라며 기뻐했답니다. 그리고 아가씨도 무사하다는 이야기를 하자 두셋이 얼른 린턴 씨 방으로 가서 전하겠다고 하더군요. 그 일은 제가 직접 하게 해 달라고 했지요.

겨우 며칠 사이에 그렇게 변하다니요. 린턴 씨는 비애와 체념의 화신처럼 누워서 죽음을 기다리고 있었어요. 그는 아주 젊어 보였습니다. 실제 나이는 서른아홉인데 모르는 사람은 열 살 더 젊게 보았을 겁니다. 캐서린을 부르며 중얼거리는 것으로 보아 따님 생각을 하고 있었나 봐요. 제가 손을 잡고 조그만 소리로 이렇게 말했지요.

"따님은 곧 돌아와요! 살아 있고 건강해요. 아마 오늘 밤쯤 돌아올 거예요."

저는 이 소식이 처음에 불러일으킨 반응을 보고 가슴이 철렁했답니다. 린턴 씨는 몸을 반쯤 일으키고 방 안을 열심히 둘러보더니 다시 쓰러지며 정신을 잃고 말았거든요.

그가 다시 깨어나자마자 저는 우리가 강제로 끌려가서 하이츠에 감금되어 있었다는 이야기를 했습니다. 전적으로 사실은 아니었지만, 히스클리프 씨가 강제로 끌고 갔다고 말했어요. 린턴에 대한 좋지 않은 이야기는 되도록 삼갔답니다. 그의 아버지의 야만스러운 행동에 대해서도 이야기하지 않았고요. 쓰디쓴 괴로움으로 넘치는 그의 잔에 될 수 있으면 괴로움을 더하지 않으려는 제나름의 배려였지요.

린턴은 원수인 히스클리프가 목표하는 바 중 하나가 당신의 부동산은 물론 동산까지도 자기 아들 것으로, 아니 자기 것으로 차지하려 하는 것임을 짐작했습니다. 그런데 조카도 머지않아 세상을 뜰 것임을 몰랐기 때문에 히스클리프가 왜 당신이 죽을 때까지 기다리지 않고 그랬는지 납득하지 못했어요.

어쨌든 린턴 씨는 유언장을 다시 쓰는 게 좋겠다는 생각을 했답니다. 캐서린의 재산을 자기 마음대로 처분할 수 있게 두지 않고 신탁해서 생전에 쓸 수 있도록 하고, 캐서린에게 아이들이 생기면 캐서린의 사후 그 아이들에게 물려주도록 하기로 마음먹은 겁니다. 그렇게 해 놓으면 린턴이 죽더라도 캐서린의 재산은 히스클리프 씨에게로 넘어가지 않게 되지요.

린턴 씨의 분부를 받고, 저는 하인 하나는 변호사를 부르러 보내고, 또 하인 넷을 불러 상황에 알맞은 무기를 갖춰 아가씨를 감금하고 있는 자에게 가서 아가씨를 찾아오라고 시켰습니다. 양쪽 모두 밤늦게까지 돌아오지 않았어요. 혼자 간 사람이 먼저 돌아왔더군요.

그는 변호사인 그린 씨가 집에 없어서 돌아올 때까지 두 시간을 기다려야만 했으며, 그린 씨는 마을에 중요한 볼일이 있어서 스러시크로스 그레인지에는 다음 날 아침 식전에 오겠다고 했다는 거예요.

네 사람도 캐서린 없이 돌아왔지요. 캐서린이 너무 아파 방에서 나올 수 없다며 히스클리프 씨가 만나게 해 주지 않아 그냥 돌아왔다는 거예요.

저는 그 바보 같은 친구들에게 어떻게 그따위 거짓말에 넘어가느냐고 단단히 나무란 뒤, 린턴 씨에게는 전하지도 않았답니다. 다음 날 새벽에 한 패거리를 몰고 가서 아가씨를 순순히 내놓지 않으면 문자 그대로 쳐들어갈 작정을 했던 거지요.

만약 그 악마 같은 놈이 내놓으려고 하지 않으면 그 집 문간에서 그자를 죽이는 한이 있더라도 린턴 씨가 따님을 볼 수 있게 하겠노라 저는 다짐하고 또 다짐했습니다!

다행히도 하이츠에 올라가서 그런 고역을 치를 필요가 없게 되었어요.

새벽 3시쯤인가 물병을 가지러 아래층에 내려갔답니다. 물병을 갖고 현관 마루를 지나가는데 현관문을 두드리는 소리가 요란하게 나서 펄쩍 뛸 만큼 놀랐지요.

"아하! 그린 씨야." 저는 마음을 진정시키고 이렇게 되뇌었어요. "그린 씨가 온 걸 가지고." 다른 하인에게 문을 열어 주라고 지시한 뒤 그냥 가려고 하는데 다시 두드리는 소리가 났습니다. 크게는 아니었지만 아주 끈덕지게 두드리더라고요.

저는 계단 난간에 물병을 내려놓고 달려가서 문을 열었지요.

구름 한 점 없는 하늘에 쟁반 같은 가을 달이 떠 있었어요. 변호사가 아니었습니다. 우리 귀여운 아가씨가 흐느끼면서 제 목에 매달리는 거예요.

"엘렌 아줌마! 아줌마! 아빠는 살아 계세요?"

"그럼요!" 제가 외쳤습니다. "그럼요, 우리 천사 아가씨. 살아 계시고말고요! 하느님, 감사합니다. 무사히 돌아왔군요!"

숨이 턱에 찬 캐서린은 곧장 위층 아버지 방으로 달려가려고 했습니다. 그러나 저는 억지로 의자에 앉히고 물을 한 모금 마시게 한 다음, 파리해진 얼굴을 씻기고 제 앞치마 자락으로 비벼서 희미하게나마 홍조가 돌게 했어요. 그리고 나서 제가 먼저 올라가서 아가씨가 돌아왔다는 것을 전하겠다고 했지요. 아버지께는 린턴과 행복하게 살 수 있을 거라고 말씀드리라고 일렀습니다. 캐서린은 놀란 눈으로 쳐다보았으나 왜 제가 그런 거짓말을 하라고 충고하는지 그 이유를 알아차리고는 불평은 하지 않겠다고 저를 안심시키더군요.

부녀가 만나는 자리에 차마 있을 수가 없었어요. 그 자리에서 물러 나와 15분가량 문밖에 서 있었지요.

모든 것이 평온하기만 했습니다. 캐서린의 절망은 그녀의 아버지의 기쁨처럼 고요했어요. 딸은 (적어도 겉으로 보기에는) 침착하게 아버지를 부축했고, 아버지는 환희로 더 커 보이는 눈을 들어 딸의 모습에 고정해 놓았지요.

록우드 씨, 그분은 행복한 마음으로 운명했답니다. 그렇게 눈을 감았어요. 따님의 뺨에 입을 맞추면서 이렇게 속삭이더군요.

"난 네 엄마한테 간다, 내 귀염둥이. 너도 우리 있는 데로 오게 될 거다." 그리고 다시 움직이지도 말도 하지 못했으나 환희에 빛나는 눈길은 그대로이다가 알지 못하는 사이에 맥박이 멈추고 그의 영혼이 떠나갔답니다. 조금도 살려는 발버둥이 없었기 때문에 운명한 시간을 정확히 알 수 없을 정도였지요.

캐서린은 눈물이 다 말라 버렸는지, 아니면 슬픔에 짓눌려 눈물조차 흘릴 수 없었는지, 해가 뜰 때까지 마른 눈으로 그 자리에 앉아 있었어요. 정오까지 생각에 잠겨 임종의 자리를 지켰고, 또 계속 그렇게 앉아 있었을 겁니다. 제가 억지로 끌어내어 쉬도록 하지 않았다면요.

제가 캐서린을 쉬도록 조처한 것은 잘한 일이었어요. 워더링 하이츠에 가서 지시를 받고 온 변호사가 점심때나 되어 나타났거든요. 그는 히스클리프 씨에게 매수되어 린턴 씨의 부름에 곧바로 달려오지 않았던 거랍니다. 따님이 돌아오고 난 뒤 그런 세상일을 생각할 겨를이 없어 린턴 씨의 마음을 어지럽히지 않은 게 다행이었지요.

그린 씨는 집 안의 모든 물건과 하인의 처리에 관해 명령을 내리기 시작했습니다. 저를 제외한 모든 하인들에게 해고 통보를 하더라고요. 그는 위임받은 권한을 한껏 휘둘러, 에드거 린턴은 자기 아내 옆에 매장해선 안 되고 교회당 안에 있는 가족 묘지에 매장해야 한다고 생떼를 부렸어요. 하지만 유언장이 있어서 그렇게는 못했지요. 게다가 제가 유언장의 지시를 조금도 어겨서는 안 된다고 큰 소리로 항의를 했거든요.

장례는 서둘러 치렀습니다. 이제 린턴 히스클리프 부인이 된 캐서린에게는 아버님의 유해가 떠날 때까지 집에 머물러 있어도 좋다는 허락이 떨어졌고요.

캐서린의 말에 의하면, 자기가 너무 괴로워하니까 마침내 린턴이 캐서린을 놓아주는 모험을 감행했다는 겁니다. 캐서린은 제가 보낸 사람들이 현관문 앞에서 옥신각신하는 소리를 들었고, 히스클리프 씨가 뭐라고 대답하는지도 짐작하겠더래요. 그래서 필사적이 되었대요. 제가 떠나온 뒤에 곧 작은 응접실로 옮긴 린턴을 윽박질러 그의 아버지가 다시 올라오기 전에 열쇠를 꺼내 오도록 한 거지요.

린턴은 문을 닫지 않고 자물쇠로 열었다가 다시 잠그는 시늉만 하는 꾀를 냈답니다. 그리고 잘 시간이 되자 헤어턴과 함께 자게 해 달라고 해서 그날 밤만은 그렇게 해도 좋다는 승낙을 받아 냈고요.

캐서린은 날이 새기 전에 아무도 모르게 빠져나왔대요. 개들이 짖을까 봐 출입문으로 나오지 않고 빈방을 돌아다니면서 창문을 살펴보았답니다. 운 좋게도 우연히 어머니가 옛날에 쓰던 방으로 들어가서 그 방 들창문으로 쉽게 빠져나와 옆에 서 있는 전나무를 타고 땅으로 내려왔다는 것이었어요. 그녀의 공범은 소심하게 꾀를 짜낸 보람도 없이 캐서린이 도망치는 걸 거들었다고 호되게 당했다는군요.

제29장

장례를 치른 날 저녁, 캐서린과 저는 서재에 앉아 있었습니다. 돌아가신 분을 애도하며 슬픔에 잠겼다가 — 둘 중 하나는 절망에 빠졌다고 해야겠지요 — 암담한 장래에 대해서 이런저런 예측을 하고 있었지요.

캐서린에게 가장 바람직한 미래는 적어도 린턴이 살아 있는 동안 이 집에서 그대로 눌러살 수 있게 허락을 받는 것이라는 데 저희는 의견의 일치를 보았습니다. 린턴이 이 집에 와서 함께 지내고 제가 가정부로 남아 있었으면 한 거지요. 그런 미래의 설계가 너무 낙관적이라는 생각이 들었지만, 그래도 기대를 걸어 보았고, 제가 살던 집이며 하던 일, 그리고 무엇보다도 사랑스러운 아가씨와 헤어지지 않고 그대로 머물러 살 수 있으리라 생각하자 기운이 났어요. 바로 그때 하인 하나가 — 해고되었지만 아직 떠나지 않은 하인 중 하나였지요 — 급히 뛰어 들어오더니, '그 악마 놈 히스클리프'가 안마당으로 들어오고 있다고 전하면서 그의 면전에 대고 문을 걸어 버릴까요 하더군요.

저희가 그렇게 하라고 말할 만큼 이성을 잃었다 하더라도 그럴 시간이 없었어요. 그는 문을 두드린다든가 하인에게 이름을 대고 내방을 알리는 격식을 차리지 않았습니다. 집주인으로서의 권리를 행사해 아무 말 없이 곧장 안으로 들어왔지요.

저희에게 보고하고 있는 하인의 목소리를 따라 서재로 들어온 그는 하인에게 손짓으로 나가라고 한 후 문을 닫아 버렸습니다.

그곳은 그가 18년 전 처음 손님으로 안내받았던 바로 그 방이었어요. 그때와 똑같은 달이 비쳤고, 창밖의 가을 풍경도 같았지요. 아직 촛불을 켜지는 않았지만, 방의 내부 — 벽에 걸린 초상화들, 린턴 부인의 당당한 얼굴과 린턴 씨의 우아한 얼굴까지 —가 다 보였답니다.

히스클리프는 벽난로 쪽으로 다가왔지요. 그의 모습도 세월의 변화를 거의 겪지 않았더군요. 그때 그 사람이었어요. 다만 검은 얼굴이 약간 누래졌고, 좀 더 안정되어 보였으며, 체중이 좀 불었을까 다른 변화는 없었습니다.

캐서린은 그를 보자 순간적으로 벌떡 일어나 뛰쳐나가려고 했지요.

"가만있거라!" 그는 그녀의 팔을 붙들면서 말했어요. "도망 다닐 거 없다! 어디로 가려고? 난 널 집으로 데려가려고 온 거야. 이제부터는 며느리 노릇을 충실히 하고, 린턴에게 내 말을 거역하라고 꼬드겨서는 안 된다. 네가 도망치는 데 그 자식이 거든 걸 알고 어떻게 혼내 줘야 하나 난감했거든. 거미줄 같은 놈이라 건드리기만 해도 사라져 버릴 테니 말이다. 하지만 그 녀석 얼굴을 보면 마땅히 받아야 할 벌을 받았다는 걸 알 수 있을 거다! 그저께 저녁에는 그 자식을 아래층으로 데리고 내려와서 의자에 앉혀 놓았지. 손가락 하나 대지 않았어. 헤어턴을 내보내고 우리 둘만 있었거든. 두 시간 있다가 조지프를 불러 그 녀석을 다시 위층으로 올려보냈는데, 그다음부턴 나라는 존재가 유령처럼 그놈의 신경을 곤두세우는 거야. 헤어턴의 말을 듣자니 밤에 한 시간들이로 비명을 지르며 깨어나 네 이름을 부르면서 아버지를 막아 달라고 한다는구나. 그러니 너의 훌륭한 짝이 좋든 싫든 넌 가야 한다. 그 자식은 이제 네 책임이니까. 모든 권리를 네게 넘겨주마."

"캐서린 아가씨가 여기에 남는 게 어떻겠어요?" 제가 애원을 해보았습니다. "린턴 도련님을 이리로 보내시지요. 두 사람 다 싫어하는 마당에 보고 싶을 일도 없을 테고, 핏줄이 당기지 않는 몰인정한 마음을 가졌으니 저 두 사람은 나날이 귀찮은 존재가 될 뿐일 거예요."

"이 집에 세 들 사람을 구하고 있는걸." 그의 대답이었습니다. "그리고 사실 난 애들을 곁에 두고 싶어. 그리고 얻어먹으려면 저 애도 일을 해야지. 린턴이 죽은 뒤에도 호사스럽고 편안하게 살도록 할 작정은 아니야. 어서 갈 준비를 해라. 끌고 가게 만들지 말고."

"가겠어요." 캐서린이 말했지요. "린턴은 제가 이 세상에서 사랑하지 않으면 안 되는 유일한 존재니까요. 제가 린턴을 싫어하고 린턴이 절 싫어하도록 최선을 다했지만, 서로 미워하게 만들지는 못할 거예요! 제가 옆에 있을 때 린턴을 괴롭히기만 해 봐요. 제가 가만히 있나. 그래 봤자 전 고모부가 무섭지 않아요."

"허풍 떠는 보호자로군!" 히스클리프가 대답했어요. "하지만 널 위해 그 녀석을 괴롭힐 만큼 널 좋아하지는 않아. 고통의 맛은 끝까지 네가 보게 될 거야. 그리고 내가 아니라 그놈의 상냥한 성미 때문에 그 자식을 싫어하게 될 거다. 그 녀석은 네가 도망쳐서 자기가 당했다고 널 원망하고 있지. 네 고귀한 헌신을 그 녀석이 고마워할 거라고는 기대하지 마라. 아버지만큼 힘이 세다면 어떻게 하겠다고 질라에게 유쾌한 상상의 나래를 펼치는 걸 내가 직접 들었으니까. 그럴 뜻이 있는데 몸이 안 따라 주면 힘 대신 머리를 써서 널 괴롭힐 거다."

"그 애의 고약한 성질은 잘 알고 있어요." 캐서린이 말하더군요. "누구 아들인데요. 다행히 저는 성격이 좋으니까 그런 점도 용서할 수 있어요. 그리고 그 애가 절 사랑하는 걸 알기 때문에 저도 그 애를 사랑해요. 히스클리프 씨, 당신을 사랑해 주는 사람은 아무도 없지요. 그리고 당신이 우리를 아무리 비참하게 만든다 해도 당신의 그 잔인함이 더 큰 비참함에서 나온다고 생각하면 복수가 돼요. 당신은 비참해요. 그렇지 않아요? 악마같이 외롭고, 악마같이 시기심에 사로잡힌 거지요. 아무도 당신을 사랑하지 않아요. 당신이 죽어도 누구 하나 울지 않을 거예요! 뭘 준다 해도 난 당신과 자리를 바꾸지 않겠어요!"

캐서린의 승리감에는 음울함이 배어 있었어요. 그녀는 앞으로 가족을 이뤄야 할 집안의 가풍을 이어받아 원수의 슬픔에서 기쁨을 찾으려는 것 같았습니다.

"1분만 더 거기 서 있어 봐라." 그녀의 시아버지가 말했지요. "태어난 걸 후회하게 만들 테니. 꺼져, 요망스러운 것. 어서 가져 갈 물건이나 챙기란 말이다."

캐서린은 조롱의 눈길을 던지고 물러갔습니다.

캐서린이 나간 사이 그레인지의 일자리를 질라에게 양보할 테 니 워더링 하이츠에 있게 해 달라고 간청해 보았으나 절대 안 된 다고 했어요. 제 말문을 막아 놓고 그는 그제야 방 안을 둘러보더 니 벽에 걸린 초상화에 눈길을 주더군요. 그리고 린턴 부인의 초 상화를 뚫어져라 바라보고 나서 이렇게 말하는 거예요.

"저건 내가 가져가야겠군. 필요한 건 아니지만—"

그는 갑자기 벽난로 쪽으로 향하더니, 뭐라고 할까, 적당한 말 이 없으니 미소라고 해야겠지요, 미소를 지으면서 말을 이어 갔습 니다.

"내가 어제 무슨 일을 했는지 이야기해 줄게! 린턴의 무덤을 파 고 있는 묘지기를 시켜 캐서린의 관 뚜껑에 덮인 흙을 치우게 하 고 관을 열어 보았지. 한때 그녀의 얼굴을 다시 보게 되면 거기 같 이 묻혀야지 했는데, 여전히 그 얼굴이더군. 날 비켜서게 만드느 라 묘지기가 애를 먹었지. 그런데 공기를 쐬면 얼굴이 변한다기 에, 관의 한쪽 옆면 — 그 망할 린턴이란 놈이 묻힌 쪽은 아니고! — 을 두드려서 조금 느슨하게 해 놓고는 흙으로 덮어 버렸지. 그 놈을 납으로 땜질 한 관에 넣었더라면 좋았을걸. 그리고 교회 묘 지기에게 돈을 쥐여 주면서 내가 거기에 묻히게 되면 느슨하게 해 놓은 관의 옆면을 빼내고 내 관의 옆면도 빼내라고 했지. 내 관을 그렇게 만들도록 할 테니까. 그렇게 해 놓으면 린턴이란 놈이 흙이 될 무렵이면 누가 누군지 알아보지 못할걸!"

"참 나쁜 사람이군요, 히스클리프 씨!" 제가 소리쳤지요. "고요히 잠든 이의 평화를 깨뜨리다니, 부끄럽지도 않던가요?"

"난 아무의 평화도 깨지 않았어." 그가 대답하더군요. "마음의 평화를 약간 얻었을 뿐이야. 이젠 마음이 훨씬 편해질 것 같아. 내가 죽은 다음 땅에 조용히 묻혀 있을 가능성이 그만큼 커진 거지. 캐서린의 평화를 깨뜨렸다고? 천만에! 그녀야말로 18년 동안을 밤낮으로 — 끊임없이, 가차 없이 — 나의 평화를 깨뜨렸지. 바로 어젯밤까지 그랬어. 그런데 어젯밤에야 평안을 얻었지. 난 어젯밤 심장이 멎은 채 차디찬 내 뺨을 그녀의 뺨에 맞대고 그녀 옆에서 마지막 잠을 자는 꿈을 꾸었어."

"그럼 만약에 캐서린이 썩어 흙이 되어 버렸든가, 그보다 더한 상태로 변했더라면, 그땐 무슨 꿈을 꾸었을까요?" 제가 물었지요.

"그녀와 함께 썩어 문드러져 더 큰 행복을 누리는 꿈을 꾸지!" 그가 대답했지요. "넬리는 내가 그따위 변화를 두려워하는 줄 알아? 난 관 뚜껑을 열 때 이미 그런 변화를 예측하고 있었어. 다만 내가 나눌 수 있을 때 변화가 시작될 것 같아 기쁠 따름이야. 무엇보다도 그녀의 무표정한 얼굴을 내 마음에 각인하지 않았다면, 그 이상한 느낌이 사라지지 않았을 거야. 그 느낌은 기묘하게 시작되었어. 넬리도 알겠지만 난 캐서린이 죽은 뒤로 미치광이처럼 밤낮으로 그녀가 내게 돌아오길 빌었지. 유령으로라도. 난 귀신이 반드시 있다고 믿거든. 귀신이 우리와 함께할 수 있고, 또 함께한다고!

그녀가 그곳에 묻히던 날은 눈이 내렸어. 저녁때 묘지로 갔더니 겨울처럼 찬 바람이 휘몰아쳤지. 사방은 호젓했어. 그녀의 바보 같은 남편이 그렇게 늦은 시간에 그 골짜기로 기어 올라올 리 없고, 다른 사람이야 무슨 일로 거기 오겠어.

나 혼자이고, 또 우리 사이를 가로막고 있는 것이 2미터밖에 안 되는 푸슬푸슬한 흙이라는 생각이 들어 이렇게 혼잣말을 한 거야.

'다시 한 번 그녀를 이 팔로 안아 보자! 만약 그녀의 몸이 차면 북풍 때문에 차가워진 거라 생각하고, 그녀가 움직이지 않으면 잠들었다고 생각하자.'

나는 연장 창고에서 삽을 꺼내다가 힘껏 파기 시작했어. 삽 끝에 관이 긁히는 소리가 나더군. 그러고는 엎드려서 손으로 후벼 팠지. 관 뚜껑의 못 박은 자리가 벌어지고, 목표가 거의 이루어질 참이었는데, 그때 바로 내 머리 위 묘 가장자리에서 누군가 한숨 쉬는 소리가 들리는 것 같았어. '관 뚜껑을 열 수만 있다면' — 이렇게 중얼거렸지 — '우리를 함께 묻어 주면 좋으련만!' 그리고 나는 미친 듯이 관 뚜껑을 열려고 했지. 그때 바로 내 귓전에서 다시 한숨 소리가 들리는 거야. 진눈깨비를 잔뜩 실은 바람 대신 따뜻한 숨결이 느껴졌어. 피가 통하는, 살아 있는 사람이 옆에 없다는 건 알고 있었지. 하지만 어둠 속에 사람의 몸이 다가오면 보이지 않아도 알 수 있듯이, 캐시가 땅 밑이 아니라 땅 위에 있다는 걸 확실히 느꼈단 말이야.

갑자기 안도감이 심장에서 사지로 퍼지더군. 난 고통스러운 작업을 멈추고 뭐라 표현할 수 없을 정도로 위안을 받고 돌아섰어. 그녀가 내 곁에 있었던 거야. 파낸 묘를 다시 메우는 동안 그녀는 내내 거기 있다가 나를 집으로 이끌었지. 웃고 싶으면 웃어도 좋아. 그러나 난 틀림없이 집에 가면 그녀를 볼 수 있으리라고 확신했어. 그녀가 내 곁에 있는 게 너무나 분명해서 말을 건네지 않을 수 없을 정도였거든.

워더링 하이츠에 돌아가자마자 난 문으로 달려갔지. 문이 잠겼더군. 그 망할 언쇼란 놈과 내 마누라가 날 못 들어오게 하려고 벌인 수작이었어. 난 언쇼란 놈을 숨이 막힐 만큼 발길로 차 던지고 급히 2층으로 뛰어 올라가 우리가 어릴 적 쓰던 방으로 가서 초조하게 사방을 둘러보았지. 그녀가 내 옆에 있는 걸 느낄 수 있는데, 보일 듯 보일 듯하면서 볼 수가 없었어! 애달픈 그리움과 단 한 번이라도 보고 싶다는 열렬한 애원으로 피땀을 흘렸건만 단 한 번도 보지 못했어! 생전에도 종종 그랬듯 그녀가 악마 같은 장난을 친 거야. 그 후 정도의 차이가 있을 뿐 참을 수 없는 고문을 당했어. 지옥이 따로 없었지! 신경을 한껏 팽팽하게 당겨서. 내 신경이 양의 창자처럼 질겨 망정이지 아니면 옛날에 흐물흐물 풀어져 무기력한 린턴 꼴이 났을 거야.

내가 헤어턴과 함께 거실에 앉아 있을 때는 밖에 나가면 그녀를 볼 수 있을 것 같고, 황야를 쏘다니다 보면 그녀가 집 안으로 들어오는 모습을 만날 수 있을 것 같거든! 그리고 옛날 우리 방에서 자는 날에는 ― 그 짓은 더 이상 못하게 되었지만 ― 누워 있을 수가 없었어. 눈을 감자마자 그녀가 창밖에 나타나거나 침상의 판자 미닫이를 열거나, 그렇지 않으면 방으로 들어오기도 하고, 심지어 어렸을 때 그랬던 것처럼 베개 위에 그 사랑스러운 머리를 눕히는 거야. 그러면 감았던 눈을 뜨지 않을 수 없어. 그 바람에 하룻밤에도 몇 번이나 눈을 떴다 감았다 하게 되지. 늘 실망하게 마련이지만! 그런 고문이 어디 있어! 내가 노상 끙끙 앓는 소리를 내어 결국 그 늙은 악당 조지프 녀석은 틀림없이 내 양심이 마음속에서 지옥의 형벌을 가하는 마귀 노릇을 하고 있다고 믿게 되었을걸.

이제 그녀를 보고 나니 마음이 가라앉아, 약간은 말이야. 사람을 죽이는 방법치고는 고약하기 짝이 없는 거였지. 18년 동안을 희망이라는 허깨비에 속아, 한 치 두 치도 아니고, 털끝만큼씩 죽이는 셈이니!"

히스클리프 씨는 말을 멈추고 이마를 닦았어요. 머리카락이 땀에 젖어 이마에 달라붙었고, 두 눈은 난로의 불씨를 응시했지요. 미간을 찌푸리는 대신 눈을 치켜뜨고 있어서 사나운 인상은 좀 가셨지만, 독특한 고뇌의 표정, 어느 한 가지에 몰입한 정신적 긴장이 고통스럽게 드러나 보였습니다. 딱히 제게 말을 거는 건 아니었기 때문에 잠자코 있었어요. 저는 그의 이야기가 듣고 싶지 않았거든요.

잠시 후에 그는 다시 그림을 보고 생각에 잠기더니, 그걸 떼어 내려서 더 잘 보이는 곳에 놓고 보려는 듯 소파 위에 기대 놓았습니다. 그러고 있는 동안 캐서린이 들어와 자기 말에 안장을 매기만 하면 갈 준비는 다 되었노라고 말했지요.

"저건 내일 보내도록 하고—" 히스클리프는 제게 말하고 나서 캐서린을 돌아보며 말했어요. "네 조랑말 없이 지내도 될 거다. 오늘 저녁은 날씨도 좋고, 또 워더링 하이츠에 가면 조랑말 같은 건 필요 없다. 어디 갈 데가 있으면 네 발로 걸어가면 될 테니까. 어서 가자."

"안녕, 엘렌 아줌마!" 우리 아가씨가 속삭였지요. 제게 와서 작별 키스를 하는데 입술이 얼음처럼 차가웠어요. "날 보러 와 줘요, 아줌마. 잊지 말고."

"그런 짓을 하지 않도록 조심하게나, 딘 부인!" 캐서린의 시아버지가 말하더군요. "볼일이 있으면 내가 올 테니까. 넬리는 우리 집에 얼씬도 하지 마!"

그는 캐서린에게 앞서 가라고 손짓을 했지요. 가슴이 미어지는 그런 눈길로 한 번 돌아보고 그녀는 명령에 따랐답니다.

저는 창가에 서서 그들이 안마당을 걸어 내려가는 것을 지켜보았어요. 히스클리프는 캐서린이 싫다고 하는 게 분명한데도 그녀의 팔을 꼭 끼고 가더군요. 그리고 성큼성큼 빠른 걸음으로 정원의 오솔길로 캐서린을 재촉하여 끌고 갔고, 길가의 나무에 가려 보이지 않게 되었답니다.

제30장

　그리고 한 번도 캐서린을 보지 못했어요. 워더링 하이츠를 한 번 찾아가기는 했지요. 캐서린의 안부가 궁금해서 갔는데 조지프가 문고리를 손으로 잡고 들여보내 주질 않더라고요. 린턴 댁 아씨는 '바쁘고' 주인 양반은 안 계시다나요. 어떻게들 지내는지 질라가 대강 이야기해 주지 않았다면 누가 죽고 살았는지조차 알지 못할 뻔했습니다.

　질라가 하는 말로 미루어, 캐서린이 오만하다고 생각해서 좋아하지 않는구나 짐작할 수 있었어요. 캐서린이 그 댁에 처음 갔을 때 질라에게 뭘 좀 해 달라고 부탁했는데, 히스클리프 씨가 자기 일이나 하라며 질라에게 이르고, 며느리에게도 자기 일은 자기가 알아서 하라고 명령했나 봐요. 질라는 본래 소견이 좁고 이기적인 여자라 얼씨구나 하고 주인 말을 따른 것이지요. 캐서린은 홀대를 받은 것에 어린애같이 토라져서 멸시로 앙갚음을 했고, 제 정보원인 질라가 무슨 큰 잘못이라도 저지른 양 확실하게 적(敵)의 일원으로 치부했던 겁니다.

한 달 반쯤 됐을까, 그러니까 록우드 씨가 오시기 조금 전이지요. 하루는 황야에서 질라를 우연히 만나 한참 이야기를 나누었는데 이렇게 말하더군요.

"하이츠에 도착헌 린턴 댁 아씨는 글쎄 저와 조지프에게 잘 있었느냐 인사 한마디 읎이 위층으로 올라가더군요. 그러고는 린턴 방에 틀어백혀서 아침꺼정 꼼짝 않는 거예요. 그러더니 쥔장과 언쇼가 아침 식사를 허는디 거실로 내려와 몸을 부들부들 떨면서 린턴이 몹시 아프니 의사를 불러 달라고 하더라구요.

'우리도 알고 있는 바다!' 주인이 대답하더군요. '그렇지만 그 자식의 목숨은 한 푼의 가치도 없어. 난 동전 한 닢도 쓸 생각이 없다.'

'하지만 어떻게 해야 좋을지 모르겠어요.' 그녀가 말했어요. '아무도 도와주지 않는다면 저 사람은 죽고 말 거예요!'

'이 방에서 나가라!' 주인이 소리를 질렀지요. '그 자식 이야기는 한마디도 듣고 싶지 않아! 그 자식이 어떻게 되든 걱정할 사람은 이 집에 없으니까. 걱정이 되면 너나 간호를 해 주든지, 아니면 방에 가둬 놓든지.'

그다음엔 날 졸라 대는 거예요. 그래서 난 그 지겨운 물건헌티 신물이 났고, 우리는 각자 헐 일이 있는디 당신 헐 일은 린턴의 시중을 드는 것이니 그 일은 당신에게 맡겨 두라고 히스클리프 씨가 그러더라 말해 줬지요.

둘이서 으떠케 지냈는지는 알 수 읎어요. 린턴이 노상 보채고 밤낮없이 끙끙 앓았을 게고, 핼쑥해진 얼굴이며 흐리멍덩한 눈으로 보아 그녀는 거의 잠을 못 자는 것 같았어요. 가끔 으쩔 줄 몰라 하믄서 부엌에 들어와 도움을 청허고 싶은 눈치를 보였지만, 주인의 명령을 거역허고 싶지 않었거덩요. 무서워서라도 거역 못 허지요. 의사 선생님을 모셔 오지 않는 건 잘못이라고 생각혔지만 충고를 허거나 비판허는 건 내 일이 아니지 않겠어요? 난 절대 남의 일에 끼어들지 않거덩요.

한두 번, 모두 잠자리에 든 뒤 으쩌다 방문을 열믄 계단 꼭대기에 앉아서 울고 있는 걸 보기도 혔어요. 안됐다는 생각에 참견허고픈 마음이 들까 봐 얼른 문을 닫었지요. 진짜 불쌍헌 마음이 들었지만 그렇다고 일자리를 잃을 수는 없잖어요.

결국 어느 날 밤, 그녀가 불쑥 내 방에 뛰어 들어와 혼비백산했답니다.

'히스클리프 씨에게 가서 아드님이 임종하기 직전이라고 전해요. 이번에는 틀림없이 죽는다고, 당장 일어나서 그렇게 전하란 말이에요!'

이르케 말하더니 다시 나가 버리더군요. 15분쯤 오들오들 떨믄서 귀를 기울이고 누워 있었지 뭡니까. 아무 소리도 나지 않고 조용허더라고요.

'잘못 안 겨.' 혼자 중얼거렸지요. '한고비 냄겼나 보다. 자는 사람들을 깨울 건 읎지.' 그리고 잠에 빠져들었어요. 그런디 종소리가 요란허게 나는 바람에 깼답니다. 우리 집에 종이 딱 하나 있는디 린턴 쓰라고 달아 놓았거덩요. 주인이 무슨 일인지 가 보고 다시 종을 못 울리게 허라고 허대요.

린턴 댁 아씨의 말을 전허자 쥔장은 혼잣말로 욕지거리를 내뱉더니 조금 있다가 촛불을 켜 들고 그 방으로 가더군요. 나도 따라갔지요. 그녀는 두 손을 무릎 위에 포갠 채 침대 옆에 앉아 있었어요. 시아버지가 가까이 가서 아드님의 얼굴에 촛불을 비추며 들여다보고 만져 본 다음 그녀를 돌아보고 말허더군요.

'자, 캐서린, 기분이 어떠냐?'

그녀는 아무 말도 허지 않았어요.

"기분이 어떠냔 말이다, 캐서린?' 그가 반복혀서 물었지요.

'저 사람은 이제 안전하고, 난 자유의 몸이 되었어요.' 그녀가 대답혔어요. '기분이 좋아 마땅한데―' 쓰라린 심경을 이르케 내비치더군요. '너무 오래 혼자 죽음과 싸우도록 내버려 두어서 죽음만 느끼고 죽음만 보일 뿐이에요! 내가 죽음같이 느껴져요!'

정말 그르케 보이더군요! 내가 포도주를 조금 갖다줬지요. 종소리와 발소리에 잠이 깬 헤어턴과 조지프가 문밖에서 우리들이 허는 이야기를 듣고 있다가 그제야 방 안으로 들어왔어요. 조지프는 린턴이 죽은 게 잘되었다는 표정이고, 헤어턴은 약간 근심스러운 듯 보였지만, 린턴 생각보다는 린턴의 마누라를 쳐다보는 데 정신이 팔렸지요. 쥔장은 헤어턴에게 가서 잠이나 자라고 혔어요. 그의 도움은 필요 읎다는 거였지요. 조지프에게 시체를 자기 방으로 옮겨 놓으라고 헌 다음 나헌티도 방으로 돌아가라고 이르더군요. 그래서 히스클리프 부인 혼자 방에 남아 있게 되었어요.

다음 날 아침, 쥔장은 가서 아침 먹으러 내려와야 헌다고 전하라혔어요. 옷을 벗고 잠자리에 들었는디 아프다고 허더군요. 무리도 아니라는 생각이 들었지요. 쥔장에게 가서 그르케 고혔더니,

'그럼 장례식이 끝날 때까지 내버려 둬. 가끔 올라가서 필요한 걸 갖다주고. 좀 나아진 것 같으면 곧 내게 알리고.'"

질라에 의하면, 캐서린은 2주일을 위층에서 지냈답니다. 질라는 하루에 두 번씩 가 보았고, 좀 더 다정하게 해 주고 싶은 마음이 있었지만, 그녀의 친절을 캐서린이 오만한 태도로 곧장 거부했다네요.

히스클리프는 딱 한 번 린턴의 유언장을 캐서린에게 보여 주려고 2층에 올라갔다고 합니다. 린턴은 자신의 전 재산과 캐서린의 소유였던 동산을 자기 아버지에게 물려주었지요. 그 불쌍한 인간은 외삼촌이 돌아가시고 캐서린이 일주일쯤 집을 비운 사이, 아버지의 위협을 받았든가 아니면 꾐에 넘어가 그렇게 했나 봅니다. 린턴이 미성년자였기 때문에 히스클리프 씨는 토지에 손을 댈 수 없었는데 자기 아내와 자신의 권리를 주장하여 토지도 자기 소유로 만들어 버렸어요. 합법적으로 하기야 했겠지요. 어쨌든 돈도 친구도 없는 캐서린이 그런 부당한 점유를 막을 도리가 없었고요.

"그때를 빼고는," 질라가 말했어요. "나 말고 아무도 그 방 근처에도 가지 않았어요. 아무도 그녀의 안부를 묻지 않았구요. 그녀가 처음으로 거실로 내려온 건 어느 주일날 오후였지요.

점심을 갖다주니께 큰 소리로 추워서 더 견딜 수가 읎다고 허더군요. 그려서 쥔장은 스러시크로스 그레인지에 가려는 참이고, 언쇼허고 나야 내려와도 상관읎다고 말혔지요. 쥔장이 말을 타고 나

가는 소리가 들리자 곧 아래층으로 내려왔어요. 상복 차림에 금발의 곱슬머리를 퀘이커 교도처럼 단정허게 귀 뒤로 빗어 넘겼는디 곱슬머리는 빗으로 펼 수가 읎었던 모양이에요.

조지프허고 나는 주일날이면 대개 예배당*에 가거덩요. (교구 교회에는 지금 목사님이 안 계시고, 감리교인지 침례교인지는 모르지만 어쨌든 기머턴에 있는 집회 장소를 예배당이라고 부른답니다 하고 딘 부인이 설명했다.) 조지프는 예배당에 갔는디," 질라가 이야기를 계속했지요. "난 집에 남아 있어야겄다 생각했지요. 젊은 사람들이란 모름지기 나이 지긋헌 사람이 옆에서 감독혀야 허잖아요. 헤어턴이 부끄럼을 타지만 품행이 방정헌 건 아니거덩요. 사촌이 내려와서 우리와 함께 있겄다고 허는디 늘 주일을 잘 지키는 걸 보며 자란 아가씨께 내려와 있는 동안은 총이나 집에서 허던 일거리를 손대지 않는 게 좋겄다고 일러 놓았지요.

헤어턴은 이 소식에 상기되더니 자기 손이며 옷을 훑어보더라고요. 그리구 얼른 고래기름이나 화약 같은 걸 보이지 않는 데 치워 버리는 거예요. 허는 꼴이 그녀와 이야기를 나누고 싶고, 번듯허게 보이고 싶은 거 같았어요. 그래서 웃으면서 — 쥔장이 있으면 소리 내어 웃지도 못허지만 — 원헌다믄 치장허는 걸 도와주겄다고 허니께 어쩔 줄 몰라 혀서 놀려 먹었더니 골을 부리며 욕지거리를 허더라고요.

그런디, 딘 부인," 제가 못마땅해하는 걸 눈치챘는지 질라가 이렇게 말하더군요. "그 젊은 귀부인에게다 으떠케 헤어턴을 갖다 대냐 생각허시겄지요. 옳은 말씀입니다. 허지만 그녀의 자존심이 한풀 더 꺾여야 헌다고 생각혀요. 이제 와서 아무리 교양이 있고 고상헌들 무슨 소용이 있남요? 우리와 마찬가지로 가난헌디요. 아니, 우리보다 더 가난헐걸요. 돈 좀 모아 놓았죠? 나도 헐 수 있는 데꺼정 저축허거든요."

헤어턴은 질라에게 모양 내는 걸 도와 달라 부탁했고, 질라가 칭찬을 해 주니까 기분 좋아하더랍니다. 그래서 가정부의 말에 의하면, 캐서린이 들어오자 헤어턴은 전에 모욕당한 일을 거반 잊어버리고 자상하게 대하려고 애쓰더래요.

"안주인께서 걸어 들어오시는디." 질라가 말했습니다. "고드름같이 냉랭허고 공주처럼 도도허지 뭡니까. 일어나서 내가 앉아 있던 안락의자를 권혔지요. 웬걸요. 공손하게 대허는디 콧방귀도 안 뀌는 거예요. 언쇼도 따라 일어나서 벽난로 옆 긴 의자가 있는 디로 와 앉으라고 권혔지요. 추워서 꽁꽁 얼었을 거라고 말도 붙이믄서요.

'난 한 달 이상이나 꽁꽁 얼었어.' 린턴 부인은 한껏 비웃는 어조로 힘주어 말허대요.

그러고는 의자를 가져다가 우리와 멀리 떨어진 곳에 놓지 않겠어요.

몸이 녹을 때꺼정 앉아 있다 방을 둘러보더군요. 찬장에 책이 여러 권 쌓여 있는 걸 보고 얼른 일어나서 책을 꺼내려고 손을 뻗쳤는데 너무 높아서 손이 닿질 않았지요.

애쓰는 모양을 얼마간 지켜보고 있던 그녀의 사촌은 마침내 용기를 내서 도와주었지요. 그녀가 치맛자락을 펼치자 손에 잡히는 대로 책을 꺼내 준 거예요.

그로서는 크게 한 발 내디딘 셈인디 고맙다는 말도 없지 뭡니까. 그런디도 헤어턴은 도움을 받아들였다는 것만으로도 기뻐서 책을 뒤적이고 있는 그녀 뒤에서 책에 나오는 그림 중에 마음에 드는 것을 손가락으로 가리켰지요. 그녀가 오만허게 책장을 잡아채 손가락이 닿지 못허게 허는디도 헤어턴은 머쓱해허지 않고 뒤로 조금 물러서더니 책 대신 그녀를 바라보는 거예요.

책을 읽는 건지 읽을 만헌 걸 찾는지 계속 그러고 있는디 헤어턴은 그녀의 숱 많은 명주실 같은 곱슬머리를 쳐다보느라 정신이 팔렸어요. 그녀의 얼굴이 보이지는 않았고, 그녀도 그가 보이는 건 아니었어요. 자기가 무슨 짓을 허는지도 잘 몰랐겠지만, 헤어턴은 촛불에 이끌린 어린애처럼 보는 디 만족허지 못허고 만져 보기로 작정헌 모양이에요. 손을 내밀어 새라도 만지듯 부드럽게 한쪽 머리채에 손을 대더군요. 그르케 살짝 만졌는디 목덜미에 칼이라도 들이댄 것처럼 펄쩍 뛰면서 돌아보더군요.

'당장 저리 비켜! 감히 내 몸에 손을 대? 왜 그러고 서 있는 거야?' 린턴 댁 아씨는 몸서리를 치며 소리를 질렀어요. '보기 싫단 말이야. 가까이 오기만 해 봐. 다시 2층으로 올라가 버릴 테니까.'

우리 헤어턴 씨는 무색혀서 바보같이 뒤로 물러섰지요. 그는 긴 의자에 앉아 가만히 있었고, 그녀는 반 시간쯤 더 계속해서 책을 뒤적거리더군요. 드디어 언쇼가 내게로 와서는 조그만 소리로 말했어요.

'우리도 듣게 읽어 달라고 혀 봐, 질라. 암것도 허지 않고 있자니 답답혀 죽겄어. 그리구 좋을 거 같어. 읽어 주는 걸 들으면 좋을 거 같어! 내가 그런다고 하지 말고 질라가 듣고 싶다고 혀 보란 말이여.'

'여기 헤어턴 씨께서 저희들도 들을 수 있게 책을 읽어 달랍니다, 아씨.' 내가 당장 말했지요. '그런 친절을 베풀어 주시면 무척 고맙게 여길 거구요.'

그녀가 이맛살을 찌푸리고 눈을 치뜨더니 대답하는 거예요.

'헤어턴 씨, 그리고 당신들 모두, 위선적으로 꾸며 대는 친절을 내가 거절한다는 점을 분명히 해 두는 게 좋을 것 같군! 난 당신네들을 경멸해. 누구와도 할 이야기가 없어! 내가 친절한 말 한마디 들었으면, 아니 얼굴이라도 봤으면 원이 없겠다고 생각할 때는 근처에도 오지 않았잖아. 하지만 불평할 생각은 없어! 당신네들을 즐겁게 하려고, 혹은 같이 어울리려고 내려온 게 아니라 그저 추워서 어쩔 수 없이 내려온 것뿐이니까.'

"내가 으쨌다는 겨?' 언쇼가 말하더군요. '내가 뭘 잘못했다는 겨?'

'참! 당신은 예외야.' 아씨께서 대답하더군요. '당신이 와 주지 않아서 섭섭한 적은 한 번도 없었으니까.'

'허지만 난 여러 번 애기혔는걸.' 그녀가 방자허게 나오자 격분헌 헤어턴이 말혔어요. '히스클리프 아저씨헌티 대신 밤에 간호허겠다고 혔단 말이여.'

'닥쳐. 당신의 불쾌한 목소리를 듣느니 바깥으로 나가든, 어디라도 가겠어!' 우리 귀부인이 말씀허셨지요.

헤어턴은 '지옥으로 가든지' 투덜거리면서 주일이믄 허던 일을 자제혀야 헐 이유가 없어져서 총들을 매달아 놓은 곳에서 총을 하나 꺼내 들더군요.

그가 거리낌 없이 허고 싶은 말을 허자, 그녀는 곧 자기 방으로 가서 혼자 있는 게 낫겠다 생각헌 모양이어요. 헌디 서리가 내리고 난 다음엔 자존심이 상혔겄지만 점점 더 많은 시간을 우리들과 보내지 않을 수 없었지요. 사람이 아무리 좋아도 더 이상 멸시를 당허지 않을 거라고 못 박었지요. 그 뒤로는 나도 똑같이 뻣뻣허게 나갔어요. 우리 중 누구도 그녀를 좋아허지 않어요. 좋아헐 건덕지가 있어야지요. 누가 한마디만 하믄 누구라도 상관읎이 덤벼드니 말이에요! 쥔장헌티꺼정 톡톡 쏘아붙이믄서 때릴 테면 때려 보라는 식이거덩요. 그러다 당허면 당헐수록 더 독을 부리는 거예요."

저는 질라에게 이런 이야기를 듣고 처음에는 일자리를 그만두고 작은 집이라도 하나 장만해서 캐서린과 함께 살려고 결심했답니다. 하지만 히스클리프 씨가 그렇게 하라고 허락하겠어요? 헤어턴 몫으로 따로 집을 사서 살림을 내주기를 바라는 거나 마찬가지지요. 그래서 그녀가 다시 결혼이라도 한다면 몰라도 지금 형편으로는 어쩔 도리가 없답니다. 그리고 재혼하는 문제야 제가 나서서 어떻게 할 수 없는 일이고요.

이로써 딘 부인의 이야기는 끝났다. 의사의 예측과 달리 건강이 빨리 회복되어, 정월이 겨우 2주 지났을 뿐이지만, 하루나 이틀 뒤 말을 타고 워더링 하이츠에 가 볼 작정이다. 주인을 만나 다음 반년은 런던에 나가 지내겠으니 원한다면 10월 이후에는 나 대신 세 들 사람을 물색해도 좋다는 이야기를 하러 가려는 것이다. 온 세상을 준대도 여기서 다시 겨울을 날 생각은 없다.

제31장

　어제는 날씨가 맑고 바람도 없지만 쌀쌀했다. 예정대로 하이츠에 갔다. 우리 집 가정부가 그녀의 아가씨에게 짤막한 편지를 하나 전해 달라고 사정하는데, 난처한 일이라고 조금도 생각하지 않는 이 훌륭한 부인네의 청을 나도 거절하지 않았다.

　현관문은 열려 있었으나 경계가 삼엄한 대문은 지난번과 다름없이 잠겨 있었다. 문을 두드려 정원 화단 사이에 있는 언쇼를 불러냈다. 그가 사슬을 풀어 주어 안으로 들어갔다. 이 친구는 시골 농투성이치고는 잘생긴 인물이다. 이번에는 특히 그를 주목해 보았다. 그렇지만 또 한편 자신의 이점이 돋보이지 않도록 최선을 다하는 것 같았다.

　히스클리프 씨가 댁에 계시느냐고 물었다. 그는 부정으로 답하면서 점심때에는 돌아올 것이라고 덧붙였다. 11시였기 때문에 안에 들어가 기다리겠다는 뜻을 밝혔더니, 그는 냉큼 손에 들고 있던 연장을 집어 던지고 주인 대신 접대를 하려는 것이 아니라 감시인 노릇을 할 양으로 따라나섰다.

우리는 함께 들어갔다. 캐서린이 거기 있었는데, 점심에 먹을 채소를 다듬으며 일을 거들고 있었다. 처음 보았을 때보다 더 침울하고 기운이 없어 보였다. 내 쪽으로 눈길을 주는 둥 마는 둥 하더니, 이전과 마찬가지로 일상적인 예의조차 갖추지 않고 하던 일을 계속했다. 내가 고개를 숙이면서 안녕하시냐고 인사를 해도 조금도 아는 체를 하지 않았다.

'상냥한 여자는 아닌 것 같아.' 내 혼자 생각이었다. '딘 부인이 상냥하다고 누누이 강조했지만. 미인임에는 틀림없으나 천사는 아니야.'

언쇼가 캐서린에게 일거리를 갖고 부엌으로 가라고 무뚝뚝하게 말했다.

"갖고 갈 거면 거기 갖고 가든지." 캐서린은 일을 끝내자마자 옆으로 밀어내면서 대꾸했다. 그리고 창가에 있는 의자로 물러가더니 거기 앉아서 치마폭에 있는 순무 껍질 깎은 것으로 새와 짐승 모양을 새기기 시작했다.

나는 정원 경치를 바라보는 척하면서 그녀 쪽으로 다가갔다. 그리고 내 딴에는 헤어턴이 눈치채지 못하게 딘 부인이 준 편지를 기술적으로 그녀의 무릎 위에 떨어뜨렸다고 생각했는데, 그녀가 큰 소리로 이렇게 묻는 것이었다.

"이게 뭐예요?" 하더니 그것을 내팽개쳤다.

"당신의 옛 친구가 보낸 편지요. 우리 집 가정부 말이오." 나는 마음먹고 해 준 일을 폭로해 버린 것에 화도 나고, 또 내가 연애편지를 건넨 것이라고 생각할까 봐 얼른 대답했다.

그녀는 그 말을 듣자 반가워하며 다시 주우려고 했으나 헤어턴이 더 빨랐다. 그는 편지를 주워 히스클리프 씨에게 먼저 보여야 한다고 말하면서 조끼 속에 집어넣는 것이었다.

그러자 캐서린은 말없이 얼굴을 돌리더니 몰래 호주머니에서 손수건을 꺼내 눈으로 가져갔다. 그녀의 사촌은 동정심을 억누르려고 한참을 애쓰다가 편지를 꺼내 한껏 무뚝뚝하게 그녀가 있는 마루 쪽으로 휙 던졌다.

캐서린은 편지를 집어 들고 반갑게 읽었다. 그러더니 옛집에 살고 있는 사람이며 동물에 대해 몇 마디 묻고 먼 산을 바라보면서 혼잣말로 중얼거렸다.

"저 아래서 미니를 타고 다니면 좋겠어! 저길 올라가 보고 싶어. 아! 난 지쳤어. 답답해 죽겠어!"

그리고 한숨과 하품을 토해 내고는 그 예쁜 머리를 창문턱에 기대고 우리가 자기를 보건 말건 관심도 없고 알 바 아니라는 듯 멍한 슬픔에 잠겨 있었다.

"히스클리프 부인." 한동안 말없이 앉아 있다가 내가 말을 걸었다. "제가 부인을 잘 알고 있다는 걸 모르시지요. 각별한 사이처럼 생각되는데, 부인께서는 한마디 말씀도 없으시니 좀 이상한 기분이 드는군요. 우리 집 가정부는 지칠 줄도 모르고 부인에 대한 이야기며 자랑을 늘어놓는답니다. 부인이 편지만 받고 아무 말도 없더라는 이야기 외에 아무런 소식이나 편지를 못 갖고 돌아가면 우리 집 가정부는 이만저만 실망하지 않을 텐데요!"

그 말을 듣고 그녀는 약간 놀라 물었다.

"엘렌 아줌마가 당신을 좋아하나요?"

"그럼요, 아주 좋아하지요." 나는 주저하지 않고 대답했다.

"꼭 이렇게 전해 주세요." 그녀가 말을 이었다. "답장을 하고 싶지만 편지 쓸 종이가 없다고요. 책장이라도 찢었으면 좋겠는데 그럴 책조차 없거든요."

"책이 없다니요?" 나는 큰 소리로 물었다. "책 없이 이런 데서 어떻게 지내십니까? 이렇게 여쭤 봐도 실례가 안 되는지 모르겠습니다만, 저는 커다란 서재가 있는데도 스러시크로스 그레인지에서 무척 심심한데요. 제게서 책을 빼앗아 간다면 절박한 상태에 빠지고 말 겁니다."

"저도 책이 있을 때는 늘 책을 읽었지요." 캐서린이 말했다. "그런데 히스클리프 씨는 책을 안 읽거든요. 그래서 제 책을 없앨 생각을 한 거예요. 몇 주일 동안 한 권도 구경하지 못했어요. 언젠가 꼭 한 번, 조지프의 종교 서적을 뒤적거렸는데, 몹시 화를 내더군요. 그리고 또 한 번은 헤어턴의 방에 몰래 쌓아 둔 책을 본 일이 있어요. 라틴어와 그리스어 책이 몇 권, 그리고 이야기책과 시집이 몇 권 있었는데, 모두 옛 친구나 마찬가지였지요 — 이야기책과 시집은 제가 이곳에 갖고 온 것이었으니까요 — 그런데 헤어턴, 당신은 까치란 놈이 은수저를 모아 놓듯이 그저 훔치는 재미로 그것들을 모아다 놓았겠지! 그 책들은 당신에게는 소용이 없으니까 말이야. 아니면 자기가 못 읽으니까 다른 사람도 읽지 못하게 하려는 나쁜 심보로 감춰 놓았을 거야. 시샘이 나서 히스클리프 씨에게 내 소중한 책들을 빼앗으라고 꼬드겼겠지. 하지만 그 대부분은 내 머리에 써 놓았고 내 마음에 새겨 놓았으니 그것까지 빼앗아 가지는 못할걸!"

언쇼는 남몰래 책을 모아 둔 것을 사촌이 폭로하자 홍당무가 되어, 그녀의 비난에 반박하느라 몇 마디 더듬거렸다.

"헤어턴 씨는 지식을 넓히고 싶은 거겠지요." 나는 그를 두둔해서 말했다. "그는 부인이 책을 많이 읽은 것을 시샘하는 게 아니라 부인에게 뒤떨어지지 않으려고 애를 쓰는 겁니다. 그도 몇 해 안에는 책을 잘 읽게 될 겁니다!"

"그러는 동안 나보고는 멍텅구리가 되라고 빌겠죠." 캐서린이 대답했다. "그래요, 헤어턴이 혼자서 쓰고 읽어 보려고 애쓰는 걸 들은걸요. 멋있게 틀리더군요. 어저께처럼 「체비 체이스」*를 다시 읽어 보지그래. 아주 재미있던데! 난 듣고 있었어. 어려운 낱말들을 찾아보려고 사전을 뒤적이다가 설명을 읽을 수 없으니까 욕하는 소리까지 들은걸!"

무식하다고 비웃음을 당했는데 무식을 면하려 해도 비웃음을 당하는 것을 그 젊은이는 부당하다고 생각하는 것이 분명했다. 나 역시 동감이었다. 그리고 그가 문맹의 상태에서 배움의 빛을 얻으려고 첫 번째로 시도했던 일화를 딘 부인에게서 들은 게 생각나 이렇게 한마디 했다.

"하지만 히스클리프 부인, 우리는 누구나 시작을 합니다. 그리고 누구나 그 시작의 문턱에서는 넘어지기도 하고 비틀거리기도 하지요. 그런데 선생님이 우리를 깨우쳐 주지 않고 비웃었다면 우리는 아직도 넘어지고 비틀거리고 할 겁니다."

"어머!" 그녀가 대답했다. "그가 공부하는 걸 막으려는 게 아니에요. 다만 내 것을 가로채서 터무니없는 실수와 틀린 발음으로 웃음거리로 만들 권리는 없단 말이지요! 그 책들은 말이죠, 산문이든 시든 여러 가지 사연으로 내게 소중한 것들이기 때문에 저런 사람이 입에 올려 천하게 만들거나 더럽히는 게 싫단 말이에요! 게다가 내가 좋아해서 즐겨 되풀이 읽는 것들만 골라 그러지 뭐예요. 마치 일부러 심술이라도 부리듯!"

아무 말 없이 헤어턴은 잠시 가슴만 들먹거렸다. 심한 굴욕감과 격노에 휩싸여 제어하기 쉽지 않은 모양이었다.

그의 당혹감을 덜어 주어야겠다는 신사다운 생각에 나는 일어나 문 쪽으로 자리를 옮기고 바깥 풍경을 내다보며 서 있었다.

그도 날 따라나서더니 방에서 나갔다. 곧 손에 책을 대여섯 권 들고 다시 나타나 캐서린의 치마폭에 내던지며 큰 소리로 말하는 것이었다.

"가져가! 난 다시는 그따위 것을 보거나 읽거나 생각하고 싶지도 않으니까!"

"이제는 싫어." 그녀가 대답했다. "당신이랑 연관이 되어 싫어졌단 말이야."

그녀는 분명 자주 읽었던 책을 한 권 펼치더니, 처음 글을 배우는 사람처럼 느릿느릿 한 문장을 읽고 나서 책을 내던지고 소리내어 웃었다.

"이걸 들어 봐요!" 그녀는 계속 같은 투로 약을 올리며 옛 민요

하나를 읽었다.

그러나 헤어턴도 자존심이 있는지라 더 이상의 고문을 참으려 들지 않았다. 손을 써서 그녀의 건방진 입놀림을 막는 소리가 들렸는데, 그것이 전적으로 부당한 일이라고는 생각되지 않았다. 그 쪼끄만 아가씨가 거칠기는 해도 예민한 자기 사촌의 감정을 한껏 상하게 했으니, 완력에 호소하는 것만이 셈을 청산하고 고통을 준 사람에게 고통으로 되갚는 유일한 길이었던 셈이다.

그는 조금 뒤에 책을 주워 모아 불 속에 집어 던졌다. 화풀이로 그런 희생을 치르는 것이 그에게 얼마나 괴로운 일인지를 그의 얼굴에서 읽을 수 있었다. 책이 타들어 가는 동안 거기서 이미 얻은 즐거움, 그리고 얻으려고 기대했던 승리감과 계속 증가하는 즐거움을 돌이켜 보고 있다는 생각이 들었다. 그리고 그가 그렇게 남몰래 공부를 하고 싶어 한 원인도 아울러 알 수 있을 것 같았다. 캐서린이 그의 앞에 나타날 때까지 그는 하루하루의 노동과 거친 동물적 즐거움에 만족했을 것이다. 그녀가 비웃는 것이 부끄럽고, 그녀에게 인정받고 싶다는 바람이 처음으로 그에게 공부를 해야겠다는 자극제가 된 것이다. 그런데 비웃음을 면하고 인정을 받기는커녕 자기 향상의 노력이 정반대의 결과를 가져왔으니—.

"좋아, 당신 같은 짐승이 책에서 얻을 수 있는 게 기껏 그 정도겠지." 얻어맞아 부푼 입술을 빨며, 분노의 눈초리로 타오르는 불길을 지켜보다가 캐서린이 한마디 했다.

"그만 입 닥치는 게 좋을걸!" 헤어턴은 사납게 대꾸했다.

그러고는 너무 흥분한 나머지 더 말을 못하고 문 쪽으로 급히 걸어오는 바람에, 거기 서 있던 나는 그가 지나가도록 길을 비켜서야만 했다. 그런데 현관 앞 섬돌을 지나가기도 전에 정원의 샛길을 걸어 올라오던 히스클리프 씨가 그를 보고 어깨를 잡으며 묻는 것이었다.

"왜 그러니, 너?"

"아니여. 암것도 아니여!" 그는 슬픔과 노여움을 혼자 삭이려는 듯 몸을 빼 가 버렸다.

히스클리프 씨가 그의 등을 물끄러미 바라보다 한숨을 쉬었다.

"내 일을 내가 훼방 놓다니 얄궂은 일이로군!" 그는 뒤에 내가 서 있는 것도 모르고 중얼거렸다. "그런데 저 녀석의 얼굴에서 제 아비의 모습을 찾아보려 해도 날이 가면 갈수록 그녀의 얼굴만 나타나니! 도대체 어떻게 저리 닮은 걸까? 저 녀석의 얼굴을 바라볼 수가 있어야지."

그는 눈을 아래로 떨구고 우울하게 들어왔다. 그의 얼굴에는 전에는 볼 수 없던, 초조하고 근심에 찬 표정이 나타났다. 그리고 몸도 훨씬 여위어 보였다.

창문으로 그가 들어오는 것을 보고 그의 며느리는 얼른 부엌으로 달아나 버려 나 혼자 남아 있게 되었다.

"다시 바깥출입을 하신 걸 뵈니 기쁩니다, 록우드 씨." 그는 내 인사를 받으며 말했다. "부분적으로는 이기적인 동기에서 나오는 기쁨입니다만. 당신이 아니라면 이런 황량한 곳에 세 들 사람을 쉽게 구할 수 있을 것 같지 않거든요. 당신이 무엇 때문에 이런 데까지 왔는지 의아한 생각이 들곤 한답니다."

"하릴없는 변덕 때문이었죠." 내가 대답했다. "이번에는 그놈의 변덕 때문에 떠나게 될 모양입니다. 다음 주에 런던으로 떠나려고 합니다. 계약 기간이 만료되면 스러시크로스 그레인지의 계약 연장을 할 의사가 없음을 미리 말씀드립니다. 그곳에 더 이상 거주할 것 같지 않군요."

"아, 그러시군! 귀양살이하는 데 싫증이 나신 모양이구려? 하지만 거기 살지 않는다고 집세를 감해 달라고 왔다면 그건 헛수고요. 나는 당연히 받을 돈을 받는 데는 어느 누구에게도 사정을 두는 사람이 아니랍니다."

"집세를 감해 달라고 온 것이 아닙니다." 나는 아주 기분이 상해 목소리를 높였다. "원하신다면 당장 지불하겠습니다." 이렇게 말하고 나는 호주머니에서 지갑을 꺼냈다.

"아니, 아니." 그가 차갑게 대꾸했다. "혹 돌아오지 못하게 될 것에 대비해 집세가 될 만한 물건을 남겨 두는 것으로 족하오. 나야 그리 급하지 않으니까. 점심이나 함께하십시다. 다시 찾아오지 않을 게 확실한 손님은 대체로 환영받는 법이라오. 캐서린! 점심 차려 와. 어디 있는 거냐?"

캐서린이 나이프와 포크가 놓인 쟁반을 들고 나타났다.

"넌 조지프와 함께 먹어라. 그리고 손님이 가실 때까지 부엌에 있도록."

캐서린은 지시를 따랐다. 아마 명령을 어기고 싶은 유혹을 느끼지 않는 것 같았다. 시골뜨기와 염인증(厭人症) 환자 틈에서 살다 보니 윗길의 사람을 만나도 구별을 못하는 모양이다.

음울하고 무뚝뚝한 히스클리프 씨, 그리고 숫제 벙어리가 된 헤어턴 사이에 앉아서 나는 별로 즐겁지 못한 식사를 하고 일찌감치 작별을 고했다. 떠날 때 부엌 쪽으로 나가서 마지막으로 캐서린을 잠깐 보고 조지프 늙은이를 성가시게 할 참이었는데, 주인이 헤어턴에게 말을 끌어오라고 분부를 한 뒤 몸소 현관까지 바래다주는 바람에 소원을 이룰 수 없었다.

　'저런 집에서 살면 얼마나 쓸쓸한 기분일까!' 나는 말을 타고 내려오면서 생각했다. '린턴 히스클리프 부인의 착한 유모가 소망한 대로 나와 그녀 사이에 애정이 싹터 도시의 떠들썩한 분위기로 이주하게 되었더라면, 그녀로서는 동화보다 더 로맨틱한 꿈이 실현된 셈이었을 텐데!'

제32장

1802년. 올해 9월, 북쪽 지방에 사는 친구로부터 자기 소유의 황야 사냥터를 초토화하지 않겠느냐는 초대를 받았다. 그 친구의 집에 가는 길에 — 전혀 계획 없이 — 기머턴에서 15마일도 안 되는 곳을 지나가게 되었다. 길가 어느 주막집에서 마부가 내 말에 물을 먹이느라 물통을 들고 있는데 마침 갓 벤 새파란 귀리를 실은 짐마차가 지나가자 마부가 말을 건넨 것이다.

"기머턴에서 오는 거구먼! 거긴 추수가 다른 데보다 3주일이 늦으니께."

"기머턴이라니?" 내가 되받았다. 그 지방에서 살던 기억조차 이미 희미하고 어렴풋해진 것이다. "아니, 나도 아는 곳인데! 여기서 얼마나 가면 되는가?"

"저 고개로 넘어가믄 14마일인디, 길이 험혀요." 마부가 대답했다.

나는 갑자기 스러시크로스 그레인지에 가 보고 싶은 충동에 사로잡혔다. 정오도 채 안 되었고, 여관에서 지낼 양이면 전셋집이기는 하지만, 내 집에서 지내는 게 낫지 않겠느냐는 생각도 들었다. 게다가 하루쯤 시간을 낼 여유가 있으니 집주인을 만나 볼일을 마무리 지으면 다시 이곳을 찾는 수고를 더는 셈 아니겠는가.

잠시 쉬고 나서 나는 하인에게 마을로 가는 길을 알아보라고 일렀다. 그리고 말들이 몹시 지치기는 했지만 세 시간가량 걸려서 그 거리를 주파했다.

나는 하인을 마을에 남겨 두고 혼자 골짜기를 따라 내려갔다. 회색의 교구 교회 건물은 더 짙은 회색이 되었고 황량한 교회 묘지는 더 황량해 보였다. 황야에 놓아먹이는 양 한 마리가 무덤 위의 잔풀을 뜯고 있는 것이 보였다. 기분 좋게 따뜻한 날씨였다. 나다니기에는 좀 더웠지만, 그래도 아래위로 펼쳐진 아름다운 경치를 즐기는 데 방해가 될 정도의 더위는 아니었다. 만약 8월에 더 가까운 때 그 경치를 보았더라면 틀림없이 그 호젓한 고장에서 한 달쯤 지내고 싶은 마음이 생겼으리라. 겨울에는 이보다 더 쓸쓸한 곳이 없지만, 산에 둘러싸인 계곡하며 깎아지른 절벽에 흐드러진 히스하며, 여름이 되면 이보다 더 기막힌 곳이 없다.

나는 해 지기 전에 그레인지에 도착해서 사람을 부르려고 문을 두드렸다. 그런데 가느다란 푸른 연기가 부엌 굴뚝에서 동그라미를 그리며 피어오르는 것을 보아 식구들이 모두 뒤채로 물러나 있어서 문 두드리는 소리를 듣지 못하는 것 같았다.

나는 말을 탄 채 안뜰로 들어갔다. 문간에 아홉 살이나 열 살쯤 돼 보이는 계집애가 앉아 뜨개질을 하고 있었고, 웬 할머니가 승마 발판에 기대앉아서 생각에 잠긴 듯 담뱃대를 빨고 있었다.

"딘 부인이 안에 있는가?" 나는 노파에게 물었다.

"딘 부인요? 없는디!" 노파가 대답했다. "여기 살지 않어요. 워더링 하이츠로 올라갔는디."

"그럼 할머니가 이 집 가정부신가?" 내가 계속해서 물었다.

"그런디요. 지가 이 집을 지키고 있는디요."

"그렇군. 나는 록우드라고 하는데, 이 집 주인이지. 내가 묵을 만한 방이 있을까? 오늘 밤은 여기서 쉬어야겠는데."

"주인 나리시구려!" 노파는 놀라서 소리를 질렀다. "원, 주인 나리가 오실 줄 알았어야제. 오신다고 기별이나 하시제! 방이 다 눅눅혀서 쓸 만헌 게 읎는디. 하나도 읎으니 이를 어쩌누!"

노파가 담뱃대를 내던지고 허둥지둥 안으로 뛰어 들어가자 계집애도 뒤를 따랐고, 나도 들어갔다. 곧 노파의 말이 사실이라는 것을, 게다가 나의 예기치 못한 출현으로 노파가 거의 제정신이 아님을 알 수 있었다.

나는 그녀에게 진정하라고 일렀다. 바람이나 쐬고 올 테니 그동안 저녁이나 먹을 수 있게 거실 한쪽을 치우고, 침실 하나에 잠자리나 마련해 놓으면 된다고 말했다. 그렇다고 쓸거나 털 건 없고, 그저 불만 잘 지펴 놓고 시트만 눅눅하지 않으면 된다고 말했다.

노파는 최선을 다할 용의가 있는 것 같았다. 그런데 난로 청소용 솔을 부지깽이로 잘못 알고 재받이를 쑤시기도 하고, 자기가 늘 써 오던 다른 물건들도 마구 혼동했다. 그러나 내가 돌아올 때까지 쉴 자리야 마련해 놓겠지 싶어 물러 나왔다.

산책의 목적지로 예정한 곳은 워더링 하이츠였다. 나는 안뜰을 빠져나오다가 문득 생각이 나서 도로 들어갔다.

　"워더링 하이츠에는 별고 없는지?" 나는 노파에게 물었다.

　"야. 그런가 보대요!" 노파는 빨갛게 불이 붙은 밑불 그릇을 급히 들고 가면서 말했다. 나는 왜 딘 부인이 그레인지를 떠났는지 물어볼까 하다가, 그렇게 위급한 상황에 있는 노파를 붙잡고 말을 붙이기가 뭣해서 그냥 나와 버렸다. 붉게 물든 석양빛은 뒤에서, 막 솟아오르는 부드러운 달빛은 앞에서 받으며 나는 한가롭게 거닐었다. 내가 사냥터 숲을 벗어나 히스클리프 씨네 집 쪽으로 뻗은 자갈 깔린 샛길을 올라가고 있을 무렵, 석양빛은 희미해지고 달빛이 밝아 오고 있었다.

　워더링 하이츠가 보이는 곳에 다다르기도 전에 햇빛은 아주 사그라지고 서쪽 하늘은 그저 아련한 호박 빛으로 물들었다. 그러나 달빛이 대낮같이 밝아서 길 위에 깔린 자갈 하나, 풀잎 하나까지 다 보였다.

　담을 넘거나 대문을 두드리지 않아도 되었다. 손이 닿자 곧 열렸으니까.

　이거 개선된걸! 하고 나는 생각했다. 그리고 후각으로 또 하나의 개선 사항을 인지할 수 있었다. 흔한 과일나무들 사이에 자라난 화(紫羅爛花)며 향꽃장대 향기가 바람을 타고 풍겨 왔던 것이다.

　현관문도 들창도 모두 열려 있었다. 그런데도 탄광 지대에서는 대개가 그렇지만 활활 타오르는 빨간 불빛이 벽난로 굴뚝을 비추었다. 불꽃을 들여다보는 재미에, 덤으로 더운 것은 참아 내는 거였다. 게다가 워더링 하이츠의 거실은 열이 닿지 않는 곳으로 피해 앉으려면 얼마든지 멀찌감치 피해 앉아 있을 정도로 아주 널찍했다. 그때 집 안에 있는 식구들은 창문에서 별로 떨어지지 않는 곳에 자리 잡고 앉아 있었다. 집으로 들어가기 전에 그들이 보였고 이야기 소리도 들렸기 때문에, 결과적으로 지켜보다 엿듣게 되었다. 처음에는 호기심이었던 것에 부러움이 섞이게 되었고, 머뭇거리다 보니 부러움이 더 커지는 것이었다.

"컨-트러리란 말이야!" 은방울 같은 목소리였다. "벌써 세 번째야, 이 바보! 다시는 가르쳐 주지 않을 테야. 따라 해 봐. 못하면 머리카락을 잡아당길 테니까!"

"그래, 컨-트러리." 또 다른 목소리가 굵지만 부드러운 어조로 대답했다. "지금은 제대로 했으니까 뽀뽀해 줘."

"안 돼. 하나도 틀리지 않고 정확하게 다 읽어야 해."

남자가 읽기 시작했다. 그는 말쑥하게 차려입은 젊은이로 책을 앞에 놓고 테이블에 앉아 있었다. 잘생긴 그의 얼굴은 기쁨에 넘쳐 환하게 빛났다. 진득하지 못하게 눈길이 책에서 그의 어깨를 짚고 있는 조그만 하얀 손으로 옮아가곤 했는데, 그렇게 주의를 집중하지 않는 것을 들킬 때마다 손의 임자는 그의 뺨을 따끔하게 찰싹 때려서 정신을 차리게 하는 것이었다.

그 손의 임자는 뒤에 서 있었다. 그녀가 공부를 봐주기 위해 몸을 구부릴 때면 빛을 발하는 금발이 그의 밤색 머리카락과 얽혀들었다. 그리고 그녀의 얼굴은 — 그가 그녀의 얼굴을 보지 못해서 다행이지, 보고 있다면 도저히 그나마 착실히 앉아 있지 못했을 것이다. 나는 그녀의 얼굴을 볼 수 있었고 넋을 잃을 정도의 미모를 바라보기만 하지 않을 수 있는 기회를 내던지고 만 것에 배가 아파서 입술을 깨물었다.

실수가 전혀 없는 것은 아니었지만 제대로 읽어 냈다. 그런데 학생이 상을 달라고 졸라 적어도 다섯 번은 뽀뽀를 받았고, 또 받은 만큼 아낌없이 돌려주었다. 그러고 나서 그들은 문 쪽으로 나왔는데 주고받는 이야기로 미루어 이제부터는 밖으로 나가 황야를 거닐 모양이었다. 그때 내가 헤어턴 앞에 불운하기 짝이 없는 내 모습을 드러낸다면, 헤어턴이 말로는 하지 않을망정 마음속으로는 지옥의 제일 밑바닥에 떨어질 치사한 인간이라고 욕할 것만 같아서 몹시 심술이 나고 적의에 찬 기분으로 부엌을 피난처로 삼으려고 슬금슬금 돌아갔다.

그쪽도 문이 열려 있었는데 문간에 넬리 딘이 앉아 바느질을 하며 노래를 부르고 있었다. 노랫소리는 안쪽에서 들려오는 경멸과 옹고집을 담은 새된 소리 ─ 음악적인 어조와는 거리가 먼 소리 ─ 때문에 종종 멎곤 했다.

"증말이지 그 소리를 듣느니 차라리 아침부터 밤꺼정 저 사람들 욕지거리를 듣는 게 낫겠구먼. 에이!" 부엌을 차지한 사람이 들리지 않는 넬리의 대꾸에 이렇게 지청구하는 소리가 들렸다. "내가 성서를 펼치믄 마귀를 찬송하느라 목청을 높이믄서, 세상에 몹쓸 짓은 모주리 노래로 주워섬기니 이거 망측스러워서 어디 견디겄나, 원! 임자는 돼먹지 않았단 말이여. 저 여자도 마찬가지구. 그르구 말이여, 가엾은 도련님이 임자들 틈에서 못쓰게 되겠지. 도런

님두 참 딱허게 됐어!" 그가 으르렁대듯 덧붙이는 것이었다. "도련 님이 귀신에 홀렸지. 틀림없다구! 오, 하느님! 저들을 심판하소서. 우리를 다스리는 사람들 가운데는 법도 정의도 읊나이다!"

"없고말고요! 만약 있다면 우리는 활활 타오르는 불더미에 올 라앉았겠지요." 노래를 부르던 넬리가 응수했다. "그런데 영감일 랑 제발 기독교인답게 성서나 읽어요. 참견은 하지 말고. 이 노래 는 「요정 애니가 시집가는 날」이라는 건데, 좋은 곡이죠. 춤추기 도 좋고."

딘 부인이 다시 노래를 시작하려는 참인데 내가 앞으로 나서자 단박에 나를 알아보고 벌떡 일어나 외치는 것이었다.

"에구머니, 세상에. 록우드 씨. 어떻게 갑자기 오시게 되었어 요? 스러시크로스 그레인지는 모두 잠가 버렸는데요. 기별이라도 하시지 않구!"

"내가 묵을 동안 그럭저럭 잠자리만 마련해 놓으라고 일렀지." 내가 대답했다. "내일이면 다시 떠날 테니까. 그런데 어떻게 해서 이리로 옮겨 왔소? 그 이야기나 해 보구려."

"질라가 그만둬서 히스클리프 씨가 와 달라고 했어요. 록우드 씨가 런던으로 떠나시고 얼마 되지 않아서였지요. 돌아오실 때까 지만 와 있어 달라는 거예요. 어서 이리 들어오세요! 지금 기머턴 에서 걸어오시는 길인가요?"

"그레인지에서 오는 길이네." 내가 대답했다. "그런데 거기서 잠자리 준비를 하는 동안 집주인과 집 관계 사무를 끝내 버리려 고. 당분간은 올 기회가 또 있을 것 같지 않아서 말일세."

"무슨 일이신데요?" 넬리가 나를 방 안으로 안내하면서 묻는 것이었다. "지금 나가고 없는데요. 곧 돌아오지는 않을 거 같네요."

"집세 건인데." 내가 대답했다.

"그러세요? 그럼 우리 아가씨하고 해결하셔야지요." 딘 부인이 말했다. "그렇지 않으면 저하고 하시든가. 우리 아가씬 아직 그런 일을 처리할 줄 몰라 제가 대신하고 있어요. 아무도 할 사람이 없어서요."

깜짝 놀랄밖에.

"아 참! 아직 히스클리프 씨가 세상을 뜬 걸 모르시겠군요!"

"히스클리프 씨가 세상을 뜨다니?" 나는 놀라서 큰 소리로 말했다. "얼마나 된 일인가?"

"석 달 됐어요. 어쨌든 좀 앉으세요. 모자도 벗으시고요. 다 말씀드릴 테니까요. 잠깐, 아직 식전이시지요?"

"아무것도 먹고 싶지 않구려. 집에 저녁 준비를 해 놓으라고 일러 놓았으니. 딘 부인도 앉게나. 그가 죽을 줄은 꿈에도 생각 못했군! 도대체 어떻게 된 일인지 이야기나 들어 보세. 그 사람들 곧 돌아오지 않는다고 그랬지. 젊은이들 말이네."

"네, 아주 늦게까지 산책을 다니기 때문에 저녁마다 야단을 쳐야 돼요. 하지만 제 말을 들어야 말이지요. 그건 그렇고, 묵은 맥주가 있는데 한잔 드세요. 퍽 피곤해 보이시는데, 기운이 나실 거예요."

내가 사양할 틈도 없이 딘 부인은 급히 맥주를 가지러 갔는데, 조지프가 "저 나이에 사나이를 끌어들이다니 눈 뜨고 볼 수 없는

추문일세. 게다가 주인댁 지하실에서 맥주꺼정 퍼다 먹이질 않
나! 입때꺼정 살아서 이런 꼴을 보게 되다니 남우세스러운 일이
로고!" 하고 말하는 소리가 들려왔다.

딘 부인은 말대꾸하려고 멈춰 서지 않고 1파인트 은잔에 맥주
를 가득 부어 가지고 1분 만에 다시 들어왔다. 나는 상황에 맞게
열심을 내어 술맛이 좋다고 칭찬했다. 그러고 나서 딘 부인은 히
스클리프 씨의 후일담을 들려주었다. 그는 과연 그녀의 표현대로
'괴이한' 죽음을 맞이했다.

"저는 록우드 씨가 떠나고 보름도 안 돼서 워더링 하이츠로 오
라는 기별을 받았어요. 캐서린을 위해 기꺼이 그 말에 따랐지요.

우리 아가씨를 처음 보았을 때 가슴이 미어질 만큼 충격을 받았
답니다! 떨어져 있는 동안 엄청나게 변했더군요. 히스클리프 씨
는 새삼스럽게 저를 이곳으로 오라고 한 이유를 설명해 주지 않았
어요. 그저 제가 필요하다면서 캐서린을 보는 게 지겨워졌다는 말
만 하더군요. 작은 응접실을 거실 삼아 캐서린을 함께 데리고 있
으라는 거예요. 자기는 하루에 한두 번, 봐야 할 일이 있을 때 보
는 것으로 충분하다고요.

일이 이렇게 되자 캐서린은 기쁜 모양이었습니다. 그리고 제가
그레인지에서 캐서린이 즐겨 읽던 책이며 기타 다른 물건들을 조
금씩 남몰래 날라다 놓았고, 이만하면 비교적 편안하게 지낼 수
있겠구나 하고 뿌듯해했지요.

오래지 않아 오판임을 알게 되었답니다. 처음에는 좋아 날뛰던

캐서린이 얼마 안 가서 차츰 안달을 내고 초조해하지 뭡니까? 우선, 캐서린은 정원 밖으로는 못 나가게 되어 있었는데, 봄기운은 완연한데 좁은 방구석에만 갇혀 있자니 못 견디게 답답했던 거지요. 그리고 다른 한 가지는, 제가 집안일을 보느라 그녀 혼자 놔두고 왔다 갔다 해야 할 때가 많았는데, 그러면 심심하다고 불평이었어요. 혼자서 가만히 앉아 있으니 차라리 부엌으로 나와서 조지프와 다투겠다는 거예요.

둘이 부딪치는 거야 신경 쓸 일도 아니었지만, 히스클리프 씨가 거실에 혼자 있고 싶어 할 때는 헤어턴도 부엌으로 자리를 옮겨야 했거든요. 처음에 캐서린은 헤어턴이 들어오면 자리를 피하든가 아니면 조용히 제가 하는 일을 거들고, 헤어턴을 쳐다본다든가 말을 건네는 일이 없었지요. 헤어턴도 언제나 아주 침울하게 말이 없었지만요. 그런데 얼마 후에 캐서린이 태도를 바꾸어 헤어턴을 그냥 놓아두질 않는 거예요. 말을 걸기도 하고, 둔하다느니 게으르다느니 비평을 하며, 어떻게 그런 생활을 견뎌 내는지, 어떻게 저녁 내내 벽난로 불만 바라보며 졸기만 하는지 참 이상하기도 하다 이렇게 말하는 겁니다.

'저 사람은 꼭 개예요. 그렇지 않아, 아줌마?' 캐서린이 언젠가 이렇게 말하더군요. '아니면 짐마차를 끄는 말이라고나 할까? 언제까지나 일하고 먹고 잠이나 자니 말이에요! 머릿속이 따분하니 텅 빈 게 분명해요! 꿈꿔 본 일은 있어, 헤어턴? 꿈을 꾼다면 무슨 꿈을 꾸지? 하지만 내게 말을 할 수는 없겠지!'

이렇게 말하면서 캐서린은 헤어턴을 쳐다보았지만 그는 캐서린과 다시 대거리를 하려고도 하지 않았고 그녀 쪽을 보지도 않았습니다.

'저 사람 아마 지금도 꿈을 꾸고 있을 거예요.' 캐서린이 계속 했어요. '주노가 어깨를 꿈틀거리는 것처럼 저 사람도 어깨를 꿈틀거리잖아요. 한번 물어봐요, 아줌마.'

'얌전히 굴지 않으면 헤어턴 도련님이 히스클리프 씨에게 일러 바쳐서 아가씨를 위층으로 보내 버릴걸요!' 제가 말했지요. 헤어 턴은 어깨를 움찔거렸을 뿐만 아니라 주먹도 한번 써 보고 싶은 듯 불끈 쥐기도 했습니다.

'내가 부엌에 있으면 헤어턴이 왜 아무 말도 하지 않는지 알아요.' 또 언젠가 캐서린이 큰 소리로 말하더군요. '내가 비웃을까 봐 두려운 거예요. 아줌마, 어떻게 생각해요? 저 사람, 언젠가 혼자 읽기 공부를 시작한 일이 있거든요. 그런데 내가 웃었더니 책을 모두 태워 버리고 그만뒀지 뭐야. 바보짓 아니에요?'

'아가씨가 못되게 군 거 아니에요?' 제가 말했어요. '어디 대답해 봐요.'

'그럴지도 몰라요.' 캐서린이 이렇게 말을 이었지요. '하지만 난 저 사람이 그런 바보짓을 할 줄은 미처 몰랐거든요. 헤어턴, 내가 책을 준다면 이젠 받겠어? 한번 시험해 봐야지!'

캐서린은 자기가 읽고 있던 책을 그의 손 위에 놓았습니다. 헤어턴은 그걸 내동댕이치더니 그런 바보짓을 집어치우지 않으면 모가지를 분질러 버리겠다고 중얼거리는 거예요.

'좋아. 이걸 여기 놓아둘 거야.' 캐서린이 말하더군요. '책상 서

랍 속에……. 난 이제 자러 갈 거야.'

그러고 나서 캐서린은 헤어턴이 책에 손을 대는지 잘 보라고 제게 귓속말로 이르고 나가 버렸습니다. 하지만 헤어턴은 그 근처에도 오려고 하지 않았지요. 그래서 다음 날 아침 캐서린에게 그렇게 말해 주었더니 여간 실망하는 눈치가 아니었어요. 헤어턴이 침울하고 나태하게 지내는 것을 캐서린은 안쓰럽게 생각했던 거예요. 자기 향상을 위한 노력을 집어치우게 만든 책임을 통감한 거지요. 그것도 아주 효과적으로 중단시키고 말았으니까요.

그러나 잘못을 만회하려고 캐서린은 머리를 짜냈습니다. 제가 다림질을 하거나 그 밖에 앉아서 하는 일이되 우리 방에서 할 수 없는 일을 하고 있으면, 그녀는 재미있는 책을 가지고 와서 제게 큰 소리로 읽어 주는 거였어요. 언쇼가 그 자리에 있을 경우에 재미있는 대목이 나오면 읽다가 멈추고 책을 놔둔 채 나가기도 했지요. 이런 일을 여러 차례 되풀이했는데도 언쇼는 노새처럼 고집이세서 그녀의 미끼에 걸려들지 않았답니다. 날씨가 궂은 날에는 조지프와 함께 벽난로 가에 한 자리씩 차지하고 자동인형처럼 앉아서 담배를 피우며, 노인네는 다행히 귀가 먹어 망측한 허튼소리라고나 할 게 들리지 않았고, 젊은이는 애써 듣지 않는 척했지요. 날씨가 좋은 저녁이면 젊은이는 사냥을 하러 나가고, 캐서린은 하품이나 하고 한숨을 쉬면서 제게 말 좀 하라고 졸라 댔어요. 그래서 제가 무슨 이야기를 꺼낼라치면 그녀는 안뜰이나 정원으로 뛰어나가 버리고요. 그리고 마지막에 가서는 울음을 터뜨리며 사는 것이 지겹고 자기 삶은 아무 쓸모도 없다고 한탄하는 거예요.

히스클리프 씨는 사람들과 어울리는 것을 점점 더 싫어하게 되어 언쇼까지도 자기 방에 얼씬하지 말라고 하는 지경에 이르렀습니다. 3월 초에 언쇼가 사고를 당해서 며칠 동안 부엌에 들어앉아 있게 되었어요. 혼자 산에 사냥을 나갔다가 총이 터지면서 팔에 파편이 박혀 집으로 오는 동안 피를 많이 흘렸던 거지요. 그 결과, 회복될 때까지 어쩔 수 없이 벽난로 옆에서 안정을 취할 수밖에 없게 되었답니다.

헤어턴이 부엌에 그러고 있는 것이 캐서린은 좋은 모양이었습니다. 어쨌든 그 뒤로 위층에 있는 우리 방에 있으려고 하질 않더군요. 저를 따라나서려고 억지로라도 아래층에서 일거리를 찾으라며 성화를 부리는 거예요.

부활절 다음 월요일, 조지프는 소를 몇 마리 끌고 기머턴 장에 갔습니다. 그리고 오후에 저는 부엌에서 침대 시트 손질하느라 바빴지요. 언쇼는 언제나처럼 시무룩하게 굴뚝 한구석에 앉아 있었고, 우리 꼬마 아가씨는 심심풀이로 유리창에 그림을 그리다가 싫증이 나면 숨죽여 노래를 부르기도 하고 조그만 소리로 무언가 중얼대기도 하면서, 담배만 피우며 벽난로 불만 들여다보고 있는 자기 사촌을 짜증과 조바심 섞인 눈길로 힐끔힐끔 쳐다보았어요.

빛을 가려서 일을 못하겠다고 말했더니, 캐서린은 창가에서 벽난로 앞으로 자리를 옮겼습니다. 지켜보지는 않았지만 곧 이렇게 말하는 소리가 들렸어요.

'난 이제 알아, 헤어턴, 내가 원한다는 걸, 또 기쁘게 생각한다는 걸 말이야. 이제는 네가 사촌인 게 좋아졌어. 나한테 그렇게 화

를 내고 거칠게 대하지 않는다면.'

헤어턴은 아무 대꾸도 하지 않았습니다.

'헤어턴, 헤어턴, 헤어턴! 안 들려?' 캐서린이 계속 말을 걸었지요.

'저리 꺼져!' 헤어턴은 전혀 타협할 기색 없이 퉁명스럽게 내뱉었어요.

'그 담뱃대를 빼앗아 버려야지.' 캐서린은 조심스럽게 손을 내밀어 그의 입에서 담뱃대를 뽑아 버렸습니다.

그러고는 도로 빼앗으려고 손을 뻗칠 틈도 주지 않고 부러뜨려 불 속으로 집어 던졌답니다. 헤어턴은 욕을 하면서 다른 담뱃대를 집어 들었어요.

'그만 좀 피워.' 캐서린이 소리를 질렀지요. '먼저 내 이야기 좀 들어 봐. 담배 연기가 내 얼굴로 구름처럼 둥둥 떠와서 말을 할 수가 없잖아.'

'뒈질려?' 헤어턴은 사납게 고함을 쳤습니다. '내버려 두란 말이여!'

'안 돼.' 캐서린이 억지를 쓰더군요. '그렇게는 못하겠어. 어떻게 해야 내게 말을 할지 알 수 없지만 말이야. 헤어턴은 내 말을 듣지 않기로 작정했나 봐. 내가 헤어턴을 바보라고 부른 건 별 뜻이 있어서가 아니야. 헤어턴을 멸시해서도 아니고. 자, 날 좀 봐, 헤어턴. 헤어턴은 내 사촌 오빠란 말이야. 그러니까 헤어턴도 그걸 받아들여.'

'난 니까짓 거허고 아무 사이도 아녀. 드럽게 삐기고 돼먹지 못허게 사람을 우습게 만드는 재주나 피우고 말이여!' 헤어턴이 대답하는 거예요. '다시 너 따위 거헌티 곁눈질이라도 허믄 내 몸과 영혼 모다 지옥으로 떨어질 기다! 비켜서! 당장 비켜!'

캐서린은 상을 찡그리더니 입술을 깨물고 창가 자리로 돌아갔습니다. 그리고 이상한 노랫가락을 흥얼거리며 울음이 터져 나오려는 것을 감추려고 애쓰더군요.

'사촌 동생인데 사이좋게 지내셔야지요, 헤어턴 도련님.' 제가 참견했지요. '자기가 건방졌다고 뉘우치고 있잖아요! 아씨와 친구로 지내면 도련님에게도 많은 도움이 될 거예요. 도련님은 아주 딴사람이 될 겁니다.'

'친구가 되라구!' 헤어턴이 열을 냈어요. '저 가스나가 날 그르케 미워허구, 또 나 같은 건 지 발싸개보다 못허다고 생각허는걸! 임금님이 된대도 저 가스나의 환심을 사려구 더 이상 멸시를 당허지는 않을 겨.'

'내가 헤어턴을 미워한 게 아니라 헤어턴이 날 미워한 거지!' 캐서린이 속상한 것을 더 이상 감추지 못하고 울음을 터뜨렸습니다. '히스클리프 씨 못지않게 날 미워하지 뭐야. 아니, 더해.'

'넌 몹쓸 거짓말쟁이야.' 언쇼가 반박하더군요. '그럼, 왜 내가 골백번이나 니 편을 들다가 아저씨 부아통을 터뜨렸겠어? 그것도 니가 날 비웃고 읍신여길 때 말이여. 그리구 더 구찮게 굴어 봐. 저쪽 방으로 가서 니가 성가시게 굴어 부엌에 당최 못 있겠다고 이를 테니께!'

'헤어턴이 내 편을 든 줄은 몰랐지.' 캐서린은 눈물을 닦으면서 대답했습니다. '난 너무나 비참해서 누구에게든 심하게 대했던 거야. 하지만 이제는 헤어턴을 고맙게 생각하고 용서해 주기를 바랄 뿐이야. 내가 할 수 있는 게 그것밖에 없잖아?'

캐서린은 벽난로 쪽으로 돌아와서 거리낌 없이 손을 내밀었습니다. 헤어턴은 먹구름이 낀 듯 얼굴이 어두워지면서 상을 찌푸린 채 두 주먹을 불끈 쥐고 방바닥을 뚫어지게 바라보았어요.

캐서린은 그가 그렇게 버티는 것이 완고한 고집 때문이지, 자기가 싫어서 그러는 게 아니라는 걸 본능적으로 알아차렸음이 틀림없어요. 그렇게 잠깐 우물쭈물 서 있더니 몸을 굽혀 그의 뺨에 부드럽게 뽀뽀를 했지요.

그러고 나서 장난꾸러기 아가씨는 제가 보고 있지 않은 줄 알고 돌아서서 아주 음전하게 창가 자기 자리로 돌아가 앉더군요.

저는 나무라는 뜻으로 고개를 저었어요. 그랬더니 캐서린이 얼굴을 붉히며 조그만 소리로 말하는 거예요.

'달리 방법이 없잖아요, 아줌마. 악수는 고사하고 쳐다보려고도 하질 않는데. 어떻게든 내가 그를 좋아하고 또 사이좋게 지내고 싶어 한다는 걸 보여 주고 싶었어요.'

그 뽀뽀로 헤어턴이 설득을 당했는지는 알 수 없습니다. 얼마 동안 그는 얼굴을 보이지 않으려고 몹시 애를 썼지요. 그리고 얼굴을 들고 난 다음에도 눈을 어디에 둘지 몰라 당황하는 거예요.

캐서린은 훌륭하게 장정이 된 책 한 권을 흰 종이로 깔끔하게 싸고 있었습니다. 그것을 리본으로 묶은 뒤 '헤어턴 언쇼 씨에게'라고 써 가지고 저더러 대신 선물을 전해 달라고 부탁하더라고요.

'이걸 받거든 내가 가서 제대로 읽는 법을 가르쳐 준다고 전해 줘요. 받지 않는다면 난 위층으로 가서 다시는 귀찮게 하지 않겠다고 해요.'

저는 그것을 들고 가서 선물을 보낸 사람이 걱정스럽게 지켜보는 가운데 그 말을 그대로 전했습니다. 헤어턴이 손가락을 펴려고 하지 않아서 무릎 위에 놓아주었더니 밀어내지는 않더군요. 저는 하던 일로 돌아왔습니다. 캐서린은 머리와 두 팔을 탁자 위에 기대고 있었는데, 결국 포장을 푸는 바스락 소리가 희미하게 들리자 슬그머니 일어나 사촌 옆으로 가더니 가만히 옆에 앉았어요. 헤어턴은 몸을 떨며 얼굴을 붉혔지요 — 그의 무례함과 거친 무뚝뚝함은 사라졌답니다 — 처음에는 캐서린의 캐묻는 듯한 눈길과 속삭이는 애원에 한마디도 대답하지 못하더군요.

'나를 용서해 준다고 말해, 헤어턴. 어서. 그 간단한 말 한마디로 날 아주 기쁘게 해 줄 수 있단 말이야.'

헤어턴은 들리지 않는 소리로 뭐라고 중얼거렸습니다.

'그리고 내 친구가 되어 주는 거지?' 캐서린이 미심쩍은 듯 물었지요.

'그건 안 돼! 넌 앞으로 매일매일 내가 챙피헐 겨.' 그가 대답했어요. '그리구 날 알믄 알수록 더 챙피헐걸. 난 그게 참을 수 웂어.'

'그래서 내 친구가 될 수 없다는 거야?' 캐서린은 꿀같이 달콤한 미소를 지으면서 말하고는 더 바싹 다가앉는 거예요.

더 이상 알아들을 수 있는 말소리가 들려오지는 않았지만, 다시 돌아보니, 빛나는 두 얼굴이 선물로 받아들인 책을 펼치고 내려다

보고 있었어요. 그걸로 상호 간에 조약이 체결되어 원수였던 사이가 이제부터는 굳은 동맹을 맺었음을 확인했지요.

그들이 보고 있던 책은 정교한 그림으로 가득 차 있었답니다. 그림들이 좋고, 그렇게 앉아 있는 게 좋아서, 그들은 조지프가 돌아올 때까지도 그대로 앉아 있었지요. 그 불쌍한 영감은 캐서린이 헤어턴과 같은 벤치에 앉아 한 손을 그의 어깨 위에 올려놓고 있는 광경을 보고는 기겁할 정도로 놀라는 거예요. 자기가 아끼는 도련님이 캐서린과 가까이 있는 것을 참고 견딘다는 사실에 기가 막혔던 거지요. 그 광경에 너무 심한 충격을 받아 그날 밤에는 뭐라고 한마디도 하지 못하더군요. 자기의 커다란 성서를 탁자 위에 엄숙하게 펴 놓고, 그날 거래의 결과인 때 묻은 지폐를 지갑에서 꺼내 성서에 올려놓은 뒤, 긴 한숨을 여러 번 토해 내는 것으로 자신의 감정을 드러낼 따름이었답니다. 드디어 그는 헤어턴을 자기 자리로 불러 이렇게 말하더군요.

'이걸 히스클리프 씨에게 갖다 드리고 거기 그냥 기셔요. 나도 방으로 올라갈 거니께. 이 방은 우리헌티 적당치도 마땅치도 않어. 우선 나가서 다른 방을 찾아봐야겠군!'

'이보세요, 아가씨.' 제가 말했지요. '우리도 올라가야 되겠어요. 난 다리미질을 다 했는데. 아가씨도 볼일 다 봤죠?'

'8시도 안 됐는걸.' 캐서린은 마지못해 일어나면서 대답하더군요. '헤어턴, 나 이 책 벽난로 선반 위에 놓아두고 갈게. 그리고 내일 다른 책도 갖고 내려올게.'

'놓고 가는 족족 거실로 가져가고 말걸.' 조지프가 말했습니

다. '그럼 그 책들을 다시 보기 어려울 겨. 그러니 다 알아서 헐일이여.'

캐서린은 자기 책을 없애면 조지프의 책도 가만 놔두지 않겠다고 위협했습니다. 그리고 헤어턴 옆을 지나가면서 생긋 웃더니 노래를 부르며 위층으로 올라가는 거예요. 제가 보기에 캐서린에게는 린턴을 찾아오던 처음 몇 번을 빼고는 이 집에 온 뒤로 가장 마음 가볍고 즐거운 순간이 아니었을까 싶습니다.

이렇게 시작된 친밀함은 급속히 깊어 갔지요. 일시적으로 장애에 부딪친 적이 몇 번 있었지만요. 헤어턴이 캐서린이 원하는 대로 곧 교양과 세련됨을 갖추게 된 것이 아닌 데다 우리 아가씨도 철학자나 참을성의 표본은 아니었으니까요. 그러나 두 사람의 마음은 같은 목표를 향하고 있었지요. 한 사람은 상대방을 사랑하고 인정해 주기로 마음먹었고, 다른 한 사람 역시 사랑하고 인정받으려고 마음먹었던 거예요. 애쓴 결과, 그들은 그 목표에 도달하게 되었답니다.

록우드 씨, 히스클리프 부인의 마음을 붙드는 일이 그 정도로 쉬운 일이었다는 걸 아시겠지요? 그러나 이제는 록우드 씨가 그녀의 마음을 사려고 하지 않은 게 다행이라는 생각이 드네요. 제가 지금 무엇보다 바라는 건 두 사람의 결합이니까요. 두 사람의 결혼식 날에는 부러울 게 없을 거예요. 영국을 통틀어 저보다 행복한 사람은 없을 거라니까요!"

제33장

　월요일에 그 일이 있고 다음 날 아침, 아직은 매일 해 오던 일을 하러 나갈 수 없는 헤어턴이 집에 남아 있었기 때문에 캐서린을 이전처럼 옆에 잡아 두기 힘들겠구나 생각했답니다.

　캐서린은 저보다 먼저 아래층으로 내려가더니 사촌이 정원에서 뭔지 가벼운 일을 하고 있는 것을 보고 밖으로 나가더군요. 제가 아침상을 다 차려 놓았다고 부르러 가서 보니까, 캐서린이 사촌을 시켜 까치밥나무와 구스베리 덤불을 쳐내고 넓은 공간을 일군 다음 둘이서 열심히 그레인지에서 갖고 온 화초를 심을 계획을 짜고 있지 뭡니까.

　저는 불과 반 시간 동안 자행된 파괴의 흔적을 보고 기절할 지경이었습니다. 검정 까치밥나무들은 조지프가 무엇보다 소중히 여기는 것인데 하필이면 그곳을 골라 화단으로 만들겠다니요!

　"이런, 일을 제대로 쳤네요. 이 꼴을 보면 조지프가 득달같이 주인에게 고해바치고 야단이 날 텐데." 제가 소리쳤지요. "그리고 정원을 이렇게 마음대로 바꿔 놓고 뭐라 변명하려고 그래요? 이 일로 한바탕 벼락이 떨어질 테니 두고 봐요! 헤어턴 도련님도 그렇지, 글쎄, 아가씨가 말한다고 생각도 없이 저렇게 파헤쳐 버리면 어쩌자는 거예요!"

"저게 조지프 거라는 걸 깜빡했군." 조금 난처한 듯 헤어턴이 대답하더군요. "허지만 내가 그랬다고 헐게."

우리는 언제나 히스클리프 씨와 함께 식사를 했습니다. 저는 차를 만들고 고기를 썰어 돌리는 주부 역할을 했고요. 그래서 식사 때는 제가 꼭 있어야만 하지요. 캐서린은 대개 제 옆자리에 앉아 식사를 했는데 그날은 살그머니 헤어턴 쪽으로 가더라고요. 그녀는 적의를 나타낼 때도 그렇지만, 친밀한 감정을 보이는 데 있어서도 거리낌 없이 행동으로 보여 주곤 했어요.

"아가씨, 사촌 오빠와 너무 이야기하거나 그쪽만 바라보는 일은 삼가야 해요." 저는 방에 함께 들어가면서 귓속말로 일렀습니다. "그렇지 않으면 틀림없이 히스클리프 씨 신경을 건드려 두 사람에게 불똥이 튈 테니까요."

"조심할게요." 캐서린이 대답했답니다.

1분도 안 되어 캐서린은 옆 걸음으로 슬금슬금 다가가서 헤어턴의 죽 그릇이 놓인 접시에 앵초꽃을 올려놓는 거예요.

헤어턴은 그 자리에서는 감히 캐서린에게 말을 걸지도 못하고 제대로 쳐다보지도 못했어요. 그런데도 캐서린이 자꾸 집적거리니까 결국 헤어턴도 두어 차례 하마터면 웃음을 터뜨릴 뻔했지요. 제가 눈살을 찌푸렸더니 캐서린은 히스클리프 씨 쪽을 힐끗 쳐다보았습니다. 그 양반 표정으로 보아 함께 있는 우리들은 안중에도 없고 다른 생각에 열중하고 있는 게 분명했어요. 캐서린은 잠시 심각해지더니 침중하게 그를 관찰하더군요. 그러고는 조금 있다가 얼굴을 돌리더니 다시 장난을 시작하는 거였어요. 드디어 헤어턴은 참았던 웃음을 터뜨렸지요.

히스클리프 씨가 흠칫하더니 우리들의 얼굴을 훑어보았습니다. 캐서린은 늘 그러하듯 불안하면서도 도전적인 표정으로 그의 눈길을 받았고요.

"내 손이 닿지 않는 데 앉아 있는 게 천행인 줄 알아." 그가 고함을 지르더군요. "도대체 무슨 마귀가 붙었기에 그 악마 같은 눈으로 자꾸만 쳐다보는 거냐? 눈을 내리깔지 못해! 네가 있다는 사실을 자꾸 상기시키지 말란 말이다. 웃는 버릇을 고쳐 준 줄 알았는데!"

"내가 웃었어요." 헤어턴이 중얼거렸지요.

"뭐라고?" 히스클리프 씨가 놀라서 물었습니다. 헤어턴은 상 위에 있는 접시를 내려다볼 뿐, 자백을 반복하지 않더군요.

히스클리프 씨는 잠시 그를 쳐다보더니 말없이 식사를 계속하며 다시 생각에 잠기는 거예요.

식사가 거의 끝나고 두 젊은이도 조심해서 조금 떨어져 앉아 있었어요. 그래서 저는 아침 식사 중에는 다시 소동이 벌어지지 않겠구나 하고 생각했지요. 그런데 때마침 조지프가 입구에 나타났는데 입술이 떨리고 눈에 불꽃이 튀는 것으로 보아, 그의 소중한 나무들이 어떤 일을 당했는지 알게 된 모양이었습니다.

현장을 조사하기 전에 캐서린과 헤어턴이 그 근처에서 얼쩡거리는 걸 눈여겨보았나 봅니다. 소가 되새김질하는 것처럼 아래위턱을 움직거려서 말을 알아듣기 어려웠지만 대충 이렇게 말하더군요.

"이저 새경이나 받어 개지구 나가야겄어요! 60년이나 섬겨 왔으니 이 댁에 뼈를 묻으려구 혔는디. 그래서 내 책도 다락방에 갖다 놓구 자질구레한 소지품도 다 치우구 부엌은 저들에게 내주었지요. 이 댁이 조용허게 말입니다. 벽난로 옆의 정든 자리를 내주는 게 여간 힘들지 않었지만 그럴 수도 있겄다 그르케 생각혔지요. 그런디 이번엔 저 아씨가 정원의 내 자리꺼정 빼앗어 갔으니, 원! 주인 나리, 더 이상 못 참겄어요! 몸을 굽혀 멍에를 매야 허는 거지만 난 이런 일은 익숙지두 않구, 늙은 몸이 새 짐을 질 수두 없구, 차라리 거리로 나가 막노동으로 입에 풀칠을 하는 게 낫겄어요."

"이봐, 이봐, 천치 같은 영감!" 히스클리프 씨가 말했습니다. "요점만 말해! 뭐가 못마땅하단 말인가? 난 영감과 넬리가 다투는 건 참견하지 않을 거네. 넬리가 영감을 석탄광에 처박는대도 내 알 바 아니야."

"넬리 이야기가 아닙니다요!" 조지프가 대답했지요. "넬리 때문에 나가지는 않는다구요. 심술 맞고 몹시 고약스러운 여자지요. 하느님 맙소사. 그려도 사람 혼을 빼 가지는 않거덩요. 사나아가 홀려서 쳐다볼 만큼 잘생기지를 않았다 이겁니다. 그른디 저 버르장머리 읎는 몹쓸 여자가 뻔뻔하게 눈웃음을 치구 아양을 떨어 우리 도련님을 홀려 버렸지요. 아니, 원! 가슴이 미어지네요. 도련님은 내가 애써 돌봐 준 걸 깡그리 잊어버리구 정원에 있는 그 좋은 까치밥나무를 몽땅 뽑아 버린 겁니다요!" 여기까지 말한 조지프는 너무나 속이 상한 데다 헤어턴의 배은망덕이며 위태로운 처지를 생각하자 마음이 약해져서 엉엉 우는 거예요.

"이 바보 영감이 술에 취했나?" 히스클리프 씨가 물었습니다. "헤어턴, 저 영감이 너 때문에 저 야단을 하는 거냐?"

"내가 까치밥나무를 두어 개 뽑았거든요." 젊은이가 대답하더군요. "하지만 다시 심어 놓을 건데요."

"무엇 때문에 나무를 뽑은 거냐?" 주인이 물었지요.

캐서린이 아는 척을 하고 나서며 외치더군요.

"우리가 거기다 꽃을 심으려고 그런 거예요. 내가 헤어턴에게 나무를 뽑으라고 시켰으니까 잘못한 건 바로 나예요."

"그런데 도대체 어느 놈이 정원에 있는 막대기 하나 손대도 된다고 허락했단 말이냐?" 시아버지는 크게 놀라서 다그쳐 물었어요. "그리고 누가 너더러 저 계집의 말을 들으라고 했어?"라고 헤어턴을 돌아보며 덧붙였답니다.

헤어턴은 대답을 하지 못하더군요. 그래서 사촌 누이가 대신 대답했지요.

"내 땅을 다 빼앗아 갔으니 꽃밭 하라고 한두 평 땅을 내주는 걸 아까워하면 안 되지요!"

"뭐, 네 땅이라고? 건방진 년 같으니! 네 땅이 언제 있기나 했냐!" 히스클리프가 말했습니다.

"그리고 내 돈도 다 빼앗아 가고." 캐서린은 그의 이글거리는 눈길을 되받으면서 이렇게 덧붙였지요. 그러고는 조반에 먹다 남은 빵 조각을 잘근잘근 씹는 거예요.

"닥쳐!" 그가 소리를 버럭 질렀어요. "어서 처먹고 꺼져!"

"그리고 헤어턴의 땅과 돈도 다 빼앗고." 무모한 것이 물고 늘어졌지요. "이제 헤어턴과 나는 친구가 됐어요. 그러니까 당신에 대한 이야기를 헤어턴에게 모두 해 줄 거예요!"

주인은 잠시 당황한 모양이었습니다. 얼굴이 새파래지더니 지독한 증오심을 담은 표정으로 한참 동안 캐서린을 뚫어지게 노려보더군요.

"때려 보세요. 그러면 헤어턴이 가만있나!" 캐서린이 말했지요. "그러니 그냥 앉아 있는 게 좋을 거예요."

"만일 헤어턴이 널 밖으로 끌어내지 않으면 내 저놈을 때려죽일 테다." 히스클리프는 고함을 질러 댔어요. "망할 요물 같으니! 네까짓 게 감히 저놈을 꾀어내어 반기를 들게 해? 저년을 끌어내! 안 들려? 부엌으로 내던지란 말이다! 엘렌 딘, 저년이 다시 내 앞에 나타나면 내 저년을 죽여 버릴 테다!"

헤어턴은 소리를 죽여 캐서린에게 나가자고 애써 권했어요.

"저년을 끌어내!" 그가 무시무시하게 소리쳤지요. "계속 지껄이고 서 있을 테야?" 그러고는 자기가 직접 끌어내려고 캐서린 쪽으로 한 발 내디뎠습니다.

"이제부터 헤어턴은 당신 말을 듣지 않아요. 악당 같으니!" 캐서린이 말하더군요. "그리고 곧 나와 마찬가지로 당신을 싫어하게 될걸요!"

"쉿! 그만!" 헤어턴이 나무라는 투로 나지막하게 말했어요. "네가 아저씨헌티 그르케 말허는 걸 듣고 싶지 않어. 그만혀."

"하지만 날 때리게 내버려 두지는 않겠지?" 캐서린이 외쳤답니다.

"알았어. 가자." 헤어턴이 열심을 내어 속삭였지요.

그러나 때는 이미 늦었어요. 히스클리프가 그녀를 붙잡은 거예요.

"이제 넌 저리 비켜!" 그가 헤어턴에게 말했어요. "저주받을 마녀 같은 년! 견디기 어려울 때 내 속을 뒤집어 놓았겠다. 영원히 후회하게 만들어 주지!"

그는 캐서린의 머리채를 잡았습니다. 헤어턴은 이번만은 봐 달라고 애원하며 머리채를 놓게 하려고 애썼지요. 그의 검은 두 눈이 번뜩이면서 캐서린을 갈기갈기 찢어 버리기라도 할 것 같은 기세여서 저도 위험을 무릅쓰고 캐서린을 구하려고 나설 참이었는데, 바로 그때 그가 움켜쥐었던 손가락을 스르르 풀더니 머리채 대신 팔을 붙잡고 캐서린의 얼굴을 뚫어지게 쳐다보는 거예요. 그리고 손으로 두 눈을 가리고 마음을 진정시키려는 듯 잠시 서 있다가 다시 캐서린을 돌아다보며 평정을 꾸며서 말하더군요.

"내 화를 돋우지 않도록 해라. 그렇지 않으면 언젠가는 정말로 내 손에 죽게 될 테니까! 나가서 넬리와 함께 있어. 그리고 건방진 소릴랑 넬리에게나 해. 헤어턴 언쇼 녀석이 네 말에 귀 기울이는 게 내 눈에 띄기만 하면 제 밥벌이 제가 알아서 하라고 내쫓아 버릴 거다! 네가 저 녀석을 사랑한다면 저 녀석은 부랑자에 알거지 꼴이 될 테니 알아서 하라구. 넬리, 저 애를 데리고 나가. 모두 나가란 말이야! 어서 나가!"

저는 우리 아가씨를 데리고 방을 나왔답니다. 그녀는 빠져나오게 된 것이 기뻐서 더 이상 버티지 않았지요. 헤어턴도 따라 나와서 히스클리프 씨는 점심때까지 혼자 그 방을 차지했답니다.

저는 캐서린에게 점심을 갖고 위층으로 올라가라고 권했어요. 그런데 그는 그녀의 자리가 비어 있는 것을 보자 당장 저더러 그녀를 불러오라고 하더군요. 그는 아무에게도 말을 걸지 않고, 점심도 먹는 둥 마는 둥 하더니 저녁때까지 돌아오지 않겠다 하고는 곧장 나가 버렸어요.

친구가 된 두 사람은 그가 없는 동안 거실을 차지했는데, 그곳에서 캐서린이 자기 시아버지가 헤어턴의 아버지에게 어떤 짓을 했는지 가르쳐 주겠다고 제안하자, 헤어턴이 그녀를 몹시 나무라는 소리가 들렸습니다.

헤어턴은 히스클리프 씨를 욕하는 것은 한마디도 듣지 않겠으며, 설령 그가 악마라 할지라도 자기는 아무 상관 하지 않고 그의 편이 될 거라고 말하더군요. 캐서린이 그를 욕하는 소리를 들으니 차라리 전처럼 자기를 모욕하는 게 낫겠다고 하기도 했어요.

캐서린은 이 말을 듣자 슬그머니 성질이 났나 봅니다. 그러나 헤어턴은 만약 내가 너희 아버지 욕을 한다면 어떻겠느냐고 묻는 것으로써 그녀의 입을 막았답니다. 그러자 캐서린은 헤어턴이 주인의 일을 자기 일처럼 생각하고 있다는 것, 그리고 이성의 힘으로 어떻게 할 수 없는 강렬한 유대로 맺어진 관계라는 것, 습관으로 벼려진 쇠사슬과 같아서 그 관계를 끊으려는 것은 못할 짓이라는 것을 이해하게 되었지요.

이후 캐서린은 히스클리프 씨에 대해 불평하거나 반감을 표현하는 것을 삼가는 착한 마음씨를 보였습니다. 그리고 그때까지 그와 헤어턴을 이간시키려 한 것을 후회한다고 제게 고백하는 것이었어요. 정말로 그다음부터는 헤어턴이 듣는 데서 그녀의 억압자에 대해 단 한마디도 하지 않았다고 장담할 수 있답니다.

이런 가벼운 말다툼이 끝나자 두 사람은 다시 사이좋게 지내면서 각각 선생과 학생 노릇을 하느라 아주 바빴답니다. 저도 일이 끝나면 함께 앉아 있곤 했는데, 그들을 바라보고 있노라면 어찌나 마음이 흐뭇하고 기분 좋은지 시간 가는 줄 몰랐다니까요. 아시다시피 그들은 어떤 의미에서 제 친자식 같으니까요. 한 사람은 제가 오랫동안 자랑으로 여겨 왔고, 이제 또 한 사람도 마찬가지로 자랑거리가 될 것이 틀림없다고 생각했거든요. 헤어턴의 진솔하고 따뜻하고 총명한 성품은 이제까지 그가 놓여 있던 무지와 천격(賤格)의 어두운 구름을 재빨리 헤쳐 버렸어요. 게다가 캐서린이 진정으로 칭찬해 주자 더욱 분발해 공부했지요. 마음이 밝아지니까 얼굴도 밝아지고 이목구비에 활기와 품위가 나타났습니다. 캐서린이 절벽으로 탐험을 떠났다가 워더링 하이츠에 들렀던 날, 제가 찾으러 와서 보았던 바로 그 사람이라고는 도저히 생각되지 않았어요.

그들이 공부하는 것을 제가 기분 좋게 지켜보는 동안, 어느덧 어둠이 깔리고 어둠과 함께 주인이 돌아왔습니다. 그가 현관으로 들어와서 불시에 나타났기 때문에 고개를 들어 그를 보았을 때는 이미 우리 세 사람이 하고 있던 그대로 그에게 보이고 만 후였지요.

'그래, 이보다 더 기분 좋고 천진한 광경이 어디 있겠어. 야단을 친다면 지독히 부끄러운 일일 거야.' 제가 생각했지요. 벌겋게 타오르는 벽난로 불빛이 그들의 머리 쪽을 비춰 어린애같이 진지한 호기심으로 생기가 도는 얼굴을 드러냈습니다. 그도 그럴 것이 헤어턴은 스물세 살이고 캐서린은 열여덟이었지만, 각자 느끼고 배우는 게 너무 새로운 것이라, 어른이랍시고 냉담하고 시큰둥한 분위기를 풍기거나 드러내지 않았거든요.

그들은 동시에 눈을 들었는데 히스클리프 씨와 눈길이 마주쳤습니다. 눈여겨보신 일이 아마 없으시겠지만, 두 사람의 눈은 아주 꼭 닮았어요. 캐서린 언쇼의 눈 그대로랍니다. 캐서린은 다른 데는 어머니와 별로 닮은 데가 없어요. 이마가 넓고 콧대가 약간 휜 것 때문에 자기 의사와는 관계없이 좀 거만하게 보인다는 것 외에는요. 헤어턴이 닮은 데가 훨씬 많았습니다. 볼 적마다 그게 이상하다 싶었는데, 그때는 더욱 강렬하게 그런 느낌이 오더군요. 늘 해 오던 일과는 아주 다른 일을 하게 되면서 그의 감각이 기민해지고 정신적 기능이 깨어났기 때문이겠지요.

캐서린 언쇼를 너무나도 닮았기 때문에 히스클리프 씨의 적의가 누그러진 것 같았어요. 그는 흥분한 기색을 뚜렷이 드러내면서 벽난로 쪽으로 걸어왔습니다. 그러나 그 젊은이를 쳐다보는 동안 흥분은 가라앉았습니다. 아니, 흥분의 내용이 바뀌었다고 해야 할지 모르겠네요. 아직도 흥분한 기색은 남아 있었으니까요.

그는 헤어턴의 손에서 책을 뺏어 들더니 펼친 그대로 한 번 흘깃 보고는 아무 말 없이 돌려주더군요. 그저 캐서린에게만 나가라는 손짓을 했지요. 헤어턴도 곧 그녀의 뒤를 따라 나갔고, 저도 막 나가려고 하는 참인데 그대로 앉아 있으라고 하더군요.

"서투른 결말이지, 그렇지." 방금 목격한 광경을 되새기면서 그가 이렇게 말하는 거예요. "그토록 맹렬하게 노력했는데, 이처럼 우스꽝스럽게 끝나는 건가? 난 두 집안을 결딴내기 위해 지렛대며 곡괭이를 장만해 놓고, 헤라클레스와 같이 어려운 일을 해내도록 자신을 단련했는데, 막상 만반의 준비가 되고 내 힘으로 할 수 있게 되자 어느 쪽 집 지붕의 기와 한 장 들어내고 싶은 생각이 없어졌어! 나의 옛 원수들은 날 넘어뜨리지 못했지. 이제야말로 그들의 후손에게 복수를 할 때야. 할 수도 있고 아무도 날 막을 수 없어. 하지만 무슨 소용이 있기에? 난 때리고 싶지 않아. 손을 휘두르는 것이 귀찮아졌어! 이렇게 말하니 아량의 미덕을 보이기 위해 여태껏 애써 온 것처럼 들리는데, 그건 전혀 아냐. 난 그들의 파멸을 즐기는 기능을 상실했고, 쓸데없이 남을 파멸시키기엔 너무 나태해졌을 뿐이야.

이봐, 넬리. 이상한 변화가 다가오고 있어. 지금 그 변화의 그림자가 내게 드리워져 있는 셈이지. 나는 일상생활에 도무지 흥미가 없어져서 먹고 마시는 것조차 잊어버릴 지경이야. 지금 방을 나간 저들만이 확실한 물체의 형상을 띠고 있지. 그런데 그 형상이 몸서리가 날 만큼 내게 괴로움을 준단 말이야. 캐서린에 대해선 말하지 않겠어. 생각하고 싶지도 않아. 단지 내 눈에 띄지 않기를 진심으로 바랄 뿐이야. 그녀의 존재는 미칠 듯한 느낌을 불러일으킬 따름이니까. 헤어턴이란 놈은 다른 감정을 불러일으키지. 그래도 미쳤다는 말을 듣지 않고 그렇게 할 수 있다면 다시는 그 녀석을 보지 않겠어! 넬리는 아마 내가 미쳐 가고 있는 거라고 생각할 걸." 이렇게 말하더니 애써 미소를 지으며 이렇게 덧붙이더군요. "저 녀석이 일깨워 주거나 구현하는 지난날의 수많은 기억이며 생각을 일일이 다 이야기하기로 들면 말이야. 내가 한 말을 넬리는 다른 데 가서 이야기하진 않겠지. 내 마음은 영원히 그 안에 외톨이로 틀어박혀 있었는데, 결국 누구에겐가 보이고 싶어진 거지.

5분 전까지만 해도 헤어턴이란 놈은 별개의 사람이 아니라 내 젊은 시절의 화신이었어. 그에 대한 감정이 너무 여러 갈래로 얽혀 있어서 제정신으로는 말을 걸 수 없었지.

우선 캐서린과 놀라울 만큼 닮은 것이 끔찍스럽게도 그녀를 연상시키는걸. 그런데 내 상상력을 가장 강렬하게 붙잡으리라고 생각할 바로 그 점이 사실 사소한 거야. 그녀와 연관되지 않은 것이 뭐가 있기에? 그녀 생각을 불러일으키지 않는 것이 있어야 말이지! 이 바닥을 내려보기만 해도 깔려 있는 돌마다 그녀의 모습이 떠올라! 흘러가는 구름송이마다, 나무 한 그루마다, 밤에는 들이쉬는 숨결마다, 낮에 보이는 일상의 물건 하나하나마다, 온통 그녀의 모습에 둘러싸여 있지. 흔해 빠진 남자와 여자의 얼굴들에서, 심지어 나 자신의 모습에서까지, 그녀를 닮은 점이 튀어나와 나를 조롱하거든. 온 세상이 그녀가 존재했고 내가 그녀를 잃었다는 끔찍한 기억을 모아 놓은 진열장이란 말이야!

그래, 헤어턴의 모습은 내 불멸의 사랑, 내 권리를 지키려는 미칠 듯한 노력, 내 비천했던 시절, 나의 자존심, 나의 행복, 그리고 내 고뇌의 망령을 보여 주었지.

그러나 이런 생각들을 넬리에게 옮기는 건 미친 짓이지. 언제나 혼자 지내야 하는 게 싫으면서도 왜 헤어턴과 함께 있는 게 도움이 되기는커녕 오히려 내가 겪고 있는 끊임없는 고통을 심화한다고 말하는지 설명이 되기는 할 거야. 그리고 그 녀석이 자기 사촌과 어울리건 말건 개의치 않게 된 것도 한편으로는 그 때문일 거야. 나는 더 이상 저 애들에게 신경을 쓸 수가 없게 됐어."

"그런데 변화라니, 그게 무슨 말씀이세요, 히스클리프 씨?" 정신이 이상해지거나 죽을 것 같지는 않았지만, 그의 태도에 놀라 물었답니다. 제가 보기에는 무척 건강해 보였어요. 그리고 제정신이었는가에 대해서는 — 어렸을 때부터 유령 이야기를 좋아했고, 생각이 엉뚱하기는 했어요 — 떠나간 그의 우상에 관한 한 편집증적 증세를 보였다고 할 수 있겠지만, 그 밖의 다른 점에 있어서 그의 정신 상태는 저와 마찬가지로 정상이었지요.

"변화가 일어날 때까지는 나도 알 수 없을 거야." 그가 말했습니다. "지금은 어렴풋이 변화가 오리라는 걸 의식하고 있을 뿐이야."

"어디 편찮은 건 아닌가요?" 제가 물었지요.

"아니야, 넬리. 그렇지 않아." 그가 대답했습니다.

"그럼 죽음이 두렵진 않으세요?" 제가 계속 물었지요.

"죽음이 두렵냐고? 천만에!" 그가 대꾸했습니다. "난 죽음에 대한 두려움이 없거니와, 불길한 예감도, 죽었으면 좋겠다는 소망 같은 것도 없어. 왜 그래야 되지? 이렇게 튼튼한 몸에, 절제 있는 생활을 하지. 위험하지 않은 일에 종사하고 있으니 마땅히 그리고 아마도 검은 머리카락이 하나도 없을 때까지 살아 있겠지. 그렇지만 이런 상태로 계속할 수는 없어! 난 숨을 쉬어야지 하고 계속 생각하고 있어야 한다니까. 내 심장보고 뛰라고 상기시켜야 할 지경이야! 강력한 용수철을 뒤로 젖혀 놓았다고 할까? 한 가지 생각이 촉발한 것이 아니면, 아무리 사소한 행동이라도 억지로 해야 하고, 우주를 뒤엎은 하나의 생각과 관계가 없는 것은 산 것이든 죽은 것이든 억지로 주목해야만 해. 내게는 오로지 한 가지 소원만 있고, 온몸과 내 몸의 기능 하나하나가 그것을 성취하기를 열망하고 있는 거야. 너무나 오래, 그리고 확고하게 그 소원의 성취를 열망해 왔기 때문에 꼭 — 그리고 곧 — 성취되리라 믿고 있지. 그 바람이 내 존재를 삼켜 버린 거야. 그것이 성취되리라는 기대에 빨려 들어간 거야.

털어놓아도 고통이 덜어지지 않는군. 하지만 털어놓지 않았더라면 설명이 안 되었을 내 기분의 여러 국면을 이해하는 데 도움이 될 거야. 아, 젠장! 오랜 싸움이었지. 이제 끝장이 났으면 좋겠어!"

그는 끔찍한 욕설을 혼자 중얼거리면서 방 안을 왔다 갔다 하기 시작했습니다. 급기야 조지프가 그렇게 생각한다고 그가 언급했듯, 저도 양심의 가책 때문에 그의 마음이 생지옥으로 변한 것이라는 생각이 들었습니다. 어떻게 끝이 날지 몹시 궁금해지더군요.

이제까지 그는 마음속을 털어놓기는커녕 표정으로도 자기 심정을 드러낸 적이 없었지만, 그의 마음 상태가 늘 그랬나 봅니다. 스스로 그렇다고 분명히 말했으니까요. 그러나 그의 일상적인 태도로 보아서는 아무도 그 사실을 짐작하지 못했을 겁니다. 록우드 씨도 그를 만났을 때 그렇게 생각하지 않았을 거예요. 그리고 제가 지금 이야기하는 그 무렵에도 록우드 씨가 만났을 때와 달라진 것은 없었으니까요. 다만 늘 혼자 지내기를 원하고 사람들 앞에서 말수가 더 줄어들었을 따름이었지요.

제34장

"그날 저녁 이후 며칠 동안 히스클리프 씨는 식사 시간에 우리들을 만나는 것을 피하더군요. 그렇다고 헤어턴과 캐서린을 보지 않겠다는 의사를 공식적으로 밝힌 건 아니었어요. 그는 자기감정에 전적으로 좌우되는 걸 싫어했어요. 그래서 우리와 자리를 같이 하지 않는 쪽을 택했나 봅니다. 하루 한 끼로 버틸 수 있는 것 같았어요.

어느 날 밤, 식구들이 모두 잠든 뒤 그가 아래층으로 내려가 현관문으로 나가는 소리가 들렸습니다. 다시 들어오는 소리를 듣지 못했는데 아침에 일어나 보니 그때까지도 돌아오지 않았더군요.

그때가 4월이었어요. 날씨는 온화하고 따뜻했고, 봄비와 햇볕을 실컷 받은 잔디는 푸를 대로 푸르렀고, 남쪽 담 근처의 키 작은 사과나무 두 그루는 꽃이 만발했지요.

아침을 먹고 나자 캐서린은 제게 일감을 갖고 집 저쪽 끝에 있는 전나무 아래로 의자를 갖고 나가 앉아 있자고 졸라 댔어요. 그리고 상처가 완전히 아문 헤어턴을 꾀어 조그만 꽃밭을 꾸미게 시키는 거예요. 조지프가 불평하는 바람에 꽃밭을 구석으로 옮긴 거지요.

저는 아름다운 연한 푸른색 하늘을 머리에 이고, 사방에서 풍기는 봄 향기에 기분 좋게 취했답니다. 그때 캐서린이 꽃밭의 경계선을 이룰 앵초꽃 포기를 캐러 대문 쪽으로 뛰어 내려갔다가 반만 채워 가지고 돌아와선 히스클리프 씨가 돌아온다고 알려 주었어요.

'그런데 나한테 그러는 거야.' 그녀는 알 수 없다는 얼굴로 덧붙였습니다.

'뭐라고 그랬는데?' 헤어턴이 물었지요.

'어서 저리 가라는 거야.' 그녀가 대답했습니다. '그런데 얼굴이 여느 때와는 딴판이라 잠깐 서서 쳐다보았지 뭐야.'

'어떻게 딴판인데?'

'글쎄, 명랑하고 쾌활하다고 할까. 아니, 그런 정도가 아냐. 아주 몹시 흥분해서, 미칠 듯이 기쁜 것 같았어!' 캐서린의 대답이었습니다.

'밤에 산책하는 게 기분 전환이 되는 모양이네요.' 대수롭지 않다는 듯 말했지만 저도 그녀 못지않게 놀랐고, 그녀의 말이 사실인지 확인해 보고 싶었답니다. 그가 기쁜 표정을 짓는다는 건 매일 볼 수 있는 일이 아니었으므로 핑계를 만들어 안으로 들어갔지요.

히스클리프는 열린 문 옆에 서 있었는데, 백지장 같은 얼굴에 몸을 떨고 있더라고요. 그런데 과연 그의 눈은 불가사의한 기쁨으로 빛났고, 그 때문에 인상이 전혀 달라 보였어요.

'아침 드셔야죠?' 제가 말을 걸었지요. '밤새 나다녀서 시장하실 텐데요!'

저는 그가 어디를 갔다 왔는지 알고 싶었지만 대 놓고 묻지는 못했습니다.

'아니, 시장하지 않아.' 그는 외면하더니, 기분 좋은 원인을 캐내려 한다는 걸 알아차렸다는 듯 도도하게 대답하는 거예요.

혼란스러웠어요. 한마디 충고를 할 적당한 기회인지 아닌지 알 수가 없었어요.

'밖에 나돌아 다니는 게 좋지 않을 텐데요.' 제가 말했지요. '잠자리에 들 시간에 말이죠. 어쨌든 요즘같이 습기가 많은 철에 그러는 건 좋은 생각이 아니에요. 잘못하면 감기가 들거나 열병이 난답니다. 지금도 무슨 문제가 있는 거예요!'

'문제가 있더라도 다 견뎌 낼 수 있는 것들이지.' 그가 대답하더군요. '그리고 넬리가 날 내버려 두기만 하면 난 얼마든지 기쁜 마음으로 견딜 수 있어. 어서 안으로 들어가. 그리고 날 귀찮게 하지 말라구.'

저는 하라는 대로 했답니다. 그런데 그의 옆을 지나는데 고양이처럼 숨을 가쁘게 쉬더라고요.

'옳거니! 병간호를 하게 생겼구나. 무슨 짓을 하다 왔는지 도무지 알 수 없군.' 이렇게 혼자 생각했지요.

그날 정오에 그는 우리들과 오찬을 하려고 자리에 앉았는데, 전에 굶은 것을 보충이라도 하려는 듯 음식이 가득 담긴 접시를 제 손에서 받아 들었어요.

'난 감기도 걸리지 않았고 열이 나는 것도 아니야, 넬리.' 그는 제가 아침에 한 말을 빗대어 말하더군요. '넬리가 주는 음식을 마음껏 먹을 작정이야.'

나이프와 포크를 들고 막 먹기 시작하려는데 먹고 싶은 생각이 갑자기 사그라진 모양이었어요. 나이프와 포크를 식탁 위에 놓고 정신없이 창 쪽을 쳐다보더니 일어나서 밖으로 나가는 거예요.

식사를 마치는 동안 그가 정원을 왔다 갔다 하는 게 보였습니다. 헤어턴은 왜 식사를 하지 않는지 가서 물어보겠다고 말했지요. 우리가 어떤 식으로든 기분을 상하게 했는지 걱정이 됐나 봅니다.

'그래, 들어온대?' 캐서린은 사촌이 들어오자 큰 소리로 물었어요.

'아니.' 헤어턴이 대답했습니다. '그런데 성이 난 건 아니야. 진짜 대단히 유쾌해 보이던데. 내가 두세 번씩 말을 건네는 걸 성가셔 할 뿐이었어. 그리고 너한테 가라고 말하면서 나보고 어떻게 다른 사람과 옆에 있으려 하냐고 말하는 거야.'

저는 그의 음식 접시가 식지 않도록 벽난로 앞 시렁에 올려놓았습니다. 한두 시간 있다가 방에 아무도 없을 때 그가 다시 들어왔는데 흥분은 조금도 가라앉지 않았더군요. 여전히 부자연스러운 — 진짜 부자연스러웠답니다 — 기쁨이 그의 검은 눈썹 아래 어려 있었지요. 여전히 얼굴에 핏기가 없고, 때로 미소 비슷한 것을 띠며 이를 드러내는 거예요. 몸을 떨고 있는데, 춥거나 몸이 쇠약해서가 아니라, 팽팽하게 당긴 줄이 발발 떨리듯, 아니 떤다기보다는 짜릿짜릿하게 저려 오는 것 같았어요.

저는 왜 그러느냐고 물어보기로 작정했습니다. 그렇지 않으면 누가 묻겠어요? 그래서 큰 소리로 말을 걸었지요.

'무슨 좋은 소식이라도 들으셨나요, 히스클리프 씨? 여느 때보다 더 활기에 차 있네요.'

'나 같은 사람한테 좋은 소식이 올 데가 있나?' 그가 말했어요. '굶어서 활기가 나는 모양이야. 그러니 먹지 말까 봐.'

'상을 다 차려 놓았는데, 왜 안 드세요?' 제가 물었답니다.

'지금은 먹고 싶지 않아.' 그가 서둘러 중얼거리더군요. '저녁이나 먹지 뭐. 그런데 넬리, 마지막으로 부탁하겠는데 헤어턴과 그 애에게 좀 비켜 있으라고 일러줘. 아무것도 신경을 쓰지 않게 해 줬으면 좋겠어. 나 혼자 여기 좀 있게 해 주면 좋겠단 말이야.'

'이렇게 추방령을 내리는 새로운 이유라도 있나요?' 제가 다시 물었지요. '히스클리프 씨, 왜 그렇게 이상하게 구는지 말씀 좀 해 보세요. 어젯밤에는 어딜 갔댔나요? 괜한 호기심으로 묻는 것이 아니라―'

'괜한 호기심이 아니면 왜 묻겠어.' 그가 소리 내어 웃으면서 말을 막는 거예요. '그렇지만 대답을 해 주지. 어젯밤엔 말야, 지옥의 문턱에 있었는데 오늘은 천국이 보이는 곳에 서 있는 거야. 지금 천국을 보고 있어. 불과 1미터도 떨어져 있지 않아! 자, 그만 가는 게 좋을 거야. 참견만 하지 않으면 험한 꼴을 보거나 듣지 않을 테니까.'

저는 난로 청소를 하고 상을 치운 다음, 더 어안이 벙벙한 채 방에서 나왔지요.

히스클리프 씨는 그날 오후 내내 거실을 떠나지 않았고, 아무도 그의 고독을 방해하지 않았습니다. 그가 부르지는 않았지만 그래도 8시가 되자 그에게 촛불과 저녁 식사를 갖다주어야겠다는 생각이 들어 그렇게 했어요.

그는 덧문이 열려 있는 창턱에 기대서 있었는데 밖을 내다보고 있지는 않았습니다. 얼굴은 밤의 어둠을 향하고 있었지요. 난롯불은 재만 남아 연기를 피워 올렸고, 방 안은 흐린 날의 후덥지근한 공기로 차 있었답니다. 하지만 어찌나 조용한지 저 아래 기머턴 쪽으로 졸졸 흘러내리는 시냇물 소리뿐만 아니라 잔물결 소리며 자갈 위와 물속에 잠기지 않은 커다란 바위 사이를 콸콸 흐르는 물소리까지 분간할 수 있었어요.

저는 불이 다 꺼진 탄받이를 보고 탄식을 하고는, 창문을 차례차례 닫아 나가다가 마침내 그가 기대서 있는 곳까지 갔답니다.

'이 창문도 닫아야 되겠지요?' 그가 꼼짝도 하려 들지 않기에 정신이 들게 하려고 이렇게 물었지요.

제가 말하는 순간, 갑자기 그의 얼굴이 불빛에 드러났어요. 정말이지, 록우드 씨, 순간적이나마 그의 얼굴을 보고 제가 얼마나 놀랐는지 말로 형용할 수 없어요! 깊이 파인 검은 눈, 그 미소와 모골이 송연한 창백함 때문에 히스클리프 씨가 아니라 요괴같이 보였습니다. 저는 그만 무서워서 촛불을 벽 쪽으로 자빠뜨렸지요. 그래서 방 안이 캄캄해졌답니다.

'그래, 닫아.' 귀에 익은 목소리가 대답하더군요. '저런, 되통스럽긴! 왜 촛불을 똑바로 들지 못하는 거야? 어서 다른 촛불을 갖

고 와.'

저는 실색할 정도로 겁이 나서 서둘러 뛰어나가 조지프에게 말했지요.

'주인이 촛불을 갖고 들어와서 난롯불 좀 지피래요.' 그때는 아무래도 다시 들어갈 용기가 나지 않았던 거예요.

조지프는 떨거덕거리며 불붙은 탄을 부삽으로 퍼 가지고 왔습니다. 그러나 곧 도로 갖고 나왔고, 다른 손에는 저녁 식사로 놓아 둔 쟁반마저 들고 나와서, 히스클리프 씨는 잠자리에 들 것이며 다음 날 아침까지 아무것도 먹지 않겠다고 했다는 거예요.

우리는 그가 곧장 계단을 올라가는 소리를 들었습니다. 그런데 늘 쓰던 침실로 가는 게 아니라, 밖으로 빠져나가려고 판자 미닫이가 달린 침상이 있는 방으로 들어가는 거예요. 그래서 저는 그가 우리 모르게 또 한밤중에 외출할 작정이구나 하고 짐작했지요.

'시체를 파먹는 귀신인 거야, 흡혈귀인 거야?' 저는 생각에 잠겼습니다. 저는 사람의 탈을 쓴 그런 끔찍한 귀신이 있다는 걸 책에서 읽은 적이 있거든요. 그러고는 어렸을 적에 그를 돌봐 준 일이며, 소년으로 자라는 것, 그리고 그의 일생 거의 전체를 지켜보았던 것을 떠올렸답니다. 그런 공포감에 사로잡히는 건 참으로 어처구니없는 일이었지요.

'하지만 그 조그맣고 까무잡잡한 아이, 착한 사람이 돌봐 주다 재앙을 부른 그 아이는 어디서 온 걸까?' 졸다가 잠에 빠져들던 저는 이런 미신 같은 이야기를 소리 내어 중얼거렸습니다. 그리고 비몽사몽간에 그에게 어울릴 만한 족보를 지겨워질 때까지 상상해 보았답니다. 그리고 깨어 있을 때 골똘히 생각했던 걸 반복하면서, 그의 삶을 끔찍하게 바꿔 여러모로 고찰하다가, 급기야는 그의 죽음과 장례식을 떠올렸지요. 나중에 기억나는 것은 그의 비석에 새길 비문을 쓸 일이 몹시 걱정되어 묘지기와 의논을 한 것, 성도 없고 나이도 알 수 없기 때문에, 어쩔 수 없이 단 한마디 '히스클리프'라고 쓸 수밖에 없겠다는 것뿐이었지요. 이 일은 나중에 실제로 그렇게 되었습니다. 그럴 수밖에 없었어요. 혹 묘지에 가 보시면 그의 비석에 그렇게 이름과 죽은 날짜만 새겨진 걸 보실 수 있을 거예요.

새벽이 되어 일상의 세계로 돌아왔습니다. 사물을 볼 수 있을 만큼 환해지자마자 자리에서 일어나 그의 방 창문 아래 발자국이 있는지 보려고 마당으로 나갔어요. 그러나 아무런 흔적도 없더군요.

'집에 있었구나. 오늘은 별일이 없겠군!' 제가 생각했지요.

저는 여느 때나 다름없이 식구들의 아침 준비를 하고는, 헤어턴과 캐서린에게 주인이 늦잠을 자는 모양이니 내려오기 전에 먼저 먹으라고 일렀습니다. 그들이 바깥에 나가 나무 아래에서 먹겠다고 해서 저는 두 사람이 쓰기에 알맞은 조그만 탁자에 상을 차려 주었지요.

제가 다시 안에 들어오니까 히스클리프 씨가 내려와 있더군요. 그는 조지프와 농장 일에 대해 이야기하고 있었는데, 명료하고 세세하게 지시를 내리긴 했지만, 말을 몹시 빨리 하는 데다 연방 고개를 옆으로 돌리는 것이, 흥분 상태는 전보다 더 뚜렷이 나타났어요.

조지프가 방을 나가자 그는 늘 앉는 자리에 가 앉았고, 저는 커피 잔을 그의 앞에 갖다 놓았지요. 그것을 끌어당기더니 두 팔을 탁자에 괴고 맞은편 벽을 바라보고 있더군요. 제가 보기에는 번쩍거리면서도 들뜬 눈초리로 벽의 어느 한 부분을 올려다봤다 내려다봤다 하는데 얼마나 열심히 집중하는지 30초 동안 숨을 멈출 정도였어요.

'자, 이제─' 저는 그의 손이 닿는 데로 빵을 밀어 놓으면서 큰소리로 말을 걸었답니다. '뜨거울 때 이것 좀 드세요. 차려 놓은 지 한 시간이 다 되어 가는데.'

그는 제 쪽을 쳐다보지는 않았지만 미소를 띠는 거예요. 그렇게 웃는 걸 보느니 차라리 이를 가는 걸 보는 게 나을 것 같더군요.

'히스클리프 씨! 주인 나리!' 제가 소리를 지르고 말았지요. '제발 그렇게 헛것을 본 듯 멍하니 쳐다보지 좀 말아요.'

'제발 그렇게 큰 소리로 떠들지 좀 마.' 그가 대답하는 거예요. '둘러보고 말해 봐. 방에 우리 두 사람뿐인지.'

'물론이지요.' 제가 대답했지요. '우리 두 사람뿐이에요.'

그렇게 말하면서 저도 모르게 그의 말을 따라 방을 둘러보았답니다.

그는 차려 놓은 아침상을 한 손으로 밀어 앞의 공간을 비워 놓고는 더 편안하게 바라보려고 몸을 기대는 거예요.

그제야 저는 그가 벽을 쳐다보고 있는 게 아니라는 걸 알아차렸답니다. 그만 따로 떼어 놓고 보니, 정확히 2미터쯤 거리에 있는 무언가를 응시하고 있더라고요. 그리고 응시하고 있는 게 무엇이든 극도의 즐거움과 극도의 고통을 함께 주는 것 같았습니다. 적어도 고통스러우면서도 황홀경에 빠진 그의 얼굴을 보면 그런 생각을 하지 않을 수 없었지요.

상상의 물체는 고정되어 있지 않았나 봅니다. 그의 두 눈은 지칠 줄도 모르고 그것을 따라가며, 심지어는 제게 말을 걸 때도 눈을 떼지 않았습니다.

저는 오랫동안 식사하지 않은 것을 일깨우려 했지만 허사였습니다. 제가 간청하는 것을 듣고 뭘 먹으려는 듯 손을 움찔하고, 빵 조각을 잡으려고 손을 내밀다가도, 집어 들기 전에 손가락을 오므리고, 무엇을 하려고 했는지 잊어버린 채 탁자 위에 그대로 올려 놓는 거예요.

저는 참을성의 표본인 양, 넋을 잃고 생각에 잠겨 있는 그의 주의를 끌어 보려고 앉아 있었지요. 결국 그는 짜증을 내며 일어서더니, 왜 식사할 때마다 자기 혼자만의 시간을 가질 수 있게 내버려 두지 않느냐고 하더니, 다음부터는 시중들 필요가 없으니 음식이나 차려 놓고 나가 있으라고 말하더군요.

이렇게 말하고 그는 집 밖으로 나가 어슬렁어슬렁 뜰로 내려가더니, 대문을 지나 어디론가 사라져 버렸답니다.

걱정하는 가운데 시간은 기어가듯 지나가고 저녁이 되었습니다. 저는 늦게까지 잠자리에 들지 않았고, 잠자리에 들고 나서도 잠이 오지 않았어요. 그는 자정이 지나서야 돌아왔는데 올라가서 잘 생각은 안 하고 아래층 방으로 들어가더군요. 저는 귀를 기울이느라 잠을 못 이루다가 결국 옷을 주섬주섬 걸치고 아래로 내려갔답니다. 괜스레 불안한 생각에 골머리를 썩이는 게 지겨워 그대로 누워 있을 수가 없었지요.

마음이 들떠서 왔다 갔다 하는 히스클리프 씨의 발소리가 들렸어요. 그리고 이따금 신음에 가까운 깊은 한숨 소리가 적막을 깨기도 했고요. 그는 또 드문드문 중얼거리기도 하더군요. 제가 알아들을 수 있는 말이라곤 오직 캐서린이라는 이름뿐이었는데, 격정적인 사랑 혹은 고통의 형용사와 연결되더라고요. 그리고 마치 앞에 있는 사람에게 말하듯 진지하게, 가슴속 깊이 우러나오는 낮은 목소리로 말하는 거예요.

저는 그 방으로 곧장 들어갈 용기는 없었지만, 주의를 돌려 그의 몽상을 깨뜨리고 싶었어요. 그래서 부엌에 있는 난롯불로 달려가 한바탕 휘젓고는 재를 박박 긁기 시작했지요. 제가 예상했던 것보다 빨리 그를 끌어낼 수 있었어요. 그가 대뜸 문을 열더니 이렇게 말하더군요.

'넬리, 날이 샜나? 불을 갖고 이리 좀 들어와.'

'4시를 치는군요.' 제가 대답했지요. '위층으로 갖고 갈 촛불이 있어야 할 텐데, 이 불에다 붙이지요.'

'아냐. 위층으로 가고 싶지 않아. 들어와 여기에도 불을 좀 지펴줘야겠어. 그리고 이 방에서 할 일이 있거든 해.'

'그러려면 먼저 석탄에 불을 붙여야겠어요.' 이렇게 대답하고 저는 의자와 풀무를 갖고 왔답니다.

그사이 그는 정신이 나간 사람처럼 방 안을 오락가락하더군요. 무거운 한숨을 계속 토하느라 일상적인 숨쉬기를 할 틈이 없을 정도였어요.

'날이 새면 사람을 보내 그린 씨를 오라고 해야겠어.' 그가 말했습니다. '내가 법률적인 문제를 생각할 여유가 있고, 또 차분히 결정을 내릴 수 있을 때, 그에게 좀 물어봐 둬야겠어. 난 아직 유언장을 만들지도 않았고, 또 내 재산을 어떻게 처리해야 할지 결정을 못했거든! 재산 같은 건 지상에서 사라져 버리도록 할 수 있으면 좋겠는데 말이야!'

'그런 말씀 하지 마세요, 히스클리프 씨.' 제가 말을 가로막았지요. '유언 같은 건 좀 있다 해도 돼요. 당신이 저지른 수많은 잘못을 뉘우칠 시간적 여유는 주어질 테니까요! 히스클리프 씨의 정신이 오락가락하리라고 생각조차 못했어요. 놀랍지만 지금은 그렇게 생각할 수밖에 없겠네요. 물론 그게 전적으로 본인의 잘못이지만 말이에요. 지난 사흘 동안 당신이 한 대로 하면 티탄 같은 거인도 뻗어 버릴 거예요. 뭘 좀 드시고 쉬세요. 왜 그래야 하는지 거울에 비친 자신의 모습을 보면 알 거예요. 볼은 움푹 파이고, 두 눈에는 핏발이 섰어요. 굶어서 피골이 상접하고, 잠을 못 자서 눈이 안 보이게 된 사람 같아요.'

'내가 먹지 못하고 잠을 자지 못하는 건 내 탓이 아니야. 분명히 이야기해 두지만 정해 놓고 이러는 건 아니라구. 할 수 있게 되면 언제라도 먹고 자겠어. 그런데 지금 넬리가 하는 말은, 한 번만 더 팔을 뻗으면 기슭에 닿을 거리에서 물에 빠져 허우적거리는 사람에게 쉬라는 거나 마찬가지야! 난 먼저 기슭에 닿은 다음, 쉬어야겠어. 그런데 그린 씨를 부르는 건 그만두지. 그리고 내 잘못을 뉘우치라고 하지만 난 잘못한 게 없으니 아무것도 뉘우칠 게 없어. 난 너무 행복하면서도 충분히 행복하지 못해. 내 영혼의 그지없는 기쁨이 내 육체를 죽이고 있지만 스스로 만족을 얻은 건 아니거든.'

'행복하다고요?' 제가 소리를 질렀지요. '별 희한한 행복도 다 있네요! 내 말을 듣고 화를 내지 않는다면 더 행복해질 수 있는 충고를 해 드리겠는데.'

'무슨 이야기를 하려고 그래?' 그가 물었어요. '얘기해 봐.'

'히스클리프 씨 자신도 알고 있겠지만.' 제가 말을 꺼냈습니다. '열세 살부터 이기적이고 기독교인답지 않은 생활을 해 왔잖아요. 아마 그동안 성경책은 손에 잡아 본 적도 없을 거예요. 성경에 뭐라고 쓰여 있는지도 다 잊어버렸을 거고, 이제는 뒤적거릴 여유도 없지요. 어느 분이고 간에, 어느 교파 목사든 그건 상관없으니까 한 분 모셔다가 성경 말씀을 듣고, 이제까지 히스클리프 씨가 성경 말씀과 얼마나 동떨어진 생활을 해 왔으며, 만약 지금이라도 죽기 전에 마음을 고쳐먹지 않는다면 도저히 천당에 갈 자격이 없다는 충고를 받아서 해로울 건 없지 않겠어요?'

'넬리, 화를 내기보다는 고맙게 생각해야겠지. 내 장례를 어떻게 치르기를 원하는지 말할 기회를 줘서 말이야. 내 시체는 저녁에 교회 묘지로 옮겨. 넬리와 헤어턴이 따라와 주면 고맙겠어. 그리고 묘지기가 두 개의 관에 대한 내 지시 사항을 따르는지 특별히 잘 지켜보도록! 목사는 올 것 없고. 그리고 나에 대해 어쩌구저쩌구할 필요도 없어. 사실 난 천국에 거의 가 있으니까. 그리고 남

들이 원하는 천국을 난 대수롭지 않게 생각하고, 또 가고 싶지도 않아!'

'한데 그렇게 끝까지 고집을 부리고 굶다가 죽었다고 교회 묘지에 묻힐 수 없게 되면 어떻게 하지요!' 저는 하느님을 모르는 그의 냉담함에 화가 나서 말했습니다. '그렇게 되면 좋겠어요?'

'거절하지 않을걸. 만약 거절한다면 그곳에 묻히도록 넬리가 몰래 주선해야지. 그리고 만약 그 일을 소홀히 한다면 죽은 사람이 아주 없어지는 게 아니라는 걸 실제로 증명해 보여 줄 테니까.'

다른 식구들이 깨어나 움직이는 소리가 들리자 그는 곧 자기 방으로 물러갔고, 저는 그제야 편안하게 숨을 쉴 수가 있었습니다. 그러나 오후에 조지프와 헤어턴이 나가 일하는 동안, 그가 다시 부엌으로 들어와서는 몹시 흥분한 얼굴로 제게 거실에 들어와 앉으라고 말하는 거예요. 누군가 옆에 있어 주면 좋겠대요. 저는 그의 이상한 언동에 겁이 나서 혼자서는 그의 말벗이 될 용기도 없거니와, 그러고 싶지도 않다고 솔직하게 말하고 거절했지요.

'넬리는 나를 악마로 생각하는 거지!' 그가 음침하게 웃으면서 말하더군요. '점잖은 집안에서 살기에는 너무 끔찍한, 무엇이라는 거지!'

그러고 나서 부엌에 저랑 같이 있다가 그가 가까이 다가서자 제 등 뒤로 몸을 피한 캐서린을 보고 약간 냉소적으로 덧붙이더군요.

'어때, 네가 오지 않을래? 잡아먹지는 않을 테니. 아니야! 네겐 내가 악마보다 더 심하게 굴었지. 좋아, 내 말벗이 되는 것을 꺼리지 않을 사람이 한 사람 있으니까. 정말이지, 그녀는 지독해. 에

이, 제기랄! 어떻게 지독한지 보통 사람은, 아니 나 같은 사람조차 도저히 견딜 수 없는걸.'

더 이상 함께 있어 달라는 말을 하지 않고, 어두워지자 방으로 들어가더군요. 밤새도록 그리고 아침이 다 될 때까지 혼자 신음하고 중얼거리는 소리가 들려왔답니다. 헤어턴이 들어가 보려 했지만 케네스 씨에게 왕진을 청해서 진찰을 받는 게 낫겠다고 제가 일렀어요.

케네스 씨가 왔기에 제가 들어가겠다고 말한 뒤 문을 열어 보려고 했는데 잠겨 있더군요. 히스클리프는 안에서 우리에게 꺼져 버리라고 욕을 하는 거예요. 이제 많이 좋아졌으니 혼자 있게 놔두라고 덧붙이기도 했지요. 그래서 의사 선생님은 돌아갔어요.

이튿날 밤에는 비가 몹시 왔습니다. 정말이지 날이 샐 무렵까지 퍼부었으니까요. 제가 아침에 집 주위를 산책하다 보니 그의 방 창문이 휙 열리면서 비가 방 안으로 들이치더라고요.

침대에 그냥 누워 있지는 않겠지. 제 혼자 생각이었습니다. 저렇게 쏟아지니 흠씬 젖었을 텐데! 일어났거나 밖으로 나간 게 틀림없어. 그러니까 더 안달복달할 것 없이 뱃심 좋게 들어가 봐야지.

여분의 열쇠로 문을 열고 들어가 보니 방은 텅 비어 있었어요. 저는 참나무 침상으로 달려가 얼른 판자 미닫이를 열고 안을 들여다보았지요. 히스클리프 씨는 거기에 드러누워 있었어요. 그의 눈초리가 어찌나 날카롭고 어찌나 사납게 쏘아보던지 소스라치게 놀랐지요. 그러면서도 미소를 띤 듯한 표정이었습니다.

그가 죽었다고는 생각지도 못했지요. 그런데 얼굴이며 목덜미가 비에 젖고, 침대 시트에서 물방울이 뚝뚝 떨어지는데 꼼짝도 하지 않았어요. 열렸다 닫혔다 하는 격자창이 창틀에 놓인 그의 한쪽 손을 스치고 지나가 껍질이 벗겨졌는데 피도 나지 않았고요. 제가 손가락으로 상처를 만져 보았을 때 더 이상 의심할 여지가 없게 되었지요. 죽어서 뻣뻣이 굳어 버린 거예요.

저는 창문을 닫아걸고는, 이마에 늘어진 그의 긴 검은 머리카락을 뒤로 넘기고 부릅뜬 두 눈을 감기려고 해 보았습니다. 할 수만 있으면 다른 사람들에게 그 으스스한, 마치 살아 있는 듯, 기뻐 날뛰는 눈길을 보이지 않게 하려고 했던 거예요. 그러나 눈은 감기지 않았어요. 저의 시도를 비웃는 눈초리였고, 벌어진 입술에서 뾰족하고 하얗게 드러나는 이조차 저를 비웃는 것 같더라고요! 저는 다시 왈칵 겁을 집어먹고 조지프를 외쳐 불렀습니다. 조지프는 발을 질질 끌며 올라와서 소란만 한바탕 떨었을 뿐, 시체에는 손도 대려고 하지 않았지요.

'악마가 혼을 빼 간 겨.' 그가 큰 소리로 말했어요. '기왕이믄 송장꺼정 갖고 갈 일이제. 내 알 바 아녀! 에이! 능글맞게 웃으며 뒈지다니 사악한 몰골이로고!' 그 죄받을 늙은이는 이를 드러내며 웃는 흉내까지 내는 것이었어요.

조지프는 침대 주위를 돌며 춤이라도 출 것 같았습니다. 그러다 문득 제정신이 들었는지, 무릎을 꿇고 두 손을 들어 올리고는, 정당한 주인과 오랜 가문이 권리를 되찾게 된 것에 대한 감사의 기도를 드리더군요.

저는 끔찍한 일을 당해 넋이 나갔고, 가슴이 막힐 정도로 슬픈 마음으로 옛날 일을 되새겼답니다. 그런데 가장 못할 짓을 당한 가없은 헤어턴만이 진정으로 아주 슬퍼했지요. 헤어턴은 밤새껏 시신을 지키고 앉아 북받치는 울음을 참지 못했습니다. 망인의 손을 만지기도 하고, 누구든 쳐다보기를 꺼리는 그 비꼬는 듯한 험악한 얼굴에 입을 맞추는 거예요. 그리고 단련된 강철처럼 완강하기는 하나 너그러운 마음에서 우러나오는 깊은 슬픔으로 그의 죽음을 애도했어요.

케네스 씨는 사망 원인을 뭐라고 해야 할지 몰라 황당해했습니다. 저는 문제가 생길까 싶어, 그가 나흘 동안 목구멍으로 아무것도 넘긴 게 없다는 사실을 숨겼거든요. 그리고 저는 그가 일부러 아무것도 안 먹은 건 아니라고 믿었답니다. 이상스러운 병의 결과였지 원인은 아니라고 제 나름대로 판단했던 거지요.

우리는 마을 전체에 물의를 일으키면서 그가 원하는 대로 장례를 치렀답니다. 저하고 헤어턴, 그리고 묘지기와 관을 나르는 인부 여섯 사람이 장례식에 참여한 전부였어요.

여섯 사람의 인부는 묘소에 관을 내려놓고 갔고, 우리는 관을 묻을 때까지 남아 있었습니다. 헤어턴은 눈물을 줄줄 흘리면서 푸른 잔디를 떠다가 흙더미 위에 입혔지요. 지금은 그의 무덤도 다른 사람들의 무덤과 마찬가지로 뗏장이 잘 앉았고, 그 속에 묻혀 있는 이도 고이 잠들기를 저는 기원하고 있어요. 그런데 이 고장 사람들은, 물어보면 아시겠지만, 그의 유령이 나온다고 성경에 걸고 맹세한답니다. 교구 교회 근처나 황야에서 그를 보았다고 말하는 사람이 있고, 또 심지어는 이 집에서도 보았다는 사람이 있어요. 부질없는 이야기라고 하시겠지요. 저도 그렇게 말하지요. 부엌 벽난로 옆에 앉아 있는 저 노인네만 하더라도 히스클리프 씨가 죽은 후 비 오는 날 밤마다 그가 거처하던 방의 창문에서 두 사람의 유령을 보았다고 우기는걸요. 그리고 저도 한 달 전에 이상한 일을 겪었답니다.

어느 날 저녁 ― 천둥이 칠 것 같은 어두운 저녁이었지요 ― 그레인지로 가는 길이었어요. 워더링 하이츠를 막 돌아 나서려는데, 어미 양 한 마리와 새끼 양 두 마리를 앞세우고 울면서 가는 소년 하나를 만났습니다. 저는 새끼 양들이 말을 안 듣고 제멋대로 까불어서 그러는 모양이라고 생각했지요.

'얘야, 왜 우니?' 제가 물었습니다.

'저기 저 산모퉁이에 히스클리프 씨와 웬 여자가 있어요.' 그 애는 엉엉 울면서 말했습니다. '무서워서 지나갈 수가 없어요.'

제 눈에는 아무것도 보이지 않았습니다. 그러나 양들도 소년도 좀처럼 그 길로 가려고 하질 않았어요. 그래서 저는 소년에게 아랫길로 돌아가라고 말해 주었지요.

그 애는 아마 부모나 친구들에게서 귀신이 나온다는 부질없는 이야기를 여러 번 듣고는, 혼자 벌판을 지나가다가 유령을 보았다고 생각한 거겠지요. 그러나 저 역시 요즘은 어두워지면 밖에 나다닐 마음이 들지 않는답니다. 그리고 이 음산한 집에 혼자 있기도 싫고요. 여기를 떠나 빨리 그레인지로 이사하면 좋겠어요!"

"그러면 저들은 그레인지로 가서 살 작정인가?" 내가 물었다.

"그럼요." 딘 부인이 대답했다. "결혼하면 곧 옮길 예정이지요.

결혼식 날짜는 정월 초하루로 잡았어요."

"그럼 누가 여기 살 작정인지?"

"그야 조지프가 집을 돌보겠지만, 젊은이가 한 사람 같이 있어야겠지요. 부엌만 쓰고 나머지는 다 잠가 둘 거예요."

"이곳에 살고 싶어 하는 귀신들이 쓰라고 말이지." 내가 말했다.

"아니에요, 록우드 씨." 넬리는 고개를 저으면서 말했다. "죽은 사람들은 고이 잠들었다고 믿어요. 그들에 대해 경솔하게 왈가왈부하는 것은 옳지 않은 일이라고 생각되네요."

때마침 대문 닫히는 소리가 들렸다. 산책 나간 사람들이 돌아오는 거였다.

"저들은 두려울 게 없겠군." 나는 창 너머로 그들이 걸어 들어오는 것을 배가 아픈 마음으로 바라보면서 중얼거렸다. "둘이 힘을 합하면 악마와 그의 군대라도 무찌르겠는데."

그들이 현관 앞 섬돌에 올라서서 마지막으로 다시 한 번 달을 보려고, 아니 좀 더 정확하게 말하자면 달빛에 비치는 서로의 얼굴을 보려고 멈췄을 때, 나는 그들을 피하고 싶다는 생각을 억누를 수 없었다. 딘 부인의 손에 촌지를 쥐어 주고, 그들을 만나지도 않고 가는 게 실례라고 나무라는 그녀의 말을 들은 척도 하지 않고, 그들이 거실 문을 여는 것과 동시에 부엌으로 빠져나왔다. 내가 조지프의 발밑에 던져 준 1파운드짜리 금화가 듣기 좋게 쨍그랑 하고 울려서 나를 점잖은 사람으로 알아 모시도록 했기에 망정이지 그렇지 않았더라면 조지프는 딘 부인이 주책없이 방탕하게 구는 게 분명하다고 믿었을 터였다.

집으로 돌아올 때는 교구 교회 쪽으로 돌아왔기 때문에 한참 더 걸렸다. 교회 담 밑에 가까이 가서 보니 겨우 일곱 달 사이에 눈에 띄게 황폐해 있었다. 창문의 유리창이 대부분 없어져서 그 자리가 검게 비어 있었고, 기왓장도 여기저기 비뚜름하게 삐져나와 다가오는 가을 폭풍에 떨어져 나갈 듯 보였다.

세 사람의 무덤을 찾아 둘러보자 곧 황야에 가까운 경사면에 비석 세 개가 눈에 띄었다. 가운데 것은 회색으로 반쯤 히스에 묻혀 있었고, 에드거 린턴의 비석은 뗏장과 비석 밑에서 자란 이끼와 조화를 이룬 정도였고, 히스클리프의 것은 아직도 맨비석 그대로였다.

나는 포근한 하늘을 이고 비석 주변을 서성거리면서, 히스와 초롱꽃 사이를 날아다니는 나방들을 지켜보고, 풀을 스치는 부드러운 바람 소리에 귀를 기울였다. 그리고 저토록 고요한 대지에 묻혀 잠든 사람들이 영원한 안식을 취하지 못한다고 어떻게 상상이나 할 수 있겠는가 그런 생각을 했다.

11   **그리핀** 독수리 머리와 날개에 사자 몸을 한 전설의 괴수.

16   **귀신 들린 돼지 떼** 「누가복음」8장 33절.

18   **5시에~들지도 않았다** 정찬은 하루 세끼 중 제일 정식으로 차려 먹
는 식사임. 이 시기에 런던 등 도회지에서는 5시, 시골에서는 점심
때 정찬으로 함.

30   **사냥터 숲** 스러시크로스 그레인지와 같은 저택에는 경내에 사냥을
하는 숲이 포함되어 있음.

36   **턱받이 앞치마** 어린아이의 옷에 더러움이 덜 타도록 입히는 겉옷.

38   **부랑자** 영국에서는 교구에 출생을 등록하게 되어 있고, 그렇게 해
야 구빈법에 따라 구호를 받을 수 있음. 자신의 교구를 벗어난 사람
을 부랑자로 규정하는데, 힌들리도 그런 뜻으로 말함.

39   **일흔 번씩 일곱 번** 「마태복음」18장 22절.

        기머든 서프 교회 보통 chapel은 비국교도의 집회 장소로 교회
(church)와 구별해 예배당으로 번역하는데, 이곳은 교구 교회가
멀리 있어 참석이 어려운 신도들을 위해 건립한 분교회(chapel of
ease)인 것으로 보여 교회로 번역함.

        목사 영국 국교회의 성직자는 신부로, 비국교도의 성직자는 목사

로 번역했는데, 제이버스 브랜드럼의 성향은 비국교도인 것으로 추정되어 호칭을 목사로 함.

46 **요정이 바꿔 친 아이** 요정이 예쁜 아이를 데려가고 대신 작고 못난 아이를 남겨 놓는다는 미신을 언급함.

51 —— 히스클리프가 'bitch'라고 말한 것인데, 인쇄할 수 없는 단어라 빈칸으로 남겨놓음.

54 **풍향계** 대개 닭 모양으로 건물 꼭대기에 세워 놓음. 변덕쟁이라는 뜻이 있음.

67 **성직록** 교구에서 성직자들에게 주는 봉급.

82 **니거스** 주 포도주, 더운물, 설탕, 향료, 레몬 등을 섞어 만든 음료.

130 **밀로** Milo. 기원전 5세기 무렵 그리스의 운동선수. 나무를 둘로 쪼개려다 쪼갠 나무 사이로 집어넣은 손을 빼지 못해 들짐승의 먹이가 되었음.

136 **노아** 대홍수 때 방주를 만들어 구원을 받음.

롯 소돔과 고모라 심판 때 구원을 받음.

요나 하느님의 명령을 거역하고 배를 타고 도망가다 풍랑을 만남.

145 **근로 장학생** 케임브리지 대학과 더블린의 트리니티 대학에 있던 제도로, 일정한 일을 하고 숙식을 제공받으며 등록금도 조금만 내고 학교를 다닐 수 있음.

미국으로 ~ 이름을 떨쳤는지 미국 독립 전쟁에서 미국 쪽의 용병을 했을 가능성을 시사함.

170 **굴** ghoul. 송장 파먹는 귀신.

176 —— 헤어턴이 욕을 하는 것을 빈칸으로 표기.

219 **크라바트** cravat. 17~18세기 남자가 목에 두른 스카프.

277 **감리교** 신도 18세기 중반 영국 국교회 안에서 찰스 웨슬리 등의 주도로 부흥 운동이 시작되는데, 이 소설의 배경이 되는 19세기 초반까지도 감리교는 광신과 동의어로 쓰임

치안관 근대적 의미의 경찰 제도가 정립되기 이전까지 경찰 업무

를 맡음.

286 **바실리스크** 전설상의 동물로 그 눈길과 마주치면 돌로 변한다고 함.

296 **사거리에 갖다 묻어야 해** 자살을 죄로 치부해 영혼이 쉬지 못하도록 사거리에 묻는 풍습이 있었음. 언쇼의 죽음이 자살이나 진배없음을 시사함.

306 **농가** 워더링 하이츠의 본채를 농가라고 부름.

342 **그녀에게~되어 있지** 히스클리프가 사실을 호도하고 있음. 린턴이 스러시크로스 그레인지를 상속받기 전에 죽으면 히스클리프가 상속권을 주장할 수 없음.

364 **미클마스** 9월 29일.

436 **성직의 특전** 일반 법정 대신 더 관대한 교회법으로 재판 받는 특혜. 상속녀를 유괴해 결혼식을 올리고 재산을 빼돌리는 범죄에 중죄를 내리는 법을 염두에 둔 듯.

470 **예배당** 이 소설의 무대가 되는 요크셔는 스코틀랜드에 인접해 있어서 장로교 등 비국교도의 세력이 강한 곳임. 영국 국교회의 교회(church)와 구별하여 예배당(chapel)으로 번역함.

480 **체비 체이스** 스코틀랜드 귀족 가문 간의 반목을 제재로 한 발라드.

사건 일지

1771 9월 언쇼 씨, 리버풀 여행에서 아이를 주워 와 히스클리프라는 이
      름을 줌.

1774 10월 힌들리 언쇼, 대학 진학.

1777 10월 언쇼 씨의 죽음. 힌들리, 아내 프랜시스를 데리고 워더링 하
      이츠로 돌아옴.

      11월 19일 캐서린 언쇼와 히스클리프가 스러시크로스 그레인지에
      숨어 들어갔다가 도둑으로 몰림. 개에 물린 캐서린은 5주 동안 치
      료차 그곳에 머묾.

      12월 24일 캐서린, 워더링 하이츠로 돌아옴.

      12월 25일 린턴 댁 남매를 초대한 크리스마스 파티.

1778 6월 힌들리와 프랜시스의 아들 헤어턴 언쇼 태어남. 프랜시스는
      아들을 낳고 약 반년 후 사망.

1780 초여름 캐서린이 에드거 린턴의 청혼을 받아들임. 히스클리프, 가출.

1783 3월 캐서린과 에드거 린턴, 결혼.

      9월 11일 히스클리프, 돌아옴.

1784 1월 9일 에드거와 히스클리프의 다툼. 캐서린, 단식 시작.

      1월 13일 캐서린, 정신 착란 상태에 빠짐. 이사벨라 린턴과 히스클

리프, 야반도주.

3월 13일 히스클리프 부부, 워더링 하이츠로 돌아옴.

3월 19일 히스클리프, 임종 직전의 캐서린과 재회.

3월 20일 캐서린, 딸 캐시를 낳고 죽음.

3월 25일 이사벨라, 워더링 하이츠를 탈출. 런던 근교로 가서 몇 달 후 아들 린턴 히스클리프를 낳음.

9월 힌들리의 죽음.

1797 **8월 초** 이사벨라가 죽은 후 에드거, 조카 린턴을 스러시크로스 그 레인지로 데리고 옴. 히스클리프의 요구로 아이를 다음 날 워더링 하이츠로 보냄.

1800 **3월 20일** 캐시와 린턴의 재회. 이후 얼마 동안 몰래 연애편지를 주고받다가 캐시의 유모인 넬리 딘에게 발각되어 편지 왕래가 중 단됨.

10월 에드거, 와병.

10월 31일 린턴이 상사병에 걸려 죽게 되었다는 히스클리프의 거 짓말 때문에 캐시와 넬리 딘, 워더링 하이츠 방문. 넬리 딘, 독감으 로 3주를 앓아누움.

11월 25일 캐시, 3주 남짓 거의 매일 워더링 하이츠를 방문했음을 넬리 딘에게 들킴.

1801 **8월 23일** 아버지가 시킨 대로 린턴이 외삼촌에게 캐시를 만나게 해 달라고 애걸하는 편지 보냄. 캐시와 넬리 딘, 린턴을 만나러 황 야로 나감.

8월 30일 다시 린턴을 만나러 나온 캐시와 넬리 딘을 히스클리프, 워더링 하이츠에 감금함.

8월 31일 캐시와 린턴, 결혼.

9월 6일 워더링 하이츠를 빠져나온 캐시, 아버지 에드거의 임종을 지켜봄. 장례를 치르고 히스클리프, 캐시를 워더링 하이츠로 데리 고 감.

10월 린턴의 죽음.

11월 말 록우드, 인사차 워더링 하이츠 방문.

다음 날 재차 방문했다 폭설로 하룻밤을 워더링 하이츠에서 묵음.

그다음 날 스러시크로스 그레인지에 돌아온 록우드, 앓아누움. 넬리 딘에게 워더링 하이츠에 얽힌 이야기를 듣기 시작함.

1802   1월 초 넬리 딘의 이야기가 끝남.

1월 중순 록우드, 워더링 하이츠를 방문해 다음 주 런던으로 떠날 것임을 알림.

2월 초 히스클리프의 요청으로 넬리 딘, 워더링 하이츠의 살림을 맡게 됨.

3월 초 헤어턴, 총기 사고로 집에 있게 됨.

3월 28일 캐시, 헤어턴과 친구가 됨. 히스클리프, 변화의 조짐을 보임.

4월 히스클리프의 죽음.

9월 중순 워더링 하이츠를 방문한 록우드, 넬리 딘으로부터 뒷이야기를 들음.

1803   1월 1일 캐시와 헤어턴, 결혼 예정.

에밀리 브론테의 『워더링 하이츠』 – 폭풍의 언덕을 넘어서

유명숙(서울대 영문과 교수)

1. 사제관의 에밀리 브론테

잉글랜드 북부 외딴 시골에 사는 세 자매가 런던의 출판사에 처음 쓴 소설을 투고해 출판이 된 것은 영국 소설사에서도 극히 이례적인 사건인데, 그중 『제인 에어』와 『워더링 하이츠』는 고전의 반열에 오른다. 영문학사에서 가장 유명한 문학적 가문인 '브론테가(家)'의 이야기이다.

처음부터 호평을 받고 베스트셀러가 된 샬럿의 『제인 에어』와 달리 에밀리의 『워더링 하이츠』에 대한 서평은 그리 호의적이지 않았다. 이 소설의 독특한 힘을 인정하면서도 거칠고 조야(粗野)하다는 평이 지배적이었다. 하지만 2년 후에 재판이 나왔음을 감안하면 서평자들의 평가 절하와는 무관하게 독자를 사로잡는 흡인력은 처음부터 인정받았던 것 같다.

『제인 에어』로 유명해진 언니 샬럿은 성공의 과실을 맛본다. 소설도 몇 편 더 썼고, 작고했을 때는 당대의 유명 작가인 엘리자베스 개스켈(Elizabeth Gaskell)이 전기(傳記)를 써 주는 영예를 누린다. 에밀리는 명성이 찾아오기 전에 세상을 뜬다. 알코올 중독으로 가족들을 괴롭히다 급사한 오빠 브랜월(Branwall)의 장례식 때 비를 흠뻑 맞은 다음 폐결핵이 급속도로 진행되어 두 달도 안 돼 영면에 든 것이다. 이듬해 『아그네스 그레이(*Agnes Grey*)』의 작가인 막내 앤도 폐결핵으로 사망한다. 일찍 어머니를 여의고 큰이모가 양육을 맡은 사제관의 6남매 중 장녀와 차녀는 10대에, 샬럿을 제외한 나머지 형제들도 서른을 전후해 요절한다. 홀로 남은 샬럿도 마흔을 넘기지 못한다.

에밀리는 짧은 생애의 대부분을 세상과의 교류가 거의 없는 사제관에서 보냈다. 제인 오스틴의 소설에 나오듯, 지주의 저택과 사제관을 중심으로 벌어지는 일 같은 것은 브론테가와 무관한 이야기이다. 사제관이 가장 큰 집일 만큼 궁벽한 교구여서 지방 유지 집안 간의 사교적 모임 같은 것은 없었고, 에밀리의 경우, 그런 것을 원하지도 않았다. 집을 떠나면 몸이 견디지 못해 돌아오곤 했던 그녀는 3년여 동안 가족과 하녀를 제외한 누구와도 말을 섞지 않았다고 전한다.

아버지의 출신 성분도 고립의 원인이 되었다. 아일랜드 하층 계급 출신인 아버지 패트릭은 대장장이와 직조공, 포목상 등을 거쳐 독학으로 교사가 되고, 영국으로 건너가 케임브리지 대학을 졸업해 신부의 서품을 받은 입지전적 인물이다. (그사이 아일랜드 냄새가 물씬 풍기는 Brunty라는 성을 Brontë로 바꿨다고 한다.) 자신의 과거 전체에 등을 돌리고 외딴 시골 교구에서 새로운 삶을 시작한 패트릭을 교구민들은 경원했다. 프랑스의 지원을 기대하고 일어난 1798년의 아일랜드 '반란'이 기억에 생생한 19세기 초, 아일랜드 출신의 교구 신부를 수상쩍은 눈으로 보지 않을 곳은 잉글랜드의 어느 곳에도 없었으리라.

가난한 신부의 여식(女息)들을 교육하는 기숙 학교 ―『제인 에어』의 로우드(Lowood) ― 에 막내 앤을 제외한 딸 넷을 보냈다가 열악한 환경 탓에 장녀와 차녀를 잃은 패트릭은 이후 4남매가 서재의 책을 자유롭게 읽도록 방목한다. 가난과 무지를 극복하기 위해 어린 시절 밀턴의『실낙원』을 몽땅 외웠다는 패트릭의 서재에는 호메로스, 베르길리우스, 셰익스피어, 밀턴, 바이런, 월터 스콧의 저작들,『이솝 우화』와『아라비안나이트』, 그리고『에든버러 리뷰』같은 계간지도 꽂혀 있었다. 4남매에게 사제관이 세계의 전부라 하더라도 책이 열어 놓은 세계와의 만남은 무궁무진했다.

『제인 에어』가 큰 반향을 불러일으키자『워더링 하이츠』와『아그네스 그레이』도 같은 작가의 소설이라고 선전하고 나선 출판업자를 반박하기 위해[1] 샬럿과 앤이 런던행을 감행했을 때 관계자들은 그들이 여자라서 놀랐고 ― 1846년에 출판한 공동 시집의 필명을 그대로 썼기 때문에 남자라고 생각한 것이다 ― 그것도 세

---

1) 『제인 에어』가 명망 있는 출판사에서 나온 반면『워더링 하이츠』와『아그네스 그레이』는 그렇고 그런 출판사에서 나왔다. 오식투성이의 교정본을 에밀리와 앤이 일일이 수정해서 보냈음에도 반영하지 않을 만큼 무책임했으면서『제인 에어』가 베스트셀러가 되자『워더링 하이츠』와『아그네스 그레이』도 같은 작가의 소설이라고 선전해서 자매의 런던행이 불가피했던 것이다. 에밀리는 정체를 밝히는 것에 끝까지 반대했다고 한다.

상 경험이라고 해 봐야 교사나 가정 교사가 고작인 시골 신부의 딸들이라 놀랐다. 하지만 이들이 읽은 책의 목록을 알았다면 그토록 놀라지는 않았을 것이다.

세 자매는 많은 책을 읽었을 뿐 아니라 이미 십 수년 습작을 해 온 '준비된' 작가였다. 에밀리가 여덟 살 되던 1826년에 아버지는 외아들에게 나무로 만든 군인 인형 세트를 선물했다. 이후 사제관의 4남매는 군인 인형들에게 이름을 지어 주고 이들을 주인공으로 하는 이야기를 깨알만 한 글씨로 써서 인형의 손에 쥐여 줄 수 있을 만큼 작은 책을 만드는 놀이를 시작한다. 처음에는 손위인 샬럿과 브랜월의 주도하에 앵그리아(Angria)라는 가상의 나라를 배경으로 이야기를 짓다가 에밀리가 열세 살이 되던 해에 막내인 앤과 함께 곤달(Gondal)이라는 별도의 가상 공간을 만들어 분리, 독립한다. 곤달 이야기는 에밀리가 어른이 되고 난 다음에도 지속된다.

앵그리아 이야기는 나중에 책으로 출판될 정도로 원고가 남은 반면, 곤달 이야기의 원고는 유실되었다.[2] 아니, 에밀리가 쓴 글 자체가 거의 남아 있지 않다. 19세기 작가라면 책으로 출판할 양의 편지를 남기는 것이 보통인데 에밀리는 편지도 달랑 두 통이 남아 있을 따름이다. 하지만 『워더링 하이츠』가 출판되었고, 그것만으로 19세기 영국 소설의 거봉이 되기에 충분했다.

---

2) 곤달 이야기는 앤이 작성한 인명과 지명의 명단과 1846년 세 자매가 낸 시집에 수록된 에밀리의 곤달 시편들만 남았다.

2. 『워더링 하이츠』— '유령의 집'으로의 초대

에밀리 브론테의 처녀작이자 마지막 작품이 된 『워더링 하이츠』를 번역하면서 내린 가장 큰 결정은 이 소설의 제목으로 몇십 년간 통용된 '폭풍의 언덕'을 버리기로 한 것이다. Wuthering Heights를 직역하면 '바람이 휘몰아치는 언덕'이므로 '폭풍의 언덕'이 딱히 틀린 번역은 아니다. 하지만 소설에서 워더링 하이츠는 집의 이름이다. 높은 곳에 자리 잡고 있어 전망이 좋은 집을 '하이츠'로 명명하는 것은 한국의 건축 업자들도 하는 일이거니와, 사람이나 집의 이름이 제목일 때는 고유 명사로 번역하는 것이 원칙이다.

'워더링'이 영어를 모국어로 하는 독자들에게도 낯선 단어라는 점도 감안해야 한다. 사실 소설 도입부에 "높은 언덕에 자리 잡고 있어서 폭풍우가 몰아치면 대기의 소요에 그대로 노출됨을 이르는" 요크셔 지방 사투리로 '워더링'의 사전적 정의가 제시되기도 한다. 1차 서술자 록우드가 손님인지 불청객인지 애매한 신분으로 워더링 하이츠에 들어가 계속 상황을 잘못 읽어 내듯, 독자도 제목조차 생소한 『워더링 하이츠』를 펼쳐 들고 워더링 하이츠라는 집으로 들어가야 하는 것이다.

원제의 번역이라기보다는 번안이라고 해야 할 '폭풍의 언덕'이 반세기 이상 별문제 없이 통용된 것은 히스클리프라는 남자 주인공의 격정적인 사랑 이야기로 이 소설을 읽어 왔기 때문이다.[3] 사실 한 세기 반 동안 대중 연애 소설의 원조로,[4] 여러 번 영화화

되면서 '신화'의 경지에 이른 『워더링 하이츠』를 원전으로 만나는 것은 생각보다 쉽지 않다. 『폭풍의 언덕』이 '낭만적 사랑의 서사'라는 광고 문안을 달고 문화 시장의 상품으로 유통된 지 이미 수십 년이 지났으니 말이다.

『워더링 하이츠』를 세기적인 사랑의 대서사 『폭풍의 언덕』으로 만든 것은 할리우드이다. 1939년 윌리엄 와일러 감독이 이 소설을 영화로 만들면서 캐서린과 히스클리프의 비극적인 사랑 이야기로 끝을 맺기 위해 소설의 후반부를 뭉텅 잘라 버린 것이 대표적인 예다. 그 과정에서 로런스 올리비에가 연기한 히스클리프는 낭만적 사랑의 화신이 된다. 대체로 10대나 20대에 이 소설을 읽는 한국의 독자 역시 '폭풍의 언덕'이라는 제목에 걸맞게 죽음을 넘어선 사랑 이야기로 읽어 왔다.

문학 작품이 문화 텍스트의 일부를 이루게 될 때 늘 나타나는 원전의 해체는 누가 개탄한다고 해서 막을 수 없는 일이다. 극소수의 문학 작품만 이런 '영예'를 누린다는 점에서 『폭풍의 언덕』으로의 변형이, 소설가 조이스 캐럴 오츠가 명징하게 표현했듯, 『워더링 하이츠』의 '크기(magnanimity)'를 가리킨다고 할 수도 있다. 비슷한 사례인 대니얼 디포의 『로빈슨 크루소』나 메리 셸리의 『프랑켄슈타인』에서도 각각 무인도와 괴물이 대중적 상상력을

---

3) 『워더링 하이츠』의 초역본은 안동민 역, 『애정(哀情)』(교양사, 1958)으로 알려졌는데, 같은 번역자가 『폭풍의 언덕』(여원사, 1959)으로 개명한 번역본이 널리 통용되게 되었다. 일본어 번역(『嵐丘』)의 중역(重譯)이다.

4) 2007년 영국의 『가디언』지가 선정한 영국인들이 가장 좋아하는 사랑 이야기 1위는 제인 오스틴의 『오만과 편견』을 제치고 『워더링 하이츠』가 차지했다.

사로잡아 원전과는 거리가 먼, 아니 무관하기까지 한 문화적 변형들을 만들어 내는 것 아닌가.

하지만 번역자의 임무는 원전을 최대한 그대로 — 그런 작업이 거의 불가능에 가깝다는 것을 알면서도 — 전달하는 것이다. 『워더링 하이츠』를 폭풍처럼 휘몰아치는 사랑 이야기로 보기로 하면 어림잡아 원전의 10분의 1만 번역하면 된다. 『워더링 하이츠』는 언덕 위의 집인 워더링 하이츠에 사는 언쇼가와 언덕 아래의 집인 스러시크로스 그레인지에 사는 린턴가 두 집안의 이야기가 큰 줄기를 이루는 소설이다. '언덕'이 '집'을 가려서는 안 된다.

2.1 언덕 위의 집, 언덕 아래의 집

이 소설의 서사는 스러시크로스 그레인지를 전세 내어 입주한 록우드가 "집 내부를 구경하기"로 작정하면서 촉발된다. 집주인 히스클리프에게 인사차 워더링 하이츠를 방문하고, 두 번째 방문에서 이 집의 내실 중 내실인 참나무 침상에서 하룻밤을 보내게 된 그는 침상 선반에 새겨진 캐서린 언쇼, 캐서린 히스클리프, 캐서린 린턴이라는 이름을 되뇌다 잠이 들고 꿈속에서 캐서린 린턴으로 자신을 소개한 소녀 유령과 맞닥뜨리게 된다.

스러시크로스 그레인지에 돌아온 그는 가정부 넬리 딘을 졸라 약 20년에 걸친 양쪽 집안의 얽히고설킨 사연을 듣고 떠났다가 반년 후 돌아와 그 이후의 이야기를 듣는다. 록우드의 서술이 넬리의 이야기를 감싸 안은 액자식 서술 구조인데, 『프랑켄슈타인』이나 조지프 콘래드의 『어둠의 심연』과 흡사하다는 점에 주목할 필요가 있다. 상자를 열면 그 안에 또 상자가 있는 서사의 중심에 『프랑켄슈타인』에는 '괴물'이, 『어둠의 심연』에는 '커츠'가 있듯, 『워더링 하이츠』에는 유령이 있다. 하지만 『프랑켄슈타인』의 서술자인 월튼이 '괴물'을, 『어둠의 심연』의 서술자인 말로가 '커츠'를 직접 만나 이야기를 듣는 것과 달리, 『워더링 하이츠』에서는 유령과의 이렇다 할 만남이 이뤄지지 않는다. 1차 서술자인 록우드가 소설 초입에 만나는 소녀 유령과 2차 서술자인 넬리 딘을 매개로 만나게 되는 린턴 부인을 연결해 유령과 만나는 일은 독자의 몫으로 남는다.

넬리 딘의 서술은 워더링 하이츠의 가장인 언쇼 씨가 리버풀에 갔다가 내력을 알 수 없는 기아(棄兒)를 데리고 와 어릴 때 죽은 아들 히스클리프의 이름을 주는 데에서 시작한다. 이름이자 성이 되는 이 기표(記標)는 어떤 기의(記意)와도 연결할 수 없는 미지의 x이다. 까무잡잡한 편인 히스클리프의 인종을 아일랜드, 스페인, 집시, 인도, 중국, 심지어 지옥(!)으로 그 기원을 추정할 수 있지만, 어느 한 곳으로 고정할 수 없는 것이 단적인 예다.

히스클리프가 미지수인 반면, 언쇼가의 역사적·사회적 좌표는 뚜렷이 제시된다. 워더링 하이츠의 현관 정문 위에 1500년이라는 연도가 표기되어 있듯 언쇼가는 수 세기 동안 북부 요크셔에 상당한 토지를 소유하고 일꾼을 고용해 직접 농사를 짓기도 하고 소작도 주는 부유한 자영농 집안이다. 아들을 대학에 보낼 정도로 경제적 여유가 있지만, 농사와 무관한 수입은 거의 없다고 봐야 한다. 반면에 스러시크로스 그레인지의 린턴가는 직접 농사일을 하지 않고 소작만 주는 젠트리 계층으로 사냥터 숲과 수목원까지 갖춘 저택에 살고 있으며, 채권 투자 등 동산 재산도 있다. 1771년경에서 1802년 사이에 벌어지는 거의 모든 사건은 워더링 하이츠와 스러시크로스 그레인지 두 건물 사이와 안팎에서 이뤄진다.[5]

『워더링 하이츠』는 언쇼가와 린턴가 두 집안의 완벽한 대칭 구조를 특징으로 한다. 워더링 하이츠의 언쇼 씨 내외에게 아들 힌들리와 딸 캐서린, 그리고 스러시크로스 그레인지의 린턴 씨 내외에게도 아들 에드거와 딸 이사벨라가 있다. 언쇼 씨가 워더링 하이츠로 데리고 온 히스클리프는 이런 대칭 구도를 깨뜨리는 조커(joker) 역할을 한다고 할 수 있다.

외지에서 결혼하여 아내를 데리고 오는 힌들리를 제외하고 양대에 걸쳐 두 집안 사이에선 네 번의 결혼이 이뤄진다. 맨 처음 언쇼가의 캐서린이 린턴가의 에드거와 결혼하고, 히스클리프가 복수의 일환으로 린턴가의 이사벨라와, 그다음 대에는 캐서린과 에드거의 딸인 캐시가 히스클리프와 이사벨라의 아들인 린턴과, 린턴이 죽고 난 다음 힌들리의 아들 헤어턴과 결혼한다. 한마디로 히스클리프가 '삽입'되면서 대칭 구도가 깨지고, 양쪽 집안의 혈손인 헤어턴과 캐시가 결혼하면서 다시 평정을 이룬다고 요약할 수 있다. 이를 도표로 나타내면 다음과 같다.

---

5) 『워더링 하이츠』의 서술 구조가 복잡하지만 일어나는 사건은 일지를 작성할 수 있을 정도로 시간의 추이가 정확하다. 이 책에도 사건 일지를 부록으로 넣었다.

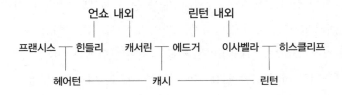

🏠 워더링 하이츠   🏠 스러시크로스 그레인지

언쇼 내외   린턴 내외

프랜시스 ┬ 힌들리   캐서린 ┬ 에드거   이사벨라 ┬ 히스클리프

헤어턴 ─────── 캐시 ─────── 린턴

소설의 여주인공인 캐서린/캐시 모녀를 중심으로 보면,[6] 프랭크 커모드가 지적했듯이, 어머니 대에서는 캐서린 언쇼에서 시작해 (캐서린 히스클리프를 거쳐)[7] 캐서린 린턴으로 갔다가 딸 대에서는 캐서린 린턴에서 시작해 캐서린 히스클리프를 거쳐 캐서린 언쇼로 돌아온다. 어머니 대의 변화는 히스클리프가 "불멸의 사랑"을 잃는 과정이고, 딸 대의 변화는 히스클리프가 복수를 수행하는 과정에서 일어난다. 소설의 대부분은 히스클리프의 복수에 할애된다.

2.2. 히스클리프의 사랑과 복수

죽음을 넘어서까지 한 여자를 사랑한 순정의 사나이로 히스클리프를 형용하면 낭만적으로 들리지만, 법을 이용해 언쇼가와 린턴가의 재산을 가로채는 그의 복수는 더할 수 없이 지능적이고 냉

---

6) 편의상 어머니를 캐서린, 딸을 캐시로 구별하지만 소설에서 그렇게 구분되는 것은 아니다. 히스클리프는 대체로 어머니를 캐시, 딸을 캐서린이라고 부르는 반면, 에드거 린턴은 어머니를 캐서린, 딸을 캐시라고 부른다.
7) 캐서린과 히스클리프가 결혼을 한 것은 아니기 때문에 괄호로 표시했다.

혹하다. 넬리 딘이 법적인 사실까지 설명해 주는 것이 아니므로 독자의 이해를 돕기 위해 그 과정을 간략히 요약할 필요가 있다. 힌들리와 도박을 벌여 언쇼가의 집과 토지를 도박 빚의 담보로 받아 낸 히스클리프는 힌들리가 죽은 다음 채권자로서 워더링 하이츠를 차지한다. 일정 기간이 지나기 전에는 담보에 대한 소유권을 주장할 수 없지만 변호사를 매수해 자신의 권리를 기정사실로 만든다.

스러시크로스 그레인지를 차지하는 방법은 훨씬 복잡하다. 우선 자기를 짝사랑하는 이사벨라와의 결혼을 감행한다. 린턴 씨가 가문의 주요 재산을 아들 에드거에게 물려주되, 에드거에게 아들이 없을 경우 딸 이사벨라가 오빠의 상속인이 되고, 아들의 딸보다 딸의 아들에게 재산이 가도록 유언장을 작성했음을 염두에 둔 정략결혼이다. 캐서린이 딸을 낳고 죽기 때문에 스러시크로스 그레인지의 상속인은 이사벨라가 되고 이사벨라의 남편인 히스클리프가 린턴가의 재산을 차지할 가능성은 커진다.

이사벨라가 오빠보다 먼저 죽지만 아들을 남겼으므로 히스클리프의 목표는 차질 없이 달성될 것으로 보인다. 문제는 그의 아들이 외삼촌인 에드거 린턴으로부터 상속받기 이전에 죽을 가능성을 배제할 수 없을 만큼 병약하다는 데 있다. 그럴 경우 린턴가의 재산은 캐시에게 돌아간다. 히스클리프가 캐시를 납치하다시피 해서 반강제로 며느리로 삼는 것은 아들이 에드거 린턴보다 먼저 죽을 것에 대비하기 위해서이다. 스러시크로스 그레인지가 캐시에게 상속된다 하더라도 여성의 재산권 행사에 제약이 많았던 만큼 시아버지로서 그녀의 재산을 가로채는 것은 어려운 일이 아닐 테니 말이다.

히스클리프의 입장에서는 다행스럽게 에드거 린턴이 먼저 죽는다. 스러시크로스 그레인지를 상속받은 아들을 협박해 자신을 상속인으로 하는 유언장을 작성한 히스클리프는 아들이 죽고 난 다음 스러시크로스 그레인지까지 손에 넣는다. 1801년이라는 연도의 표시로 시작하는 『워더링 하이츠』는 18년이 걸린 복수의 대장정이 마무리되는 시점이다.

복수를 진행하는 과정에서 히스클리프는 법을 교묘히 이용하는 교활함을 드러낼 뿐 아니라 지나치게, 아니 불필요하게 잔인한 모습을 보인다. 이사벨라와 결혼한다면, "내가 매일 혹은 하루 건너씩 저 흰 얼굴을 무지갯빛으로, 푸른 눈을 시커멓게 멍들게 한다는 소문"이 돌 것이라고 말하는데, 실제로 결혼하고 난 다음 육체적, 정신적 학대를 자행한다. 아들과 며느리가 될 아가씨를 앞에 놓고, "내가 법이 덜 엄하거나 취미가 덜 고상한 곳에서 태어났더라면 저 둘을 하루 저녁 심심풀이로 천천히 생체 해부 하는 즐거움을 누렸을 텐데"라는 끔찍한 발언을 하기도 한다.[8] 히스클리프를 낭만적 사랑의 화신으로 잘못 읽었다가 "히스클리프 씨가 사람이야? 사람이라면 미친 거야, 사람이 아니라면 악귀인 거야?"라는 의문에 사로잡힐 만큼 무자비한 폭력의 맛을 본 이사벨라를

---

8) 조르주 바타유가 『문학과 악』에서 다루는 여덟 명의 작가 중 ― 그중에는 물론 사드 후작이 포함된다 ― 에밀리 브론테가 영국의 소설가 중 유일하게 들어 있는 것은 히스클리프의 이런 면모와 무관하지 않다.

반면교사로 삼을 여지가 있다는 것이다.

그렇다고 이사벨라를 좇아 히스클리프를 극악무도한 악당으로 재규정해야 한다는 뜻은 물론 아니다. 복수를 위해 수단과 방법을 가리지 않는 것은 물론 두 집안의 재산을 가로챈 다음 냉혹한 지주 노릇을 했다는 정보를 접함에도 독자는 그의 편에 서게 된다. 캐서린에 대한 순도 1백 퍼센트의 사랑 때문이다. 캐서린 생전에 히스클리프는 그녀를 위해 살았고, 캐서린이 죽고 난 후 유령으로나마 그녀와 만나겠다는 집념에 산다. 숨결까지 느껴지는데 보일 듯 보이지 않는 캐서린의 유령을 만나려고 20년 가까운 세월을 "한 치 두 치도 아니고, 털끝만큼씩" 죽어 가는 고통의 삶을 살아왔다는 토로를 듣고 그를 동정하지 않기는 힘들다.

사실 히스클리프의 복수는 캐서린을 통해서만 세상과 관계를 맺어 온 그가 그녀의 부재에 대응하는 방식에 불과하다.9) "두 집안을 결딴내기 위해" 만반의 준비를 했지만 "어느 쪽 집 지붕의 기와 한 장 들어내고 싶은 생각이 없어"진 것은 복수가 그의 목표가 아니기 때문이다. 그러다 드디어 캐서린의 유령을 볼 수 있게 되고, 눈을 떼면 사라질까 봐 4일간 식음을 전폐한 끝에 죽음을 맞는 것이기도 하다. 독자가 궁극적으로 히스클리프의 복수가 아니라 사랑을 기억하는 것은 놀랄 일이 아니다.

문화 텍스트로 유통되는 『워더링 하이츠』는 대체로 히스클리프의 사랑을 부각하면서 그가 사랑한 여자를 뒷전으로 미뤄 놓는다.

---

9) 이런 문맥에서 자영농 집안과 젠트리 집안의 평형을 깨뜨리는 히스클리프의 복수가 개인적 한 풀이를 넘어 역사적 차원을 갖는다고 주장할 여지가 생긴다.

소설이 시작될 즈음 캐서린은 죽은 지 20년이 되어 가기 때문에 그렇게 하기 쉽다. 하지만 캐서린은 유령으로『워더링 하이츠』라는 텍스트에 출몰한다. 록우드가 소설의 초입에서 만난 소녀 유령과 마주하는 일이『워더링 하이츠』의 핵심적 독서 경험이라는 것이다.

2.3. 소녀 유령과 린턴 부인

여러 가지 층위의 오독(誤讀)을 유발하는 텍스트로 유명한『워더링 하이츠』에서 히스클리프보다 더 오해하기 쉬운 인물은 히스클리프가 사랑한 캐서린 언쇼/린턴이다. 사실 히스클리프의 사랑에 공감할수록 캐서린에게 반감을 갖게 되고, 넬리 딘이 이런 반감에 힘을 실어 주기 때문에 사회적 특권을 누리기 위해 사랑을 '배반'한 여자로 단죄하기가 그만큼 쉬워진다.

넬리 딘은 독자가 믿고 싶어지는 서술자이다. 다소간 부박하고 우스꽝스러울 정도로 자기만족적인 록우드와 달리 넬리 딘은 힌들리에게 구박을 당하는 히스클리프를 가엾게 생각하는 따뜻한 마음씨와 만취하면 총을 쏴 대기도 하는 힌들리에게 맞설 수 있는 용기를 가진 여자다. 그런 서술자이기 때문에 캐서린에 대한 평가 절하도 대체로 액면 그대로 받아들이게 된다. 그러나 넬리 딘이 '보여 주는' 캐서린이 그런 평가 절하와 전적으로 맞아떨어지는 것은 아니다.

캐서린과 같이 자란 넬리 딘은 "어린 시절이 지나고 난 다음부터" 캐서린을 별로 좋아하지 않았다고 말하는데, 사실 독자도 마찬가지이다. 히스클리프의 편에 서든 아니면 넬리 딘처럼 에드거 린턴의 편에 서든, 두 남자를 양손의 떡으로 쥐고 있겠다는(?) 그녀의 행태에 거부감을 갖기 십상이다. 하지만 캐서린 언쇼가 어떤 과정을 거쳐 린턴 부인이 되는가를 따져 보지 않고 그녀의 행태에 반감부터 갖는 것은 성급한 읽기다.

캐서린 언쇼는 떠오르는 생각과 감정을 직설적으로 표현하는 심신이 건강한 여자아이다. 자기주장이 강해서 아버지의 권위도 인정하지 않는 한편, 넘치는 에너지로 주변 사람들을 들었다 놨다 하는 아이로 그려진다. 히스클리프와 함께 황야를 헤매고 다닐 때 주도적인 역할을 할 정도로 담대함과 강인함을 드러내 보이는데, 한마디로 18세기 중반 여성성의 핵심으로 각인된 연약함을 부정하는 소녀라고 할 수 있다. 그런 그녀가 히스클리프의 가출 이후 중병을 앓고, 린턴 부인이 된 다음 '연약'한 여성이 몸으로 드러내는 징후들 — 히스테리와 거식증 등 — 을 차례로 보이면서 쇠잔해진다. 이전과 이후가 그럴 수 없이 확연하게 구별되는 인물이다.

전환점은 스러시크로스 그레인지의 창문을 함께 들여다보다가 들킨 다음 캐서린은 그 집 안으로 받아들여지고, 히스클리프는 밖으로 내쫓기는 분리가 일어나면서부터다. 물론 그 이전에 이미 분리의 단초가 만들어진다. 힌들리가 언쇼 씨를 대신해 워더링 하이츠의 주인이 되자, 히스클리프는 캐서린과 함께 자던 참나무 침상에서 내쫓겨 머슴으로 전락한다. 그럼에도 록우드가 읽는 일기에서 알 수 있듯 둘의 유대는 더 공고해진다. 스러시크로스 그레인지가 개입하고 나서야 캐서린은 계급적 분리를 의식한다. 머슴과 결혼할 수 없다는 금기(禁忌)가 생긴 것이다.

캐서린은 린턴가와의 교제가 히스클리프와의 관계에 아무 영향을 주지도 줄 수도 없다고 주장하지만 그럼에도 자기 분열이라고 형용해야 할 변화가 일어난다. "캐서린은 꼭 누구를 속일 의도는 없었지만 차츰 이중적인 성격을 띠게" 되었다고 넬리 딘은 증언하는데, 자신의 감정과 생각을 있는 그대로 내보여 온 캐서린은 린턴가와 친분을 갖게 되면서 의도와 행동의 괴리를 드러내는 것이다. 물론 캐서린 자신도 이런 "이중적인 성격"을 드러낼 수밖에 없는 상황이 불편하다.

캐서린은 그[에드거 린턴]의 방문을 불편해했던 것 같아요. 감정을 꾸며 댈 줄 모르는 데다 천성이 요부(妖婦)와 거리가 멀어서, 두 사람이 맞닥뜨리는 것을 원치 않았던 건 분명해요. 히스클리프가 에드거 린턴 앞에서 그에 대한 경멸을 표하면 본인이 없을 때 그렇게 하듯 반쯤 맞장구를 칠 수 없었고, 에드거 린턴이 히스클리프에 대한 혐오나 반감을 드러낼 때 소꿉친구를 깎아내리는 걸 아무렇지도 않은 듯 들어 넘길 수 없었기 때문이지요.(본문 107페이지)

그럼에도 캐서린은 에드거 린턴과 교제를 계속하다 결국 청혼을 받아들이는데, 그렇게 하자마자 에드거 린턴과 히스클리프의 차이를 실감하고, 그래서 별로 호의적이지도 않은 넬리 딘을 붙잡고 히스클리프에 대한 자신의 마음을 고백하게 된다.

모든 것이 소멸해도 그가 남는다면 나는 계속 존재해. 그러나 다른 모든 것은 있되 그가 사라진다면 우주는 아주 낯선 곳이 되고 말 거야. 내가 그 일부라고 생각할 수도 없을 거야. 린턴에 대한 나의 사랑은 숲의 잎사귀와 같아. 겨울이 되면 나무들의 모습이 달라지듯 세월이 흐르면 달라지리라는 걸 난 잘 알고 있어. 그러나 히스클리프에 대한 사랑은 나무 아래 놓여 있는 영원한 바위와 같아. 눈에 보이는 기쁨의 근원은 아니더라도 없어서는 안 되는 거야. 넬리, 내가 바로 히스클리프야. 그는 언제나 언제까지나 내 마음속에 있어.(본문 131~132페이지)

　　캐서린에게 히스클리프는 자기 울타리를 넘어서 자기의 존재를 확인하게 만드는 — 에드거 린턴처럼 같이 있는 시간이 재미있고 즐거워서가 아니라 — 하이데거적 의미의 '존재'를 가능하게 해 주는 무엇이다. 특기할 점은 '생활(living)'을 넘어서 '존재(being)'의 층위에서 필수 불가결한 무엇이기 때문에 히스클리프를 사랑하면서도 에드거 린턴의 청혼을 받아들일 수 있다는 캐서린 나름의 논리가 성립한다. 히스클리프가 이미 언제나 '나'의 일부이기 때문에 결혼을 포함해 그 무엇도 갈라놓을 수 없는 것이다.

　　넬리 딘이 펄쩍 뛰듯, 이건 상식과 관습의 잣대로 보면 말이 안 되는 이야기이다. 하지만 히스클리프의 부재를 낯선 우주와 마주한 '나'로 의식하는 캐서린은 상식과 관습의 잣대를 이미 넘어서 있다. 넬리 딘은 두 남자 중 하나를 — 조건이냐 사랑이냐를 — 택하는 문제라고 주장한다. 캐서린은 이런 이분법을 부정한다. 에드거 린턴의 조건이 작용했음을 부정하지 않지만 좋아하는 감정이 없는데 결혼하는 것은 아님을 분명히 한다. 에드거 린턴에게 연애 감정 같은 것을 느끼고 나니 히스클리프에 대한 자신의 감정을 더 명료하게 깨닫게 되었을 따름이다.

히스클리프는 비천해진 자신과 결혼할 수 없다는 말만 듣고 집을 나간다. "린턴 집안의 사람들이 모두 녹아 사라진다 해도" 히스클리프를 저버리는 데 동의할 수 없다는 캐서린의 선언은 듣지 못한다. 히스클리프의 가출 후, 사경을 헤매다 겨우 살아난 캐서린은 거의 3년이 지나고 나서야 에드거 린턴과 결혼한다. "침울한 적이라곤 없었"던 캐서린 언쇼가 린턴 부인이 되고 난 다음 "가끔씩 우울해하면서 침묵을 지"켰다고 이전과 이후의 차이를 대비한 넬리 딘은 그럼에도 "[린턴] 부부의 행복은 나날이 더 깊어만 갔다"고 덧붙인다.

존재의 근거를 잃어버린 린턴 부인의 심신이 황폐해진 것을 넬리 딘이 알 리 없다. 히스클리프가 돌아왔을 때 미친 듯이 기뻐하며 그를 맞이한 캐서린은 선택의 문제가 되면 히스클리프를 선택했을 과거의 캐서린 언쇼가 아니다.[10] 에드거 린턴이 히스클리프와 나 둘 중 하나를 선택하라고 강요하자 그녀는 죽음을 택한다. 그렇게 함으로써 스러시크로스 그레인지를 알기 이전 캐서린 언쇼의 몸으로 돌아가지만 캐서린 린턴이라는 이름까지 털어 내지

---

10) 힌들리가 히스클리프를 쫓아내겠다고 하자 캐서린은 (에드거 린턴의 청혼을 받아들인 시점인데도) 같이 나가겠다고 한다. 히스클리프가 가출한 후라 실천하지 못할 따름이다.

못한 소녀 유령으로 황야를 배회하는 것이다.

에밀리가 주도한 곤달 이야기가 강렬한 카리스마를 가진 남성을 주인공으로 하는 앵그리아 이야기와 뚜렷이 구별되는 지점은 강렬한 카리스마를 가진 주인공이 여성이라는 점이다. 어거스틴 제럴딘 알메다(Augustine Geraldine Almeda)라는 거창한 이름을 가진 곤달의 여왕은 가난한 시골 목사의 딸로, 결혼과 가정 교사 외의 선택지가 없는 여성의 판타지라고 할 수 있다. 그런 판타지를 현실로 옮겨 놓으면서 에밀리는 히스클리프와 같은 사랑의 맞수가 될 만한 여자를 보여 준다. 소설가로서 그녀의 탁월함은 그런 여자가 주어진 현실에서 망가질 수밖에 없음을 직시했다는 점이다.

영국 소설사에서 전무후무한 변종으로 일컬어지는 이 소설의 탁월함은 "잉글랜드를 통틀어 세상의 소란에서 이보다 더 동떨어진 곳"이 없으리라고 록우드가 형용하는 곳에 위치한 워더링 하이츠에 들어가 유령을 만나는 탈일상이 결국은 주어진 현실과 만나는 일이 되는 것이다. 어떤 로맨스보다도 더 낭만적인 이 소설이 어떤 리얼리즘 못지않게 구체적인 현실에 밀착해 있다는 평가는 이미 『워더링 하이츠』 비평의 뼈대를 이루고 있거니와, 소녀 유령과의 만남도 결국은 계급과 성의 좌표가 19세기 영국의 현실에서 만들어 내는 궤적을 손으로 만지듯 실감하게 해 준다. 밀란 쿤데라가 역설하듯, "소설의 유일한 존재 이유가 소설만이 발견할 수 있는 것을 발견하는 것"이라면, 『워더링 하이츠』는 '유령의 집'을 현실로 열어 놓으면서 그 임무를 수행한다.

번역자는 1998년 서울대학교 출판부에서 『워더링 하이츠』를 냈
지만, 사투리를 반영하지 못한 것 등등 아쉬움이 남아 전면 개고
하여 개정판을 내게 되었다. 지난번에는 당시 대학원생이던 김지
수, 유희석, 최선령이 읽어 주었고, 이번에는 대학원생인 김소연
과 같은 과 동료인 손영주 교수, 그리고 친구인 장진이 읽어 주었
다. 고마움을 전한다.

판본 소개

번역은 힐다 마즈던(Hilda Marsden)과 이언 잭(Ian Jack)이
편집한 클러랜든(Clarendon) 판(1976)을 원본으로 삼았다. 클러
랜든 판은 샬럿이 교정을 봐 내놓은 재판보다 에밀리 생전에 나온
초판을 텍스트로 삼았다. 샬럿이 재판을 준비하면서 초판의 오식
을 교정한 것은 받아들이지만, 짧은 문단을 긴 문단으로, 조지프
의 요크셔 사투리를 읽기 쉽게 고친 것은 받아들이지 않겠다는 편
집 원칙에 입각한 텍스트이다.

클러랜든 판은 제2권의 장 번호를 새로 시작하는데, 번역에서
는 이를 따르지 않고 이어지도록 했다. 1, 2권의 구분도 살리고,
찾아 보기 편리하게 하기 위해서다.

에밀리 브론테 연보

1818 7월 30일 아일랜드 출신의 패트릭 브론테와 마리아 브랜월의 딸로
      잉글랜드 북부 요크셔에서 출생. 위로 언니 셋과 오빠가 있음.

1820 막내 앤 출생. 아버지가 하워스(Haworth)의 교구 신부로 부임하
      면서 이사. 에밀리는 30 평생의 대부분을 이 사제관에서 보냄. 이
      건물은 현재 브론테 기념관으로 보존되어 있음.

1821 어머니의 죽음. 미혼이었던 큰이모가 살림을 맡음.

1824 언니들이 이미 다니고 있는 코원 브리지(Cowan Bridge) 여학교
      에 입학. 가난한 성직자의 딸이 교사나 가정 교사로 생계를 이을
      수 있게 교육하는 기숙 학교로 환경이 열악했음.

1825 학생들의 사망으로 기숙 학교의 열악한 환경이 문제가 되자 아버
      지는 딸들을 집으로 데리고 옴. 결국 큰딸과 둘째 딸은 집에 돌아
      와 폐결핵으로 사망.

1826 아버지가 나무로 만든 군인 인형 세트를 브랜월에게 선물한 것을
      계기로 앵그리아라는 가상의 나라를 만들어 이야기를 창작함. 손
      위인 샬럿과 브랜월이 주도함.

1831 샬럿이 로헤드(Roe Head) 학교 교사로 부임해 집을 떠나자 에밀
      리와 앤이 곤달이라는 가상의 나라를 만들어 독립함.

1835 언니 샬럿이 교사로 있는 로헤드 학교에 입학함. 향수병으로 쇠약해져서 몇 달 안 돼 집으로 돌아옴. 에밀리 대신 앤이 로헤드 학교로 감. 브랜월은 화가 수업을 시작함.

1838 로힐 학교 교사로 부임하지만 역시 몇 달을 못 버티고 돌아옴.

1839 화실을 낸 브랜월이 아편을 복용하기 시작함. 샬럿과 앤이 각각 가정 교사 일자리를 얻어 집을 떠남. 이후 이들은 돌아왔다 떠났다를 반복하는데 에밀리는 집에 남아 있음.

1841 브랜월이 철도 회사 서기로 취직.

1842 자매들끼리 학교를 세워 운영하겠다는 계획을 세우고 외국어(독일어와 프랑스어) 실력을 향상시키기 위해 샬럿과 에밀리가 브뤼셀에 있는 학교로 떠남. 큰이모의 부음을 듣고 반년 만에 고향으로 돌아옴. 브랜월은 공금 횡령으로 철도 회사에서 파면당함.

1843 에밀리는 집에 남고 샬럿만 브뤼셀로 돌아감. 아버지와 단둘이 지내면서 자유로운 시간을 보냄.

1844 하워스에 학교를 세우려는 계획을 구체화하여 학교 안내서까지 만들었으나 지원자가 없어 포기함. 에밀리가 그동안 쓴 시를 곤달 시편과 아닌 것으로 나눠 두 개의 노트에 필사함.

1845 브랜월이 가정 교사로 일하는(1843~) 곳의 안주인에게 구애를 하는 바람에 그 집에서 쫓겨남. 아편 중독과 폭음으로 섬망 증세를 보임. 샬럿이 에밀리가 쓴 시들을 우연히 읽게 된 것을 계기로 공동 시집을 내기로 함. 에밀리, 『워더링 하이츠』 집필(~1846).

1846 세 자매의 시를 묶어 자비로 출판. 남자의 가명을 써서 『커러, 엘리스, 액턴 벨(Currer, Ellis, Acton Bell)의 시편』이라는 제목으로 나온 이 시집은 두 권이 팔렸음.

1847 시집을 출판할 때 사용한 가명으로 런던의 출판사에 소설 투고. 『제인 에어』가 10월에 출판되고 12월에 에밀리의 『워더링 하이츠』, 앤의 『아그네스 그레이』가 출판됨. 『제인 에어』는 곧 재판에 들어갈 정도로 호평을 받음.

1848	『제인 에어』가 베스트셀러가 되자 『워더링 하이츠』와 『아그네스 그레이』도 같은 작가의 소설이라는 소문을 불식하기 위해 샬럿과 앤이 런던을 다녀옴. 아편 중독과 알코올 중독으로 폐인이 된 브랜웰이 9월에 죽고 장례식에서 비를 맞은 에밀리도 심한 감기가 폐결핵으로 발전하여 12월 19일 사망.
1849	앤이 결핵으로 사망.
1850	샬럿이 에밀리의 전기적 소묘를 덧붙여 『워더링 하이츠』 재출간.
1855	샬럿이 사망.

새롭게 을유세계문학전집을 펴내며

을유문화사는 이미 지난 1959년부터 국내 최초로 세계문학전집을 출간한 바 있습니다. 이번에 을유세계문학전집을 완전히 새롭게 마련하게 된 것은 우리가 직면한 문화적 상황에 적극적으로 대응하기 위해서입니다. 새로운 을유세계문학전집은 세계문학의 역할이 그 어느 때보다 중요해졌다는 인식에서 출발했습니다. 오늘날 세계에서 타자에 대한 이해는 우리의 안전과 행복에 직결되고 있습니다. 세계문학은 지구상의 다양한 문화들이 평등하게 소통하고, 이질적인 구성원들이 평화롭게 공존할 수 있는 문화적인 힘을 길러 줍니다.

을유세계문학전집은 세계문학을 통해 우리가 이런 힘을 길러 나가야 한다는 믿음으로 만들어졌습니다. 지난 5년간 이를 준비하기 위해 많은 노력을 기울였습니다. 세계 각국의 다양한 삶의 방식과 문화적 성취가 살아 있는 작품들, 새로운 번역이 필요한 고전들과 새롭게 소개해야 할 우리 시대의 작품들을 선정했습니다. 우리나라 최고의 역자들이 이들 작품 속 한 문장 한 문장의 숨결을 생생히 전하기 위해 심혈을 기울였습니다. 또한 역자들은 단순히 번역만 한 것이 아니라 다른 작품의 번역을 꼼꼼히 검토해 주었습니다. 을유세계문학전집은 번역된 작품 하나하나가 정본(定本)으로 인정받고 대우받을 수 있도록 최선을 다했습니다. 세계문학이 여러 경계를 넘어 우리 사회 안에서 주어진 소임을 하게 되기를 바라며 을유세계문학전집을 내놓습니다.

을유세계문학전집 편집위원단(가나다 순)
김월회(서울대 중문과 교수)
김헌(서울대 인문학연구원 교수)
박종소(서울대 노문과 교수)
손영주(서울대 영문과 교수)
신정환(한국외대 스페인어통번역학과 교수)
정지용(성균관대 프랑스어문학과 교수)
최윤영(서울대 독문과 교수)

을유세계문학전집

을유세계문학전집은 계속 출간됩니다.

을유세계문학전집 연표

1959년 국내 최초로 세계문학전집을 출간한 바 있는 을유문화
사에서 2008년부터 새롭게 선보이는 을유세계문학전집은 세
계 각국의 다양한 삶의 방식과 문화적 성취가 살아 있는 작품
들, 새로운 번역이 필요한 고전들과 재조명해야 할 우리 시대
의 작품들을 엄선했습니다. 국내 최고의 역자들이 작품의 숨결
을 생생히 전하기 위해 심혈을 기울였으며, 정본(定本)으로 인
정받을 수 있도록 최선을 다했습니다. 번역의 엄밀함과 표현의
적확성, 문체의 가독성을 살린 을유세계문학전집이 우리 사회
안에서 주어진 문화적 소임을 다하기 바라며 본 시리즈를 독자
여러분께 선보입니다.

을유세계문학전집 편집위원단(가나다 순)

김월회(서울대 중어중문학과 교수)
김헌(서울대 인문학연구원 교수)
박종소(서울대 노어노문학과 교수)
손영주(서울대 영어영문학과 교수)
신정환(한국외대 스페인어통번역학과 교수)
정지용(성균관대 프랑스어문학과 교수)
최윤영(서울대 독어독문학과 교수)